BASTEI
LÜBBE

SEAN RUSSELL

Welt ohne Ende

Roman

Ins Deutsche übertragen
von Dietmar Schmidt

BASTEI
LÜBBE

BASTEI LÜBBE TASCHENBUCH
Band 20 405

1. Auflage: Februar 2001

Vollständige Taschenbuchausgabe

Bastei Lübbe Taschenbücher
ist ein Imprint der
Verlagsgruppe Lübbe

Deutsche Erstveröffentlichung
Titel der englischen Originalausgabe: World Without End

Lektorat: Angela Koonen / Stefan Bauer
Titelillustration: Braldt Bralds
Umschlaggestaltung: QuadroGrafik, Bensberg
Satz: QuadroPrintService, Bensberg
Druck und Verarbeitung:
Brodard & Taupin, La Flèche, Frankreich
Printed in France

ISBN 3-404-20405-0

Sie finden uns im Internet unter
http://www.luebbe.de

Eulensang an leisem Strand
Wo die silbrige See erstirbt
Und im Gefolg des eilenden Monds
Sich Mondgezeit und Magie erhebt.

Für Karen

Danksagungen

Wie es immer ist, hätte auch dieses Buch ohne die Hilfe und die Anregungen so vieler niemals Gestalt angenommen. Dank an Karen, natürlich; an Jill, Walter und Chris bei White Dwarf Books; an Ian Dennis; meine Agentin Bella Pomer; meine Herausgeberin Betsy Wollheim und allen bei DAW; Sean Stewart; Stephen und Petra; Margo; Rory MacIntosh für seine geologische Hilfestellung; Elizabeth Towers und Mark Hobson für ihre Unterstützung auf dem Gebiet der Naturkunde; Don und Michael; und nicht zuletzt John Harland und Mark Myers dafür, dass sie ihr großartiges ›Seamanship in the Age of Sail‹ geschrieben haben.

(Der Übersetzer möchte Davis J. Harbord danken für ›Seefahrt A-Z: Schiffe, Seefahrer, Seemannschaft, Tips für die Praxis‹, München 1978, und Frank Adam für ›Herrscherin der Meere: Die britische Flotte zur Zeit Nelsons‹, Hamburg 1998. Als unschätzbar wertvoll erwies sich der Nachdruck des 1878 erschienenen Werkes ›Die Marine‹ von R. Brommy und H. von Littrow durch den Reprint-Verlag Leipzig.)

Eine Vorbemerkung für den Leser

Wissenschaftliche Namen wurden, obschon sie ursprünglich in Alt-Farrisch standen, durchgehend in ihre lateinischen Entsprechungen oder Beinahe-Entsprechungen übertragen.

Wäre es zu kühn anzunehmen, dass in dem langen Zeitraum, den die Erde nun existiert – vielleicht Millionen von Zeitaltern vor Anbeginn der Menschheitsgeschichte – wäre es da ein zu kühner Gedanke anzunehmen, dass alle warmblütigen Tiere sich aus einem einzigen lebenden Filament entwickelt haben, welches die Erste Große Ursache zuvor mit Animalität erfüllt hatte ... und dass ihm daher die Fähigkeit innewohnt, sich durch eigene Kraft weiterzuentwickeln und jene Verbesserungen jeder Generation an seine Nachkommenschaft weiterzureichen ... Welt ohne Ende!

ERASMUS DARWIN: ›Zoomania‹ (1794)

An einem der beiden Hörner meines Dilemmas.

LAURENCE STERNE: ›Das Leben und die Ansichten
Tristram Shandys‹ (1760)

1. Kapitel

So unvorstellbar erschien das Unglück, das sich unten auf dem Feld abzeichnete, dass man glauben wollte, Schauspieler probten eine Vorstellung – die Duellszene des ersten Aktes, nach der der Vorhang fällt.

»Ich habe mein Fernrohr vergessen. Hawkins? Kannst du sehen, was sie tun?«

Der Kutscher war nahezu geräuschlos zwischen dem Gespann und der Türe des Fuhrwerks auf und ab geschritten. Nun blieb er stehen und beschattete die Augen mit einer schwieligen Hand. »Nicht ganz so deutlich, Sir«, antwortete er. »Sie stehen immer noch in zwei Grüppchen da, und keiner geht nach vorne.« Der Kutscher wartete, und da sein Herr für den Augenblick wohl keine weitere Frage stellen wollte, ging er zum Gespann und redete leise auf die graue Stute und den grauen Wallach ein.

Der Mann, der dem Geschehen zusah, rutschte unbehaglich auf dem Sitz des Zweispänners hin und her und bemerkte mit einem Mal, wie fest er seinen Gehstock umklammert hielt. Mit dem Gebärdenspiel des Theaters war er wohlvertraut, und was er dort auf dem Feld beobachtete, vermittelte ihm die unmissverständlichen Signale einer bevorstehenden Tragödie. In den vergangenen Monaten hatte er derlei Anzeichen oft gesehen, und die Gefühle, die eine nicht mehr abzuwendende Katastrophe weckt, kannte er besser, als ihm lieb war: überwältigende Hilflosigkeit, die unerschütterliche Gewissheit, dass die kleinliche Gerechtigkeit der Menschen auf der größeren Bühne keine Rolle spielt, und nicht zuletzt wachsendes Entsetzen.

Und dort schwatzten die Neugierigen leise miteinander, als säßen sie im Theater und warteten darauf, dass der Vorhang sich hob. Etwas abseits stand ein Arzt, die Tasche mit den Instrumenten und Verbänden neben sich.

Der Mann, der gekommen war, um Zeuge dieser

Wiederbelebung der Duellkunst zu sein, zählte keineswegs zu den neugierigen Müßiggängern. Im Gegensatz zu den meisten, die dort gaffend auf dem Feld standen, hatte er bereits ein Duell ausgefochten, wenn auch vor langer Zeit. Die Erinnerung daran weigerte sich gleichwohl zu verblassen. Er wusste, wie es ist, dem Sekundanten den Rücken zuzukehren und jäh in vollem Ausmaß zu erkennen, dass man nicht mehr auf dem Fechtboden steht, dass es ernst ist, dass man möglicherweise gerade seine letzten Augenblicke durchlebt. Er hatte eine Klinge in der Hand gewogen, um ihre Balance zu prüfen, und war dabei von einer zweiten unvermittelten Erkenntnis getroffen worden: dass er in seinen Fingern ein Werkzeug hielt, welches nur einem einzigen Zweck diente, nämlich dem, ein Menschenleben zu beenden.

Ihm war das Glück beschieden, niemals einen Menschen getötet zu haben. Ein echter Gentleman bestand nicht darauf, zur Beschwichtigung seines Stolzes einem anderen das Leben zu nehmen – denn unweigerlich stand im Mittelpunkt eines Duells der Stolz und keineswegs die Ehre, wie vorgegeben wurde. Gerade diese Legende hatte der Mann in der Kutsche schon vor langem durchschaut.

Unter den Wartenden hatte ein hochgewachsener, hagerer Mann den Gehrock abgelegt. Schneeweißes Leinen hob sich gegen das Grün ab. Der Baron Ipsword. Für die Anmut seiner Bewegungen war der Baron freilich noch nie bekannt gewesen; nun aber bewegte er sich steif und ruckartig wie eine Marionette. Und er blieb nah bei seinen Anhängern – sehr nah. Sie alle fürchteten sich.

Die Kraft, von der diese Marionette so viele Jahre belebt worden war, hatte sie verlassen; die stolze Angriffslust, die Missgunst und die unverhohlene Boshaftigkeit – sie alle waren dem überwältigenden Schrecken gewichen. Wie es schien, war der Baron kein mutiger Mann – was vielleicht erklärte, weshalb er andere mit solcher Heftigkeit attackierte. Heute aber würde seine gefürchtete scharfe Zunge ihn nicht schützen können.

Auf der anderen Seite des Duellplatzes hing ein dünner

Nebel über dem Fluss und widersetzte sich der Sonne. Die dicken Stämme der Pappeln verschleierte er mit einem goldenen Dunst; ein sommerlicher Morgen, der so still war, als halte der Himmel selbst den Atem an. Dann schlug eins der Pferde mit dem Schweif und rüttelte ungeduldig am Geschirr.

Nun kam auch der zweite Fechter in Sicht. Er löste sich von seinen Kameraden. Das musste der Viscount Elsworth sein; er war so hochgewachsen wie sein Gegner, im Gegensatz zu diesem bewegte er sich jedoch athletisch und mit Anmut. War Ipsword eine Marionette, so war dieser Mann ein Artist, ein Bodenakrobat – behände, biegsam und stark. Rasch durchhieb er dreimal die Luft mit seiner Waffe, um ihre Balance zu prüfen, dann drehte er sich auf der Stelle, indem er ein Knie anwinkelte. Zufrieden stolzierte er einige Schritte vor und blieb stehen. Dann blickte er voll Erwartung auf die Gruppe unter den Ulmen.

Ein guter Schauspieler versteht es, auch widerstreitende Empfindungen bis zu den hinteren Zuschauern verständlich darzustellen; kein Schauspieler hätte indessen die vielfältigen Gefühle vermitteln können, die Ipsword zur Schau stellte, während er zum Zweikampf vortrat: Zugleich entsetzt und erzürnt wirkte er, verdrossen, unterwürfig, beinah so weit zu betteln – und doch bereit, einen Mord zu begehen. Ihm waren gerade genügend Stolz und Überheblichkeit geblieben, um sich nicht vor den Händeln zu drücken und hierher zu kommen.

Es ist ganz typisch, dachte der Mann im Zweispänner, *dass gerade die Akteure kein einziges Zeichen der drohenden Katastrophe sehen können.* »Armer Narr«, flüsterte er. »Mit ihm hat es fast gar nichts zu tun.« Wieder rutschte er zur Seite, und der Lederbezug knirschte. Lag er mit seiner Vermutung richtig, so würde diese Angelegenheit nicht mit dem ersten Blutstropfen beigelegt sein. Ipsword mochten die Überreste seiner Selbstachtung hierher geführt haben, doch Elsworth ging es vermutlich weder um Stolz noch um Ehre.

»Hoffentlich irre ich mich«, sagte der Beobachter laut.

Die beiden Fechter grüßten sich mit ihren Rapieren und nahmen die Verteidigungsstellung ein. Ipsword bewegte sich so zögerlich, dass der Beobachter nicht überrascht gewesen wäre, hätte er die Waffe fallenlassen und die Flucht ergriffen. Ein dritter Mann hob ein weißes Taschentuch in die Höhe wie eine Flagge der Kapitulation – dann ließ er es los.

Hinterher glaubte der Mann in der Kutsche, er müsse im entscheidenden Augenblick geblinzelt haben, denn er sah den Stich überhaupt nicht. Blitzschnell winkelte Elsworth mit der Körperbeherrschung eines Tänzers das vordere Knie an und beugte sich darüber vor, und im nächsten Moment zog er seine Klinge aus der Brust des zusammenbrechenden Barons.

»Flammen!«, flüsterte der Mann in der Kutsche mit Nachdruck.

Der Viscount richtete sich auf und betrachtete kurz den am Boden Liegenden, dann drehte er sich um und reichte seine Klinge einem Helfer. Sein Sekundant sprach mit ihm und ging langsam zu den Männern, die sich um den verletzten Baron sammelten. Einen Augenblick lang zögerte er am Rand der Gruppe, vielleicht sagte er etwas, dann ging er zum Viscount zurück, dem schon jemand einen Mantel um die Schultern gelegt hatte. Sie nickten einander zu wie zwei Geschäftsleute, die sich am Abend verabschieden, und marschierten unverzüglich zu einer großen Kutsche, die unter den Ulmen auf sie wartete.

Der Zuschauer bemerkte, dass er vor Entsetzen die Hände gehoben und das Gesicht halb bedeckt hatte. Er rang um Fassung.

»Hawkins?«, fragte er und beugte sich hervor, damit sein Kutscher ihn hörte. Seine Stimme bebte. »Würdest du bitte hinuntergehen?«

Der Kutscher nickte steif, dann bahnte er sich eilig einen Weg durch das Dornengestrüpp, das am Hang über dem offenen Feld wuchs. Sein Herr lehnte sich zurück. Er atmete kurz und stoßweise, dann knallte er den Gehstock kräftig auf die Bodenbretter. So sehr hatte er gehofft, sich zu irren!

Nur wenige Augenblicke später klopfte es leicht am Kutschenschlag.

»Hawkins?«

»Anscheinend ein Stich direkt ins Herz, Sir.« Ein Zögern. Scharf eingezogener Atem. »Ich glaube, er lebt noch, aber nicht mehr lange.«

»Nein, wohl nicht.« Der Mann blickte wieder zum Feld. Die andere Kutsche fuhr davon. Die kleine Gruppe umstand den Sterbenden. Fast konnte er das Entsetzen auf ihren Gesichtern sehen. Keiner von ihnen hatte mit diesem Ausgang gerechnet – allerhöchstens mit einer unglücklichen Verletzung, aber nicht mit dem Tod.

»Soll ich Sie nach Hause bringen, Sir?«, fragte der Kutscher leise.

Der alte Mann schüttelte den Kopf. »Nein. Wir fahren weiter. Heute Abend muss ich in Merton sein.«

2. Kapitel

Woran nun glaubt dieser ›Mensch der Vernunft‹? Dass eine Anwendung der Vernunft auf alle Lebensbereiche die Menschheit in ein goldenes Zeitalter des Friedens, des Wissens und des Wohlstands führen wird. Dass Religion und Nationalismus nur Masken des Stammesbewusstseins sind – Äußerungen niederer Leidenschaften, ungezügelt durch Denken –, die uns von dieser ›Welt der Vernunft‹ fortlocken und zu Unwissenheit führen und endlos wiederholten Zyklen der Gewalttätigkeit.

BEAUMONT: Der Mensch der Vernunft

Die Kriegs-Sloop, die Tristam Flattery nach Avonel brachte, hieß *Mysterious*, und darin erblickte er eine gewisse Ironie. Er stand an der Reling, betrachtete das vorüberziehende Ostufer der Meerenge und lauschte dem leisen Klatschen der Wellen, die gegen die Bordwand schlugen.

»Gewiss erreichen wir heute Abend den Hafen, Mr. Flattery.« Der Sprecher war Hawksmoor, ein Lakai des Königsmanns – ein aufdringlicher Kerl.

»Vielleicht können Sie mir dann endlich den Grund nennen, weshalb man mich an den Hof ruft?« Tristam drehte sich nicht um, denn er legte keinen Wert auf Hawksmoors Anblick.

Das Schiff durchschnitt langsam den langen Schatten des westlichen Ufers, das noch in Sonnenlicht getaucht war, und Tristam wollte sich durchaus nicht von dem Anblick lösen.

»Das kann ich nicht, Mr. Flattery. Ich muss ehrlich bekennen, ich weiß ihn selber nicht. Mir wurde gesagt, ich solle mich vergewissern, dass Sie der Flattery sind, der Professor Dandish bei Baron Trevelyans Sammlung assistiert hat.

Mehr nicht. Daraus können Sie jeden Schluss ziehen, den Sie wollen.«

»Habe ich eine seltene Blume falsch bestimmt und muss für meine Untat nun im Tower büßen?«

Auch das Lachen dieses Menschen klang unangenehm. »Für solch ein Verbrechen wird man gewöhnlich geköpft. Vom König gerufen zu werden, Mr. Flattery, die Gelegenheit zu erhalten, Seiner Majestät einen Dienst zu erweisen: Mancher träumt sein ganzes Leben lang von solch einer Okkasion. Sie sollten sich glücklich schätzen.«

Tristam zuckte unwillkürlich mit den Schultern. In der Tat berührte ihn diese Aussicht – nur dieser ›Mann des Königsmanns‹, wie Hawksmoor sich selbst zu titulieren beliebte, erboste ihn, denn ohne jeden Zweifel wusste Hawksmoor genau, weshalb man ihn rief, und hielt diesen Grund geheim, weil er dadurch das Gefühl erlangte, die Lage zu beherrschen. Tristam entdeckte diesen Wesenszug bei anderen nicht zum ersten Mal, und er hätte darauf gewettet, dass Hawksmoor selbst an solche Behandlung gewöhnt war. Kleinlichkeit gebiert neue Kleinlichkeit.

»Eine Stunde nach Sonnenuntergang gehen wir vor Anker, Mr. Flattery. Wir sollten uns bereit halten, unverzüglich von Bord zu gehen.« Ohne eine Antwort abzuwarten, entfernte sich Hawksmoor und ließ ihn allein an der Reling zurück.

Tristam schüttelte den Kopf.

Im Dienste des Königs scheint jedem das Gemüt zu verdorren, dachte er; *nichts übertrifft die Kleinlichkeit der Hofschranzen.*

Im nächsten Moment gestand er sich ein, dass seine üble Laune wohl auch von der bevorstehenden Rückkehr herrührte. Die Stadt beschwor ganz persönliche Gespenster herauf, und daran schien kein noch so großer zeitlicher Abstand etwas zu ändern. Zwei Jahre lang war er nicht mehr in Avonel gewesen.

»Die Leesegel sind angeschlagen und füllen sich mit Wind, Mr. Flattery«, sagte neben ihm eine Stimme. Tristam blickte den jungen Jack Beacham an, Seekadett in des

Königs Marine und Tristams selbsternannter Lehrer in allen Fragen der Seemannschaft.

»Ich kann Ihnen kaum sagen, wie sehr mich das freut«, entgegnete Tristam und verbarg sein Lächeln, indem er in den Mast hochblickte. Der Topp leuchtete in der Sonne, und die wettergegerbte Leinwand erschien vor dem abendblauen Himmel scharf umrissen.

Tristam hatte sich mehrmals dabei ertappt, wie er den Jungen aufzog, denn dieser hielt das Segelschiff ohne Frage für die größte Errungenschaft des menschlichen Geistes.

»Ein wunderschöner Anblick, Sir«, bemerkte Beacham fast andächtig. Er blickte noch einen Moment auf die geblähten Segel und schien sich erst dann auf seine Lehrerpflichten zu besinnen. »Leider, Mr. Flattery, sind dies Segel für schwachen Wind; das heißt, die Brise flaut ab, und der Herr Kapitän rechnet damit, dass sie noch schwächer wird.«

Tristam zog die Augenbrauen hoch, als sei er tief beeindruckt von der Tüchtigkeit des Kommandanten.

Beacham war ein untersetzter Jüngling von vielleicht fünfzehn Jahren, ein Seeoffiziersschüler, und wie geschaffen für seine Aufgabe, fand Tristam, denn der Junge betrachtete das Leben an Land mit ähnlichem Grausen wie andere eine schleichende Krankheit. Bevor Tristam den Kadetten kennen lernte, hätte er nie geglaubt, dass jemand das Wort ›Landmann‹ mit solch herzlicher Verachtung aussprechen könnte.

Beacham deutete auf die Küste. »Aber wenn da drüben nicht Wind geht, dann will ich nicht länger Jack heißen. Jeden Abend um diese Zeit weht eine Brise die Hügel hinunter, wenn es keinen Sturm gibt. Kühle Luftmassen sagen einige – aber davon verstehen Sie ja mehr als ich.«

Der Seekadett, der mit Sicherheit nicht Jack hieß (diesen Namen trug jeder Seemann; Beacham indes schien damit sehr zufrieden zu sein), hatte sich von Tristams Bildung überaus beeindruckt gezeigt und umso mehr gestaunt, als er entdeckte, dass Tristam so viel von Kugelgeometrie und der Theorie des Wetters verstand wie die Schiffsoffiziere, vielleicht sogar mehr.

Die beiden jungen Männer blieben an der Reling stehen und schauten sich das Ostufer an. Das Schiff glitt langsam durch ruhige See. Diesen schmalen Arm des Entide-Meeres überragten schroffe Klippen. Dahinter breiteten sich Felder aus und stiegen in leichten Wellen bis zu dem Hügelland an, das unter dem Sommerhimmel in der Ferne verschwamm. Tristam fand diesen Landstrich sehr schön. Vor allem war er fest und sicher, mochte der junge Beacham davon halten, was er wollte.

Im Zickzack überzogen Hecken das grasbedeckte Hügelland. Scheinbar ohne einem durchdachten Plan zu folgen, säumten sie die Konturen des Landes und erhoben sich aus den langen Schatten, die sie im Abendlicht warfen. Tristam erschienen sie wie das stützende Gebälk der Landschaft, ein endlos kompliziertes Gebilde aus Verzweigungen und Überkreuzungen, das ein Feld säuberlich vom nächsten trennte, den Besitz der einen Familie von dem des Nachbarn schied. Obwohl sich keine zwei Felder in Form und Größe glichen, entdeckte Tristam eine beruhigende Ordnung in diesen Wiesen, die sich besänftigend auf sein Gemüt auswirkte, denn sie verriet sehr viel vom Leben im Königreich Farrland.

»Gestatten Sie mir eine Frage, Mr. Flattery«, sagte Beacham, der noch immer in die Höhe schaute. »Ich will keineswegs zudringlich erscheinen, aber sind Sie vielleicht mit Admiral Flattery verwandt, der bei Kap Lock das Blaue Geschwader befehligte?«

»Nur ganz entfernt. Meine engeren Verwandten sind sämtlich Landleute, fürchte ich.«

»Nun, Sir, es hat viele gute Landleute gegeben«, räumte Beacham leise ein, was gewiss ein großes Entgegenkommen war.

»Nett, dass Sie das sagen«, antwortete Tristam und schaute lächelnd zum Rigg hinauf. Die Stille kehrte zurück. Tristam wartete darauf, dass Beacham genügend Mut zusammennahm, um jene Frage zu stellen, die zweifellos an ihm nagte. Dazu benötigte der Kadett einige Zeit.

»Wir haben uns gefragt, meine Messekameraden und

ich«, begann der Junge, »ob Sie dann vielleicht verwandt wären mit – Erasmus Flattery …?«

»Mein verstorbener Großonkel«, antwortete Tristam schicksalsergeben.

»Aha.« Beacham nickte, als habe Tristam ihm gerade seine Vermutung bestätigt. Ohne anscheinend den säuerlichen Unterton in Tristams Antwort bemerkt zu haben, brachte der Seeoffiziersanwärter die Frage vor, die ihm auf der Seele brannte: »Ist es denn wahr, dass Ihr Onkel ein Lehrling von Lord Eldrich gewesen ist? Das wird jedenfalls oft behauptet.«

Tristam nickte. Er behielt die Männer im Auge, die auf Deck arbeiteten, die die unzähligen Taue aufrollten und sich wortlos um ihre eigenen Angelegenheiten kümmerten. »Er hat mir nie davon erzählt, aber tatsächlich hat er kurze Zeit in Lord Eldrichs Haus gearbeitet. Eldrich muss damals sehr alt gewesen sein, und mein Onkel war sehr jung.«

Jugendliche Neugier und Begeisterung überwanden nun alle Zurückhaltung. »Halten Sie es denn für wahr, dass Lord Eldrich wirklich ein Magus gewesen ist, wie jeder sagt?«

Tristam hörte sich ein hohles Lachen ausstoßen. »Mr. Beacham, wenn ich ganz ehrlich sein soll, so weiß ich vermutlich weniger über Eldrich als Sie. Mein Onkel ist ganz gewiss ein höchst durchschnittlicher Mensch gewesen – von seinem Intellekt und seiner beeindruckenden Vielzahl von Eigenheiten einmal abgesehen. In seinem Leben findet sich kein einziger Hinweis darauf, dass er Fähigkeiten besessen haben könnte, die uns armen Sterblichen fehlen.«

»Ich hatte nie selber das Vergnügen, Mr. Flattery – aber wer einen der Weine probiert hat, die aus der Erasmustraube gewonnen werden, der behauptet, sie hätten Wunderkräfte.«

Tristam lächelte. »Wunder, die auch Sie erlernen könnten. Nämlich durch ein systematisches Studium des Gärprozesses und die Zucht einer neuen Traubensorte. Wissen heißt dieses Wunder, Mr. Beacham, und nicht anders. Und doch ist das Wissen mir Wunder genug.«

Tristam erfuhr nicht mehr, was der Junge als nächstes

sagen wollte, denn die Stimme des Kommandanten schnitt ihm das Wort ab, als er gerade den Mund öffnete.

»Mr. Beacham. Seien Sie so gut und holen Sie mir den Schiffszimmermann.«

»Zu Befehl«, antwortete Beacham leise, nickte Tristam zu und eilte davon, um den Trinker zu suchen, den man auch den Schiffszimmermann nannte – die freundlichste Bezeichnung, die Tristam für den Mann bislang gehört hatte.

Längsseits kam ein kleiner Alk an die Oberfläche und tauchte sofort wieder unter, als er das Schiff über sich erblickte. Tristam schaute gefesselt in das dunkle Wasser und versuchte zu erkennen, ob der Vogel wirklich beim Schwimmen die Flügel benutzte, wie manchmal behauptet wurde. Aber es war zu dunkel.

Im Wasser erschien undeutlich etwas Milchig-Weißes, Geisterhaftes, und Tristam brauchte einen Augenblick, um zu begreifen, dass da nichts aus der Tiefe des Meeres aufstieg, sondern dass er eine Spiegelung sah. Die Stadt Avonel, die im letzten Sonnenschein des Tages leuchtete, war ausgerechnet in diesem Moment hinter einer Hügelschulter aufgetaucht.

Tristam betrachtete die hohen Türme und die schrägen Schieferdächer und überlegte, ob er Zwiespältigkeit oder echte Feindseligkeit empfand. *Weshalb kann ich meine alten Erinnerungen nicht beiseite lassen und diesen Ort mit neuen Augen sehen?* Er senkte die Lider, als ob es ihm dadurch leichter fiele. Vielleicht kannte er das äußere Gepräge der Stadt einfach zu gut, denn die Veränderung, die er anstrebte, wollte sich nicht einstellen. Avonel blieb die gleiche Metropole, die sie zwei Jahrhunderte lang gewesen war, eine wunderschöne Stadt, die sich unter anmutiger Silhouette erstreckte – und sich nicht im Geringsten um die Gefühle scherte, die Tristam Flattery ihr entgegenbrachte.

An Avonel war manches zweifellos bewundernswert, das musste selbst Tristam zugeben. Der Granulit oder Weißstein, aus dem die Stadt gebaut war, erregte die Begeisterung jedes Naturforschers, denn er offenbarte bei jedem Hinsehen das versteinerte Leben längst vergangener

Zeitalter. Überall im Gestein waren die Formen von Muscheln eingeprägt, von Krebsen und anderem Meeresgetier, von dem einiges unbekannt und geheimnisumwittert war. Wie viele seiner Kollegen in Merton hatte sich Tristam oft gefragt, was diesen Lebewesen wohl widerfahren sein mochte.

Unter allen Städten am Entide-Meer war Avonel einzigartig, denn sie war nicht im Laufe von Jahrhunderten gewachsen, und sie zierten auch nicht die Architekturstile verschiedener Epochen. Die Stadt Avonel stand als Ergebnis der Vision eines einzelnen Mannes da, Prinz Kirstoms, dem die Aufgabe zugefallen war, sie wieder zu errichten, nachdem die Heerhaufen Entonnes sie im Winterkrieg dem Erdboden gleichgemacht hatten. Die Patina der darauffolgenden zweihundert Jahre ließ dann das Werk des großen Architekten immer prächtiger erscheinen. Mit dem Alter nahm der Stein einen wärmeren Farbton an, Bäume und Gärten gewannen ihre stattliche Schönheit, und Efeu, Glyzinien und Akeleien umrankten die Mauern bis an die Dachgesimse.

Im verlöschenden Licht nahm Avonel endlich doch einen anderen Charakter an. Das Vertraute schwand in der Dämmerung, bis der Anblick geradezu fremd wirkte. Tristam vermochte sich nun vorzustellen, er nähere sich einer unbekannten Stadt und erblicke neues Land vom Deck eines Schiffes, das von der offenen See her einlief.

Als das letzte Licht erstarb, glich Avonel einer Geisterstadt, die aus unbekanntem Grund verlassen worden war. Dann flackerte die erste Straßenlaterne auf, dann noch eine.

Am neunzehnten Junitag 1559.
Bin spät am Tage in Avonel angekommen und wurde in einer Zimmerflucht im ›Königin Anne‹ untergebracht – ich fühle mich wie ein bedeutender Herr. Noch immer befindet es niemand für nötig, mir zu sagen, weshalb man mich in den Palast ruft, und ich bin nahe daran, vor Neugierde zu platzen. Heute Nacht werde ich wohl keinen Schlaf finden.

Wie bin ich froh, dass das ›Königin Anne‹ mir keinen Blick auf den Platz mit dem alten Theater bietet. Beim glühenden Märtyrer, wann wird dort endlich jemand wieder ein Haus errichten! Dandish versichert mir unablässig, das ganze Land müsste in unverbesserlicher Schande leben, wenn alle Menschen sich der Dummheiten ihrer Väter schämen würden. Gewiss eine Tröstung, doch stammt sie von einem Mann, dessen Vater, soweit ich weiß, seinen guten Namen mit keinem nennenswerten Versagen befleckt hat – erst recht nicht mit einem Scheitern gewaltigen Ausmaßes. Sich ausgerechnet wegen einer Frivolität wie dem Theater zu ruinieren! Warum kann mein Vater nicht wenigstens bei einem edlen Vorhaben versagt haben? Und warum muss ich immer wieder auf dieses Thema zurückkommen? Ich bin wie ein Kompass – man kann mich drehen, wohin man will, doch richte ich mich immer wieder auf den einzigen mir eigenen Anziehungspunkt aus. Meine Beklommenheit über diesen merkwürdigen Ruf ist es, die mich immer wieder auf diese allzu vertrauten Pfade lenkt. Sobald ich mich meinen neuen Pflichten zuwende – worin sie auch bestehen mögen –, werde ich gewiss die Herrschaft über meine Gefühle zurückerhalten – wenigstens zeitweilig.

3. Kapitel

Sehr geehrter Herr!
Ganz offenbar ist Mr. Tristam Flattery für uns von größtem Interesse, wenngleich seine Verbindung zu Erasmus mir noch immer Sorge bereitet.

Kurz und bündig: Mr. Flattery ist, wenn ich diese Zeilen schreibe, dreiundzwanzig Jahre alt und hat vor kurzem eine unbezahlte Stelle am Merton College aufgegeben, der gleichen Hochschule, an der er vor drei Jahren seinen Abschluss machte.

Die traurige Geschichte von Mr. Flatterys Vater, dem Ehrenwerten Morton Flattery, ist allgemein bekannt: seine Heirat gegen den Willen der Familie mit einer Schauspielerin, die gesellschaftlich weit unter ihm stand; seine letzte Torheit, das Große Theater Avonel. Der Zusammenbruch seines Strebens trieb Morton Flattery dazu, sich im Alter von nur neunundzwanzig Jahren das Leben zu nehmen, und im darauffolgenden Jahr erlag seine Frau der schrecklichen Influenza-Epidemie. Das Kind war zu diesem Zeitpunkt erst acht Jahre alt. Anschließend wurde Tristam Flattery vom ältesten Verwandten aufgezogen, dem wohlbekannten Erasmus, wobei der Onkel seinem Mündel nur wenig Interesse entgegenbrachte – wie man sich vorstellen kann, galt seine Aufmerksamkeit anderen Belangen.

Der Junge erwies sich im Internat von Edington als ausgezeichneter Schüler, und dort lebte er bis zu seinem Abschluss. Über jene Jahre gibt es wenig zu sagen, bemerkenswert ist nur, dass er sich im Gegensatz zu den meisten lernbeflissenen Kindern als begabter Sportler erwies und beim Bogenschießen, Reiten, Fechten und Rudern Beachtliches leistete. Der Unterweisung durch seinen Großonkel Erasmus verdankt er, sogar das Schwimmen gelernt zu haben.

Wie nicht anders zu erwarten, ging er nach der

Schulzeit ans Merton College, wo er bei Professor Sanfield Dandish studierte, dem gefeierten Botaniker. Dort war es auch, dass er den Empirismus für sich entdeckte und sich den Reihen derer anschloss, die sich ›Männer der Vernunft‹ nennen und unter anderem glauben, man solle von gutem Charakter sein, weil dies vernünftig sei! Zwei Jahre nach seiner Graduierung assistierte er Professor Dandish beim taxonomischen Erfassen von Baron Trevelyans berühmter Sammlung.

Oberflächlich mag er uns als normaler junger Mann erscheinen, der leicht über das durchschnittliche Maß mit Verstand und anderen Talenten begabt ist – doch während seiner Jahre in Merton wurde ich Zeuge zweier Zwischenfälle, die Mr. Flattery aus der Masse begabter junger Männer herausheben. Der erste von beiden ereignete sich während einer Kursstunde, in der die mathematischen Zusammenhänge des Zufalls erörtert wurden. An die genauen Einzelheiten erinnere ich mich nicht mehr, doch zweifellos haben wir alle diese Lektion einmal gehört. Es wurde über Wahrscheinlichkeiten diskutiert. Ins Auge sprang dabei, dass Mr. Flattery das Ergebnis eines Münzenwurfs mehr als zwanzigmal vorhersagte, ohne einen einzigen Fehler zu begehen! (Dieses Ereignis ist durch die Aussagen eines guten Dutzends Studenten und des Dozenten verbürgt.)

Da Mr. Flattery ein sehr auf die Tradition bedachter junger Mann ist und sich weigert, Risiken einzugehen (die letzte Lektion seines Vaters), würfelt er weder, noch spielt er Karten. Deshalb lässt sich nicht sagen, wie oft Mr. Flattery solch erstaunliche Kunststücke vollbringen könnte. Ich muss nicht eigens betonen, wie unwahrscheinlich eine Reihe wie die oben erwähnte ist!

Der zweite Zwischenfall betraf den sogenannten ›Geisterjungen von Merton‹, das Gespenst, von dem es heißt, es spuke seit den Tagen der ersten Pest in der Stadt – also seit etwa zweihundert Jahren. Ich will mich nicht in die Einzelheiten und die Geschichte dieser Legende ergehen, weil ich sicher bin, dass sie Ihnen vertraut sind. Die heutigen ›Menschen der Vernunft‹ glauben freilich nicht an diese Erscheinung, und da etliche Witzbolde mit ihren entsprechend verkleideten jüngeren Brüdern ergriffen worden sind, hat die Geschichte weiter an Glaubwürdigkeit eingebüßt. Während seinem zweiten Jahr in Merton begegnete Mr. Flattery einem kleinen Jungen, der entsprechend hergerichtet war und sich ihm näherte, als wolle er ihn ansprechen, doch da diese Szene sich vor einem kleinen Park ereignete, wurde sie von anderen Studenten beobachtet, die daraufhin die Verfolgung des ›Gespenstes‹ aufnahmen. Der Junge floh in den Park und verschwand hinter einen Baum, doch niemand fand ihn dort, obwohl die Studenten ihm dicht auf den Fersen gewesen waren. Darin stimmen alle Aussagen überein. Das Kind war auch nicht in die Baumkrone geklettert. Eine groß angelegte Suche ergab keinerlei Hinweis darauf, wie der Junge sein Verschwinden bewerkstelligt hatte. Die Studenten glaubten (und glauben es wohl noch immer), dass Tristam Flattery ihnen einen höchst klug ausgedachten Streich gespielt hat, doch behauptet der junge Flattery seinerseits, selbst dem Streich zum Opfer gefallen zu sein. Ein Schabernack wie dieser lässt sich jedenfalls nicht mit dem Wenigen, was ich über Tristam Flatterys Charakter weiß, in Einklang bringen.

Vielleicht haben wir unseren Magnetstein doch noch gefunden! Auf jeden Fall ist er der vielversprechendste aller Kandidaten, die mir bekannt sind!

Wenn es Ihnen auch so scheint, als könnte Tristam Flattery für uns von Interesse sein (und nach meinem Dafürhalten kann daran kein Zweifel bestehen), so sollte man überlegen, wie man ihn bewegt, seinen Wohnsitz nach Avonel zu verlegen.

Mit aufrichtigster Hochachtung
verbleibe ich der Ihre, E. D. H.

Sir Roderick Palle faltete den Brief zusammen und schaute sinnend auf das Flammenballett im Kamin, vor dem er in einem Sessel saß. Ruhige Momente waren selten in seinem Leben und stellten sich allenfalls spät am Abend ein – das war der Preis, den man dafür zahlte, des Königs Mann zu sein, Seiner Majestät persönlicher Vasall. Auf dem kleinen Tisch neben seinem Sessel lag ein Buch, das er schon seit Monaten lesen wollte, doch wie an den meisten Abenden wollte ihm die Wirklichkeit kein Entkommen gestatten.

Er hob das Glas gegen das Feuer und freute sich, wie es das dunkle Rubinrot des Weins zum Funkeln brachte. Die Geschichte der Traube zu kennen, aus der der Wein gekeltert war, verdarb ihm nicht den Genuss – zumindest nicht ganz.

Noch einmal überflog Sir Roderick den Brief. Im Lauf der Jahre war er in zu viele Sackgassen geraten, um sich jetzt noch große Hoffnungen zu gestatten. Immer eins nach dem anderen, so lautete seine Devise.

Während er den Wein genoss, klopfte es leise an der Tür.

»Drayton?«

Sein Diener erschien, ernst wie immer. »Sir Benjamin, Sir«, sagte er in einem Tonfall, wie man ihn gewöhnlich bei Begräbnissen hört.

»Bitte bring ihn herauf. Ach, und Drayton? Ein zweites Glas.«

Benjamin Rawdon kam herein. Er wirkte ein wenig vergrämt.

»Sie sind noch spät auf den Beinen, Benjamin. Sie haben wohl Ihren Patienten besucht?«

»Wieder die Träume. Ich glaube, manchmal müssen sie unerträglich sein.« Auch der Arzt sprach mit leiser Stimme, als fürchtete er, den Palast zu wecken. Er ließ sich gegenüber Sir Roderick nieder und nahm das Weinglas mit sichtlicher Erleichterung entgegen. »Als ich ging, sang Teiho Ruau – Lieder aus seiner Heimat. Sehr gespenstisch und sehr schön.«

»Musik als Labsal für die gepeinigte Seele.« Roderick hob das Glas. »Auf die Gesundheit des Königs.«

Beide tranken sie und setzten sich wortlos. Der Königliche Leibarzt hatte etwas auf dem Herzen, da bestand für Palle kein Zweifel. Rawdon war kein Mann, der Trost in der Gegenwart anderer Männer sucht, er gehörte vielmehr zu jenen, die sich nur in weiblicher Gesellschaft vollends entspannen können.

Palle beschloss, den Arzt nicht zu fragen, was ihn bedrücke. Er wusste wohl, dass es ein wenig hinterhältig war, den Doktor zu zwingen, selbst das Thema anzusprechen, doch die Zurückhaltung dieses Mannes konnte manchmal wirklich aufreizend sein. Das Schweigen begann Rawdon schon bald zuzusetzen.

»Die Schmerzen in Ihren Beinen sind nicht zurückgekehrt?«

»Nein, alles prächtig. Wie freundlich, dass Sie danach fragen.«

Rawdon nippte an seinem Wein und nickte zur Antwort, kaum dass seine Lippen den Glasrand berührten.

Sir Roderick starrte den Arzt weiterhin an. Man hatte ihm schon oft gesagt, sein Blick bringe die Menschen aus dem Gleichgewicht, und er musste einräumen, dass er sich dieses Instrumentes gelegentlich in voller Absicht bediente. Rawdon hatte ihn in der einen kurzen Zeitspanne gestört, die er allein verbringen konnte, und der Königsmann stellte fest, dass er den Arzt für dieses nichtige Vergehen bestrafte. Wie *kleinlich*, tadelte er sich, ohne seinen durchdringenden Blick von Rawdon abzuwenden.

Dann, nach weiterem unbehaglichem Schweigen, gab er nach. »Ich nehme an, Sie haben etwas auf dem Herzen, Herr Doktor«, sagte er gewollt freundlich. Wie töricht, sich Rawdon gegenüber in dieser Weise zu benehmen – als hätte der Mann in letzter Zeit nicht schon genug am Hals.

Der Leibarzt nickte. »Ja.« Er blickte aus dem Fenster. »Einige sind sich wegen des jungen Flattery unschlüssig.«

»Sprechen Sie für diese Leute? Bringen Sie eigene Vorbehalte zum Ausdruck? Oder wollen Sie mich über die Stimmung unserer Freunde auf dem Laufenden halten?«

»Ich ... ich spreche nur für mich.«

»Dann machen Sie sich Sorgen?«

»Ja ...« Rawdon senkte den Blick in das Weinglas. »Ja, ich mache mir Sorgen. Diese Familienbande ... beunruhigt Sie das nicht?«

Der Königsmann streckte dem Arzt das Glas entgegen, als enthielte der Wein eine Antwort auf die Frage. »Weil er der Großneffe und Erbe von Erasmus ist?« Er verstummte und schaute ins Feuer. »Ich verstehe Ihre Bedenken, doch besteht nach meinem Dafürhalten eigentlich keine Gefahr. Der Prinz würde es gewiss begrüßen, wenn wir Fortschritte melden könnten ... Jedenfalls wäre mir daran gelegen, dass Sie sich den jungen Mann eingehend betrachten. Habe ich Ihnen das gezeigt?« Er wies auf den Brief, den er gerade zum wiederholten Male gelesen hatte.

Der Arzt beugte sich vor, überflog das Schreiben und nickte.

»Und selbst wenn er mit Erasmus verwandt ist, wir dürfen so etwas nicht übergehen.« Sir Roderick fühlte sich plötzlich erschöpft und legte den Kopf in den Nacken. Er schloss die Augen und spürte das leichte, säuerliche Brennen der Entkräftung – ein Zeichen, das zu übergehen er gewohnt war. »Wir wissen so wenig über Erasmus – und seine Absichten.« Roderick richtete sich auf und blickte seinem Gast in die Augen. »Der Mann hat so viele falsche Fährten gelegt. Jedes Mal, wenn ich eine davon zu Ende verfolgt habe, werde ich das Gefühl nicht los, er hätte sich bei dem Gedanken amüsiert, dass ich ihm wieder auf den Leim gegangen bin.« Er hob erneut das Glas. »Die beste Traube auf der ganzen Welt. Ein Maß für das Genie, mit dem er Rache übt. Ich koste jeden Tag davon.«

Rawdon nickte so gedankenverloren, dass Roderick sich fragte, ob der Mediziner überhaupt zugehört hatte.

»Auf jeden Fall bin ich froh, dass Sie es sind, der den jungen Flattery an die Hand nimmt, Roderick.«

In der anschließenden Stille tranken sie beide von ihrem Wein. Der Geschmack war höchst komplex, fand Roderick, und ein wenig herb.

»Befürchten Sie nicht auch manchmal, dass wir uns verrechnet haben könnten?«, fragte Rawdon plötzlich. Seine Stimme verriet, dass hier seine eigentliche Sorge lag. »Wir haben Entscheidungen von größter Tragweite gefällt, obwohl wir nur so wenig wussten.«

Roderick antwortete ohne Zögern. »Und welche andere Wahl wäre uns geblieben? Wie immer mussten wir Entonne einkalkulieren. Ich bin zuversichtlich, dass unser Entschluss zu einem guten Ende führt – und das sollten Sie ebenfalls sein, Benjamin. Von allen Leuten gerade Sie.« Der Königsmann musterte seinen Gefährten genau. »In den letzten Monaten ist Ihr Leben sehr schwierig gewesen – ohne dass Sie sich etwas vorzuwerfen hätten – und es schien unter einem schlechten Stern zu stehen. Zu solchen Zeiten kommt man leicht zu der Ansicht, alles sei vorherbestimmt und jedes Bemühen vergebens. Doch seien Sie guten Mutes, Benjamin. Ihre Frau ist genesen. Der König ist gesund. Und unsere Pläne schreiten voran. Lassen Sie sich nicht von Melancholie und Pessimismus übermannen. Wenn die erst einmal in Ihrem Herzen Wurzeln geschlagen haben, ist es sehr schwer, sich wieder davon zu befreien.«

Rawdon zwang sich zu einem matten Lächeln, an dem seine Augen freilich unbeteiligt blieben. »Gewiss haben Sie recht. Im Augenblick bin ich wohl wirklich ein wenig aus dem Gleichgewicht.« Er schlürfte an seinem Wein.

E*r weiß ihn nicht gebührend zu schätzen*, fand Roderick.

»Haben Sie von diesem verdammten Duell gehört?«, fragte der Leibarzt.

Roderick nickte. »Ja, allerdings. Kein Unfall, so sagt man.«

»Mit voller Absicht! Ich habe mit dem Arzt gesprochen, der dabei war. Hat das Wort ›Gentleman‹ denn jede Bedeutung verloren?«

»Ja, das hat es wohl wirklich – zumindest für viele. Dennoch ist es gut zu wissen, dass Elsworth seine Befehle von einer Dame erhält. Leider haben sich die Narren nicht gegenseitig aufgespießt, dann wären wir sie wenigstens beide los.«

»Ein herbes Urteil«, entgegnete der Arzt gelassen. »Ich

hielt Ipsword immer für einen Narren – aber auch nichts weiter.«

Roderick lachte leise. »Herb, meinen Sie? Nun, vielleicht. Dummheit ist kein Vorrecht der Narren, das weiß jeder. Denken Sie nur an den Vater unseres jungen Flattery. Ein Narr ist er nicht gewesen, ganz egal, was die Leute sagen. Mit dem Unglück verheiratet, das ist alles – bei der Geburt schon dem Unheil versprochen. Wir, über denen das Glück lacht, dürfen das nicht aus dem Auge verlieren. Zu leicht sieht man an allem nur das Schlechte. Davor sollte man sich hüten.«

»Das sage ich meinen Patienten auch immer«, bemerkte der Arzt mit gelindem Erstaunen, als habe er nie überlegt, ob dieser Rat mehr sein könnte als nur leere Worte.

»Und damit sagen Sie Ihnen die Wahrheit, Benjamin.« Sir Roderick hob erneut das Glas. »Auf ein langes Leben, Sir.«

»Jawohl. Auf ein langes Leben.«

9. Kapitel

Der Traum änderte sich nie. Tristam kam im Dunkeln zu sich und konnte keinen Finger rühren. Nicht einmal die Augen vermochte er aufzuschlagen. Dann bemerkte er, dass er noch träumte – und vorläufig nicht erwachen würde. Ganz gleich, wie sehr er sich bemühte, er konnte sich weder bewegen noch schreien. Es war, als sei er lebendig begraben. Und wenn er dann wirklich aufwachte, rang er keuchend nach Luft, und das Herz klopfte ihm bis zum Hals. Danach fiel es ihm stets sehr schwer, wieder in den Schlaf zu finden, und oft gelang es ihm gar nicht.

Tristam erwachte vom Lärm der Kutschen, die unter seinem Fenster entlang fuhren. Die jähe Furcht, der Königsmann könnte mit einer von ihnen eintreffen, katapultierte ihn halb aus dem Bett; da aber hielt er inne und stierte benommen auf die Uhr. Erst nach mehreren ›Tick-Tacks‹ begriff er die Stellung der Zeiger: halb sechs. Er hatte noch Zeit.

Tristam ließ sich ins Bett zurücksinken und schloss die Augen. Noch bevor sich die Unrast wegen des bevorstehenden Tages einstellen konnte, überfiel ihn die Erinnerung an den Traum. Seit Monaten war es immer dasselbe, und er empfand ihn tatsächlich als eine Qual.

Diesmal hat meine Unruhe ihn herbeigerufen, sagte er sich, *mein Termin beim Königsmann.*

Der Schlaf, der sich ihm stets zu entziehen suchte, wollte nicht wiederkehren, und so überwand er sich und stand auf.

Während Tristam das Rasiermesser abzog, versuchte er die Eindrücke des Albtraums abzuschütteln, die ihm wie ein zäher Rückstand anhafteten. Unter Aufbietung seiner Willenskraft wandte er sich ganz dem beginnenden Tag zu und löste, sich aus dem Zustand der Benommenheit.

Häufig konnte er sich nicht recht erinnern, wovon er

geträumt hatte. Dann schwebten die Traumbilder am Rande seines Bewusstseins wie etwas, das sich gerade außerhalb des Blickfelds bewegt.

Er betrachtete sich im Spiegel. *Du musst versuchen, beherrschter aufzutreten,* ermahnte er sich. Weil seine grünen Augen zu weit auseinander standen, glaubte er immer, er würde stets leicht erstaunt dreinblicken – wie ein Mann, der fortwährend überrascht war von der Welt, in der er lebte. Ganz gewiss war das ein Grund, weshalb sich die Frauen ihm nicht so an den Hals warfen wie seinem blauäugigen Cousin Jaimy. Im Grunde blieb sein Spiegelbild hinter seinen Ansprüchen an sich selbst zurück. Seine Nase war weder fein geformt noch groß, der Mund akzeptabel, bis auf die Unterlippe, die sich eine Spur zu weit vorstülpte. Nur die hohe, breite Stirn erschien ihm bewundernswert, und vielleicht noch sein dichtes, dunkelblondes, lockiges Haar. Trotzdem würde sein Portrait niemals eine Frau zum Seufzen bringen, da war er sich ganz sicher.

Er wandte sich in Gedanken der bevorstehenden Begegnung zu. Ganz entgegen dem erstaunten Gesichtsausdruck, den er zu haben glaubte, war er kein Freund von Überraschungen. Das geheimnisvolle Gehabe, das diese Berufung umgab, erzürnte ihn.

Das ist bald vorbei, versicherte er sich, jedoch ohne Erfolg.

Nicht willens, auf heißes Wasser zu warten, rasierte er sich mit kaltem und ritzte sich wie zur Strafe für seine Ungeduld zweimal die Haut. Dann kleidete er sich mit äußerster Sorgfalt an – ein Ritter, der seine Rüstung anlegt, hätte nicht gründlicher sein können –, als bedeutete die kleinste Nachlässigkeit in seinem Äußeren eine Blöße, durch die man ihn erdolchen würde. Unter den gegebenen Umständen erschienen ihm sein Aussehen und sein Betragen als die einzigen Mittel, um Einfluss auf seine Lage auszuüben.

Als Tristam seine Räume verließ, sah er aus wie der Spross einer einflussreichen Familie, und er hoffte, dass seine Nervosität hinter der Kostümierung verborgen bliebe.

Mit dem Gasthausschlüssel sperrte er hinter sich die Tür ab und begab sich auf die Suche nach dem Speisesaal. Dabei fragte er sich, ob sein Magen überhaupt eine Speise dulden würde.

Normalerweise hätte sich Tristam eher für ein Frühstück in einem der Kaffeehäuser entschieden, die neuste Mode in Avonel, doch heute wagte er nicht, sich allzu weit vom *Königin Anne* zu entfernen, denn obwohl die verabredete Stunde noch fern war, fürchtete er Roderick Palle zu verpassen.

Ein Diener führte ihn in einen sonnigen Hof und an einen Tisch unter den Ästen eines alten Butternussbaumes. Finken sangen in den Zweigen, und Goldhähnchen flitzten durch den Efeuvorhang, der die Hofmauern bedeckte. An sich hätte es ein wunderbarer Morgen sein können.

Meine Unruhe soll verdammt sein, dachte Tristam. *Ich kann den Tag nicht ohne Kaffee beginnen.*

Als das Frühstück serviert wurde, stellte er zwar fest, dass es sehr gut war, vermochte es aber in keiner Weise zu genießen. Deshalb lehnte er sich zurück und schlürfte Kaffee, während er über seine künftige Verpflichtung rätselte und gelegentlich versuchte, seinen Verstand in andere Bahnen zu lenken. Die Hofbepflanzung bot ihm einige Zerstreuung, denn Tristam war nicht nur Botaniker, sondern betätigte sich zu Hause in keinem geringen Maße als Gärtner. Das hatte er dem Einfluss Dandishs zu verdanken, obwohl auch Großonkel Erasmus zu dieser Leidenschaft beigetragen hatte, indem er ihm einen wunderschönen, ausgewachsenen Garten hinterließ, dessen Pflege Tristam sich widmete.

»Mr. Flattery?«

Tristam schaute auf. Vor ihm stand ein Herr mit rundem, weichem Gesicht und blickte ihn an.

»Roderick Palle«, stellte sich der Mann vor.

Tristam sprang auf die Füße und entsann sich gerade noch rechtzeitig, einen Kratzfuß zu machen. »Sir Roderick. Sollte ich den Zeitpunkt etwa falsch in Erinnerung haben?«

»Nein, ich glaube, mein Kutscher hat mich wie durch ein

Wunder zu früh hierher gebracht.« Er deutete auf einen zweiten Stuhl. »Darf ich?«

Der Königsmann nahm Platz, schaute sich flüchtig im Hof um und zog eine kostbar gearbeitete Taschenuhr hervor. »Wir haben noch ein wenig Zeit. Gerade lang genug, um eine Tasse dieses vorzüglichen westinsulanischen *Coffea* zu kosten.« Sein Lächeln geriet so steif, als sei er damit aus der Übung gekommen. »Sehr gesund, davon bin ich fest überzeugt. Mein Arzt empfiehlt Kaffee sehr. ›Trinken Sie am Morgen so viel, dass Ihre Hände leicht zittern, und genauso viel zum Abendessen.‹ Kaffee bringt einen wunderbar in Schwung, finden Sie nicht?«

»Er ist mit nichts zu vergleichen.« Sir Roderick Palle entsprach nicht dem Bild, das sich Tristam von dem wohl einflussreichsten Mann Farrlands gemacht hatte. Da saß ein wohlbeleibter Mann mit unscheinbarem, weichem Gesicht und ständig halb geschlossenen Augen, der Kleidung in den konventionellsten Farben und Schnitten trug – Tristam hatte noch keinen gesehen, der mehr nach einem Kammerdiener aussah als Sir Roderick.

Was will er von mir?, fragte sich Tristam. Sein Appetit war spurlos verschwunden.

Sir Roderick bekam seinen Kaffee. Als er ihn probierte, war eine gewisse Entspannung um seine Augen zu bemerken, was ein Zeichen von Zufriedenheit sein mochte. Aber Tristam war sich dessen nicht ganz sicher.

»Ich habe das große Vergnügen, mit mehreren Angehörigen Ihrer Familie bekannt zu sein, Mr. Flattery: mit Ihrem Onkel, dem Herzog, und auch der guten Frau Herzogin sowie dem Earl von Tyne, allerdings etwas flüchtiger.« Er zögerte, und Tristam spürte, wie ihm das Blut ins Gesicht stieg. »Erasmus Flattery habe ich nicht gekannt, obwohl ich zugeben muss, dass er für mich in einer Hinsicht ein bedeutender Mann ist.« Er hielt seine Tasse in die Höhe. »Einen Morgen ohne Kaffee finde ich schwer erträglich, doch der Erasmustraube bin ich mit Leib und Seele verfallen. Für seine Verdienste um den Weinbau gebührt Ihrem Großonkel meine unsterbliche Dankbarkeit.«

Tristam rang sich ein Lächeln ab; er war froh, dass Sir Roderick seinen Vater unerwähnt ließ.

»Wie ich höre, sind Sie Erasmus' Erbe? Verfolgen Sie seine Interessen?«

Tristam schüttelte den Kopf. »Nein, Sir Roderick. Der Weinbau ist das besondere Gebiet meines Onkels gewesen. Ich werde keinesfalls versuchen, ihn darin zu übertreffen.«

»Ich wünschte, ich hätte ihn kennen gelernt, doch es hieß immer, Erasmus sei kein geselliger Mensch.«

An solcherlei Gespräche war Tristam gewöhnt. Wer von seinem Onkel wusste, zeigte sich gewöhnlich von dessen Leben fasziniert. »Ich muss zugeben, ich habe ihn selbst kaum gekannt. Als unheilbar einzelgängerisch würde ich meinen Onkel beschreiben. Ich habe immer im Internat gewohnt.«

»Wie ich auch. Das war ein Segen – meine Eltern waren berühmte Langweiler.« Erneut versuchte er zu lächeln, was ihm nur wenig besser gelang. »Und was hält das Leben nun für Sie bereit, Mr. Flattery? Wie ich höre, sind Sie mit der Universität fertig. Haben Sie je erwogen, in den Dienst des Königs zu treten?«

Obwohl Tristam sich etliche mögliche Wendungen ausgemalt hatte, die das Gespräch mit dem Königsmann nehmen konnte, war ihm diese Möglichkeit nicht in den Sinn gekommen. Er war verblüfft. »Um ehrlich zu sein, Sir Roderick, darüber habe ich mir noch nie Gedanken gemacht.«

Roderick nickte. »Das sollten Sie nun jedoch tun, Mr. Flattery. Es gibt zu viel Arbeit und zu wenige, die sie verrichten wollen. Zu wenige, die dazu in der Lage sind, um genau zu sein.« Rodericks Tonfall und Gebaren deuteten auf eine scherzhafte Bemerkung hin, doch Tristam ließ sich nicht darüber hinwegtäuschen, dass es dem Königsmann völlig ernst war. Tristam ertappte sich, wie er sich eilig umblickte, als suchte er nach einem Fluchtweg. Die Reise mit dem abscheulichen Hawksmoor trat ihm ins Gedächtnis. Das Leben eines Höflings kam für Tristam nicht infrage.

»Ich ermutige oft junge Herren mit hervorragenden Talenten, den Königsdienst in Betracht zu ziehen. Wir können nicht alle in Wohlbehagen leben, Mr. Flattery; jemand muss sich die Bürde der Verantwortung auf die Schultern laden. Zuzeiten fühle ich mich wie ein Deich, der das Königreich vor einem endlosen Meer von Dummheit beschützt.« Bei alldem änderte er nicht einmal seinen Tonfall, sondern wirkte immer wie unbeteiligt. *Vermutlich hört er sich selbst bei einem Wutanfall so an*, dachte Tristam.

»Sehr viele wohlmeinende Trottel gibt es, die Farrland im Nu in den Untergang stürzen würden«, fuhr des Königs oberster Minister fort. »Sie halten nicht lange inne, um nachzudenken, und wenn man sie schalten und walten ließe, wie sie es für richtig halten, wären wir am Ende nicht viel mehr als eine Provinz von Entonne. Und glauben Sie ja nicht, unser Nachbar würde sich irgendeine günstige Gelegenheit entgehen lassen ...« Dem Ritter war die Röte ins Gesicht gestiegen, doch so rasch sie kam, so rasch erlangte er die Beherrschung wieder. Er trank von seinem Kaffee. »Mir würde es die Lebensgeister stärken, wenn ich wüsste, dass sich uns in unserem Bemühen noch jemand angeschlossen hätte. Junge Schultern, Mr. Flattery; dafür gibt es keinen Ersatz. Mit dem Alter kommt vielleicht Weisheit, aber ach, die Kraft, sie ermattet.«

Tristam wusste nicht, was er antworten sollte. Unzweifelhaft würde er die gute Meinung, die der Königsmann von ihm hatte, in nicht wieder gut zu machender Weise beschädigen, sobald er Sir Roderick die Wahrheit sagte – dass er nämlich lieber in den Kerker ginge als in den Königsdienst. »Das ist für mich ein völlig neuer Gedanke, Sir Roderick. Ich benötige Zeit, um mich damit zu befassen.«

Sir Roderick senkte den Blick in seinen Kaffee. Hatte ihn die Antwort enttäuscht? »Ohne Zweifel haben Sie Ihre Zukunft bereits geplant – Sie haben als Jahrgangsbester graduiert, und Ihre Familie ist nicht ohne Einfluss.«

Tristam errötete erneut. Palle wusste anscheinend mehr

über ihn. »Medizin«, erklärte er und fügte, der Wahrheit halber, sogleich hinzu: »Vielleicht.«

Roderick lächelte etwas spröde. »Und wäre die Medizin auch dann Ihre Wahl, wenn Sie nicht versuchen würden, die Gunst einer jungen Dame zu erringen? Eine, deren Vater der Werbung eines Arztes gegenüber aufgeschlossener wäre?«

Tristam, der gerade von seinem Kaffee trinken wollte, stockte in der Bewegung. Roderick bewies fürchterliche Manieren, indem er dies erwähnte – doch andererseits war er der Königsmann. Man durfte von ihm erwarten, dass er sich gründlich über jeden erkundigte, den er in den königlichen Palast zu bringen gedachte.

»Bin ich Ihnen zu vertraulich, Mr. Flattery?«

»Nicht im Geringsten, ich formuliere nur eine Antwort. Wie Sie bereits feststellten, neige ich dem Beruf des Arztes nicht von ganzem Herzen zu, doch ist er edel und hilfreich ...«

»Aber nicht das, wohin Ihr wahres Interesse Sie zöge?«

Tristam bemerkte, dass er mit der Antwort zauderte. »Vielleicht nicht«, räumte er ein.

»Und in Wahrheit neigen Sie zu ...?«

Tristam ging davon aus, dass Sir Roderick die Antwort auf diese Frage bereits kannte. »Ich würde gern meine naturkundlichen Studien fortsetzen«, sagte er leise, als gäbe er eine grundlegende Charakterschwäche zu.

»Ein achtbares Anliegen, aber ich will Ihnen eines sagen: Nicht wenige Männer haben dem König mit höchsten Leistungen gedient und trotzdem viel zur Entwicklung anderer Felder beigetragen. Solche Männer liegen nicht des Nachts wach und sorgen sich, den Tag vergeudet zu haben.« Roderick blickte plötzlich auf seine Taschenuhr. »Wollen wir ...?«

Als Rodericks Kutsche anfuhr, beschlich Tristam unversehens die Furcht, sie könnten auf dem Weg an der Theaterruine Avonel vorbeikommen. Roderick musste die

Geschichte kennen; jeder in Avonel kannte sie. Tristam hatte sich diesbezüglich eine eigentümliche Abwehr zugelegt. Erwähnte man in seiner Gegenwart das Theater Avonel, so sprach er in höchst herabsetzender Weise von seinem Vater. Aber danach fühlte er sich jedes Mal grausam und treulos. Er bemerkte, dass er blicklos aus dem Fenster gestiert hatte, und zwang sich, die Straßen zu betrachten und die Ladenschilder zu lesen, als wolle er sie auswendig lernen.

Unterdessen war der Königsmann in seine eigenen Gedanken versunken. Einen Herzschlag lang fürchtete Tristam, er hätte ihn so sehr enttäuscht, dass dieser nun nicht mehr imstande war, die Fassade einer beiläufigen Konversation aufrechtzuerhalten. Er überlegte, was er sagen könnte, um vielleicht der Antwort seines Begleiters dessen Stimmung anzumerken.

Ich bin nur nervös, versuchte er sich zu beruhigen. *So geht es wahrscheinlich jedem, der eine neue Stellung antritt.*

Danach achtete er nur noch auf ihr Vorankommen und war erleichtert, als sie endlich aus dem Stadtzentrum abbogen.

Obwohl die Kutschen der Reichen auf den Straßen Avonels ein alltäglicher Anblick waren, wurde Tristam das Gefühl nicht los, er lenke alle Blicke auf sich, weil er in Sir Rodericks prächtigem Phaeton fuhr. Ihm gegenüber saß der Königsmann schlaff und völlig in Gedanken verloren auf dem Sitz.

Ich bin der Vetter vom Lande, dachte Tristam. Obwohl seine Onkel – die älteren Brüder seines Vaters – der Duke von Blackwater und der Earl von Tyne waren, hatte Tristam immer nur am Rande des charmanten Zirkels seiner Verwandten gestanden. Auf der Universität hatte er sich mit seinem Cousin Jaimy die Räume geteilt (Cousin Jaimy war der Erbe des Titels von Blackwater und musste daher als ›Lord Jaimas‹ angesprochen werden, gleichwohl war er für Tristam immer ›Jaimy‹ oder sogar noch kürzer: ›Jay‹ gewesen). Seine Onkel hatten ihn oft zu sich eingeladen, aber er hatte sich bei keinem von beiden so recht wohlgefühlt.

Nach farrischer Tradition wurden Waisen vom ältesten Familienmitglied aufgezogen – eine merkwürdige Sitte, fand Tristam. Für ihn hatte sie zur Folge gehabt, dass er von einer Reihe reservierter und oft abweisender Lehrer erzogen worden war. Bei diesem Gedanken entsann er sich, dass der Königsmann ein ähnliches Schicksal hinter sich hatte, und plötzlich empfand er eine gelinde Sympathie.

Damals war er durchaus manchmal eifersüchtig auf Klassenkameraden gewesen, die nach Hause zu ihren Eltern reisen konnten, doch andererseits hatte er die Freiheit genossen, um die ihn viele beneideten. Die Erwachsenen freilich hatten ihm immer ein gewisses Bedauern entgegengebracht – vater- und mutterlos wie er war. Er selbst verschwendete nur selten Zeit mit Selbstmitleid, denn in Wahrheit hatten sich seine Eltern, als sie noch lebten, kaum um ihn gekümmert, und so war es schließlich gekommen, dass er nach dem Tod seiner Mutter einige Dienstboten mehr vermisste als die leiblichen Eltern.

Die große ›Tragödie‹, als Waise aufwachsen zu müssen, hatte ihn immerhin schon in jungen Jahren sehr unabhängig gemacht. Die ›Einsamkeit‹ hingegen, die andere Menschen dabei vermuteten, hatte er zum letzten Mal erfahren, als er noch sehr klein gewesen war.

Wenn Tristam überhaupt echte Familie besaß, dann seinen Cousin Jaimy, der für ihn wie ein Bruder war. Später hatte es natürlich Dandish gegeben, der jedoch mehr ein Lehrer und Freund gewesen war. Tristam hielt nichts von der allgemein angenommenen Behauptung, dass Waisen sich zeitlebens Ersatzeltern suchen. Ganz gewiss hatte er seine Zeit nicht mit solchem Unfug vergeudet.

Das Viertel, das sie nun durchquerten, war mit Kutschen, Fuhrwerken und Reitern verstopft; auf den Bürgersteigen drängten sich die Fußgänger. Die Straße wand sich den flachen Hügel hinauf, auf dem sich die Stadt ausstreckte. Die Pflastersteine aus grauem Granit waren glatt und gut gefügt, und Rodericks wohlgefederter Zweispänner fuhr ruhig darüber hinweg wie ein Boot durch stilles Gewässer.

Im Süden ballten sich über dem Horizont weiße Wolken

zusammen. Wahrscheinlich würde es am Nachmittag regnen, was in dieser Jahreszeit nichts Ungewöhnliches war.

Der Phaeton passierte eine Menschenschlange vor einem kleinen Tempel, und Tristam bemerkte, dass Sir Roderick für kurze Zeit mit undeutbarem Ausdruck seinen Blick auf die Wartenden heftete. Über den breiten Türen prangte ein Relief, das den Märtyrer auf dem Scheiterhaufen zeigte.

Wir haben eine barbarische Vergangenheit, dachte Tristam.

»Sind Sie zu sehr Mensch der Vernunft, um Farrelle zu folgen, Mr. Flattery?«, fragte Sir Roderick. Tristam war sehr erleichtert, angesprochen zu werden.

»Ich bin ausgebildeter Empirist, Sir. Aberglaube lässt sich mit meiner Arbeit nicht in Einklang bringen.«

»Nun, ich war mir nicht ganz sicher.« Palles Lächeln sah nach ehrlicher Belustigung aus. »Ich bin ein vom Leben geschulter Pragmatiker, und das zu sehr, um dem Pfad des entonnischen Märtyrers folgen zu können. Sie könnten auch sagen, dass Religion mit meiner Arbeit nicht vereinbar ist.« Er deutete mit dem Kopf auf die Reihe der Gläubigen. »Warten zweifellos, um ihren Zehnten zu bezahlen. Geld, mit dem sie ihren Kindern eine Schulbildung finanzieren könnten, schicken sie lieber nach Entonne. Ihren eigenen Kindern! Wie sagte doch Lord Skye: ›In keinem anderen Beruf lässt sich mit Untätigkeit solcher Gewinn erzielen.‹ Er hat sich mit Priestern offenbar ausgekannt – und vielleicht sogar mit *Propheten.*« Roderick rieb sich geistesabwesend über die Handfläche. »Sie sind zu einer Plage geworden, diese Priester von Farrelle; sie behelligen die Regierung mit Petitionen und wiegeln die Gläubigen gegen die Politiker auf. Fünfhundert Jahre ist es her, dass ihre Macht gebrochen wurde, und trotzdem wollen sie die Trennung von Staat und Kirche nicht hinnehmen. Selbst die Magi hatten begriffen, dass die Regierungsangelegenheiten den Königen und ihren Ministern vorbehalten bleiben müssen.«

Hier endete das Gespräch, und Tristam entschloss sich, seine Gedanken zu diesem Thema für sich zu behalten.

Durch Streit war nichts zu erreichen. Der letzte Krieg gegen Entonne lag sechzig Jahre zurück, doch viele – zu denen offensichtlich Roderick gehörte – glaubten, dass die lange Geschichte der Feindschaft zwischen den beiden Nationen noch nicht zu Ende war. Für diese Menschen war die Farrellitenkirche nichts weiter als eine entonnische Institution zur Untergrabung der farrischen Unabhängigkeit.

Wie die meisten Akademiker bewunderte Tristam die entonnische Kultur. Einen Krieg hielt er für unwahrscheinlich, solange Farrland ihn nicht vom Zaun brach, doch das konnte er dem Königsmann schlecht ins Gesicht sagen.

Mittlerweile waren weniger Kutschen auf der Straße und fast keine Fußgänger. Sie kamen an einen breiten Torbogen, hinter dem weite Rasenflächen und kunstvoll gestaltete Gärten lagen: die berühmten Parks, die den Palast umgaben. Doch Sir Rodericks Kutscher fuhr an dem Tor vorbei und folgte der hohen Umfassungsmauer, bis sie ein kleineres Tor erreichten, das geschlossen und verriegelt war. Zwei Männer, bei denen es sich eindeutig nicht um Palastgardisten handelte, traten aus dem Wachhaus und erlaubten dem Zweispänner die Weiterfahrt.

Roderick war nun sehr aufmerksam, er blickte sich immer wieder um. Der Kutscher fuhr sie über einen schmalen Weg zwischen dichtstehenden Bäumen und Hecken – ein Pfad für die Gärtner, vermutete Tristam.

Ein Kuckuck verschwand in einer Hecke und lenkte kurz Tristams Aufmerksamkeit auf sich, dann hielt die Kutsche. Diener eilten an jede Seite, um den Tritt auszuklappen und den Schlag zu öffnen.

»Ich hoffe, ein kurzer Spaziergang ist Ihnen nicht unangenehm, Mr. Flattery?«

»Nicht im Geringsten.« Tristam stieg aus, und der Königsmann betrat sofort einen schmalen Kiesweg zwischen Blumenbeeten und jungen Bäumen.

Der höchste Minister des Königs schleicht sich insgeheim in den Palast, begriff Tristam. Von allem hätte er das am wenigsten erwartet. *Er versucht, mich ungesehen in den Palast zu schmuggeln. Ungesehen von wem?*

Zwischen im Wind schwingenden Ästen schälte sich der Palast hervor wie ein Eiland, wie ein rosafarbenes Riff, das aus dem grünen Meer steigt. Die farrische Flagge flatterte im Wind: blaue, weiße und karmesinrote Streifen, in der Mitte das schwarz-goldene Wappen des Königs.

Der Tellaman-Palast war der Hauptsitz des Königshauses von Farrland, einer Familie, die während der Jahrhunderte ihrer Herrschaft ebenso viel Tragik wie Ruhm erfahren hatte. Tristam war noch nie innerhalb seiner Mauern gewesen und stellte plötzlich fest, dass ihm daran gelegen wäre, wenn es dabei bliebe. Sein Haus in Locfal erschien ihm unversehens als friedliche, sichere Zuflucht.

Anders als die Häuser der Stadt war der Tellaman-Palast aus Granit gebaut. Tristam hatte in den Steinbrüchen häufig Käfer gefangen, womit er eine ungewöhnliche Brücke zu der großen Wunde im Land und dem Königspalast schlug. Man hatte grauen und rosa Stein genommen, und Kupfer für die Dächer, die eine blaugrüne Patina angesetzt hatten. Der Bau war recht niedrig, zumeist nur zwei oder drei Stockwerke hoch. Türme, hohe Mauern und andere Gebilde, die beim Bau von Burgen üblich waren, fehlten völlig.

Der Grundriss entsprach ursprünglich einem ›H‹, doch später hatte man zusätzliche Flügel angefügt und dabei den Baustil eingehalten, nicht aber der Symmetrie geachtet. Danach waren alle paar Jahrzehnte weitere Anbauten dazugekommen.

Die Tür, auf die Sir Roderick zusteuerte, war nicht groß, doch auch dort wurden sie bereits erwartet. Zwei Männer verbeugten sich vor dem Königsmann, ohne dass der sich die Mühe machte, ihre Gegenwart zur Kenntnis zu nehmen.

Das mussten die ›jungen Schultern‹ sein, von denen Palle gesprochen hatte. Tristam erschien der Königsdienst plötzlich noch erheblich weniger anziehend als zuvor.

Bald gelangten sie in einen langen Korridor, in dem die Büsten der Monarchen aufgestellt waren, die seit der Restauration über Farrland geherrscht hatten. Könige und Königinnen besahen die beiden Männer, die zwischen ihnen hindurchschritten, mit Gleichmut. Von allen schien nur

Birchard der Kind-König Tristams Blick zu suchen, und er sah ihn mit einem Ausdruck endloser Traurigkeit an, die Tristam einen Augenblick lang mit ihm teilte. Er fühlte sich, als marschierte er ... ja, wohin? Vielleicht in den Krieg oder einem noch traurigeren Geschehen entgegen, denn Birchards Geschichte war nicht glücklich verlaufen.

Danach musterte ihn Alecka die Schöne, die kinderlose Königin, mit einem friedvollen Engelsgesicht, und ihm war, als hätte sie ihm ebenso still vergeben, welche Sünden auch immer.

In ganz Farrland war dieser Korridor wohlbekannt, denn er wurde bei Hofzeremonien benutzt; wer in den Adelsstand erhoben wurde, musste diesen Gang durchschreiten, vielleicht, damit jeder neue Baronet die Zustimmung der königlichen Geister erlangte. Doch an diesem Morgen repräsentierten nur Sir Roderick und Tristam die Lebenden.

Sie bogen in einen schmaleren Gang ab und betraten an salutierenden Gardisten vorbei eine lang gestreckte Galerie, deren eine Seite ganz aus bleigefassten Fenstern bestand. Der bleiche Marmorboden warf das Sonnenlicht auf die gegenüberliegende Wand, wo gewaltige Ölgemälde die Seeschlachten zeigten, die während der letzten beiden Jahrhunderte den Kurs der Welt bestimmt hatten. Nachdem etwa hundert Schiffe in den Wellen versunken waren, erreichten Tristam und Sir Roderick das Ende der Galerie und gelangten durch eine weitere Tür in einen Saal, der erneut den Reichtum Farrlands bezeugte. Die hohe Decke war reich verziert und mit üppigen Szenen voller Waldnymphen und anderer Fabelgestalten bemalt. Die Fußböden bestanden aus Marmor, die Säulen aus verschiedenem Gestein. Durch die hohen Fenster fiel ein weiches Licht herein, das helle Rauten auf den Boden zeichnete, als schiene es im sommerlichen Wald durch das Astwerk.

In dieser Umgebung schwebte das Lachen einer Frau, das wie die ersten Takte einer Arie klang – getragen von Verheißung. Zwei Damen erhoben sich von einer Bank, die halb verborgen hinter einer Säule stand. Sie traten in das weiche Sonnenlicht, das sie in Gold badete und ihr Haar in einen Glorienschein aus zarten Flammen verwandelte. Tristam war wie gebannt, und für ihn stand unbezweifelbar fest, dass eine der Frauen Prinzessin Joelle, die Gattin des Kronprinzen war, so hochgewachsen und königlich wirkte sie.

Zu seiner großen Überraschung hörte er, wie Sir Roderick sich einen Fluch verbiss, dann streckte der Königsmann unversehens die Hand aus, ergriff Tristam am Ellbogen und bedeutete ihm stehen zu bleiben.

Die beiden Damen kamen näher. Die eine war wie eine Dienerin gekleidet, die andere trug ein blaßgrün-goldenes Gewand, das ihr langes, kupferrotes Haar perfekt betonte.

»Die Herzogin von Morland«, erklärte Roderick verhalten und neigte leicht das Haupt.

Tristam begriff, dass er die Adlige anstarrte, und senkte auf der Stelle den Blick. Die Herzoginwitwe war eine Favoritin des Königs, vielleicht sogar die Favoritin.

Als nur noch drei Schritte sie voneinander trennten, verbeugte sich Sir Roderick, und Tristam ahmte ihn eilig nach.

»Welch angenehme Überraschung, Roderick, Sie einmal ohne Ihre schnatternde Schar von Sekretären und Ministern anzutreffen.« Ihr Lächeln, fand Tristam, hätte noch das kälteste aller Herzen zum Schmelzen gebracht. »Ich weiß nicht, weshalb wir ausgerechnet hierher gegangen sind, aber ich muss mich glücklich schätzen.« Sie nickte Tristam zu, und er glaubte, dass sie mit diesem kurzen Blick alle Einzelheiten seiner Erscheinung erfasst hatte. Sie legte ein gelindes Frohlocken an den Tag; ganz offensichtlich war sie die Person, die Roderick hatte vermeiden wollen.

Bevor der Königsmann etwas sagen konnte, reichte sie Tristam die Hand. »Elorin Herzogin von Morland.«

Befangen berührte Tristam mit den Lippen ihren Handrücken und dachte dabei, dass er soeben die Dame küsste, die als die schönste Frau in ganz Farrland galt. Er hoffte sehr, dass ihm sein Unbehagen nicht anzumerken war.

»Frau Herzogin«, warf Roderick rasch ein, und seine Stimme klang ein wenig gepresst. »Darf ich Ihnen Mr. Tristam Flattery vorstellen?«

»Gewiss sind Sie der Kollege des berühmten Professor Dandish, Mr. Flattery?«

Aha, wenigstens eine, die ihn nicht sogleich mit dem Großen Theater in Verbindung brachte! Und nicht nur, dass die Herzogin von Morland Dandish kannte, sie hatte in diesem Zusammmenhang auch von ihm selbst gehört. Seine Meinung von der Dame stieg in ungeahnte Höhen.

»Ich bin sein Schüler gewesen und wurde später sein Assistent, Hoheit.«

»Sie sind bescheiden, glaube ich.« Erneut lächelte sie, und Tristam fand, dass sie ihren Ruf wahrlich verdiente.

Dann wandte sich die Herzogin an Sir Roderick. »Sie sind auf dem Weg ins Arboretum, Roderick. Ich begleite Sie.«

Roderick zuckte mit dem Kopf, ohne etwas zu sagen.

Die Herzogin entließ ihre Dienerin und schloss sich den beiden Männern an. Tristam bemerkte, wie gut der Grünton ihres Kleides zu ihren Augen passte und wie das dezente Gold an ihrem Gewand dem vergoldeten Zierrat des Saales glich.

Die Erkenntnis traf ihn völlig unerwartet: Ihr Auftritt war inszeniert gewesen. Sorgfältig hatte sie den Ort gewählt und das Licht ausgenutzt; ihr wunderschönes Lachen war zum vorgeplanten Zeitpunkt erklungen. Von allen Menschen hätte er, Tristam, es am ehesten erkennen müssen. Schließlich war seine Mutter eine Schauspielerin gewesen.

»Sie bleiben einige Zeit in Avonel, Mr. Flattery?«

»Das weiß ich noch nicht, Hoheit.«

»Wie es Ihnen passt, ich verstehe. Ich habe viele Freunde, deren Interessen sich nicht sehr von den Ihren unterscheiden. Vielleicht würden Sie mich gern einmal an einem Abend besuchen kommen ...«

Tristam war unschlüssig, was er darauf antworten sollte. Ganz offensichtlich herrschte Feindschaft zwischen der Herzogin und Sir Roderick – doch wie könnte jemand die Herzogin von Morland zurückweisen?

»Ich fühle mich geehrt, Hoheit«, sagte Tristam und hoffte, die Antwort sei genügend neutral, um keinen von beiden gegen ihn aufzubringen.

Sie lachte auf. »Sie brauchen gar nicht so förmlich zu sein, Mr. Flattery. Ich kenne Ihre Tante, die Herzogin von Blackwater, schon seit vielen Jahren, und den Herzog ebenfalls.« Sie wandte sich ihm zu und blickte ihn schüchtern an, obwohl sie doch kaum von ihm erwarten konnte, dass er ihr diese Schüchternheit abnahm. »Sie brauchen sich nicht zu sorgen, weil wir gerade erst miteinander bekannt wurden.«

»Es wäre mir eine Ehre, einen Abend bei Hoheit zu verbringen.«

»Und kommen Sie doch auch mit, Roderick. Die Gesellschaft von Menschen mit anderen Ansichten täte Ihnen einmal gut.« Bei diesen Worten erschien ein bezauberndes Lächeln auf ihrem Gesicht, so als neckte sie einen alten Freund.

Roderick setzte ein gepresstes Lächeln auf und neigte höflich den Kopf. Offenkundig musste selbst der oberste Minister vor den Dornen der Favoritin des Königs die Brust entblößen und dabei noch Freude zeigen.

Was können diese Höflinge nur von mir wollen?, dachte Tristam ablehnend.

Sir Roderick zog einen Schlüssel hervor und ließ sie damit durch eine große Tür, hinter der sich ein kleines Vorzimmer mit einem gekachelten Fußboden befand. Tristam stieg der dumpfige Geruch nach fettem Boden und Pflanzen in die Nase. Die Luft war sehr feucht, und kaum war die Tür geschlossen, schien die Temperatur im Raum anzusteigen: Sie mussten das Arboretum betreten haben.

Soweit Tristam wusste, verfügte der Palast über eine Sammlung oceanischer Flora, die dem Bestand in der Universität zumindest gleichkam. Professor Dandish hatte oft von ihr gesprochen und war mehrmals nach Avonel gereist, um Proben zu vergleichen.

Tristams Neugierde gewann die Oberhand. Die Feindseligkeit zwischen der Herzogin und dem Minister erschien ihm jetzt unwichtig. Alles in allem gehörte es wohl zu den Lebenszeichen eines Höflings, in kleinliche Rivalitäten verstrickt zu sein.

»Mir ist klar, Mr. Flattery, dass wir Ihnen einiges zumuten, indem wir Sie an den Hof rufen, ohne den Grund zu nennen«, sagte Sir Roderick. »Doch schon bald hoffe ich Ihnen darlegen zu können, warum wir so und nicht anders handeln mussten.« Er warf der Herzogin einen Blick zu und schaute dann wieder Tristam an, welcher erstaunt war, von dem Königsmann etwas zu hören, was einer Entschuldigung so nahe kam. »Bevor ich beginne, muss ich Ihnen erklären, dass ich nun von Angelegenheiten höchster Vertraulichkeit sprechen werde. Kein Wort davon darf auch nur einer Menschenseele gegenüber wiederholt werden ...« Er verstummte und schien von Tristam eine Antwort zu erwarten.

»Selbstverständlich.«

»Professor Dandish ist immer unser Berater in Fragen des Palast-Arboretums gewesen. Seiner Majestät bedeutete die oceanische Sammlung sehr viel, denn wie Sie wissen, hat unser Herrscher Kapitän Gregory hoch geschätzt.«

Sie gingen durch einen Torbogen und betraten das Gewächshaus. Unwillkürlich blieb Tristam stehen. Unter einem gewölbten Glashimmel wucherte das kräftige Grün tropischen Dschungels empor; ohne sich an der Künstlichkeit seiner Umgebung zu stören, suchte üppiges Leben nach Luft, Wasser und Licht. Auf der Stelle erkannte Tristam Fächerpalmen und Kokosnusspalmen. Dort standen auch die Hotu und eine Plumeria, zweifellos ein Roter Jasminbaum; Gewächse, mit deren Bestimmung er sehr viel Zeit verbracht hatte, so dass sie ihm vertraut waren wie die Bäume und Blumen in seinem eigenen Garten.

Plötzlich merkte Tristam, dass Roderick sich mitten in der Erklärung unterbrochen hatte.

»Verzeihen Sie, Sir.«

»Wie ich sagte, ist Professor Dandish immer unser Berater gewesen. Aber bekanntlich ist der gute Professor kein junger Mann mehr und in letzter Zeit auch nicht gesund. Zum Glück ist er jedoch nicht Farrlands einziger Empirist mit profunden Kenntnissen der Flora von Oceana. Ihre Monografien über die Sammlung Baron Trevelyans haben großes Interesse erweckt, Mr. Flattery.«

Ein gepflasterter Weg führte sie durch den Dschungel. Trotz der großen Ablenkung hielt die Gewichtigkeit von Sir Rodericks Tonfall Tristams Aufmerksamkeit gefangen. Vor einem Bestand blühender Roter Jasminbäume bogen sie auf einen Seitenweg ab, und nach etlichen Windungen erreichten sie eine messingbeschlagene Holztür.

Sir Roderick zog wieder einen Schlüssel aus der Westentasche, sperrte auf und öffnete die Tür. »Bitte.« Er ließ die Herzogin und Tristam vortreten und verschloss dann die Tür von innen.

Sie befanden sich nun in einem Gärtnerschuppen – so hätte man ihn zumindest nennen können, hätte er nicht zum Palast gehört. An der Wand lehnten Schubkarren, darüber hing Gartenwerkzeug in Halterungen. Auf einem quadratischen Stück Sackleinen lag ein Häufchen dunkler Erde, daneben stand ein Tisch zum Eintopfen mit einer ordentlichen Reihe Tontöpfe.

»*Tumney?*«, rief Sir Roderick mit erhobener Stimme. »Er hört nicht mehr so gut wie früher, unser braver Gärtner. Aber er kann nicht weit sein.«

Eine weitere Tür am entgegengesetzten Ende des Arbeitsraums führte in ein kleineres Arboretum, das in ordentlichen Reihen mit einer einzigen Strauchsorte bepflanzt war, eine Art, die Tristam nicht gleich erkannte.

»Das«, erklärte Sir Roderick in fast feierlichem Ton, »ist Königsblatt. So jedenfalls übersetzte Kapitän Gregory den Namen, den die Insulaner dafür haben.« Er streckte die Hand aus und berührte die wächsernen Blätter sehr sacht.

Tristam musste feststellen, dass diese Pflanzenart ihm völlig unbekannt war. Unwillkürlich folgte sein Blick den Ästen und suchte nach den Kennzeichen für den Systematiker. Die Blattspreite war ungeteilt und musste als kreisrund bezeichnet werden oder vielleicht als nierenförmig, aber im rechten Winkel zum Blattstiel fiederteilig. Darin erinnerten sie ein wenig an Palmwedel, wenngleich diese Blätter nicht größer waren als eine Männerhand. Die Äste bedeckte eine orangebraune Borke, die aus dicken Schichten bestand.

»Ich kenne diesen Strauch nicht«, sagte Tristam, »doch könnte es sein, dass er zur Familie der *Verbenaceae* gehört?«

»Ich glaube, so ist es«, antwortete Roderick, und die Herzogin nickte.

»Die Gattung heißt *Spuriverna*«, unterbrach sie, »und es gibt davon nur diese einzelne Spezies, die man ungenau als *regis* bezeichnet.« Ganz ungeniert mischte sie sich hier in Rodericks Amtsgeschäfte, was den Königsmann verärgern musste, fand Tristam, wenn dessen Miene auch unergründlich blieb.

»Wie man sehen kann«, fuhr die Herzogin fort, »ist der Strauch nach oceanischen Maßstäben recht gewöhnlich. Dennoch ist diese Pflanze von außerordentlicher Bedeutung, Mr. Flattery. Aus dem Samenkorn des Königsblatts kann eine Arznei gewonnen werden, eine Arznei mit Heilkräften, wie sie uns vor Kapitän Gregorys Reise gänzlich unbekannt gewesen sind.« Nun sprach sie sogar noch andächtiger, als Roderick geklungen hatte. »*Regis* trägt nur wenige Samen, von denen die meisten unfruchtbar sind – aus ihnen wächst kein Sämling mehr. Diese und die wenigen Pflanzen in der nächsten Kammer sind der gesamte Königsblattbestand unseres Landes. Aus diesem und anderen Gründen behandeln wir die Pflanze als Palastgeheimnis, und das erklärt, weshalb Sie während Ihrer Studien nicht darauf gestoßen sind. Mit der Arznei, die wir aus den seltenen Kernen gewinnen, behandeln wir eine Erkrankung, unter der unser König leidet.« Sie blickte Tristam in die Augen. »Ich will offen sein, Mr. Flattery: Ohne diese Arznei muss König Wilam sterben.« Die grünen Augen der Herzogin begannen zu glänzen, aber sie blinzelte die Tränen fort, und kein einziger Tropfen erschien auf ihren Wangen.

Tristam war es plötzlich furchtbar warm, und er wünschte, den Rock ablegen und das Halstuch lösen zu können. Außerdem schnürte es ihm die Kehle zu, dass er beobachten musste, wie die Herzogin von ihren Gefühlen übermannt wurde.

Wo bin ich da nur hineingeraten?, dachte er. Er war in der Erwartung in den Palast gekommen, dass man ihn zum Lehrer für irgendeine Range mit königlichem Blut anstellen wollte, und unversehens erfuhr er, dass das Leben des Königs auf dem Spiel stand. Vor den nächsten Worten, die unausweichlich folgen mussten, fürchtete er sich wie der Angeklagte vor dem Urteilsspruch des Richters.

Roderick ergriff die Gelegenheit, das Ruder wieder an sich zu nehmen, bevor die Herzogin ihren Gleichmut zurückerlangte. »*Regis* trägt die männlichen und die weiblichen Blüten auf unterschiedlichen Pflanzen«, sagte er. »Es gibt ein Wort dafür ...«

»Diözisch«, brachte Tristam aus trockenem Mund hervor.

»Genau. Königsblatt ist diözisch. In letzter Zeit wachsen aus den wenigen Samen, die überhaupt keimen, ausschließlich männliche Pflanzen, und die weiblichen, die wir noch haben, bringen immer weniger Samenkörner hervor. Wir begreifen nicht, weshalb das so ist, Mr. Flattery, doch wohin es führt, ist offenbar. Schon bald wird es keine Kerne mehr geben, um die Arznei herzustellen, von der das Leben des Königs abhängt. Mr. Tumney, unser wackerer Gärtner, ist kein gebildeter Mann, Mr. Flattery. Wir hoffen nun, dass ein geschulter Empirist neue Einblicke in dieses Dilemma gewinnen kann – und vielleicht sogar imstande ist, es zu lösen.«

Sowohl die Herzogin als auch Roderick blickten Tristam schweigend an und versuchten seine Reaktion zu deuten. Sie wollten von ihm hören, dass ihr Problem zu lösen sei. Sie wollten dem Klang seiner Stimme Zuversicht entnehmen.

»Zunächst muss ich mit Ihrem Gärtner sprechen«, entgegnete Tristam schüchtern. »Gibt es eine Monografie, die sich mit *Regis* beschäftigt? Vielleicht hat Lord Trevelyan —«

Roderick schüttelte den Kopf. Tristams Worte waren weder zuversichtlich noch entmutigend, und das wurde angemessen zur Kenntnis genommen. »Nur Kapitän Gregory wusste von *Regis*. Eine kurze Monografie von Professor Dandish existiert zwar, doch beruht sie nicht auf

Kenntnissen, die vor Ort gesammelt worden wären. Seine Beobachtungen fanden hier, innerhalb dieser Wände statt und wurden mit Wissen aus Gregorys unveröffentlichten Schriften untermauert.« Roderick zögerte und blickte Tristam in die Augen; die lebhafte Aufmerksamkeit, die er manchmal kurz zu erkennen gab, war nun besonders eindringlich. »Halten Sie es denn für möglich, dass noch Hoffnung besteht, Mr. Flattery?«

»Es wäre voreilig, Ihre Frage zu bejahen, so gern ich es auch täte. Meine Untersuchungen werden Wochen in Anspruch nehmen, vielleicht sogar Monate.«

»Tatsächlich«, entgegnete Roderick gelassen. Er gab Tristams Blick nicht frei. »Mr. Flattery, es erscheint mir überflüssig, erneut anzumerken, dass alles, was mit dem Königsblatt in Zusammenhang steht, als streng vertraulich behandelt werden muss. Die Gesundheit des Königs ist, wie Sie wissen dürften, ständig Gegenstand von Spekulationen, und auf Staatsangelegenheiten können selbst bloße Gerüchte eine verheerende Wirkung ausüben – unsere gegenwärtigen Verhandlungen mit Entonne sind dafür nur ein Beispiel. Ich erlege Ihnen daher die Pflicht auf, mit niemandem über die Sache zu sprechen, es sei denn mit den bereits Eingeweihten, das sind die Herzogin« – eindeutig ein Entgegenkommen –, »Tumney, Professor Dandish und ich. Jedes Zuwiderhandeln wird ohne Ansehen Ihrer Absicht, Loyalitäten oder Familie geahndet. Ich hoffe, wir haben uns verstanden?«

»Vollkommen, Sir.«

Sir Roderick blickte die Herzogin an und zögerte. »Ich werde den Gärtner suchen.« Er nickte ihr zu und verschwand ohne weitere Formalitäten.

Tristam fühlte sich plötzlich sehr unbeholfen, als er sich allein mit der Herzogin von Morland im Treibhaus wiederfand. Er wandte sich dem Königsblatt zu, obwohl ihm die Gedanken so sehr durch den Kopf rasten, dass er es kaum sah.

»Mr. Flattery?«, fragte die Herzogin in leisem, fast vertraulichem Ton.

»Hoheit.« Da es unhöflich war, das Gesicht abzuwenden, wenn man angesprochen wurde, drehte Tristam sich um und blickte der Herzogin in die bezaubernden Augen.

»Roderick ist bekannt dafür, dass er Leuten in seinem Gefolge zu Titeln und Gütern verholfen hat, obwohl sie niemals irgendetwas anderes geleistet haben, als mit ihm einer Meinung zu sein; wen er nicht mag, der könnte das Königreich retten und wäre ihm nicht einmal eine Dankschrift wert. So ist der Hof, so sind die Höflinge. Doch nicht jeder ist so blind. Bitte erdulden Sie einen Augenblick lang meine Unverblümtheit. Wenn Sie es ermöglichen, dass das Königsblatt wieder Samen trägt, oder gar fruchtbare weibliche Pflanzen züchten, wird die Dankbarkeit Seiner Majestät groß sein, wie auch die Dankbarkeit aller, die vom Königsblatt und seiner Bedeutung für unseren Herrscher wissen. Ein Titel und die Gunst des Königs, Mr. Flattery, hilft Ihnen bei jedem Unternehmen, das Sie in Angriff nehmen.«

Tristam fehlten die Worte. »Ich ... ich bin überwältigt, Hoheit.«

Sie schenkte ihm ein strahlendes Lächeln und berührte ihn am Ärmel. »Sie können mich Frau Herzogin nennen, wenn Sie mögen.«

Da Tristam noch immer nicht wusste, was er sagen sollte, neigte er den Kopf.

»Ich will Sie nun Ihrer wichtigen Aufgabe überlassen, Mr. Flattery. Sir Roderick wird veranlassen, dass Ihnen in jeder Weise geholfen wird, doch sollten seine Arrangements nicht ausreichen ...« Sie drückte ihm eine Visitenkarte in die Hand. »Und ich habe Ihr Versprechen nicht vergessen, mich eines Abends zu besuchen. Ich wünsche Ihnen alles Glück der Welt, Tristam Flattery.« Mit schwingenden Röcken drehte sich die Herzogin von Morland um und verschwand auf dem Weg, den sie gekommen waren.

Nun war Tristam allein im Arboretum, und die Spannung zwischen den beiden Kontrahenten schien wieder in der Luft zu schweben und brachte seine Nerven zum Vibrieren. Jäh überkam ihn das Bedürfnis, sich zu setzen, doch er sah nichts, was sich zum Sitzmöbel geeignet hätte.

Unfähig, weiter stehen zu bleiben, hockte er sich nieder, als wolle er die *Regis* näher in Augenschein nehmen, sein Verstand aber nahm überhaupt nichts mehr wahr. Unvermittelt lag das Leben des Königs in seinen Händen, doch er war kein Arzt, noch besaß er die Erfahrung, die einen Mann in solchen Fällen Ruhe bewahren lässt. *Das Leben des Königs!*

Er drückte sich eine Hand vor die Augen. Gewiss, wenn er Erfolg hätte, wäre die Belohnung grenzenlos ...

»Mr. Flattery, Sir?«

Tristam blickte auf. Vor ihm stand ein alter Mann, der ihn besorgt ansah und dabei nervös einen Hut in den Händen drehte.

»Fühlen Sie sich nicht wohl, Sir?«

Tristam erhob sich rasch. Er suchte in seinem Gedächtnis nach dem Namen, den Sir Roderick erwähnt hatte, konnte sich jedoch nicht mehr erinnern. »Sehr wohl sogar. Und Sie sind ...?«

»Tumney, Sir. Hofgärtner und Ihr Diener, Mr. Flattery.«

Tristam lächelte, um zu verbergen, dass er nach einer passenden Floskel suchte »Nun, Tumney, mir scheint, wir wissen, was wir zu tun haben. Sir Roderick sprach von einer Monografie aus der Hand von Professor Dandish. Wissen Sie ...?«

»Sir Roderick bat mich, Ihnen auszurichten, dass er sie auf der Stelle herüberschicken lässt. Der Herr Ritter sendet außerdem seine Entschuldigung – eine dringende Angelegenheit des Königs, um die er sich kümmern muss.« Tumney zuckte mit den Schultern. »Er ist der Königsmann, Sie wissen schon.«

Der Hofgärtner war recht klein für einen Mann, aber wohlproportioniert. Das braune Haar ließ er an der Seite lang wachsen und kämmte es sich quer über den Kopf, um die kahlen Stellen zu verbergen. Für einen Gärtner war eine Perücke kein passendes Rüstzeug, selbst für den Hofgärtner nicht. Der Mann kleidete sich, wie man es bei einem

Vertreter seines Berufes und Standes erwartet hätte, doch trug er unter der groben Jacke eine elegante, jadegrüne Weste, die knapp unter dem untersten geschlossenen Knopf hervorlugte. Obwohl Tumney glattrasiert und nicht allzu runzlig war, hätte Tristam ihn für keinen Tag jünger als siebzig gehalten.

»Sie kümmern sich also um das Königsblatt. Sagen Sie mir eins, Mr. Tumney, wann ist es zum ersten Mal bemerkt worden? Das Rarerwerden der weiblichen Sämlinge, meine ich.«

Tumney hörte auf damit, seinen Hut zu drehen, hob die Hand und klopfte sich mit der flachen Hand auf das über den Scheitel gekämmte Haar: eine unbewusste Geste. »Also, Mr. Flattery, es ging sehr langsam, deshalb ist schwer zu sagen, dann und dann hätte es angefangen. Sehen Sie, sie hat mir solche Streiche schon früher gespielt. Vor sieben Jahren, glaube ich, haargenau dasselbe: immer weniger Kerne von jeder Pflanze. Bei jedem Anpflanzen mehr Jungen und weniger Mädchen, bis es überhaupt keine Mädchen mehr gab. Es lebt nur zehn Jahre, unser Königsblatt, und trägt im ersten und zweiten Jahr nur ganz wenige Samenkörner, deshalb unterhalte ich eine Schule mit Jungpflanzen, wissen Sie. Diese da«, und er wies mit der Hand auf den Bestand, »sind zwischen drei und sieben Jahre alt. Die ertragreichsten Jahre. So ist es wenigstens bisher gewesen.« Bei diesen Worten wirkte er äußerst besorgt.

»Aber diesmal ist es anders, Mr. Flattery. Damals trieb sie das Spiel schon lange genug – fast sieben Monate. Aber jetzt geht es fast genau auf den Tag ein Jahr, Sir.«

»Geschah es zur gleichen Jahreszeit?«

»Nein, Sir, da bin ich mir ganz sicher. Damals war's Winter, aber das Königsblatt blüht in unserem kleinen Oceana hier trotzdem, ganz gleich, welches Wetter es draußen hat. Im Brachmond hab ich es das erste Mal gemerkt, Mr. Flattery, im Brachmond letztes Jahr. In meinem Almanach hab ich mir das dick angestrichen. Darin schreibe ich auf, wann ich pflanze, wann sie blühen und so weiter.«

»Dann haben Sie Aufzeichnungen darüber, wann es begonnen hat?«

Tumney grinste schief und entblößte dabei sehr ebenmäßige Zähne. »Jawohl, Sir. Alles aufgeschrieben, genau so, wie Professor Dandish es gewollt hat. Wie viele Samenkörner ich wann von welcher Pflanze genommen habe. Ich gebe jeder Pflanze einen Namen, und der steht auf einem Plan der Beete, Sir.«

»Sie geben mir Hoffnung.« Tristams Unruhe legte sich ein wenig. Wenn Dandish die Methode vorgegeben hatte, nach der die Aufzeichnungen geführt wurden, dann mussten selbige makellos und ausführlich sein. »Ihr Almanach wird uns sehr viel Zeit sparen. Und es gibt außer dieser hier noch mehr Pflanzungen?«

»Die Pflanzschule, Mr. Flattery. Ich kann sie Ihnen zeigen, wenn Sie möchten.«

»Genau das möchte ich.«

Tumney führte Tristam durch eine schmale Schneise am Rand der Pflanzung. Der alte Gärtner ging krumm und hatte ein steifes Bein. Sein Schritt war indes alles andere als langsam, und er schien sich nicht anstrengen zu müssen, solches Tempo anzuschlagen. Vermutlich war dieser Mann robuster, als er aussah. Tristam kannte diesen Menschenschlag gut.

Durch eine schwere Holztür gelangten sie in ein weiteres kleines Arboretum, das nicht ganz gelungen wirkte, so, als hätte man es in aller Eile errichtet. Hier stand Königsblatt in sorgfältig abgetrennten Reihen, jede Reihe zweifellos in einem anderen Alter, bei Sämlingen angefangen bis hin zu Pflanzen, die gut zwei Drittel so hoch waren wie die erwachsenen Büsche im benachbarten Gewächshaus.

Viele der Pflanzen trugen kleine, anmutig geformte weiße Blüten, hübsche Glocken mit langgestreckten Stempeln und fünf breiten, geschwungenen Kronblättern, die aus der Nähe betrachtet einen blassen Purpurton erkennen ließen. Sie besaßen den Durchmesser einer Münze, einer neuen Goldkrone etwa.

»Keine einzige weibliche Pflanze steht in Blüte, Mr.

Flattery«, sagte Tumney ruhig. »Seit Monaten nicht mehr. Sie wachsen gut und sehen völlig gesund aus, im Blatt und an der Wurzel, und trotzdem blühen sie nicht.« Er nahm den Hut ab und klopfte sich wieder aufs Haar, dann begann er, wie zuvor den Hut in den Händen zu drehen.

»Ich bezweifle nicht, dass Sie vollkommen richtig beobachtet haben«, sagte Tristam, »aber ich muss sie mir selbst ansehen, die Blätter und die Wurzeln, wie Sie sagten.«

»Nichts wäre mir lieber als das, Sir. Überhaupt nichts. Ich bin von Beruf Gärtner, Mr. Flattery. Ich bin bei Hawthorne in die Lehre gegangen, und der ist dreißig Jahre lang Hofgärtner gewesen. Aber ich habe nie eine Universität von innen gesehen und hatte nie jemanden wie Professor Dandish, der mir das Drumherum beigebracht hätte. Ich hoffe sehr, Sie stellen fest, dass der alte Tumney das Offensichtliche übersehen hat – eine Laus oder einen Brand, von dem ich noch nie gehört habe. Nichts wäre mir lieber. Jawohl, Sir, gar nichts wäre mir lieber.«

Das Klingeln einer Glocke unterbrach ihr Gespräch, und Tumney nickte rasch. »Das wird die Monografie des Herrn Professors sein. Entschuldigen Sie mich, Sir. Ich komme sofort zurück.«

Tristam war wieder alleine. Gattung *Spuriverna.* Familie *Verbenaceae.* In dieser Familie gab es mehrere Pflanzen mit medizinischer Wirkung – das glaubten zumindest die Insulaner von Oceana. Heilbrand kam ihm in den Sinn. Auf Alt-Farrisch bedeutete der Familienname ›heiliges Kraut‹. Der Gattungsname erschien Tristam seltsam, denn *Spuriverna* hieß ›falscher Frühling‹ und passte eher zu einer Pflanze, die in nördlichen Breiten heimisch war.

An einer Wand stand ein Tisch mit einem Holzgestell, in das zahlreiche kleine Kästchen gesetzt waren. Tristam ging hinüber, um sie sich anzusehen, denn vermutlich handelte es sich um ausgesätes Königsblatt. Er zählte einhundertundzwanzig Kästchen. Von diesen zeigten nur sechs eine kleine geschlossene grüne Knospe, die sich aus der dunklen Erde hervorschob.

»Es kommen noch ein paar mehr, Mr. Flattery. Vielleicht

zehn insgesamt, wenn's so weitergeht wie bisher. Aber nicht mal dafür gibt's eine Garantie.«

Tristam drehte sich um. Tumney kam näher. Er trug eine leuchtend blaue Mappe im Quartformat unter dem Arm.

»Also wachsen nicht nur viel weniger weibliche Pflanzen, die Fruchtbarkeit sinkt auch ganz im Allgemeinen?«

Tumney blieb stehen und kratzte sich nachdenklich hinter dem Ohr. »So kann's einem vorkommen, obwohl das Königsblatt noch nie gut getragen hat. Aus hundert Samenkörnern, die ich einpflanze, sehe ich zwölf Kinder, höchstens fünfzehn.« Er reichte Tristam die Mappe. »Ganz sicher hat Professor Dandish das alles ganz prächtig aufgeschrieben, Sir. Viel besser, als ich's Ihnen erzählen könnte.«

Tristam nahm dem Gärtner die dünne Mappe ab. »Sie haben es nicht gelesen?«

»Nein, Sir«, antwortete Tumney etwas trotzig. Tristam kam der Verdacht, dass es den Gärtner in seinem Stolz verletzte, dieses Eingeständnis machen zu müssen.

Er dachte an Sir Rodericks Warnung und daran, dass Tumney zu den Eingeweihten gehörte,. »Würden Sie es gerne einsehen, wenn ich damit fertig bin?«

Der alte Mann zuckte mit den Schultern. »Nun, ich hätte nichts dagegen, wenn Sie meinen, es wäre recht.« Tristam merkte deutlich, wie sehr dieser Vertrauensbeweis den Gärtner freute.

»Ich kann mir kaum vorstellen, weshalb es nicht recht sein sollte. Kann ich mich hier irgendwo zum Lesen hinsetzen?«

»Kommen Sie mit, Mr. Flattery. Es mangelt uns hier nicht völlig an Komfort.«

Sie kehrten in das größere Arboretum zurück, und Tumney führte Tristam in ein Eckchen, das sich hinter dem größten Königsblattstrauch verbarg. Dort standen ein Stuhl, ein kleiner Tisch, eine Lampe und weitere Annehmlichkeiten: ein Pfeifengestell, eine hölzerne Tabaksdose feinster Arbeit sowie ein sehr schön gearbeitetes silbernes Teeservice.

»Bitte sehr, Sir, so behaglich man es sich nur wünschen

kann.« Tumney wies Tristam den Stuhl an und blieb, wieder den Hut in den Händen, stehen. Er wirkte ein bisschen verlegen. »Diese Tabaksdose, Mr. Flattery, ist ein Geschenk Seiner Majestät. Er schickte sie mir zu meinem fünfzigsten Geburtstag mit einem Brief, wie man ihn sich netter nicht vorstellen kann – in seiner eigenen Hand, stellen Sie sich vor.« Er errötete leicht vor Stolz.

»Und ganz sicher wohlverdient.«

»Das hoffe ich. Das Teeservice habe ich von der Herzogin von Morland. Obwohl einige vielleicht nicht gut von der Frau Herzogin sprechen, gibt es meiner Meinung nach im ganzen Königreich keine gütigere Frau. Die Frau Herzogin wirft oft einen Blick auf meine Arbeit und hat immer ein gutes Wort für mich. Und selbst jetzt, wo das Königsblatt nicht tut, was es tun soll – kein einziger Vorwurf. Sie ist so gütig wie ... Na, ich weiß nicht, Sir, aber so gütig wie eine Königin, würde ich sagen.«

»Das hätte man nicht besser ausdrücken können, Tumney.«

Tristam entknotete betont das Band, von dem die Mappe zusammengehalten wurde.

»Um diese Zeit trinke ich meinen Morgentee, Mr. Flattery. Darf ich Ihnen eine Tasse bringen?«

»Das wäre sehr freundlich von Ihnen, Tumney, vielen Dank.«

Der alte Gärtner nahm die Teekanne vom Tisch – geradezu ehrfürchtig, dachte Tristam – und verschwand in der Schneise zwischen den Königsblattreihen.

In der Mappe fand Tristam eine Titelseite in der vertrauten Handschrift seines Lehrers.

Zur Entwicklungsgeschichte von
Verbenaceae spuriverna regis,
mit Anweisungen zur
Kultivierung in den nördlichen Breiten.
Zeichnungen vom Autor
1542

Er blätterte um und las:

Die Spezies *regis* ist das einzig bekannte Beispiel für die Gattung *Spuriverna*, obwohl deren Familie annähernd vierzig unterschiedliche Arten umfasst, davon fast alle innerhalb der Gattung *Medicus*. *Regis*, auch bekannt unter dem Namen Königsblatt, ist im südwestlichen Teil Oceanas heimisch und wird fast ausschließlich auf der Insel gefunden, die ihre Bewohner Varua nennen (welche von Kapitän Gregory New Blanshford getauft wurde und so auf den Seekarten verzeichnet steht). Die Existenz von Königsblatt auf den anderen Inseln der New-Blanshford-Gruppe ist im Großen und Ganzen eine Mutmaßung, die auf Erzählungen beruht, welche Kapitän Gregory bei seinem ersten Besuch gehört hat. Diese Geschichten erscheinen zweifelhaft, und Kapitän Gregory merkt selbst an, dass zum damaligen Zeitpunkt sein Verständnis der Sprache noch nicht sehr umfassend gewesen sei.

In natürlicher Umgebung wächst *Regis* auf schattigem Lehmboden (hingegen nicht auf freier Fläche) bis in Höhen von dreitausend Fuß. Seiner Anspruchslosigkeit zum Trotze ist *Regis* erstaunlich selten. Das Volk von Varua schätzt es außerordentlich hoch, und in seiner von Tabus und Vorrechten geprägten Kultur werden alle gefundenen Pflanzen als Eigentum des Königs angesehen.

Regis wächst selten höher als vier Fuß, manch erwachsene Pflanze erreicht nur zwei Fuß und acht oder neun Zoll. Auf einem Viertel der Höhe beginnen die Zweige, und oft gabelt sich der Stamm wenig höher in zwei oder drei Äste, von denen jeder sich weiter verzweigt, manchmal schon alle vier Zoll.

Nun folgte eine akribische Beschreibung des Aussehens von Königsblatt, die Tristam unmittelbar mit einer erwachsenen Pflanze vergleichen konnte, die keine vier Fuß von ihm entfernt stand. Wie nicht anders zu erwarten, war sie bis ins letzte Detail korrekt. Dandish genoss nicht grundlos einen ausgezeichneten Ruf. In diesem Moment kehrte Tumney mit dem Tee zurück. Tristam vergrub sich in der Lektüre, und der Gärtner verstand den Fingerzeig und begab sich wieder an seine Arbeit.

Der König von Varua, der Kapitän Gregory die Samenkörner von *Regis* als Geschenk an unseren König gab, berichtete dem Schiffskommandanten, dass die Pflanze von einem Geist besessen sei, der es liebe, Streiche zu spielen. Oft bewirke der Geist, dass die Pflanze keine Kerne mehr hervorbringt, sodass sie unfruchtbar werde; dieser Zustand könne mehrere Jahre oder auch für immer anhalten. Natürliche *Regis*-Bestände, deren Pflanzen jahrelang gediehen seien, könnten plötzlich absterben und die Suche nach neuen Beständen erforderlich machen; der Mann oder die Frau, von dem oder der ein neuer Bestand gefunden werde, habe eine reiche Belohnung zu erwarten. Auf der Insel werden offenbar mehrere jährliche Zeremonien durchgeführt, die allein der Besänftigung dieses Geistes dienen.

Die Insulaner versuchen nicht, *Regis* zu kultivieren, sondern verlassen sich darauf, die Pflanze natürlich vorkommend zu finden. Zumindest war es zur Zeit von Kapitän Gregorys Besuch dort so. Gregory erfuhr, dass *Regis* immer in Gruppen wächst und einzelne Pflanzen niemals angetroffen werden.

Ohne Zweifel hätte während Gregorys Aufenthalt mehr über Regis herausgefunden werden können, wenn der fähige Naturforscher des Schiffes, Mr. Trevelyan, von der Existenz dieser Pflanze erfahren und die Erlaubnis erhalten hätte, seine beträchtliche Beobachtungsgabe auf *Regis* in ihrer natürlichen Umgebung anzuwenden.

So bleibt uns nur Kapitän Gregorys Wiedergabe der Worte des König von Varua, denn der

Kommandant der Expedition erklärt eindeutig, dass er *Regis* nie gesehen habe.

In nördlichen Regionen muss die Kultivierung von Königsblatt in geschützten Gärten durchgeführt werden, vorzugsweise in einem eigens zu diesem Zweck errichteten Arboretum. Dieses Bauwerk muss es ermöglichen, einen Teil der Sommersonne abzuschirmen, denn *Regis* wächst vorzugsweise im Schatten. Die nötige Temperatur muss strikt eingehalten werden und darf zu keiner Zeit achtzehn Grad unterschreiten (auch darf sie nur für ganz kurze Perioden auf diesen Wert absinken). Eine Durchschnittstemperatur von siebenundzwanzig Grad erzeugt eine Umgebung, die der natürlichen am nächsten kommt. Die Frage, ob man Temperaturen halten kann, die für *Regis* zu warm sind, ist vermutlich müßig, denn es ist in unseren Breiten schwierig, eine Raumwärme von mehr als fünfunddreißig Grad zu unterhalten, und von dieser Hitze erfährt *Regis* keine Beeinträchtigung.

Der zukünftige Züchter von Königsblatt muss dem benutzten Erdreich große Aufmerksamkeit widmen. *Regis* wächst nur auf Böden aus vermoderndem Pflanzenmaterial (wie man ihn in den Dschungeln Oceanas allerorten findet), welche nicht allzu sauer sein dürfen. Deshalb muss Pflanzenerde, die aus vermodernden Nadeln der Kiefer (*Pinaceae*), Zeder (*Cupresaceae*) oder verwandter Gymnospermen besteht, gewissenhaft vermieden werden.

Nun schloss sich eine Abhandlung über Böden und ihre Natur an. Obwohl Tristam davon alles bekannt war, las er sie für den Fall, dass sich darin ein Hinweis zum Anbau von *Regis* fände. Akribie war ein Grundsatz Dandishs, und Tristam befolgte ihn so inbrünstig wie sein alter Lehrer.

Schließlich blickte er von Dandishs Monografie auf und sann darüber nach, wie sein Leben sich innerhalb kürzester Zeit so einschneidend hatte verändern können. Nur wenige Tage zuvor war er ein müßiggängerischer Gentleman gewesen, den nichts belastete, was auch nur entfernt an eine Pflicht erinnerte, und nun hing das Leben des Königs von seiner Arbeit ab. Das erschien ihm unmöglich: nicht er, Tristam Flattery. Selbst für jemanden wie ihn, der es gewöhnt war, dem Leben allein entgegenzutreten, war das ein wenig zu viel auf einmal.

Ich muss an Dandish schreiben, dachte er und kehrte zu seinem Text zurück. Der Artikel hatte unzählige Fragen aufgeworfen. Da sein alter Professor nur eine Tagesreise entfernt lebte, würde er Tristam einen guten Teil der Last von den Schultern nehmen können. Dandish mochte alt sein und zur Nervosität neigen, doch Tristam hatte noch nie erlebt, dass sein Genie versagt hätte. Wenn er auch sonst alles beunruhigend fand, so tröstete ihn wenigstens dieser Gedanke.

5. Kapitel

Flügelschlag rief Tristam aus der Wärme tiefen Schlummers. Er rollte sich herum und hob benommen den Kopf; er wusste nicht, wo er sich befand. Im Zimmer war es dunkel, doch ein Geräusch auf dem Balkon lenkte seine Aufmerksamkeit auf sich - Flügelflattern, dann die Bewegung von etwas Weißem im blassen Licht des Mondes. ›Taube‹, erklärte Tristam sich die Beobachtung. Er ließ den Kopf zurück aufs Kissen sinken und fiel weiter, in die Dunkelheit, in die Wärme - und dann ins Licht.

Es ging ein warmer Wind, und das Flügelschlagen hatte nicht aufgehört. Dort, auf dem Wasser! Ein Vogel, den Tristam noch nie gesehen hatte. Zwei lange Schwanzfedern, elegant und exotisch. Der Vogel schlug mit den Flügeln und schwebte über der türkisen Lagune, wo auch Tristam war - er stand auf dem weißen Sand am Ufer einer breiten Lagune. In den Palmen hinter ihm raschelte der Wind; ein Geräusch, wie er es noch nie gehört hatte und das ihm dennoch vertraut vorkam.

Wo der Vogel schwebte, schwamm eine Blüte auf dem Wasser, und das Wasser war so klar, dass auch die Blüte in der Luft zu schweben schien.

Zwei Hände tauchten aus dem Nass und umschlossen vorsichtig die Blüte, als sei sie eine Kostbarkeit oder eine Opfergabe, und hoben sie empor. Vollkommene Hände - die Hände einer jungen Frau. Tristam spürte, dass er einen Schritt voran in die warme Lagune machte.

Gesicht und Schultern einer Frau schoben sich nun aus dem Wasser und glänzten nass in der Sonne, doch ihr Haar war sonderbarerweise völlig trocken: Lang und schwarz war es, trieb rings um sie auf der Wasserfläche und wehte leicht im Wind. Langsam und sorgfältig steckte sie sich die Blume hinter das Ohr, dann schaute sie auf und erblickte Tristam. Ein entzücktes Lächeln trat auf ihr wunderschönes Gesicht.

Sie kennt mich, begriff er, und doch hatte er sie noch nie zuvor gesehen.

Ihre dunklen Augen suchten ohne Scheu seinen Blick, dann begann sie langsam aufs Ufer zuzugehen. Dabei enthüllte sich ihre ganze Schönheit, ihre glitzernde Haut, die der Sonne kein Geheimnis vorenthielt. Als das Wasser ihr nur noch knapp über die Beine reichte, blieb sie stehen.

Sie schlang die Arme um ihn und drückte sich mit ihrer nassen Haut an ihn. Tristam atmete heftig, schmeckte die salzige Luft, spürte, wie ihre Lippen sich berührten, wie sie ihm den Nacken betastete, und er küsste sie auf die Schulter, unsagbar sanft, küsste ihre kleine Brust, und dann sanken sie rücklings ins Wasser, das sie beide warm umschloss und trug.

Ohne es gewollt zu haben, drang er in sie ein, und sie bewegten sich im langsamen Rhythmus der Brandung, die sich an einem fernen Riff brach. Die Blume fiel aus dem Haar ins Wasser. Ein Trudeln, ein weißes Aufblitzen, und die Blume verschwand, von einer letzten Bewegung in die Tiefe gesogen.

Tristam hörte ein Stöhnen und kam vom Laut seiner eigenen Stimme zu sich. Er hatte sich in seine Bettdecke verhangelt. Das Blut pochte ihm in den Ohren wie Trommelschlag. Es war dunkel und völlig still. Er legte sich auf den Rücken und hoffte, sich zu beruhigen. zugleich versuchte er, sich das Gefühl des Traumes zu erhalten, und spürte doch schon, wie es verebbte, als sei es eine Welle, die ans Ufer geschlagen war und nun den Sandstreifen hinabrinnt zurück ins Meer – für ihn verloren.

Tristam erwachte vom Licht und den Geräuschen des Tages. Seine Suche nach der Insulanerin im Reich der Träume war vergeblich gewesen. Falls er danach etwas geträumt hatte, so konnte er sich zumindest nicht erinnern.

Heute war sein fünfter Tag in Avonel, und nichts entwickelte sich wie gehofft. Tumney hatte bereits sämtliche Maßnahmen ausprobiert, die auch er versucht hätte. Entgegen Sir Rodericks zurückhaltender Beurteilung kannte der Gärtner sein Metier sehr gut. Die Nachforschungen, mit denen Tristam begonnen hatte, zeigten kein Ergebnis von irgendwelcher Bedeutung, und er musste gegen ein Gefühl des Versagens ankämpfen, von dem er wusste, dass es seine analytischen Fertigkeiten beeinträchtigte. Nun beschloss er, seinen Stolz herunterzuschlucken und einzugestehen, dass er Hilfe benötigte. Gleich nach dem Frühstück wollte er an Dandish schreiben.

Schon unmittelbar nach seiner Ankunft im Palast hatte er dem Professor einen Brief geschickt, doch hatte es sich dabei nicht um einen Hilferuf gehandelt, sondern nur um einige Fragen, da er zunächst noch nicht hatte absehen können, wie kompliziert das Problem in Wirklichkeit war.

> Weshalb ganze Bestände von *Regis* Perioden der Unfruchtbarkeit durchmachen oder sogar für immer unfruchtbar bleiben, ist unbekannt und erfordert ausgiebige Untersuchung. Höchstwahrscheinlich gehört das Phänomen zu einem ausgedehnten natürlichen Zyklus und kann daher am leichtesten umgangen werden, indem man Samenkörner der frühesten Pflanzungen zurückhält und diese verwendet, um gegebenenfalls die Parzellen zu regenerieren.

So hatte Dandish geschrieben. Ein einzelner Abschnitt, der eine simple Lösung vorschlug. Doch da hatte der Professor sich geirrt. Tumney hatte das Offensichtliche schon vor langer Zeit probiert und war erfolglos geblieben.

Die Dienstboten im *Königin Anne* kannten inzwischen Tristams Gewohnheiten und brachten ihm kurz nach dem Aufstehen heißes Wasser. Er badete und rasierte sich ohne Freude.

Auch nach Locfal hatte er geschrieben, an Jenny, der er den Hof gemacht hatte: einen Brief, der seine Situation in einem günstigeren Licht zeichnete, als sie war, wie er zu seiner Verlegenheit zugeben musste. Schließlich und endlich teilte Jenny nicht seine Interessen. Sie wollte über Bälle, das Theater und vom Leben der Königsfamilie lesen.

Seit seiner Ankunft hatte es wenigstens zwei Gesellschaften im Palast gegeben, doch Tristam hatte an keiner teilgenommen. Dann gab es noch die angedeutete Einladung ins Haus der Herzogin von Morland, die bislang aber nicht überbracht worden war, sodass Tristam sie von Tag zu Tag weniger wahrscheinlich hielt. Er ertappte sich gelegentlich dabei, wie er die Visitenkarte der Herzogin hervorsuchte, um sich zu beweisen, dass er sich die Begegnung nicht nur eingebildet hatte. Bei seiner Rückkehr nach Locfal hätte er nur wenig zu erzählen.

Was er getan hatte, war, im Boden zu wühlen, Wurzeln und Kerne zu untersuchen, Blüten zu zerlegen, komplizierte Pflanzpläne zu ersinnen, nach Milben zu suchen, nach Mehltau, nach Rostpilzen und zahlreichen anderen Parasiten und Krankheiten, und er hatte regelmäßig die Temperatur von Luft und Boden gemessen, ohne Erfolg. Nirgends gab es einen auffälligen Befund. Wenn nicht eine seiner Pflanzungen den Schlüssel zu dem Geheimnis offenbarte, würde nur noch ein Wunder bewirkem können, dass das Königsblatt wieder Blüten trug. Er schloss die Augen.

Wie beschämend, aufgrund großer Erwartungen den ganzen weiten Weg von Locfal geholt worden zu sein und dann zeigen zu müssen, dass man nicht mehr von der Materie verstand als ein alter Gärtner. So viel zu seinen Jahren an der Universität.

Dandish. Er hoffte, dass der Professor ausreichend gesund sein würde, um ihm mit Rat zur Seite zu stehen.

Ihn streifte ein Hauch des Gefühls, das er bei seiner Traumbegegnung erlebt hatte. Jenny erschien ihm plötzlich lästig, sein Brief an sie war ihm peinlich. In Wahrheit hatte er ihr in den vergangenen fünf Tagen kaum einen Gedanken gewidmet. Nicht gerade überschäumende Leidenschaft also, gestand er sich ein – doch schließlich hatte er nach einer Frau gesucht, die ihm eine Gefährtin und in den kommenden Jahren eine Stütze sein würde. Eine vernünftige Mutter für seine Kinder. Jedenfalls versicherte er sich das nun.

Lieber wandte er sich der Frage des Arboretums zu. »Noch ein Flattery, der schmählich in Avonel scheitert«, sagte er niedergeschlagen. Wenigstens scheiterte er nicht vor den Augen der Öffentlichkeit. Dafür musste er noch dankbar sein.

Was sollte er Dandish am besten sagen? Der gute Professor würde nicht geringer vom ihm denken, nur weil er ihn um Rat gebeten hatte. Kein bisschen. Dandish war der geborene Empirist. Das Unwissen zurückzudrängen war sein ganzer Lebensinhalt. Andere Empiristen ergingen sich in Eifersüchteleien und verteidigten sich und ihre Arbeit mit einer Vehemenz, die Stieren angemessen wäre. Dandish war anders. Professor Dandish konnte keinerlei Kritik ertragen und kritisierte darum niemand anderen für irgendetwas, es sei denn in allermildester Form. Er hatte kaum bemerkt, wie wenig Verdienst ihm Lord Trevelyan für die jahrelange Arbeit bei der Bestimmung seiner großen Sammlung anrechnete. Nein, Sanfield Dandish würde seinen ehemaligen Studenten weder kritisieren noch verurteilen. Trotzdem kam es Tristam vor, als hätte er versagt – vor sich, vor dem Königsmann und vor der schönen Herzogin.

Er kletterte aus der Badewanne und begann sich abzutrocknen. Der warme Wind, der durch das offene Fenster hereinwehte, schien direkt aus seinem Traum zu kommen – der Schlafmangel erschwerte es ihm einmal mehr, sich völlig in den Wachzustand zu begeben.

An der Tür klopfte es.

»Ja?«

»Mr. Flattery«, hörte er eine gedämpfte Stimme. »Ihr Frühstück und ein Brief, Sir.« Das war der alte Diener namens Benjamin.

»Legen Sie ihn mir bitte auf den Schreibtisch.«

»Wie Sie wünschen, Sir.«

Ein Brief von Dandish. Tristams Stimmung hob sich merklich.

Gemächlich kleidete er sich an. Es war ihm nicht eilig damit, denn welchen Sinn hätte es, in den Palast zu hasten wie noch wenige Tage vorher? Was seine Gelegenheit zu triumphieren gewesen war, erschien ihm mehr und mehr als das Feld seiner Niederlage.

Als er sein Wohnzimmer betrat, drang ihm der Kaffeeduft in die Nase, und das war doch etwas, worüber er sich beinahe freuen konnte. Er goss die dampfende Flüssigkeit aus der silbernen Kanne in eine Tasse und hob sie an die Lippen. Mit Absicht hielt er sich zurück und wappnete sich, um auf keinen Fall enttäuscht zu sein, wenn Dandishs Brief ihm doch keine Offenbarung böte. Er nahm den Umschlag auf und sah das Siegel der Universität im Wachs.

Der Brief stammte von Cecil Emin, dem Dekan des Merton Colleges, einem Mann, der Tristams Vater ein Freund gewesen und auch ihm selbst freundschaftlich zugetan war.

Lieber Tristam,
leider ist es meine traurige Pflicht, Sie vom Tod unseres geehrten Kollegen Professor Sanfield Dandish zu unterrichten. Ich weiß, dass Sie sein Tod ebenso sehr betrüben wird wie mich. Der gute Professor verschied in der vergangenen Nacht im Schlafe. Ein großer Verlust für uns alle.

Ich schätze mich glücklich, Professor Dandish zwei Tage zuvor noch besucht zu haben, und er hat mir gegenüber erwähnt, dass Sie sich mit Angelegenheiten des Königlichen Arboretums befassen. Ich hoffe, Sie erhalten diesen Brief noch in Avonel. Wie Sie vielleicht schon wissen, hat Professor Dandish mich zum Vollstrecker seines Letzten Willens eingesetzt, aber wahrscheinlich wissen Sie nicht, dass Sie in seinem Testament bedacht werden: kein Vermögen, wie ich fürchte, aber einige persönliche Habe des Professors, die Ihnen vielleicht Trost bieten kann.

Sie würden mir einen großen Gefallen tun, wenn Sie einige Tage erübrigen könnten, um mit mir die Angelegenheiten und Hinterlassenschaft Dandishs zu ordnen. Ich bin überzeugt, dass kein anderer für diese Aufgabe geeigneter wäre als Sie, denn Sie waren oft bei ihm zu Besuch und kannten sein Büro im College besser als ich. Freilich, wenn die Belange Seiner Majestät Ihnen keine Zeit lassen, werde ich auch alleine zurechtkommen. Bitte lassen Sie mich Ihre Entscheidung wissen.

Ihr Diener,
Cecil Emin, Dekan

Tristam ließ sich schwer in einen Sessel fallen. Jäh fühlte er sich schwindlig und orientierungslos. Etwas war sehr seltsam: Von weitem hörte er gedämpft jemanden schluchzen.

Bei Farrelles Blut, dachte er, *bin ich das? Weine ich?*

Nachdem Sir Roderick von der schlechten Neuigkeit erfahren hatte, zeigte er sich Tristam außerordentlich freundlich und zuvorkommend. Natürlich hatte er Dandish persönlich gekannt, was zu Tristams Gunsten ins Gewicht fiel. Nachdem sich der Königsmann überzeugt hatte, dass Tumney sich um die neuen Sämlinge kümmern und alle wesentlichen Beobachtungen vornehmen würde, erteilte er Tristam für einige Tage Urlaub. Dieser hatte offen heraus eingestanden, noch keinen Fingerzeig auf die Ursache der Unfruchtbarkeit zu haben, doch Roderick hatte daraufhin nur genickt und den Blick auf den Schreibtisch gesenkt.

Zu Tristams Erstaunen wollte der Ritter ihn unter keinen Umständen mit der Postkutsche nach Merton fahren lassen und bestand darauf, ihm eine Kutsche mitsamt Kutscher zur Verfügung zu stellen – eine freundliche Geste, die Tristam sehr anrührte. Vielleicht schlug in Sir Rodericks Brust am Ende doch ein Herz.

Offenbar waren schöne Kutschen dessen geheime Schwäche – der *Bronam*, den er Tristam lieh, entsprach nämlich nicht nur der neusten Mode, sondern stellte überhaupt ein Musterbeispiel an Kutschenbaukunst dar.

So verlief Tristams Reise nach Merton in relativem Komfort. Tragischerweise, so dachte er jedenfalls, war es ein wunderschöner Tag, und die grüne Landschaft zog in geordneter Heiterkeit vorbei; der Tod eines Einzelnen besaß eine erschreckend geringe Wirkung auf die weite Welt.

Der Weg war Tristam vertraut, denn er hatte ihn als Student oft genug zurückgelegt. Während die Meilen an ihm vorbeistrichen, drängten die Erinnerungen an seine Jahre in Merton in den Vordergrund. Dandish spielte darin eine große Rolle.

An einem Wiesenteich am Straßenrand bat Tristam den Kutscher anzuhalten. Er nahm sein Fernrohr mit und streifte einer alten Gewohnheit folgend am Ufer entlang. Im seichten Ufersaum wuchsen Schwertlilien. Die vielfältigen Purpurtöne und gelben Lichter gaben ihnen etwas Exotisches, fand er. Auch sie erinnerten ihn an Dandish, der ihm kaum noch aus dem Kopf ging. Neben seinen vielen Vorlieben hatte der Professor eine Schwäche für Blumen gehabt und sie mit einer Hingabe gezüchtet, die ein anderer Mann vielleicht seiner Frau oder seinen Kindern geschenkt hätte.

Er sah einen Silberreiher aus dem Schilf aufsteigen. Ansonsten besaß der Teich das übliche Kontingent von Enten, Stelzvögeln und *Passeriformes* – Sitzvögeln – der Sorte, die das feuchte Land dem trockenen vorziehen. Während Tristam mit dem Glas langsam die Szene bestrich, verstummte unversehens aller Gesang, und die kleineren Vögel verschwanden im Dickicht. Er ließ das Glas gerade rechtzeitig sinken, um auf der Höhe der umstehenden Weidenbäume einen Winterfalken über dem Wasser schweben zu sehen. Er verschwand hinter den Ästen eines Baumes und war dann nirgens mehr zu sehen, obwohl Tristam die ganze Gegend systematisch mit dem Glas nach ihm absuchte.

Winterfalken bekam man in dieser Jahreszeit nicht oft zu Gesicht, wenigstens nicht so weit im Süden. Trotzdem zweifelte Tristam nicht an seiner Beobachtung. Sein Onkel war ein Falkner gewesen. Nach Erasmus' Tod hatte Tristam alle seine Vögel freigelassen, nur einer von ihnen, ein Winterfalke, saß manchmal noch auf einem Baum im Garten. Tristam hatte tatsächlich mitunter gedacht, sein verstorbener Onkel, der angebliche Magus, könnte den Falken beauftragt haben, über seinen fehlgeleiteten Neffen zu wachen. Jedenfalls war er ein sehr schönes Exemplar, und Tristam sah ihn gern.

Am Horizont dämmerte der Abend, als Tristam im Städtchen Merton on Wedgewater eintraf. Er nahm einen Raum im *Ivy*, einer alten Gastwirtschaft, deren Mauern, ganz wie ihr Name besagte, von Efeu bewachsen waren. Innen war das *Ivy* dunkel getäfelt und auch sonst wie geschaffen für alternde Diener und gedämpfte Unterhaltung. Tristam ließ sich das Abendessen auf dem Zimmer servieren und aß am Fenster, das den kleinen Park der Wirtschaft überblickte. Nahebei stand eine große Ulme, und die Äste reichten dicht an sein Fenster heran. Es kam ihm vor, als sei er in ein Baumhaus gezogen, und diese Vorstellung gefiel ihm so gut wie nur irgendetwas an jenem Tag .

Wie üblich schlief er schlecht, in dieser Nacht vielleicht noch schlechter als sonst. Mehrmals weckten ihn seltsame Träume, an die er sich am nächsten Morgen nicht mehr erinnern konnte.

6. Kapitel

Bevor Tristam sein Frühstück einnahm, sandte er seine Karte an Dekan Emin und bat darum, um elf Uhr erscheinen zu dürfen. Es dauerte nicht lange, und er erhielt zur Antwort, man würde ihn erwarten.

Merton on Wedgewater war so klein, dass Tristam beschloss, den Weg bis Emins Haus zu Fuß zu gehen. Das Städtchen veränderte sich so gut wie nie, und Tristam rechnete fast an jeder Ecke damit, einem alten Studienkollegen zu begegnen. Selbst wer nach fünfzig Jahren zurückkehrte, gewann den Eindruck, der Ort sei derselbe geblieben; das gehörte zur Natur von Merton und machte einen Teil seines Charmes aus. Auf seine eigene unauffällige Weise trotzte dieses Städtchen dem Lauf der Zeit.

Merton sei ›aus einem Guss‹, pflegten die Einheimischen gern zu sagen. Die Häuser passten sich im Baustil der Universität an, und sie waren in allen Straßen gleich. Eine grundlegende Unterscheidung wurde allerdings zwischen ›alten‹ und ›neuen‹ Gebäuden getroffen: Ein altes Haus bestand aus unbearbeiteten Feldsteinen, ein neues aus grob behauenen. Freilich konnten auch ›neue Häuser‹ leicht zweihundert oder mehr Jahre alt sein.

Nummer 18 in der Northmoor Road war ein solches ›neues‹ Haus in einer Reihe nahezu identischer, eng beieinander stehender Gebäude. Ihre Vorderstufen führten direkt auf den Gehweg, und wären davor nicht die vielen Kastanien gewesen, die Häuser hätten sich aller Welt mit einer überaus kühlen Fassade präsentiert. Wie Tristam wusste, waren sie im Innern weitaus behaglicher, als es von außen den Anschein hatte. Das Haus des Dekans konnte man durchaus elegant nennen. Dafür hatte seine verstorbene Frau gesorgt, und Dekan Emin versuchte gar nicht, ihre Hinterlassenschaft zu verändern.

Tristam kam durch den Park, an dem die Häuserzeile an der Northmoor lag, und als er den Rasen überquerte, sah er den Dekan am Fenster seines Arbeitszimmers stehen und die Türme der Universität betrachten. Er wusste, dass der alte Hochschullehrer die Taschenuhr zwischen den Fingern drehte, während seine Gedanken so fern waren wie der Punkt, auf dem seine Augen ruhten.

Barnes öffnete und führte Tristam die Treppe hinauf. Leise klopfte er an die Tür des Arbeitszimmers.

»Ja?« Die Stimme des Dekans klang unerwartet gebrechlich.

»Mr. Flattery, Sir.«

»Führ ihn herein, Barnes. Vielen Dank.«

Emin wandte sich vom Fenster ab und bemühte sich um ein Begrüßungslächeln, war jedoch viel zu betrübt, um es zuwege zu bringen. »Wie gut, dass Sie kommen konnten, Tristam.«

»Ich wünschte nur, wir hätten uns unter angenehmeren Umständen wiedergesehen, Dekan Emin.«

»Das ist der Lauf des Lebens, scheint mir manchmal. Wir warten, bis eine Tragödie uns zusammenführt. Wie unglückselig.«

Er winkte zu zwei alten Ledersesseln, und die beiden Männer nahmen Platz. Tristam hatte Emin über zwei Jahre nicht mehr gesehen und fand, dass er in dieser Zeit stärker gealtert war als im vorherigen Jahrzehnt. Das weiße Haar und der Schnurrbart hatten ihre Dichte und ihren Glanz verloren, und infolge des vielen Sitzens war der Gelehrte dick geworden. In dem rundlichen Gesicht wirkten die dicken Lippen und das spitze Kinn fehl am Platze, und seine Haut war so glatt und dünn, als wäre er noch nie in der Sonne gewesen. Auch seine blauen Augen waren sehr blass geworden. Der alte Mann bedachte Tristam fortwährend mit einer zerknirschten Miene.

Eine Weile saßen sie einander in unbehaglichem Schweigen gegenüber, und Tristam, der dem Dekan kaum in die Augen sehen konnte, musterte den Raum.

Die Wände verschwanden ganz hinter Bücherschränken, dazu kamen als Ausstattung nur ein kleiner Kamin, ein Schreibtisch, die beiden nun benutzten Sessel und ein kleiner Tisch mit einem Schachbrett. Kein einziges Bild zierte das Zimmer. Der Boden bestand aus Zucker-Ahornholz, jede Planke zehn Zoll breit; mitten darauf lag ein verblichener Teppich, der einmal eine recht schöne Arbeit gewesen sein musste. Das einzige Fenster im Raum war weit über mannshoch, denn es lag an der Giebelseite, und die Decke folgte der Dachschräge. Ohne Zweifel das Zimmer eines Akademikers, die Zuflucht eines Gelehrten, der sich von der alltäglichen Welt hinter Mauern zurückzieht, die die Werke der größten Köpfe bergen.

Im Gegensatz zu anderen Arbeitszimmern ließ dieses den bittersüßen Geruch nach Pfeifentabak vermissen, denn dem Dekan war von seiner Frau untersagt worden, im Hause zu rauchen, und er achtete ihre Wünsche, obwohl sie nun schon fast so lange tot war, wie Tristam lebte.

»Ein schlimmer Tag für uns alle, fürchte ich«, begann der alte Mann endlich. »Sanfield Dandish war gewiss einer der ganz Großen. Ein Gelehrter und Empirist, der Bewunderung und, wie ich meine, Nachahmung verdient hat. Unseren jungen Gelehrten ist er immer ein prächtiges Vorbild gewesen, und viele seiner Schüler haben sich einen ausgezeichneten akademischen Ruf erworben. Ein Lob für diesen Mann, das fortlebt, anders kann man es nicht sagen.« Er beugte sich vor und berührte Tristam am Arm, eine ungewöhnliche Geste für den Dekan. »Ob Sie wohl einen Weinbrand ebenso gut gebrauchen könnten wie ich?«

Obwohl Tristam der Tag für ein alkoholisches Getränk noch viel zu jung war, konnte er diesen Gunstbeweis doch nicht zurückweisen, zumal er wusste, wie hart den alten Mann dergleichen ankam. »Ja, ich glaube, das könnte ich.«

Emin klopfte ihm linkisch auf die Schulter, erhob sich und klingelte nach Barnes. Augenblicklich kehrte er auf seinen Sessel zurück, als wäre er vom Alter zu geschwächt oder zu erschöpft, um lange stehen zu können.

»In einem Augenblick wie diesem bringe ich das Praktische nur ungern zur Sprache, Tristam, aber ich muss bald ins College und werde mich vor heute Abend nicht mehr freimachen können. Wäre Ihnen das unangenehm?«

»Nicht im Geringsten. Deshalb bin ich ja gekommen. Wenn auch nicht nur aus diesem Grunde.«

Barnes brachte ein Tablett mit zwei Kognakschwenkern und zog sich ebenso still zurück, wie er gekommen war.

»Die Gedenkfeier wird übermorgen Abend abgehalten werden, am siebenundzwanzigsten, in Merton Hall. Wollen Sie sprechen?«

Tristam zögerte einen Moment. »Ich ... – nein, ich glaube nicht.«

»Eine schwierige Sache. Niemand wird es Ihnen verübeln, wenn Sie nicht sprechen. Von mir erwartet man freilich eine Rede, und so muss ich mein Bestes geben.« Der Dekan trank von seinem Weinbrand, und das unbehagliche Schweigen senkte sich wie ein Winterabend auf sie herab, während sie sich innerlich dem Freund zuwandten, den sie verloren hatten. »Am Ende war er noch einmal zu Kräften gelangt«, sagte Emin. »Ich dachte schon, vielleicht kommt er doch wieder über den Berg. Aber dann, die letzten beiden Wochen ...« Der alte Mann schürzte bedrückt die Lippen und schloss die Augen. Tristam rechnete damit, gleich seine Schultern beben zu sehen, doch irrte er sich; der Dekan sah ihn an und mühte sich um ein mattes Lächeln, das ihm allerdings zu flüchtig geriet, um mehr als schicksalsergebene Trauer auszudrücken. »Das ist einer der schlimmsten Aspekte des Alterns, Tristam: Einen nach dem anderen verliert man sie. Freunde, die man seit dreißig oder vierzig Jahren gekannt hat ...« Er hob eine Hand vors Gesicht, und Tristam hörte ihn leise schniefen.

Diesen freundlichen alten Mann so kummervoll und niedergeschlagen zu erleben rührte Tristam sehr an. Am liebsten hätte er Emin tröstend die Hand auf den Arm gelegt, doch damit hätte er dessen Verlegenheit nur vergrößert, und das wollte er zuallerletzt.

»Das Testament darf nicht vor der Gedenkfeier eröffnet werden«, sagte Emin. Er zwang sich nun, vom Praktischen zu sprechen, und vermied jedes weitere Wort der Trauer. Allein sein Tonfall gab seinen Gemütszustand preis. »Dandish und ich hatten den gleichen Anwalt. Wir treffen uns in seiner Kanzlei.« Seine Stimme gewann allmählich ihre Kraft zurück. »Den Termin lasse ich Sie wissen. Dandish hinterließ fast den ganzen Besitz seiner Schwester. Eine wirklich traurige Geschichte.« Emin musste sich räuspern. »Sie ist geistesgestört, wissen Sie ... doch dank seines Testamentes kann sie nun in einigem Wohlstand leben, an dem es ihr dort, wo sie jetzt ist, mangelt. Ich hoffe nur, sie nimmt die Veränderung ihrer Lebensumstände überhaupt wahr. Seine Bibliothek, Papiere und Sammlungen vermachte er natürlich der Universität, mit einigen Ausnahmen – und diese Ausnahmen, die er sich ausbedang, sollen an Sie gehen, Tristam. Es handelt sich wohl um Gegenstände, für die Sie gelegentlich Ihre Wertschätzung ausgedrückt haben. Auch seine Instrumente sollen Ihnen gehören.«

Tristam schüttelte den Kopf. Er suchte nach angemessenen Worten, doch ließ ihn alle Redegewandtheit im Stich.

Der Dekan fuhr indessen fort. »Sanfield war kinderlos, und seine Studenten ersetzten ihm die Familie. Sie, Tristam, waren der Lieblingssohn. Mehr als einmal hat er mir das gesagt. Dandish hatte die allerhöchste Meinung von Ihren Fähigkeiten ... und viele andere stimmen ihm darin zu.«

Tristam trank von seinem Weinbrand und entdeckte, dass er dabei zitterte.

Vielleicht um ihnen beiden die Verlegenheit zu ersparen, erhob sich Emin und ging an seinen Schreibtisch. Aus einer Schublade nahm er einen Schlüsselbund. Eine Sekunde lang stand er vor Tristam und blickte teilnahmsvoll zu ihm hinab, dann lächelte er. »Noch einen Weinbrand?«, fragte er unbeholfen.

Tristam schüttelte den Kopf. »Nein, vielen Dank, Dekan Emin. Bitte, fahren Sie fort.«

Der alte Professor musterte ihn kurz, als vertraue er seiner Einschätzung mehr als Tristams Worten. »Die Schlüssel zu Dandishs Haus und zu seinem Büro im College«, sagte er, ließ sich behutsam in den Sessel nieder und hielt Tristam den Bund hin. »Ich weiß nicht genau, welcher auf welches Schloss passt, aber das werden Sie schon herausfinden. Mein Anwalt, ein der Vernunft zugänglicher Mann, erwartet bei weitem kein vollständiges Verzeichnis der Hinterlassenschaft. Das Testament ist nicht kompliziert, und es gibt keine Parteien, die um Vorteile wetteifern, wissen Sie.« Er hob versonnen das Glas, dann blickte er Tristam wieder an. »Bekümmern Sie sich nur nicht mit dem Unwesentlichen. Die Bücher, die Monografien, die Korrespondenz: Damit müssen Sie sich befassen, Tristam. Niemand sonst wird ihren Rang einordnen können.«

Tristam betrachtete den Schlüsselbund, den er in der Hand hielt. Wie oft hatte er beobachtet, wie Professor Dandish diesen Ring aus der Rocktasche zog? »Ich will tun, was ich kann.«

»Daran zweifle ich nicht. Trotzdem keine geringe Aufgabe. Sie wird Tage in Anspruch nehmen. Dann noch Dandishs Büroräume im College. Vielleicht sollten wir beide uns morgen darum kümmern? Oder übermorgen? Lassen Sie mich wissen, wie Sie vorankommen.«

Tristam nickte. »Wenn wir uns mit den Collegeräumen befassen, können wir gar nicht Hände genug haben. So sehr er an der Ordnung in der Welt interessiert war, so wenig Interesse brachte er der Ordnung im Privaten entgegen. Seine Räume im College werden ein fürchterliches Durcheinander sein, fürchte ich.«

Der Dekan lächelte. »Ein kleiner Makel an einem großen Geist ... Ich bin sicher, Sie empfinden ähnlich.« Er hob den Kognakschwenker. »Auf Sanfield Dandish. Möge sein Werk noch in tausend Jahren Früchte tragen.«

Tristam hob still das Glas.

Sanfield Dandish war lebenslang Junggeselle geblieben und hatte trotzdem in einem weitläufigen Haus gelebt, das mitten in einem ländlichen Garten stand und auch einer Familie genügend Platz geboten hätte. Es wäre unter den Häusern Mertons nicht weiter aufgefallen, wenn es nicht einen Steinturm gehabt hätte, der mehr oder minder gefällig an eine Schmalseite des Hauses angebaut war. Ein flüchtiger Beobachter hätte nicht unbedingt vermutet, dass der Turm mehr enthielt als eine Wendeltreppe, doch tatsächlich beherbergte sein Obergeschoss ein Wasserreservoir, und ein windgetriebener Mechanismus pumpte das Wasser aus dem Brunnen in die Zisterne hinauf - eine Erfindung des Professors. Dandishs Haus konnte sich einer Rohrleitung rühmen, die sowohl die Toiletten als auch die Küche mit fließendem Wasser versorgte. Tristam indes wusste genau, dass die Bequemlichkeit dieser Installation für Dandish völlig belanglos gewesen war - allein die Herausforderung, die Anlage zu entwerfen und zu verwirklichen, hatte den Professor dazu bewegt, beträchtliche Energie in das Vorhaben zu stecken.

Tristam hob den Schließer des Gartentors und trat in Dandishs Welt ein. Der alte Mann hatte die Gartenarbeit eigenhändig selber besorgt, wenn es irgend ging, und alles andere akribisch überprüft. Aus diesem Garten stammten mehrere neue Rosenvarietäten und auch Abwandlungen von Zier- und Nutzpflanzen.

»Überlegen Sie doch, wie die Tierrassen allein durch die Mittel der Viehzucht verbessert wurden!«, hatte Dandish einmal ausgerufen. »Oder in der Welt des Gartenbaus: völlig neue Varietäten! Wenn Menschen solche Veränderungen innerhalb der kurzen Zeit ihrer Geschichtsschreibung zuwege bringen, was könnte da erst die Natur im Laufe mehrerer Jahrmillionen erreichen?« Und mit dieser Frage stellte sich der Professor in die Tradition jener, die bei der Artenfrage den ›beständigen Wandel‹ vertraten. Die Diskussion, darum wurde noch immer mit unverminderter Leidenschaft geführt. Von der Umbildung der Arten überzeugt, hatte Tristams alter Lehrer in seiner Jugend den Ruf eines Radikalen gehabt oder zumindest eines Mannes, der zu seinen Anschauungen stand. Mittlerweile vollzog sich in Bezug auf diesen Streitpunkt ein Umdenken. Solange Tristam ihn kannte, war Dandish niemals davor zurückgeschreckt, Ideen zu vertreten, für die andere nur Verachtung übrig hatten. Und im Gegensatz zu anderen hatte das Alter seinen

Verstand nicht auf starre Bahnen gedrängt. Oft sogar hatte Tristam den Professor geistig beweglicher gefunden als seine Studenten. Dabei war Dandish sich niemals sicher gewesen, die Wahrheit zu kennen. Vielleicht lag es an diesem Wesenszug, dass er gegenüber Kritik so anfällig gewesen war.

Tristam folgte einem schmalen Kiesweg zwischen Beeten mit exotischen Lilien. Dandish war ein komplizierter Mensch gewesen. Der Anspruch seiner Studenten, ›die Wahrheit‹ an den Tag zu bringen, hatte ihn immer in höchstes Erstaunen versetzt. »In empirischen Studien formulieren wir aufeinander aufbauende Hypothesen«, hatte er einmal gesagt, »die wir zur Erklärung von Phänomenen heranziehen. Dabei passt jede Hypothese ein wenig besser zu den uns bekannten Fakten als die vorhergehende. Trotzdem bezweifle ich, dass wir auf diesem Wege irgendwann zur Wahrheit angelangen, Tristam; ich glaube vielmehr, wir steuern damit einem großen Rätsel entgegen.«

Für einige Zeit hatte Tristam den Verdacht gehegt, der Professor könnte insgeheim ein Mystiker sein, ein Anhänger des Transzendentalismus. Dennoch war Dandish auf das Entwickeln von Hypothesen fixiert gewesen wie nur irgendein Empirist, den Tristam kannte. Außerdem hatte er gesagt: »Eine großartige Hypothese ist wie ein großartiges Gedicht – solange sie etwas erhellt, was dem menschlichen Verstand wichtig ist, wird sie bestehen. Wenn sie diese Verpflichtung nicht mehr erfüllt, tritt etwas Neues an ihre Stelle. Uns allen ist der Name Maritain geläufig, auch wenn wir seine Gedichte längst nicht mehr lesen. Aber ohne einen Maritain wären ein Bartram und ein Northrop undenkbar gewesen. Die Größe eines Dichters lässt sich nicht allein daran ermessen, wie lange seine Werke gelesen werden, sondern daran, wie lange sie Wirkung ausüben.«

Bei alledem war Dandish ebenso sehr auf Unvergesslichkeit erpicht gewesen wie seine Kollegen, und Tristam hoffte, dass dessen Arbeit sich als gehaltvoll genug erweisen würde, um ihm solche ›Unsterblichkeit‹ zu gewährleisten.

Als Tristam Dandish kennen lernte, verunsicherte ihn zunächst der Hang des Professors, über den Empirismus in Begriffen der Kunst und der Dichtung zu sprechen. Erst im Lauf der Studienjahre wurde ihm klar, was Dandish damit beabsichtigte: Auf die ›Faktensammler‹, wie er sie nannte, blickte er mit Geringschätzung herab. Das Sammeln von Informationen diente nach Dandishs Denkweise allein einem Zweck: eine Hypothese zu stützen. Um die Suche nach Informationen zu organisieren und die Funde zu deuten, musste jedoch die Vernunft angewandt werden.

Tristam war dies als eine Offenbarung des Offensichtlichen erschienen, doch herrschte ein tiefer Zwist zwischen den ›Rationalisten‹, die glaubten, die Welt lasse sich allein durch Anwendung des Verstandes verstehen, und den reinen Empiristen, die glaubten, das Verständnis entstehe durch Welterfahrung. In diesem Streit wurde Dandish von beiden Seiten angegriffen. Für die Faktensammler war er zu ›rationalistisch‹, für die Rationalisten beharrte er zu sehr auf Tatsachenmaterial. Doch selbst dieser Streit kam allmählich zum Verstummen – die Bedeutung des Wortes ›Empirismus‹ veränderte sich, und die Denkschule, für die Dandish und einige seiner Kollegen eintraten, gewann immer mehr an Boden. Leider war der persönliche Preis, den der hypersensible Dandish dafür zu zahlen hatte, immens hoch gewesen.

Tristam ließ sich Zeit im Garten; auch, weil er das Betreten des Hauses noch ein wenig hinauszögern wollte. Zu seinem Erstaunen war die Erde auf den Beeten feucht. Jemand musste sie gegossen haben.

Dandish hatte in den vergangenen beiden Jahren keine große Rolle mehr in Tristams Leben gespielt, auch wenn sie viel Zeit damit verbracht hatten, Trevelyans Sammlung taxonomisch zu bestimmen. Dandish war ein sehr zurückhaltender Mensch gewesen, der wenig zu Sympathiebekundungen oder zum Erörtern persönlicher Dinge neigte, weshalb er zum Beispiel seine Schwester niemals erwähnte. Es hatte also eine seltsame, unausgesprochene Freundschaft zwischen ihnen bestanden, die dem Professor augenscheinlich mehr bedeutet hatte, als Tristam bewusst gewesen war.

Allein dass er mich in seinem Testament bedacht hat, überlegte Tristam. *Wenn ich es nur früher bemerkt hätte. Ich hätte die Mühe auf mich nehmen sollen, ihn zu besuchen. Hätte ich nur gewusst, wie krank er war ...*

Er ahnte, dass ihm noch einige Reue darüber bevorstand. Natürlich hatte Dandish solche Beziehungen bevorzugt: unausgesprochene Freundschaft, nie benannte Zuneigung – vermutlich, weil sie am leichtesten fielen, und in der reservierten, kühlen Welt der Hochschullehrer von Merton waren seine Gewohnheiten nichts Außergewöhnliches gewesen.

Tristam blieb stehen und betrachtete aufmerksam den Garten. Dicke Hecken und hohe Steinmauern im Schatten hoher Bäume: das Städtchen Merton im Westentaschenformat. An diesen abgeschiedenen Ort verirrte sich unweigerlich ein bestimmter Menschenschlag. Tristam hatte schon vor Jahren entschieden, dass am Leben mehr sein musste, dass es jenseits von Merton noch eine ganze Welt zu entdecken gab. Setzte Empirismus etwa keine Welt-Erfahrung voraus?

Aus diesen Überlegungen hatte Tristam sich von Merton verabschiedet und war nach Locfal zurückgekehrt, womit er Dandish vielleicht enttäuschte, doch ganz eindeutig galt sein Lebensziel nicht dem Dasein eines Mertoner Hochschullehrers. Nicht etwa, dass er deren Interessen nicht geteilt hätte – ganz im Gegenteil, und er beabsichtigte auch nicht, sie aufzugeben. Als Lebensinhalt aber reichten ihm akademische Erörterungen nicht aus. Dieses Leben beglückte nur den Verstand, und Tristam fand in sich noch andere Bereiche, ein nahezu unerforschtes Terrain. Freilich hatte er noch nicht entschieden, welche Gestalt sein Leben außerhalb Mertons annehmen sollte. Darin bestand das eigentliche Problem.

Manchmal ereilte ihn die Befürchtung, er könne Jenny nur deswegen den Hof machen, um in dieser Beziehung eine Antwort herbeizuführen. Mittlerweile fürchtete er aber, gerade Jenny könnte ihm diese Antwort nicht liefern, und war sich unsicher, wie er darauf reagieren sollte. Dieser Gedankengang beunruhigte ihn jedes Mal, und deshalb schob er ihn nun beiseite und näherte sich dem Haus.

Er versuchte es mit dem Schlüssel, der am passendsten aussah, und die Vordertür öffnete sich quietschend. Aus der Diele schlug ihm der Geruch von kaltem Tabakrauch entgegen. Tristam ließ die Tür weit offen stehen und drang leise ins Haus vor, als befürchtete er, die Bewohner aufzuwecken.

Bei allen Streichen, die mich vom Gegenteil überzeugen sollten, glaube ich noch weniger an Gespenster als an Magie, ermahnte er sich. Dennoch beschlich ihn Unbehagen vor einem Haus, in welchem erst vor kurzer Zeit ein Mann gestorben war. Er ging ins Esszimmer und riss die Fenster weit auf. Auf dem Tisch, an Dandishs Stammplatz, lag ein aufgeschlagenes Buch. Tristam klappte es behutsam zu und las den Titel: ›Die Vermehrung der tropischen Angiospermen‹ von Lord Trevelyan.

Er durchquerte die makellos saubere Küche, in der nur selten etwas anderes als Tee oder Kaffee gekocht worden war. Mahlzeiten hatte Professor Dandish gewöhnlich im Speisesaal des College oder in einem Gasthof eingenommen.

Tristam schaute in alle Zimmer des Erdgeschosses und öffnete die Fenster und Türen, um zu lüften; zu sehen, wie mühelos Dandish von seiner weltlichen Habe überlebt worden war, machte ihn zusehends melancholisch.

Eine schmale Hintertreppe führte an eine Kammer, die wohl für einen Diener bestimmt gewesen wäre, wenn Dandish einen beschäftigt hätte, und Tristam gelangte in das nächste Stockwerk.

Die Tür zum Schlafzimmer ließ er zunächst unbeachtet – dort war Dandish gestorben –, und ging als erstes in die Bibliothek. Dandish musste aus einer vermögenden Familie stammen, denn seine Sammlung enthielt über dreitausend Bände, und Bücher waren teuer. Vom Gehalt eines Professors allein konnte man sich nicht viele Bücher leisten, wenn man zugleich ein großes Haus zu unterhalten hatte. Die meisten Bücher befassten sich mit Themen, die dem Professor am Herzen lagen: Naturgeschichte, insbesondere Taxonomie; alle Zweige der Naturphilosophie; Mechanik und Maschinenbau. Die breite Fächerung der Interessen beeindruckte Tristam immer wieder, denn es gab auch Bücher über Philosophie, Poesie, Linguistik und Geschichte. Sogar einige Romane hatte er besessen.

An den Wänden standen Bücherregale, die vom Boden bis zur Decke reichten; ausgenommen waren nur ein Erkerfenster in der einen und ein Kamin an einer anderen Mauer. Über dem Kamin hing die Studie für ein Gemälde, das Seelöwen in der Brandung zeigte. Die Studie stammte von einem einigermaßen berühmten Künstler, und Tristam wusste, dass Dandish sie von seinen Besitztümern am meisten geschätzt hatte.

Eine vollständige Sammlung der ›Annalen der Empiristischen Gesellschaft‹ lenkte Tristams Blick auf sich, und er ertappte sich bei der Überlegung, ob diese Ausgabe wohl zu den Gegenständen gehöre, die sein Lehrer ihm hinterlassen hatte. In den Regalen klafften einige Lücken, doch die entsprechenden Bände würden sich im Hause verteilt wiederfinden. Dandish hatte gewohnheitsgemäß mehrere Bücher parallel gelesen und sie an den unterschiedlichsten Stellen liegen lassen: einige an seinem Bett, im Esszimmer hatte Tristam schon eins gefunden, auf ein oder zwei würde er im – unbenutzten – Damenzimmer stoßen, weitere stapelten sich neben jedem Sessel im Wohnzimmer. In der Bibliothek selbst lagen Bücher auf dem Tisch und auf dem Sekretär. Selbst im Empfangszimmer wären aufgeschlagene Bücher zu finden.

Auf dem Sekretär lag noch eine von Dandishs Erfindungen: eine Kopiermaschine in Form eines Rahmens, welcher mechanisch einen Bleistift bewegte und dadurch jeden Strich reproduzierte, den man mit der Feder machte, an die er gekoppelt war. Der Apparat hatte Dandish erlaubt, von jedem Brief oder anderem Dokument, das er schrieb, eine Zweitschrift anzufertigen, sofern er das wünschte.

Tristam schaute in die Runde. Er war sich unsicher, wo er beginnen sollte, doch dann zog er den Gehrock aus, legte ihn über einen Stuhl, lockerte das Halstuch und wählte eine Zimmerecke aus. Arbeit war gerade die richtige Kur für seine Gefühlsanwandlungen.

Er kam nur langsam voran, denn die Bücher waren schlecht geordnet. Wie verwunderlich, dass er immer gewusst hat, wo er das Gewünschte suchen musste. Ach, welche Schätze hier zu finden waren!

Tristam blieb manchmal stehen und bewunderte einen Band: Bei vielen handelte es sich um seltene Erstausgaben, die der Verfasser signiert hatte. Dandish hatte viele der bedeutenden Männer seines Feldes kennen gelernt, zumal da er mehr als zwanzig Jahre lang Mitglied der Empiristischen Gesellschaft gewesen war, was ihm zahlreiche Kontakte erschlossen hatte.

Dass er eines Tages auch ihn zum Mitglied vorschlug, davon hatte Tristam immer geträumt. Das würde nun nie geschehen, und dabei hatte er die Arbeit erst noch zu leisten, die ihn für einen Platz in den Reihen dieser illustren Vereinigung qualifizierte.

Die Mittagszeit nahte, und Tristam, der seine Aufgabe noch längst nicht zur Hälfte erfüllt hatte, empfand plötzlich ein starkes Hungergefühl. Er schloss hinter sich die Tür ab und begab sich auf einen kurzen Streifzug zum nächstgelegenen Laden, von dem er mit Brot, Käse und einer Kanne Bier zurückkehrte. Im Garten stand eine Laube, in der Dandish oft gesessen hatte, und darin gab es zwei Korbsessel und einen kleinen Tisch. Dort stellte Tristam seinen Mittagsimbiss ab und ging durch die Küchentür ins Haus, um sich ein Buch und einen Bierkrug zu holen.

Als er so beschwingt in die Diele kam, überrannte er fast eine alte Frau. Sie erschrak so sehr, dass sie aufkreischte und Tristam beinahe einen ebenso großen Schrecken einjagte. Die beiden wichen voreinander zurück und beäugten sich misstrauisch.

»Mrs. Ebish?«

»Und wer sind Sie?«

»Tristam Flattery. Sie erinnern sich wahrscheinlich nicht an mich. Ich war Student bei Professor Dandish.« Er lächelte, beruhigend, wie er hoffte. Mrs. Ebish war die Putzfrau in diesem Haus. Tristam war ihr nur ein- oder zweimal begegnet und wunderte sich, dass er sich noch an ihren Namen erinnerte.

»Und aus welchem Grund schleichen Sie hier herum?«, fragte sie verdrießlich.

»Dekan Emin, der Testamentsvollstrecker des Herrn Professors, hat mich gebeten, hierher zu kommen und die Bücher und Papiere aufzulisten. Er hat mir den Hausschlüssel gegeben.« Und zum Beweis, dass er die Wahrheit sagte, zog er den Bund aus der Tasche und hielt ihn Mrs. Ebish vor die Nase.

»Sie haben mich ganz schön erschreckt«, sagte sie. Offenbar hatte sie sich noch nicht ganz erholt und grollte ihm.

»Das war nicht meine Absicht, glauben Sie mir. Darf ich fragen, was Sie hier tun?«

Sie blickte ihn leicht abwehrend an. »Ich hab die Blumen gegossen«, antwortete sie trotzig. »Einer muss es ja tun. Ihr Dekan Emin ist nie auf den Gedanken gekommen. Heute Morgen hab ich den Garten besorgt, aber ich hatte keine Zeit, mich auch ums Haus zu kümmern.« Sie wies die abgenutzte Gießkanne vor wie Tristam zuvor den Schlüsselbund.

»Wie umsichtig von Ihnen, Mrs. Ebish.« Er fragte sich, wie viel vom Silberbesteck des Professors sie in ihrer Schürze davontrug, und kam sich augenblicklich infam vor.

»Die Blumen im Salon oben habe ich nicht gegossen, weil der Herr Professor ihn immer abgeschlossen hat und sich selber darum kümmerte. Bestimmt sind die Pflanzen da drin jetzt so schlaff wie alte Lumpen.« Sie blickte fragend auf Tristams Schlüsselbund. »Haben Sie den für das Zimmer vielleicht auch?«

Er musterte die Schlüssel. Im oberen Salon war er noch nicht gewesen. »Ich muss zugeben, ich weiß es nicht.«

»Es wär schade, wenn die Pflanzen verwelken würden.

Eine besondere Studie wären sie, hat er zu mir gesagt, und sie schienen ihm sehr am Herzen zu liegen.«

»Nun, vielleicht sollten wir einen Blick darauf werfen«, sagte Tristam und bedeutete der alten Frau voranzugehen.

Flink war sie nicht mehr, erstieg die Treppe jedoch energisch, wobei sie sich fest an das Geländer klammerte. Tristam glaubte sich zu erinnern, dass Dandish einmal erwähnt hatte, sie putze ihm seit mehr als dreißig Jahren das Haus.

»Es muss sehr ungewohnt für Sie sein, Mrs. Ebish, dass Sie sich nun nicht mehr um den Herrn Professor zu kümmern brauchen.«

»Das will ich meinen. Aber ehrlich gesagt, meine alten Knochen wollen auch nicht mehr so recht, und ein bisschen weniger Arbeit tut mir ganz gut. Ich habe ihn gefunden, wissen Sie.« Auf einmal wirkte sie verlegen. »Mehr will ich dazu aber nicht sagen.«

Sie folgten dem Korridor bis an eine hohe Eichentür, wo die Frau stehen blieb und Tristam den Vortritt ließ, damit er die Schlüssel probieren konnte. Seiner Meinung nach verbarg sie ihren Eifer nur schlecht; sie fuhr sich sogar mit der Zunge über die Lippen. Der dritte Schlüssel passte. Als Tristam die Tür nach innen öffnete, nahm er einen vertrauten Geruch wahr – etwas dumpfig Oorganisches.

Er ließ die Tür nach innen schwingen, und vor ihm lag ein großer Raum. Alles Mobiliar war an eine Wand gerückt und mit Leintüchern bedeckt worden, um Platz für die ›besondere Studie‹ zu schaffen. Dort, vor den breiten Fenstern, standen ordentliche Reihen aus kupfernen Pflanzkästen. Sie enthielten Erde, aber keine Pflanzen. Wie kleine Särge lagen sie in den hellen Rechtecken, die das Sonnenlicht auf den Boden zeichnete.

Tristam sah die Putzfrau an und bemerkte in ihrem Gesicht den unverkennbaren Ausdruck tiefer Enttäuschung.

»Tja«, brummte sie. »Tja.«

»Wohl nicht das, was Sie erwartet haben?«

Sie lächelte matt. »Ich war immer so neugierig. Ich habe

gedacht, er zieht hier irgendeine besonders schöne Blume, weil er sie so geheim hält.« Sie lachte kurz. »Tja. Dann ist er mit seinen Studien wohl noch fertig geworden. Sieht dem Herrn Professor ganz ähnlich, dass er mir nichts davon gesagt hat.«

»Ja ... das passt wohl zu ihm.« Tristam wandte sich wieder den leeren Kästen zu. Ganz offensichtlich war etwas darin gewachsen, denn Vertiefungen in regelmäßigen Abständen verrieten, wo Pflanzen aus der Erde entfernt worden waren.

»Na, dann brauch ich mir über das Gießen hier ja keine Gedanken mehr zu machen.« Mrs. Ebish lachte recht gezwungen. »Einen angenehmen Tag wünsche ich Ihnen noch, Mr. Flattery. Viel Glück bei Ihrer Arbeit. Ich kann nicht sagen, dass ich Sie beneide; die Habe des Herrn Professor ist bestimmt in großer Unordnung. Hat nie 'nen Sinn fürs Praktische gehabt, der Mann – möge seine Seele in Frieden ruhen.« Tristam hörte zu, wie die Frau die Treppe hinabstieg – die langsamen Tritte, das Quietschen, das ihre Hand gelegentlich auf dem Geländer machte.

Dandishs geheimnisvolles Gehabe hatte wahrlich ihre Neugierde geweckt.

Tristam durchquerte den Raum und ging zwischen den Pflanzkästen umher. Er schnüffelte und verdrehte den Kopf wie ein Hund, der Witterung aufnimmt. Tatsächlich, der Geruch war ihm vertraut.

Er grub in der Erde und förderte abgebrochene Wurzeln zutage. Obwohl er aus diesem spärlichen Indiz nicht schließen konnte, welche Pflanze hier gewachsen war, wusste er doch sogleich, dass er solche Wurzeln schon einmal gesehen hatte. Eins aber konnte er mit Bestimmtheit sagen: Die Pflanzen waren mit roher Gewalt aus den Kästen gerupft worden – man hatte sie nicht etwa behutsam ausgegraben, um sie woanders wieder einzupflanzen, sondern herausgerissen.

Tristam ging ans Fenster und blickte hinaus in den Garten. Jawohl, da stand er noch, der kleine gemauerte Ofen, in dem der Gartenabfall verbrannt wurde. Er warf noch einen Blick auf die leeren Kästen und flüsterte: »Das ist bloß ein Zufall, sonst nichts.« Dann verließ er den Raum, schloss hinter sich ab und kehrte in den Garten zurück.

Der Ofen enthielt nur feine Asche, doch eine aufmerksame Suche ringsum lieferte Tristam trotzdem die Antwort auf die Frage, die ihn nicht losließ. In den Ästen einer Lorbeerhecke hatte sich ein einzelnes Blatt verfangen, das zwar ausgetrocknet war und sich zusammengeringelt hatte, das jedoch unzweifelhaft von einem Königsblattstrauch stammte.

Er stand auf und drehte das papiertrockene Blatt immer wieder in seiner Hand, während er krampfhaft nach einer anderen Erklärung für dessen Vorhandensein suchte. Er blickte zu den Fenstern des Salons hoch und schüttelte den Kopf. Es konnte kein Zweifel bestehen: Professor Dandish hatte Königsblatt zunächst angepflanzt und es später vernichtet. Oder hatte jemand anders die Pflanzen zerstört?

Ein leichter Wind strich durch den Garten und schien ihm etwas zuzuflüstern. Tristam sah wieder zu den Fenstern des Salons hinauf, in denen sich das Laub der umstehenden Bäume spiegelte, und fand durchaus, dass es wie *Regis*-Blätter aussah, die sich gegen die Scheiben pressten.

Eindeutig wusste Sir Roderick hiervon nichts, sonst hätte er es vor seinem Aufbruch nach Merton erwähnt. Palle nahm die Angelegenheit überaus ernst, und so schied für Tristam die Möglichkeit aus, dass er einfach nur nicht daran gedacht haben könnte. Roderick hatte seine erlauchte Position nicht dadurch erreicht, dass er Angelegenheiten nachlässig behandelte.

»Es muss eine vollkommen vernünftige Erklärung dafür geben«, sagte Tristam laut.

Er ging wieder ins Haus und stapfte entschlossen die Treppe hinauf zu Dandishs Schlafkammer. Dort hielt er, die Hand schon auf der Klinke, nachdenklich inne und sammelte sich, bevor er die Tür öffnete.

Der Geruch des Todes stand im Raum. Tristam, der sich mit der Taxonomie der Säugetiere befasst hatte, kannte ihn wohl, hier aber fand er ihn unerträglich. Er hielt den Atem an, zog die Vorhänge beiseite und riss die Fenster weit auf. Dann lehnte er sich hinaus und holte mehrmals tief Luft. *Hier in diesem Zimmer ist Dandish ganz allein gestorben*, dachte Tristam. Der Gedanke bescherte ihm eine Gänsehaut am ganzen Körper. Kurzentschlossen ging er zum Nachttisch am Kopfende des Bettes. Die Schublade war abgesperrt, doch der kleinste Schlüssel am Bund passte auf das Schloss. In der Schublade fand Tristam genau das, was er erwartet hatte: drei gleiche, ledergebundene Bücher - die jüngsten Journale des Professors. Er nahm sie an sich und verschloss die Schublade. Dann floh er eilig aus dem Schlafzimmer.

Unten im Garten nahm er eins der Tagebücher zur Hand. Der erste Eintrag stammte vom April vor zwei Jahren und befasste sich mit Plänen für Gartenarbeit. Außerdem enthielt er die ausführliche Beschreibung einer Spinne, die Dandish auf dem Holzstoß gefunden hatte.

Bald las Tristam ganze Abschnitte und fand Trost darin, von den nichtigen Begebenheiten in Dandishs Tagesablauf zu erfahren. Fast hörte er des Professors Stimme, die ihm das Gelesene in der für ihn typischen bedächtigen Weise vortrug, und wie er um der größtmöglichen Präzision willen jedes einzelne Wort mit peinlicher Sorgfalt auswählte. Tristam teilte Dandishs Freude über die ersten Frühlingsblüten und über eine kleine Entdeckung an der Universität.

Geradezu andächtig blätterte er auf der Suche nach dem letzten Eintrag weiter und fand dabei eine Seite, über der Tinte ausgelaufen war und das ganze Blatt geschwärzt hatte. Die Tinte war auf die nächsten Blätter hindurchgesickert, allerdings war der Fleck hier nicht mehr ganz so groß; bis der Fleck immer kleiner wurde und schließlich verschwunden war.

An diesem Punkt setzte sich Tristams Verstand endlich mit der Tatsache auseinander, dass sein Mentor gestorben war. Die nächste Stunde wanderte er zwischen den Büschen und Blumen umher, obwohl ihre vergängliche Pracht ihm keinerlei Trost zu spenden vermochte. Es dauerte einige Zeit, bis er seine finstere Stimmung überwunden hatte, dann aber gelang es ihm mithilfe der Disziplin, die er in den Jahren des Alleinseins entwickelt hatte, an etwas anderes zu denken als an Dandish und dessen Tod.

Er ging zu seinem Sessel zurück und überlegte, ob der arme Dandish so krank gewesen war, dass er Tinte über sein Tagebuch verschüttete. Oder hatte er einige Seiten mit Absicht unkenntlich gemacht? Tristam wiegte den Kopf. Wenn Dandish etwas hätte beseitigen wollen, dann wäre es viel effektiver gewesen, besagte Seiten herauszuschneiden und zu verbrennen, wie er es anscheinend auch mit dem Königsblatt getan hatte. Vorausgesetzt, er hätte noch die nötige Kraft besessen ...

Tristam durchblätterte das Journal und las zusammenhanglos einzelne Passagen. Bemerkungen über Treffen im College, Nachforschungen, die Professor Dandish anstellte, Kritik an Artikeln aus verschiedenen wissenschaftlichen Journalen, Bezüge auf Korrespondenz, die er abgeschickt oder empfangen hatte.

Ein kurzer Eintrag beschrieb eine der Geißeln, die Dandishs Leben beeinträchtigten:

> Ipsword hat mich zum zweiten Mal in der gleichen Woche angegriffen – nicht etwa meine Arbeit, sondern mich persönlich! Ich kann seine Bosheit einfach nicht abschütteln und habe seit sieben Tagen kaum geschlafen oder gearbeitet. Ich sollte mich von seinen Worten nicht derart treffen lassen, denn dieser Mensch ist überhaupt kein Empirist. Nichts weiter als ein gewöhnlicher Lump ist er!

Der arme empfindliche Dandish. Die Einträge aus den vorhergehenden Tagen beschäftigten sich alle mit der gleichen Affäre. Was der Professor wohl geleistet hätte, wenn er immer nur Lob empfangen hätte? Tatsächlich hatte Dandish Kritik aus fremdem Munde nie nötig gehabt – er selbst ließ an seiner Arbeit kein gutes Haar, bis sie seinen eigenen, sehr hohen Ansprüchen genügte.

Tristam blätterte bis zum Beginn des vorhergehenden Jahres zurück und fand endlich, wonach er suchte – *Regis* wurde erwähnt:

> Ich kann nicht begreifen, weshalb meine *Regis* den gleichen Mangel erleiden wie die Pflanzen im Palast! Meine Samenkörner stammen aus der zweiten Ernte, dennoch verhalten sie sich exakt gleich wie die Pflanzen, die späteren Generationen entstammen. Aber wieso??

Dandish hatte das Fruchtbarkeitsproblem also vor Tumney erkannt – und es für sich behalten!

Zwischen hinterem Buchdeckel und Vorsatzblatt des Journals glitt ein Umschlag hervor. Tristam zog ihn hervor und stellte fest, dass er in Dandishs Hand beschriftet war – an die Herzogin von Morland adressiert.

Tristam sanken die Hände in den Schoß. Er brauchte den Brief überhaupt nicht zu öffnen. Eigentlich ahnte er die Wahrheit, seit er die leeren Pflanzkästen gesehen hatte, seit der inszenierten Begegnung im Palast und seit die Herzogin ein Interesse an Tristam gezeigt hatte, das in keinem Verhältnis zu seinen bisherigen Verdiensten stand. Dandish hatte für die Herzogin Königsblatt gezüchtet.

Wieso?

Eine Arznei, die den König am Leben hält.

Unter den Höflingen herrschte grimmige Rivalität um die Gunst Seiner Majestät, zumindest zwischen der Herzogin und Sir Roderick Palle. Irgendwie war es ihr gelungen, Dandish für ihre Zwecke einzuspannen. Fast übertrieben vorsichtig schob er den Brief zwischen die Seiten des Tagebuchs, als könnte er ihn dadurch zum Verschwinden bringen.

Tristam betrachtete den Garten unvermittelt mit anderen Augen – als wäre er nicht im Haus seines alten Lehrers, sondern an einem Ort, den er noch nie betreten hatte. Sosehr er sich auch bemühte, er vermochte sich niemanden vorzustellen, von dem er weniger erwartet hätte, sich in die Hofintrigen verwickeln zu lassen. *Und ich glaubte, ich hätte ihn gekannt!*

Er blickte über den Rasen hinweg auf die Mauer, die zwischen Dandishs Welt und der Außenwelt Wache stand. Tristam hatte immer angenommen, zwischen diesen beiden Reichen gäbe es nur wenig Verkehr.

Mit einem Geräusch wie Flügelschlag kam der Brief erneut zwischen den Buchseiten hervor, und Tristam starrte ihn einige Sekunden lang an, als interessiere ihn die Oberflächenbeschaffenheit des feinen Papiers. Der Umschlag kam ihm wie der unschuldigste aller Gegenstände vor.

Ein Brief, der an die Favoritin des Königs adressiert ist, erinnerte sich Tristam und schob ihn wieder ins Buch zurück.

Eine Weile zögerte Tristam und rang mit sich, doch ihn hatte das unwiderstehliche Verlangen befallen, von Dandishs geheimem Leben zu erfahren, und dieser brennende Wunsch war stärker als alle anderen Erwägungen. Niemand außer Tristam und Dandish konnte von der Existenz dieses Briefes wissen, so viel erschien gewiss. Und Tristam wollte wissen, weshalb Dandish hinter dem Rücken von Sir Roderick Palle in dieser Sache konsultiert worden war. Denn allein dieser Umstand ließ ihn plötzlich an den Motiven des Königsmanns zweifeln.

Mehr Rechtfertigung benötigte er nicht. Er nahm ein kleines Federmesser aus der Tasche und schnitt den Umschlag mit einer präzisen Bewegung auf.

> Eure Herzogliche Hoheit!
> Zu meinem tiefen Bedauern muss ich Ihnen schreiben, um Ihnen mitzuteilen, dass ich mich leider außerstande sehe, die begonnene Untersuchung fortzusetzen. Meine Gesundheit hat sich weiter verschlechtert und zwingt mich, die meisten meiner Beschäftigungen aufzugeben, einschließlich meines Lehrstuhls an der Universität. Dennoch glaube ich Ihnen sagen zu müssen, dass meiner Meinung nach für besagtes Problem keine Lösung existiert.

Ich schreibe dies im vollen Bewusstsein, Eure Herzogliche Hoheit in einer Angelegenheit höchster Bedeutung zu enttäuschen: eine unwerte Gegengabe sowohl für Ihr Vertrauen in mich als auch für Ihre freundlichen Aufmerksamkeiten.

Mir ist es das größte Vergnügen gewesen, Eurer Herzoglichen Hoheit in dieser Angelegenheit dienen zu dürfen, und ich bedaure, dass ich nicht mehr anzubieten habe.

Ich habe mir erlaubt, die Pflanzen zu vernichten, die sich in meinem Besitz befanden, denn ich bin sicher, dass sie für weitere Untersuchungen wertlos sind.

Ihr ergebener Diener,
Sanfield Dandish

Damit stand fest, für welche Seite bei Hofe Dandish sich entschieden hatte.

Erneut durchblätterte Tristam das Journal und suchte nach Tatsachen, die er noch nicht kannte. Schließlich gelangte er an den letzten Eintrag vom 21. – irgendwann in der darauffolgenden Nacht war Dandish gestorben. Er begann die Seite zu lesen:

Besuch von Dekan Emin. Die Schwere meiner Lage lässt sich nicht abstreiten. Der Miene, die der arme Kerl machte – als hätte er in meinem Bett ein Gespenst gesehen.

Heute ist mein Herz nicht friedlich, es schlägt arhythmisch und flattert. Mir fällt das Atmen schwer. Irgendwoher muss ich die Kraft nehmen, an Tristam zu schreiben, aber nicht heute. Wie sehr ich bedaure, ihn mit hineingezogen zu haben!

Unerwartetes Donnergrollen rief Tristam in die Wirklichkeit zurück. Ein Windstoß durchfuhr zischend die Blätter, darauf folgte lastende Stille. Ein Sommersturm brach über Merton herein, und jäher Regen prasselte mit einer Gewalt auf die Erde, die an die stampfenden Füße von Männern in einer Schlacht erinnerte.

Nachdem Tristam eilends Fenster und Türen geschlossen hatte, warf er sich im Wohnzimmer in einen Sessel und schnappte nach Luft. Draußen wiegten sich die Bäume im Wind. Blätter lösten sich von den Zweigen und wurden vom Sturm davongetragen.

Er fühlte sich unfähig, sich wieder an seine Arbeit in der Bibliothek zu begeben, und vertiefte sich erneut in Dandishs Tagebuch. Kurz vor Ende des letzten Bandes stieß er auf einen kurzen Absatz, den er vorher übersehen hatte. Er war ungefähr vier Monate vor Dandishs Tod geschrieben worden.

> Der alte Dummkopf, für den die Herzogin mich hält, bin ich nun gerade nicht. Morgen sende ich den Brief an Valary ab.

Tristam blickte auf. Valary?

»Na endlich ein Geheimnis, das sich leicht ergründen lässt«, dachte Tristam laut. Er kehrte in die Bibliothek zurück und ging zu einer Ecke, wo sich Holzkisten stapelten. Sie enthielten den umfangreichen Schriftwechsel des Professors – etwa vierhundert Briefe im Jahr – und erweckten zumindest den Anschein von Ordnung. Als weithin anerkannte Autorität auf mehreren Gebieten hatte Dandish mit unzähligen Empiristen sowohl in Farrland als auch jenseits der Grenzen korrespondiert. Um nicht alle Einzelheiten im Gedächtnis behalten zu müssen, war er der allgemeinen Praxis gefolgt, von jedem seiner Briefe eine Kopie in Reinschrift anzufertigen, bevor er sie in die Post gab.

Eine zweistündige Suche ergab weder einen Brief von Dandish an einen Valary noch umgekehrt. Außerdem fand sich kein einziger Hinweis darauf, dass Professor Dandish je mit der Herzogin von Morland korrespondiert hatte.

Ein heftiger Windstoß schüttelte das Haus, und ein lautes Klopfen ließ Tristam zusammenfahren. Als er nachschauen ging, stellte er fest, dass jemand an die Vordertür hämmerte. Dass Dekan Emin zu solcher Kraftanstrengung fähig war, erschien Tristam sehr unwahrscheinlich, und deshalb öffnete er die Türe mit einer gewissen Vorsicht.

Vor ihm stand die durchnässte und tropfende Gestalt seines Cousins, der ihn betrübt anblickte.

»Jaimy?«, fragte Tristam dümmlich.

»Aha, wenigstens erkennst du mich. So ein Glück!« Jaimy versuchte zu lächeln, doch seine Befangenheit war unübersehbar. »Ich frage mich, ob du mich hereinbitten wirst oder ob wir uns unterhalten wollen, während ich dusche.«

Tristam hörte sich selbst lachen, welch große Erleichterung. Dann zog er seinen Cousin handgreiflich in die Diele. »Was um alles in der Welt suchst du während des Sommers in Merton?« Tristam war überglücklich, dass sein Cousin vor ihm stand, sein Verbündeter in so vielen Dingen.

»Ich besuche selbstverständlich Flinders. Er ist jetzt Assistent oder so etwas. Überlässt mich für heute Abend mir selbst, während er auf Freiersfüßen wandelt. Typisch für seine schlechten Manieren. Unser Freund Flinders ist außer sich über ein liebreizendes Mädel – das behauptet wenigstens er, ich kann für ihren angeblichen Liebreiz nicht bürgen.« Jaimys Bemühen, sich unbeschwert zu geben, verschwand übergangslos. »Dekan Emin hat mir gesagt, ich könnte dich hier finden. Es tut mir leid um den alten Dandish, Tristam. Ich weiß, dass er dir ein guter Freund gewesen ist.« Er zögerte. »Kann ich irgendetwas für dich tun?«

Tristams Kehle war plötzlich wieder wie zugeschnürt. »Ich bin gerührt über dein Mitgefühl, Jay, aber du brauchst dir keine Gedanken zu machen. Ich kann ganz ehrlich sagen, dass ich mich damit abgefunden habe. Er war ein alter Mann und hatte ein erfülltes Leben hinter sich, das er geführt hat, wie er wollte.« Er sah seinen Cousin an und zuckte mit den Schultern. Was sollte er noch dazu sagen? »Dekan Emin hat mich gebeten, die Papiere des Professors durchzugehen. Das Testament ist noch nicht eröffnet worden, doch anscheinend hat Professor Dandish mich bedacht – wahrscheinlich mit ein paar Büchern.«

»Er hat dich sehr geschätzt, Tristam.« Jaimy blickte sich um. »Ich dachte, eine Ablenkung würde dir vielleicht gut tun. Sollen wir etwas essen gehen? Vielleicht heitert dich das auf. Und danach leiste ich dir gern alle Hilfe, die du brauchst.«

»Eine Kräftigung habe ich wirklich dringender nötig als Aufheiterung. Einen Augenblick.« Tristam suchte seinen Gehrock, dann bündelte er Dandishs Tagebücher und achtete dabei sorgfältig darauf, sich den Brief an die Herzogin so in die Tasche zu stecken, dass er nicht wieder herausrutschen konnte – wozu er offenbar neigte. Erst da fiel ihm ein, dass er das angesengte Blatt der *Regis* im Garten gelassen hatte. Er eilte an die Tür und sah durch die Scheibe, dass das Blatt fort war; wahrscheinlich hatte der Sturm es davongeweht. Einen Augenblick lang stieg die Furcht in ihm hoch, doch dann begriff er, dass niemand es bemerken würde – es wäre nur ein Blatt auf dem Boden, nicht mehr. Das erschien ihm geradezu angemessen.

Als Tristam in die Diele zurückkehrte, bewunderte Jaimy die Regale, auf denen Dandish zahlreiche Kuriositäten seines Berufes ausgestellt hatte.

»Was um alles auf dem Erdball ist das?« Jaimy wies auf eine grob behauene Holzbüste, die hohl zu sein schien. Ihr Kiefer hing an Scharnieren. Die allzu menschlich wirkenden Lippen bestanden aus Leder. Der Bildhauer hatte die Nase nur angedeutet und die Augenhöhlen leer gelassen, sodass die Skulptur einen recht schaurigen Anblick bot.

»Das hast du noch nie gesehen? Vor zwanzig Jahren sprach man hier in Merton und bei der Empiristischen Gesellschaft von nichts anderem. Selbst der König hat um eine Vorführung gebeten. Hier, pump damit.« Er deutete auf einen Blasebalg an der Rückseite der Büste. »Drinnen ist ein Mechanismus aus dünnsten Kupferblechstreifen.« Tristam legte die Hände auf die Steuerung und versuchte sich zu erinnern, was Dandish ihm gezeigt hatte.

Als er glaubte, dass genügend ›Atem‹ erzeugt worden war, bewegte er die Steuerung.

»*Ma'am*«, sagte der Kopf in kindlichem, hauchigem Ton.

Jaimy unterbrach überrascht das Pumpen. »Was ist ...?«

»Ein Versuch, die menschliche Sprachbildung nachzuahmen – oder sagen wir, sie annähernd nachzuempfinden. Der Apparat ist zwar recht primitiv, aber andererseits sehr raffiniert. Man stritt damals über den Ursprung der menschlichen Laute, und Dandish ersann diesen Kopf, um seinen Standpunkt zu untermauern. Er kann noch drei oder vier andere Wörter, aber ich weiß nicht mehr, wie man sie ihm entlockt.«

Jaimy erschauerte, als fröstele ihm auf einmal in seinen durchnässten Kleidern. »Ein wenig makaber kommt mir das Ganze schon vor. Ich glaube nicht, dass ich meine Diele damit schmücken wollte. Und das?«

Er deutete auf ein Gerät aus Holz und Metall, das auf einem eigenen schmalen Regal stand.

»Das ist Rover«, sagte Tristam und musste fast über die aufkommende Erinnerung lachen. »Ein Geschenk von jemandem, dessen Namen ich vergessen habe. Man nennt ihn auch den barometrischen Hund. Sobald der Luftdruck sich ändert, spannt er sich an und kriecht über das Regal. Selbst wenn das Barometer abrupt wechselt, bewegt er sich noch sehr langsam – im Vergleich würde eine Schnecke wie ein Rennpferd erscheinen –, aber er funktioniert.«

Noch ein weiteres Dutzend Geräte stand in dem Regal, doch weil der Regen zu einem feinen Nieseln übergegangen war, ergriffen sie die Gelegenheit und begaben sich hastig zum Ivy.

In der Gesellschaft seines Cousins fühlte sich Tristam sehr entspannt, denn Jaimy war sein engster Freund. Sie hatten die Rivalitäten und kleinen Streitigkeiten ihrer Jugend überstanden und eine Freundschaft geschmiedet, die ihnen beiden sehr viel bedeutete. Ohne Zweifel bestand ein wichtiger Grund für den Erfolg dieser Freundschaft in ihrer Gegensätzlichkeit, denn dort, wo Tristam Stärken besaß, war Jaimy schwächer und vice versa. Die beiden konnten nie zu Rivalen werden, denn Jaimy war der Erbe des Titels und des Vermögens und außerordentlich erfolgreich im Umgang mit Menschen, während er Tristam auf den Gebieten der Naturkunde und des Empirismus niemals, wie sie beide wussten, auch nur annähernd gleichkommen konnte.

In Bezug auf Größe und Teint ähnelten sie sich wie Brüder und wurden auch häufig für Geschwister gehalten. Jaimys Augen waren eher blau als grün, und er hatte ein etwas grobknochigeres Gesicht, doch es konnte überhaupt kein Zweifel bestehen, dass in ihren Adern das gleiche Blut floss.

Viele Menschen, die ihnen zum ersten Mal begegneten, hielten Jaimy für den älteren Bruder, weil er selbstsicher und seiner Klasse entsprechend sehr gewandt im gesellschaftlichen Umgang war, doch wer die Cousins genauer kennen lernte, glaubte bald, dass Tristam von beiden der ältere sei.

Im Ivy hielten sie sich nur kurz auf. Tristam lieh Jaimy trockene Kleidung, und während sein Cousin sich umzog, verstaute er, ohne weiter nachzudenken, die Journale des Professors unter seinen Koffern in einem Kleiderschrank.

Auf Jaimys Vorschlag hin begaben sie sich in eins ihrer alten Stammlokale. Der Wirt erkannte Lord Jaimas auf der Stelle wieder und setzte sie an einen guten Fenstertisch.

Während des Abendessens lenkte Jaimy das Gespräch mit gutem Gespür für die Stimmung seines Cousins – er ließ es weder zu frivol noch zu ernst werden. Professor Dandish wurde mit keinem Wort erwähnt, und obwohl Tristam seine Neuentdeckungen zu gern mit Jaimy erörtert hätte, verschloss Sir Rodericks Warnung ihm doch den Mund. Gewiss war es besser, Jaimy nicht in die Sache zu verwickeln, ganz gleich, wie sehr er den Beistand des Cousins hätte gebrauchen können. Dandish hatte mit Sicherheit widerechtlich gehandelt, doch seine Verbündete war eine Dame an allerhöchster Stelle. Also bewahrte Tristam Schweigen, der Tod des Professors würde seine Niedergeschlagenheit hinreichend erklären.

Dass man ihn in den Palast geholt hatte, war etwas anderes, das konnte er seinem Cousin schlechterdings nicht verschweigen. Daher begründete er den Aufenthalt in Avonel mit dem Auftrag, einen kränkelnden Strauch zu heilen, und stellte dies absichtlich als absurd hin, als weiteres Beispiel für die Torheiten der Höflinge.

Unterdessen überlegte Tristam, dass er seinem Cousin durchaus einige Fragen stellen könnte, wenn er sie harmlos klingen ließe, denn Jaimy kannte sich in der gehobenen Gesellschaft Farrlands bei weitem besser aus als er. »Jay? Bist du je der Herzogin von Morland begegnet?«

»Ein- oder zweimal. Warum fragst du?«

»Ich habe sie im Palast kennen gelernt. Sehr flüchtig. Ich war in Begleitung von Sir Roderick Palle und gewann den deutlichen Eindruck, dass die beiden einander nicht gerade grün sind.«

»Das kannst du wohl laut sagen! Palle ist der Vertraute von Kronprinz Kori, und die Herzogin ist bei Prinzessin Joelle alles andere als gut angesehen. Für Palles Geschmack steht sie Seiner Majestät ein wenig zu nahe, das kannst du mir glauben, und sie wirbt mit großem Erfolg für die Belange ihrer Freunde.« Er lächelte strahlend. »Die Herzogin ist eine große Schönheit – hast du das zufällig bemerkt? Sei auf der Hut«, warnte Jaimy ihn neckisch, »wie ich höre, schätzt die Herzogin die Gesellschaft jüngerer Männer.«

Weiter zu fragen war nun unmöglich, denn Jaimy begann von seinen letzten Reisen zu erzählen und war dabei so unterhaltsam wie gewohnt. In der Tat gelang es ihm, Tristam von seinem Kummer abzulenken. Auf einmal wirkte die Welt wieder normal. Die Verwicklungen um das Königsblatt, Dandish und die Herzogin erschienen ihm weiter hergeholt. Tristam konnte doch unmöglich in solch eine Angelegenheit verstrickt sein. Ausgerechnet Tristam Flattery aus dem verschlafenen Locfal! Je mehr Bier er trank, desto mehr schien er alles über die passenden Proportionen hinaus aufgebläht zu haben – er musste zeitweilig an Wahnvorstellungen gelitten haben.

Jaimy hatte, wie sich herausstellte, sein Herz an eine junge Dame verloren – der wahre Grund für seine Anwesenheit in Merton. Er fühlte sich sehr abgelehnt, weil seine Werbung offenbar erfolglos blieb. Tristam schenkte ihm sein Mitgefühl, war jedoch zugleich gelinde erstaunt. Als Heimstatt farrischer Aristokraten war Merton nicht gerade bekannt. »Wie um alles in der Welt hast du hier eine Frau gefunden?«

»Erinnerst du dich noch an Professor Somers?«, fragte Jaimy ein klein wenig reserviert, als müsste er befürchten, von Tristam ausgelacht zu werden.

»Natürlich. Ich weiß sogar noch, dass er Töchter hatte. Zwei, glaube ich.«

»Vier.« Jaimy stockte und ordnete seine Gedanken. »Somers hat ein höchst edles Experiment durchgeführt, Tristam: Er hat seinen Töchtern zu Bildung verholfen. Nicht nur, dass ihnen beigebracht wurde, auf eine dem Ohr wohlgefällige Weise Pianum zu spielen oder eine vom Verebben bedrohte Konversation dadurch zu retten, dass sie ein paar sorgfältig gewählte Worte einwirft, mit denen sie niemandem zu nahe tritt.« Seine Augen funkelten, und er lehnte sich über den Tisch vor. »Sie haben gelesen, Tristam; Lord Skye und Trevelyan, ja, und auch Halden. Sie wissen mehr über die Bedeutung unserer neuen Verträge mit Entonne als über die neuste entonnische Mode. Neulich im Garten bestimmte Alissa einen Käfer, den ich nicht benennen konnte. Im Hause Somers hat das Wort Bildung eine andere Bedeutung als anderswo.«

Tristam musste daran denken, dass seine Jenny kaum Brimm zu spielen verstand. »Alissa – ist sie denn nicht noch ein Kind?«

»Sie ist siebzehn.«

»Aha.«

»Sei nicht ermüdend, Tristam, um ihr Alter geht es nicht. Alissa ist reifer, als ihre Jahre vermuten lassen. Manchmal glaube ich, sie ist reifer als ich. Und sie scheint mir mehr als nur ein beiläufiges Interesse entgegenzubringen.«

»Und was ist mit dem guten Herrn Professor? Wie sieht er denn das Ganze?«

Jaimy senkte den Blick ins Weinbrandglas und sagte leise:

»Ich fürchte, er hält mich für einen Schurken mit unaufrichtigen Absichten.«

»Ach, Cousin. Das ist wirklich schwierig.«

»Vater weiß nichts davon, also kannst du dir deine nächste Frage sparen.«

»Du glaubst, der Herzog stände Alissa ungnädig gegenüber?«

Der junge Lord zuckte mit den Schultern. »Du kennst ihn so gut wie ich.«

»Längst nicht so gut, aber ich weiß, was du meinst.« Tristam fiel es nicht leicht, gelassen zu bleiben. »Nun, mein lieber Vetter, du stehst im Begriff, dich für immer in meine Schuld zu begeben – vorausgesetzt, es ist dir mit dieser jungen Dame wirklich ernst. Professor Somers ist einer meiner größten Gönner. In meinem zweiten Jahr habe ich einen bescheidenen Beitrag zu seinem Feld geleistet, und seit diesem Tag bin ich in den Augen des guten Professors ohne Fehl und Tadel. Überlass das Ganze also mir. Ich werde deinen Ruf im Hause Somers wiederauferstehen lassen, und dafür erbitte ich von dir nur, dass du selbstlos in Dandishs Bibliothek schuftest wie der aufopferndste aller Sekretäre.«

7. Kapitel

Nachdem Tristam sich von Jaimy verabschiedet hatte, stellte er fest, dass es ihn noch nicht in sein Bett im *Ivy* zog. Nicht etwa, dass er die Last der Müdigkeit nicht gespürt hätte, aber er wusste, dass in seinem Zimmer kein Schlaf auf ihn wartete. Deshalb durchwanderte er ziellos die Straßen von Merton. Auf der Brücke blieb er stehen, lehnte sich über das Geländer und lauschte auf das Murmeln des Flüsschens.

Die Luft war weich vom Tau und dem vergangenen Regen. In diese erneuerte Atmosphäre schien der Sommer all seine Düfte entlassen zu haben. Ein lauer Wind, der dem Sturm gefolgt war, seufzte in der Dunkelheit, beugte die Binsen am Flussufer und wehte in den Mänteln der Weiden. Hoch über den Türmen der Universität stand der zunehmende Mond; er trieb zwischen Sternen, die in einer Flüssigkeit zu schweben schienen, denn die größten waren von schwachen Lichthöfen umgeben.

Die Glocke im Universitätsturm läutete zur mitternächtlichen Stunde, andere antworteten, dann verklang ihr Ton, bis das Murmeln des dahinschießenden Wedgewater als einziger Laut blieb.

Tristam, der sich sehr deutlich seiner Schwächen bewusst war, und auch was das Wirken des menschlichen Herzens anbelangte, überdachte seine momentanen Gefühle und erkannte ihren Sinn, denn Ähnliches hatte er schon früher empfunden. Sein Kummer betraf nicht nur den Verlust eines Freundes, sondern auch die plötzliche Konfrontation mit der eigenen Sterblichkeit, wie solche Verluste sie unweigerlich hervorbringen – den abrupten Wandel in der Perspektive, als hätte der Tod ein Fenster aufgerissen, das normalerweise verschlossen und abgesperrt blieb. Durch dieses Fenster betrachtet, erschienen Tristam die bedeutenden Angelegenheiten dieser Tage völlig trivial.

Was trieben diese dummen Höflinge, und warum hatten sie Dandish in ihre Ränke verwickelt? Alles nur, damit ein sehr alter Mann sie mit Gunst bedachte und vergaß, ihren Rivalen zuzulächeln. Nun war Wilam VII. kein schlechter König, und Tristam wünschte ihm nichts Böses. Doch frönte der Herrscher einigen Narrheiten – aus denen der letzte Krieg gegen Entonne als Beispiel hervorstach. Wenn Seine Majestät dahinschied, würde die Welt nicht in Trümmer gehen – aber das Leben einiger Höflinge musste sich unwiderruflich ändern. Deshalb war ihnen jedes Mittel recht, um Wilam am Leben zu halten.

Tristam richtete sich von dem Geländer auf und ging weiter. Jenny hatte ihm mehrfach zu verstehen gegeben, er sei gefühllos, immer kühl und abweisend. Er hingegen hatte nie so recht gewusst, was sie von ihm erwartete. Ihre eigenen Anschauungen diesbezüglich unterschieden sich von den seinen, doch in welcher Weise, das konnte er nicht erklären – und Jenny anscheinend ebenso wenig. An sich lag eine Ironie darin, dass er Merton verlassen hatte, weil ihm das geistig-akademische Leben nicht genügte.

Tristam war zu der festen Überzeugung gelangt, dass das Leben von Vernunft beherrscht werden sollte. Liebe und Leidenschaft hatten darin gewisslich ihren Platz, aber sie sollten es nicht bestimmen. Diese Idee erschien ihm so grundlegend zweckmäßig, dass er nicht sah, was jemand dagegen einwenden wollte. Erneut wunderte er sich über den Kurs, den er eingeschlagen hatte: sein Leben mit dieser jungen Frau zu verbringen, die seine Interessen weder verstand noch teilte, war unvorstellbar.

Er blickte zu den Sternen hinauf und empfand erneut den Stich des Verlorenseins. Wenn Jenny glaubte, er sei ohne Gefühl, dann sollte sie ihn jetzt sehen. Dann wieder erschien ihm der Gedanke doch recht abgeschmackt, ausgerechnet Dandishs Tod als Beweis dafür heranzuziehen, dass er ein fühlendes Wesen war.

Er bog in eine Straße ein, an der ein paar Ulmen standen.

Ich kann nicht schlafen, stellte er fest, *und mit diesen Gedanken ist nichts zu gewinnen.* Deshalb beschleunigte er den Schritt und schlug den Weg zu Dandishs Haus ein. Die

Hofintrigen sollten verdammt sein. Die Sentimentalität ebenfalls. Sollten die Flammen auch die Liebe holen, wenigstens im Augenblick. Tristam wollte sich der Aufgabe widmen, die er angenommen hatte. Drei Stunden harter Arbeit sollten genügen, um ihm diese Dämonen auszutreiben.

Im Mondlicht fiel es ihm nicht leicht, den richtigen Schlüssel zu finden, dann ließ er sich im Schloss drehen, und die Tür öffnete sich. Der abgestandene Tabakrauch drang hinaus in die Nachtluft, gefolgt von einem gedämpften Poltern. Plötzlich hellwach erstarrte Tristam auf der Türschwelle. Er hielt den Atem an und lauschte. Nichts.

Fast hätte er laut aufgelacht. Vielleicht hatte er ein Fenster nicht richtig geschlossen, und der Wind hatte es gefunden. Von allen Toten war Dandish wohl der unwahrscheinlichste Kandidat, um zurückzukehren und in seinem alten Haus zu spuken. Nicht dass der Professor keine Geheimnisse gehabt hätte, wie Tristam gerade erfuhr, aber trotz allem war Dandish der Welt überwiegend mit Wohlwollen begegnet. Tristam räusperte sich hörbar, als wollte er sich beweisen, seiner Ängste Herr zu sein.

Er musste eine Lampe anzünden. Was er dazu benötigte, würde er am Kamin finden. Langsam tastete er sich zur Wohnzimmertür vor. Seine Augen gewöhnten sich rasch an die Dunkelheit. Ein wenig Mondlicht fiel durch die Fenster, und Tristam konnte allmählich Möbelstücke in dem Zimmer unterscheiden: hier einen Tisch, dort einen Sessel.

Aus einem unbestimmten Grund bedauerte Tristam, sich geräuspert zu haben. *Sei vernünftig*, ermahnte er sich, *schließlich fürchtest du dich nicht vor der Dunkelheit.*

Als er gerade ins Wohnzimmer treten wollte, hörte er einen unterdrückten Fluch, und etwas Großes schoss durch die Tür und stieß mit ihm zusammen. Der Aufprall schleuderte Tristam gegen das Treppengeländer, und sein Kopf schlug mit solcher Wucht auf das Eichenholz, dass er zu einem schlaffen Haufen zusammensackte. Ihm klingelte es in den Ohren, und er bekam für einen Augenblick keine Luft mehr. Die Eingangstür wurde aufgerissen und knallte gegen die Wand, dann hörte Tristam Stiefeltritte, die sich fliehend über den Kiesweg entfernten.

»*Farrelles Flammen!*«, hörte er sich inbrünstig ausrufen, also bekam er wieder Luft. Er versuchte aufzustehen, weil er befürchtete, in Gefahr zu sein, aber er konnte sich nur aufsetzen. »Blut und Flammen«, murmelte er, denn ihm war schwindlig, und gegen seinen Willen schloss er die Augen. Die Diele schien zu schwanken, zuerst in die eine, dann in die andere Richtung zu kippen. Tristam kämpfte um das Bewusstsein, als wäre die Dunkelheit, die ihn zu überwältigen suchte, sein Tod. Seine gesamte Willenskraft richtete er auf diesen einen Willensakt und öffnete die Augen gerade weit genug, um das Mondlicht zu erblicken und sich zu vergewissern, dass die Welt ringsum nicht im Schwinden begriffen war.

Er brauchte einen Moment, bis er das Bild, das sich ihm bot, erkannte und es zu seinem Bewusstsein durchdrang. Keine drei Fuß von ihm entfernt, halb im Schatten, halb im matten Licht, kauerte ein kleiner, verschreckter Junge und nahm nicht den Blick von ihm. Dann begann alles um ihn herumzuwirbeln, und Tristam glaubte zu fallen.

Er zweifelte nicht, schon nach wenigen Sekunden das Bewusstsein wiedererlangt zu haben. Einige Zeit blieb er liegen, ohne sich zu rühren, wie ein Tier, das sich auf den Schutz der Dunkelheit und der Reglosigkeit verlässt. Aus seiner Lage an der Treppe konnte Tristam niemanden sehen – weder Männer noch kleine Kinder. Unversehens überfiel ihn der Drang, aufzuspringen und aus dem Haus zu fliehen; dann aber erinnerte er sich, dass der nächtliche Besucher, der ihn umgerannt hatte, durch die Tür entkommen war. Im Haus würde nun mit fast völliger Sicherheit kein Übeltäter mehr sein.

Er hob die Hand an den Kopf und vergewisserte sich, dass er nicht etwa stark blutete. Die Haut war aufgeplatzt, aber nicht allzu schlimm, und es bildete sich bereits eine Beule.

»Ich bin heile«, sagte er laut. Dann erhob er sich sehr langsam. Seine Beine trugen ihn halbwegs, ohne zu zittern; er hielt sich am Treppengeländer fest, während er sein Befinden eruierte. Nein, schlappmachen würde er nicht.

Nicht ganz ohne Beklommenheit ging Tristam ins Wohnzimmer. Sein Blick huschte durch den Raum und versuchte die Dunkelheit zu durchdringen. In einer Ecke bemerkte er eine dünne, orange glühende Linie und erstarrte erschrocken. Dann lachte er laut auf und ging auf das schwache Licht zu. Wie er gedacht hatte, handelte es sich um eine Sturmlaterne, und das Licht drang aus dem Türchenspalt.

Es gelang ihm, die Laterne zu öffnen, ohne sich daran zu verbrennen, und der weiche Schein brach wie mit einem Seufzer daraus hervor. Tristam ließ sich in einen Sessel sinken.

Einbrecher. Er hatte Einbrecher überrascht. Hier in Merton. Tristam konnte sich nicht entsinnen, hier je von einem ähnlichen Verbrechen gehört zu haben. Das Ereignis brachte seinen Glauben völlig ins Wanken.

Ich sollte lieber Jaimy wecken, dachte er. In dieser Situation brauchte man einen Gefährten. Dann fiel ihm wieder ein, dass die Einbrecher vielleicht irgendwo draußen warteten. Vermutlich war es also am vernünftigsten, im Haus zu bleiben. Womöglich beobachteten die Einbrecher das Anwesen noch, und wenn er ginge, um Hilfe zu holen, kämen sie vielleicht zurück und führten ihr Vorhaben zu Ende – worin auch immer es bestanden hatte.

Als ihm einfiel, dass die Haustür noch immer offen stand, ergriff er die Lampe und sprang auf. Auf dem Fußboden neben der Wohnzimmertür fand er einen schweren Schürhaken, den er aufhob und fest umklammerte. Er war vollkommen sicher, dass der Schürhaken am Nachmittag noch neben dem Kamin gelegen hatte. Verglichen damit, was diese Waffe hätte anrichten können, war die kleine Beule an seinem Kopf eine Nichtigkeit.

Er verriegelte die Tür und beschloss, die Nacht im Erdgeschoss zu verbringen, neben sich die Lampe und den

Schürhaken. Er würde im Kamin ein Feuer entfachen. Und noch mehr Lampen entzünden. Wahrscheinlich würde er nicht einschlafen können, aber wenigstens würde er das Haus - und sich - vor weiterem Schaden bewahren.

Als der Osthimmel den stumpfen Bronzeschimmer des herannahenden Morgens annahm, gelang es Tristam nicht, noch länger wach zu bleiben. Unruhig schlief er ungefähr zwei Stunden und erwachte, als die Vögel im Garten sangen und die Lampen im Wohnzimmer zu blaken anfingen. Er blieb noch einige Augenblicke reglos liegen und empfand ein großes Widerstreben, den Tag zu beginnen. Doch dann erhob er sich und blies die Lampen aus.

Dabei bemerkte er, dass an der Doppeltüre zum Garten eine Scheibe zerbrochen war; die Scherben lagen über dem Fußboden verstreut. Wenn die Gauner durch diese Tür eingedrungen waren, warum hatte dann der Einbrecher Tristam umgerannt, um vorne heraus zu kommen? Das war doch unsinnig.

Mit dem Schüreisen in der Hand ging er von Zimmer zu Zimmer. Überall bot sich der gleiche Anblick: Das Haus war gründlich durchsucht worden. Alle Schranktüren standen offen, und der Inhalt der Fächer und Schubladen war auf dem Fußboden verstreut. In der Küche war eine Schüssel in Scherben gegangen, das gelbe Rosenmuster lag über die Kupferplatte der Anrichte verteilt. Wohl hatte Tristam die Einbrecher gestört, aber anscheinend waren sie ohnehin fast fertig gewesen. Das Haus glich einem Schlachtfeld.

Im Obergeschoss stellte er fest, dass man die Tür zum Salon gewaltsam aufgebrochen und dabei sowohl Tür als auch Türrahmen beschädigt hatte; im Zimmer selbst war nichts zerstört worden. Man hatte zwar die Leintuchbahnen von den Möbeln gerissen, aber alles andere unberührt gelassen. Tristam setzte seine Suche fort und stellte fest, dass alle Gästezimmer oberflächlich durchwühlt worden waren.

Das echte Entsetzen erfasste ihn, als er in die Bibliothek kam. Die Bücher waren auf den Boden geworfen worden, viele am Einband eingerissen oder sonst wie beschädigt worden. Manche Buchdeckel hingen nur noch an Fäden oder waren ganz abgetrennt. Die Schubladen des Schreibtischs waren auf den Boden ausgeleert und ihr Inhalt mit Dandishs Korrespondenz vermischt worden. Tristams sorgfältige Arbeit war zunichte gemacht. Nur die Künstlerstudie hing noch an Ort und Stelle, obwohl sie sehr wertvoll war und Einbrecher sich gewöhnlich auf ihr Geschäft verstanden.

Die Schlafkammer des Professors war wie die anderen Räume durchsucht worden, doch hier hatte man sogar Matratze und Kissen aufgeschlitzt, und die Daunen lagen wie eine dünne Schneedecke auf allen Flächen. Während Tristam sich noch in dem Zimmer umsah, ertönte ein heftiges Pochen, und Tristam hob zur Verteidigung den Schürhaken. Dann erst begriff er, dass das Pochen vom Messingklopfer an der Haustür herrührte.

Auf den Stufen stand Jaimy und trug sein charmantestes Lächeln auf dem Gesicht.

»Dein Sekretär ist da.« Der Blick des jungen Lords fiel auf das Schüreisen, und er schaute seinem Cousin forschend ins Gesicht. »Was ist geschehen?«

Mit einiger Erleichterung zog Tristam die Tür weit auf. »Ich habe gerade das Haus durchsucht. Ich bin gestern Nacht noch einmal hierher zurückgegangen und habe Einbrecher auf frischer Tat ertappt. Kannst du dir das vorstellen?« Er beugte sich vor, um seine Kopfverletzung vorzuweisen. »Als ich mit einem der Vandalen im Dunkeln zusammenstieß, habe ich die Schramme hier abbekommen.«

Behutsam teilte Jaimy Tristams Haar. »Nicht allzu schlimm, glaube ich. Allerdings wächst dir da ein hübsches Ei. Sonst alles in Ordnung? Dir ist doch nicht schwindlig? Fühlst du Übelkeit? Kannst du normal sehen?«

»Mir geht es prächtig. Das Haus ist allerdings in einem schlimmen Zustand.«

Jaimy blickte sich um, als könnten noch ein paar weitere Verbrecher in irgendwelchen Winkeln lauern. Tristam zeigte ihm einiges von der Bescherung.

»Fehlt viel?«, erlaubte Jaimy sich zu fragen.

Tristam schüttelte den Kopf. »Ich wünschte, ich wüsste es. Ich hatte gerade erst damit begonnen, den Bestand der Bibliothek aufzunehmen, und war noch längst nicht fertig. Die Putzfrau könnte es vielleicht feststellen.«

»Wenn es nicht ihre Söhne waren, die den Einbruch begangen haben.«

»Mrs. Ebish? Nein, sie ist gewiss unschuldig. ›Salz der Erde‹ wäre die passende Kategorie für sie.« Tristam nahm eine Scherbe der Schüssel auf, denn sie waren bis in die Küche verstreut. »Ich muss Dekan Emin mitteilen, was hier passiert ist. Würdest du auf das Haus Acht geben?«

»Natürlich, aber wäre es nicht vernünftiger, wenn ich den Dekan hole und du hier bleibst? Du könntest schon damit beginnen, die Ordnung wiederherzustellen, ich dagegen wüsste nicht einmal, wo ich anfangen sollte.«

Tristam besah sich die Verwüstung und musste ihm recht geben. »Ja, ich glaube, das wäre das Beste. Der Dekan müsste im College sein, und wenn er dort nicht ist, dann ist er wohl zu Hause. Northmoor Road Nummer achtzehn.«

Tristam blickte seinem Cousin nach und erkannte allein an dessen Schulterhaltung, dass er sich Sorgen machte. *Und er ahnt nicht einmal, was es wirklich bedeuten könnte,* überlegte Tristam.

Da auch er eigentlich nicht wusste, wo er anfangen sollte, kehrte er in die Bibliothek zurück und hob einfach die Bücher vom Boden auf. Lange hatte er sich noch nicht abgemüht, als er vom Garten her eine zittrige Stimme hörte. Sie sang ein Kinderlied.

Ein Sträußchen singt zu den Röslein,
Umwirbt die Gladiolen,
Tanzt mit den Schneeglöckchen.

Das Lied hatte noch mehr Verse, doch Mrs. Ebish wiederholte diesen einen immerfort wie eine Beschwörungsformel.

Tristam ging ans Fenster und sah die alte Frau bei der Gartenarbeit. Sie stand über ein Blumenbeet gebeugt und entfernte dort augenscheinlich Unkraut. Eine Weile sah er ihr zu und spürte angesichts dieser Szene eine feierliche Tragik: die gebeugte alte Frau, die im Garten eines Toten das Unkraut jätet – als sei ihr Leben ausgehöhlt worden und nur noch die Hülle der Gewohnheit übrig.

Tristam räusperte sich vernehmlich; als er damit keine Aufmerksamkeit erregte, rief er laut:

»Mrs. Ebish! *Hal-lo!*«

Die alte Frau fuhr auf und sah sich, die Hand aufs Herz gepresst, um.

»Ich bin's, Mrs. Ebish. Tristam Flattery.«

Nun entdeckte sie ihn und lachte kurz. »Müssen Sie sich denn immer anschleichen, Mr. Flattery? Mein altes Herz hämmert wie eine große Trommel.« Und sie kicherte vor Erleichterung. »Ich dachte schon, der Geist des Herrn Professor würde mich rufen, und ich müsste jetzt selber hinübertreten.«

Die Erwähnung von Gespenstern heiterte Tristam nicht im Geringsten auf.

»Es tut mir leid. Bitte vergeben Sie mir. Wissen Sie, etwas Schreckliches ist geschehen. Jemand ist in das Haus eingebrochen. Ich hatte gehofft, Sie könnten mir helfen. Ich muss feststellen, was die Einbrecher mitgenommen haben.«

»Ja, aber sicher helfe ich Ihnen!«, rief sie aus. »Der arme Herr Professor!«

Jaimy traf mit dem Dekan ein, als Tristam und Mrs. Ebish gerade versuchten, in den unteren Räumen eine erste Ordnung herzustellen.

»Wie furchtbar«, sagte der Dekan, als er die Zerstörung sah. »Aber Sie sind verletzt, Tristam? Hat man Sie angegriffen?«

»Nein, ich bin nur im Dunkeln von einem fliehenden Schuft umgerannt worden. Ich muss ihn überrascht haben – oder sie –, und sie sind mit wenig, vielleicht sogar mit überhaupt keiner Beute entkommen.« Tristam war nicht sicher, ob er den Dekan in seine Befürchtungen einweihen sollte.

Emin nickte steif. Direkt unter seiner Haut schien sich eine tiefrote Schicht gebildet zu haben. »Auf ein Wort, Tristam?«

Die beiden traten auf die Terrasse hinaus, wo der Dekan einen Moment lang unruhig auf und ab schritt, bevor er sich Tristam zuwandte. »Heute Morgen war ich im College, und dort gab es ein fürchterliches Spektakel. Dandishs Räume sind ... – geplündert ist das einzige Wort, mit dem sich ihr Zustand beschreiben lässt. Und nun auch sein Haus. Ich kann mich nicht erinnern, dass so etwas schon einmal vorgefallen wäre. Dandish war kein reicher Mann, und es gab auch keinen Grund, weshalb jemand glauben sollte, er wäre vermögend gewesen. Und wie Sie sagten, sind Wertsachen unberührt liegengelassen worden. Fällt Ihnen dazu eine Erklärung ein?«

Tristam musterte den Ziegelboden der Terrasse und schüttelte den Kopf. »Das kann ich nicht behaupten, Dekan Emin.« Einen Augenblick herrschte Schweigen, und Tristam spürte, dass Emin ihn musterte.

»Tristam«, sagte der alte Mann leise, »wenn ich ganz offen sein darf: Sie sind der schlechteste Lügner, mit dem ich je zu tun hatte. Ursache ist zweifellos ein Mangel an Übung – was für Sie spricht. Sie verraten mir nicht alles, was Sie wissen. Habe ich Recht?«

Tristam sah dem alten Mann in die blassen Augen. Vor Beschämung brannten ihm die Wangen. Dann senkte er den Kopf.

»Aber Sie sind nicht bereit zu sprechen?«

»Nein, das bin ich nicht.«

Der Dekan blickte in den Garten hinaus, nahm die Uhr aus der Tasche und drehte sie langsam in der Hand, immer wieder im Kreise. »Ich kann mir nicht vorstellen, dass Dandish oder Sie in etwas verwickelt sind, das in gesetzlicher Hinsicht fragwürdig wäre.«

»Nichts dergleichen, Sir.«

Der Dekan nickte. »Nun, ich bin erleichtert, dies zu erfahren. Ich nehme an, es steht mit dem Palast-Arboretum in Zusammenhang?«

Tristam zögerte. »Ich habe dem Königsmann Geheimhaltung geschworen, Dekan Emin.«

Der Dekan ließ die Uhr zurück in die Westentasche gleiten. Wenn er über das soeben Gehörte erstaunt war, so zeigte er es mit keiner Regung. »Dann sagen Sie lieber nichts weiter. Es tut mir leid, Sie unter Druck gesetzt zu haben.«

»Und ich bitte Sie um Entschuldigung, dass ich Ihnen die Unwahrheit gesagt habe.«

Emin legte Tristam eine Hand auf die Schulter. »Ich habe Sie ja geradezu gezwungen, Tristam. Entschuldigen Sie sich nur nicht. Wir wollen wieder hineingehen.«

Kurz darauf kehrte der Dekan seiner Pflichten halber zum Merton College zurück, und die drei Verbliebenen befassten sich mit der Wiederherstellung der Ordnung. Erst lange nach der Mittagsstunde trieb der Hunger die beiden Männer aus dem Haus. Mrs. Ebish verabschiedete sich, weil sie Besorgungen zu machen hatte. Tristam und Jaimy verschlossen und verkeilten die Türen, obschon es unwahrscheinlich war, dass sich bei helllichtem Tag der Einbruch wiederholte. Allerdings war die Frage, ob der Dieb gefunden hatte, was er suchte, noch unbeantwortet, und das ließ Tristam nicht los. Er bemühte sich um eine gleichmütige Fassade, war aber sehr verstört, und nicht nur wegen des Einbruchs.

Das *Ivy* befand sich in der Nähe, und deshalb schlug Tristam vor, dort zu essen. In Wahrheit wollte er nach den Tagebüchern schauen, denn er war sich fast sicher, dass die nächtlichen Besucher nach Dandishs Niederschriften gesucht hatten, insbesondere nach den Aufzeichnungen über das Königsblatt.

Tristam entschuldigte sich für einen Moment, ging in sein Zimmer hinauf und fand die Kladden, wo er sie versteckt hatte. Er wollte gerade in den Essraum zurückkehren, als es an der Tür klopfte. Tristam öffnete, und vor ihm stand ein Diener, der normalerweise im Schankraum der Gastwirtschaft arbeitete.

»Verzeihen Sie die Störung, Mr. Flattery. Ich habe gesehen, wie Sie die Treppe hinaufgingen. Heute Morgen waren zwei Gentlemen da und haben nach Ihnen gefragt, Sir, und keiner davon fühlte sich bewogen, auch nur eine Visitenkarte zu hinterlassen. Ich dachte, das möchten Sie vielleicht wissen, Sir.«

Die jüngsten Ereignisse forderten ihren Zoll: Tristam war auf der Stelle misstrauisch. »Können Sie die beiden beschreiben?«

»Ich glaube schon. Der eine war ein junger Mann, Sir, ungefähr in Ihrem Alter, würde ich sagen, und er sah Ihnen recht ähnlich. Ich dachte, er wäre mit Ihnen verwandt.«

»Das ist er wohl auch. Und der andere?«

»Etwas älter, Sir. Ein Gentleman mit dunklem Haar und erlesen gekleidet. Er kam in einer großen Kutsche mit Dienern kurz nach dem ersten Gentleman. Auch er ein gutaussehender Mann, würde ich sagen.«

Sosehr Tristam sich den Kopf zermarterte, wollte ihm niemand in Merton einfallen, auf den die Beschreibung passte und der in solchem Stil reiste. »Nun, ich kann mir nicht vorstellen, wer das gewesen sein soll.«

»Er fragte in einer Art nach Ihnen, dass man den Eindruck erhielt, er wäre mit Ihnen befreundet, Sir. Als er hörte, dass Sie ausgegangen sind, antwortete er, das mache überhaupt nichts. Ich dachte, er wüsste, wo Sie sich aufhalten. Deshalb habe ich angenommen, er hätte sich direkt zu Ihnen begeben.«

»Tja«, meinte Tristam und versuchte den Vorfall als unbedeutend abzutun. »Er wird mich schon noch finden. Sehr aufmerksam von Ihnen, mir Bescheid zu geben.«

»Keine Ursache, Mr. Flattery.«

Tristam hatte einen plötzlichen Einfall. »Sie könnten noch etwas für mich tun, wenn Sie so gut wären. Ich muss ein kleines Paket packen, vielleicht so groß ...« Er zeigte die Maße mit den Händen. »Könnten Sie mir schweres Papier holen oder Öltuch und Schnur?«

Dann nahm Tristam die Tagebücher Dandishs aus dem Schrank, und als der Diener zurückkam, packte er sie sorgfältig ein und übergab sie dem Mann.

»Würden Sie das für mich aufgeben?«, fragte Tristam rasch. Es gefiel ihm nicht, dass unbekannte Gentlemen in seinem Gasthof nach ihm fragten. »An Tumney ... Tumney ... Wie hieß er gleich mit Vornamen? Egal: An mich selbst, Tristam Flattery, wohnhaft bei Mr. Tumney, Hofgärtner, Tellaman-Palast. Am besten wäre, wenn es heute noch abgehen würde.«

»Mit der Abendkutsche, Sir.« Der Mann zeigte mit keiner Regung, ob er das Ansinnen für ungewöhnlich hielt.

Tristam verschloss seine Tür, wobei er sie sorgfältiger als sonst überprüfte, und eilte nach unten, wo Jaimy wartete.

»Jay?«, fragte er, kaum dass er saß. »Hast du heute Morgen hier nach mir gefragt?«

»Ja, das habe ich. Ich dachte, ich erwische dich noch, bevor du gehst. Warum?« Jaimy befasste sich bereits mit einem Krug Bier und wischte sich einen Schnurrbart aus Schaum von der Oberlippe.

»Ein Diener sagte mir, dass heute Morgen zwei Männer nach mir gefragt haben. Ich wüsste gern, wer der zweite gewesen ist.«

Jaimy nickte. »Hat der gute Mann dir denn beschrieben, wie der Unbekannte aussah?«

»Groß war er, glaube ich. Und gut gekleideter Gentleman. Kam in einer großen Kutsche mitsamt Dienern.«

Jaimy nickte und legte die Stirn in Falten, was bei ihm ein Zeichen war, dass er sich echte Sorgen machte. »Als ich die Wirtschaft verließ, sah ich draußen eine Kutsche halten. Den Mann, der ausstieg, habe ich nicht gesehen, aber ich war ziemlich sicher, dass es sich um den Viscount Elsworth gehandelt hat.«

Tristam zuckte fragend mit den Schultern.

»Der Bruder der Herzogin von Morland, Tristam«, erklärte Jaimy ein wenig enerviert.

»Aha.« Tristam trank aus seinem Krug und hoffte, dass seine Hand dabei ruhig bliebe.

»Du musst dich doch an diese Geschichte vor ein paar Wochen erinnern ...? Der Viscount hat den Baron Ipsword in einem Duell getötet. Davon hast du doch gehört?«

»Ja. Ja, mir ist so etwas zu Ohren gekommen. Eine recht barbarische Sache, dachte ich. Obwohl es niemand Würdigerem hätte widerfahren können.« Baron Ipsword war einer von Dandishs größten Verleumdern gewesen, ein Mann, der sehr gern sich und seine so genannten Theorien in den Vordergrund stellte.

Jaimy sah den Cousin scharf an. »Der Grund für das Duell war eine Beleidigung, wurde mir gesagt – eine schöne Welt wäre das, wenn wir jedes Mal, da ein Mann sich gekränkt fühlt, auf Mord zurückgriffen. Ich glaubte immer, diese Idiotie hätten wir überwunden. Doch trotz dieses Flecks auf seiner Weste ist der Viscount nach wie vor ein Mitglied des Palastklüngels. Seine Schwester, die Herzogin von Morland, du hast sie ja kennen gelernt, ist die Primadonna; sie steht im Mittelpunkt der charmanten Clique. Diese Leute haben die Gunst des Königs und verkehren mit künstlerischen Kreisen. Entonnophile: viel schlimmer als jeder von unseren Kameraden hier in Merton.«

In Gedanken kehrte Tristam zu Dandishs Tagebüchern zurück. Ipsword gehörte zu den prominentesten Gegnern des ›beständigen Wandels‹. Im Lauf der Jahre hatte er Dandish mehrfach scharf angegriffen – scharf, aber niemals scharfsinnig; dennoch hatte er den hochempfindlichen Gelehrten so schwer getroffen, als wäre es eine fundierte Kritik gewesen.

Unmöglich, dachte Tristam und hätte es fast laut ausgesprochen. *Dandish hatte für die Schwester des Viscounts Regis gezogen ... Nein, da konnte es keine Verbindung geben. Das war zu abgründig, um auch nur erwogen zu werden.*

»Tristam? Ist dir nicht gut? Lass mich noch einmal deine Wunde sehen. Du bist ja weiß wie die Wand.«

»Nein, mir geht es prächtig.« Tristams Verstand war in Aufruhr. »Schlafmangel, glaube ich. Und ausgehungert bin ich auch.«

In diesem Moment kam ein Kellner herbei und lenkte die Aufmerksamkeit von Tristam ab. Ein Themenwechsel folgte, doch Jaimy verlor nicht seinen besorgten Ausdruck, und oft senkte sich unbehagliches Schweigen über den Tisch.

Als sie auf dem Rückweg zu Dandishs Haus waren, wandte sich Jaimy plötzlich leicht verärgert seinem Cousin zu. »Soll ich weiterhin so tun, als wäre ich zu beschränkt, um es zu bemerken, oder lässt du dich doch noch dazu herab, mir zu sagen, worin du dich verstrickt hast?«

Tristam wandte sich ab. Er konnte Jaimy nicht in die Augen sehen, aber er spürte den Blick seines Vetters auf sich ruhen.

»Es ist ja gar nicht so, dass ich es dir nicht sagen wollte, Jaimy. Ganz und gar nicht. Ich ... Wenn ich ehrlich bin, ich habe mich vor jemand Bedeutendem zu Stillschweigen verpflichtet.«

»Und ich nehme an, dieser Jemand ist Roderick Palle?«

Tristam blickte seinen Cousin an. Warum war er eigentlich erstaunt? Trotz seiner scheinbar leichtfertigen Art war Jaimy alles andere als ein dummer Aristokrat.

»Nun, dann solltest du vielleicht wirklich nichts sagen«, sagte Jaimy. »Ich kann nicht garantieren, dass ich unter der Folter den Mund halten könnte.« Die Bemerkung war ein Scherz, und doch fehlte ihr jede Spur von Humor.

Tristam schwieg, auch wenn es ihm schwer fiel. Es gab nur einen Menschen, mit dem er das Thema noch lieber erörtert hätte als mit Jaimy, und das war Dandish.

»Ich frage mich, welches Geheimnis wohl einem Strauch innewohnen kann, dass man solches Aufhebens um ihn macht«, sagte Jaimy dann. Er war offenbar nicht bereit, so leicht aufzugeben.

»Mehr als du glauben würdest. Ganz gewiss mehr, als ich je gedacht hätte.«

»Nun, wenn der Viscount Elsworth sich nach dir erkundigt, dann wirst du wohl nicht übertreiben.« Jaimy ergriff Tristam bei der Schulter. »Ich möchte dich erinnern, lieber Cousin, dass ich seit unserer Kindheit jedes Geheimnis bewahrt habe, das du mir anvertraut hast. Wenn du wirklich in etwas so Eigentümliches verwickelt bist, wie ich glaube, dann kannst du gewiss sein, dass ich darüber niemals sprechen würde. Und der Sohn des Herzogs von Blackwater lässt sich auch von Sir Roderick Palle nicht einschüchtern. Außerdem brauchst du mich«, betonte er. »Du hast vermutlich nicht einmal gewusst, wer Sir Roderick Palle ist, bevor er dich in den Palast bestellte.«

Sie waren am hinteren Gartentor von Dandishs Haus angelangt. Tristam blieb stehen. Jaimys Sorge und Entschlossenheit gingen ihm nahe. »Ich scherze nicht, wenn ich sage, dass du kein einziges Wort wiederholen darfst, Jaimy«, sagte er ruhig.

»Keine Silbe«, bekräftigte Jaimy mit einem Anflug von Erleichterung in der Stimme.

Sie gingen in den Garten und setzten sich in die Laube. Tristam begann damit, wie ihn ein Abgesandter Sir Roderick Palles in seinem Haus in Locfal aufgesucht hatte. Tristams Gedächtnis war durch ein jahrelanges, schwieriges Studium geschärft, und so konnte er die komplizierte Geschichte mit zahlreichen Einzelheiten wiedergeben. Jaimy hörte aufmerksam zu und nickte meist nur.

Nachdem Tristam geendet hatte, stand Jaimy mit einer Entschuldigung vom Tisch auf und überließ den sonnigen Garten seinem Freund, um nach kurzer Zeit mit zwei Krügen Bier zurückzukommen, das zwar warm, aber willkommen war.

»Möchtest du wissen, was ich denke?«

Tristam warf die Hände hoch. »Nein. Ich habe meinen Eid vor dem Königsmann nur deswegen gebrochen, damit ich nicht allein ins Gefängnis muss.«

Jaimy sah forschend die Schaumkrone seines Bieres an, als stünde dort etwas geschrieben. »Zum ersten: Dieser Hawksmoor ist Sir Rodericks ergebenster Lakai – ein Mann, der sich einer Kanonenkugel in den Weg stellen würde, wenn es seinem Herrn diente. Palle schickt ihn nur auf die heikelsten Missionen. Was also war so wichtig, dass ausgerechnet Hawksmoor dich aus Locfal nach Avonel holte?«

Tristam hoffte, sein Vetter habe diese Frage nicht nur

rhetorisch gemeint, doch nach einem Augenblick des Nachdenkens fuhr Jaimy fort, ohne eine Antwort vorzuschlagen.

»Palle versucht dich zu überzeugen, dass deine Zukunft im Königsdienst liege«, stellte Jaimy fest, und seine Lippen verzogen sich zu der Andeutung eines Lächelns. »Das beweist, dass Hawksmoor auf der Reise nach Avonel so gut wie nichts über dich in Erfahrung bringen konnte. Dann bietet dir die Herzogin von Morland einen Titel an und wonach dich sonst noch verlangt, wenn du nur dafür sorgst, dass diese widerspenstige Pflanze wieder blüht. Sie gestattet dir sogar - einem ziemlichen Niemand, wenn du mir dieses Etikett entschuldigst -, sie mit ›Frau Herzogin‹ anzureden. Du, Tristam, stehst auf einmal im Mittelpunkt der Aufmerksamkeit zwei der einflussreichsten Menschen in ganz Farrland. Und trotz ihrer makellosen Manieren und ihres untadeligen Verhaltens sind dies zwei Personen, denen du niemals in die Quere kommen solltest.« Jaimy beugte sich vor und ergriff Tristam fest beim Arm. »Das kann ich nicht deutlich genug betonen. Der Zwischenfall mit dem Viscount und dem Baron Ipsword ist das perfekte Beispiel dafür. Du kannst Gift darauf nehmen, dass der verstorbene Baron der Herzogin Schwierigkeiten gemacht hat. Das Gerede, der Baron hätte den Viscount beleidigt, war doch frei erfunden. Ipsword war zwar in jeder Hinsicht ein Narr und durchaus fähig, kränkend zu werden, wenn er andere Empiristen kritisierte, doch er war auf keinen Fall so dumm, dass er jemanden von Elsworths Reputation beleidigt hätte. Ipswords einzige Waffe war seine rasiermesserscharfe Zunge und eine unheimliche Befähigung bei ihrer Anwendung. Aber er war kein Fechter. Ich kann mir gar nicht vorstellen, wie er dem Viscount gegenübergetreten ist.«

Tristam wandte den Blick ab. Jaimys Worte hatten ihn getroffen wie Hiebe. »Ich glaube, du hast das Schlimmste dabei übersehen«, flüsterte Tristam, der Angst hatte weiterzusprechen, als wären die Worte ein Zauber mit der Kraft, sie wahr werden zu lassen. »Der verstorbene Baron war ein

Feind Dandishs ... Mit seinen bösartigen Angriffen hat er den Professor in Verzweiflung und Melancholie gestürzt. Nach solchen Attacken war Dandish arbeitsunfähig ... manchmal wochenlang. Vor allem war er unfähig, die Untersuchungen weiterzuführen, die er im Auftrag der Herzogin betrieb ...«

Irgendwo im Garten krächzte eine Krähe. Dann herrschte wieder Stille.

»*Blut und Flammen*«, stieß Jaimy fast unhörbar hervor. »Du kannst doch nicht ernsthaft glauben, Elsworth hätte Ipsword getötet, weil der Mann Dandish – *kritisiert* hat?«

»Weil Dandish von Ipsword daran gehindert wurde, die Studien zu verfolgen, die er für die Herzogin anstellen sollte.«

Jaimy legte eine Hand vors Gesicht. »Tristam, das kann doch nicht sein ... Das ist doch mehr als ungeheuerlich. Es hätte ein Dutzend Möglichkeiten gegeben, mit Ipsword fertig zu werden, ohne ihn gleich zu ermorden!«

»Ja, davon bin ich überzeugt.«

Jaimy erhob sich und schritt erregt in der Laube auf und ab. Eine Weile sagte er nichts, starrte nur zu Boden und fuhr sich immer wieder mit den Fingern durchs Haar. Schließlich wandte er sich offensichtlich bestürzt seinem Cousin zu. »Tristam, worauf um alles in der Welt hast du dich da nur eingelassen?«

Lange saßen sie, jeder in seine Gedanken versunken, am Tisch und versuchten, das wenige, was sie wussten, in einen sinnvollen Zusammenhang zu stellen. Schließlich brach Jaimy das Schweigen.

»Wir wollen der Angelegenheit mit Logik auf den Leib rücken, wie du zu sagen pflegst. Die Herzogin und Sir Roderick sind sich eindeutig uneins über diese Pflanze, aus der man die Arznei gewinnt. Palle zieht dich hinzu, weil er hofft, du würdest das Problem lösen. Die Herzogin hingegen hat schon seit einiger Zeit Dandish versuchen lassen, die Problematik zu beseitigen – mehr als ein Jahr ist das her, sagst du?«

»Eher drei, fürchte ich.«

»Trotzdem behauptet deinen Worten zufolge der Hofgärtner, das Problem erst kürzlich bemerkt zu haben.« Jaimy legte die Fingerspitzen aneinander und hielt sie ans Kinn, wodurch er fast wie ein Betender aussah. »Für wie gescheit hältst du die Herzogin?«

Tristam rutschte auf dem Stuhl herum und sah sich ab und zu unruhig über die Schulter. »Es ist eigentlich keine Frage des Verstandes, sondern der Ausbildung. Die Herzogin könnte ein Genie sein und trotzdem übersehen, worauf sie achten muss. Ich bin Tumneys Aufzeichnungen sehr sorgfältig durchgegangen. Vorausgesetzt, sie sind akkurat, wäre es meiner Meinung nach unmöglich gewesen, das Problem zu bemerken, bevor Tumney es bemerkt hat. Pflanzen tragen nicht in jedem Jahr gleich. Das weißt du selbst – in dem einen Jahr gibt es mehr Äpfel, als man essen kann, im nächsten ist kaum einer aufzutreiben. Selbst in einem kontrollierten Garten wie dem Arboretum gibt es Zyklen. Zwei Jahre, in denen die Samenausbeute abfällt, müssen nicht unbedingt etwas zu bedeuten haben, wenn du verstehst, was ich meine. Ich vermute, das Problem ist in den letzten drei Jahren immer deutlicher zutage getreten, und selbst das muss noch nichts heißen. Trotz alledem könnte das Königsblatt im nächsten Jahr eine Ernte abwerfen, die alles Dagewesene übertrifft. Obwohl ich für mein Teil nicht glaube, dass das geschieht. Aber du verstehst nun, was ich meine.«

»Ich habe Dandishs Tagebücher nicht gelesen. Wäre es möglich, dass er vielmehr für die Herzogin das Königsblatt anbauen sollte und das Problem erst später bemerkt hat?«

Tristam blickte seinen Cousin bestürzt an. »Ich kann mir kaum vorstellen, dass Dandish sich in ein solches Unterfangen verwickeln ließ. Selbst jemandem, der in politischen Angelegenheiten so unwissend war wie er, muss doch klar gewesen sein, dass dergleichen nicht ganz einwandfrei sein konnte.«

»Die Herzogin kann sehr überzeugend sein, Tristam. Wer weiß, wie sie ihre Bitte formuliert hat? Wir haben es mit einer Pflanze zu tun, die anscheinend eine Krankheit heilt.

Dandish war ein guter Mensch, den das Leiden anderer betroffen machte ... Vielleicht ließ die Herzogin ihren Auftrag wie eine Bitte des Königs klingen – die sogar vor Sir Roderick Palle geheimgehalten werden sollte.« Jaimy zuckte mit den Schultern, als wollte er sagen, so etwas lasse sich leicht arrangieren, und Tristam musste ihm Recht geben.

»Die Herzogin ist eine durchtriebene Hofdame, Tristam. Der Versuch, aufgrund von Mutmaßungen auf ihre Beweggründe zu schließen, wäre töricht. Ich glaube, hier ist mehr als nur Eigennutz am Werke. Die Herzogin ist in so viele Machenschaften mit so vielen unterschiedlichen Bündnissen verwickelt, dass man nur sehr schwer erkennen kann, was sie bezweckt. Dank der Gunst, die Seine Majestät der Herzogin erweist, wird sie gehätschelt, wohin sie auch geht. Sie braucht nur ein paar vorteilhafte Worte über jemand zu verlieren, und diese Person steigt auf, wird überall eingeladen und gefeiert – was immer du willst. Die Angebote, die die Herzogin dir gemacht hat, sind kein eitles Gerede – sie wahr werden zu lassen, würde ihr keine besondere Mühe bereiten.«

Jaimy hielt einen Moment inne.

»Trotz alledem muss die Herzogin mittlerweile recht nervös geworden sein, denn letztendlich hängt ihr Einfluss von einem König ab, der die meisten seiner Altersgenossen schon überlebt hat. Man könnte also sagen, dass ihre Vormachtstellung bald ein Ende finden wird. Im Augenblick aber wird sie dafür sorgen, dass du sehr, sehr glücklich bist, solange du in irgendeiner Weise Seiner Majestät Wohlbefinden garantieren kannst.« Er verstummte und wirkte, als denke er über seine gerade ausgesprochenen Worte nach.

»Da ist noch etwas. Fast scheint es, als kämpften die beiden höfischen Fraktionen um die Gewalt über dieses Königsblatt. Wie geschwächt ist der König, dass er so etwas zulässt? Der Kronprinz wiederum steht Palle sehr nahe.« Er schüttelte den Kopf. »Ich bekomme es trotz aller Anstrengung nicht so zusammen, dass es Sinn ergibt.«

»Eine Hypothese, die mit unserem Wissen in Einklang steht«, sagte Tristam.

»Wie bitte?«

»Wir benötigen eine Hypothese, die mit unserem Wissen in Einklang steht. Eine elegante Erklärung für alles, was wir zu wissen glauben. Das ist gar nicht so einfach, sobald Menschen ins Spiel kommen. Die Höflinge sind in dem Kampf um eine Arznei verstrickt, die den König am Leben erhält ... Stirbt der König, wird der Kronprinz den Thron besteigen. Dann verliert die Herzogin ihre Stellung bei Hofe, hast du gesagt. Das stimmt mit dem meisten von dem, was wir wissen, überein. Nehmen wir hinzu, dass Dandish sich bewusst auf die Seite der Herzogin gestellt hat und damit gegen Palle.«

»Willst du etwa andeuten, dass der Königsmann, der oberste Minister Seiner Majestät, sich mit dem Erben verschworen hat, um den König zu ›entthronen‹?« fragte Jaimy in leicht spöttischem Ton.

»Es stimmt mit allem überein, was wir wissen«, entgegnete Tristam abwehrend.

»Glühende Märtyrer!«, rief Jaimy leise. Er trank sein Bier aus und blickte vorwurfsvoll den leeren Krug an. »Aber warum sollte Palle dann dich bei Hofe einführen? Wenn er versucht, König Wilam zu beseitigen, läge es doch in seinem Interesse, wenn das Königsblatt nie wieder blüht.«

»So baut man eine Hypothese auf. Eine Tatsache, die nicht hineinpasst, ist entweder falsch, oder die Hypothese muss geändert werden, bis sie dieser Tatsache Rechnung trägt. Ich weiß nicht, weshalb Palle mich nach Avonel gebracht hat. Vielleicht hält er mich für so unfähig, dass ich seine Pläne nicht bedrohen kann.« Tristam erhob sich, um mehr Bier zu holen. Beim Gehen fiel ihm etwas ein.

»Jaimy«, sagte er, als er zurückkehrte, »in den Tagebüchern wird ein gewisser Valary erwähnt. Kennst du diesen Namen?«

»Wahrscheinlich ein anderer Empirist. Ich werde mich morgen in der Universität diskret erkundigen. Flinders könnte ihn kennen, vielleicht auch Dekan Emin.«

Ja – oder niemand kannte ihn. Vieles von dem, was Tristam vermutete, ging über das gesicherte Wissen hinaus. Der Mann, der ihn umgerannt hatte, war in Panik gewesen, und die war ihm nicht von Tristam eingeflößt worden.

Ich habe mir den Kopf gestoßen, sagte er sich. *Das Kind war nur ein Erzeugnis von Licht und Schatten und meiner Fantasie. Weiter nichts.*

Als Tristam endlich mit unsicheren Schritten sein Zimmer im *Ivy* betrat, war es schon spät. Nachdem der Diener die Lampen entzündet hatte und gegangen war, zog Tristam sich die Schuhe aus und ließ sich in einen Sessel sinken. Draußen vor dem Fenster schüttelte der Wind die alte Ulme, und das Rauschen der Blätter hatte etwas Hypnotisches. Er schreckte auf, als ihm das Kinn auf die Brust sank. Mit Mühe erhob er sich und blickte sich rasch im Zimmer um, ob nicht etwa ein kleiner Junge in einem dunklen Winkel kauerte.

Aus Gewohnheit ging er an den Schreibtisch, wo er sein Tagebuch aufbewahrte, doch befand es sich nicht dort, wo er es hatte liegen lassen. Auf einmal war er hellwach und begann eine konzentrierte Suche, doch das Tagebuch blieb unauffindbar. Einen Augenblick lang setzte er sich und dachte nach, obwohl er keinen Zweifel hegte – er hatte es seit seiner Ankunft in Merton nicht aus diesem Raum entfernt.

Ihm schwindelte.Er prüfte die Tasche seines Gehrocks, und sie war leer. Dann fiel ihm ein, dass er am Morgen einen frischen Rock angezogen hatte. Er ging zum Kleiderschrank, und dort bestätigte sich seine Befürchtung: Dandishs Brief an die Herzogin war verschwunden.

8. Kapitel

»Ich weiß nicht, wie du das geschafft hast, Tristam, aber ich stehe für immer in deiner Schuld!« Im Speiseraum des *Ivy* saß Tristam ein jubilierender Jaimy gegenüber. Den vorherigen Abend hatten sie im Hause der Somers verbracht, und man war übereingekommen, dass Tristam und Jaimy im Spätsommer in die nordwestliche Seenlandschaft fahren würden, um dort Professor Somers an seiner Fossilien-Fundstätte zu assistieren. Da Alissa ihren Vater begleitete, würde Jaimy zwei Wochen in der Nähe seiner Angebeteten verbringen können!

Tristam hingegen war überhaupt nicht nach Jubilieren zumute. Gerade wurde Sir Rodericks Kutsche angespannt, die ihn nach Avonel zurückbringen sollte, und Tristam quälten ungute Vorahnungen. Jemand war nun im Besitz des Briefes, den Dandish der Herzogin von Morland geschrieben hatte, und wenn es sich bei diesem Jemand um Roderick Palle handelte, dann befand sich Tristam in einer Lage, die man nur als – allerwenigstens verwirrend beschreiben konnte.

»Du glaubst immer noch, dass der Viscount den Brief entwendet hat?«

Jaimy legte den Kopf schräg und grinste gequält. »Du kannst wohl nicht davon aufhören?«

»Das könntest du auch nicht, wenn du schon bald mit Sir Roderick Palle darüber sprechen müsstest. Was soll ich ihm sagen? Wenn er den Brief hat, dann weiß er jetzt von Dandishs Forschungen – und dass ich ebenfalls davon weiß. Wenn ich schweige, verberge ich ein brisantes Wissen vor dem Königsmann. Spreche ich aber, dann belaste ich sowohl die Favoritin des Königs als auch Dandish. Und wie wir festgestellt haben, könnte es durchaus die Herzogin sein, die in diesem Fall die Interessen des Königs vertritt.«

Jaimy wurde völlig ernst. »Aber wahrscheinlich war es auch die Herzogin, die einen Mann für das Verbrechen ermorden ließ, lästig zu sein. Stelle dich in dieser Sache auf keine Seite, Tristam. Ich möchte wetten, dass der Viscount den Brief und dein Tagebuch genommen hat. Also sag nichts davon zu Roderick. Sag niemandem irgendetwas. Widme dich deiner Aufgabe im Palast und befreie dich so rasch wie möglich aus deiner Lage. Sollen diese Hofschranzen ihre Kämpfe doch ohne dich austragen. Und lass dich von der Herzogin auf keinen Fall überreden, dort weiterzumachen, wo Dandish aufgehört hat. Was auch immer du tust, tritt nicht in diese Falle.«

Sie beendeten ihr Frühstück und gingen zu Tristams Kutsche hinaus, doch bevor sie in Hörweite des Kutschers gelangten, zog Jaimy seinen Cousin dichter zu sich. »Wenn du mich brauchst, komme ich nach Avonel. Doch ich warne dich, Tristam – und ich neige nicht zur Melodramatik –: Vertraue der Post nichts Heikles an. Lade mich einfach auf einen Besuch ein oder schreibe etwas ähnlich Harmloses, aber bringe kein einziges Wort von dieser Sache zu Papier.«

»Ich kann dir gar nicht genug danken, Jay. Ich weiß nicht, was ich ohne deine Hilfe getan hätte.«

Auf Jaimys Gesicht erblühte ein breites Grinsen. »Du hast es mir schon doppelt und dreifach vergolten, Tristam, denn ich werde vierzehn Tage an den Seen in der Nähe meiner süßen Alissa verbringen. Ich stehe in deiner Schuld. Gute Reise. Sprich nicht mit Fremden.«

Als die Kutsche anfuhr, befiel Tristam unversehens ein starkes Muskelzittern. Jeder Gedanke an die unausweichliche Begegnung mit dem Königsmann drehte ihm den Magen um und machte seine Hände schweißig.

Mit Mühe wandte er sich den Ereignissen der vergangenen Tage zu und fragte sich einmal mehr, aus welchem Grund Dandish das Königsblatt schon angepflanzt hatte, bevor die drohende Unfruchtbarkeit entdeckt wurde. Vielleicht hatte Jaimy doch recht, und der Professor hatte ursprünglich überhaupt nicht beabsichtigt, dieses Problem zu beseitigen, sondern es war erst später zu seinem Hauptaugenmerk geworden.

So verbrachte Tristam die Reise damit, dass er eine

Hypothese nach der anderen ersann und wieder verwarf. Ein großer Plan, der alles erklärte, rückte einfach nicht in Sicht, und darüber war er alles andere als glücklich. Wenn er das nächste Mal Sir Roderick Palle gegenübertrat, was sich gewiss nicht vermeiden ließ, dann wollte er herausgefunden haben, was vorging. Nur würde dies wahrscheinlich nicht der Fall sein.

Nach einigen Stunden Fahrt hielt der Kutscher an und riss Tristam dadurch aus seinen sich überschlagenden Gedanken. Er blickte aus dem Fenster und stellte fest, dass sie an dem gleichen Tümpel standen, an dem sie auf der Reise nach Merton Station gemacht hatten. Der Wagen schaukelte, als der Kutscher vom Bock herabkletterte.

»Ich dachte, Sie würden vielleicht wieder gern einen Blick darauf werfen wollen, Sir«, sagte er. »Oder soll ich weiterfahren?«

»Nein, nein. Haben Sie vielen Dank. Ich werde ihn mir ansehen.« Eins der Instrumente, die Dandish an Tristam vererbt hatte, war sein Frommesches Perspektiv. Tristam kramte es aus einem Koffer hervor und ging damit zum kurzen Pfad, der an den Teich führte.

Das Perspektiv nach Fromme war eine relativ neue Erfindung – ein Fernrohr, das aus drei Bronzerohren bestand, die sich ineinander schieben ließen. Zusammengeschoben war es nur ein Drittel so lang wie ausgezogen und damit viel handlicher als ein gewöhnliches, starres Fernrohr. Doch nicht nur diese Neuerung machte die Frommeschen Instrumente so begehrt, sondern auch die unvergleichbaren Linsen. Kein Glas war so gut wie ein Frommesches, keins bot solche Auflösung. Tristam hielt es in der Hand und zog es auseinander, um es zu benutzen. Am inneren Rohrstück fand er eine Gravur:

> Zum Gebrauche von Professor Sanfield Dandish, mit Dank, R. M. Fromme.

Wahrlich, der alte Professor hatte viele Bewunderer gehabt – offensichtlich mehr, als Tristam wusste.

Er hob das Glas, um damit auf den Teich hinauszublicken, und stellte zu seiner Überraschung fest, dass er nichts sehen konnte. Tristam schüttelte das Perspektiv sanft und glaubte, darin eine Bewegung zu hören. Anscheinend hatte sich ein Teil des Instruments gelöst.

Mit großer Vorsicht schraubte er die Objektivlinse ab und hielt das Fernrohr schräg, sodass alle losen Teile ihm in die Hand gleiten mussten. Die Ecke eines Papierknäuels ragte aus dem Rohr.

»Was ist denn ...?«, flüsterte Tristam.

Er zog das Papier heraus und strich es ungeschickt glatt – ein halbes, abgerissenes Blatt, das offenbar eilig in das Rohr gesteckt worden war. Teich und Perspektiv waren vergessen. Die Handschrift war Dandishs, auch wenn sie entschlossener als üblich wirkte. Die Passage begann mitten im Satz.

> diesen Tagen kräftiger, und auch meine Rhythmusstörungen sind verschwunden. Jetzt habe ich die Arznei aufgebraucht und erfahre, dass davon abzulassen Körper wie Geist schwer zusetzt. Ob diese Menschen wirklich begreifen, was sie da entdeckt haben? Ich muss davon ausgehen. Wenigstens kann ich nun ihr verzweifeltes Bedürfnis verstehen, mehr Samenkörner zu ernten – ich verspüre selbst den qualvollen Drang danach. Dennoch, ich werde ihm widerstehen. Die Pflanzen müssen vernichtet werden. Ich bete, dass niemand außer mir die Lösung der Unfruchtbarkeit entdeckt.

Tristam blickte von der Seite auf. *Dandish hat das Problem mit* Regis *gelöst!* Hatte es gelöst und niemanden eingeweiht. Dann vernichtete er die Pflanzen sowie alle Aufzeichnungen bis auf dieses Fragment und schrieb der Herzogin, es existiere keine Lösung.

»Er war zu krank, um an mich zu schreiben«, sagte Tristam laut und begriff plötzlich, was diese verborgene Nachricht bedeutete. Das waren Dandishs letzte Worte –

zumindest die letzten Worte, die er an Tristam richtete. Und sie waren sonnenklar, bis auf das, was er ungesagt gelassen hatte. Dandish hatte die Wirkung der Pflanze ausprobiert: Er hatte die Arznei hergestellt und an sich damit experimentiert. Der unermesslich neugierige Dandish – der nicht annähernd so weltfremd gewesen war, wie Tristam angenommen hatte.

Fast hörte er die beschwörende Stimme des alten Mannes:

›Versuche nicht, der Lösung des Problems auf die Spur zu kommen, Tristam.‹ Diese Botschaft konnte niemand falsch verstehen.

Tristam sah zum Himmel auf und richtete seine Worte an das unendliche Blau. *Aber warum?*, lautete sein erster Gedanke. Das hatte Dandish offenbar nicht verraten wollen. Der gute, uneigennützige, edle Dandish.

»Ich muss mich jemandem anvertrauen«, sprach Tristam leise zum Himmelszelt. »Ich bin sicher, Sie hatten Ihre Gründe, Herr Professor, auch wenn ich wünschte, Sie hätten mir mehr verraten.«

Eine Weile saß er im Gras und betrachtete die Libellen, die über dem Teich ihre komplizierten Figuren flogen, fast wie Höflinge beim Tanz. Dann ergriff er die Linse des Perspektivs und sammelte damit die Sonnenstrahlen auf das Stück Papier, bis es Feuer fing und verbrannte. Die Asche entließ er in die Luft und sah zu, wie sie über der stillen Wasserfläche niederging, wie vom Wind getragene Samen.

9. Kapitel

Im *Königin Anne* hatte ein Brief mehrere Tage lang auf Tristam gewartet, doch die augenblicklich aufkommende Hoffnung, er könnte von Dandish stammen, wurde enttäuscht. Die Adresse war von unvertrauter Hand geschrieben. Tristam hockte sich auf eine Sessellehne, öffnete den Brief und las.

> Lieber Tristam!
> Erst gerade habe ich den Grund für Ihre Reise nach Merton erfahren; welch traurige Neuigkeit. Obwohl ich Professor Dandish nicht so gut gekannt habe wie Sie, zählte ich ihn doch zu meinen Freunden und schätzte seine Leistungen so sehr, wie es jeder gebildete Mensch tun muss. Ich möchte Ihnen hiermit mein tiefstes Beileid aussprechen.
>
> Auch der König hat Trauer über den Verlust geäußert, doch konnte ich Seine Majestät beruhigen, indem ich ihm versicherte, vollstes Vertrauen in Ihre Fähigkeiten zu besitzen.
>
> Falls Sie vor dem letzten Tag des Monats nach Avonel zurückkehren und in der richtigen Stimmung sind: An diesem Abend gebe ich in meinem Haus eine Gesellschaft, die Ihnen sicher Vergnügen bereiten würde. Bitte kommen Sie doch.
>
> Die Ihre,
> Elorin Herzogin von Morland

Aha, das war dann also der Anlass für den Versuch, Tristam an Dandishs Stelle auf ihre Sache einzuschwören. Oder hatte die Herzogin andere Beweggründe, die Tristam und Jaimy nie in den Sinn gekommen wären?

Ein Klopfen unterbrach diese Gedankengänge. Vor der Tür stand ein livrierter Diener.

»Von Sir Roderick Palle, Mr. Flattery.« Der Mann hielt ihm

einen versiegelten Umschlag hin – den zweiten innerhalb weniger Minuten. »Sir Roderick wartet auf Ihre Antwort.«

»Sir Roderick ist ... hier?«

Der Mann nickte. »Er steht unten in der Halle, Sir.«

Tristam sank das Herz, als er noch an der Tür stehend die Zeilen las.

> Lieber Mr. Flattery!
> Ich weiß, dass Sie eben erst von Ihrer traurigen Pflicht aus Merton zurückgekehrt sind. Dennoch möchten Sie mich vielleicht heute Abend zu einer Versammlung der Empiristischen Gesellschaft begleiten. Es winken ein, wie ich glaube, interessanter Vortrag und die beste Konversation in ganz Avonel. Ich erwarte Ihre Antwort.
>
> Der Ihre,
> Roderick Palle

»Flammen«, fluchte Tristam still und stand unentschlossen am selben Fleck.

Keine Partei verschwendete auch nur einen Augenblick, und dabei wusste er nicht einmal, was man eigentlich von ihm wollte. Der ausgelegte Köder – ein Abend bei der Empiristischen Gesellschaft – war perfekt gewählt, um Tristam zu locken, ohne dass er die Beklemmungen schwächte, die Tristam bei dem Gedanken an das unvermeidliche Gespräch mit Palle empfand. Ohnehin könnte er dem Königsmann nicht ausweichen, und es wäre sehr unklug, ihn zu brüskieren: Am besten brachte er die Sache hinter sich, dann brauchte er sich nicht mehr den Kopf zu zerbrechen, was ihm wohl bevorstand.

»Würden Sie Sir Roderick für seine freundliche Einladung danken und ihm ausrichten, dass ich unverzüglich hinunterkomme?«

»Aber gewiss, Sir.«

Kaum hatte Tristam die Tür hinter sich geschlossen, machte er sich eilig auf die Suche nach angemessener Kleidung.

Es war ein Jammer, dass sich endlich sein Traum erfüllte – an einer Versammlung der Empiristischen Gesellschaft teilzunehmen, während gleichzeitig die Furcht vor dem bevorstehenden Gespräch ihm die Freude darüber ruinierte. Er hatte immer gehofft, dass Dandish ihn zu einer Versammlung der Gesellschaft mitnehmen würde, doch Dandish war dort so gut wie nie erschienen, denn für dessen Geschmack boten die Treffen zu viel Konfliktpotenzial. Die Versammlungsberichte in den vierteljährlich erscheinenden ›Annalen der Empiristischen Gesellschaft‹ las Tristam stets wie gebannt und brütete über ihnen voll Neid und einem aus zweiter Hand erlebten Vergnügen.

Tristam war überrascht, dass Sir Roderick an Treffen der Gesellschaft teilnahm. War der Königsmann denn Mitglied? Halt, das musste er sein, sonst hätte er keinen Gast einladen dürfen.

Keine fünfzehn Minuten später stürmte Tristam, immer drei Stufen auf einmal nehmend, die Treppe hinunter und gelangte mit höchst unwürdigem Auftritt in die Halle des *Königin Anne*.

Sir Roderick erhob sich von einem Sessel, und ein halb unterdrücktes Lächeln belebte sein gewöhnlich ausdrucksloses Gesicht. »Nur nicht so eilig, Mr. Flattery. Besser mit beiden Beinen heil ankommen. Mein Kutscher hat mich von Ihrer Rückkehr unterrichtet. Ich bin mir bewusst, dass Sie kaum genügend Zeit hatten, sich einzurichten, aber ich glaube, die heutige Versammlung der Gesellschaft sollten Sie nicht versäumen.«

Tristam nickte beipflichtend.

»Wir haben noch Zeit«, fuhr Sir Roderick fort. »Ich dachte, wir könnten zusammen zu Abend speisen – es sei denn, Sie hätten bereits gegessen?«

»Um ehrlich zu sein, bin ich halb verhungert.«

»Nun, ich auch. Bitte gestatten Sie mir, Sie in ein Lokal zu führen, das ich kenne. Ich glaube nicht, dass Sie einen Grund finden, mit meiner Wahl unzufrieden zu sein.«

Vor dem Gasthaus wartete eine andere von Sir Rodericks schmucken Kutschen, und darin fuhren sie zu dem versprochenen Abendbrot. Das gemächliche ›Klipp-Klapp!‹ der Hufe hallte durch die stillen Straßen und eilte dem Gespann voran wie ein erschöpfter Ausrufer.

Sie gelangten in ein Viertel mit eleganten Wohnhäusern, wo der Kutscher von der Straße abbog und einer kurzen Auffahrt folgte, die von Laternen erleuchtet und von Rasen gesäumt war. Am Tor hatte Tristam kein Schild gesehen, das den Eingang als etwas anderes auswies als den eines Privathauses.

»Ist dies hier ein Club?«, erkundigte er sich.

»In gewisser Weise ja, obwohl er weder einen offiziellen Namen noch eine Mitgliederliste aufweist. Man kann ihn gleichwohl Club nennen oder auch anders.«

Am großen Kutscheingang wurden sie von Dienern in Empfang genommen, und Sir Roderick begrüßte den Tafelmeister mit Namen, dann führte man sie ins Haus. Nach Tristams Meinung stammte es aus dem Jahrhundert nach dem Wiederaufbau Avonels. Die Farbgebung der Räume unterstrich die Leichtigkeit des Baustils, die durch hohe Decken und makellos proportionierte Säulen und Türöffnungen entstand.

Nur sehr wenig wies darauf hin, dass es sich nicht um ein Privathaus handelte. Ein Diener führte Sir Roderick und Tristam an den halb geöffneten Türen eines Ballsaals vorbei, aus dem ein wahrhaft vollkommener Tenorgesang zu hören war. Unwillkürlich blieb Tristam stehen. Er kannte das Lied, es war eine Arie aus Ramseys unvollendet gebliebener Oper. Wenn man wusste, dass es sich um das letzte Werk des grossen Musikers handelte, wirkte die Arie umso bewegender. Der Tenor sang mit solch müheloser Kraft, so sicher und anmutig, und er verzichtete bewusst auf jeden Kunstgriff, wodurch er dem Zuhörer tief ins Herz schnitt.

Sir Roderick berührte Tristam am Ellbogen, und sie gingen weiter.

»Teiho Ruau«, sagte der Ritter leise.

»Das habe ich mir gedacht. Also sind die Beschreibungen seiner Kunstfertigkeit keineswegs übertrieben. Welch ein Instrument, diese Stimme!«

Ruau war ein Insulaner, den Gregory von Varua mitgebracht hatte. In allen Ländern am Entide-Meer war er berühmt und ein Liebling der Adelskreise. Auch der König gehörte zu seinen Bewunderern und kam oft in den Genuss privater Vorstellungen.

»Diese Stimme lässt einen beinah an die Götter und ihre Gaben glauben«, bemerkte Roderick. »Was wir soeben gehört haben, ist nicht einfach nur eine Stimme, sondern ein Wunder.«

In diesem Augenblick endete die Vorstellung im Ballsaal, und unter dem Applaus des Publikums schritt ein junger Mann mit dunklem Teint und weichen Zügen auf die Saaltür zu. Er lächelte breit und nickte seinen Bewunderern auf beiden Seiten zu. Tristam kam nicht umhin zu bemerken, dass er sich wie ein Dandy in den exotischsten Stoffen und Farben kleidete; unter dem Arm hielt er einen kunstvollen Hut mit einer weißen Feder. Tristam spürte in sich den Naturkundler erwachen, denn sein Blick wurde unwiderstehlich von dem Gürtel des Mannes angezogen, der aus Schlangenhaut gefertigt war. Doch bevor er genauer hinsehen konnte, wurde der Mann von den Leuten umringt, während die Zuhörer aus dem Ballsaal strömten. Zu seiner Bestürzung stellte Tristam fest, dass sie alle in Abendgarderobe erschienen waren.

»Ich fürchte, ich bin nicht passend für den Anlass gekleidet«, wagte er anzumerken.

»Nicht im Geringsten. Wir speisen in einem Privatzimmer. Wären wir zum Ball gekommen, sähe es anders aus. Doch für unser Abendessen und die anschließende Gesellschaft sind wir durchaus angemessen gekleidet. Wir müssen uns nicht alle herausputzen wie unser Freund Ruau.« Er lachte milde und schüttelte den Kopf.

»Sie kennen ihn?«

»Oh, gewiss. Er kommt häufig in den Palast. Wir haben den gleichen Schneider, auch wenn Sie es wohl kaum für möglich halten.« Und er deutete auf seine eigene Kleidung, die zwar hervorragend, aber sehr konservativ geschnitten war.

»Habe ich da einen Gürtel aus Schlangenleder gesehen?«, fragte Tristam.

Roderick lachte auf. »Ja, das haben Sie allerdings. Davon lässt er sich nicht abbringen. Trotz all unserer Bemühungen verbleibt doch ein Rest von Wildheit in ihm, wissen Sie. Ah, da sind wir.«

Sie wurden in ein Privatzimmer geführt, wo sie sogleich von äußerst geschickten und diskreten Kellnern bedient wurden.

»Wie ich sehe, fragen Sie sich noch immer, weshalb ich Sie hierher gebracht habe«, stellte Roderick fest und beunruhigte Tristam ein wenig durch seine Hellsichtigkeit. »Sind Sie schon auf Abendgesellschaften gewesen, die alles Entonnische zelebrieren?«

»Auf der Universität waren solche Gesellschaften üblich.«

»Das kann ich mir denken. Nun, in diesen Mauern zelebrieren wir alles Farrische – obgleich zelebrieren wohl nicht ganz das richtige Wort ist. Wer hierher kommt, glaubt an den Wert des Farrischen: an unsere Traditionen, unsere Kultur und unsere Kunst. In diesen Räumen werden Sie niemals auch nur ein einziges entonnisches Wort vernehmen. Und Sie werden es nicht erleben, dass die entonnische Kultur auf Kosten unser eigenen hochgelobt wird. Wir sind in keiner Hinsicht nationalistische Eiferer, sondern ein Gegengewicht zu dieser Manie, die unreflektiert alles Entonnische in den Himmel hebt. Können Sie sich dabei zu Hause fühlen?«

»Ich bin neugierig.« *Ich sitze also im Zentrum der antientonnischen Bewegung von Farrland*, dachte Tristam. Wie sollte er eine Einladung zum Beitritt nur ablehnen, und diese Einladung würde doch gewiss ausgesprochen werden?

»Sie brauchen nicht so besorgt dreinzuschauen, Mr. Flattery. Ich habe Sie allein zu dem Zweck hierher gebracht, mich ungestört mit Ihnen unterhalten zu können.« Roderick lächelte und hob sein Glas. »Ich bin mir der Vorbehalte bewusst, die unsere gegenwärtigen Abgänger gegenüber unverhohlenem Patriotismus hegen, besonders gegen die sentimentale Abart des Patriotismus. Trinken wir also auf das, was in allen Kulturen von bleibendem Wert ist.« Sie stießen an, und Tristam zweifelte nicht daran, dass ihm seine Erleichterung deutlich anzusehen war. Roderick ließ sich indessen Zeit, um die Farbe seines Weines im Lampenlicht zu bewundern. Der Wein war, wie Tristam feststellte, ausgezeichnet.

»Waren Sie schon im Ausland, Mr. Flattery? Sind Sie nach Entonne gereist?«

»Jawohl, in einem Sommer, dorthin und auch nach Doorn. Eine sehr angenehme Reise.« Unverbindlicher auszudrücken vermochte er sich nicht.

»So teilen Sie also das entonnische Interesse an den Magi?«

Tristam begriff, dass es ihm niemals gelingen würde vorherzusagen, welche Richtung ein Gespräch mit Sir Roderick Palle nähme, und so belanglos es im Moment auch erschien, hielt es Tristam doch für unklug, auch nur ein Wort dieses Mannes als unschuldig zu erachten.

»Nein, und ich halte es für höchst ungewöhnlich. Ich bin zu dem Schluss gekommen, dass die Entonnier weitaus eher als wir bereit sind, Widersprüche hinzunehmen. Das muss an ihrem Wesen liegen. Sie verehren geradezu alles Charismatische, und manchmal glaube ich, dass für sie deshalb eine so große Faszination von den Magi ausgeht. Wenigstens erscheint es mir so.« Aha: Kritik an den Entonniern, die er guten Gewissens üben konnte. Vielleicht hatte er damit bewiesen, ein aufrechter farrischer Bürger zu sein.

»Ja, dem würde ich zustimmen. Wie sonst wollen Sie diese an Götzenverehrung grenzende Wertschätzung des Grafen Previsse erklären? Niemals hat ein Menschenweib eine verabscheuungswürdigere Kreatur in die Welt gesetzt. Und in Entonne hält man dieses Ungeheuer nicht nur für einen großen Dichter und Maler, sondern sogar für einen überragenden Staatsmann! Das ist doch einfach nicht zu glauben.«

Tristam nickte. Seine Kommilitonen in Merton hatten

Previsse bewundert, und sei es nur für das abenteuerliche Leben, das der Mann geführt hatte. Ein Kellner kam herbei und schenkte Wein nach. Als er sich zurückzog, erschien ein Themenwechsel angeraten.

»Ich hoffe, die Reise nach Merton hat Ihnen nicht allzu sehr zu schaffen gemacht. Eine traurige Pflicht.«

Tristam nickte. »Ja, ich werde den Herrn Professor vermissen. Er ist mir ein freundlicher und geduldiger Lehrer gewesen, und ich fürchte, ich war nie der ideale Empfänger für sein umfassendes Wissen.«

»Das wird die Zeit erweisen, Mr. Flattery. Kein erstrangiger Mann ist je mit seinen Leistungen zufrieden gewesen, ganz gleich, was andere von ihm gehalten haben.«

Tristam trat unwillkürlich der arme Dandish vor Augen. »Für Sanfield Dandish galt das mit Sicherheit«, sagte er. »Wenn der Zweifel an der eigenen Arbeit ein Maß für deren Wichtigkeit darstellt, dann hat er Höchstes geleistet.« Wie nur konnte sich ein solcher Mann dazu bewegen lassen, auf Geheiß der Herzogin Königsblatt anzubauen? War Dandish etwa ihrem Charme erlegen? Dagegen sprach der Eintrag in seinem Tagebuch, die Herzogin glaube, sie könne ihn zum Narren halten. Dennoch hatte er wohl Gründe, sich auf ihr Spiel einzulassen. Und wieso hatte Dandish sich nicht mit Sir Roderick Palle verbündet?

Jaimy hat recht, dachte Tristam. *Ich sollte mich um jeden Preis aus den höfischen Intrigen heraushalten. Ich kann nicht einmal ansatzweise erkennen, welche Seite Absichten verfolgt, die ich unterstützen würde.* Tristam merkte, wie sein Misstrauen gegen Sir Roderick wuchs.

»Jawohl«, sagte der Ritter gerade, »Professor Dandish ist wahrlich so bescheiden gewesen, wie es die meisten Gentlemen für sich in Anspruch nehmen – aber nur selten sind.«

Eine Weile herrschte Schweigen. Tristam spürte, wie ihn langsam, aber beharrlich die Angst befiel. Er rätselte, was er sagen könnte oder wie er beschreiben sollte, was er in Dandishs Salon gefunden hatte. Allmählich glaubte er, die Furcht würde ihm verbieten, das Thema überhaupt anzuschneiden.

»Mir ist ein Gerücht zu Ohren gekommen, Mr. Flattery«, sagte Roderick sehr leise, »dass Dandishs Tagebücher nicht mehr aufzufinden seien. Dass sie vielleicht sogar gestohlen worden sein könnten.« Er sprach in höchst nüchternem Ton, doch dabei sah er Tristam mit einem unauslotbaren Blick direkt in die Augen.

Tristam nickte. Er wollte einen Schluck Wein nehmen, um seinen Mut zu stärken, doch seine Hand verriet ihn; sie zitterte so stark, dass er das Glas rasch wieder abstellte. »Von Diebstahl gehe ich aus. Ich weiß genau, dass es zahlreiche Bände gegeben hat – etwa fünfzig –, und sie waren nicht mehr aufzufinden. Sowohl in Dandishs Räume im College als auch in sein Haus wurde eingebrochen, beides verwüstet, dennoch scheint nichts von Wert verschwunden zu sein.«

Sir Roderick nickte, als bestätige Tristam lediglich, was er bereits aus anderen Quellen erfahren hatte, und brachte ihn damit nur noch mehr aus der Fassung.

»Die Tagebücher eines Empiristen sind ohne Frage wertvoll, auch wenn sich dieser Wert nicht in Gold und Silber bemessen lässt. Was halten Sie davon?«

Tristam fürchtete sich davor, am Ende doch zu viel preiszugeben. Sein Mund war trocken, und er verkrampfte die Hände ineinander, um sein Zittern zu verbergen. Roderick nahm nicht den Blick von ihm, und Tristam fragte sich, was der Ritter außerdem noch wusste. Der Königsmann verfügte offenbar über Mittel und Verbindungen, die Tristam frösteln ließen, und er erwies sich dabei als außerordentlich scharfsinnig.

Die besten Lügen, dachte Tristam, sind halbe Wahrheiten.

»Sir Roderick, ich fürchte, dass Dandishs Verbindung zum Palast-Arboretum die Aufmerksamkeit Unbekannter auf ihn gelenkt hat. Eine andere Erklärung vermag ich mir nicht vorzustellen.«

Roderick überdachte die Antwort und nickte schließlich. »Ich werde Hawksmoor nach Merton schicken. Er wird der Sache auf den Grund gehen.«

Tristam sank das Herz. Man brauchte kein Genie zu sein, um zu begreifen, was der Professor in seinem Salon angepflanzt hatte. Die halbe Wahrheit, ermahnte er sich.

»Dann wird Mr. Hawksmoor unter anderem eine Reihe von Pflanzkästen finden - ohne Pflanzen -, die in einem abgeschlossenen Zimmer von Dandishs Haus stehen.«

Damit rief er auf der gelassenen Fassade des Königsmanns eine deutliche Reaktion hervor: Der Ritter sah aus, als hätte er soeben die denkbar schlechteste Nachricht empfangen, und er war nicht etwa bekümmert - Sir Roderick war erzürnt. Er rückte vom Tisch ab, öffnete den Mund, als wolle er einen füchterlichen Fluch ausstoßen, und dann war es vorüber wie ein seltsamer Anfall. Nur sein Gesicht blieb dunkel verfärbt, als müsse er einen Schmerz niederkämpfen.

»Sie glauben, Professor Dandish hätte Königsblatt angepflanzt.« Eine Feststellung, keine Frage.

Tristam nickte und fürchtete sich vor jedem weiteren Wort.

Sir Roderick hielt den Blick auf Tristam geheftet, doch seine Aufmerksamkeit galt etwas ganz anderem. »Ich hätte es wissen müssen«, sagte er leise und sprach halb mit sich selbst. In Tristams Ohren klang der Satz wie eine Selbstanklage. »Dandish«, sagte Palle, als benenne er einen Verräter.

Und in Tristams Kopf hallte das gleiche Wort wider: Dandish, der argloseste aller Gentlemen.

Sir Roderick wirkte so aufrichtig, dass Tristam den Verdacht aufgab, der Königsmann könnte veranlasst haben, ihm den Brief der Herzogin zu entwenden.

»Haben Sie denn außer den leeren Pflanzkästen und der merkwürdigen Koinzidenz des Diebstahls der Tagebücher noch andere Beweise?«

Tristam versuchte, sich ein schweres Schlucken zu verkneifen. »Ein versengtes *Regis*-Blatt«, brachte er hervor.

»Das aus dem Palast-Arboretum stammen könnte?«, forschte Roderick.

Tristam zuckte die Achseln. »Möglich.«

»Wer, glauben Sie, hat die Pflanzen entfernt?«, fragte Sir Roderick plötzlich.

»Professor Dandish selbst, vermute ich. Als ich dort eintraf, war der Salon abgeschlossen, und an der Tür hatte sich noch niemand zu schaffen gemacht. Freilich könnte jemand in der Zeit zwischen dem Tod des Professors und meiner Ankunft die Pflanzen entfernt haben ...« Tristam fiel das Lügen nicht leicht, denn es widersprach seiner Natur, die Wahrheit zu verdrehen, und der Mann, dem er gegenübersaß, brachte seine Tage damit zu, Wahrheiten von Lügen zu trennen. »Ich kann gar nicht sagen, wie schwer es mir fällt, Ihnen davon zu berichten, Sir Roderick. Professor Dandish ist mein Lehrer und mein Freund gewesen ...«

»Sie kannten ihn gut?«

»Das habe ich immer geglaubt.« Tristam nahm deutlich die leichte Bestürzung in seinem eigenen Tonfall wahr.

Roderick starrte in sein Glas und schwenkte sanft den Wein, als habe sich sein Zorn in Trauer verwandelt. »Glauben Sie, er könnte die Lösung unseres Problems gefunden haben?«, fragte er und sah Tristam wieder ins Gesicht.

Tristam musste feststellen, dass seine Stimme ihm den Dienst versagte, als wäre er nun endgültig an der Grenze seiner Täuschungsfähigkeit angelangt.

Sir Roderick nahm die Augen nicht von ihm, und auf seinem Gesicht zeigte sich gelinde Überraschung.

Tristam senkte den Blick.

»Ich weiß es nicht, Sir Roderick.«

»Sie wirken unsicher, Mr. Flattery. Besteht Ihrer Ansicht nach die Möglichkeit, dass er eine Lösung gefunden hat?«

Tristam hob unwillkürlich die Schultern. »Auch das kann ich nicht beantworten. Seine Aufzeichnungen waren nicht aufzufinden – ich fürchte, er hat sie zusammen mit den Pflanzen vernichtet.« Plötzlich ergriff Tristam die Furcht, die drei Tagebücher, die er an Tumney geschickt hatte, wären Sir Roderick vorgelegt worden.

»Ich bezweifle, dass er das Problem gelöst hat«, sagte

Roderick überraschend. »Und wissen Sie wieso, Mr. Flattery? Weil es nicht zu lösen ist. Das steht für mich fest. Teiho Ruau ist davon überzeugt, dass die Pflanzen niemals wieder Blüten tragen werden. ›Die Geister‹, behauptet er. Die Insulaner sagen, dass das Königsblatt, sobald es einmal aufgehört hat zu blühen, nie wieder Samenkörner produziert ...« – unvermittelt lächelte er –, »wenn der Geist nicht durch bestimmte Riten besänftigt wird. Tumney hat das Problem nicht gelöst, Dandish hat es nicht lösen können. Und wie ich fürchte, werden auch Sie daran scheitern, Mr. Flattery. Und damit will ich keineswegs Ihre Fähigkeiten infrage stellen.«

Die Ankunft des Essens unterbrach das Gespräch. Tristam rührte zunächst sein Mahl nicht an. Der Königsmann nahm das Besteck in die Hand, hielt dann aber inne. »Die Umstände, unter denen Professor Dandish gestorben ist, waren nicht etwa – ungewöhnlich?«

»Nun, das nicht ...« Tristam war über die Andeutung entsetzt. »Nun sehen Sie mich sprachlos, Sir. Könnte denn jemand so verzweifelt hinter *Regis* hergewesen sein, um einen Mord zu verüben?« Sogleich musste er an den Tod des Baron Ipsword denken.

»Das Leben des Königs ...« Roderick ließ den Satz unbeendet und begann mechanisch zu essen. »Man fragt sich, was der Mann sich so gedacht hat.« Roderick zuckte mit den Schultern und schien sich mit Gewalt aus den Gedanken zu reißen, die er verfolgte. Er gewann seinen Gleichmut zurück, so als hätte er nicht soeben festgestellt, dass der König nun endgültig sterben müsse. »Sofern Sie nichts hinzuzufügen haben, Mr. Flattery, sollten wir das Thema wechseln.«

Tristam nickte. »Da wäre noch etwas, Sir.«

Roderick blickte ihn an.

»In Merton ist mein Tagebuch aus dem Gasthauszimmer verschwunden.«

»Hatten Sie darin etwas über das Königsblatt niedergelegt?«

»Kein Wort, Sir. Meine Aufzeichnungen habe ich im Arboretum geführt und auch dort gelassen.«

»Sehr klug von Ihnen, Mr. Flattery. Selbstverständlich ist Ihr Tagebuch dennoch ein Verlust. Ich hege nur geringe Hoffnung, dass all diese verschwundenen Tagebücher je wieder auftauchen, das muss ich leider sagen.« Und weiter äußerte er sich nicht zu diesem Thema.

Zu Tristams großer Überraschung kam der Ritter nun auf etwas völlig Unverbindliches zu sprechen. Das war alles gewesen? Er konnte nicht ganz glauben, seine Lügen so leicht an den Mann gebracht zu haben. Selbst Dekan Emin hatte ihn mühelos durchschaut. Dennoch wies nichts darauf hin, dass Sir Roderick nicht alles glaubte, was er gehört hatte. Und ganz eindeutig brauchte Tristam ihm nicht zu sagen, für wen Dandish das Königsblatt angepflanzt hatte.

So spielt man das Spiel eben, dachte Tristam. *Wenn Roderick einen Nutzen darin sähe, mich und meine Lügen bloßzustellen, würde er es ohne zu zögern tun – und bräuchte sich nicht anzustrengen.*

Doch Sir Roderick schien hierzu keine Veranlassung zu haben. Als hätte dieses Gespräch nie stattgefunden, änderte sich das Gebaren des Ritters nun vollständig – er wurde geradezu liebenswürdig –, und fast zweifelte Tristam an seiner Wahrnehmung.

Eine andere Seite des Königsmanns trat nun zutage, denn Sir Roderick erwies sich als sehr belesen auf etlichen Gebieten der Naturforschung und der Naturphilosophie, außerdem als ein erfahrener Falkner und Viehzüchter. Er zog Tristam tief in das Gespräch und lenkte ihn so nachhaltig von seinen Befürchtungen ab, dass dieser dem Schein am Ende nachgab und sich einredete, die Situation sei nicht so unwirklich, wie sie ihm vorkam.

Nach dem Abendessen stiegen die beiden Männer in die Kutsche, ohne ihr Gespräch, das sich über Wein und Essen so frei entwickelt hatte, wieder aufzunehmen. Tristam sann über den Königsmann nach und überlegte, was er eigentlich genau über ihn wusste? Gewiss hätte Jaimy einen ausgedehnten Vortrag zu diesem Thema halten können, doch

Tristam besaß einfach kein Gedächtnis für solcherlei Dinge. Tatsächlich hatte ihn bisher nicht im Geringsten interessiert, wem am farrischen Hof welche Bedeutung zukam. Das änderte sich nun rapide.

Wenn er sich recht erinnerte, dann entstammte Sir Roderick einer guten Familie – er war ein Cousin des Earls von Mindon. Im Heer war er rasch aufgestiegen, denn er verfügte über ein herausragendes Organisationstalent, und wurde von einem hohen Offizier, der zeitweilig Minister war, in den Königsdienst geholt. Auch nach dem Ausscheiden seines Gönners stieg Roderick Palle weiter auf; seinen Offiziersrang hatte er gegen eine Reihe neuer Ämter eingetauscht.

Die Karriere war rasch vonstatten gegangen, und nun war er nach dem Monarchen und dem Thronerben der mächtigste Mann im Königreich. Er war das Bindeglied zwischen den Ministern der Regierung und der Krone, und zwar seit vielen Jahren.

Dennoch hatte er alle Titel und Ehrungen abgelehnt und nur die Ritterwürde behalten, die er sich während seiner Militärlaufbahn verdient hatte – eine untypische Missachtung der Konvention. Sir Roderick Palle war der erste Mann ohne Adelsbrief, der je den Posten des Königsmanns innegehabt hatte.

Tristam bezweifelte keineswegs, dass Sir Roderick gute Gründe für sein Verhalten besaß, aber er verstand es nicht. Möglich, dass bei den einfachen Menschen dadurch eine gewisse Beliebtheit zu erwerben war, doch andererseits hielt Tristam ihn nicht für einen Menschen, der etwas darauf gibt, was die Leute von ihm denken.

Roderick Palle trat in Anbetracht seiner Position fast bescheiden auf und war doch einflussreicher als alle Adeligen Farrlands. Da stellte sich die Frage, ob seine beharrliche Zurückweisung des Adelsbriefs die aristokratischen Familien nicht empörte. Trotz seiner Herkunft lehnte Palle den wichtigsten Anzeiger für die Bedeutung eines Mannes ab, den man kannte, nämlich die Peerswürde, und erklärte sich dadurch gewissermaßen zum Außenseiter.

Doch auch darum schien er sich keine Gedanken zu machen.

Der Königsmann war gewiss für jeden ein Rätsel – nicht nur für ihn. Und dieser Mann saß nun Tristam gegenüber und wirkte wie ein zerstreuter Gelehrter, der über ein Problem sinnierte. Ein Mann, der sich seiner Bedeutung scheinbar nicht bewusst war und vermeintlich über keinerlei Fantasie verfügte. *Eine beachtliche Fassade, die er sich da errichtet hat,* dachte Tristam – *undurchdringlich wie die Tiefen des Meeres.*

Schließlich erreichten sie das Haus, der Empiristischen Gesellschaft. Tristam schnürte es vor Aufregung die Kehle zu, sobald die Kutsche vor der Tür anhielt.

Er fühlte sich wie in einem Traum, nahm vieles nur schemenhaft wahr und glaubte gewissermaßen zu schweben. Die Eingangshalle war ein Kunstwerk aus blassem, geädertem Marmor mit einer geschwungenen Treppe und hoher, gewölbter Decke, an der ein großer Kronleuchter hing. Der Stein besaß einen so durchsichtigen Glanz, dass er wie eine fremdartige Flüssigkeit aussah.

Auf einer niedrigen Plinthe stand inmitten der Halle eine lebensgroße Statue von Boran, dem Vater des Empirismus, der den Arm zu einer allumfassenden Gebärde ausgestreckt hielt, als wolle er auf die Wunder der Welt deuten.

In einer großen Wandnische erhob sich das rekonstruierte Skelett eines Dinosauriers, eines *Dracosaurus,* das alles und jeden im Raum zwergenhaft erscheinen ließ. Nicht weit entfernt stand die beeindruckende Schale von *Tridacna gigas,* der Rieselmuschel von Oceana, auf einem niedrigen Sockel.

Tristam bemerkte plötzlich, dass Roderick ihn musterte.

»Ich muss Sie einen Moment um Geduld bitten, Mr. Flattery. Ich habe etwas mit Beall zu bereden.« Er deutete mit dem Kopf zu einer Gruppe Männer, die in ihr Gespräch vertieft in der Halle standen.

»Aber gern. Ich glaube nicht, dass ich mich hier so rasch sattsehen werde.«

Sir Roderick ließ Tristam allein, und diesen zog es

augenblicklich an den Rand der Halle, wo er sich nicht so exponiert fühlte. Ein großes Gemälde hing dort an der Wand, und Tristam war so desorientiert, dass er einen Augenblick dazu benötigte zu begreifen, was er vor sich sah. Dieses Gemälde basierte auf der Seehund-Studie, die er von Dandish geerbt hatte. Eine ganze Weile stand er in die Betrachtung versunken davor.

»Ein Hobbson«, sagte neben ihm jemand.

Tristam drehte sich dem Sprecher zu, einem onkelhaft wirkenden Gentleman, der sich in einem Stil kleidete, welcher lange vor Tristams Geburt in Mode gewesen war, einschließlich der kniehohen Stiefel und der gepuderten Perücke.

»Averil Kent«, stellte der Mann sich vor und reichte Tristam die Hand.

»Zu Diensten, Sir. Tristam Flattery.« Ihm kam der Name bekannt vor, doch konnte er ihn nicht gleich einordnen.

»Eine wunderbare Arbeit, nicht wahr? Meiner bescheidenen Meinung nach war Hobbson ein Meister.«

»Da kann ich nicht widersprechen. Ich besitze die Studie des Künstlers zu eben diesem Bild.« Tristam sagte dies eher aus der Überraschung heraus, solches Glück zu haben, als in der Absicht, Kent zu beeindrucken. Dennoch wandte der Mann sich ihm mit aufgerissenen Augen zu.

»Das haben Sie? Signiert? Welch ein Schatz! Gratuliere Ihnen zu Ihrem Glück. Unterscheidet sie sich sehr vom endgültigen Bild?«

Beim Blut des Märtyrers, dachte Tristam, *natürlich: Das ist der Averil Kent* – selbst ein berühmter Maler. Er sammelte seine Gedanken, um die Frage beantworten zu können. »Nun, die Studie ist natürlich sehr viel kleiner, sodass sie erheblich weniger Einzelheiten bietet. Soweit ich sagen kann, stimmt aber die Komposition überein«, fügte er hinzu. »Die Palette ist hier etwas subtiler, obwohl dort der Sonnenuntergang lebhafter erscheint, vielleicht durch den höheren Farbkontrast.« Tristam musterte das freundliche Gesicht des älteren Mannes, der aufmerksam das Gemälde betrachtete.

»Ich bin beeindruckt, Mr. Flattery. Einen Einblick in die inneren Vorgänge eines Hobbson zu erhalten – solche Studien bieten einem dazu Gelegenheit.«

»Ich wäre sehr glücklich, wenn ich sie Ihnen zeigen dürfte, Sir«, sagte Tristam, obwohl er sich dachte, dass der Mann vermutlich nur freundlich sein und die Studie gar nicht sehen wollte.

»Nichts wäre mir lieber als das!«, rief Kent begeistert aus. »Wohnen Sie in Avonel? Ich nehme an, Sie sind ein Sohn des Herzogs von Blackwater?«

»Nein, ein Neffe. Ich wohne in Locfal, doch bin ich einige Tage in der Stadt – ich logiere im *Königin Anne.* Vielleicht sollten wir einmal gemeinsam zu Abend essen?« Tristam war erleichtert, dass der Mann aufrichtiges Interesse bekundet hatte und sich nicht von ihm in eine unangenehme Lage gedrängt sah.

»Das würde ich gern, doch sind meine Abende ausgefüllt. Wenn es Ihnen an einem Nachmittag recht wäre, würde ich gern kommen.«

Sie kamen überein, sich am nächsten Tag zum Tee zu treffen, und der Künstler setzte seine Runden fort. Tristam blieb zurück. Er fühlte sich nun willkommener und weniger, als sei er in einen Traum getreten.

»Wie ich sehe, haben Sie Kents Bekanntschaft gemacht.« Das war Sir Roderick; er war zurückgekehrt.

»Ja, das habe ich. Ein freundlicher Herr.«

»Einer der Besten. Wenn er Sie schätzt, wird er Sie jedem Empiristen der bekannten Welt vorstellen. Er ist seit über vierzig Jahren Mitglied der Gesellschaft. Er kennt jeden.« In diesem Augenblick trat ein Diener in die Halle und blies einen Ton auf dem Gehäuse einer Meeresschnecke, wie es die Tradition verlangte.

»Wollen wir hineingehen? Wie ich hörte, soll es heute sehr interessante Vorträge geben, obwohl ich Sie warnen muss – man wird eine Gedenkminute für den armen Dandish einlegen. Ich hoffe, das belastet Sie nicht?«

»Nicht im Mindesten«, antwortete Tristam und hoffte damit, die Wahrheit zu sagen.

Sie betraten den geräumigen Saal und fanden in einer Stuhlreihe zwei Plätze. Der Saal füllte sich rasch, und der Sprecher - niemand anderer als Mr. Kent - bestieg das Podium.

»Einen angenehmen Abend wünsche ich Ihnen, Gentlemen.« Kent musterte die Zuhörerschaft mit solch offenkundiger Zuneigung, dass man den Eindruck gewann, er schaute auf seine eigene geliebte Familie. »Bevor wir mit den Vorträgen und Diskussionen des heutigen Abends beginnen, ist es meine traurige Pflicht, Ihnen das bedauerliche Hinscheiden unseres Kollegen Sanfield Dandish zu melden, des Layel-Professors am Merton College.«

Kent hatte sich sorgfältig vorbereitet, denn nun sprach er mit großer Kenntnis über dessen Leistungen und recht einfühlsam über den Menschen Dandish, ohne dessen Makel zu übergehen oder die Vorzüge übertrieben herauszustreichen. Er bot eine ausgewogene und gerechte Zusammenfassung vom Leben und Werk des Professors. Das berühmte *Book of Fellows* wurde gebracht und neben der Unterschrift von Sanfield Dandish ein letztes Datum eingetragen - ein Akt, der wohl manchem im Saal zu Herzen ging, denn mehr als nur ein Räuspern aus belegter Kehle war zu hören.

In dem darauffolgenden Schweigen dachte Tristam daran, dass Lord Skye seinen Namen in ebendieses Buch geschrieben hatte, desgleichen Boran und Thayer - und sein Freund und Lehrer Sanfield Dandish. In welch ehrenwerter Gesellschaft der Professor sich befand! Es konnte doch kein besseres Zeugnis für ein wohlverbrachtes Leben geben.

Umso widersinniger erschien ihm Dandishs letzte Betätigung.

»Wenn keine dringenden Fragen unserer Aufmerksamkeit bedürfen«, brach Kent mit ruhiger Stimme das Schweigen, »dann möchte ich beginnen ...«

»Herr Vorsitzender!« Tristam kannte die Stimme, welche die besinnliche Stimmung durchbrach.

Als Tristam sich umwandte, nach dem Redner zu suchen, brummte Roderick: »Somers.«

In der Tat: der Vater von Jaimys augenblicklicher Flamme.

»Ich habe schon früher das Thema weiblicher Mitglieder angesprochen, und obwohl ich die Entscheidung meiner Kollegen durchaus nicht billigen kann, beuge ich mich dem Willen der Mehrheit.« Er neigte knapp den Kopf. »Obwohl wir eine Empiristin in diesen Hallen dadurch ehren, dass wir ihr für ihre Leistungen auf den Gebieten der Medizin und menschlichen Anatomie die Marsfield-Bibliothek widmeten, erlauben wir noch immer keiner Dame, unsere geheiligten Türen zu durchschreiten. Ich möchte meinen geehrten Kollegen nun den Vorschlag unterbreiten, weibliche Gäste – selbstverständlich in geziemender Begleitung – zu unseren Vorträgen zuzulassen. Ich persönlich kenne mehrere Damen, die unsere Annalen mit großem Interesse und großem Verständnis lesen und deren Gegenwart sich nur günstig auf die Diskussionen auswirken könnte.«

Somers wollte weitersprechen, doch Averil Kent unterbrach ihn. »Professor Somers, ohne Zweifel verdienen Ihre Vorschläge unsere sorgfältigste Erwägung, doch ist diese Versammlung nicht stimmberechtigt. Alle Anträge hinsichtlich Mitgliedschaften et cetera müssen dem jährlichen satzungsentscheidenden Ausschuss vorgelegt werden. Ich danke Ihnen, dass Sie unsere Aufmerksamkeit auf diese Angelegenheit gelenkt haben und möchte Sie bitten, die Frage unbedingt zum passenden Zeitpunkt erneut zu erheben.«

Somers wiegte sich einen Moment lang auf den Füßen, dann nickte er und nahm wieder Platz. Tristam hörte jemand hinter sich brummen: »Seltsame Ideen hat unser Somers.«

Kent wandte sich wieder dem Auditorium zu. »Bevor wir beginnen, möchte ich unsere Gäste für diesen Abend begrüßen. Graf Massenet, entonnischer Botschafter am farrischen Hof, und Doktor Paul Varese, den berühmten Empiristen und Autor.« Die beiden Herren standen auf und verbeugten sich vor dem verhaltenen Applaus.

Tristam hatte von dem Botschafter noch nie gehört,

doch Varese war der entonnische Vorkämpfer für die farrellitische Version der Erdgeschichte – die Kirche bestritt die Layelsche Hypothese, die Erde sei etliche Jahrmillionen alt. *Dandish wird begeistert sein, wenn er davon hört*, dachte Tristam sofort, wie man manchmal von den jüngst Verstorbenen denkt, und spürte den Verlust umso schwerer.

»In unserer Mitte befindet sich heute Abend außerdem Mr. Tristam Flattery«, fuhr Kent fort, »ein Schüler von Professor Sanfield Dandish und Koautor mehrerer weithin geschätzter Arbeiten über die Sammlung von Baron Trevelyan.«

Roderick tippte Tristam auf den Arm; also stand er auf und verbeugte sich leicht verlegen. Deswegen hatte sich Roderick zuvor entschuldigt, begriff er. Der Gedanke ging sofort in einem Gefühlssturm unter: Die geachtetsten Empiristen des Landes applaudierten ihm. Einige kannte er von Portraits, die er irgendwo gesehen hatte. Er setzte sich wieder und fühlte einen ungekannten Stolz.

Der erste Vortragende wurde vorgestellt. Sein Thema lautete: Räuber-Erkennung bei *Bivalvia*. Dem eigentlichen Vortrag ging eine eindrucksvolle Veranschaulichung voraus, die dem Publikum Freude bereite und es für alle späteren Behauptungen sehr empfänglich machte. In eine flache Kupferschüssel, die mit Salzwasser gefüllt war, setzte der Redner ein Dutzend *Pectinidae*, gemeinhin Kamm-Muscheln genannt. Dann hielt er einen Seestern hoch, der langsam die dunkelroten Arme ringelte. Kaum setzte der Vortragende den Seestern zu den Muscheln in das Wasser, als die Schüssel zu beben begann. Wasser spritzte heraus und durchnässte das Tischtuch, dann schossen die Muscheln eine nach der anderen aus dem Kupfergefäß, bis sie alle auf dem nassen Tisch lagen und nur der Seestern sich noch in der Schüssel befand. Eine Erklärung folgte, die im Weiteren recht höflich und in unspektakulärer Weise diskutiert wurde.

Währenddessen aber spürte Tristam deutlich, dass die Spannung im Saal anwuchs. Es war, als stünde ein Sturm bevor, und jeder Anwesende verstummte, um ihn nahen zu hören. Offensichtlich sollte Dr. Varese als nächster sprechen.

Ein mutiger Mann, dachte Tristam.

Varese war mittelgroß und sah ein wenig ausgezehrt aus, als hätte er eine lange Krankheit hinter sich oder wäre zu geistesabwesend, um ans Essen zu denken – und geistesabwesend wirkte er in der Tat. Scheinbar widerwillig trat er ans Rednerpult, wirkte aber trotz der drohenden Konfrontation nicht nervös.

Der Entonnier setzte sich in aller Ruhe einen merkwürdig geformten Kneifer auf die Nase und blickte in die Papiere, die er vor sich auf dem Pult ausgebreitet hatte, dann begann er.

»Gentlemen, ich beabsichtige über ein Thema zu sprechen, das uns allen am Herzen liegt, ohne dass man sich ihm bislang zugewandt hätte.« So begann er mit fester Stimme.

Mit diesem Gebaren sichert sich Varese nicht gerade die Sympathie seiner Zuhörerschaft, dachte Tristam. Der Mann sprach sehr gutes Farrisch, doch seine Pose hätte eher zu einem Schulmeister gepasst, der zu einer Gruppe dummer Jungen spricht, die nicht zu schätzen wissen, was er ihnen zu bieten hat. Tristam hätte nicht genau sagen können, ob der Mann wirklich diese Haltung einnahm – aus seiner Wortwahl schloss er sogar, dass dem nicht so war. Varese indes schien an seine überhebliche Redeweise gewohnt zu sein und war gleichzeitig zu begriffsstutzig, um die Wirkung zu bemerken, die er damit auf andere ausübte.

»In der anerkannten Historie erblickte der Empirismus das Licht der Welt an jenem Tag, als Wilam Tomas Boran sein großartiges Buch ›Die Rolle der Erfahrung in der Naturphilosophie oder: Eine Prüfung der Methodologie‹ veröffentlichte. Die Auffassung dieses bedeutenden Textes führte zu der großen Spaltung zwischen den ›Empiristen‹ und den ›Empirikern‹, wie Noam und Jaspers sie benannt haben. In den letzten Jahren ist diese Kluft der Sichtweisen der Naturphilosophie durch die so gut wie allgemeingültig zu bezeichnende Jasperssche Interpretation des Empirismus geschlossen worden: Beobachtungen, die aufgrund von Vernunft gedeutet werden. Nur sehr wenige Ideen haben solchen Einfluss auf die Menschheit ausgeübt.

Wie manch anderer junge Akademiker war auch ich von Borans Buch angetan und folge bis auf den heutigen Tag den Grundsätzen, die Boran vor gut fünfundsiebzig Jahren formuliert hat.« Nun erst blickte er auf und betrachtete seine Zuhörer über den Brillenrand hinweg. »Ich aber habe entdeckt, dass diese allgemein als zutreffend angesehene Version der Historie nicht mehr mit der Wahrheit zu tun hat als die offiziellen Kriegsberichte einer beliebigen Nation. Boran hat die Grundzüge des Empirismus nicht als Erster formuliert, und es ist möglich, dass er seine Ideen aus den Schriften eines anderen bezogen hat.«

Die dramatische Pause hätte zeitlich nicht besser platziert sein können. In diesen Hallen wurde Boran *verehrt.* Zu behaupten, er sei nicht der Urheber des empiristischen Kredos, war ein Sakrileg; gar anzudeuten, er könnte diese Idee von jemand anderem gestohlen haben, bedeutete Blasphemie. Und nach den Reaktionen der Zuhörer zu schließen, befanden sich darunter durchaus einige, die willens und bereit waren, den reinigenden Scheiterhaufen zu entfachen.

Wenigstens zwei Männer stürmten lautstark aus dem Saal. Andere murmelten vernehmlich. Niemand wirkte erfreut. Schließlich wurde Averil Kents Stimme hörbar.

»Gentlemen, ich bitte Sie. Doktor Varese ist noch nicht fertig. Wollen wir ihm nicht die Höflichkeit erweisen, die jedem zusteht, der auf diesem Podium spricht – in diesem Saal, in dem neue Ansichten stets willkommen gewesen sind?«

Varese nickte Kent zu und wandte sich wieder an sein Auditorium. »Diese Behauptung stelle ich keineswegs unerwogen auf. Wie ich bereits sagte, zählt Boran zu meinen persönlichen Helden. Dennoch sage ich: Im Zuge meiner Recherchen stieß ich in der Korrespondenz des Marquis von Reme auf drei Briefe, die aus der Zeit zwischen 1430 und 1450 datieren. Alle drei waren lediglich mit einem überaus kunstvoll verzierten Buchstaben L unterzeichnet, der Unterschrift, wie Sie alle wissen, des Magus Lucklow.« Er verstummte, trank einen Schluck Wasser und blickte wieder in seine Notizen. Bei der Erwähnung des Magus hatte sich Sir Roderick plötzlich interessiert vorgebeugt, als wolle er auf keinen Fall auch nur ein Wort von dem verpassen, was Varese zu sagen hatte.

»Ich habe jede Mühe auf mich genommen, um die Handschrift dieser Briefe mit anderen Schriftproben zu vergleichen, bei denen gesichert ist, dass sie von dem Magus stammen, und bin von ihrer Authentizität überzeugt. Leider bleibt es unklar, an wen diese Briefe gerichtet gewesen sind, denn beim Namen des Empfängers handelt es sich offensichtlich um ein Diminutivum. Angesichts der Natur dieser Verkleinerung und dem Tonfall der Briefe vermutete ich, dass sie an eine Frau im Hause des Marquis von Reme gerichtet waren: höchstwahrscheinlich an die Marquise, die zweite Frau des Marquis. Man fragt sich augenblicklich, welcher Natur diese bis dato unbekannte Freundschaft gewesen sein mag. Ich möchte dazu nur sagen, dass diese Briefe nicht grundlos über ein Jahrhundert lang ungelesen herumgelegen haben. Es ging um ein geheimgehaltenes intimes Verhältnis. Dass die Briefe nicht vernichtet worden sind, stellt daher einen außerordentlichen Glücksfall dar, denn allen Anzeichen zufolge war die Korrespondenz weitaus umfangreicher – doch nur diese drei Briefe fanden sich in den Familienpapieren. An diesem Punkt möchte ich anmerken, dass der Marquis von Reme in den Jahren 1457 und 1458 vorübergehend ein Förderer von Wilam Boran gewesen ist.

Der Inhalt der Briefe, die auf Alt-Farrisch verfasst sind, ist zum großen Teil von der Art, wie man sie in solchen Briefen erwartet: Die Menschen äussern zu allen Zeiten mehr oder minder die gleichen Gefühle, sei es verhüllt oder unverhüllt. Einige Abschnitte jedoch befassen sich mit anderen Themen: zeitgenössischer Politik und gesellschaftlichem Klatsch zum Beispiel; außerdem findet sich ein Absatz, den ich Ihnen nun vorlesen möchte.« Varese machte eine kurze

Pause und trank etwas. Tristam war sicher, dass er dies tat, um die Spannung zu erhöhen.

Er nutzte die Gelegenheit, um sich umzuschauen. War es zuvor noch ungebührlich laut im Saal gewesen, so herrschte nun völlige Stille. Sir Roderick war nicht der Einzige, der sich im Sitzen vorgelehnt hatte. Der entonnische Botschafter hatte sich tatsächlich halb von seinem Stuhl erhoben und wieder zurücksinken lassen. Sein Gesicht trug den Ausdruck größter Bestürzung.

»Hier also, Gentlemen, die Worte Lucklows.« Varese räusperte sich. »›Die Anschauung, jemand könne die Arbeitsweise der Welt allein durch Geistesanstrengung verstehen, stellt einen unausrottbaren Trugschluss dar, der mir Rätsel aufgibt. Haldbraith behauptete, ein Pferd müsse zwanzig Zähne besitzen, obwohl er sich niemals der Strapaze ausgesetzt hat, solch einem Tier tatsächlich ins Maul zu schauen. Wollte jemand erfahren, wie viele Zähne ein beliebiges Tier besitzt, so müsste er sich die Mühe machen, sie zu zählen, und das gleiche gilt für die Blütenblätter einer Blume oder die Zahl der Knochen in einem Finger. Wer könnte ernstlich glauben, die Erforschung der Natur sei in irgendeiner Weise wesensverwandt mit dem Ersinnen abstrakter Formeln, die allein durch reine Logik begriffen werden können? Tatsächlich muss man, um zu erfahren, wie viele Zähne ein Pferd hat, bei einem Hundert Pferden die Zähne zählen, um den Fehler auszuschließen, der sich dadurch ergibt, dass das eine oder andere Tier welche durch einen Unfall verloren hat, und so weiter. Solange unsere Naturforscher nicht diesen zählenden, empirischen Weg beschreiten, werden sie weiterhin ein Buch nach dem anderen mit ›Tatsachen‹ füllen, die sie in Unwissenheit ersinnen. Selbst der ungebildetste Schafhirt wird so vernünftig sein, seine Herde mithilfe seiner Finger zu zählen, damit er weiß, wie viele Schafe er besitzt. Nur einem Philosophen käme es in den Sinn, die Größe seiner Herde aus einem logischen Prinzip abzuleiten.‹«

Einen Augenblick lang herrschte noch gelähmtes Schweigen; kaum hatte sich die Wirkung von Vareses

Behauptungen ein wenig verloren, brach der Tumult los. Von allen Seiten wurden Fragen gerufen, und bei nicht wenigen handelte es sich um deutliche Anschuldigungen. Die Stimmen wurden immer lauter, als jeder versuchte, gehört zu werden. Averil Kent erreichte das Rednerpult im gleichen Moment wie der entonnische Botschafter und hob die Hände in dem Versuch, zu beschwichtigen und Ruhe einkehren zu lassen. Der Botschafter beugte sich zu seinem Landsmann vor und flüsterte ihm etwas ins Ohr. Ohne ein Wort des Abschieds schob Graf Massenet den Doktor zur nächsten Tür hinaus, und die vereinten Stimmen erhoben sich zu einem neuen Crescendo, einem neuen Höhepunkt der Verärgerung und Entrüstung.

Damit ging die Versammlung zu Ende, und die Diskussion wurde in kleinen Gruppen fortgeführt, sowie man den Saal verließ. Einige zogen sich in das Rauchzimmer zurück, einige in die Bibliothek oder in diverse andere Räume.

Roderick führte Tristam in einen großen Salon, wo lebhaft, manchmal sogar hitzig diskutiert wurde. Erstaunlicherweise drehte sich nicht jedes Gespräch um Varese und seinen jähen Abgang – der das alte Sprichwort bestätigte, dass Entonnier oft verschwanden, ohne sich verabschiedet zu haben, wie der Anstand es eigentlich verlangte. Viele nannten Varese einen Schwindler oder Verrückten und hielten seine Behauptungen für nicht diskussionswürdig.

Eine Gruppe aus drei Männern stritt über das Alter der Erde, während nicht weit entfernt eine andere die Durchführbarkeit und den Nutzen eines Kanals erörterte, der Wrightfield mit Kuldern verband. Eine lebhafte Zunft.

Tristam wurde von Sir Roderick herumgeführt und vorgestellt. In der Tat befand man sich in der Gesellschaft der herausragendsten Denker Farrlands. Beall, den Sir Roderick schon erwähnt hatte, der große Ingenieur Wells und Noyes, der den Bolingbroke-Palast entworfen und ein wegweisendes Buch über neue Ackerbaumethoden verfasst hatte, standen zusammen. Tristam wurde eine herzliche Begrüßung zuteil, denn anscheinend war jeder mit den

Arbeiten vertraut, die Dandish und Flattery angefertigt hatten.

Die Gruppe begann augenblicklich eine Diskussion, als wäre der Abend nicht lang genug, um mehr als einen Moment mit Höflichkeiten zu vergeuden.

»Wie hat es Ihnen gefallen, Mr. Flattery?«, fragte Beall. »Eine nette Einführung in die Gesellschaft haben Sie da erhalten! Nicht jeden Abend kommt es vor, dass jemand den guten Ruf eines unserer wichtigsten Denker angreift und davonläuft, ohne auch nur ›Mit Verlaub‹ gesagt zu haben.«

»Haben Sie gesehen, wie Massenet ihn hinausgeschoben hat?«, fragte Noyes lachend. »Gewiss fürchtete der Graf einen internationalen Zwischenfall!« Er lachte wieder. »Daran hätte der Herr Botschafter aber früher denken können!«

»Aber er wusste doch von nichts!«, warf Beall ein. »Ich habe vorher mit dem Grafen gesprochen und ihn gefragt, worüber Varese sprechen würde. ›Es geht um Methodik‹, antwortete er mir. Na, das kann man wohl sagen!«

Die Gruppe lachte auf wie ein Mann, doch Tristam bemerkte, dass Sir Roderick mit Wells einen Blick austauschte, der nicht im Mindesten humorig wirkte.

»Doch genug davon«, sagte Beall und sprach dabei, als hätte er etwas anzukündigen. »Also, Sir Roderick«, begann er – Tristam vermutete sogleich, dass er den anderen als Sprecher diente. »Sie sind viel zu versunken in die Forschungen, mit denen Sie sich befassen, und wir alle fragen uns, wann Sie es für angebracht halten, uns, Ihre Freunde und Gefährten, darin einzuweihen, was Sie entdeckt oder erfunden haben.«

Roderick lachte leise, als wäre er leicht verlegen, doch Tristam hatte den Verdacht, dass er nur schauspielerte. »Aber Gentlemen, im Vergleich mit Ihren Großtaten müssen meine Bemühungen so bescheiden erscheinen, dass ich kaum wünsche, damit Ihre Zeit zu verschwenden.«

»Lassen Sie das nur uns beurteilen«, entgegnete Beall, und die anderen nickten und äußerten sich zustimmend.

»Wie ich sehe, kann ich meine unbedeutenden Bemühungen also nicht länger für mich behalten. Wenn Sie es unbedingt wissen müssen, ich habe an einem Artikel über die Natur des artesischen Brunnens gearbeitet und glaube, dieses Phänomen nun zur Gänze erklären zu können. Nun, ist das nicht ein interessantes Thema?« Der Königsmann zog einen Drehbleistift aus der Tasche und rief nach Papier, dann begann er mit einer Zeichnung, auf der die Schichtung der Erdkruste dargestellt wurde. Sir Roderick ließ knapp, aber sehr klar eine These verlauten, und Tristam konnte sehen, dass die anderen sie für sehr sinnvoll hielten. Es folgte eine zweite Skizze, in der er die Wirkungsweise eines Fuhrwerks beschrieb. »Im Laufe der Jahre habe ich erkannt, dass der Hauptgrund für das Umkippen von Fuhrwerken und der damit verbundenen Verletzungen an Mensch und Ross im Stabilitätsverlust beim Auslenken der Vorderachse zu suchen ist.« Er hatte ein grobes T gezeichnet. »Die Achse dreht sich an diesem zentralen Punkt, wie man leicht sieht, und bei einer extremen Auslenkung ...« – er zeichnete zur Veranschaulichung die Achse ein – »wird die Stütze, die der Kutsche durch die beiden Vorderräder geboten wird, zu schmal. Der Zug, den das Gespann auf die Kutsche ausübt, weist dann eine Richtung, durch die das Fuhrwerk vorn umgerissen wird.« Der Ritter begann mit einer zweiten Zeichnung. »Hier sehen Sie, was ich vorschlage – ich habe, um genau zu sein, bereits ein funktionstüchtiges Modell gebaut, und eine Kutsche in voller Größe mit diesem Mechanismus ist fast fertiggestellt. Die Räder drehen sich an den Enden der starren Achse individuell, sodass die Stabilität nicht beeinträchtigt wird. Zunächst glaubte ich, beide Räder müssten im gleichen Winkel ausgelenkt werden, doch erwies sich dies als nicht praktikabel, weil die Räder, wie ich gleich hätte bemerken sollen, konzentrische Kreise unterschiedlicher Radien beschreiben. Sehen Sie es? Dass der Kreis, den das innere Rad auf den Boden schreibt, kleiner ist als der äußere? Und da lag die Schwierigkeit. Die Geometrie konnte ich leicht erarbeiten, nämlich ...« Er zog eine Linie durch die Hinterachse und markierte auf ihr einen Punkt, der zum Mittelpunkt der konzentrischen Kreise wurde, welche die Vorderräder beschrieben. »Aber die Räder verschieden auszulenken, wenn die Pferde das Fuhrwerk zur Seite ziehen sollen! Können Sie sich denken, wie ich das Problem gelöst habe?«, fragte er, fast wie ein Schuljunge, der von seiner eigenen Klugheit beeindruckt ist.

Die anwesenden Gentlemen wussten ein gutes Rätsel zu schätzen. Sie beugten sich über die Zeichnung und ließen es nicht an Vorschlägen fehlen. Nach einer Weile legte Sir Roderick, zufrieden, dass niemand unverzüglich auf die Lösung gekommen war, die Hand auf das Papier und zeichnete auf, wie er die beiden Räder und die Deichsel durch ein raffiniertes System von Stangen und Hebeln verbunden hatte.

»Sehen Sie? Mr. Wells ist der Lösung schon recht nahe gekommen. Wenn ich diese Erfindung erst in Bau geben lasse, dann wird es dank des verbesserten Fahrwerks eine Strapaze weniger geben.« Offenkundig war er sehr zufrieden mit seiner Erfindung, und Tristam empfand eine gewisse Ehrfurcht. Kein Wunder, dass Palle mit solcher Festigkeit behaupten konnte, er kenne Männer, die dem König dienten und dennoch zum Fortschritt auf anderen Gebieten beitrugen!

Tristam war zu schüchtern, um ungebeten etwas zu sagen, doch nach einer Weile fragte man ihn nach seiner Meinung zu einer bestimmten Frage, und er merkte schließlich, dass er sich mit der Antwort gut geschlagen hatte. Danach beteiligte er sich zaghaft an dem Gespräch und stellte erfreut fest, dass man seine Ansichten nicht im Mindesten für töricht hielt.

Während der Diskussion blickte Tristam einmal auf und sah, dass Kent ihn quer durch den Raum hinweg anstarrte und dabei sehr besorgt aussah, doch er wich Tristams Blick sofort aus.

Nachdem man sich Tristams Erklärung für die Bewegung insektenfressender Pflanzen angehört hatte, sprach Noyes den Königsmann an.

»Nun, Sir Roderick, wann wird der junge Mann zur

Mitgliedschaft vorgeschlagen? Er trägt einen klugen Kopf auf den Schultern, das muss man ihm lassen.«

»Wir werden sehen«, antwortete Palle und nickte, als denke er darüber nach. »Schon bald, würde ich sagen.«

Dann wurde er fortgerufen, um seine Meinung zum Kanalbau zu äußern, und Tristam entschuldigte sich, er müsse das Wasserklosett aufsuchen. Bei seiner Rückkehr zum Salon liefen ihm in der Halle Professor Somers und ein junger Mann über den Weg. Es war schwer zu sagen, wer von beiden bestürzter war, und sie sahen rasch in eine andere Richtung. Tristam blieb stehen, um Somers anzusprechen, doch der Professor nickte ihm nur zu und ging weiter. Tristam stand mitten im Saal und kam sich ein wenig töricht vor. *Nun*, dachte er, *Lord Jaimas hat sein Willkomm im Hause Somers wohl rasch erschöpft.* Und dabei hatte Tristam seinen Cousin erst an diesem Morgen verlassen!

Er betrachtete die Mitglieder, die über den ganzen Salon in Grüppchen verteilt standen, und begriff nun erst, dass er einer Zusammenkunft jener Sorte Mensch beiwohnte, zu der er nie gehören wollte. Trotz aller Ideale, die er mit der Gesellschaft verband, sah er sich hier einer Ansammlung verknöcherter Intellektueller gegenüber – von denen so gut wie jeder als Mertoner Professor durchgehen konnte. Nicht, dass sie alle so ausgesehen hätten, doch hatte Tristam sein Leben unter Lehrern verbracht und besaß ein gutes Auge für den Menschentyp. Das Leben bietet mehr, dachte er und fragte sich, ob er, wenn er in einen Spiegel schaute, darin einen jungen Mann erblicken würde, der sich bereits zum Hochschullehrer entwickelte.

Seine Gruppe hatte sich aufgelöst, man beteiligte sich an anderen Gesprächen. *Viele meiner Kommilitonen aus Merton würden ihren rechten Arm geben, um an meiner Stelle zu sein*, dachte Tristam. Aus seinem Jahrgang war noch niemand zum Mitglied der Empiristischen Gesellschaft ernannt worden, und er könnte wohl der Erste sein. Er vermochte nicht zu sagen, ob diese Vorstellung ihn zufrieden stellte oder erschreckte.

Man muss Empirist sein und doch vermeiden können, davon geprägt zu werden, dachte er.

Ein außerordentlich beleibter Mann, der alleine saß und sich auf einen Gehstock stützte, neigte seine silberne Haarmähne vor Tristam und winkte ihn zu sich.

»Baron Trevelyan«, stellte sich der Mann gelassen vor, als Tristam näher kam. Er wies auf einen Stuhl.

»Zu Diensten, Sir. Tristam Flattery.« Tristam setzte sich und fühlte sich plötzlich beklommen. Vor ihm saß der Naturforscher, der Gregory auf seinen ersten beiden Reisen begleitet hatte! »Es ist mir eine große Ehre, Ihnen persönlich zu begegnen, Sir. Ich war Professor Dandishs Assistent, als er sich mit der Klassifizierung Ihrer großartigen Sammlung beschäftigte.«

Der Baron nickte schüchtern und sagte mit so leiser und zurückhaltender Stimme, dass Tristam sich an ein kleines Kind erinnert fühlte: »Ja. Armer Dandish. Die Mühe muss ihn umgebracht haben. Bin ich froh, dass ich es nicht selbst getan habe.« Ein wenig geziert wandte er den Blick ab.

Tristam war vollkommen sprachlos.

»Mr. Flattery ... Sie sind der Sohn von Erasmus, sollte man glauben. Wie traurig für Sie.« Er beugte sich zu Tristam vor und flüsterte: »Man ist hinter Ihrem Blut her, Sir. Ich rate Ihnen gut, fliehen Sie, bevor Sie zu tief verstrickt sind.« Der Baron legte den Kopf schräg und ließ seinen Blick über den Salon schweifen, als wolle er auf die Umstehenden deuten. »Es geschieht, ohne dass Sie es merken, Sir. Es geschieht im Schlaf. Essen Sie nichts, was man Ihnen gibt, und trinken Sie nur Quellwasser.« Und um seinem Rat Nachdruck zu verleihen, nickte er bedeutsam. Dann winkte er Tristam noch näher. Unsicher, wie er sich verhalten sollte, trat Tristam dichter an ihn heran. »Ich habe Lord Eldrich gekannt«, sagte der alte Mann leise, und Tristam musste sich anstrengen, um ihn zu verstehen. »Erasmus auch, doch es war Eldrich, der das große Böse entfesselte. Skye. Oh, ich habe sie beide gekannt. Trauen Sie niemandem und trinken Sie nur Wasser aus der reinsten Quelle. Schöpfen Sie es persönlich bei Sonnenaufgang.« Er blickte Tristam beschwörend an, als habe er große Furcht, wenn sein Ratschlag unbeachtet bliebe.

Tristam bemerkte, dass mehrere Anwesende in seine Richtung schauten, einige amüsiert, andere mitleidig. Offenbar war der Baron nicht ganz bei sich.

Unvermittelt knallte Trevelyan seinen Gehstock mit solcher Gewalt auf den Fußboden, dass Tristam erschrocken auffuhr. »Sehen Sie sich sie an«, zischte er, dann rief er laut mit höherer Stimme:

»Sie werden der Finsternis Tür und Tor öffnen. Für nackte Frauen und Kinder. Bastard eines Bastards. Fremdbestäubung – das soll man sein lassen, das sag ich Ihnen, Flattery. Ich habe es Ihrem Vater gesagt, aber Erasmus hörte nur auf seine eigene Stimme. Seine Gesichte und seine Stimme. Armer Narr! Die Welt war noch nicht so weit. Ist sie immer noch nicht.« Er blickte um sich, das Gesicht rot vor Zorn, dann war die Wut verschwunden, und er sprach mit seiner erbärmlichen Kinderstimme weiter. »Ich hätte gern Tee, und Sie?« Das sagte er mit solchem Mangel an Selbstsicherheit – als könnte man ihn selbst mit dieser kleinen Bitte zurückstoßen –, dass Tristam eine Welle des Mitleids erfasste. Dieser Mann war einer der größten Empiristen seiner Zeit ... gewesen. Ein großer Mann in jeder Hinsicht.

»Einen vergnüglichen Abend wünsche ich Ihnen, Lord Trevelyan.« Sir Roderick war herbeigetreten und machte einen graziösen Kratzfuß vor ihm.

»Vergnügen? Ja«, sagte er und blinzelte zu Sir Roderick auf, als sei er nicht sicher, ob er den Mann kannte. »Das dunkle Geheimnis in unseren Herzen.«

»Erlauben Sie, dass ich Ihnen Mr. Flattery für einen Augenblick entführe?«

»Mr. Flattery? Ach ja. Er kannte Eldrich, wissen Sie? Wir haben gerade mit ihm gesprochen.«

»Aber natürlich. Entschuldigen Sie uns bitte, Lord Trevelyan.«

»Wie geht's dem alten Fossil im Palast?«

Roderick ergriff Tristam am Arm und zog ihn hoch. »Ach

ja. Den Palast-Fossilien geht es gut, Lord Trevelyan. Wie freundlich von Ihnen, danach zu fragen.«

Trevelyan blickte Sir Roderick von unten herauf an. Sein Gesicht erinnerte an ein ernstes Kind. »Sagen Sie ihm ... sagen Sie ihm, dass niemand ewig lebt. Selbst ein junges Weib kann einem nicht das ewige Leben schenken. Auch keine ... keine Prinzessin.« Er deutete mit dem Finger auf Tristam. »Nur Quellwasser! Nicht vergessen.«

Roderick führte Tristam fort, während zwei andere Mitglieder der Gesellschaft sich Trevelyan näherten und in beruhigendem Tone auf ihn einredeten.

»Meine Güte!«, sagte Tristam, als sie den Salon verließen.

»Es ist sehr traurig. Dem Baron wäre es immer schlechter gegangen, hätte man ihm gestattet weiterzumachen. Im Vergleich mit anderen Ausbrüchen, deren Zeuge ich wurde, war dieser harmlos. Eine sehr traurige Geschichte. Trotzdem kommt er noch immer hierher. Merkwürdig, manchmal kann er sehr klar sein. Auch das habe ich schon erlebt. Als fehlte ihm nichts. Sie haben ihn nicht gerade in bester Verfassung erlebt, fürchte ich.«

Doch bei alldem fand Tristam, dass der Abend viel zu schnell dem Ende entgegen ging, und als sie das hell erleuchtete Haus verließen, kam es ihm vor, als stieße man ihn in die Dunkelheit hinaus.

Während er neben Sir Roderick auf dessen Kutsche wartete, drehte er sich zu dem Säuleneingang um, wo durch die offenen Türen das Licht in die Nacht hinaus schien, und Tristam hielt dies für ein äusserst passendes Bild: Das Licht, das diesen Hallen entströmte, drängte die Finsternis der Unwissenheit zurück.

In diesem Moment erschien Baron Trevelyan in der Tür. Er ging zwischen den beiden Männern, die ihn stützten und führten, denn er wirkte, als hätte er die Orientierung verloren. Immer wieder versuchte er, sich umzudrehen und ins Haus zurückzukehren.

Seine Begleiter schoben ihn die Treppe hinunter zu einer wartenden Kutsche, und als sie näher kamen, hörte Tristam den Baron sagen: »Aber ich muss ihn doch warnen ...«

»Aber, aber, Lord Trevelyan. Gewiss hat er Sie sehr gut verstanden. Hier, Sir, Ihre Kutsche.«

»Nein!« Seine Augen hefteten sich plötzlich auf Tristam, und er wehrte seine Begleiter ab, um stehen bleiben zu können. »Mr. Flattery!«, rief er und winkte ihm mit dem Gehstock zu. »Fliehen Sie! Fliehen Sie, solange Sie noch können!« Die beiden Männer nahmen ihn wieder beim Arm und schoben den Baron beharrlich weiter. Plötzlich schlug Trevelyan einem der beiden mit seinem Stock vor das Schienbein. »Ihr Blut ist es! Auf Ihr Blut haben Sie es abgesehen, Sir!« Zwei andere Männer eilten herbei und halfen, den Baron in die Kutsche zu schieben. Das letzte, was Tristam von dem alten Mann sah, war sein Gesicht am Kutschenfenster. Er versuchte, aus dem Wagen zu steigen, und nahm den Blick nicht von Tristam. Dann fuhr die Kutsche an; ihre Lampen verschwanden bald auf dem Fahrweg, nur manchmal flackerten sie noch zwischen den Bäumen hindurch.

Sir Roderick schaute kopfschüttelnd in den Garten. »Ich kann es kaum mit ansehen«, sagte er bewegt. »Dass solch ein herausragender Verstand so gänzlich verfällt – ein grausameres Schicksal vermag ich mir nicht vorzustellen.«

Seine Kutsche hielt vor ihnen, und sie stiegen eilig ein, als könnten sie damit der peinlichen Stimmung entfliehen, die der Aufbruch des Barons hinterlassen hatte.

Die Fahrt durch die Nacht verging in Schweigen. Roderick starrte blicklos geradeaus. Tristam glaubte ihn so betroffen von dem Zwischenfall mit Trevelyan, dass er sich nicht mehr unterhalten wollte.

Auch Tristam war bestürzt über die Begegnung, doch er konnte nicht anders, er musste sich daran freuen, wie gut sein Geschick es mit ihm meinte. *Er hatte an einer Versammlung der Empiristischen Gesellschaft teilgenommen!* Damit er nichts davon vergaß, rief er sich noch einmal alles Gehörte in Erinnerung und versuchte, jedes einzelne Wort in sein Gedächtnis einzubrennen.

Sie sprachen kein Wort, bis die Kutsche vor dem *Königin Anne* anhielt.

Tristam stieg aus und wandte sich dem Wagen zu. »Ich kann Ihnen gar nicht genug danken, Sir Roderick«, sagte er aufrichtig.

»Das Vergnügen war ganz meinerseits, Mr. Flattery.« Roderick zögerte. »Ich fürchte aber, dass wir Ihre Dienste nicht mehr benötigen.« Er legte den Kopf leicht auf die Seite, als wollte er sagen: ›Sie verstehen schon.‹ »Ich werde dafür sorgen, dass Mr. Hawksmoor Ihre Angelegenheiten regelt. Es war nett von Ihnen, dass Sie uns so weit geholfen haben. Einen angenehmen Abend wünsche ich Ihnen, Mr. Flattery.«

Und Tristam blickte der schmucken Kutsche hinterher, wie sie in der spärlich beleuchteten Straße verschwand. *Was in Farrelles Namen hat das zu bedeuten?* Man hatte ihn über diese weite Strecke nach Avonel geholt, nur um ihn so rasch schon wieder zu entlassen? Hatte Roderick ihrem Gespräch etwas entnommen, das Tristam entgangen war? Was? Hatte er doch bemerkt, dass Dandish eine Lösung gefunden hatte? Und wenn, wie beabsichtigte er sie ohne Tristams Hilfe zu finden?

Er will sie gar nicht finden, begriff Tristam. *Das wäre das Letzte, was er will.* Und seltsamerweise auch das Letzte, was Dandish gewollt hatte.

10. Kapitel

Sir Roderick Palle stand in seinem Arbeitszimmer vor einem Tisch und rollte darauf das Modell einer Kutsche hin und her. Sein Verstand befasste sich mit den Einzelheiten der Konstruktion, wandte sich kurz den Ereignissen des Abends und deren Bedeutung zu und kehrte schließlich zu dem Modell zurück. An der Tür pochte es vernehmlich.

»Sir Benjamin ist eingetroffen, Sir«, sagte der Diener leise.

»Gut.« Der Ritter rollte das Modell noch einmal vorwärts und betrachtete dabei aufmerksam die Räder. Als er Schritte hörte, kehrte er dem Tisch den Rücken zu. »Benjamin. Nett von Ihnen, so rasch zu kommen.«

Der Leibarzt blieb, wie er es unweigerlich jedes Mal tat, neben der Tür stehen. Er sah aus wie ein Mann, der schon lange die Annehmlichkeit entbehren musste, eine ganze Nacht lang ungestört zu schlafen. Er nickte, sagte jedoch kein Wort, als könnte er im Augenblick nicht die erforderliche Kraft aufbringen.

»Haben Sie schon von der heutigen Versammlung der Gesellschaft gehört?«

Rawdon nickte erneut. »Aus dritter Hand«, stieß er hervor.

»Nun, dann wollen wir uns setzen und unsere Geschichten vergleichen – die Versionen aus erster und aus dritter Hand.« Die beiden Männer bezogen Stühle in einem Erker, von wo man einen guten Blick über den Hofgarten hatte. Die Nacht verbarg zwar die Farbenpracht, doch sein Duft zog mit jedem Windhauch in das Zimmer.

Rawdon setzte sich steif. Er blickte leicht benommen – wenn ein stattlicher Mann wie er überhaupt benommen wirken konnte.

»Zweifellos wissen Sie von Varese und seinen Behauptungen?«

Der Leibarzt nickte. »Ich kann kaum glauben, dass Graf Massenet sich derart überrumpeln ließ.«

»Das hätte ich auch nicht geglaubt, aber ich habe es mit eigenen Augen gesehen. Beall hatte vorher mit Massenet gesprochen und ihn gefragt, worüber Varese sprechen wollte. ›Ach, es geht um Methodik‹, lautete seine Antwort. Gewiss hat sich der Herr Botschafter in seinem ganzen Leben noch nie so töricht gefühlt.«

»Halten Sie diesen Brief denn für echt?«

Roderick überlegte einen Augenblick. »Wells müsste ihn sehen; er könnte die Echtheit beurteilen. Aber ob die Briefe nun echt sind oder nicht, in ein paar Tagen hören wir vom Grafen Massenet, dass ihre Echtheit ›durch einen anderen Gelehrten von Fach bestätigt‹ werden müsse – damit wird er anfangen. Nach einer Woche bestehen ›ernste Zweifel‹. Im nächsten Monat sind sie nichts weiter als ›brillante Fälschungen‹ – und solche Fälschungen wird man wahrscheinlich sogar zum Beweis vorlegen. Währenddessen wird eine konzertierte Suche durchgeführt werden, um sicherzustellen, dass keine weiteren von der Marquise hinterlassenen Briefe auf dem Dachboden irgendeines Verwandten ihrer Entdeckung harren. Varese gerät zwar in eine peinliche Situation, aber selbstverständlich nennt man ihn das ›gutgläubige Opfer der böswilligen Täuschung durch einen Dritten‹. Der entonnische König wird ihn zum Ritter schlagen und vielleicht sogar eine ansehnliche Pension für seine ansonsten großen Verdienste aussetzen. Und in kommenden Jahren bleibt nichts weiter übrig als eine Anekdote von dem Abend, als der entonnische Doktor vor die Gesellschaft trat und versuchte, Andenken und Ruf von Wilam Tomas Boran in den Schmutz zu ziehen.« Er hielt inne. »Ganz sicher wird man sich daran nicht als des Abends erinnern, an dem wir den Tod Sanfield Dandishs betrauerten.«

Sir Roderick berichtete dem Arzt von seinem Tischgespräch mit Tristam Flattery.

Diese Erzählung riss Rawdon wieder ins Leben zurück. »Und wir glaubten, Ipsword sei aufgrund eines dummen Streits ermordet worden.« Er blickte aus dem Fenster und wirkte auf einmal gebrechlich; er bewegte sich wie ein

Kranker. »Ich sage Ihnen, Roderick, ich hätte nie geglaubt, dass Dandish uns verraten würde.«

»Nein«, stimmte Roderick ihm ruhig zu. »Ich auch nicht. Diese Lektion müssen wir immer und immer wieder lernen: Niemals dürfen wir den Charme der Herzogin unterschätzen.«

Rawdon rollte mit den Augen. »Wenn sie nur einmal niest, veranlasst Seine Majestät, dass ich mich rund um die Uhr um sie kümmere – ich muss draußen vor ihrer Schlafkammer sitzen, nur für den Fall, dass sie hustet. Doch ich gebe offen zu, dass selbst ich von Zeit zu Zeit ihre Gesellschaft genossen habe – sie führt geistreiche Tischgespräche und ist die eleganteste Tänzerin von ganz Avonel. Ihr Charme ist echt, auch wenn sie ihn nutzt, um zu betören.«

»Benjamin, solch eine Schwäche sollten Sie mir gegenüber niemals zugeben. Wissen Sie denn nicht, dass ich jeden verdächtige?«

»Warum sonst sollte ich das Geständnis machen? Jeder, der dumm genug ist, gegen sich selbst zu sprechen, muss die unschuldigsten aller Absichten verfolgen.«

Roderick lächelte. Es war gut zu hören, dass Benjamin zu scherzen versuchte – seit langem war der Hofarzt ein Opfer der Melancholie. Das hatte dem Königsmann große Sorgen bereitet.

»Lady Rawdon geht es gut, hoffe ich?«

»Sehr gut sogar«, kam die rasche Antwort.

»Das freut mich zu hören, Benjamin. Die Herzogin mag über oberflächlichen Reiz verfügen, aber in ganz Farrland gibt es keine edlere Seele als Ihre hübsche Frau; dieses letzte Jahr hat das so sehr bewiesen, dass es nun völlig außer Zweifel steht.«

Der Arzt nickte, senkte den Blick auf die Hände, die er im Schoß gefaltet hatte, und schaute dann in den dunklen Garten hinaus.

»Sie werden froh sein zu erfahren, dass ich beschlossen habe, den jungen Flattery nach Locfal zurückzuschicken, Benjamin. Er wird uns zwar später noch nützen können, aber für den Moment sollten wir ihn außerhalb aller Gefahren halten.«

Als Rawdon das hörte, schaute er etwas froher. »Gewiss tun Sie das Beste.«

Der Königsmann nickte. »Sie kümmern sich um den Baron?«

»Als Erstes morgen früh.«

11. Kapitel

Pünktlich klopfte Averil Kent an die Tür von Tristams Suite. Seine hohen Lederstiefel knirschten bei jedem Schritt, und der Duft seiner frisch gepuderten Perücke schwebte ihm hinterher, als er eintrat. In seinem altmodischen Aufzug machte er eine so gute Figur, dass Tristam beiläufig der Gedanke kam, wie traurig es war, dass man Degen nicht mehr trug, denn ein Rapier an der Hüfte hätte das Erscheinungsbild des Malers vervollkommnet. Tatsächlich wirkte Kent nicht einen Moment lang töricht oder grotesk. Vielmehr behandelte man ihn unverzüglich mit großer Achtung.

»Ich bin schon viele Jahre nicht mehr im guten alten *Königin Anne* gewesen«, sagte Kent und schaute sich um. »Früher habe ich oft hier logiert. Ich glaube, diese Räume habe ich auch einmal bewohnt.« Er lächelte Tristam an und nahm auf dem angebotenen Sessel Platz.

Tristam hatte die Hobbson-Studie auf dem Schreibpult so arrangiert, dass sie das beste Licht erhielt, und dann die Sessel davor gerückt, damit man sie bequem betrachten konnte.

»Aha!« Kent nahm eine Brille aus der Tasche, setzte sie auf die Nase und rückte sie sorgfältig zurecht, dann beugte er sich vor und richtete seine volle Aufmerksamkeit auf die Zeichnung. Nach einer ganzen Weile, die in völligem Schweigen verging, nahm er die Brille ab und griff sich an die Stirn, sodass er halb die Augen bedeckte. Er war offensichtlich tief berührt.

»Wissen Sie«, begann der Kunstmaler und ließ sich langsam in die Sesselpolster sinken wie ein Mann, der soeben eine schwere Erschütterung erlebt hat, »ich habe fast mein ganzes Leben lang versucht, etwas so schwer Erfassbares und scheinbar Unergründliches einzufangen, aber mit so wenig Erfolg, dass es mich schier in den Wahnsinn treibt, und hier ...« Er deutete mit einer Hand auf die Studie. »In einer bloßen Skizze hat Hobbson es vollbracht, und besser als ich in meinem ganzen Werk.« Er schüttelte den Kopf halb traurig, halb ehrfürchtig. »Ein wunderbares kleines Stück, Mr. Flattery. Sie haben daran wohl viel Freude.«

Tristam wusste kaum, was er sagen sollte, und schaute die Skizze an, als hätte er sie noch nie zuvor gesehen. Mit einem Mal fühlte er sich befangen und wandte sich ab, um Tee einzuschenken.

»Wie um alles auf dem Erdball ist sie in Ihren Besitz gelangt?«, fragte Kent, als er seine Tasse hob.

»Professor Dandish hat sie mir vermacht.«

»Ich verstehe. Ja, selbstverständlich. Ich kannte Dandish – wenngleich nicht so gut, wie ich gern gewollt hätte –, und ich schätzte ihn sehr. Ich vermute, Sie denken jedes Mal an ihn, wenn Sie dieses Bild betrachten. Welche schönere Erinnerung könnte es geben?«

»Keine, da stimme ich Ihnen zu. Der Herr Professor hätte sich nicht großzügiger zeigen können. Er hat mir außerdem ein Dutzend Bücher hinterlassen – eine Erstausgabe von Borans großem Werk –, dazu all seine Instrumente, unter denen sich auch ein neues Frommesches Perspektiv befindet.«

»Einen Boran besitze ich auch, aber wussten Sie, dass in ganz Farrland nicht mehr als eintausend Exemplare des Erstdrucks existieren? Fast ein Nationalschatz. Verstecken Sie ihn nur nicht in irgendeiner finsteren Bibliothek, sondern schützen Sie das Werk gut vor der Feuchtigkeit.« Kent nahm eine nachdenkliche Haltung ein. »Das Frommesche Glas wird Ihnen gute Dienste leisten. Seit nunmehr fast drei Jahren stehe ich auf seiner Warteliste – Fromme stellt so wenige davon her.« Er trank einen Schluck Tee aus der zierlichen Tasse. »Hätten Sie es zur Hand?«

Tristam nickte. »Aber ja. Ich hole es«, sagte er und ging ins Nebenzimmer. Als er zurückkehrte, stand Kent am offenen Fenster und blickte zur Straße hinaus.

»Aha. Da haben wir es! Nun, das ist eine andere Form von Schönheit. Darf ich?« Mit einiger Ehrfurcht nahm er das Glas von Tristam entgegen. Er zog die Rohre auseinander und spähte langsam die Straße entlang. »Ein vorzügliches Instrument, Mr. Flattery. Stellen Sie sich vor, ich kann beinahe die Wörter in dem Buch erkennen, das der Mann dort liest. Sehen Sie selbst!« Als hätte sein Gastgeber noch nie durch das Glas geschaut, reichte er Tristam das Fernrohr und zeigte auf einen Mann, der dem Hotel gegenüber auf einer Bank saß.

Tristam tat wie geheißen und erkannte zu seinem Erstaunen Sir Rodericks Kutscher – den Mann, der ihn nach Merton und zurück gefahren hatte. Nach ein paar Augenblicken wurde Tristam gewahr, dass er das Perspektiv hatte sinken lassen und offenen Mundes den Kutscher anstarrte.

Kent schien Tristams Bestürzung nicht zu bemerken, nahm ihm aber das Fernrohr aus der Hand und fuhr damit den Horizont ab, wie ein Kapitän auf dem Achterdeck. Tristam wollte es scheinen, dass die Stimmung seines Gastes sich verändert hatte – als sei ihm etwas Unerfreuliches offenbart worden.

Sie kehrten zum Tee zurück, und nach einigen befangenen Sätzen kam das Gespräch wieder in Fluss. Dabei redete der Maler wie ein Mann, der ein erfülltes und befriedigendes Leben hinter sich hat und der zwar eine gewisse Trauer verspürte, dass dieses Leben sich seinem Ende nähern soll, die aber zugleich von der Erkenntnis gemildert wird, dass niemand, dem solch ein glückliches Geschick beschieden war, nach mehr verlangen kann.

Wie Sir Roderick gesagt hatte, kannte Kent ›jeden‹ und erzählte von vielen berühmten Empiristen, in höchst vertrauter Weise. »Hobbson ist immer sehr freundlich zu mir gewesen. Als ich seine Bekanntschaft machte, war ich noch jung, und er hat mich immer ermutigt. Im Rückblick vermag ich nicht zu sagen weshalb. Meine frühen Arbeiten weisen kaum auf etwaiges Talent hin.« Er lachte. »Ich bin in keiner Weise ein Protegé gewesen.« Erneut nahm das Bild seine Aufmerksamkeit gefangen.

»Sprechen Sie Entonnisch, Mr. Flattery?«, fragte er dann. »Sind Sie mit dem Wort *Isollae* vertraut? ›Einsamkeit im Angesicht der Schönheit‹, so wird es manchmal erklärt, aber es hat noch andere Bedeutungen Die Entonnier lieben dieses Wort sehr. Manchmal wird es mit ›Melancholie‹ übersetzt. Oder Traurigkeit. Entfremdung. Oder ›isoliert‹, denn es leitet sich vom gleichen Stamm ab. Doch meiner Meinung nach kommt Einsamkeit im Angesicht von Schönheit der Bedeutung am nächsten.

Hobbsons großes Verdienst liegt nun darin, dieses Gefühl der *Isollae* zu erzeugen. Die Empiristen preisen ihn für die Akribie, mit der er die Natur so getreu wie möglich wiedergibt, doch das lässt sich mit genügendem Fleiß erlernen und durch ausreichende Sorgfalt erzielen. *Isollae* aber entzieht sich dem rein Handwerklichen.« Der Kunstmaler zog ein Taschentuch hervor und begann, seine Brille damit zu säubern, was gewiss eine unbewusste Handlung war, glaubte Tristam.

»Ich sehe mir diese einfache Skizze an, Mr. Flattery, und bin plötzlich *gefangen*, denn hier zeigt sich ein Augenblick von makelloser Schönheit, und ich weiß, dass er vorüber war, bevor Hobbson auch nur anfangen konnte, sich seine Farben zu mischen. Dabei empfinde ich diese Einsamkeit, und ich weiß, wie kurz unser Dasein und wie weit unsere Welt ist, und dass sie mit Augenblicken angefüllt ist, die so vergänglich und wunderbar sind wie dieser eine, der hier vor uns eingefangen ist.

Die entonnischen Dichter behaupten, *Isollae* sei der Beginn der Weisheit.« Er blickte Tristam an, als frage er sich unversehens, ob seine Worte überhaupt verstanden wurden. Als er jedoch sah, wie gespannt Tristam ihm zuhörte, fuhr er fort:

»Ist es nicht merkwürdig, dass ausgerechnet der Maler, der von den Empiristen am höchsten verehrt wird, etwas einzufangen suchte, wovon unser Pragmatismus und unsere ›Vernunft‹ anscheinend keinerlei Notiz nehmen? Das Gefühl, einem Wunder gegenüberzustehen – Ehrfurcht.«

Er trank von seinem Tee und gab sich eine Weile der Betrachtung hin, bevor er fortfuhr. Tristam wagte nicht, ein Wort zu sagen, aus Furcht, er könnte die Stimmung zerstören.

»Während des Zeitalters der Magi waren Wunder wohl an der Tagesordnung. Nun betrachten wir die Welt als eine Probe, die mit dem Vergrößerungsglas untersucht wird – die man sezieren muss, wenn man sie nach Gesetzen der Vernunft und der Logik verstehen will. Wie unsere Sichtweise sich verändert hat: Früher sahen wir die Welt als Schauplatz von Zauberei, wo ein Baum ebenso lebendig und mit einem Bewusstsein begabt war, wie wir leben und denken; nach unserer gegenwärtigen Anschauung gehört der Baum zu einer niederen Ordnung und wird eines Tages in allen Einzelheiten verstanden sein – wie er sich vom Boden, der Luft und dem Sonnenlicht nährt, wie er aus einem Samen zum Leben erwacht. Wie er ›nutzbar‹ gemacht werden kann.« Einen kurzen Moment sah er Tristam in die Augen.

»Der rationale Geist gibt die Existenz von *Isollae* nicht zu, Mr. Flattery, und deshalb laufen wir Gefahr, vieles zu verlieren.«

»Ich glaube, die Transzendentalisten behaupten Ähnliches, Sir«, sagte Tristam ruhig und war von den Gedanken des Künstlers in einer Weise berührt, die er nicht in Worte zu fassen wusste.

Kent lachte sanft. »O ja, das allerdings. Und vieles andere, was meines Erachtens weitaus weniger vernünftig ist. In diesem Punkt aber sehe ich mich genötigt, ausnahmsweise den Transzendentalisten zuzustimmen. Trotzdem bin und bleibe ich der Überzeugung nach Empirist und von den Mechanismen der Welt ebenso fasziniert wie jedes andere Mitglied unserer Gesellschaft. Vielleicht werde ich nur alt und stelle deshalb noch andere Fragen. Vielleicht aber wird *Isollae* nur von esoterischen entonnischen Poeten erfahren – und alternden Malern.«

Tristam sah das Gemälde an, auf dem die Seelöwen in der Brandung spielten, wie sie es am gleichen Fleck wohl schon seit Jahrtausenden trieben. »Ich hege den Verdacht, dass die meisten von uns Empiristen sich dieser Bedeutung nur nicht bewusst sind – denn ich kenne das Gefühl, von dem Sie sprechen, und erlebe es manchmal, wenn ich die

Welt betrachte, aber ich wende mich dann rasch wieder anderen Dingen zu.« Und damit versagten Tristam die Worte.

»Nun, vielleicht haben Sie Ihre Reise zur Weisheit schon angetreten, Mr. Flattery«, erwiderte Kent ernst. »Uns ist so wenig Zeit beschieden, und die Reise ist furchtbar lang. Man kann sie nicht zu früh beginnen.«

Als Kent sich verabschiedet hatte, trat Tristam wieder vor das Fenster und richtete das Perspektiv auf den Mann, der lesend auf der Bank saß. Kein Zweifel: Das war Sir Rodericks Kutscher. Die Erleichterung, die Tristam nach dem Gespräch mit dem Ritter empfunden hatte, war jäh verflogen. Außerdem: Hatte Kent ihn wirklich nur zufällig auf den Mann aufmerksam gemacht? Kent?

Ein Klopfen an der Tür riss ihn aus seinen Gedanken. Als er das Zimmer durchquerte, stieg ein Gefühl des Grauens in ihm auf. »Blut und Flammen!«, rief er aus. »Ich werde noch den Verstand verlieren, wenn ich mir Sorgen darum mache, wer vor meiner Tür steht.«

Wen immer Tristam auch fürchtete, vor der Tür stand nur ein alter Diener, der einen einfachen Briefumschlag brachte, auf dem Tristams Name stand, sonst nichts. Kein Poststempel – kein Hinweis auf den Absender.

Tristam schnitt das Kuvert auf und fand darin eine kurze Mitteilung in gestochener Handschrift.

> Verehrter Mr. Flattery!
> Ich fürchte, ich muss mich für gestern Abend entschuldigen. Wie Sie gewiss gesehen haben, war mir nicht wohl. Ich möchte Sie bitten, mich nicht nach diesem Zusammentreffen zu beurteilen. Schon lange hege ich den Wunsch, Ihre Bekanntschaft zu machen und Ihnen für die schwierige Arbeit zu danken, die Sie mit Professor Dandish bei der Klassifizierung meiner Sammlung auf sich genommen haben. Wäre es möglich, dass wir uns heute treffen? Wäre Ihnen vier Uhr

nachmittags recht? Ich kann nicht immer Besuch empfangen, doch heute bin ich, scheint mir, ich selbst. Bitte kommen Sie, wenn es Ihnen möglich ist. Senden Sie mir keine Antwort, kommen Sie nur.

Voll Hochachtung,
Baron Trevelyan

Dieser Brief war eindeutig von einem Menschen mit wachem Verstand zu Papier gebracht worden. Hatte Sir Roderick nicht angemerkt, dass Baron Trevelyan zuzeiten völlig klar sei? Tristam zog die Uhr aus der Tasche. Er hatte genügend Zeit.

Wenn ich sonst nichts vorzuweisen habe, dachte er, *so kann ich doch wenigstens von mir behaupten, Averil Kent und den großen Trevelyan zu kennen.* Diese Namen mochten weder Jenny noch sonst jemanden in Locfal beeindrucken, doch Tristam machte es gehörig stolz, die Bekanntschaft dieser Gentlemen gemacht zu haben.

Als er die Tür zu seiner Suite abschloss, dachte er über die Anwesenheit des Kutschers nach. *Der Mann ist die ganze Zeit über in Merton gewesen*, überlegte er. *Er war in der Stadt, als in Dandishs Haus und im College eingebrochen wurde.*

Er vergewisserte sich noch einmal, dass die Tür abgeschlossen war, dann erst durchquerte er den Korridor.

Als Tristam das *Königin Anne* verließ, konzentrierte er sich darauf, nicht zu Sir Rodericks Bedienstetem hinüberzusehen, sondern entspannt die Straße entlang zu bummeln. Einen halben Häuserblock weiter blieb er stehen, scheinbar um das Schaufenster eines Geschäftes zu betrachten. Dabei riskierte er einen Blick. Der Kutscher war nicht etwa in den Gasthof gegangen, wie Tristam es halb erwartet hatte, sondern aufgestanden und ihm auf der gegenüberliegenden Straßenseite gefolgt.

Tristam ging weiter. Nach einigen Minuten gab es keinen Zweifel mehr, dass der Mann ihm nachging.

Wie lange tut er das nun schon?, fragte er sich. *Nun,*

wenn ich bisher dumm genug gewesen bin, es nicht zu bemerken, so hat sich das jetzt geändert.

Woher hatte Kent davon gewusst? Oder handelte es sich doch nur um einen Zufall?

Tristam verließ die Straße und betrat den Hof eines Gasthauses. Das Gelände verließ er rasch wieder durch ein Seitentor, das auf eine Nebenstraße führte. Hier beschleunigte er seinen Schritt und eilte eine schmale, nach links abzweigende Treppe hinauf. Da sich niemand auf den Stufen befand, hastete Tristam bis nach oben und versteckte sich auf dem Absatz, wo dichtes Efeu ihn vor Blicken von der Straße verbarg. Einen Augenblick später tauchte Palles Kutscher in der Gasse auf. Der Mann blickte offensichtlich beunruhigt in alle Richtungen und ging ahnungslos an der Treppe vorbei.

Das reicht wohl, dachte Tristam mit gelinder Genugtuung und machte sich rasch auf den Weg zum Hause des Barons, wobei er immer wieder über die Schulter sah.

Zu Fuß war er beinah eine Stunde unterwegs, doch er verzichtete auf eine Droschke, damit er sich gegebenenfalls verstecken und ausweichen konnte. Er fragte sich, aus welchem Grund Sir Roderick seine Schritte überwachen ließ, und fand zwei Antworten. Einmal war es durchaus denkbar, dass Handlanger des Königsmanns in Dandishs Haus eingebrochen waren und auch Tristams Tagebuch und den an die Herzogin gerichteten Brief gestohlen hatten. In diesem Fall wäre dem Ritter bekannt, dass Tristam ihm nicht alles verraten hatte, was er wusste, und er hielt es daher für angebracht, sich über Tristams Kommen und Gehen informiert zu halten. Eine andere Möglichkeit war, dass Sir Roderick ihn beobachten ließ, weil ihm Staatsgeheimnisse anvertraut worden waren – und hierbei dachte er voller Unruhe an seine Gespräche mit Jaimy.

Die gesamte Affäre bewegte sich in Bahnen, die er nicht begriff, und er fühlte sich wie jemand, der vom Deck eines Schiffes ins Meer gerissen wurde und nicht wissen kann, in welche Richtung er schwimmen muss, um sich zu retten. Er blieb stehen und betrachtete ein Baumblatt, wobei er sich unauffällig umsah.

Auf der Straße, in der Baron Trevelyan wohnte, war niemand zu sehen. Es war ihm also gelungen, seinen Verfolger abzuschütteln; obwohl er daüber eine gewisse Zufriedenheit empfand, konnte er nicht genau sagen, zu welchem Zweck er diese Mühe auf sich genommen hatte. Was, wenn Sir Roderick ohnehin wusste, dass er den Baron besuchte? Der Ritter hatte mit Anteilnahme von dem alten Mann gesprochen. Dennoch, Tristam fühlte sich besser, wenn er glauben konnte, über seine Schritte als einziger Bescheid zu wissen.

Das Haus des Barons stand abseits der Straße hinter ein paar Eichen, Birken und Trauerweiden. Tristam öffnete selbst das schmiedeeiserne Tor, und sogleich fiel ihm auf, wie vernachlässigt der Garten war: unkrautbewachsene Beete, wucherndes Unterholz. Dem Garten schien es ebenso an Ordnung zu mangeln wie dem Verstand des bedauernswerten Trevelyans. Überall, in den Bäumen und unter den Büschen, nisteten Vögel, Eichhörnchen flitzten über die Äste, und unversehens strich ein Fuchs auf den Kiesweg, dem Tristam folgte. Der Fuchs hielt inne, starrte den Eindringling an und verschwand im Dickicht.

»Das ist nicht unbeabsichtigt«, flüsterte Tristam. Der Baron hatte sein Grundstück der Natur zurückgegeben, der zu aller Zeit sein leidenschaftliches Interesses gegolten hatte.

Das Haus war wie alle anderen auch aus Weißstein erbaut, und zwischen dem Efeubewuchs fielen die fossilen Spiral- und Skelettmuster auf , die mitunter wie das Werk eines verwirrten Bildhauers aussahen: eine Vorstellung, die Tristam nicht sehr behagte.

Neben der Eingangstür hing ein Klingelzug mit Messinggriff. Tristam zog daran und harrte einer Antwort, ohne zu wissen, was er erwarten sollte, denn dieser Ort erschien so sonderbar, dass er kaum damit rechnete, die Tür könnte von einem der für Avonel so typischen unerschütterlichen Dienstboten geöffnet werden.

Und so war es auch. Ein gut aussehender Gentleman

erschien auf das Läuten hin und blieb zunächst einige Sekunden schweigend stehen, um den Besucher näher in Augenschein zu nehmen.

»Sir?«, fragte er dann.

»Tristam Flattery. Ich bin mit Lord Trevelyan verabredet.« Der Herr war gut gekleidet und bot einen so stattlichen Anblick, dass Tristam sich unwillkürlich ein wenig eingeschüchtert fühlte. Sein Gegenüber hatte dunkles, sehr dunkles, dichtes Haar, das makellos frisiert war und an den Schläfen ergraute. Seine Brauen waren so schwer und schwarz, dass sie sein Gesicht beherrscht hätten, wären da nicht seine finsterenAugen gewesen.

»Aha, Mr. Flattery. Ich wünschte, ich hätte von Ihrem Kommen gewusst, Sir, dann hätte ich Ihnen die Mühe ersparen können. Benjamin Rawdon; Lord Trevelyans Arzt«, sagte er, bot Tristam jedoch nicht die Hand. »Ich muss Ihnen leider sagen, dass der Baron heute indisponiert ist. Sie wissen doch, dass Lord Trevelyan kein gesunder Mann ist?«

»Ja. Ja, das weiß ich. Es tut mir fürchterlich leid zu hören, dass ihn auch heute wieder seine – Unpässlichkeit plagt. Ich habe aber am Morgen eine freundliche Einladung erhalten, sodass ich hoffte ... Nun, darf ich dem Baron Nachricht hinterlassen, dass ich hier gewesen bin?«

»Das dürfen Sie, Sir, oder ich werde gern Ihr Bedauern übermitteln. Was immer Sie bevorzugen.« Dennoch blockierte der Mann die halb geöffnete Tür, als befände er es für nötig, die Zurückweisung des Besuchs noch eigens zu unterstreichen. Mit keiner Geste lud er Tristam ein, in die Diele zu kommen, und er bot auch nicht an, ihm Schreibzeug zu bringen.

»Dann sagen Sie Lord Trevelyan bitte, dass ich heute hier gewesen bin, und richten Sie ihm meinen Dank für die Einladung aus. Wenn es möglich ist, werde ich gern ein andermal wiederkommen.«

Der Mann nickte und verbeugte sich sehr steif und sehr knapp. Dann trat einen halben Schritt zurück, als wolle er die Tür bereits wieder schließen. »Gewiss wird Lord

Trevelyan sehr bedauern, Sie verpasst zu haben, Sir. Einen schönen Tag.«

»Ihnen gleichfalls, Sir.«

Tristam drehte sich um und ging zur Straße zurück. Wäre er stehen geblieben, hätte dieser Mann ihm die Tür vor der Nase zugeschlagen, daran bestand für ihn kein Zweifel. Im überhöflichen Avonel fand man nicht alle Tage einen Gentleman mit solch rüden Manieren.

Wie seltsam, dachte er. *Dabei klang die Einladung völlig klar.*

Der Arzt jedenfalls war nicht der freundlichste Bewohner dieser Stadt, so viel stand fest. Und das schien nicht das einzig Merkwürdige an dieser Angelegenheit zu sein.

Doch dann schüttelte er über sich selbst den Kopf. *Kaum entdecke ich, dass man mich beobachtet, da erscheint mir auf einmal alles verdächtig und jedermanns Motive fragwürdig. Wenn ich nicht auf mich Acht gebe, ereilen mich die gleichen Geistesstörungen wie den Baron. Dann trinke ich nur noch Quellwasser – das ich persönlich im ersten Morgenlicht geschöpft habe.*

12. Kapitel

Die Kutsche, so stellte Tristam fest, wurde zum Sinnbild für diesen Abschnitt seines Lebens: Keine besaß er selbst, noch lenkte er sie oder hatte sonst irgendeinen Einfluss auf ihre Richtung; er wurde nur immer hierhin und dorthin gebracht. Und schon wieder fuhr er in einer Kutsche und kannte nicht einmal den Namen des Mannes, der auf dem Bock saß.

Jaimy würde mich einen Narren schelten.

Diesmal gehörte die Kutsche der Herzogin von Morland. Als Tristam vom Haus des Barons in den Gasthof zurückkehrte, wartete ein Brief auf ihn. Das Schreiben setzte ihn in Kenntnis, dass um halb sieben eine Kutsche eintreffen und ihn zum Haus der Herzogin bringen würde. Tristam war sich bewusst, dass er auf der Stelle hätte antworten und sich vielmals entschuldigen sollen, doch das hatte er aus einem unersichtlichen Grund unterlassen.

Neugierde, sagte er sich inzwischen. Schon wieder suchte er bei dieser alten Entschuldigung Zuflucht. Er wollte wissen, weshalb Dandish *Regis* angepflanzt hatte, während er gleichzeitig gegenüber Sir Roderick vorgab, er sei zu krank, um im königlichen Arboretum zu arbeiten. Warum Professor Dandish dann später der Herzogin einen Brief geschrieben hatte, in dem er sie über seinen Erfolg belog. Was in Farrelles Namen ging eigentlich vor? Das war es, was Tristam erfahren wollte.

Ohne Zweifel war er aus diesem Grund in die Kutsche gestiegen– und gleichzeitig konnte er das Bild der Herzogin nicht aus seinen Gedanken verdrängen, wie sie hinter der Säule hervorkam, nachdem dieses leichte, melodiöse Lachen ihr wie eine zarte Ouvertüre vorausgeeilt war. Dieses Bild ließ ihm keine Ruhe. Jedes Mal, wenn er an die Herzogin dachte, war ihm, als würde er das Gleichgewicht verlieren und er musste sich mit aller Macht zusammenreißen.

Schwindelanfälle, dachte er, *eine unheilbare Krankheit. Furchteinflößend für alle, die so bedachtsam durchs Leben gehen wie Tristam Flattery.*

Jaimy würde nicht dabei Halt machen, ihn hierfür einen Narren zu nennen! Ein recht boshafter und kleinlicher Baron war unter den berühmten Ulmen außerhalb Avonels dafür gestorben, dass er dieser Herzogin in die Quere gekommen war.

Das machte die Krankheit nur noch schlimmer: Nun hatte Tristam es mit einem Verlangen zu tun, das durch die gefährlichen Begleitumstände zusätzlichen Kitzel erhielt.

Vielleicht war der wirkliche Grund aber noch viel billiger: Die Herzogin von Morland wurde weithin als begehrenswerteste Frau in ganz Farrland betrachtet – und sie wollte etwas von Tristam.

Er konnte nun nicht einfach nach Locfal zurückkehren und sich für den Rest seiner Tage fragen, was sie wohl von ihm verlangt haben würde und wie süß das Finale der Ouvertüre geklungen hätte.

Als Tristam den quastengeschmückten Klingelzug betätigte, läutete tief in dem Haus eine Glocke. Ihr Klang tat dem Geschwirre seiner Nerven nicht gerade gut.

Einen Augenblick später geleitete ihn ein älterer Diener durch die Tür, von der alle eifrigen Bewerber um die schicken Kreise der farrischen Gesellschaft hofften, sie eines Tages durchschreiten zu dürfen.

Und nun war er es, der in den Tempel ihrer Bewunderer eingelassen wurde. Wohin sein Blick auch fiel, erwies sich der sichere Geschmack der Herzogin, und der Kontrast zwischen ihren eleganten Räumen und seinem eigenen ungeschliffenen und eher abgewohnten Haus bereitete ihm einige Verlegenheit.

Im Heim seines Großonkels war nichts Vergleichbares zu finden: nicht die sorgfältige Abstimmung der zarten Farben, nicht die gefällige Ausstrahlung, die in geschickter Weise geschaffen wurde. Jeder Gegenstand erfüllte seinen Zweck in der Komposition, und trotzdem wirkte das Haus an keiner Stelle bemüht.

Eine Tür öffnete sich, und die Herzogin kam ihm lächelnd entgegen. Da erst begriff Tristam, dass es ihr Lächeln war, was er unwiderstehlich fand. Wie konnte ein Mann auch nicht bezaubert sein von diesem Lächeln, das sich offen und unschuldig gab, während ihn die grünen Augen verlockend ansahen und dabei spöttisch zu wissen behaupteten, was jeder Mann tief in seinem Herzen verbarg?

In Kleidung und Auftreten vereinigte die Herzogin zwei Gegensätze: ein Mädchen in der Blüte der Jugend, gleichzeitig aber die ehrwürdige und wohlwollende Herrin eines großen Hauses. Ein kaum merkliches Verziehen der Miene, die Bewegung einer Hand konnten sie schneller als begreiflich von der einen zur anderen werden lassen, je nach dem, welchen Aspekt ihrer Person sie gerade hervorheben wollte.

»Mein lieber Tristam«, sagte sie auf Entonnisch. »Sie können sich nicht vorstellen, welche Freude Sie mir machen.« Sie lächelte und verjüngte sich vor seinen Augen.

Die Herzogin streckte die Hand vor, damit er sie küsse, und Tristam berührte die zarte Haut ihres Handrückens mit den Lippen. Dabei war er sich völlig bewusst, wie offensichtlich seine Nervosität sein musste.

»Das Vergnügen, Frau Herzogin, ist ganz auf meiner Seite«, brachte er hervor, aber nicht mehr.

Sie nahm ihn beim Arm und ging dicht neben ihm durch den Korridor. »Ich bin so froh, dass Sie sich für meine Einladung freimachen konnten. Nach Ihrem jüngsten Verlust können Sie, so dachte ich, einen Abend gut gebrauchen, der Sie von Ihren Gedanken ablenkt.« Sanft drückte sie seinen Arm. »Verbannen Sie für heute alle Sorgen, Tristam Flattery. Sie haben das Tor zum privaten Reich der Herzogin von Morland durchschritten, wo es nicht genügt, sich nach der neusten Mode zu kleiden. Diese Welt gehört dem Individuum – wir lassen uns von nichts und niemandem einengen. Die Konvention wird beiseite geschoben, und bei der Suche nach unserem Weg folgen wir allein der Stimme unseres Herzens.«

Sie richtete ihre grünen Augen auf Tristam, der plötzlich merkte, wie er nickte und damit bestätigte, was er noch gar nicht wusste. Der Druck ihrer Hand und die körperliche Nähe raubten ihm die Stimme. In ihrer Gegenwart verflog jeder Anklang von Weltgewandtheit, den zu besitzen er sich eingeredet hatte, und er fühlte sich unbeholfen und jungenhaft.

»Ich hoffe, Sie besuchen mich noch öfter«, sagte sie leise, und diese Worte genügten, um Tristam endgültig aus dem Gleichgewicht zu bringen.

»Nichts wäre mir lieber, Frau Herzogin, doch meine Beschäftigung im Palast ist zu Ende.«

Die Herzogin blieb stehen und umfasste mit beiden Händen seine Rechte.

»Wollen Sie damit sagen, Roderick hat Sie entlassen? Ist alle Hoffnung vergebens?«

Tristam fand sie aufrichtig bestürzt. Er nickte, fügte jedoch kein Wort hinzu.

Die Herzogin senkte den Blick auf seine Hand und biss sich geziert in die Lippe. »Warum dieser Schritt? Haben Sie auf Ihrer Reise etwas erfahren?«

Tristam zögerte, bevor er antwortete. »Sir Roderick ist davon überzeugt, dass es für das *Regis*-Problem keinerlei Lösung gibt. So hat er es mir gesagt.«

»So plötzlich? Wie kommt er zu dieser Auffassung?«

Als sie nun aufblickte, war jeglicher Spott aus ihren Augen verschwunden, und sie sah traurig und besorgt aus. Tristam wusste nicht recht, was er ihr antworten sollte. Er kramte mögliche Lügen hervor, doch keine erschien ihm passend. Wenn er aber die Wahrheit sagte, dass nämlich Roderick durch ihn von Dandishs Anbauversuch und dessen vorgeblichem Misslingen erfahren hatte, würde er wohl das Wohlwollen der Herzogin verlieren

Unterdessen hörten sie Applaus vom Ende des Korridors.

»Wir dürfen meine Gäste nicht länger allein lassen, Tristam. Könnten wir wohl später noch darüber sprechen? Was Sie sagten, hat mich zutiefst beunruhigt.«

Tristam nickte und hoffte, er hätte sich bis dahin eine adäquate Antwort zurechtgelegt.

Sie näherten sich dem Raum, aus dem der Applaus gekommen war und wo nun musiziert wurde. Tristam blieb vor einem Portrait stehen.

»Wer ist das?«, fragte er.

»Die Gräfin von Chilton«, antwortete die Herzogin und nickte der Frau auf dem Bild zu, als wären sich ihre Blicke gerade über den Raum hinweg begegnet. »Zu ihrer Zeit war sie die meistbewunderte Frau in ganz Farrland und noch darüber hinaus.«

Eine erstaunliche Kaskade aus schwarzem Haar umrahmte ein herzförmiges Gesicht mit einem vollen Mund. Wenn das Bild die Wirklichkeit wiedergab, war die Bewunderung verständlich. Auch der Maler musste ihrer Schönheit verfallen gewesen sein, denn anders war die Stimmung des Gemäldes nicht zu erklären.

»Mein Großonkel hatte ein Bild der gleichen Frau in seinem Haus. Daran erinnere ich mich noch sehr gut. Ich habe mich immer gefragt, wer sie wohl war und was aus ihr wurde.«

»Sprechen Sie da von Erasmus Flattery?«

Tristam nickte.

»Ich bin überrascht«, sagte die Herzogin. »Doch andererseits verehrte jeder die Gräfin – jedenfalls jeder Mann. Ich bin ihr einmal vorgestellt worden, als ich noch ein Kind war. Ich hielt sie für eine Göttin und fand sie noch viel schöner als auf dem Gemälde. Nun ist sie eine Einsiedlerin und muss sehr alt sein. Sie möchte wohl, dass man sich an sie erinnert, wie sie früher gewesen ist. Denn seit dreißig Jahren haben nur noch ihre Diener sie zu Gesicht bekommen. Doch vorher hat die Gräfin von Chilton fast zwei Jahrzehnte lang über die farrische Gesellschaft geherrscht.« Sie deutete einen Knicks vor der dunkelhaarigen Schönheit an. »Aber nun werde ich Ihnen meine anderen Gäste vorstellen.«

Die Herzogin führte ihn so behutsam in das Zimmer, als würde darin ein Kind schlafen. Zwei Herren und drei Damen lauschten offenbar völlig gebannt dem virituosen Spiel eines jungen Mannes, der vor dem Pianum saß.

Die Herzogin schloss mit etwas übertrieben anmutender Vorsicht die Tür und deutete auf einen freien Diwan. Tristam nahm neben ihr Platz, und sie saßen enger zusammen, als ihm geziemend erschien,. Die Herzogin gab auch nicht mit der geringsten Regung zu verstehen, dass sie dies bemerkt hätte. Doch andererseits war der Sitz tatsächlich schmal.

Der Musiker war völlig in sein Spiel vertieft. Sein ausdrucksvolles Gesicht veränderte sich so fließend wie die Musik, er tat gewissermaßen, als entströme sie direkt seinem Herzen. Tristam war musikalisch nicht sehr beschlagen, doch er hörte bewundernd die feinen Nuancen des Ausdrucks und der Tempi, wie er auf einer Note verweilte und über andere hinweggaloppierte.

Das Werk war lang, und kaum hatte der Pianist es beendet, sank er auf seinem Hocker zusammen. Die Zuhörer sprangen auf und eilten zu ihm. Ein Mann massierte ihm die Hände, die Frauen streichelten seine Schultern und seinen Nacken und drückten ihm Küsse auf die Stirn und die Wangen. Währenddessen priesen sie ihn unablässig auf Entonnisch.

»Frau Herzogin«, rief eine der Frauen, »ist er nicht ein Wunder? Ein Genie? Ein Meister des Pianums?«

»Das ist er, Lucin, all das ist er, und noch mehr. Ich möchte Ihnen einen besonderen Freund vorstellen, Mr. Tristam Flattery aus Locfal und«, sagte sie mit einem ihm zugewandten Lächeln, »aus Avonel, wie wir hoffen wollen.«

Die drei Frauen und einer der Männer, erfuhr Tristam, gehörten zum Ensemble einer entonnischen Oper, die für eine Aufführung in der farrischen Hauptstadt probten. Der Pianist war Charl Bertillon, ein Musiker von so großem Ruhm, dass selbst Tristam seinen Namen kannte.

Der dritte Mann wurde ihm als Julian Burne-Johns, Viscount Elsworth und Bruder der Herzogin, vorgestellt. Tristam gab ihm die Hand mit einigem Vorbehalt, wobei er hofft, es wäre ihm nicht anzumerken. Als er sich wieder abwandte, befiel ihn eine leichte Übelkeit, so beiläufig hatte er die Hand geschüttelt, von der Ipsword gestorben war.

Die Gesellschaft begab sich in ein Speisezimmer, wo eine Tafel mit feinem Kristall, Silber und Porzellan gedeckt war, welches funkelnd die Farben des Raumes aufnahm. Hier stand nicht eine der endlosen Festtafeln, an denen Tristam schon so oft gesessen hatte, sondern ein kleiner Tisch, an den man sich zu einem vertrauten Beisammensein mit Freunden setzte.

Die Gäste waren bester Laune, doch gewann Tristam den Eindruck, dass die Herzogin an dem Treiben nicht mit ganzem Herzen teilnahm. Ihr Blick blieb während des Essens umwölkt, und immer wieder verlor sie den Faden der Konversation, den sie nach einer Weile elgant wieder aufnahm.

In einer nicht enden wollenden Abfolge von Gängen kamen erlesene Speisen und Getränke auf den Tisch wie die Brandung an einen Strand.

Einmal erhob sich der Gentleman von der Oper und sang im wahrsten Sinne des Wortes der Tafel Ruhm. Ganz offensichtlich war ihm der Wein zu Kopf gestiegen, doch auf eine amüsante Weise, und seine Stimme war immerhin nicht beeinträchtigt.

Obwohl sich jeder sehr zugänglich gab, fühlte Tristam sich unbehaglich. Das Gespräch drehte sich größtenteils um Kunst, Musik und die neusten Theaterstücke und Bücher; Dinge also, denen er durchaus eine gewisse Aufmerksamkeit schenkte, und doch war er von allen Gästen am schlechtesten informiert. Jenny hatte ihm oft vorgeworfen, er sei dem Empirismus zu sehr verfallen, und diese Gesellschaft brachte ihm nun nahe, dass sie damit Recht haben könnte. Jedenfalls hätte er sich bei einer Erörterung der Skyeschen Bewegungsgesetze oder einer aktuellen Diskussion darüber, ob die Planetenbahnen nun kreisrunde oder elliptische Form aufwiesen, weitaus wohler gefühlt.

Die junge Frau mit dem Namen Lucin saß rechts von ihm und nannte ihn immer wieder ›mein Schmusetier‹ und

›mein Pfirsich‹, was in ihrer Sprache wohl Kosenamen waren; in Tristams Ohren hingegen klang beides absurd.

»Hören Sie sich doch Tristams Entonnisch an«, befahl sie einmal laut und brachte damit das Gespräch zum Stillstand. »Unser Gesangslehrer wäre entzückt über solch einen Schüler.« Sie wandte sich Tristam zu. »Sagen Sie ...« – und sie bat ihn, eins von jenen Wörtern auszusprechen, die keiner, der nicht mit Entonnisch aufgewachsen war, so recht über die Lippen zu bringen verstand.

Tristam tat wie geheißen, und Lucin klatschte in die Hände und küsste ihn auf die Wange. »Er hat das Herz eines Entonniers, Frau Herzogin. Welch charmante Freunde Sie haben!«

Bertillon liebte offenbar den Klang der eigenen Stimme am meisten und spreizte sich ausgedehnt; er musste daran gewöhnt sein, dass ergebene Bewunderer ihm zuhörten. Zum Glück war er im Gegensatz zu den meisten eitlen Pfauen, die das Gespräch an sich reißen, kein Langweiler; er brachte die Gäste häufig zum Lachen, indem er die Redeweise und Manierismen unzähliger Personen der feinen Gesellschaft nachahmte. Die Frauen genossen seine Gesellschaft ohne Zweifel.

Zu Tristams Erstaunen fühlten sie sich auch sehr zu Julian Burne-Johns hingezogen. Nach der Körperhaltung des Viscounts zu urteilen, lag seine Hand auf dem Schoß von Monay, der Frau zu seiner Rechten, die große Schwierigkeiten zu haben schien, an sich zu halten – ihr Gesicht war puterrot, was wohl nicht nur vom Trinken kam.

Der Viscount war ein kräftiger Mann, dabei nur wenig größer als Tristam, und etwa dreißig Jahre alt. Er sah seiner Schwester unbestreitbar ähnlich – allerdings war sein Haar dunkel. Für seine Statur besaß er erstaunlich schlanke Hände, wie man sie eher bei Bertillon erwartet hätte (die Hände des Musikers waren wenig bemerkenswert), und dunkle, schwermütige Augen.

Burne-Johns erweckte beim Tischgespräch den Eindruck, dass er wie Tristam auf fremdem Terrain wandelte, nur schien ihm das völlig gleichgültig zu sein. Er lachte über jeden Scherz – ein lautes, ungehemmtes Gelächter – und genoss Wein und Essen mit sichtlichem Vergnügen. Tristam fand es schwer vorstellbar, wie ein Mann, der sich so leichtlebig gab, ebenso leicht einen anderen Menschen töten konnte.

Die Herzogin griff in geübter Manier in die Unterhaltung ein und versuchte, jeden zu integrieren.

»Dieser Wein stammt von der berühmten Erasmustraube«, sagte sie und hob ihr Glas. »Sie wurde von einem von Tristams zahlreichen berühmten Verwandten gezüchtet. Sind Sie nicht sein Erbe, Tristam?«

Das räumte er ein.

Der Viscount zeigte sich deswegen überrascht. »Aber liegt denn Locfal nicht zu weit im Norden, um dort Wein anzubauen? Erasmus muss wirklich ein Magus gewesen sein, um das zu bewerkstelligen.«

»Mein Onkel besaß ein kleines Gut auf der Insel Farrow, Lord Elsworth. Die Erasmustraube, wie man sie nun nennt, stammt aus den Jahren, die er dort verbrachte.«

»Sie besitzen also ein Gut auf Farrow? Eine Weinkellerei?«, fragte Bertillon.

»Keine Weinkellerei. Nur ein Weingut. Die Ernte wird an mehrere Kellereien verkauft, und von da ab sind wir nicht mehr verantwortlich.« Er hob das Glas. »Eine Kunst, die der Ihren vielleicht nicht nahe kommt, Mr. Bertillon, aber dennoch eine Kunst für sich.«

Bertillon, der allzu sehr an Lob gewöhnt war, ging auf Tristams Kompliment nicht ein. »Ich wollte schon immer nach Farrow. Haben Sie die berühmte Ruine besichtigt?«

»Leider nicht. Obwohl ich Besitz auf Farrow habe, bin ich noch nie dort gewesen. Immerhin beabsichtige ich, Insel und Ruine zu besuchen.«

»Vielleicht sollten wir zusammen fahren«, schlug Bertillon vor. »Das könnte durchaus reizvoll sein.«

»Tristam«, sagte die Herzogin und bediente sich nach entonnischer Art seines Vornamens, »ist außerdem ein Empirist wachsender Bedeutung.«

Lucin gab Laute der Bewunderung von sich.

Da man von ihm erwartete, die Bemerkung der Herzogin näher auszuführen, beschrieb er die Versuchsvorführung, deren Zeuge er bei der Empiristischen Gesellschaft geworden war.

»Alle sind sie aus der Schüssel gesprungen?«, fragte der Viscount ein wenig ungläubig. »Erstaunlich! Das hätte ich gern gesehen.«

»Ich habe mit jemandem gesprochen, der ebenfalls dabei gewesen ist«, warf Bertillon gelassen ein. »Er sagte mir, ein Mann namens Varese hätte sehr schlechten Eindruck gemacht, indem er den berühmten Boran angriff.«

Tristam nickte. »Ja. Ja, das stimmt. Er hat die Gemüter zum Kochen gebracht.«

Bertillon zog die Brauen hoch.

»Was meinen Sie dazu, Tristam? Wäre es möglich, dass Boran für seine Methodik Anleihen bei Lucklow gemacht hat?«

»Das weiß ich nicht. Der einzige Hinweis besteht in dem Brief, den Varese gefunden zu haben behauptet.« Für die anderen berichtete Tristam rasch, was vorgefallen war. »Wenn das Schreiben authentisch ist, wird es Borans Ruf erschüttern, so viel steht fest.«

»Aber die Magi waren keine Empiristen«, entgegnete Bertillon, »sondern übten die dunkle Kunst aus, heißt es. Sie waren nicht einmal Naturphilosophen. Die dunkle Kunst ist geradezu die Antithese zu empirischen Studien, wie mir scheint.«

»*Dunkle Künste*«, wiederholte die Herzogin und lachte. »Also wirklich, Charl. Lord Eldrich hat unbestritten ein Interesse an Geologie geäußert, an Astronomie und an anderen Dingen, sogar an der Musik. Was wissen wir denn eigentlich über die Magi? Vielleicht sind sie tatsächlich Naturphilosophen gewesen. Einige Stimmen behaupten schließlich, dass die ›Zauberei‹ der Magi in Wirklichkeit durch ausgeklügelte Maschinen und chemische Kabinettstückchen bewerkstelligt wurde.«

Der Musiker zuckte lächelnd die Achseln und gab eilfertig seiner Gastgeberin nach: »Und womöglich haben sie sogar Recht.« Er hob sein Glas. »Auf die Künste – die dunklen, die lichten und alle Zwischentöne.«

Die Anwesenden waren bereit, auf so gut wie alles anzustoßen, besonders wenn sie dadurch, so vermutete Tristam, wieder auf die Themen zurückkommen konnten, die ihnen mehr behagten.

Die Dienstboten schenkten nach, und Bertillon lehnte sich vor und sagte gewichtig: »Es heißt auch, Wein töte langsam.« Ernst wiegte er den Kopf. »Doch das ist gut, denn wir haben es nicht eilig.«

Alles lachte.

»Sind Sie ein Mitglied der Gesellschaft, mein Pfirsich?«, fragte Lucin.

»Ich war Gast eines Mitglieds«, gab Tristam zu. Er hatte gehofft, man würde ihm diese Frage nicht stellen und stillschweigend annehmen, er sei bereits ein Mitglied.

»Schon bald sind Sie Mitglied, mein lieber Tristam«, sagte die Herzogin und rettete ihn so aus einer peinlichen Situation. »Das weiß ich aus guter Quelle.«

»Auf Tristams anhängige Mitgliedschaft also«, rief der Viscount Elsworth und hob mit der freien Hand das Glas. Der Trinkspruch klang sehr enthusiastisch, und Tristam bemerkte nur daran, dass er nicht verlegen wurde, wie viel er bereits getrunken hatte.

Der Pianist beugte sich vor und starrte Tristam auf so komische Weise eingehend an, dass die anderen am Tisch leise zu kichern begannen. »Sehen Sie die hohe, kräftige Stirn?« Er wies mit einer Kinnbewegung auf Tristam. »Sie ist das Zeichen eines überlegenen Verstandes, eines intellektuellen Geistes. Daran kann man erkennen, dass Tristam ein bemerkenswerter Denker ist, ohne auch nur ein Wort mit ihm gesprochen zu haben.« Er tippte sich an die eigene Stirn. »Dieses Zeichen ist untrüglich.« Und dann teilte ein breites Grinsen sein Gesicht.

»Wie Jons'«, warf die Frau neben dem Viscount ein, was jeden außer Jons zum Lachen brachte, der von allen am meisten berauscht und sehr still war. Seine Stirn war, soweit Tristam es beurteilen konnte, nicht weiter bemerkenswert.

Derzeitig war jene Theorie, die Kopfform lasse Rückschlüsse auf den Verstand zu, sehr in Mode; echte Empiristen schenkten ihr indes nur wenig Beachtung.

Tenil, die jüngste der Sängerinnen, lehnte sich zu Lucin hinüber. Sie hatte sich bislang zurückhaltend benommen, doch Tristam hatte an gewissen Zeichen bemerkt, dass sie von den dreien den schärfsten Verstand besaß. »Ach, arme Lucin«, sagte sie, »solch ein Ausschnitt ... – und die Männer reden über deine Stirn.«

Damit erntete sie großes Gelächter, denn Lucin trug das offenherzigste Kleid von allen, was in dieser Gesellschaft einiges heißen wollte.

»Nun für alle Anwesenden, die nicht an die dunkle Kunst glauben.« Bertillon nickte dabei der Herzogin zu, lächelte jedoch. »Ich werde ein Experiment vorführen. Ist dieses großartige Essen schon zu Ende? Dann müssen wir den Tisch abräumen.«

Die Diener taten wie geheißen und brachten dann auf Wunsch des Musikers acht neue Kerzen samt Haltern herbei. Diese Kerzen reichte Bertillon herum, sodass jede Person eine brennende Kerze vor sich hatte. Eine einzelne gelbe Rose in einer Glasvase wurde in die Mitte des Tisches gestellt und mit gutem Weinbrand übergossen, bis eine Schicht davon auf dem Wasser schwamm.

»Wenn Sie diese Rose in eine schöne Prinzessin verwandeln wollen, Charl«, bemerkte Tenil, »dann werden Königliche Hoheit wenigstens so ›geistreich‹ wie wir.«

»Ich möchte gern mit den Geistern sprechen«, sagte Lucin ein wenig atemlos. »Am liebsten mit einem berühmten Schurken.«

Alle anderen Lampen und Kerzen wurden entfernt oder gelöscht, sodass nur die acht brennenden Kerzen verblieben. Tristam hatte an solchen Darbietungen bereits teilgenommen, wobei die einen blanker Unsinn gewesen waren, bei dem sich nichts ereignete, und die anderen als ausgefeilte Streiche gelten konnten, die man sorgfältig vorbereitet hatte. *Das Bevorstehende trägt alle Anzeichen für einen Blödsinn*, dachte er.

»Nun«, begann Bertillon mit tiefer Stimme, »müssen wir uns natürlich bei den Händen fassen und eine Kette bilden.«

Tristam reichte Lucin und der Herzogin die Hände, wobei er von der Herzogin einen sanften Druck spürte.

»Ich werde nun die Beschwörungsformel aufsagen, und Sie müssen alle schweigen. Blicken Sie in die Flamme Ihrer Kerze, bis Ihnen das Bild deutlich vor Augen steht. Nun müssen wir für einen Moment die Augen schließen. Verbannen Sie alles aus Ihrem Bewusstsein außer dem Abbild der Flamme.«

Plötzlich verschob sich der Tisch, und jemand kreischte.

»*Lord Elsworth!*«, rief Monay, als schelte sie ein unartiges Kind. »Er war das, mit seinem Knie.«

»Wenn wir nicht zusammenarbeiten, wird es nicht gehen«, sagte Bertillon, nun etwas ernster. »Schließen Sie bitte wieder die Augen.«

Tristam gehorchte und war sich des Hautkontakts mit zwei Frauen durchaus bewusst.

»*Curre d' Efeu*«, begann Bertillon mit fester Stimme. »*Vere viteur aupel e' loscure. Vau d' Efeu. Ivanté! Par d' embou vere fant!*«

Während der Musiker diese Worte sprach, verebbte das Kichern. Handelte es sich überhaupt um Wörter? Diese Sprache hatte Tristam noch nie gehört, aber wenn es nur Unsinn war, so war er doch sehr überzeugend vorgebracht. Für ihn klang es wie archaisches Entonnisch. Mit etwas Zeit würde er schon darauf kommen.

»Nun werden wir nacheinander vorsichtig in die Kerzenflammen blasen. Nicht so kräftig, um sie zu löschen, doch gerade so stark, um die Flamme von Ihnen fortzubiegen. Wir beginnen mit der Frau Herzogin, dann folge ich.«

Die Herzogin schob den Kopf vor, spitzte die Lippen und blies behutsam. Die Flamme flackerte.

»Etwas kräftiger, Frau Herzogin«, bat Bertillon flüsternd.

Die Herzogin blies stärker, und die Flamme leckte zur Rose hinüber, vielleicht einen Zollweit, dann erlosch sie, und im Licht der übrigen Kerzen erhob sich ein Rauchkräusel.

»Ich als nächster«, sagte Bertillon leise. Wie die Herzogin blies er zunächst sehr vorsichtig, sodass die Kerzenflamme leicht flackerte. Mit großer Behutsamkeit gelang es ihm, dass die Flamme sich ein paar Augenblicke auf die Seite legte; dann erlosch auch sie, und das durchdringende Aroma des Wachsrauchs zog durch den Raum.

»Ah«, hauchte jemand ein wenig enttäuscht.

Nacheinander versuchten sie es alle, mit wechselndem Erfolg – denn niemand begriff eigentlich, was es zu erreichen galt. Jons blies die Kerze sofort aus. Tristam hatte halb erwartet, dass sich der Atem des Mannes entzünden würde.

Die Stimmung veränderte sich, je finsterer es im Zimmer wurde, als fürchtete sich plötzlich jeder vor der Dunkelheit.

Nachdem Lucin ihre Flamme gelöscht hatte, kam Tristam als Letzter an die Reihe, und er war froh, dass die Farce gleich vorüber sein würde. Er blies mit übertriebener Vorsicht, und seine Flamme zitterte wie ein scharlachrotes Blatt im Wind. Dann verlängerte sie sich, aber nicht viel, und erlosch mit einem letzten Flackern. Im gleichen Augenblick ging die Rose mit einem leisen Fauchen in blaue Flammen auf.

Jeder zuckte mit aufgerissenen Augen zurück, dann lachte alles, um die Anspannung zu verscheuchen; jeder außer Bertillon lachte, der in seinen Stuhl heftig zurückgefahren war. Sein Blick haftete auf Tristam, zwischen ihnen brannte kalt die Rose.

Tristam achtete genau auf die geisterhaften Flämmchen, dann schwärzte sich die alkoholgetränkte Blüte und ringelte ihre Blätter. Die Herzogin drückte ihm sanft die Hand und ließ sie schließlich los, Lucin aber klammerte sich wie ein verängstigtes Kind an seine Rechte. Nervös kicherte sie.

»Und wie funktioniert dieses Kunststück nun, Charl?«, fragte der Viscount in einem nüchternen Ton, der die Stimmung sofort zerstörte.

Bertillon richtete sich auf und ließ ein charmantes Lächeln sehen. »Kunststück? Tristam ist der Empirist unter uns, Lord Elsworth, vielleicht möchte er es uns verraten.«

»Dunkle Kunst, Lord Elsworth«, sagte Tristam, doch das Lachen, das seine Antwort hervorrief, war nur flau.

»Benötigen die Dämpfe eine Weile, um sich zu sammeln?«, fragte die Herzogin und nahm damit Tristams Erklärung vorweg.

»Vielleicht«, antwortete Bertillon. »Ich weiß es nicht genau. Oft funktioniert es gar nicht; ein wenig zuverlässiges Salonkunststück, aber mit überwältigender Wirkung, wenn es gelingt.«

»Und die Beschwörungsformel?«, erkundigte sich Tristam.

»Gehört zu einem Nonsensreim für Kinder. Kannten Sie ihn noch nicht?«

Offenbar hatte ihn noch niemand in der Runde gehört.

»Er geht noch weiter, aber ich weiß ihn nicht mehr. Zusammen mit meiner Jugend ist die Erinnerung verloren gegangen.« Erneut lächelte Bertillon und bewegte sich ein wenig unbehaglich.

Die Diener traten ein und füllten allen die Gläser nach. Dann erhob sich die Herzogin. Sie hielt sich wie jemand, der auf der Bühne steht. »Und nun haben, zu Ihrem fortgesetzten Vergnügen, meine Herren und Damen, einige meiner Gäste freundlich angeboten, ihre« – und sie betonte das Wort überdeutlich – »*Künste* darzubieten.«

Die Gäste erhoben sich schwankend, und während Tristam, der Viscount, Monay, Jons und Bertillon der Herzogin in den Raum folgten, in dem das Pianum wartete, gingen die anderen durch eine andere Tür, wobei sie derbe Witze über ihre ›Künste‹ machten.

»Machen Sie es sich bequem«, sagte die Herzogin. »Charl hat sich angeboten, unsere kleine Unterhaltungsdarbietung zu begleiten.« Sie berührte den Musiker am Arm und blickte ihm eine Sekunde zu lang in die Augen.

Tristam spürte den Stich der Eifersucht. Ganz offenkundig versuchte die Herzogin nicht ihn zu beeindrucken, und diese Erkenntnis weckte eine heimliche Verlegenheit. Er wandte sich von den beiden ab und ließ sich ein Glas Weinbrand geben.

Der Raum war nur von Kerzenschein erhellt. Man hatte die Möbel umgestellt, sodass nicht mehr das Pianum im Mittelpunkt stand, und die Diener waren plötzlich alle verschwunden.

Tristam stellte fest, dass sich alles drehte, sobald er die Augen schloss. Er umfasste die schweren Lehnen seines Stuhles und begriff, dass sein Verstand stärker vom Alkohol umnebelt war, als er geglaubt hätte.

Eine Tür öffnete sich einen Spalt, und Bertillon nickte. Der Pianist begann eine langsame, volkstümliche Melodie zu spielen, die recht einfach erschien, tatsächlich aber sehr sinnträchtig war.

Die schlagfertige Tenil trat auf, gekleidet wie ein Mädchen vom Lande. Sie trug einen langen Rock und die halsfreie Bluse einer Bäuerin.

Sie hob die Arme und löste sich das Haar, das ihr in sanften Wellen auf die Schultern fiel und im Kerzenlicht schimmerte. Bis dahin hatte Tristam überhaupt nicht bemerkt, wie schön Tenil war. Nun fing sie an zu singen; sie sang ein trauriges Lied mit einer volltönenden Stimme, die von ganzem Herzen kam. Diese Fähigkeit war Tristams Natur so fremd, dass er es kaum mit anzuhören vermochte; doch hätte er den Raum selbst dann nicht verlassen können, wenn es sein Wunsch gewesen wäre.

Sie sang in der Sprache Entonnes – über eine ferne und ungewisse Liebe. Nach einem Moment fiel eine zweite Stimme aus dem hinteren Teil des Raumes ein. Lucin trat in das Licht der wenigen Kerzen, das die Szene erhellte. Als Schwestern sangen sie einander zum Trost von ihren Geliebten vor, die in einem fernen Krieg kämpften, und erzählten sich von ihrer ersten Begegnung zu einer Zeit, als noch Frieden herrschte.

Die Szene, in der die Schwestern sich abends in ihrem Zimmer auf die Nachtruhe vorbereiten, entstammte einer Oper, von der Tristam bereits gehört, aber noch keine Aufführung gesehen hatte. Als die Oper vor einigen Jahren nach Farrland kam, hatte es einen großen Skandal gegeben, denn die Frauen traten, um sich zu entkleiden, hinter einen Wandschirm und kamen im Nachthemd wieder hervor, nachdem sie sich tatsächlich auf der Bühne ausgezogen hatten, wenngleich außer Sicht.

Hier stand kein Wandschirm, und Tristams Überraschung wuchs, da die Sängerinnen sich daran nicht zu stören schienen. Ohne den Gesang zu unterbrechen, entkleidete sich Tenil immer weiter.

Tristam verschob sich mit leichtem Unbehagen auf dem Sessel. Seine Reaktion berührte ihn peinlich. Er schaute von ihr fort, nur um zu entdecken, dass der Viscount und Monay eng umschlungen auf einem Eckdiwan lagen. Ihr Rock war hochgezogen, und ein langes Bein legte sich um die Hüfte des Viscounts – eine weiße Blüte an einem dunklen Stamm.

Jons hing besinnungslos in einem Sessel, hinter dem die Herzogin stand. Mit den Händen stützte sie sich auf die Lehne. Sie wiegte den Kopf im Takt der Musik leicht hin und her und verfolgte mit blitzenden Augen die Bewegungen der Sängerinnen.

Lucin durchquerte nun singend den Raum und blies dabei jede Kerze aus, an der sie vorbeikam. Tristam wünschte, er hätte nicht so viel getrunken, denn sein Verstand zeigte sich unfähig, die Situation zu bewältigen. Was erwartete man von ihm? Wie musste er sich verhalten, um nicht als tumb zu gelten?

Er atmete schwer und spürte, wie er der wachsenden erotischen Spannung im Raum nachgab.

Lucin glitt an seinem Sessel vorbei und zog sich dabei die Bluse über die Arme herunter. Dann streichelte sie ihn im Nacken. Nun brannte nur noch eine Kerze im Zimmer, auf dem Pianum, damit Bertillon seine Noten lesen konnte. Tristam begriff, dass Tenil allein für ihn sang und sich ihm mit ausgestreckten Händen näherte. Sie trug nur noch ein hauchdünnes Unterhemd, und ihr langes Haar fiel vor ihr liebliches Gesicht; der Hemdsaum schmiegte sich bei jedem Schritt zwischen ihre Beine.

Sie nahm ihn bei den Händen und zog ihn hoch, dann führte sie ihn in die Nähe des Pianums. Das Instrument war bereits verstummt, und die beiden Sängerinnen kamen mit ihrem Lied zu Ende. Während sie die letzte Note hielten, wurde die letzte Kerze ausgeblasen. Dann herrschten Dunkelheit und Schweigen.

Tenil presste sich an ihn, küsste ihn auf den Hals und suchte nach seinen Lippen. Sie schenkte ihm einen langen, süßen Kuss. Dann trat sie zurück, drückte seine Hände – und war verschwunden.

Tristam stand bebend in der Dunkelheit; er fühlte sich verlassen und töricht. Er streckte die Hand aus und ertastete die Kante des Pianums, das sich kühl und glatt anfühlte. Dann ließ er sich auf die leere Bank davor sinken und berührte versehentlich die Tasten.

In der Dunkelheit hörte er Stoff rascheln und leises Stöhnen, vom Eckdiwan stoßweises Atmen, die rhythmische Bewegung der Leiber. Geflüster. Ein entzücktes Auflachen.

Das ist es nun, dachte Tristam, *der Abend, von dem ich so lange geträumt habe, und ich sitze hier allein in einem Raum, wo es vier Frauen und nur drei Männer bei Bewusstsein gibt.* Zum zweiten Mal berührte er die Tasten – ein versehentlicher Triller.

»Ich dachte schon, ich hätte Sie verloren«, sprach ihn eine Stimme auf Entonnisch an.

Tenil! Sie hatte ihn doch nicht verlassen. Oder vielleicht war der Partner ihrer Wahl bereits vergeben. Ihm trat ein Fantasiebild vor Augen, in dem sich Bertillon mit der Herzogin und Lucin zugleich beschäftigte.

Ein heftiges Atmen näherte sich seinem Ohr und ging in lustvolles Stöhnen über, während ein Kleidungsstück raschelnd zu Boden fiel.

Er spürte ihre Hände, roch ihren Atem, der vom Wein süß duftete, als sie sein Gesicht küsste. Ihr Haar streifte seine Wangen und seinen Hals. Tristam taumelte, als sie ihn durch den Raum in ein dunkles Nebenzimmer führte.

Kurz dachte er an Jenny, doch der Gedanke verlor sich in einem langen Kuss und Tenils Umarmung. *Sie ist so schön*, dachte Tristam, *und im Augenblick zählt nur sie.* Ihr Parfum überflutete ihn, und die Dunkelheit machte ihn auch blind gegenüber allem, was jenseits des Zimmers lag.

Sie presste sich an ihn, und ihm schwindelte vor Verlangen und vor Trunkenheit. Er strich mit den Händen ihren nackten Rücken hinauf, während sie sein Hemd öffnete und ihn unter Küssen zu einem Diwan führte, wo sie sich niederlegte.

Tristams Erfahrungen mit Frauen waren begrenzt, aber er hatte genug getrunken, um sich nicht mehr darum zu scheren. Sein Verlangen lenkte ihn, und er hatte keine Zeit, an sich zu zweifeln.

Er spürte, wie ihre Erregung wuchs.

»Was für ein schöner Junge Sie sind«, flüsterte sie ihm auf Entonnisch ins Ohr. »Sie haben eine Haut wie ein Säugling, weich wie Seide, so glatt, ach, so glatt«, gurrte sie. Mit den Fingern strich sie ihm durchs Haar und löste das Band, von dem es zusammengehalten wurde, sodass es ihm ins Gesicht fiel.

Tristam hatte noch nie solche Eile bei einer Frau gespürt, ihre Küsse waren sanft und verlangend zugleich, und ihre Hände lagen niemals still. »Oh, mein Schmusetier, ach, mein Kind«, flüsterte sie ihm ins Ohr.

Sie griff nach unten und führte ihn in sich ein. Tristam wurde von einer Welle der Erregung überflutet, und sie wurden eins. Es schien, als sei die Grenze seiner Sinne – ihrer beider Sinne – die Grenze der Welt. Jenseits davon lag nichts.

»O mein Hübscher.« Ihr Flüstern wuchs zu einem Schrei, und plötzlich sprach sie in Farrisch. *»Oh, mein Schmusetier! Oh, Charl, Charl! Ohh!«*

Tristam schwirrte der Kopf. *Die Frau unter ihm war die Herzogin von Morland, und sie glaubte, er wäre Bertillon!*

Er war wie erstarrt. Er wusste nicht, was er tun sollte. Sie strich ihm zärtlich den Rücken. »Sie verstehen nicht nur so wunderbar, das Pianum zu spielen, mein Süßer. Sie haben viele Talente.« Sie lachte leicht, vergnügt.

Tristam sagte nichts. Er spürte, dass er zusammenschrumpfte, was der Herzogin einen Laut der Enttäuschung entlockte. Er rollte sich auf die Seite und hörte sie seufzen.

Träge setzte sie sich auf. »Ach je. Solch guter Wein, und so viel davon.« Sie tastete nach seinem Gesicht und küsste es sanft. »Gehen Sie nicht fort, hübscher Junge. Ihre ergebene Elorin kommt sofort zurück.«

Tristam hörte Kleiderrascheln, dann wurde eine Tür geöffnet. »Suchen Sie eine Kerze, mein Schmusetier«, flüsterte sie und entfernte sich. Sofort sprang Tristam auf und wurde für diese Unvorsichtigkeit mit einem Schwindelanfall belohnt, dass er sich am Diwan festhalten musste. Er fand seine Kleidung und begann sich eilends anzukleiden. Wenn sie zurückkehrte, musste er verschwunden sein.

Blut und Märtyrer, dachte Tristam, *was habe ich getan*! Bei der Suche nach der Tür stürzte er über einen Sessel. Im angrenzenden Salon war der Abend noch nicht vorüber, wie es schien. Liebesgeräusche und Gelächter drangen aus der Dunkelheit zu ihm, und die Luft war dick und roch nach Moschus.

Tristam stieß gegen ein Möbelstück und musste sich abstützen, dabei fasste er auf nackte, weiche Haut. Eine Frau kreischte überrascht auf und lachte dann. Tristam ertastete endlich einen Türknauf und gelangte in den unbeleuchteten Korridor. Er schwankte, als befände er sich auf einem finsteren Schiff im nächtlichen Sturm. Der Dielenboden legte sich schräg und bäumte sich zuweilen auf.

Tristam wusste nicht, wie er aus dem Haus gefunden hatte, doch als er wieder zu Verstand kam, lehnte er an einem Laternenpfahl auf der Zufahrt. Er blickte zurück und sah die Herzogin in einem schwach erhellten Fenster im Obergeschoss stehen.

Tristam zwang sich zur Bewegung und torkelte auf die dunkle Straße hinaus. Eine Welle der Übelkeit überkam ihn, und er kniete sich nieder, dann erbrach er sich elendig. Lange verharrte er kniend und atmete schwer. Der saure Geschmack des Erbrochenen brannte ihm im Mund und in der Kehle. Schließlich erhob er sich schwankend und versuchte, sich mit seinem Taschentuch zu säubern. Erst da bemerkte er, dass er keine Schuhe trug.

In den gewundenen Straßen verlor er bald die

Orientierung; erschwerend kam hinzu, dass er von vornherein nicht genau gewusst hatte, wo er sich befand. Trotzdem zweifelte er nicht daran, dass er sich im Großen und Ganzen dem *Königin Anne* näherte. Gelegentlich musste er sich setzen und die Übelkeit zurückdrängen. Dann brach ihm der kalte Schweiß aus, und er keuchte. Der Mond schwebte hoch am Himmel; noch zwei Tage bis Vollmond. Hin und wieder verschwand er hinter dichten Wolken.

Tristam kam es wie Stunden vor, bis er endlich den Eingang seiner Herberge erreichte. Er musste die Glocke läuten, damit man ihn einließ, und schämte sich für seinen Zustand. Die Demütigung vertiefte sich, als er in seinem Zimmer in den Spiegel blickte und feststellte, dass er viel schlimmer aussah, als er geglaubt hatte. Selbst in seinem Haar klebte Erbrochenes.

Er zog sich aus und wusch sich mit kaltem Wasser, so gut es ging, und währenddessen überschlugen sich seine Gedanken. *Was habe ich getan? Das war fast eine Schändung. Die Herzogin hat mich schließlich für einen anderen gehalten ... Aber ich habe in völliger Unschuld gehandelt,* versicherte er sich immer wieder. *Ich habe es nicht gewusst.*

Er verfluchte sein rotäugiges Spiegelbild. »Wie konnte ich nur so etwas Schreckliches tun.« Unversehens kam ihm der Gedanke, dass entweder der Viscount oder Bertillon Satisfaktion verlangen konnte. Er zog sich ein frisches Hemd an und erschauerte. Bertillon verstand wahrscheinlich noch weniger mit einen Degen umzugehen als Tristam, aber der Viscount ... Zeit für Tristam, Avonel den Rücken zu kehren.

Doch während ihm diese Gedanken durch den Kopf spukten, meldete sich immer wieder eine andere Stimme in ihm, deren Existenz er sich nicht eingestehen wollte, und die flüsterte: *Du hast die Herzogin von Morland geliebt! Die begehrteste Frau von ganz Farrland lag stöhnend und vor Lust bebend unter dir. Bis an dein Lebensende wirst du an diese Nacht denken.*

Als Tristam sich endlich ins Bewusstsein vorkämpfte, war der Tag schon längst nicht mehr jung. Er bestellte Badewasser und Kaffee. ›Elend‹ – dieses Wort beschrieb am besten, wie er sich fühlte. Elend und mit einigem Abstand von der Welt. Ein dumpfer Schmerz jagte ihm bei jedem Herzschlag durch den Kopf, Genick und Rücken fühlten sich an, als könnten sie jederzeit brechen, wenn er sich nicht mit äußerster Vorsicht bewegte. Wenn er eine Phiole voll Säure getrunken hätte, hätte es seinem Magen nicht schlimmer gehen können, und seine Hände zitterten bei allem, was er sie zu verrichten anwies – und damit war die Aufzählung seiner Leiden noch lange nicht komplett.

Von der Nacht blieb ihm nur eine verschwommene Erinnerung. Tristam war unsicher, ob er sich nicht irrte. Vielleicht hatte sich überhaupt nichts so zugetragen, wie er sich zu entsinnen glaubte. Das konnte er nur hoffen.

Nach einem Bad und einer Rasur zog er frische Kleidung an und stellte fest, dass er sich nur geringfügig besser fühlte. Seine Unpässlichkeit war mehr als nur körperlicher Natur, begriff er, und das Erlebnis lastete schwer auf ihm. *In Zukunft werde ich mich nie wieder so sehr betrinken*, schwor er sich.

Tristam erwog sogar zu packen. Zu packen und in aller Eile die Stadt zu verlassen. Ob sich daraus Konsequenzen für die Gesundheit des Königs ergaben, konnte er nicht sagen. Auf jeden Fall ging noch am gleichen Tag eine Postkutsche nach Norden, und Tristam beschloss, mit ihr zu fahren. Er wollte Avonel hinter sich lassen und in die vertraute Welt Locfals zurückkehren. *Dort bin ich gut aufgehoben*, dachte er; *für den Hof und seine Intrigen eigne ich mich nicht.*

Auch die Vorbereitung der Abreise hob seine Laune nicht, obwohl ihn der Gedanke erleichterte, dieser fatalen Lage zu entkommen. Bevor auch nur eine Stunde verstrichen war, hatte er sich eingeredet, dass in der Nacht jeder zu viel getrunken habe, um noch genau zu wissen, was sich ereignete – einschließlich der Herzogin. Im Nachhinein erschien ihm die Situation fast ein wenig komisch.

»Ich habe die Herzogin von Morland geliebt«, flüsterte er. »Und das wird sie vermutlich nie wissen.« Seine Gefühle waren derart in Aufruhr, dass er soeben noch schmunzelte und im nächsten Moment in tiefste Beschämung stürzte.

Ein Klopfen riss ihn aus seiner Beschäftigung, und als er die Tür öffnete, stand der alte Benjamin vor ihm. Der Diener reichte Tristam eine Mitteilung.

> Mein liebster Tristam!
> Verzeihen Sie mein Benehmen, doch glaube ich, etwas zu besitzen, das Ihnen gehört. Haben Sie einen Moment Zeit für mich? Wenn ja, werde ich zu Ihnen heraufkommen.
>
> Elorin Herzogin von Morland

»Ein Schreiben von der Herzogin von Morland«, sagte Tristam töricht.

»Madam hat sich nicht vorgestellt, Sir.«

»Die Herzogin wartet unten?«

»Die Dame, von der diese Mitteilung stammt, ist gewiss dort, Sir.«

»Blut und Flammen!« Tristam kritzelte hastig eine Antwort und suchte eilends nach einem Gehrock und einem Halstuch.

Wenige Augenblicke später kam die Herzogin mit einem Diener, den sie draußen vor der Zimmertür warten ließ.

Zu Tristams größter Erleichterung sprach sie ihn freundlich an. »Sie sehen blass aus, mein lieber Tristam. Ich hoffe, die Abendunterhaltung ist Ihnen nicht schlecht bekommen?«

»Ich glaube, ich bin meiner eigenen Traube zum Opfer gefallen. Der Wein war vielleicht zu gut, Frau Herzogin, und ich habe mich ihm übermäßig ergeben. Eine schreckliche Schwäche, aber gänzlich meine Schuld.«

Sie lächelte kurz. »Ja. Ich darf wohl sagen, dass es auch den anderen heute Morgen nicht sonderlich gut ging.«

Soweit Tristam sehen konnte, gehörte die Herzogin nicht dazu: Sie wirkte so blendend schön wie immer.

»Darf ich mich setzen?«, fragte sie ostentativ.

»Verzeihen Sie. Ich bin ganz verwirrt. Darf ich Ihnen Kaffee oder Tee bringen lassen?«

»Sehr freundlich. Ich kann jedoch nicht lange bleiben.« Sie griff in eine bestickte Tasche, die sie mitgebracht hatte, und zog ein Paar Schuhe hervor - Tristams Schuhe. Dann blickte sie ihn unter hochgezogenen Augenbrauen an.

»Hm! Ja, doch, mir scheint ein Paar zu fehlen, das diesen ganz ähnlich sieht.«

Sie bedachte ihn mit einem tadelnden Blick und brach sodann in entzücktes Gelächter aus. Tristam konnte nicht anders, er musste mit ihr lachen.

»Ihre Strümpfe dürften einen interessanten Anblick bieten«, sagte sie.

»Ich habe sie verbrennen lassen.«

»Das glaube ich.« Die Herzogin fixierte ihn mit einem Blick, den Tristam nicht ergründen konnte, bei dem er aber sicher war, dass er keinen Groll enthielt.

Sie weiß es nicht, dachte Tristam, *obwohl ich wünschte, sie wüsste es und blickte mir dennoch so freundlich ins Gesicht.*

»Tristam«, sagte sie plötzlich völlig ernst, »darf ich mit Ihnen über Ihren Freund Professor Dandish reden? Oder wäre das für Sie zu schmerzhaft?«

»Nein ... keineswegs. Bitte, sprechen Sie.«

Die Herzogin ließ die Hände sinken und fuhr mit dem Daumen über eine hervorstehende Garnschlaufe in der Stickerei auf ihrer Tasche, dann schaute sie Tristam direkt in die Augen. »Sind Sie im Besitz seiner fehlenden Tagebücher, Tristam?«

Tristam hatte sich schon gefragt, wann sich jemand danach erkundigen würde, und eigentlich hätte er diese Frage von Sir Roderick erwartet. *Sind sie denn nicht in Ihren Händen, Frau Herzogin?*, dachte er, während er gleichzeitig antwortete: »Soviel ich weiß, sind alle Journale aus seinen Räumen im Merton College entwendet worden.« Und dabei beobachtete er sie genau.

Doch die Herzogin sah ihn unbewegt an. »Ich glaube, Sie

sind mir eine bessere Antwort schuldig, Tristam.« Erneut griff sie in die Tasche und förderte ein blaues Samtband zutage – es war seines, mit dem er sich am vorhergehenden Abend das Haar gebunden hatte. Ihn überfiel die Erinnerung, wie sie es gelöst hatte. Nun hielt sie es in die Höhe, als wäre es ein Beweis seines Übergriffs – ein Beweis seiner Schuld.

Tristam atmete tief durch. »Es war dunkel, Frau Herzogin, und ich habe nicht bemerkt ...«, flüsterte er. »Ich kann mich entschuldigen, auch wenn ich damit nichts ändere.«

»Sie könnten mir mitteilen, was ich erfahren möchte. Ist meine Frage denn wirklich so schwierig zu beantworten?«

»Ich habe einen Eid geschworen zu schweigen ... der Königsmann —«

»Der Königsmann!«, unterbrach sie ihn scharf. »Glauben Sie denn allen Ernstes, dass dieser Ritter in seiner Rüstung aus Selbstgerechtigkeit besser für die Belange des Königs eintritt als ich?«

Tristam schüttelte den Kopf.

»Ich glaube, Sie begreifen meine Sorge sehr wohl, Tristam. Bitte spielen Sie mir nicht den Narren vor. Das ist unter Ihrer Würde, und ich nehme es Ihnen ohnehin nicht ab.«

Tristam senkte den Blick auf seine Hände. »Sir Roderick weiß nichts von ... der Angelegenheit, die Frau Herzogin betrifft. Wenn das eine Beruhigung ist.«

»Mir kommt es weniger darauf an, was Roderick denkt, als vielmehr auf das Wohl Seiner Majestät. Dandishs Notizen und seine Tagebücher – wo sind sie?«

»Bis auf die letzten drei Bände sind sie wirklich verschwunden.«

»Danke, Tristam. Haben Sie diese drei Bände hier?«

Er schüttelte den Kopf. »Ich glaubte nicht, dass sie hier sicher wären.« Dann hob er den Blick und sah ihr in die Augen. »Sie enthalten keinerlei Hinweise, die für unsere Ziele von Bedeutung wären, Frau Herzogin.«

»Seien Sie aufrichtig: Was glauben Sie persönlich,

Tristam?«, fragte sie in vertrautem Tonfall, so als kennten sie einander sehr gut. »Hat Dandish das Problem gelöst? Hat er eine Möglichkeit gefunden, den Strauch wieder Blüten tragen zu lassen?«

Warum hat Dandish diese Frau belogen, nachdem er von ihr die Aufgabe angenommen hatte, Königsblatt anzupflanzen? Tristam war unsicher, doch diese Tatsache war das Einzige, worauf er sich verlassen konnte – darauf und auf Jaimys Warnungen.

Ihm wurde leicht schwindelig, vielleicht von seiner nächtlichen Trunkenheit, vielleicht aber auch, weil die Herzogin ihn stets aus dem Gleichgewicht brachte. Im Grunde wollte Tristam diese Frau zufrieden stellen und sich ihre Gunst erwerben. Mit Macht überfiel ihn die Erinnerung, wie sie im Dunkeln unter ihm gelegen hatte. Einen Augenblick lang stockte ihm der Atem.

»Ich … ich bin mir nicht ganz sicher in meinem Urteil, was bei Dandish vorgegangen ist. Ich habe leere Pflanzkästen gefunden. Nachts ist jemand ins Haus eingebrochen, aber was er gesucht hat, das weiß ich nicht. Ich habe die drei letzten Bände seines Tagebuchs eingehend durchgesehen, aber Dandish hat mehrere Einträge gelöscht. Nur einer entging seiner Aufmerksamkeit, der allerdings enthielt keinen Hinweis, dass er Erfolg gehabt haben könnte, sondern deutete mehr auf Misserfolg hin – dieser Eintrag ist älter als ein Jahr. Warum hat Dandish für Sie Königsblatt angepflanzt, Frau Herzogin, ohne dass Sir Roderick davon wusste?«

Sie sah ihn eine Weile prüfend an. »Roderick hat eigene Pläne. Wenn diese einschließen würden, den König am Leben zu erhalten, warum sollte er Sie dann nach Locfal zurückschicken?«

Obwohl Tristam wusste, dass diese Frau letztendlich undurchschaubar war, bewegte ihn doch, wie sie den Blick abwandte und scheinbar versuchte, ihre Enttäuschung zu verbergen. »Tristam«, sagte sie fast im Flüsterton, »Sie sagen mir jetzt doch die Wahrheit, oder, mein Lieber?«

»Ja, Frau Herzogin.«

Sie schüttelte den Kopf und warf ihm ein schiefes

Lächeln zu. Sie hatte sich wieder in der Gewalt. »Ich benötige Zeit zum Nachdenken. Tristam, vielleicht brauche ich in dieser Sache noch Ihre Hilfe. Ich spreche vom Leben des Königs. Haben Sie das verstanden?«

Tristam nickte.

»Darf ich auf Sie zählen?«

»Ich bin Dero Hoheit Diener«, sagte Tristam sehr förmlich und ruhig. Er hoffte, niemals beim Wort genommen zu werden, doch gleichzeitig konnte er das Versprechen nicht zurückhalten.

Sie ergriff seine Hand und blickte ihm in die Augen, und was bei dieser Geste unausgesprochen blieb, stürzte Tristam in Verwirrung. War ihm der Gefolgschaftseid etwa doch von Herzen gekommen?

»Danke, Tristam«, sagte sie und zog ihre Hand zurück. Dann lehnte sie sich tiefer in den Sessel. »Armer Sanfield. Er war nicht mehr der Jüngste, als er die Bürde auf sich nahm. Gewiss hat er alles versucht.«

»Davon bin ich fest überzeugt.«

Die Herzogin hob die Tasche auf den Schoß, als wollte sie sich erheben – dann hielt sie inne. »Obwohl es eigentlich keine Rolle spielt ... In diesen Tagebüchern gibt es gewisse ... Bezüge, die besser getilgt werden. Haben Sie verstanden, was ich meine?«

»Das wird geschehen, Frau Herzogin. Und bitte vertrauen Sie darauf, dass ich sie niemandem zeigen werde.«

»Roderick hat sie noch nicht gesehen?«

Tristam schüttelte den Kopf.

»Nun, Tristam – glaubten Sie mich dadurch zu schützen?« Wieder ergriff sie seine Hand und drückte sie kurz.

Trotz der bekundeten Eile erhob sie sich sehr graziös. »Ich bin zu Seiner Majestät gerufen, Tristam, deshalb kann ich nicht säumen – sosehr ich auch wollte«, fügte sie hinzu. Bei diesen Worten wurde Tristam schwer, er fühlte sich wie gelähmt.

Nur unter größter Selbstbeherrschung führte er die Herzogin zur Tür während ihre Andeutung, sie wäre lieber bei ihm geblieben, in seinem Kopf widerhallte.

Gleichzeitig war er erleichtert, dass nun kein erzürnter Gentleman ihm einen Sekundanten senden würde. An der Tür blieb die Herzogin stehen und blickte ihm noch einmal in die Augen.

»Es war ein wunderbarer Abend, finden Sie nicht?«

»Ich bin sicher, dass ich nie wieder etwas Ähnliches erleben werde«, sagte Tristam und glaubte jedes einzelne Wort.

»Sie sind süß.« Sie beugte sich vor und küsste ihn auf die Wange.

Dann war die Herzogin fort und ließ Tristam in einer Schwade ihres Parfums zurück. Das Gefühl des flüchtigen Kusses verebbte viel zu rasch.

Eine ganze Weile blieb Tristam gedankenverloren an der Tür stehen, dann schüttelte er den Kopf und ging zurück ins Zimmer. Sein Blick fiel auf das blaue Band. Hatte Bertillon nicht glattes Haar?

Tristam rechnete nicht damit, den Tellaman-Palast jemals wieder von innen zu sehen, deshalb bemühte er sich auf diesem seinem letzten Besuch, alle Einzelheiten aufs Genauste in sich aufzunehmen. Er hatte dreierlei zu erledigen: Er wollte sich von Tumney verabschieden, den Schlüssel zum Arboretum zurückgeben und Dandishs Tagebücher abholen. Letztere lagen in Tumneys Arbeitsraum versteckt, einem Ort, den man nach Tristams Erachten kaum durchsuchen würde. Und der Raum war mit so viel Krimskram vollgestopft, dass sein Schatz vermutlich selbst bei einer gründlichen Durchsuchung unentdeckt geblieben wäre.

Der Bronzeschlüssel, den er von Tumney erhalten hatte, passte auf das Schloss zum *Regis*-Arboretum. Tristam betrat den Ort seines größten Versagens – dessen war er sich bewusst.

Ganz gewiss würde er die Luft im Arboretum nie vergessen, die Feuchtigkeit, den Geruch nach fetter Erde und den unverwechselbaren Duft der Königsblattblüten, der an exotische Gewürze erinnerte.

Nachdem er einen Augenblick gelauscht hatte, um sich zu vergewissern, dass er allein war, suchte er das versteckte Bündel hervor und schob die Tagebücher in den kleinen Tragebeutel, den er zu diesem Zweck mitgebracht hatte.

Tumney war nirgends zu finden, was Tristam nicht weiter verwunderte. Seine Stellung als Hofgärtner führte ihn in jeden Winkel des Palastgeländes. Tristam hatte allerdings den Eindruck, dass der alte Mann sich befähigte Helfer herangezogen hatte und er ihre Arbeit mehr der Form als der Notwendigkeit halber überwachte. Viele Jahre lang hatte sich Tumney nur noch mit *Regis* befasst.

Tristam blieb stehen, betrachtete eine Weile die Königsblattpflanzen und überdachte das Problem, das er nicht zu lösen vermocht hatte. Die Geschichte über den Geist, der nach der Erzählung des Königs von Varua in *Regis* wohnen sollte, kam ihm in den Sinn und vertiefte sein Versagensgefühl. Eins wusste Tristam: Die Frage, was Dandish entdeckt hatte, würde ihn bis an sein Lebensende plagen.

An diesem Morgen litt er unter einer Ruhelosigkeit, die an Verzweiflung grenzte, und er beschloss, nach Tumney zu suchen, anstatt zu warten, bis der alte Mann von selbst auftauchte. Kaum hatte er die schwere Tür hinter sich verschlossen, begegnete er einem von Tumneys Gärtnern, der ihn durch mehrere Türen in ein weiteres Arboretum führte – eines, von dem Tristam bislang noch nichts gewusst hatte.

Laut nach Tumney zu rufen hatte ungefähr so viel Zweck wie den Namen eines Baumes laut auszusprechen und zu erwarten, dass er sich auf die Wurzeln stellte und wandelte – der alte Gärtner hörte noch schlechter als die meisten seiner Bekannten ahnten. Deshalb machte sich Tristam auf die Suche nach ihm.

In diesem Arboretum wuchsen viele oceanische Pflanzen, und Tristam blieb unweigerlich immer wieder stehen, um die verschiedenen Exemplare zu betrachten. Als er sich vorbeugte, um eine komplizierte Blüte genauer zu mustern, entdeckte er aus den Augenwinkeln einen Schmetterling mit zart geäderten weißen Flügeln und tiefroten Punkten. Das Insekt saß auf einem Blatt in Tristams Reichweite, doch schon im nächsten Moment floh es.

»Glühende Märtyrer«, flüsterte Tristam, »eine Scharlachspitze.« Diese Art stammte aus Oceana, da war er fast sicher. Wieder leuchteten die weißen Flügel im dunklen Blattwerk auf, und ohne zu zögern verließ Tristam den Pfad. Vorsichtig drang er in den künstlichen Dschungel, entschlossen, für seine Vermutung den Beweis zu erhalten.

Die angepflanzte Flora stellte einen Ausschnitt der oceanischen Vegetation dar; eine besonders vielfältige, dichtbewachsene Zone. Tristam erhaschte einen weiteren Blick auf die hauchzarten Flügel, die durch die Luft flatterten. Eilig folgte er ihnen und gelangte nach einigen Schritten auf einen Weg. Dort blieb die Scharlachspitze zunächst verschwunden. Tristam suchte die Umgebung ab, wobei er sich so wenig und so behutsam wie möglich bewegte. Als er schon aufgeben wollte, sah er den Schmetterling flattern. Dort saß er – auf dem Rahmen eines offen stehenden Oberlichtes über einer Holztür.

So langsam wie möglich ging Tristam einen Schritt vorwärts, dann noch einen. Kein Zweifel: Die Spitzen der Flügel waren blutrot. Bei seiner nächsten Bewegung breitete das Insekt die Flügel aus und verschwand in der Fensteröffnung.

»Verdammt!«, rief Tristam. Er lief vor und drückte die Klinke, aber die Tür war verschlossen. »So ein Pech«, sagte er leise. »Der wäre ein Prachtstück für meine Sammlung gewesen.« Aber woher stammte das Tier eigentlich? Von einem Schmetterlingsgehege im Palast hatte Tristam noch nie gehört.

Vielleicht sollte er endlich Tumney suchen und den Alten dann bitten, ihm diese Tür aufzuschließen. Da erinnerte er sich des Bronzeschlüssels und probierte ihn aus. Er passte und ließ sich geräuschlos im Schloss drehen. Tristam blickte sich um; er fühlte sich ein wenig schuldbewusst, weil er sich herausnahm, im königlichen Palast frei umherzugehen.

Niemanden wird es bekümmern, sagte er sich. *Ich habe bereits Zugang zum größten Geheimnis in den Gärten erhalten.*

Leise öffnete er die Tür und sperrte hinter sich ab. Der Schmetterling war nirgends zu sehen, und Tristam stieg eine kurze Treppe hinauf. Er bedauerte, kein brauchbares Netz bei sich zu haben. Am oberen Ende der Treppe wand sich ein feiner Sandweg in einen weiteren Ausschnitt Oceanas. *Wie ein kompliziertes Rätsel,* dachte er, *man löst eines und findet das nächste.* Nach jedem Schritt blieb er stehen und hielt nach der Scharlachspitze Ausschau. Das Plätschern eines Springbrunnens war zwischen den dichten Bäumen und Büschen zu hören. Tristam erwartete fast, dass der Wind in den Palmen rascheln würde wie in seinem Traum.

Über ihm zeigte eine ausgeklügelt abgestützte Glaskuppel einen Himmel, der sich rasch bezog. Etwas bewegte sich, ein weißer Schimmer vor dem Dunkelgrün des Dschungels. Tristam verließ den Pfad. Hier war das Unterholz nicht besonders dicht, und er kam leichter und leiser voran. Neben dem Plätschern glaubte er ein Lachen zu vernehmen.

Da wieder! – Weiße Flügel wie der Schal einer Dame, der vom Wind davongeweht wird. Allmählich konnte er die gegenüberliegende Seite des Bauwerks durch die Vegetation schimmern sehen – Graustein, dachte er. Erneut erklang das perlende Lachen, und dann sah er das fallende Wasser. Zwei Schritte weiter, und er erkannte, dass der vermeintliche Springbrunnen ein Wasserfall war, der sich über Felsen in einen klaren Teich ergoss. Die Natur Oceanas war hier mit größter Sorgfalt nachgebildet worden.

Noch einmal hörte er die Frau lachen, und diesmal klang es bitter und geschah ohne Vergnügen.

»Ich verzweifle, Euer Majestät, denn ich vermag keinen Ausweg zu erkennen«, glaubte Tristam zu verstehen, obwohl das niederstürzende Wasser das Lauschen schwierig machte. Dann erkannte er die Stimme, denn diese Stimme hatte er schon voll Leidenschaft schreien hören –

es war die Herzogin von Morland, und sie sprach mit niemand anderem als mit dem König.

Tristam machte einen Schritt rückwärts, als er etwas Weißes leuchten sah: das Gewand der Herzogin. Und dann wurde die Herzogin selbst zwischen den Blättern sichtbar. Tristam ließ sich auf die Knie sinken. Er sah sie nun ganz deutlich. Sie schlenderte an den Rand des Teiches und starrte in den Wasserfall. Sie war es wirklich, doch Tristam hätte nie erwartet, sie jemals so zu sehen: Sie wirkte überanstrengt, niedergeschlagen und zutiefst traurig. Nach einem Moment drehte sie sich um und verschwand hinter den Pflanzen.

Wie schaffe ich es nur, immer wieder in solche Situationen zu geraten?, fragte er sich. *Beim Blut des Märtyrers.* Er wollte sich entfernen, doch da trat die Herzogin in sein Blickfeld und verhinderte einen Rückzug.

Sie stellte sich wieder an den Rand des Teiches, und nun sprach sie über die Schulter, als könnte sie dem König nicht ins Gesicht sehen. »Wenn Sie nicht standhalten können, wie soll ich es dann vermögen?«, fragte sie ruhig, ohne eine Antwort zu erhalten. »Allein sich vorzustellen, wozu sie fähig wären ...« Sie schüttelte den Kopf, als wäre der Gedanke zu schmerzvoll.

Ein langes Schweigen folgte, dann entfernte sie sich außer Sicht. Tristam zog sich einen Schritt zurück, dann einen weiteren. Eine Öffnung im Blattwerk tat sich auf, und er sah die Herzogin im Sand knien. Tristam erstarrte.

»Ich weiß nicht, woher wir die Kraft nehmen sollen«, erklärte die Herzogin, dann wurde ihre bittende Stimme so leise, dass Tristam ihre Worte nicht verstehen konnte. Schließlich aber sprach sie in normaler Lautstärke weiter. »Diese letzten dreißig Jahre – sie sind das Goldene Zeitalter in der Geschichte Farrlands gewesen. Ohne Ihre Weisheit, Wilam«, sie benutzte des Königs Vornamen, als wäre sie selbst eine souveräne Königin, »würde ein endloser Krieg herrschen. Und nun das.« Die Trauer in ihrer Stimme berührte Tristam zutiefst.

Sie streckte die Arme aus, und Tristam sah, wie sie die

dunkel gefleckten Hände des Mannes ergriff, der vor ihr saß und der Tristams Blick verborgen blieb.

»*Jawohl. Nur alte Männer stehen zwischen Vernunft und Chaos*«, sagte dieser, und der Klang seiner Stimme traf Tristam wie ein Schlag. Eine solche Stimme hatte er in seinem ganzen Leben noch nicht vernommen! Das war nur noch der Widerhall des einstigen Mannes – kalt und verzerrt, als klänge sie aus unauslotbarer Tiefe herauf wie aus einem bodenlosen Brunnen.

»*Weinen Sie nicht, mein Kind. Ich habe meine Zeit überlebt, habe mein eigenes Goldenes Zeitalter bei weitem überlebt. Aber nun kann ich nicht mehr. Die Träume – nein, Albträume verfolgen mich nicht mehr nur bei Nacht, sondern auch am Tage. Lasse ich meine Gedanken nur einen Augenblick abschweifen, so stürzen sie sich heulenden Wölfen gleich auf mich. Die Wölfe des Wahnsinns – Farrelle schütze und behüte mich. Könnte ich meinen Thron nur Ihr hinterlassen, Elorin, so könnte ich wenigstens in Frieden dahinscheiden. Doch für mich gibt es keinen Frieden. Ich weiß nun, dass man die Zeit überleben kann, die einem auf Erden beschieden ist. Meine Generation ist tot. Sie kann sich nicht vorstellen, welch schreckliche Einsamkeit das mit sich bringt. Sie ist alle Freude, die mir im Leben geblieben ist.*« Er verstummte, und Tristam sah, wie die Herzogin langsam vortrat und in den Armen des Königs verschwand.

»Elorin, es tut mir leid«, sagte er dann, »ich bin selbstsüchtig und schwierig geworden. Ich will Sie nicht verletzen, mein Kind – von allen Menschen am wenigsten Sie. Ich werde nicht aufgeben, jetzt noch nicht. Farrelle möge mir vergeben, doch ich will noch ein klein wenig länger so fortfahren.«

Auf Händen und Knien kroch Tristam mehrere Schritte weit zurück, dann drehte er sich um und floh, als hetzten ihm die Wölfe hinterher.

13. Kapitel

Auf dem Hügel, der sich über Highloft Manor erhebt, wandert Tristam Flattery. Eine Segeltuchtasche schlägt ihm beim Gehen an die Hüfte, und bei jedem zweiten Schritt bohrt sich sein Eschenstock in den Boden. Vor der hochstehenden Sonne schützt ein breitkrempiger Hut sein Gesicht; trotzdem sind seine Arme und sein Nacken nussbraun wie die eines Heumachers.

Bei einem gelben Geflatter in einer Stechpalme zückt Tristam das Frommesche Perspektiv aus der Schultertasche – doch selbst dieses vorzügliche Instrument vermag keinen Vogel zu bewegen, sich zu zeigen, wenn er einer Zusammenarbeit abgeneigt ist. Nachdem Tristam eine halbe Stunde fruchtlos gewartet hat, gibt er auf und geht weiter. Normalerweise betrachtet er dergleichen als Herausforderung, doch heute fühlt er sich, als sei er nicht ganz er selbst – und so geht es ihm schon eine Weile.

Seit seiner Rückkehr aus Avonel war nun ein voller Monat verstrichen, und mit jedem Tag hatte er sich niedergeschlagener und antriebsloser gefühlt. Obwohl er wusste, dass ihm solche Stimmungen gar nicht ähnlich sahen, vermochte er seine Beklemmung nicht abzuschütteln. Der Hochsommer war gekommen und vergangen, nun stand die Jahreszeit auf dem Höhepunkt des Spätsommers. Bald stand die Exkursion mit Jaimy ins Seengebiet an, doch Tristam sah dem ohne Freude entgegen und hatte begonnen, Ausreden zu ersinnen.

Er ließ sich auf einen Felsen an der Hügelflanke nieder und entkorkte die Wasserflasche. Unter ihm floss die Tithy an der Hügelschulter entlang. Tristam musterte seine Welt: das alte Herrenhaus mit seinen verschiedenen Dachlinien, von denen jede ihre eigene Vorstellung von ›gerade‹ vertrat; den exzentrischen Garten seines Onkels, der in Anlage und Farbgebung allen Gesetzen des guten Geschmacks trotzte; die schäbigen Nebengebäude, jedes einzelne eine Studie des Verfalls. Zwischen den bewaldeten Hügeln, wo der Wind durch die Wipfel strich, erstreckte sich das Weideland, durch ein Netz aus Hecken und Trockensteinmauern unterteilt. Und dieser Besitz erschien ihm heute nicht als das wunderbare Geschenk von einst.

Seit seiner Rückkehr nach Locfal war ihm nichts mehr gelungen. Jenny und ihr schrecklich pragmatischer Vater hatten ihn wie einen heimkehrenden Helden empfangen, und doch reagierte Tristam nicht auf diese Wendung, wie er es von sich selbst erwartet hatte. Vielmehr hatte er sich immer distanzierter benommen und dadurch für eine Abkühlung auf der Gegenseite gesorgt. Er konnte sich nicht helfen, Jenny schien darüber sogar erleichtert zu sein. Tristam hatte begriffen, dass sie nicht füreinander geschaffen waren.

Der Mangel an Erfolg im königlichen Palast lastete schwer auf ihm – obwohl man ihm eigentlich nur wenig Gelegenheit geboten hatte, sein Können unter Beweis zu stellen. Allmählich glaubte er, im Grunde eine verbrämte Segnung empfangen zu haben, die ihn davor bewahrte, vor aller Augen zu versagen. Hätte man ihm erlaubt, in seinen Bemühungen fortzufahren, so hätte er die Lösung des Problems – Dandishs Lösung – doch nicht entdeckt, davon war er mittlerweile überzeugt.

Und da war noch etwas, das zu seiner wachsenden Melancholie beitrug.

Früher hatte Tristam geglaubt, sein Gut würde ihn mit einer Fülle an naturkundlichem Forschungsmaterial ausstatten, die ihm bis an sein Lebensende reichte. Neuerdings aber fand er das Anwesen eng und heruntergekommen. Die Reise nach Avonel, stellte er fest, hatte einen Wandel seiner Wahrnehmung bewirkt – einen Wandel, den er noch nicht recht verstand.

Immer wieder versicherte er sich, dass seine gegenwärtige Stimmung nicht auf die Herzogin von Morland zurückzuführen sei. Schließlich habe sie sich als kaltherzig und manipulativ erwiesen, als jemand, von dem man sich besser fernhielt. Doch in Wahrheit konnte er seine Gedanken nie sehr lang von ihr abwenden – und vor allem nicht von dem letzten, zufällig belauschten Gespräch.

Tristam sah sich als jemand, der in einen heftigen Strudel gerissen, mehrere Male herumgewirbelt und plötzlich in ein verschlafenes Nebengewässer geschleudert wurde. Die in Avonel verbrachte Zeit hatte ihn völlig verwirrt. Je länger der zeitliche Abstand wurde, desto weniger sicher war er in Bezug auf die wenigen Aspekte, die er für klar gehalten hatte.

Was um alles in der Welt war nur so wichtig an *Regis*?

»Alles wie hinter einem Nebelschleier«, dachte er laut. »Ein Rätsel innerhalb eines Labyrinths.«

Wenigstens war ihm gelungen herauszufinden, um wen es sich bei Valary handelte. Zumindest glaubte er das. Es gab einen Valary, der ein exzentrischer Historiker war und bei den entonnischen Gelehrten in höherem Ansehen stand als bei seinen Landsleuten. Tristam hatte dem Mann in der Hoffnung geschrieben, er wäre der von Dandish erwähnte, doch bislang war keine Antwort gekommen. In seiner gegenwärtigen Stimmung glaubte Tristam, auch daran selbst schuld zu sein.

Im vergangenen Monat hatte er die drei Journale Dandishs, die ihm geblieben waren, aufs Kleinste durchgearbeitet. Jedes Wort hatte er umgedreht, jeden Satz, der auch nur ein klein wenig obskur klang, auf verborgene Bedeutungen hin untersucht. Seine Fantasie schlug dabei solche Kapriolen, dass er am Ende an der Gesundheit seines Geistes gezweifelt und die Tagebücher weggeräumt hatte.

Dann war da das Fragment aus dem Perspektiv – eine Warnung, an deren Stichhaltigkeit Tristam noch immer glaubte. Nun, Dandish würde mit einer Sache gewiss zufrieden sein: Tristam war vom Königsblatt so weit entfernt, wie es nur ging, wenn man dabei im Königreich blieb. Nur aus seinen Gedanken konnte er es nicht verbannen.

Manch schlaflose Nacht lag hinter ihm, in der er sich gewundert hatte, wie Dandish das *Regis*-Problem nur gelöst haben mochte. Damit verbrachte er wenigstens ebenso viel

Zeit wie damit, sich die kurze Liebesnacht mit der Herzogin von Morland in Erinnerung zu rufen. Ob sie wirklich geglaubt hatte, er sei Bertillon?

Er strich sich das Haar aus dem Gesicht und seufzte unwillkürlich auf. Mehr als alles andere brauchte er dringend Abstand. Er wollte für einige Monate entfliehen. Er hatte sogar schon einen Abstecher zu seinem Weingut auf der Insel Farrow in Betracht gezogen. Dort hätte er wenigstens irgendetwas zu tun.

Tristams alternder Jagdhund lief keuchend den Hügel hinauf und warf sich ihm vor die Füße. Dankbar streckte er den Arm nach dem Tier aus und kraulte es zwischen den Ohren.

»Na, sollen wir runtergehen und dir was zum Abendessen besorgen? Hm?«

Der Hund wedelte dreimal mit dem Schweif, wie immer, wenn man ihn zu Dingen befragte, die ihm nicht vollkommen klar waren. Mann und Tier folgten dem abgetretenen Pfad hügelabwärts, und der Eschenstock unterstrich ihre Schritte mit perfekter Regelmäßigkeit.

Tristam hängte seine Tasche an einen Haken in der Diele, stellte den Gehstock in die Ecke und betrat das gemütliche Heim seines alten Onkels. Mrs. Cowper, die Haushälterin, wischte im Salon Staub. Ohne dass sie ihn bemerkte, nahm Tristam die Post vom Ständer und zog sich rasch auf die kleine Terrasse zurück.

Er ließ sich in den besten der klapperigen Sessel fallen und ging seine Post durch. Der oberste Brief stammte von Jaimy, und Tristam riss ihn unverzüglich auf.

> Lieber Cousin!
> Ich bitte um Entschuldigung, dass ich dir nicht früher schreibe; ich bin fürchterlich beschäftigt gewesen, den Somers bei der Exkursionsvorbereitung zu helfen.
>
> Nicht mehr lange, und wir reisen ab! Ich fiebere diesem Idyll mit einer Begeisterung entgegen, die du dir wahrscheinlich kaum vorstellen kannst; nicht zuletzt freue ich mich auch auf die Gelegenheit, dich wieder-

zusehen und einige vielversprechende Steine zu zertrümmern. Ich beabsichtige durchaus zu helfen und nicht jede Minute mit meiner süßen Alissa zu verbringen, so gern ich es auch täte (beachte: ich schrieb ›Idyll‹, nicht ›Muße‹).

Nun ... auf deine Frage habe ich eine Antwort. Professor Somers ist nicht im geringsten auf einen von uns zornig gewesen (eher im Gegenteil). Ich werde dir erklären, weshalb er dir auf der Gesellschaftsversammlung so kühl begegnet ist, aber du kannst – darfst auf keinen Fall auch nur ein Sterbenswörtchen darüber verlieren.

Erinnerst du dich vielleicht noch, dass den Herrn Professor ein junger Mann begleitete? Vielleicht hast du ihn nicht bemerkt. Das spielt auch keine Rolle, denn es handelte sich dabei um keinen jungen Mann, sondern um meine Alissa, die sich als junger Gentleman verkleidet und ihre wunderschönen Locken unter eine Perücke gesteckt hatte!

Es sagt wohl einiges über die Talente unserer begabtesten Empiristen, dass nicht einer von ihnen – dich eingeschlossen, Tristam! – etwas bemerkt hat. Deswegen ist Somers dir ausgewichen; er fürchtete, du könntest Alissa erkennen und seine Täuschung enthüllen – obwohl ich nicht glaube, dass du so etwas absichtlich getan hättest.

Nun bist du in das Geheimnis eingeweiht, und ich muss darauf vertrauen, dass du kein Wort weitergibst. Alissa erstattete mir ausführlich Bericht von diesem Abend, den du wohl sehr genossen haben musst. Professor Somers versichert mir, dein Name sei auf die Liste der zukünftigen Mitglieder gesetzt worden. Nun brauchst du nur noch einen wesentlichen Beitrag zur Wissenschaft zu leisten, und der Ring ist dein!

Ich muss mich nun sputen. Schreibe mir, wenn du kannst.

In Eile der Deine,
Jaimas

P.S.: Ich habe über Verschiedenes eingehend nachgedacht und freue mich darauf, es mit dir zu besprechen. Meine Vorbereitungen sind abgeschlossen. Wie kommst du voran?

Tristam legte den Brief auf die Bank und starrte in den Garten hinaus. Durch die überschäumende Fröhlichkeit seines Cousins fühlte er sich nur noch verlassener. Wie er Jaimy beneidete. Nicht dass Tristam ihm missgönnte, fröhlich zu sein, denn das hatte Jaimy gewiss verdient. Nein, ihn kam der Unterschied zwischen ihrem Befinden hart an.

»Nun, gut für Jay«, brummte Tristam. Dabei bemerkte er den blassen Falken seines Onkels, der in den schattigen Ästen einer alten Weißbuche saß. »Mein Vertrauter«, sagte Tristam für sich, und dann lauter an den Greifvogel gewandt: »Er ist doch für immer fort, du dummer Vogel. Mach dich davon.«

»Wer ist da?«, drang Mrs. Cowpers Stimme aus den geöffneten Türen.

»Tristam, Mrs. Cowper.«

Die großmütterliche Haushälterin kam an die Tür und wischte sich dabei die Hände an der Schürze ab. »Ach, da sind Sie ja, Mr. Flattery. Ich werde noch von Tag zu Tag tauber, ich hab Sie gar nicht reinkommen hören.« Sie blickte sich um. »Haben Sie nicht mit jemandem gesprochen?«

»Nur mit einem Vogel.«

»Oh ... Ich wusste doch, ich hab was gehört. Nun, entschuldigen Sie.« Sie wollte sich wieder ihren Pflichten zuwenden, doch da hielt sie inne. »Fast hätt' ich's vergessen.« Sie suchte in den Schürzentaschen und zog schließlich ein Kuvert heraus. »Das wollte ich Ihnen geben, sobald Sie hereinkommen – wenn ich Sie gehört hätte.«

Tristam nahm den Briefumschlag umgeben. Er war in Avonel abgestempelt worden.

»Ich hoffe, dass da was drinsteht, was Sie aufheitert, Sir, und nicht ...« Sie verstummte.

»Danke, Mrs. Cowper.« Tristam riss den Umschlag auf

und bemerkte dann, dass die Haushälterin ihn gespannt beobachtete. »Vielen Dank, Mrs. Cowper.«

Widerstrebend kehrte sie ins Haus zurück, und Tristam zog den einzelnen Briefbogen aus dem Kuvert. Dabei zitterte ihm leicht die Hand. Auf einen Brief von der Herzogin hoffte, eine Mitteilung von Tumney erwartete er; nur mit dem, was der Umschlag tatsächlich enthielt, hätte er nicht gerechnet: einen kurzen Brief von Sir Roderick Palle.

Lieber Mr. Flattery!
Indem ich Ihnen schreibe, vertraue ich darauf, dass Sie über alles Gesagte strengstes Stillschweigen bewahren. Da wir alle Hoffnung aufgegeben haben, dass unser Königsblatt je wieder blüht, hat Seiner Majestät Regierung der Admiralität Anweisung erteilt, eine Expedition nach Oceana auszurüsten. Der Zweck dieser Reise soll darin bestehen, fruchtbare Saat oder Pflanzen der *Regis*-Varietät zu beschaffen. Da dieser Zweck nur dem Schiffskommandanten und einem Naturkundler bekannt sein soll, kam mir auf der Stelle Ihr Name in den Sinn. Dass Sie sowohl qualifiziert sind als auch Kenntnis über unsere Schwierigkeit besitzen, stellt einen außerordentlich glücklichen Zufall dar. Ich möchte hinzufügen, dass Ihr Ruf und die überaus günstige Fürsprache einiger Ihrer Professoren ebenfalls Grund für unsere Entscheidung gewesen ist.

Daher biete ich Ihnen den Posten des Schiffs-Naturforschers auf besagter Expedition an. Wegen der Dringlichkeit wird eilends ein Schiff seeklar gemacht werden, sodass die Reise beginnen kann, bevor der Sommer zu Ende geht. Ich erwarte eine postwendende Antwort, in der Sie mir Ihre Entscheidung mitteilen. Ich bin mir durchaus bewusst, dass ich Ihnen damit beklagenswert wenig Zeit für Erwägungen lasse, doch das lässt sich leider nicht vermeiden.

Wenn ich offen zu Ihnen sein darf, so muss ich

anfügen, dass solche und ähnliche Expeditionen, obschon nicht ungefährlich, doch den Ruf einiger unserer bedeutendsten Empiristen begründet haben. Außerdem besteht die Möglichkeit, den einen oder anderen Aufschluss über das Schicksal Gregorys zu gewinnen, ganz zu schweigen davon, Seiner Majestät dem König von Farrland einen unschätzbaren Dienst zu erweisen.

In Erwartung Ihrer Antwort,
Roderick Palle

Tristam schaute auf, und sein Blick erklomm die nahen Hügel. Jenseits davon sah er Wolken am Himmel, die ein ferner Wind vor sich hertrieb. Plötzlich begriff er: Hätte er gebetet, so wäre dieser Brief die Antwort auf sein Flehen gewesen.

14. Kapitel

Das fragliche Schiff wurde von Fishborn und Daly in Crouch gebaut. Im Moment ist es drei Jahre und sieben Monate alt. Die Bark hat Einfachboden und ist mit einer Heckgalerie ausgestattet und kommt der in Ihrer Anfrage verlangten Tonnage am nächsten, unterschreitet das Höchstalter jedoch um fünfzehn Monate. Ihre Länge über Alles beträgt 90 Fuß, die Breite über Alles 24 Fuß und 4 Zoll; ihr Tiefgang vollbeladen 11 Fuß bei einer Tragfähigkeit von 290 71/94 Tonnen. Ich wüsste kein zum Dienste in der Ferne geeigneteres Schiff. Die Inspektion hat ergeben, dass eine Überholung erforderlich ist, weil das Schiff schwer in Anspruch genommen wurde, es ist jedoch im Wesentlichen tadellos. Die ›Swallow‹ könnte mit Sicherheit zum erforderlichen Zeitpunkt seetüchtig gemacht werden.

»Das also ist Ihr Schiff, Mr. Flattery«, sagte Sir Roderick, »wobei wir hoffen wollen, dass sich nicht alle Behauptungen als so falsch erweisen wie der letzte Satz.«

»Sie kann jetzt aber in See stechen?«, vergewisserte sich Tristam. Er saß in Sir Rodericks Büro, und vor ihm lag ein Brief vom Schiffsbauamt der Admiralität.

»Ja ... nun, es waren einige Umbauten vorzunehmen, um Offiziere und Passagiere unterzubringen. Das müsste mittlerweile jedoch beendet sein.« Roderick erhob sich und wühlte auf seinem Schreibtisch in einem Papierstapel.

Tristam drehte den Kopf und schaute aus dem Fenster, das auf das Palastgelände hinausging. Die Bäume zeigten die ersten herbstlichen Farben, die sie bald in voller Pracht tragen würden. Die Vögel zogen bereits nach Süden.

Sir Roderick setzte sich wieder und sah Tristam offen an. »Nun ist es so, dass noch jemand an Bord sein wird, um sich um *Regis* zu kümmern.« Der Königsmann zögerte. »Die Herzogin von Morland ist fest entschlossen, an der Expedition teilzunehmen, und erstaunlicherweise hat Seine Majestät es ihr gestattet.«

Tristam glaubte nicht recht gehört zu haben. »Die *Herzogin* ...?«, fragte er verdattert.

Roderick nickte.

Tristam sank auf dem Stuhl zusammen. Er war nicht in der Lage, einen klaren Gedanken zu fassen. Das Gespräch, das er vor Monaten in diesem Palast belauscht hatte, kam ihm in den Sinn, doch bot es keinerlei Erklärung.

»Ich war dagegen, wie Sie sich wohl vorstellen können. Und auch die Admiralität weigerte sich - anfänglich.« Der Ritter schüttelte den Kopf. »Dann erhielten wir Befehl von Seiner Majestät - und deshalb wird die Herzogin an Bord sein, wenn die Swallow die Anker lichtet.«

Aber ich wollte auf die Reise gehen, um zu entkommen!, dachte Tristam. *Unter hundert anderen Dingen wollte ich vor allem dieser Frau entkommen.*

Tristam hatte auf eine heilsame Reise gehofft, auf der er sich der milden Besessenheit von dieser Frau entledigen wollte. Und nun würde sie auf dem gleichen Schiff fahren.

Zu seinem Verdruss spürte er, wie sich zur Antwort auf diese Neuigkeit in ihm die Hoffnung regte.

»Die Herzogin«, unterbrach Roderick seine Gedanken, »geht nicht aus gesundheitlichen Gründen auf diese Fahrt. Sie sind sich im Klaren, dass jedes Königsblatt und jedes einzelne Saatkorn grundsätzlich Eigentum des Königs von Farrland ist? Jede widersprüchliche Haltung würde Hochverrat bedeuten.«

Was hat Palle da gerade gesagt?

»Ich ... begreife vollkommen, Sir Roderick.«

Palle rang sich ein schmales Lächeln ab, das mehr zu einem Zucken der Mundwinkel geriet. »Sie werden feststellen, dass der Kommandant ein zuverlässiger Mann ist; längst nicht ›alles Segel und kein Ballast‹, wie man so oft sagt. Er heißt Kapitän Stern. Man hat ihm nicht ohne Grund mit dem Befehl über diese Expedition betraut, Tristam. Ich kann mit völliger Zuversicht behaupten, dass Kapitän Stern unter keinen Umständen in seiner Pflicht wanken wird, ganz gleich, was geschieht.

Auf Gregorys erster Reise ist Stern sein Erster Leutnant gewesen und wäre mit dem großen Navigator auch ein zweites Mal gefahren, hätte man ihm nicht ein eigenes Schiff gegeben. Er dilettiert mit einigem Erfolg in der Naturkunde, und das hat er ohne Zweifel Gregorys Einfluss zu verdanken. Sie beide haben einiges gemeinsam, da bin ich sicher.« Roderick schien kurz nachzudenken, als gäbe es noch etwas, woran er sich erinnern musste. »Auch in anderer Hinsicht ist Stern seinem Lehrer Gregory sehr ähnlich, Mr. Flattery. Er legt größten Wert darauf, dass sich die Offiziere an Bord seines Schiffes wie Gentlemen benehmen. Damit möchte ich keineswegs andeuten, Sie könnten sich je anders verhalten, doch viele der Despektierlichkeiten, die unter Akademikern nichts Besonderes sind, würde Stern – falsch verstehen.«

»Ich verstehe, was Sie meinen, Sir. Ich werde mich im Zaum halten.« Tristam zögerte und sagte dann:

»Stern scheint mir ein doppelt passender Name für einen Schiffskapitän zu sein.« Wie konnte er nur in einem Augenblick wie diesem versuchen, humorvoll zu sein?*

Roderick durchblätterte erneut seine Papiere und antwortete, ohne zu lächeln: »Das meine ich auch.«

In den letzten Monaten musste bei Hofe einiges vorgefallen sein. Tristam nahm seinen Mut zusammen. »Sir Roderick? Wenn ich fragen darf: Was hat die Herzogin veranlasst, mit auf die Reise zu gehen? Schließlich wird sie wenig Komfort finden, nach allem, was man von den Kriegsschiffen so hört.«

Roderick lehnte sich in seinem Sessel zurück und seufzte. Verärgerung gehörte nicht zu den Regungen, die der Königs-

* Im Englischen besitzt das Wort *Stern* die Bedeutungen: 1. ›Heck‹, wo sich auf Segelschiffen das Achterdeck befindet, der Aufenthaltsort des Kapitäns, und 2. ›streng‹, sodass sich Tristams Bemerkung nicht sinnvoll ins Deutsche übertragen lässt. (Anmerkung des Übersetzers)

mann oft zur Schau stellte. »Mr. Flattery, was die Herzogin von Morland zu gleich welchem Zeitpunkt beabsichtigt, gehört zu den großen Mysterien unserer Zeit. Doch Seine Majestät steht unter ihrem Bann ...« Er blickte Tristam an und zog die Augenbrauen hoch. »Diese Pflanze, Tristam, nur diese Pflanze hält den König am Leben. Vergessen Sie das niemals. Unter denen, die von ihr wissen, hat dieses Wissen zu viel Torheit geführt. Bedenken Sie, was Sie über Professor Dandish herausfinden mussten ... Ich wünsche Ihnen viel Glück, Mr. Flattery.«

15. Kapitel

In allen Ländern rings um das Entide-Meer waren die Springbrunnen vor dem Tellaman-Palast für ihren künstlerischen Wert und ihre technische Findigkeit bekannt. Die vergoldeten Bronzestatuen stellten Götter der Antike dar, aber auch Sagengestalten und historische Persönlichkeiten. Unvermittelt brachen die Wasserstrahlen hervor und erhoben sich bis über die Dächer des Palastes, um bald wieder abzuflauen oder ganz zu verebben. Manchmal aber schossen mehr als dreißig Fontänen zugleich empor.

Sir Roderick Palle spähte über den Teich hinweg zu der Insel, auf welcher die zentrale Figurengruppe stand. Ein antiker Gott ritt auf einem gewaltigen Seepferd, das fächerförmig Wasser aus dem Maul spritzte, während ringsum wasserspeiende Tümmler sprangen. Roderick betrachtete wie so oft den Gott des Meeres, dem der Bildhauer ein qualverzerrtes Gesicht gegeben hatte. Roderick wusste von keiner einzigen Göttersage, die dieses Bild begründet hätte, und nahm deshalb an, dass der Künstler seine eigene Qual verewigt hatte, denn er war unmittelbar nach Vollendung seiner Skulpturen verstorben.

Unter den vielen Figuren war für Roderick Palle allein diese eine wirklich interessant: der Gott, der erfährt, dass er letztlich doch sterben muss.

Hawksmoors Erscheinen unterbrach die nachdenkliche Betrachtung.

»Es gibt nur wenig zu berichten, Sir Roderick. Die Entonnier verweigern jede Einsicht in Vareses Briefe. Ich erwarte allerdings, dass früher oder später Fälschungen auftauchen. Einen interessanten Aspekt habe ich dennoch erfahren können: Gleich nachdem Varese die Briefe entdeckt hatte, brachte er sie zu einem gewissen Valary, um sich ihre Echtheit bestätigen zu lassen. Das muss vor mehreren Monaten gewesen sein.«

Roderick nickte. Er hatte nicht damit gerechnet, dass

Hawksmoor diese Briefe beschaffen könnte, denn sie befanden sich zweifellos in den Händen des Grafen Massenet.

»Valary? Sollte ich diesen Namen kennen?«

Hawksmoor sah einen Moment zu Boden. »Nein, das glaube ich nicht, Sir Roderick.« Wieder zögerte er. Zurückhaltung sah dem Mann gar nicht ähnlich.

»Heraus damit, Mr. Hawksmoor.«

Der Mann räusperte sich. »Nun, dieser Valary ist ein Historiker – anscheinend eine Art Rivale unseres Mr. Wells. Laut Mr. Wells ist der Mann ein Scharlatan ...«

»Aber?«

»Ich fürchte, dass berufliche Eifersüchtelei manchmal das Urteilsvermögen trübt, Sir Roderick.«

Palle stieß mit dem Fuß einen kleinen Kiesel ins Wasser.

Die beiden Männer standen am Rand des Teiches, hinter ihnen erstreckten sich weite Rasenflächen. Ein guter Platz, wenn man unbelauscht reden wollte. Es war ein warmer Herbsttag, und die lebhaften Farben der Bäume übertrumpften die Blumen.

»Dieser Valary hat ein Buch über die Magi geschrieben, das nicht in Farrland erschienen ist – es wurde gleich übersetzt und in Entonne veröffentlicht. Das erklärt, woher Varese ihn kannte. Anscheinend wird Valary von unseren Freunden auf der anderen Seite des Meeres hoch geschätzt.«

»Und wir haben dieses Buch nie gesehen?«

Hawksmoor zögerte. »Nein, Sir«, antwortete er leise.

»Beschaffen Sie mir ein Exemplar, Mr. Hawksmoor. Außerdem müssen wir mehr über Valary erfahren. Er lebt in Entonne?«

»Nein, Sir. Allerdings, glaube ich, reist er häufig dorthin.«

»Nun, mir gefällt es gar nicht, von einem Farrländer zu hören, der von den Entonniern als Autorität für die Magi betrachtet wird.«

»Nein, Sir.«

Roderick ging einige Schritte auf dem gepflasterten Weg und blieb stehen. Hawksmoor war ihm gefolgt und hatte sich dabei so gut wie geräuschlos bewegt, stellte der Ritter nun fest.

»Ich glaube, es hat keinen weiteren Kontakt zwischen Mr. Flattery und der Herzogin gegeben, Sir Roderick, falls Sie das in irgendeiner Weise beruhigt.«

Palle hob die Schultern. »Damit hat es ein Ende. Er schien nicht mehr an Melancholie zu leiden, als ich ihn traf ...«

»Nein«, stimmte Hawksmoor zu. »Ich glaube, die Aussicht auf diese Expedition hat seiner Stimmung gut getan. Was zu begrüßen ist – ich fürchtete schon, der junge Flattery könnte seinem Vater nachschlagen.«

»Ganz meine Sorge«, sagte Palle und sah dem Meeresgott ins Gesicht. »Ich hoffe sehr, dass er nichts derart Unabänderliches tut. Vielleicht benötigen wir Mr. Flattery noch.«

»Nicht für die nächsten zwei Jahre, hoffe ich. Unser Vorhaben gestaltet sich gut, wie ich vermute?«

Sir Roderick wiegte den Kopf von einer Seite auf die andere. »Gut genug« antwortete er, und wieder suchte sein Blick den gepeinigten Gott zwischen dem Wassernebel der Fontänen. »Was ist mit Massenet?«

»Wäre er nicht der geselligste Mensch in ganz Avonel – und der beliebteste –, so könnte ich Ihnen mehr von seinen Plänen berichten. Nach Stand der Dinge aber ...« Hawksmoor verstummte und dachte nach. Er deutete niemals mehr an, als er wirklich wusste, ganz gleich, worum es ging, und das war einer der vielen Gründe, aus denen Sir Roderick Palle ihn wertschätzte. »Der Graf ist sehr geschickt, Sir. Ich muss ganz ehrlich zugeben, für den Mann einige Bewunderung zu empfinden.«

»Seine Schwäche besteht in den Avoneler Damen. Der Graf hat wohl begriffen, dass sein Land uns auf dem Felde nicht zu erobern vermag, und deswegen beschlossen, seine persönliche Eroberung Farrlands ins Schlafzimmer zu verlegen. Und dort wird Massenet auch seinen Fehler begehen.«

»Ich bin sicher, Sie haben Recht, Sir Roderick, aber bislang ist ihm noch kein Versehen unterlaufen.«

»Nur keine Angst, Mr. Hawksmoor, Männer werden stets von ihrem Begehren zu Fall gebracht.« Roderick wandte sich bereits zum Gehen und sagte: »Valary – alles, was sich über ihn in Erfahrung bringen lässt. Um Wells kümmere ich mich.«

»Unverzüglich, Sir Roderick.«

Der Königsmann nickte, dann ging er eilig in Richtung Palast in Bewegung. Das Leid des Meeresgottes war für den Augenblick vergessen.

16. Kapitel

»Bei den Flammen, ich wünschte, du hättest mit mir gesprochen, bevor du dich für diese Reise verpflichtetest, Tristam«, sagte Jaimy. »Ich fürchte, du hast einen schrecklichen Fehler begangen.«

Das sagte er nicht zum ersten Mal, und Tristam bemühte sich, seine Gereiztheit zu verbergen. »Ich musste postwendend antworten, Jaimas. Ich bin nicht der einzige ausgebildete Naturforscher Farrlands. Ein Verzögern kam nicht in Frage.«

Tristam und sein Cousin saßen am Fenster einer Bierschenke, von wo man einen guten Blick über den Avoneler Hafen hatte. Zwischen den vielen auf der Reede ankernden Schiffen war auch die Bark Swallow zu sehen. Auf Deck und in der Takelage wimmelte es von Seeleuten, die in alle Richtungen zugleich eilten.

Tristams Kopf befand sich in ähnlichem Aufruhr, denn die Reisevorbereitungen hatten sich lang und kompliziert gestaltet. Im letzten Augenblick hatte die Empiristische Gesellschaft ihn ersucht, verschiedene Aufgaben für einige Mitglieder zu verrichten, und obwohl die Arbeit ihm Freude bereitet hatte, so waren die Tage doch dadurch erschwert worden.

Doch eins musste er Jaimy unbedingt mitteilen ...

»Ich habe endlich einen Brief von diesem Valary erhalten.«

Jaimys Miene schlug sofort um, und er blickte lebhaft interessiert

»Zum Glück antwortete er noch rechtzeitig, sonst hätte der Brief bis zu meiner Rückkehr ungelesen in Locfal gelegen.« Tristam griff in die Innentasche seines Gehrocks und zog ein Kuvert hervor, auf dem sein Name und seine Adresse in merkwürdig wirkender, unsteter Hand geschrieben standen. »Ich fürchte, du musst dir etwas Zeit nehmen, um die Schrift zu entziffern. Sie ist fürchterlich.« Damit reichte er den Brief seinem Cousin; er war sehr gespannt auf Jaimys Reaktion.

Sehr geehrter Mr. Flattery!
Ich möchte mich dafür entschuldigen, dass ich Sie so lange auf Antwort warten ließ, doch bin ich in den letzten Monaten im Ausland gewesen, und so lagen Ihre Briefe in dem großen Stapel, der meiner Rückkehr harrte. Ganz schrecklich leid tut es mir, vom Dahinscheiden Professor Dandishs zu lesen, denn obwohl mir leider niemals die Ehre einer persönlichen Bekanntschaft gegönnt war, habe ich doch den größten Respekt vor seiner Arbeit. Es war sehr rücksichtsvoll von Ihnen, mir zu schreiben und mich von seinem Tod in Kenntnis zu setzen.

Um Ihre Frage zu beantworten: Jawohl, ich habe in der Tat mit dem Professor korrespondiert, wenngleich es sich um nur einen Brief handelte. Ich bin mir zwar nicht sicher, worauf die Nachforschung des Professors hinauslief, die Sie offenbar abschließen wollen, doch ich kopiere Ihnen den Brief und füge die Abschrift bei. Der Inhalt war nicht persönlicher Natur, sodass ich davon ausgehe, dass Professor Dandish nichts dagegen einzuwenden hätte. Interessanterweise hatte ich Anlass, in diesem Brief Erasmus Flattery zu erwähnen, bei dem ich wohl davon ausgehen darf, dass es sich um einen Ihrer Verwandten handelt?

Ich wünsche Ihnen viel Glück, Sir. Zögern Sie nicht, sich jederzeit an mich zu wenden. Ich bin stets bereit, einem Kollegen des Professors beizustehen.

Ergebenst,
F. T. Valary

Sehr geehrter Professor Dandish!

Worte genügen nicht, um auszudrücken, wie entzückt ich bin, einen Brief von einem Forscher zu erhalten, den ich seit so langer Zeit bewundere! Dass ein Gentleman Ihrer Bildung mich um Auskünfte bittet, erfüllt mich, wie ich zugeben muss, mit großem Stolz. Leider fürchte ich, Ihnen keine Antwort bieten zu können, die Sie vollends befriedigen wird, denn auf dem Gebiet, mit dem ich mich befasse, lässt sich ohne weiteres fast nichts wichten oder verifizieren.

Wie Sie ohne Zweifel wissen, waren die Magi überaus verschwiegen, was ihre Kunst anbetraf. Dieses Verhalten, hatte zur Folge, dass während der letzten anderthalb Jahrtausende darüber nur Mutmaßungen angestellt werden konnten. All diese Vermutungen zu sichten und nach der ›Wahrheit‹ zu schauen, das ist eine Beschäftigung, die nur selten Früchte trägt. Einige Ihrer Fragen, werden sich vermutlich nie beantworten lassen und entbehren, wie ich leider sagen muss, auch einer konkreten Grundlage. Sie fußen vielmehr auf einem merkwürdigen kleinen Buch, das ein gewisser Decker verfasst hat. Decker diente dem Hause Lucklow. Nach Lucklows Tod glaubte er, mit einem Bericht über die Jahre, die er im Dienst des Magus verbracht hatte, ein wenig Geld verdienen zu können. Ich hege die Vermutung, dass ein akkurater Bericht für den allergrößten Teil des Lesepublikums recht uninteressant gewesen wäre, und so wurde viel frei Erfundenes hinzugefügt (vielleicht sogar erst vom Verleger des Buches, wie diese Leute es oft zu tun pflegen).

Zur Langlebigkeit: An ihr kann meines Erachtens kein Zweifel bestehen. Verbürgt ist, dass Lord Eldrich, dessen Geburt und Tod sorgsam aufgezeichnet wurden, das hohe Alter von einhundertsiebzehn Jahren erreicht hat. Und ich bin recht sicher, dass Dunsenay nicht weniger als einhundertdreiunddreißig Jahre gelebt haben kann – möglicherweise ist er sogar noch älter geworden. Zu Lebzeiten Dunsenays durfte ein gewöhnlicher Mensch damit rechnen, dass eine Lebenszeit von etwas mehr als fünfzig Jahren vor ihm lag. Kategorisch ablehnen muss ich indes die Behauptung, Pylf wäre zweihundertzwanzig Jahre alt geworden – dabei handelt es sich um nicht mehr als eine beliebte Legende, wie ich fürchte. Es scheint jedoch festzustehen, dass die Magi deutlich älter wurden als ihre Zeitgenossen, und es gibt zudem keine Erwähnungen, dass sie unter den landläufigen Beschwerden ihrer Zeit gelitten hätten – oder gar mit den damals grassierenden schrecklichen Seuchen angesteckt wurden. Oftmals glaube ich, dass die große Faszination, welche die Magi auf die meisten Menschen ausüben, auf diese Langlebigkeit und sonst nichts zurückzuführen ist. Freilich steht ihre Langlebigkeit außer Frage, während vieles andere, was man den Magi zuschreibt, sich nur schwierig, wenn nicht gar unmöglich verifizieren lässt. An der Magie zweifeln viele Menschen, doch zwei- oder gar dreimal so lange zu leben als normal – das ist wohl zu verlockend, um nicht daran zu glauben!

Die Kräuterkunde war, wie Sie richtig sagen, ein Fach der Magi, und es überrascht mich ein wenig, dass die Gentlemen Ihres Metiers dem Gebiet nicht größere Beachtung schenken. Die Magi wussten gewiss sehr viel über die Heilkunst, und von diesem Wissen hüteten sie einiges nicht ganz so eifersüchtig. Ich könnte für Sie, falls es Ihnen nützlich erscheint, eine Liste gebräuchlicher Kräuterarzneien anfertigen, deren Einführung sich zu dem einen oder anderen Magus zurückverfolgen lässt. Doch während sie mit einzelnen Erkenntnissen freigiebig umgegangen sind, sind sie im Ganzen doch sehr verschlossen geblieben, und so ging uns auch die Kräuterkunde wie alle Künste der Magi verloren. Über dieses Thema habe ich ausführlich mit dem verstorbenen Erasmus Flattery gesprochen, und obwohl dieser ehrenwerte

Herr sehr viel mit mir geredet hat, musste ich feststellen, als ich im Nachhinein seine Worte genau überdachte, dass er mir nur wenig Verwertbares mitgeteilt hatte. Ich fühlte mich an Arbeiten von Studenten erinnert, in denen der Autor seinen Mangel an Inspiration hinter einem Schutzwall aus schön formulierter Prosa zu verbergen sucht; ich nehme an, dergleichen kennen Sie ebenfalls. Nun war Erasmus Flattery gewiss ein Mann von einigem Tiefgang, wie ich weiß, doch was er während seiner drei Jahre im Hause Lord Eldrichs erfuhr, das hat er mit ins Grab genommen.

Ich erinnere mich noch gut, dass dieser ehrenwerte Gentleman mir viele Fragen zu meiner eigenen Arbeit stellte, was mir damals mehr als nur ein wenig schmeichelte. Später erhielt ich Anlass zu der Folgerung, dass Mr. Flatterys Interesse daran ebenso groß war wie mein eigenes, und verdächtigte ihn, mit seinem Wissen nicht so freigiebig gewesen zu sein wie ich mit dem meinen. Doch er erwähnte – und nach meinem Dafürhalten hat er es nur durch eine Achtlosigkeit fallen lassen –, dass Eldrich sich einmal mit dem Gelben Fieber infizierte, nur um dessen Auswirkungen zu studieren! Und nach nur wenigen Tagen war der Magus wieder vollkommen genesen! Ich bezweifle, dass Mr. Flattery diese Beobachtung selbst angestellt hat, sondern glaube, dass sie ihm von jemand anderem aus dem Haushalt berichtet wurde.

Gibt es eine Verbindung zwischen einer anhaltenden Behandlung mit einer Kräuterarznei und Langlebigkeit? – Diese Frage kann ich nicht mit Bestimmtheit beantworten. Gewiss weist manches darauf hin, dass es so sein könnte, doch gibt es Indizien, dass die Magi ihr hohes Alter durch andere, arkanere Methoden erreichten. Holderlin, den eine tiefe Freundschaft mit Königin Vaill verband, schrieb Ihrer Majestät zahlreiche Briefe, in denen er es offenbar sehr genoss, Hinweise auf ›magische‹ Angelegenheiten fallen zu lassen. In einem dieser Briefe schrieb er: ›Zwar ist es richtig, Euer Majestät, dass es für ganz Farrland und vielleicht sogar darüber hinaus nur von Nutzen wäre, wenn das Leben eines großen Herrschers lange ausgedehnt werden könnte, doch ein langes Leben gehört nicht zu den Gaben, die ein Magus verschenken kann. Um das Alter zu erlangen, das einige erreicht haben, hat man die Kunst mit einer niemals wankenden, eisernen Disziplin zu pflegen. Widrigenfalls muss man einen schrecklichen Preis bezahlen.‹

Mehr hat Holderlin zu diesem Thema nicht geäußert, doch diese (recht düstere) Anmerkung ist für einen Magus höchst uncharakteristisch. Man erhält dadurch den Eindruck, dass der wie immer geartete Mechanismus zur Verlängerung des Lebens Teil einer übergeordneten Disziplin gewesen ist, vielleicht sogar ein Nebenaspekt in der Ausübung der Kunst.

Nun zu Ihrer letzten Frage: Ob ich selbst daran glaube? – Nun, Sir, mit einer Bejahung dieser Frage würde ich mich dem Spott meiner Kollegen aussetzen und meine Glaubwürdigkeit in sehr zweifelhaftem Licht erscheinen lassen. Gerade mein Gebiet der Wissenschaft aber hat im Laufe der Jahre so sehr unter Sticheleien gelitten, dass ich die Achtung, die ich für meine Arbeit letztendlich errungen habe, nicht leichtfertig aufs Spiel setzen möchte.

Habe ich mich genügend gewunden? Ich will es so sagen: Diese Männer verfügen über Kräfte, deren Natur sich mit den gegenwärtig akzeptierten Mitteln und Methoden nur sehr schlecht erklären lässt. Ich bin davon überzeugt, dass es wenigstens einige der Meisterstücke, die man ihnen zuschreibt, tatsächlich gegeben hat – wie sie vollbracht worden sind, nun, das kann ich nicht sagen.

Gibt es noch immer Magi unter uns – etwa im Verborgenen? Nein, das glaube ich nicht. Ich glaube, dass Eldrich der Letzte gewesen ist, und es will mir scheinen, dass er in dieser Kunst nicht einmal besonders mächtig war. Ich glaube, dass die Zeit der Magi vergangen ist, ohne dass wir die Gründe dafür begreifen könnten. Vielleicht haben auch die Magi selbst sie nicht verstanden. Auf jeden Fall waren sie sehr sorgfältig darauf bedacht, ihr Wissen mit sich zu nehmen – was ein deutlicheres Licht auf ihre Beweggründe wirft als alles, was wir sonst noch wissen. Außer eventuell diesem: Eldrich liegt auf dem Besitz seiner Familie begraben, und niemandem ist es gestattet, sich dem Grab zu nähern – doch mir ist zuverlässig berichtet worden, dass die Inschrift auf dem Grabstein folgendermaßen lautet:

Wer als Letzter antritt
Die Reise aus der Dunkelheit
Braucht ein ganzes Leben

Die Inschrift ist freilich so rätselhaft wie alles, was mit Gewissheit einem Magus zugeschrieben werden kann, aber ›wer als Letzter antritt‹ könnte durchaus den Letzten der Magi meinen. Das zumindest vermute ich.

Ich hoffe, meine bescheidenen Auskünfte sind Ihnen von Nutzen gewesen, Sir. Bitte zögern Sie nicht, mich erneut anzuschreiben, falls ich Ihnen behilflich sein kann. Ich habe einiges über Kräuterkunde, von dem ich glaube, Sie könnten es interessant finden.

Hochachtungsvoll,
F. T. Valary

Jaimy hob den Kopf. »Glühende Märtyrer«, stieß er hervor.

»Nicht, was du erwartet hast?«

»Ich ... Nein! Was um alles auf dem Erdball soll das bedeuten?«

Über diese Frage zerbrach sich Tristam nun schon seit einer Woche den Kopf. »Was es bedeutet, ist doch offensichtlich, glaube ich. Das ist kein Problem. Schwierig ist nur, die Implikationen hinzunehmen.« Tristam schaute aus dem Fenster und wandte sich dann wieder an seinen Cousin. »Dandish muss geglaubt haben, das Königsblatt hätte etwas mit Lebensverlängerung zu tun – schließlich ist der König uralt, er hat seinen hundertsten Geburtstag schon lange hinter sich –, und hat es irgendwie mit der einzigen anderen Gruppe in Verbindung gebracht haben, von der man weiß, dass sie für sich eine Verlängerung der Lebensspanne bewerkstelligt haben: den Magi. Anscheinend hat Dandish eine Gefahr erkannt und seine Pflanzen mitsamt allen Aufzeichnungen über seine Experimente vernichtet. Eine andere Erklärung fällt mir nicht ein.«

»Aber Tristam, das Königsblatt ist doch erst von Gregory aus Oceana hierher gebracht worden – vor nur wenig mehr als dreißig Jahren. Mit den Magi kann es also gar keine Verbindung haben, denn der letzte von ihnen ist vor fast einem halben Jahrhundert gestorben.«

»Die Logik deiner Argumente ist unerschütterlich, Cousin.«

»Und dann dieses Gerede über Onkel Erasmus ... Na, wir beide wissen doch, wie absurd das alles ist. Erasmus ist nicht magischer gewesen als dieser Krug Bier.« Er schob Tristam sein Glas zu. »Dandish hat doch nicht daran geglaubt, oder?«

Tristam massierte sich mit den Fingerspitzen die Augenwinkel – er war müde und versuchte sein Gehirn zur Arbeit anzuregen. Vielleicht – vielleicht aber auch nicht. »Was, wenn er dachte, andere würden es glauben? Ich fürchte, wir sind einfach zu jung, um zu begreifen, was es heißt zu altern. Und das Altern hat schon genug Menschen zu Wahnsinnstaten verleitet. Denke nur daran, wie viele irgendwelchen Scharlatanen aufsitzen, die versprechen, ihnen die Jugend zurückzugeben! Einige der ersten Forschungsreisen sind von Herrschern veranlasst worden, die verjüngt werden wollten. Die ›Äpfel der Unsterblichkeit‹, das ist schließlich nicht nur ein Versatzstück aus hundert schlechten Gedichten – früher haben die Menschen geglaubt, es würde diese Äpfel wirklich geben. Oder Brunnen mit verjüngendem Wasser. Elixiere. Tinkturen. Es ist noch nicht so lange her, dass man glaubte, Blei in Gold verwandeln zu können. Einen Menschen wieder jung machen – das ist ein unwiderstehlicher Mythus, ganz wie Valary sagt.«

»Wenn jemand daran glaubt, dann erklärt das natürlich einiges. Vielleicht sogar, weshalb Professor Dandish seine Pflanzen zerstört hat. Er war selbst alt – vielleicht wusste er am besten, wozu andere fähig wären.«

... diesen Tagen kräftiger, und auch meine Rhythmusstörungen sind verschwunden, kam es Tristam in den Sinn.

»Blut und Flammen, Tristam. Glaubst du im Ernst, diese Leute suchen nach einem Elixier der ewigen Jugend?« Jaimy lachte schnaubend. »Höflinge sind schon immer dumm gewesen, das weiß doch jeder, aber das schlüge alles um Längen. Roderick Palle? Das ist kein Dummkopf, Tristam; glaub mir, den kenne ich.« Er trank einen Schluck Bier, ohne es recht wahrzunehmen. »Wer ist eigentlich dieser Valary?«

»Wenigstens darauf kann ich etwas antworten. Er ist ein Historiker von einigem Ruf und auf seinem Gebiet recht angesehen. Offensichtlich beschäftigt er sich auch mit den Magi und hat darüber ein Buch geschrieben, konnte in Farrland jedoch keinen Verleger dafür finden, weil das Buch nicht besonders sensationslüstern ist, sondern eine akademische Studie. Es ist ins Entonnische übersetzt und bei einem entonnischen Verlag veröffentlicht worden. Vielleicht kannst du ein Exemplar auftreiben, während ich fort bin.«

»Aber er ist ein Verrückter, oder nicht?«

Tristam zuckte mit den Schultern. »Du hast seinen Brief gelesen. Klang das nach einem Verrückten?«

Jaimy nahm den Brief auf und starrte ihn an. »Ich weiß, was du sagen willst, aber die erfolgreichsten Scharlatane sind die mit dem vernünftigsten Auftreten.«

»Ob er aufrichtig ist oder nicht, spielt kaum eine Rolle, Jaimas. Ich vermute jedenfalls, dass zumindest einige glauben, diese Pflanze hätte die Kraft, die Lebensspanne zu verlängern – und das hohe Alter Seiner Majestät ziehen sie als Beweis heran. Eigentlich recht bemitleidenswert, denn es wird sich erweisen, dass nicht mehr an der Sache ist als an den ›Äpfeln der Unsterblichkeit‹. Der König ist zwar alt, aber nicht übernatürlich alt.« Als er das sagte, dachte er an die Stimme im Arboretum – sie hatte kaum natürlich geklungen. »Wenn jemand aber erst einmal verzweifelt genug ist, um daran zu glauben, wovor würde er dann noch zurückschrecken?«

»Ipsword«, stieß Jaimy hervor, als wäre es ein Wort mit einer immanenten Bedeutung.

»Genau. Professor Dandish muss vom Tod dieses Mannes erfahren haben. Dandish war kein Dummkopf. Er muss im gleichen Augenblick gewusst haben, was Ipswords Tod zu bedeuten hatte.«

Jaimy schaute auf den Hafen hinaus und wandte sich rasch wieder seinem Cousin zu. »Noch ist es nicht zu spät, auf die Expedition zu verzichten.«

»Doch, das ist es.« Tristam senkte den Blick auf den Tisch, denn er konnte Jaimys sorgenvolle Miene nicht ertragen. »Nein, ich fahre mit. Und wenn nur, um mit einigen Antworten wiederzukommen.« Er hob die Hände, als böten sie irgendeine Erklärung. »Das ist eine Gelegenheit, wie man sie im Leben kein zweites Mal erhält, Jaimy, das musst du doch einsehen. Die Chance, mir auf meinem Gebiet einen Namen zu machen. Das kann ich mir doch wegen einiger dummer Höflinge nicht entgehen lassen. Und immerhin erfüllt die Arznei aus diesen Kernen offenbar tatsächlich einen medizinischen Zweck: Sie hält den König bei Gesundheit. Das wenigstens scheint wahr zu sein, und allein aus diesem Grunde kann man bestimmte Strapazen auf sich nehmen. Ich fahre mit, Jay. Das scheint mir doch bestimmt zu sein. Ich war Dandishs Protegé. Ich habe an Baron Trevelyans Sammlung gearbeitet. Diese Aufgabe ist mir auf den Leib geschneidert, das weiß ich sicher.«

Jaimy nickte, doch die Besorgnis verschwand nicht aus seinem Gesicht. »Ich sollte auch mitfahren«, sagte er leise.

»Darüber wäre deine Verlobte alles andere als glücklich.«

Die Erwähnung Alissas entlockte Jaimy ein mattes Lächeln. »Hatte ich gesagt, dass der Viscount Elsworth auch mitkommt?«

»Ja, das hast du. Nur selten hat ein Vermessungsschiff Seiner Majestät solch illustre Besatzung gehabt«, entgegnete Jaimy trocken. »Eine Herzogin und einen Mörder. Eine Hand aus Samt und eine aus Eisen. Ich hätte angenommen, die Herzogin würde es schon für eine unerträgliche Entbehrung halten, eine Theaterpremiere zu versäumen, und nun nimmt sie das auf sich ...« Jaimy musterte seinen Cousin. »Sie wird doch wohl nicht wirklich glauben, sie könnte sich dadurch ihre Jugend erhalten? So dumm ist die Herzogin gewiss nicht.« Dann lächelte er plötzlich. »Aber ihre Teilnahme an der Expedition hat die Creme der Gesellschaft in einen Strudel der unentwegten Spekulation gestürzt.«

Tristam machte ein geheimnisvolles Gesicht und sagte:. »Na schön, dann verrate ich dir den wahren Grund: Auf einem Eiland im Südmeer ist ein Volk von talentiertesten Putzmachern und Schneidern entdeckt worden. Du weißt, welchen Aufwand manche für die Mode treiben.«

In diesem Moment kam einer von Sir Rodericks Dienern in den Schankraum geeilt; kaum erblickte er Tristam, stürzte er auch schon an den Tisch.

»Verzeihen Sie, Mr. Flattery, aber ein paar Matrosen haben mir Ihr ganzes Gepäck abgenommen. Ich konnte sie nicht davon abhalten.«

Tristam sprang vom Stuhl auf. »Blut und Flammen! Waren die Kerle betrunken?«

»Soweit ich sagen kann, nicht, Sir. Ich soll Ihnen ausrichten, dass Jack Beechnut Ihre Sachen auf die *Swallow* transportiert.« Der arme Mann war völlig zerknirscht. »Es tut mir sehr leid, Sir, ich weiß, Sie hatten mir aufgetragen, niemand soll es anrühren.«

»Ungefähr so groß?« Tristam hob die Hand. »Lockige blonde Haare?« Als der Diener nickte, platzte Tristam fast vor Lachen.

»Kennen Sie ihn, Sir?«

»Wenn er Beacham heißt und nicht Beechnut, dann allerdings.« Er setzte sich wieder.

»Es kann schon Beacham gewesen sein, Sir. Ich habe nicht so genau darauf geachtet. Kann ich noch etwas für Sie tun?«

»Ich glaube, mein Gepäck ist in guten Händen. Bringen Sie Sir Roderick bitte diesen Brief und richten Sie ihm meinen Gruß und Dank aus. Er hat mir sehr geholfen, und Sie auch.« Tristam schrieb eine kurze Nachricht und gab dem Diener ein Trinkgeld.

Als sie wieder allein waren, schwiegen sie zunächst. Dann sah Jaimy seinem Cousin ernst in die Augen und sagte eindringlich:. »Gib auf dich Acht, Tristam. Lass diesen Viscount nicht aus den Augen, an seinen Händen klebt Blut. Unter all meinen Cousins bist du der Einzige, dessen Gesellschaft ich länger als eine halbe Stunde ertragen kann. Ich will dich nicht verlieren.«

»Und ich will nicht verloren gehen. Ich werde immer wachsam sein.« *Und nur Quellwasser trinken, das ich im Morgenlicht geschöpft habe.*

Die Admiralität war in einem alten Gebäude untergebracht, das aus zahlreichen Fenstern auf den Hafen von Avonel blickte. Hier wurde entschieden, welche Schiffe den Globus erkundeten, Häfen blockierten oder den Feind mit Krieg überzogen, hier saß das Gehirn des starken Tieres, das sich über die Ozeane der Welt streifte.

Die Fußböden im Haus der Admiralität bestanden aus Eichenbohlen, die stark verzogen waren und laut knirschten, wenn ein Mann seinen Fuß darauf setzte, was den ernsten, gedämpften Gesprächston des Hauses freimütig kontrastierte. Kapitän Josiah Stern betrat dieses Gebäude nicht zum ersten Mal, aber bis hinauf ins vierte Obergeschoss hatte man ihn noch nie gerufen. Hier oben befanden sich das Amtszimmer des Seelords und die Büros der ältesten Admirale. Auch der Planungsraum lag hier und wartete geduldig, dass man seine gewaltigen Karten alle vierzehn

Tage nach den Erkenntnissen änderte, die einlaufende Kauffahrer, Vermessungsfahrzeuge und Kriegsschiffe überbrachten - unerbittlich wurden die Geheimnisse der Welt entschleiert.

Ein ›Seekadett‹ führte Kapitän Stern durch einen Korridor, und der Fußboden quittierte ihre Schritte mit Knarren und Ächzen, wie ein im Schlaf gestörtes Tier. Trotz seiner Uniform und seines Dienstgrads war der junge Mann, dem Stern folgte, nichts weiter als ein Bürolakai, doch er gehörte zur Marine, und in der Marine hatte jeder Mann einen Rang inne, ungeachtet, ob er je den Fuß auf ein Schiff gesetzt hatte. Und dieser Kadett hatte noch nie Borddienst geleistet, da bestand für Stern kein Zweifel. In zehn Jahren aber würde er über das Schicksal echter Seeleute wie Stern entscheiden. Der Kapitän empfand eine rasch aufsteigende Abneigung gegen diesen Jungen, der sich von dem Schiffskommandanten, den er führte, nicht sonderlich beeindruckt zeigte.

Wenigstens waren alle Männer in den höchsten Ämtern einmal Seeoffiziere gewesen. Der gegenwärtige Erste Seelord, Admiral Sir Jonathan Gage, hatte sein gesamtes Leben auf dem Meer verbracht. Stern hatte ihn schon einmal zu Gesicht bekommen; damals war der Admiral in einer Kutsche an ihm vorbeigefahren. Der Abstand zwischen dem Kommandanten eines Vermessungsschiffes und dem Seelord war weitaus größer, als die wenigen Stockwerke verrieten, von denen sie gewöhnlich getrennt wurden.

Der Kadett übergab Stern an Admiral Gages Adjutanten, einen kompetent wirkenden Mann in den mittleren Jahren, der zwar die Uniform eines Kapitäns zur See trug, aber dennoch ein Bürokrat war.

Stern wurde ein Platz angewiesen, wo er sich setzen und darauf warten durfte, dass der Seelord ihn zu empfangen geruhte. Er erhielt eine Tasse Tee und genügend Zeit, um gründlich nachzudenken. Dass der Kommandant eines Vermessungsschiffes ins Büro des allerhöchsten Marineoffiziers gerufen wurde, war höchst ungewöhnlich –

unerhört, um genau zu sein. Freilich gingen nicht alle Tage Angehörige des königlichen Hofes, darunter gar eine Frau, an Bord eines Vermessungsschiffes. Stern nippte an seinem Tee und betrachtete immer wieder den Adjutanten, der eifrig Papiere auf seinem ausladenden Schreibtisch ordnete.

Stern fragte sich, was in Farrelles Namen die Herzogin von Morland bewog, sich auf seiner beengten Bark einzuschiffen. Als man ihn darüber informierte, hatte er keine Fragen gestellt: Man stellte Befehle nicht infrage. Nicht, wenn man vorankommen wollte. Ganz gleich, zu welchem sinnlosen Unternehmen ein Offizier entsandt wurde, er dachte nicht einmal daran, Nutzen oder selbst Durchführbarkeit in Zweifel zu ziehen. Ein Seeoffizier war stolz auf seine Pflichtergebenheit. Jeder einzelne hätte sein Schiff in den sicheren Untergang gesteuert, wenn er den Befehl dazu erhalten hätte. Und auf fünfhundert anderen Schiffen hätten die Männer vor dem Mast ein trauriges Lied darüber gesungen – ein trauriges und stolzes Lied.

All das hielt niemanden davon ab, sich seine Gedanken zu machen und sich zu wundern. *Die Herzogin von Morland?*

Stern gehörte nicht zu den Offizieren mit guten Verbindungen. Als Sohn eines durchschnittlich erfolgreichen Bankiers hatte er sich hochgedient. Sein Gönner in der Marine, Sir Josiah Fitsch, war schon vor Jahren gestorben und hatte Stern ohne Protektion zurückgelassen – ›verwaist‹, pflegte man zu sagen. Trotzdem war es ihm gelungen, allein aufgrund seiner Leistungen zum Kommandanten aufzusteigen, wenngleich langsam. Als Erster Offizier mit Gregory zu fahren hatte seine Karriere beschleunigt. Danach hatte man ihm ein Kommando übertragen, und obwohl er nominell noch immer ein Leutnant war, gebührte ihm die Anrede ›Kapitän‹. Jetzt aber war er vierundvierzig, ein Alter, in dem andere Geschwader kommandierten und die Flagge eines Konteradmirals am Mast führten, wenn nicht sogar noch mehr. Und er bekleidete noch nicht einmal den Rang eines Kapitäns zur See. Doch so ging es in der Marine zu. Zwar war es nicht so, dass die Unfähigen allein aufgrund ihres Familiennamens oder ihrer Beziehungen in die höchsten Ränge aufsteigen. Vielmehr benötigten selbst die guten Offiziere jemanden, der sie von weiter oben förderte. Und als Sohn eines nur mäßig erfolgreichen Bankiers verkehrte man einfach nicht mit den richtigen Leuten, um solche Unterstützung zu finden.

Fitsch war mit einer Tante von Sterns Mutter verheiratet gewesen, aber sein Tod hatte für Stern mehr bedeutet als den Verlust eines Verwandten, Freundes und guten Offiziers. Mit Fitsch war auch Sterns Karriere zu Grabe getragen worden.

Daher erstaunte es ihn umso mehr, nun hier zu sitzen und zu warten. Er konnte nicht anders als hoffen, dass ihm eine Veränderung bevorstand – eine Veränderung zum Guten.

»Kapitän Stern?«

Der Adjutant stand vor ihm. Der Mann neigte ein wenig den Kopf, als wäre er ein Kammerdiener. Stern war anscheinend völlig in seinen Gedanken versunken gewesen.

»Sir?«

»Der Herr Admiral wünscht Sie nun zu sprechen.«

Stern stellte die Teetasse auf das silberne Tablett zurück und erhob sich, ergriff seinen Dreispitz und steckte ihn sich umständlich unter den Arm. Er hätte zu gern gewusst, ob seine Uniform richtig saß.

Die großen Türflügel zum Büro des Ersten Seelords wurden für ihn geöffnet, und als Stern gerade eintreten wollte, flüsterte der Adjutant ihm zu: »Sir Jonathan!« – die bevorzugte Anrede des Admirals, etwas, das Sterns Ansicht nach ohnehin jeder Mann wusste, der in der Marine diente. Ganz entschieden nervös setzte Kapitän Josiah Stern steif einen Fuß vor den anderen und trat dem entgegen, was die Zukunft für ihn bereithielt.

Der Admiral saß an einem Schreibtisch, der so groß war, dass Stern unwillkürlich an das Deck eines Kriegsschiffs dachte, zumal eine Miniaturkanone darauf stand. Admiral Gage war ein Mann von etwa siebzig Jahren mit bleicher Haut und weißem Haar, und er beugte sich beim Lesen so tief über seine Papiere, dass man fast erwartete, auf der Spitze seiner langen Nase einen Tintenklecks zu sehen. Obwohl der Seelord durchschnittlich groß war, wirkte er hinter seinem Schreibtisch so klein wie ein Kind.

Als er hörte, wie die Tür sich schloss, richtete er sich auf, und ein Ausdruck milder Verwunderung trat auf sein Gesicht. Stern machte rasch einen Kratzfuß.

»Aha, Burns ...«, sagte der Seelord und winkte auf einen Stuhl. »Machen Sie es sich bequem.«

»Kapitän Josiah Stern, Sir Jonathan.«

»Stern, ja, selbstverständlich.«

Der Tag war klar, und durch das große Fenster schien grell die Sonne herein. Stern warf einen prüfenden Blick auf den alten Admiral, ob das Licht etwa durch ihn hindurchschimmerte. Gage befasste sich noch einen Moment mit seinen Papieren, unterzeichnete etwas rasch und krakelig, dann blickte er seinen Besucher an.

»Also schicken wir Sie zurück auf den Großen Ozean?«, fragte er und schürzte jovial seine farblosen Lippen.

Stern nickte.

»Nun, ich bin sicher, dass Sie Ihre Pflicht erneut mit der gleichen Zuverlässigkeit erledigen werden, die wir von Ihnen gewohnt sind.« Der alte Mann erhob sich etwas steif und stützte sich mit einer Hand an der Stuhllehne ab. Unverkennbar unter Schmerzen straffte er die Schultern, dann ging er ans Fenster, wo er stehen blieb, die Arme auf den Rücken legte und zum Hafen hinunter schaute. Neben ihm stand ein großes Teleskop auf einem Dreibein, das gläserne Auge auf die ankernden Schiffe gerichtet.

»Wir sind beide viel beschäftigte Männer«, sagte der Admiral plötzlich und kehrte dem Fenster den Rücken zu. Er machte ein leicht besorgtes Gesicht. »Deshalb wollen wir unsere Zeit nicht mit Artigkeiten vergeuden. Sie haben Ihre Order gelesen?«

»Das habe ich, Sir.« Sie war nicht von der Sorte, die man erst öffnen darf, wenn das Schiff sicher auf See ist.

»Dieser junge Flattery – er ist sehr versiert in der oceanischen Botanik, deshalb sollte es in dieser Hinsicht keine

Schwierigkeiten geben. Dennoch ist die Lage verwickelter, als es den Anschein hat. Diese Pflanze, die wir im Auftrag des Palasts suchen sollen, ist den Varuanern heilig. Ein gewisses Maß an Diplomatie wird erforderlich sein, um sie zu gewinnen.«

Stern nickte.

»Sie haben bereits eine glückliche Hand im Umgang mit diesen Insulanern bewiesen, Kapitän. Deshalb erwarte ich, dass es zu keinen weiteren Verwicklungen kommen wird. – Freilich ist die Mission letztendlich sinnlos«, fügte der Seelord plötzlich hinzu und blickte Stern direkt ins Auge.

Der Kommandant hob unwillkürlich die Brauen, als wollte er nach dem Grund fragen.

Der Admiral ging an seinen Schreibtisch zurück und nahm einen goldenen Drehbleistift zur Hand. »Die Kerne dieser Pflanze – sie lindern die Beschwerden, unter denen der König leidet ... Sie verstehen, Seine Majestät ist nicht völlig gesund. Der König ist *sehr* alt.« Er schüttelte den Kopf. »Eine traurige Sache, denn es ist kaum vorstellbar, dass Seine Majestät ... Nun, ich will es so sagen: Zwei Jahre sind für jemanden dieses Alters ein völlig anderer Zeitraum.« Er hob die Hände ein wenig. »Dennoch müssen wir ein Schiff aussenden – denn der Palast verlangt es. Aber, Kapitän – vergeuden Sie die Gelegenheit nicht gänzlich. Vieles kann getan werden: Frühere Entdeckungen sind nicht vollständig kartiert worden, und Sie haben diesen Naturforscher an Bord. Nach allem, was man hört, ist er recht begabt. Tun Sie, was Sie tun können. Jede Ergänzung unserer Karten könnte eines Tages Leben retten. Einverstanden?«

Der Admiral schob das Papier zur Seite, das er unterzeichnet hatte, und stierte das Darunterliegende an. »Nun, was die Anwesenheit der Herzogin von Morland und des Lords Elsworth angeht.« Er nahm den Blick nicht von den Schriftstücken. »Eine komplizierte Sache ... der Hof, Sie wissen schon – eine Partei im Wettstreit gegen die andere. Lieber sähen sie das Land in Schutt und Asche fallen, als auch nur den kleinsten Vorteil preiszugeben. Für mich ist es unergründlich, was solche Leute antreibt. Und im Palast gibt es Personen, die uns nicht zutrauen, unsere Pflicht zu tun, Kapitän.« Den letzten Satz brachte er recht indigniert vor. »Und die Herzogin ... Nun, welchen Vorteil erlangt sie, wenn sie heimkehrt und feststellt, dass König Wilam endlich seine ewige Ruhe gefunden hat? Obwohl ich natürlich bete, dass es anders ausgeht.«

Er blickte vom Schreibtisch auf. »Kehren Sie nicht ohne dieses Kraut von Oceana zurück, Kapitän Burns. Andernfalls wird das Lob für Ihre Bemühungen sehr spärlich ausfallen. Sie verstehen, was ich meine? Gut.« Er blickte wieder aufs Papier und hob eine Ecke an, um zu sehen, was darunter lag. »Für diese Reise ernten Sie ohnehin wenig Anerkennung. Sie wissen, dass Sie dieses Kraut unter keinen Umständen erwähnen dürfen? Ja?

Aber seien Sie beruhigt – ich vergesse Sie keinesfalls, Kapitän, selbst wenn der Palast Sie übersieht.« Er schaute Stern ins Gesicht, der nicht sonderlich beruhigt war – der Seelord wusste eindeutig nicht einmal seinen Namen. »Nun, die Herzogin ... Ich weiß, dass die Situation für Sie nicht sehr einfach sein wird. Diese Frau ist zu sehr daran gewöhnt, Ihren Kopf durchzusetzen. Doch auf dieser Fahrt haben Sie das Kommando, Kapitän. Ich verlasse mich darauf, dass Sie die Herzogin so behandeln, wie es ihrem Rang zukommt, und dennoch eisern Ihre Pflicht tun. Sie werden sich in keiner beneidenswerten Lage befinden, doch ich setze vollstes Vertrauen in Sie. Vielleicht wirken sich diese ganzen verdammten Verzögerungen am Ende noch zu Ihrem Vorteil aus. So spät im Jahr ist es gut möglich, dass zwischen hier und Farrow ein guter Wind bläst. Und vielleicht braucht es mehr nicht, um die Herzogin und ihr Gefolge von der Reise abzubringen.« Dabei grinste er. »Wir können nur hoffen. Ich wünsche Ihnen eine glückhafte Fahrt, Kapitän.«

17. Kapitel

Es dämmerte längst, als man das Deck der *Swallow* soweit freigeräumt hatte, dass Tristam an Bord kommen konnte. Die Jolle prallte mit einem dumpfen Schlag gegen den Schiffsrumpf, und Tristam wurde an eine grobe Leiter geführt. Tastend kletterte er die Sprossen hinauf und zog sich über das Schanzkleid aufs Deck der Bark.

»Mr. Flattery, sind Sie das?«

»Aha, Mr. Beacham! Einen angenehmen Abend wünsche ich Ihnen.«

»Ich Ihnen auch, Sir.« Der Seekadett trat in den Lichtkreis der Hecklaternen. »Ich muss leider feststellen, dass Ihre Prophezeiung nicht eingetreten ist, Mr. Flattery.«

»Ich sollte die Wahrsagerei wirklich bleiben lassen. Nie funktioniert es. Sagen Sie – was habe ich Ihnen denn vorhergesagt?«

»Als wir uns trennten, drückte ich meinen Wunsch aus, dass wir einmal wieder miteinander fahren würden, und Sie sagten, ich wäre gewiss bereits Offizier, bevor dieser Fall einträte.«

Tristam musste lachen. »Nun, dann tut es mir leid zu hören, dass meine Worte nicht wahr geworden sind, aber ich freue mich, mit Ihnen an Bord zu sein. Es ist gut, einen echten Seemann in der Nähe zu haben, der die Landleute vor allen Gefahren bewahrt.«

»Ich will tun, was ich kann, Sir. Sprechen wir uns doch ab: Ich erkläre Ihnen, was man über Schiffe wissen kann, wenn Sie so freundlich sind, mir Wetterkunde und Geometrie beizubringen. Die Kugelgeometrie scheint für mich zu schwierig zu sein, Mr. Flattery« sagte der Seeoffiziersschüler kopfschüttelnd, und er klang dabei sehr bekümmert.

»Nun, ich bin sicher, dass wir zusammen einen Kurs finden werden, der zwischen den Klippen der sphärischen Geometrie hindurch führt, Mr. Beacham, und die Kanäle und Kaps der Wetterkunde lassen sich noch leichter navigieren – obwohl natürlich gerade auf diesem Gebiet überhaupt nichts wirklich sicher sein kann.«

Anscheinend heiterte sein Mitgefühl Beacham ein wenig auf. »Dann stünde ich tief in Ihrer Schuld, Mr. Flattery«, sagte der junge Mann. »Ich war so frei, Ihr Gepäck an Bord bringen zu lassen, Sir, aber bevor wir danach sehen, muss ich Sie dem Steuermann vorstellen. Der Kommandant und der Erste Offizier sind an Land, doch Mr. Hobbes – das ist der Steuermann – wird Ihre Bekanntschaft machen wollen. Schließlich können wir keine Fremden an Deck eines Schiffes Seiner Majestät umherlaufen lassen. Am Ende sind Sie noch ein entonnischer Spion.«

Tristam antwortete mit einer Bemerkung in bestem Entonnisch.

»Also sprechen Sie die Sprache?«

»Ein paar Brocken.«

»Ich wünschte, ich wäre so gebildet wie Sie, Mr. Flattery«, sagte Beacham mit höchster Aufrichtigkeit. »Wissen ist etwas Wunderbares.«

»Seien Sie von meiner Bildung nicht zu beeindruckt, Jack Beacham; sie ist so dünn wie eine alte Kupfermünze – und von ähnlichem Wert.«

Beacham fand den Steuermann und den Zahlmeister in einer winzigen Kammer, wo sie sich über die Unterlagen der Schiffsbevorratung beugten. Mr. Hobbes war groß und knochig und erschien insgesamt überdimensioniert. Er gehörte zu jenen Männern, deren Knochenbau so gewaltig ist, dass sie anscheinend nicht genug Fleisch am Leibe haben, um ihn anständig zu bedecken, und dennoch wirkte er sehr kräftig. Sein Haar war eisengrau und steif wie Draht, die Haut käsig und matt. Tristam hatte noch keinen Menschen zu Gesicht bekommen, der so völlig grau aussah. Selbst die Augen waren grau. Er bedachte Tristam mit einem kräftigen Händedruck, im Übrigen war sein Auftreten sehr sanftmütig.

Der Zahlmeister dagegen, Mr. Pickersgill, war ein kleiner rundlicher Mann mit einem vergnügten Gesicht und so unkompliziert im Umgang, dass er sich gewiss leicht Freunde erwarb. Er zwinkerte Tristam zu, als teilten sie einen privaten Scherz, und Tristam konnte nicht anders, als ihn anzulachen.

»Jetzt kennen Sie also auch den berühmten Mr. Hobbes«, sagte Beacham, als sie außer Hörweite waren und sich im Zwielicht unter Deck ihren Weg suchten. »Er ist wie der Kommandant mit Gregory gefahren.« Beacham sprach so leise, als flößte ihm diese Feststellung großen Respekt ein. »Für diese Fahrt brauchten wir keinen einzigen Mann zu pressen. Jeder einzelne Jack weiß, dass unser Steuermann und unser Kapitän das Schiff in einem Stück zurückbringen, und die Besatzung auch.«

»Pickersgill scheint ein angenehmer Mensch zu sein«, warf Tristam ein.

»Das kann man wohl sagen, obwohl er ein Lump ist wie jeder Zahlmeister in des Königs Marine, da besteht kein Zweifel. Man nennt ihn auch ›Mr. Flinkfinger‹.«

»Wirklich?« Beachams Antwort überraschte Tristam völlig. Er hatte dem Jungen solch arge Kritik nicht zugetraut.

»So sind sie alle, Sir. Sie würden einem noch im Rettungsboot das Segeltuch verkaufen wollen. Wenn Sie könnten, würden sie den Leuten Geld für die Rationen abnehmen. Wenn Sie mich fragen, braucht Farrland ein besonderes Zuchthaus für Zahlmeister.« Der Gedanke an Rationen schien Beacham aufzuheitern. »Haben Sie gewusst, dass wir Proviant in Büchsen an Bord haben? Können Sie sich das vorstellen? Man sagt, der Proviant würde sich darin jahrelang halten, und die Büchsen sind sicher vor Käfern und Maden, aber man muss sie anstreichen, damit sie nicht rosten.«

»Die Käfer und Maden?«

Beacham lachte über den schwachen Scherz. »Die Büchsen muss man anstreichen, Sir.«

Der Junge führte Tristam zu dessen Kammer. Allerdings hätte ›Wandschrank‹ als Bezeichnung besser gepasst.

Die Kabine war annähernd quadratisch und eng in die Wölbung des Rumpfes eingefügt. Hinter der Tür fand sich eine winzige freie Fläche, die keine vier Fuß im Quadtrat maß, rechts stand ein hoher Spind, links eine Art Schreibtisch, an der Rumpfwand ein Schrank mit Türen und Schubladen. Tristam sah kein Bett – oder Koje, wie man so etwas an Bord eines Schiffes wohl nannte. Luft und Tageslicht gelangten durch ein winziges, in Bronze gefasstes Oberlicht hinein, denn Tristams Kammer lag unter dem vorderen Ende des Achterdecks.

Beacham begriff sofort, was Tristams verwirrter Gesichtsausdruck zu bedeuten hatte. »Hier vorn liegt die Hängematte, Mr. Flattery.« Der Seekadett suchte in einer Ecke, in die das trübe Lampenlicht nicht vordrang, und entrollte ein Gebilde aus Fischnetz und Leinwand. Dies spannte er quer durch die Kabine, indem er die Enden an zwei eisernen Wandringen festzurrte. Dann hopste er mit beneidenswerter Anmut hinein und schwang in der Hängematte hin und her, um zu zeigen, wie ein Kenner ein solches Gebilde bestieg und darin schlief.

»Sie werden sich schon bald daran gewöhnen, Mr. Flattery. Das ist viel bequemer als eine Koje mit Leeplanke. Eine Hängematte schwingt mit dem Schiff – genauer gesagt, schwingt das Schiff, und die Hängematte behält ihre Lage in Bezug auf die Erde bei –, mehr oder weniger jedenfalls. Probieren Sie's aus.« Er rollte sich hinaus und landete geschickt auf den Füßen.

Beacham verstand es nicht sehr gut, seine Schadenfreude zu verbergen, und Tristam argwöhnte längst, dass die Sache schwieriger sein musste, als Beacham zugab. Er bemühte sich also, dessen Bewegungen so genau wie möglich nachzuahmen, und hier war ihm seine größere Körperlänge behilflich. Er warf sich in das tückische Gebilde und bändigte es – zu Beachams Enttäuschung – ohne Missgeschick.

»Na, das haben Sie gut gemacht, Sir! In Ihnen steckt ein Seemann, so viel ist sicher.«

Tristam gelang das Aufstehen fast ebenso gut, er stieß sich nur den Ellbogen an. »Und mein Gepäck?«

»Ich habe eine Ecke der Zwischendecksmesse requiriert,

Ihre Habe dort abgestellt und allen das Schlimmste angedroht für den Fall, dass damit etwas Ungehöriges geschieht. Wenn ich Ihr Gepäck in Ihre Kammer gestopft hätte, dann hätten wir nicht den Platz, den wir brauchen, um alles zu verstauen.«

Tristam folgte dem, wie er inzwischen glaubte, findigen jungen Mann in die Zwischendecksmesse. Dort saß ein weiterer Seekadett am Tisch, dem Tristam gleich vorgestellt wurde. Dabei erhielt er den Eindruck, Beacham könnte ihn seinem Kameraden gegenüber in allzu lebhaften Farben geschildert haben, denn der junge Mr. Chilsey gab sich äußerst respektvoll und wirkte sogar ein wenig nervös.

In der Ecke lagerte also Tristams Gepäck, ein gewaltiger Haufen Instrumente, Kleidung und Vorräte, den er nun zweifelnd anblickte. »Wo soll ich das nur alles unterbringen?«

»In Ihrer Kammer natürlich, Mr. Flattery. Wissen Sie, ich könnte darin zweimal so viel unterbringen, und Sie haben noch genug Platz, um eine Hornpipe zu tanzen. Sie werden schon sehen.«

Dann machten sie sich daran, Tristams Habe zu verstauen, und Beacham hielt währenddessen die Konversation im Fluss. Er erzählte die Geschichte der *Swallow* und versicherte, es handele sich um ein ›glückliches‹ Schiff. Er berichtete von der Mannschaft; mit einigen Leuten war er bereits gefahren, und andere kannte er durch die ›Latrinenparolen‹. Er zeigte sich sehr erstaunt, als Tristam gestand, noch nie von dem ›berühmten‹ Mr. Hobbes gehört zu haben.

»Ich dachte immer, ganz Farrland wüsste über ihn Bescheid, Sir« sagte Beacham und hielt beim Ausräumen einer Instrumentenkiste inne. »Auf den Kais und in den Bierstuben wurde monatelang von nichts anderem gesprochen. Sie haben nichts vom Urteil des Marineamtes gehört?«

Tristam hatte erst kürzlich erfahren, dass es ein Marineamt gab.

»Wissen Sie, Mr. Flattery, noch nie ist der Gerechtigkeit so wenig Genüge getan worden wie in diesem Fall«, erklärte er im Brustton der Überzeugung. »Mr. Hobbes war früher ein Leutnant und stand kurz vor seiner Beförderung zum Kapitän. So sagt es jeder, und ich glaube daran. Er bekam das Kommando über einen verfaulten alten Eimer namens *Briss*, das ist das doornische Wort für ›Brise‹. Aber das wissen Sie bestimmt selbst«, fügte er rasch hinzu. »Als ausgebildeter Geometer wurde Mr. Hobbes mit seinem Schiff beauftragt, das Archipel oberhalb von fünfzig zu vermessen – fünfzig Grad, soll das heißen. Nun, wie jeder gute Offizier begann Mr. Hobbes seine Reise mit der Vermessung seines eigenen Schiffes und stellte fest, dass die *Briss* entgegen dem Urteil des Marineamtes nicht seetüchtig war – zu viel von dem Geld, das eigentlich für ihre Überholung gedacht gewesen war, war nämlich zur Überholung der Solvenz gewisser Herren draufgegangen, wenn Sie verstehen, was ich meine, Sir. Nun, Mr. Hobbes schrieb einen Beschwerdebrief an das Marineamt mit dem Ergebnis, dass ihm befohlen wurde, auf der Stelle auszulaufen – mit einem Schiff, das beinahe am Kai gesunken wäre, ob Sie's glauben oder nicht! Und es geschah, was geschehen musste.

Irgendwie hat die *Briss* den ganzen Sommer ohne Desaster überstanden, aber auf der Heimreise geriet sie in einen schweren Herbststurm, Sir, und sank.« Erzürnt knallte Beacham seine Faust gegen die Tür. »Die Besatzung konnte zum größten Teil in die Boote gehen, denn Vermessungsschiffe tragen oft drei Beiboote, Mr. Flattery: eine Jolle, einen Kutter und dazu noch ein Langboot. Das Langboot, das von Mr. Hobbes befehligt wurde, schaffte unter größten Entbehrungen die Überfahrt nach Farrland und verlor nur einen Mann – auf einer Strecke von fast zweitausend Seemeilen! Und in einer scheußlichen Jahreszeit! Die beiden anderen Boote – von denen hat man nie wieder etwas gesehen, es sein denn, sie spuken in den Schlafkammern gewisser Gentlemen.«

Er atmete lang und tief durch, bevor er weitersprach.

»Aber wurde Mr. Hobbes als Held gefeiert? Wurde er zum Kapitän befördert, erhielt er eine königliche Pension? Nein, Sir! Er wurde vors Kriegsgericht gestellt und degradiert! So belohnten sie ihn dafür, dass er sechsundzwanzig Männern das Leben gerettet hatte! Der Brief, den Mr. Hobbes vor seiner Abreise geschrieben hatte, war angeblich verloren gegangen, und er wurde angeklagt, mit einem Schiff ausgelaufen zu sein, von dem er wusste, dass es nicht seetüchtig war. Und das ist die reine Wahrheit, Sir, so ungern ich es sage. Und die Herren, die sich die Taschen mit dem Geld gefüllt haben, das für die Überholung der *Briss* bestimmt war ... nun, Mr. Flattery, die bezahlen damit ihre Diener! Und ihre feinen Kutschen!«

»Ich verstehe, was Sie sagen wollen«, entgegnete Tristam leise.

»Seit Admiral Gage zum Seelord ernannt wurde, hat sich einiges geändert, aber der arme Mr. Hobbes wird bis an sein Lebensende nicht mehr über den Rang eines Steuermanns, eines Deckoffiziers hinauskommen, und das, obwohl er mit Gregory und Pankhurst gefahren ist. Dabei zählt er zu den geachtetsten Seeleuten in der ganzen Marine! Die Jacks haben ihn geliebt, Sir, das kann ich Ihnen sagen. Als sie bei Winteranbruch die Graue See überquerten, und das in einem offenen Langboot, da hat er öfter seine Ration dem schwächsten Mann überlassen, als dass er sie selber aß. Und ohne einen Kompass lenkte er das Schiff nach den Sternen bis nach Farrland und erreichte das Land, als steuerte er ein Kriegsschiff. Mitten im Nebel hat er das Boot in die Einfahrt von Wickham Harbour gesteuert, Sir! Hat es einfach hineingesteuert, als wäre das nicht so gut wie unmöglich. In der ganzen Marine gibt es keinen Jack, der sich für Mr. Hobbes nicht einer Kanonenkugel in den Weg stellen würde, Mr. Flattery. Sie werden schon sehen.«

Nach diesem Ausbruch arbeiteten sie eine Weile schweigend weiter.

Beacham behielt Recht: Als alles verstaut war, blieb Platz, um eine Hornpipe zu tanzen, allerdings hätte man dazu ein Zwerg sein müssen. Durch beiläufige Fragen während der Arbeit erfuhr Beacham, dass Tristam gewisse Gegenstände fehlten, die ihm das Leben an Bord erleichtern würden; und als Tristam wieder an Land ging, trug er eine Liste von Dingen mit sich, die er kaufen sollte, bevor die *Swallow* auslief. Außerdem hatte er Anweisungen erhalten, wo er diese Artikel erwerben und wie viel er höchstens dafür zahlen sollte. Beacham war ein gründlicher junger Mann, und er schien unter anderem zu glauben, dass einem Landmann nicht zuzutrauen sei, sich anders als bei absoluter Windstille zu rasieren.

Kaum war sein Verstand von den Aufgaben an Bord entbunden, wandte Tristam sich seiner eigentlichen Sorge zu. Diese Fahrt bot ihm weder Flucht vor den Hofintrigen noch die Regeneration, auf die er gehofft hatte. Und wie sollte er zwei Jahre lang neben der Herzogin von Morland leben, nur wenige Schritte von ihr entfernt? Was, wenn sie sich unter den Schiffsoffizieren einen Liebhaber suchte? Wenn sie erst das Archipel durchquert haben würden, gab es keine Hoffnung mehr, das Schiff zu verlassen – keine Möglichkeit zur Flucht.

18. Kapitel

Nachdem ich nun den ganzen Globus umrundet und wohl öfter als jeder andere lebende Mensch fremde, eigentümliche Länder erblickt habe, begreife ich, dass dieses große Streben nach ›Entdeckung‹ einen gänzlich falschen Namen trägt. Fast ausnahmslos sehen wir nämlich, dass in diesen fernen Landen Menschen leben, und an jenen Orten, die wir für unbewohnt hielten, finden wir oft Beweise, dass dort einmal Menschen gelebt haben. Das wahre Zeitalter der Forschung und »Entdeckung« ist also schon lange vorbei; ungerühmt, nicht überliefert und trotzdem gewiss voller Mühen, lag es doch unendliche Zeiträume vor dem Anbeginn unserer Zivilisation. Wenn man diese verlorene Historie berücksichtigt, dann erscheint die Welt wahrlich ohne Ende.

GREGORY: ›Reisen‹

Der fünfzehnte Oktobertag dämmerte herauf, und es versprach ein warmer, klarer Herbstmorgen zu werden. Von den Hügeln kam eine frische Brise und blies den Geruch des Landes auf das Meer. Zwischen den auf der Reede ankernden Schiffen suchten die Möwen zänkisch nach Futter, und stießen ihre gellenden Schreie aus. Hoch über der Bucht jagte ein Fischadler; er hing so stetig in der Luft wie ein Drachen an der Schnur und mit der Geduld eines Magus.

Tristam stand an der Heckreling, wo ihm nichts geschehen konnte, während die Mannschaft das Schiff zum Auslaufen klarmachte – ›in See stechen‹ sagte man gar nicht, hatte er von Jack Beacham erfahren. Er bemühte sich angespannt, nicht zur Herzogin hinüberzublicken, die bereits die Offiziere mit ihrem beträchtlichem Charme bearbeitete. Natürlich hatt er gewusst, dass ihm das Wiedersehen schwer fallen würde, aber nun war es noch viel schlimmer als erwartet. Die Möwenschreie erschienen ihm wie das Echo seiner Qual.

Als der Befehl zum Ankerlichten gegeben wurde, bemerkte ein Offizier einen Kutter, der die Flagge des Admirals der Flotte führte und eilig auf die *Swallow* zuhielt. Als das Boot längsseit kam, erhob sich an seinem Heck ein Offizier und rief laut: »Die Grüße Seiner Majestät an die Herzogin von Morland, an Lord Elsworth, den Kapitän und die Besatzung. Seine Majestät wünschen allen eine glückliche Fahrt.« Und dann zeigte sich zu aller Freude im Bug des Kutters Teiho Ruau, und er begann zu singen.

Mit seiner wahrhaft unirdisch erscheinenden Stimme sang er ein Lied aus Oceana mit einer weichen, eindringlichen Melodie. Ein Abschiedslied, begriff Tristam, obwohl er kein einziges Wort verstand. Die gesamte Mannschaft unterbrach die Arbeit, stellte sich schweigend an die Reling und hörte zu. Selbst den hartgesottensten Jack berührte diese Musik, und keinem der Männer war das peinlich.

Eine Stimme, um die brutale Seele zu besänftigen, dachte Tristam. Es erschien sehr bemerkenswert, dass Ruau, der einem Volk mit einer einfachen Kultur entstammte, zivilisierter wirkte als die meisten armen Jacks der *Swallow*. Im gleichen Moment sah er jedoch, dass der Insulaner wieder den Schlangenledergürtel trug – dabei musste es sich um eine Art Talisman handeln.

Als das Lied zu Ende war, schwenkte der Tenor seinen weiß gefiederten Hut in einem ausholenden Bogen, dann schoss der Kutter davon und verschwand bald zwischen den anderen Schiffen.

Auf der Stelle blies der Bootsmann in seine Pfeife und brach damit die Stimmung. Die Männer stemmten sich ins Gangspill, und die Ankerwinde begann sich zu drehen, die Kette rasselte langsam durch die Klüse. Und schließlich, nach großer Anstrengung, riss es die schuftenden Jacks einen Schritt nach vorn, als der Anker sich aus dem Hafengrund löste. Die Seeleute auf den Rahen setzten die Segel, und das Vermessungsschiff *Swallow* richtete den Bug aufs offene Meer.

Als das Schiff den Hafen verließ, stellte sich Tristam mit dem Gesicht nicht nach vorn, sondern es zog seinen Blick nach achtern. Er wollte sich lieber am Anblick des Landes festhalten, als zum leeren Horizont vorauszuspähen.

Die große Kajüte der Bark *Swallow* erstreckte sich über die gesamte Heckbreite und war daher die einzige akzeptable Unterkunft an Bord. Sie hatte eine Reihe Fenster sowie ein Oberlicht zwischen den schweren Stützbalken, auf denen das Achterdeck ruhte. Selbst an diesem späten Abend wirkte die Kajüte recht hell, denn Decke und Wände waren weiß gestrichen.

Kapitän Josiah Stern stand am Tisch, und die Messingknöpfe seiner Uniform spiegelten sich auf der polierten Oberfläche. Der Bewegung des Schiffes war er sich anscheinend nicht bewusst, denn seine großen Arbeiterhände ließ er entspannt herabhängen und man erwartete keinesfalls, ihn in nächster Sekunde verzweifelt nach einem Halt greifen zu sehen. Darin unterschied er sich deutlich von allen anderen Anwesenden.

Der Kapitän mochte Mitte Vierzig sein, so schätzte Tristam. Er hatte den Körperbau eines Maurers und hielt sich betont würdevoll. Stern schien, was immer er tat, mit großer Konzentration zu verrichten, nachdem er zuvor sorgfältig darüber nachgedacht hatte. Tristam glaubte, dass der Mann gewissermaßen den großen Schiffen ähnlich sei, die er kommandierte: zunächst langsam, aber einmal in Fahrt nur sehr schwer zu bremsen.

In Bezug auf seine Kleidung wirkte Stern wählerisch. Seine Uniform stammte von einem sehr guten Schneider und war makellos sauber.

»Er denkt gern von sich als Gentleman«, hatte Beacham angemerkt, »aber er duldet keine Meinung neben der seinen, Mr. Flattery.« Dabei hatte der Seekadett die Stimme gesenkt. »Der angenehmste Offizier über Wasser, Sir. Aber er lässt nicht mit sich argumentieren. Nicht unser Kapitän Stern, denn er schlägt dann so schnell um wie die See unter einer Bö.«

Tristam saß unter einem offenen Fenster auf der Bank und stabilisierte sich dadurch, dass er die Beine weit auseinander stellte und seinen Rücken gegen das Hartholz des Fenstergehäuses stemmte, mit einer Hand klammerte er sich an die Fensterbank, die andere lag auf seinem Schoß und zuckte gelegentlich, wenn das Schiff schlingerte. Diesen Platz hatte er sich sorgfältig ausgesucht, denn er bot ihm einen guten Blick auf jeden in der Kajüte, besonders aber auf die Herzogin. Sie hockte auf einem Stuhl, den man mehrere Fuß weit vom Tisch abgerückt hatte, sodass sie nicht allzu steil zu dem Kommandanten aufschauen musste. Wie stets wirkte sie völlig gelassen und wartete, wenn nicht mit einem Lächeln, so doch mit dem Ausdruck vergnügter Erwartung auf dem Gesicht. Ein paar Haarsträhnen hatten sich aus ihren Kämmen gelöst, und Tristam fand, dass der frische Wind ihren Wangen eine höchst unschuldige Röte verliehen hatte. Er zwang sich, den Blick abzuwenden, denn immerhin konnte der Viscount Elsworth zu der Meinung gelangen, der Schiffs-Naturforscher starre seine Schwester an.

Als die Herzogin an Bord kam, hatte sie Tristam wie einen lange verloren geglaubten Cousin begrüßt und ihn auf beide Wangen geküsst, um die Zuneigung, die sie für ihn empfand, unmissverständlich deutlich zu machen. Seit Monaten kein Wort von ihr, und nun ging sie auf ihn zu, als hätte sie ihn jede Sekunde lang vermisst – und etwas dergleichen hatte sie sogar gesagt. Gewiss hatte ihn jeder Mann an Deck beneidet – wie es eindeutig in ihrer Absicht lag. Und genau deswegen befand er sich nun in solcher Gefühlsverwirrung – er war zornig, entzückt, hoffnungsfroh und sogar ein wenig stolz. Diese Verwirrung trug er mit sich umher wie einen chronischen Schmerz in der Brust.

»Mir erscheint es wichtig«, begann Kapitän Stern und unterbrach Tristams Nachsinnen, »dass wir miteinander sprechen, bevor wir zu sehr mit unseren eigenen

Geschäften befasst sind.« Dabei wandte er den Kopf ganz wenig der Herzogin zu. Eine Art Anerkennung ihrer Position, dachte Tristam.

Der Viscount saß auf einem Stuhl, den er an das leeseitige Ende der beiden Kojen in der Kammer gestützt hatte, so dass das leichte Krängen des Schiffes ihn an Ort und Stelle hielt. Er schlug die Beine übereinander, dass das Fußgelenk des einen Beines auf dem Knie des anderen lag, lehnte sich zurück und grinste wie ein leutseliger Betrunkener. Tristam bemerkte einmal mehr, wie groß und breitschultrig dieser Mann war; darin hätte er es mit den kräftigsten Matrosen des Schiffes aufnehmen können.

Tristam wandte den Blick ab und schaute hinaus auf das Kielwasser. Das Schiff strebte den Hügeln Farrlands zu, die dunkelrot am Horizont lagen wie eine fremde Insel. Eine Möwe, getragen von der Strömung, die das Schiff in der Luft erzeugte, hielt den Kopf schräg und tadelnd auf Tristam gerichtet, als sei er eigentlich verpflichtet, sie zu füttern.

»Ich hatte bereits in der Vergangenheit Peers an Bord der Schiffe, die ich befehligte«, fuhr Stern fort, »Admirale oder zivile Angehörige der Admiralität – Männer also, die das Meer ebenso kannten wie die Marine und ihre Gebräuche.«

Die Betonung, so bemerkte Tristam, lag auf dem Wort ›Männer‹. Stern legte eine Hand auf den Rücken – eine recht höfische Gebärde.

»Selbst wenn ich einen Admiral an Bord hatte, der Angehöriger des Hochadels war, bestand nie auch nur der leiseste Zweifel, wem das Kommando über das Schiff gehörte– wer den Offizieren und der Mannschaft die Befehle erteilte. So ist es schon lange Tradition in der Marine. Ein Schiff kann nur einen Kommandanten haben, oder es wird rasch in zwei Hälften gespalten. Ein Schiff kann nicht zwei Kursen folgen, und die Jacks – nun, die Jacks brauchen eine gleichbleibende Routine und gerechte, aber strenge Disziplin.

Die Admiralität hat es als richtig erachtet, mir das Kommando über dieses Schiff *und* die Expedition zu übertragen.« Er verstummte und blickte nacheinander allen Anwesenden in die Augen. »Ich hoffe, daran besteht nicht der leiseste Zweifel?«

Tristam nickte rasch, doch die einzige Antwort der Herzogin bestand in einem leichten Zusammenpressen der Lippen – das man nicht als Lächeln bezeichnen konnte. Der Ausdruck tumber Leere auf dem Gesicht des Viscounts veränderte sich um keinen Deut.

Die Befehlskette, dachte Tristam. *Die Litanei der Marineleute – ihr zentraler Glaubensgrundsatz.* Er hatte sich bereits gefragt, wie Stern mit der Herzogin an Bord verfahren wollte.

»Zwei Jahre oder noch länger auf einem kleinen Schiff verlangen jedem einzelnen an Bord mehr ab, als den meisten Menschen klar ist. Nach Monaten auf See sind Männer von den kleinsten Ärgernissen zu Bluttaten getrieben worden – von Dingen, die wir an Land kaum bemerken würden. Doch wenn ein starker Kapitän, der als gerecht bekannt ist, den Ton angibt, der auf der Fahrt herrscht – wenn er einmal klar die Grenzen akzeptablen Handelns definiert hat und sich eisern daran hält –, dann kann sich das Leben an Bord sehr angenehm gestalten, wenngleich nicht so bequem, wie manche es von Land gewohnt sind. Streit ist wie eine brandige Wunde, und ich werde nicht zögern, mein Skalpell zu zücken und die faule Stelle herauszuschneiden.« Erneut blickte er nacheinander jeden einzeln an. »Darin benötige ich Ihre unbeirrbare Unterstützung. An Bord jedes Schiffes gibt es einige, die mit ihrem Leben weniger als zufrieden sind, doch anstatt sich nach Kräften zu bemühen, ihr Los zu verbessern, lenken sie ihre Kräfte darauf, Zwietracht zu säen. Viel ist nicht erforderlich, um sie dazu zu ermutigen, ihrem Drang zu folgen. Wenn sie unter den Jacks noch einen oder zwei mit der gleichen Neigung finden, dann kann das schon zu großem Unheil führen. Wenn sie aber gar glauben, dass ihre Unzufriedenheit von Offizieren oder anderen an Bord gutgeheißen wird ...« Der Kapitän wies nach oben, zum Deck, und hob die buschigen Augenbrauen. »Ich möchte Sie darum bitten, niemals auch nur ein schlechtes Wort über die Marine oder einen der Offiziere an Bord auszusprechen, ganz gleich, was Sie in Wirklichkeit denken. Seien Sie selbst dann, wenn Sie glauben, unter sich zu sein, sehr vorsichtig, denn ich will Sie warnen: Jede Abgeschiedenheit an Bord eines Schiffes ist nur eine Illusion, und deren Aufrechterhaltung eine Konvention, auf die wir uns in gegenseitigem Einvernehmen verständigt haben.«

Stern blickte in die Runde und strich mit der Hand über die blanke Tischplatte. Dabei drehte er sich gerade so weit, dass Tristam sehen konnte, wie fest er die Hand auf seinem Rücken zur Faust geballt hatte.

»Auf den verschiedenen Marinestationen werden Sie noch feststellen, dass viele Offiziere ihre Frauen und Kinder mitgebracht haben – ihre Frauen und ihre Kinder. Und diese Damen sind an Bord von Seiner Majestät Schiffen gereist. Deshalb ist es nicht unerhört, Frauen an Bord zu haben. Allerdings ist es sehr ungewöhnlich, wenn Damen bei einer Fahrt dieser Länge mitreisen.« Er blickte, ein wenig peinlich berührt, wieder auf – *aber er segelt unbeirrt weiter*, dachte Tristam. »In dieser Hinsicht erwarte ich keinerlei Schwierigkeiten. Die Jacks wissen genau, dass sie bei mir mit härtester Bestrafung rechnen müssen, wenn Sie Hoheit oder Ihre Gesellschafterin in irgendeiner Weise behelligen. Aber wenn Hoheit so freundlich wären, mit Ihrer Gesellschafterin zu sprechen und sie zu ermahnen, sich jederzeit sehr umsichtig zu betragen und darauf zu achten, dass ihr Verhalten niemals als Ermutigung ausgelegt werden könnte ...« Er zog die Augenbrauen hoch und blickte die Herzogin an, doch sie weigerte sich, dem Ertrinkenden ihre Hand hinzustrecken. Tristam verkniff sich ein Lächeln. Über die Herzogin von Morland hatte der Kommandant noch sehr viel zu lernen.

Stern senkte den Blick auf die Tischplatte, vielleicht, um seine Verärgerung über die Reaktion der Adligen zu verbergen. »Ich bin sicher, Sie verstehen, was ich meine. Zu unserem Glück haben wir eine gute Mannschaft an Bord. Kein einziger Mann musste gepresst werden. Die Geschichten über Oceana locken genug Freiwillige herbei, um fünf Schiffe zu bemannen. Hobbes und ich haben mit einiger Sorgfalt die besten darunter ausgesucht. Den Ersten Offizier, Leutnant Osler, trennt nur noch ein Schritt vom eigenen Schiff, und er ist ein Seeoffizier, dem ich bedingungslos vertraue. Was Mr. Hobbes betrifft ...« Er musterte die Anwesenden, und Tristam fand seinen Blick ein wenig aufsässig. »Ganz gleich, was Ihnen über ihn zu Ohren gekommen sein mag – Mr. Hobbes ist der beste Deckoffizier in des Königs Marine. Meiner Meinung nach wäre er heute Kapitän zur See, wenn nicht ...« Stern unterbrach sich rechtzeitig und verstummte verlegen.

Tristam konnte den anderen nicht ansehen, ob sie Mr. Hobbes' Geschichte überhaupt kannten. Stern schien jedenfalls ähnlich darüber zu denken wie Beacham.

»Alles gute Offiziere«, sagte Stern gelassen, »sämtlich Gentlemen.« Er hob wieder den Blick, und diesmal richtete er seine meerblauen Augen auf Tristam. »Und dieses Wort benutze ich, um zu beschreiben, wie ein Mann sich in der Welt verhält – sein Gebaren und sein Handeln, nicht die Umstände seiner Geburt. Ich bin sicher, ich kann mich bei den anwesenden Gentlemen darauf verlassen, dass sie meine Offiziere behandeln, wie es ihnen zukommt. Das würde uns allen die bevorstehenden zwei Jahre erheblich erträglicher machen.«

Tristam nickte unverzüglich. Leutnant Osler entstammte ähnlichen Verhältnissen wie er selbst, war der Enkel des Earls von Firthe, und was den berühmten Mr. Hobbes anging ... nun, Tristam glaubte von sich, die Vorurteile seines Standes ohnehin überwunden zu haben, und er war bereit, Mr. Hobbes mit Hochachtung zu behandeln, ganz besonders, wenn er seine Geschichte als wahr ansah.

»Sie werden feststellen, dass es nicht unerträglich ist, mit mir zu fahren«, sprach Stern weiter. »Ich bin keiner dieser Zuchtmeister, die nur dafür leben, jeden an Bord ihrem Willen zu unterwerfen. Nein, ich glaube, Sie werden mich als vernünftigen Mann schätzen lernen. Mein Kredo ist einfach: meine Pflicht gegenüber dem König und der Marine zu erfüllen; stets ein Gentleman zu sein, gegenüber Freund und Feind; niemanden zu erniedrigen, um mich selbst zu erhöhen, sondern nur durch eigenen Verdienst aufzurücken. Das sind meine Grundsätze, die Sie vielleicht für altmodisch halten, aber den Menschen, der an ihnen einen Fehler findet, habe ich noch nicht getroffen.«

Es war nicht zu überhören, dass der Kapitän keinen Widerspruch dulden würde, und vermutlich waren seine Ansichten noch nie infrage gestellt worden. Selbst wenn sie noch fragwürdiger wären als diese banale Moralpredigt, würde Stern kein kritisches Wort zu Ohren kommen.

Der Seeoffizier wischte erneut mit der Hand über den Tisch, als wollte er das Spiegelbild seiner glänzenden Knöpfe auslöschen. »Ich will ganz aufrichtig sagen, dass innerhalb der Admiralität Stimmen laut geworden sind, die Einwände gegen die Teilnahme Eurer Hoheit erheben«, erklärte Stern und blickte auf.

Tristam spürte geradezu, wie energisch der Kommandant die Faust ballte. Sterns Stimme klang, als ob er beim Sprechen eine schwere Last zu heben hätte.

»Jedoch bin ich der Ansicht, Hoheit, Lord Elsworth – dass ich meinen Aufgaben durchaus gewachsen bin.« Er nickte Tristam knapp zu. »Mithilfe von Mr. Flattery und meinen eigenen Fähigkeiten werden wir gewiss Erfolg haben. Und im Gegensatz zu dem, was einige wohl denken, bin ich nicht der Diener eines Ministers oder Höflings, sondern der Diener des Königs«, führte er mit bebender Stimme aus. »Uns steht eine lange, anstrengende Reise bevor, die, wie ich Sie warnen muss, nicht gefahrlos sein wird. Sobald wir Farrow erreichen, bietet sich Ihnen eine Gelegenheit, Ihre Meinung zu ändern, und eine weitere auf der Königin-Anne-Station.

Selbstverständlich sind Hoheit an Bord meines Schiffes willkommen«, fügte er rasch hinzu. »Und Sie ebenfalls, Lord Elsworth. Bitte missverstehen Sie mich nicht. Ich möchte Ihnen versichern, dass meine Ziele mit den Interessen Farrlands und seines Monarchen übereinstimmen. Ich habe noch nie darin versagt, meine Befehle zu erfüllen.«

»Und wie lauten diese Befehle, Kapitän Stern?«, fragte die Herzogin gleichmütig und mit beinahe lieblicher Stimme. Dabei fixierte sie ihn mit dem gleichen Blick, den Tristam schon zu spüren bekommen hatte und der es darauf anlegte, auch Stern aus der Fassung zu bringen.

»Ich hoffe, Hoheit können mir vergeben. Befehle der Admiralität werden nicht diskutiert.« Bei diesen Worten wirkte Stern sehr ernst, und doch glaubte Tristam, über diese Erklärung ein gewisses Maß an Genugtuung bei ihm zu bemerken.

»Haben Sie noch andere Befehle oder andere Aufgaben außer denen, die uns alle betreffen, Kapitän Stern?«

»Erneut muss ich Hoheit um Vergebung bitten, doch dazu darf ich mich nicht äußern.«

So leicht ließ die Herzogin sich nicht abwiegeln. »Ich verlange ja nicht, dass Sie mir die Einzelheiten Ihrer Befehle offenbaren, Herr Kapitän, nur, ob während unserer Reise noch weitere Aufgaben zu verrichten sind. Gewiss kann man Sie doch nicht wegen Verrats anklagen, weil Sie uns darüber in Kenntnis setzen.«

»Ich bitte Sie vielmals um Vergebung, Hoheit, und die Gentlemen ebenfalls, doch ich sehe mich außerstande, meine Befehle zum Gegenstand einer Diskussion zu machen. Selbst meine Offiziere besitzen nur eine sehr grobe Vorstellung von unseren Absichten – und sie wissen nichts von dieser ... dem anderen Vorhaben«, fügte er hinzu, indem er sich vorbeugte und fast im Flüsterton sprach. »Sie wissen, dass sie auf einem Vermessungsschiff fahren und dass wir zur Verrichtung ebendieser Aufgabe ausgerüstet auslaufen. Wir segeln nach Westen, nach Oceana, und werden auf dieser Fahrt gewisse Messungen ausführen. Mehr, Hoheit, haben meine Offiziere nicht erfahren, und das genügt ihnen.« Er lächelte, als hätte er soeben zum Zwecke des ›Miteinanderauskommens‹ ein gewaltiges Zugeständnis gemacht.

»Nun, Kapitän Stern«, entgegnete die Herzogin, die dies offenbar nicht zu würdigen wusste, »ich hoffe nur, diese Messungen, auf die Sie hinweisen, halten uns nicht von unserer eigentlichen Aufgabe ab. Sie sollten wissen, dass mir dieser Gedanke große Sorgen bereitet. Was mich betrifft, und ich glaube, in dieser Hinsicht auch für Lord Elsworth sprechen zu können – wir sind fest entschlossen, mit Ihnen so weit wie möglich zusammen zu arbeiten, und es wird nicht vorkommen, dass wir uns in die Schiffsführung oder den Ablauf und die Disziplin des Bordlebens einmischen. Wir kennen uns hier nicht aus und geben uns daher ganz in Ihre Hand, wir unterwerfen uns Ihrer großen Erfahrung und Ihrem Urteil. Was das andere angeht – ich bin aus einem einzigen Grund auf Ihrem Schiff, Herr Kapitän. Ich bin hier, um mich davon zu überzeugen, dass keinerlei höfische Intrigen insgeheim diese Expedition begleiten. Wie Sie diene auch ich dem König. Nur aus diesem Grund habe ich mich nach der Art Ihrer Befehle erkundigt. Ich würde niemals daran denken, Ihre Kenntnisse der Ozeane infrage zu stellen, Kapitän Stern, stattdessen kenne ich mich auf anderen Gebieten aus. Allem Anschein zum Trotz könnten Ihre Befehle nicht den Belangen des Königs dienen, sondern vielmehr den Interessen von Angehörigen des Hofstaats gehorchen. Es wäre nicht das erste Mal.«

Stern verbarg nun auch die andere Hand hinter dem Rücken und richtete sich sehr gerade auf. »Ich darf Eurer Hoheit versichern, dass das nicht der Fall ist.«

Die Herzogin gab keine Antwort, doch sie und der Kommandant maßen einander mit Blicken, und keiner war bereit zu weichen. Kein Zweifel: Stern war es nicht gewöhnt, dass ihm jemand an Bord seines eigenen Schiffes derart entgegentrat – schon gar nicht eine Frau. Unter den möglichen Antworten, die man als Seeoffizier für solche Situationen parat hatte, gab es wohl keine, die zu diesen Umständen passte. Immerhin hatte der Kommandant die Favoritin des Königs vor sich.

»Die Situation ist komplizierter, als die meisten ahnen«, erklärte die Herzogin. Sie gab keinen Zollbreit nach.

Stern erwog ihre Worte und sagte in ruhigem Ton:

»Ich bin vielleicht nur ein ungebildeter Schiffskapitän, Hoheit, aber trotzdem bin ich kein Dummkopf.«

»Das hätte ich auch niemals andeuten wollen, Herr Kapitän. Sagen wir einfach, dass ich für den Augenblick beruhigt bin.« Plötzlich lächelte die Herzogin, und Tristam sah deutlich, wie dieser Umschwung ihres Benehmens auf Stern wirkte. Das Lächeln raubte ihm völlig die Fassung, als hätte er den Wortwechsel falsch verstanden und ihm viel zu großes Gewicht beigemessen – er musste sich nun fragen, ob er ihr etwa als aufgeblasener Wichtigtuer vorkam. Der Kapitän hob den Arm und hielt sich an dem Balken über seinem Kopf fest.

Willkommen in der Welt der Herzogin von Morland, Herr Kapitän, dachte Tristam.

»Ich hoffe, Sie alle machen mir das Vergnügen, heute mit mir zu Abend zu speisen?«, fragte die Herzogin freundlich und blickte die Anwesenden nacheinander an. »Sie haben doch wohl keine anderen Verpflichtungen? Oder quellen Ihre Kalender über?« Tristam musste feststellen, dass er ihr Lächeln, mit dem sie ihn verwandelte, gegen seinen Willen erwiderte.

»Sie sind alle sehr freundlich.« Die Herzogin wandte sich wieder an Stern und behielt ihre beschwingte Art bei. »Bekümmern Sie sich nicht, Herr Kapitän. Wir werden in keiner Weise die geheiligte Routine der Marine oder das empfindliche Gleichgewicht an Bord dieses Schiffes stören.«

Stern neigte lächelnd den Kopf, als hätte er soeben von einer Königin ein Kompliment erhalten.

Dass er seine Räume der Herzogin von Morland zur Verfügung stellen muss, dürfte Stern hart ankommen, dachte Tristam, als er sich in der großen Kajüte umsah. An Bord des Schiffes gab es nichts Vergleichbares, und der Kapitän logierte nun wie Tristam in einer kleinen Kammer. Mehr als anderen musste Stern klar sein, was das auf einer zweijährigen Fahrt bedeutete.

Tristam saß wieder auf der Bank am Heckfenster und sah der entonnischen Gesellschafterin dabei zu, wie sie die letzten Handgriffe an der Tafel vornahm, die für acht Gäste gedeckt war, obwohl es schon mit sechsen sehr eng geworden wäre. Die Herzogin stand daneben, nichts entging ihrem Blick. Sie gab der Gesellschafterin und dem Kapitänssteward letzte Anweisungen. Für eine Frau, die daran gewöhnt war, dass die Zahl ihrer Dienstboten die Zwanzig überschritt, wirkte sie bemerkenswert gelassen.

Zweimal versuchte der Steward anzumerken, wie man bei der Marine den Tisch deckte, doch davon wollte die Herzogin nichts hören. Sie mochten sich an Bord eines Schiffes befinden, doch ihr Tisch wurde nach den Gebräuchen Avonels gedeckt, soweit sich das unter den herrschenden Umständen bewerkstelligen ließ.

Tristam beobachtete, wie das Wasser unter dem Heck hervorgurgelte. Es hieß, sie machten fünf Knoten, doch wenn er direkt aufs Wasser sah, kam es ihm viel schneller vor. Er empfand ein jähes Entzücken über den Anblick der Bewegung und die Kraft eines Schiffs unter Segeln. Mit jeder Welle hob es sich und machte einen Satz vorwärts, wenn es die höchste Stelle überwunden hatte, das Rauschen des Wassers veränderte sich, sobald das Schiff verlangsamte, nur um wieder anzuschwellen, wenn es erneut vorstieß. Unablässig stieg und fiel es auf der sich hebenden und senkenden Brust des lebendigen Meeres.

Tristam glaubte allmählich, er könnte die Nähe der Herzogin doch überleben. Dass nun das Eis gebrochen war, erleichterte und stärkte ihn. Die Herzogin benahm sich zu ihm sehr freundlich. Man hätte glauben können, Tristam sei ein alter, geschätzter Freund. Noch immer fühlte er sich zu ihr hingezogen, und es fiel ihm schwer, sie nicht ständig anzusehen. Vielleicht ginge auch das vorbei.

»Sie sind doch nicht etwa krank, Tristam?«

Er kehrte dem Anblick des dahinziehenden Ozeans den Rücken zu und zwang sich zu einem Lächeln. »Nicht im Geringsten.«

Die Herzogin sah ihn an, ein wenig besorgt, wie es schien. Gerade, als er glaubte, sie wolle etwas sagen, klopfte es gemessen an die Kajütentür.

»Ihre Gäste, Frau Herzogin«, sagte Jacel.

Kapitän Stern ging Doktor Llewellyn voran, dem Mediziner, der die Herzogin begleitete, weil der König darauf bestanden hatte, dass sie nicht ohne Arzt reiste. Darauf folgten die Marineoffiziere, gewaschen und frisch rasiert; ihre Uniformknöpfe blitzten.

Tristam hielt es für möglich, dass Leutnant Osler, der Erste Offizier, in Gesellschaftskreisen nicht ganz unerfahren war, doch ganz offensichtlich war keiner der übrigen jemals zu einem solchen Abendessen geladen gewesen. Die Herzogin hingegen bemühte sich sofort, das Unbehagen der Herren zu vertreiben. Sie begrüßte sie alle mit Namen und hätte auch Angehörige des Königshauses nicht freundlicher als Gäste willkommen heißen können. Selbstverständlich waren sie alle Männer, und ihrer Wirkung auf Männer konnte sich die Herzogin überaus gewiss sein.

Mitten in den höflichen Aufmerksamkeiten senkte sich plötzlich ein höchst unbehagliches Schweigen über die Gäste, das nur von dem Arzt gebrochen wurde, der es anscheinend gar nicht wahrgenommen hatte. Tristam hatte sich erhoben, um an der Begrüßung teilzunehmen, doch nun hielt er überrascht inne. Die Marineoffiziere starrten auf den Tisch und wandten sich wie ein Mann ihrem Kommandanten zu.

Die Herzogin legte Dr. Llewellyn eine Hand auf die Schulter, um ihn zum Schweigen aufzufordern, und wandte sich an die Seeleute.

»Muss ich befürchten, einen Bruch der Etikette begangen zu haben, Kapitän Stern?«, fragte sie ruhig.

Stern versuchte zu lächeln. »Nur ein alter Aberglaube, Frau Herzogin. Am ersten Abend auf See sollen sieben am Tisch sitzen. In all dem Trubel um das Auslaufen vergaß ich, darauf hinzuweisen, wofür ich mich bei Ihnen entschuldigen möchte.«

»Nun, wir sind doch alle gebildete Menschen«, mischte sich der Arzt ein, »und keine abergläubischen alten Schäfer. Ich sitze gern an einem Tisch mit acht Gedecken – und was das angeht, auch an einem mit dreizehn.«

Die Marineoffiziere zeigten allesamt ein erstarrtes Gesicht und hielten den Blick auf unverfängliche Stellen gerichtet. Ganz eindeutig waren sie entsetzt über Llewellyns Äußerung.

»Wenn Sie mich entschuldigen wollen, Hoheit«, sagte der junge Osler und versuchte dabei unbefangen zu wirken. »Ich sollte mich wohl um meine Pflichten kümmern.«

»Aber, Mr. Osler ...«, begann Stern ein wenig verstört, beendete den Satz jedoch nicht.

»Mr. Osler, ich hoffe, Sie werden mir an einem anderen Abend die Ehre geben?«, fragte die Herzogin teilnahmsvoll.

»Das wäre mir eine Ehre, Hoheit«, sagte er und verbeugte sich leicht.

»Dann will ich Ihnen gestatten, die Größe der Tischrunde auf ein angemessenes Maß zu reduzieren. Vielen Dank, Mr. Osler.« Die Herzogin knickste vor dem Leutnant, nachdem sie ihn zum aufopfernden Helden gemacht hatte. Tristam verspürte einen Stich von Eifersucht und begriff, dass es am Ende wohl doch nicht leicht sein würde, so nah bei der Herzogin zu leben.

Noch bevor Osler den Raum verließ, stürzte sich der Kapitänssteward auf das anstößige Gedeck und räumte es so rasch ab, wie seine Hände sich bewegen wollten.

Doch die angespannte Haltung der Seeleute zeigte deutlich, dass sie trotz Oslers Rückzug der Ansicht waren, der Schaden sei bereits angerichtet – dass der Frevel bereits von dem Meeresgott, der solche Taten ahndete, bemerkt worden sein müsse.

Die übrigen Gäste erhielten ihre Plätze zugewiesen, und man führte recht gezwungene Unterhaltung. Tristam, dem nicht im Mindesten nach Geselligkeit zumute war, stellte fest, dass seine Gedanken in die Ferne schweiften, während sein Blick sich immer wieder wie von selbst auf die Herzogin richtete, die ohnehin im Mittelpunkt aller Aufmerksamkeit stand. Tristam fand, dass die Natur keine vollkommenere Schönheit mehr hervorbringen könnte, wenn er die Augen schloss, verzauberte ihn sogar der Klang ihrer Stimme.

Wie hätte er der Herzogin je entkommen sollen – selbst wenn sie die Expedition nicht begleitet hätte?

Tristam versuchte sich auf die Männer am Tisch zu konzentrieren – eine Übung, die er nur halbherzig durchführte. Kapitän Stern trug eine makellose Uniform, und sein kurzgeschnittener Bart glich dem des Herzogs von Blackwater, Jaimys Vater, wie ein Ei dem anderen. Der Mann war soeben aus seiner Stellung als Achse, um die sich alle Ereignisse drehten, vertrieben worden. Er tat, was er konnte, um unbeeindruckt zu erscheinen, doch selbst Tristam, der ihn kaum kannte, bemerkte sehr wohl, wie viel Mühe es dem Kommandanten bereitete.

Taine, der Schiffsarzt, wirkte im Gegensatz zu seinem Kommandanten recht schäbig; seine Manschetten und sein Kragen waren schmutzig, und ein billiges Parfum sollte die Tatsache überdecken, dass er schon länger nicht mehr gebadet hatte. Der Mann musste sich ebenfalls mehr als ein wenig fehl am Platze vorkommen, denn gewöhnlich betätigte sich der Schiffsarzt auch als Naturforscher oder sammelte wenigstens nach bestem Vermögen Proben. Und hier saß der arme Taine an Bord des Schiffes zusammen mit einem ausgebildeten Naturkundler und einem echten Arzt, der an einer Universität studiert hatte, anstatt nur von der Marine angelernt worden zu sein, und der zudem bei der Königlichen Familie praktiziert hatte.

Dieser Arzt, Dr. Norrish Llewellyn, war ein merkwürdiger Mensch. Er redete zu viel und schien sich dessen nicht im Entferntesten bewusst zu sein. Außerdem gab er sich gönnerhaft, was Tristam überhaupt nicht ertragen konnte. Wenn dem Mediziner eine Frage gestellt wurde, pflegte dieser leise und spöttisch zu lachen, als amüsiere er sich prächtig über die törichte Erkundigung.

»Leiden die Varuaner unter Skorbut?«, hatte die Herzogin gefragt und sich damit ein höhnisches Lachen eingehandelt.

»Nein, Hoheit, der Skorbut ist eine Krankheit, die durch falsche Ernährung hervorgerufen wird, was Gregory bewiesen hat. Die Varuaner aber ernähren sich gesund. Auch wird der Skorbut an Bord dieses Schiffes niemanden behelligen, denn wir führen die erprobten und echten Anti-Skorbutika mit uns: Zitronen, Sauerkraut und aus Fichtennadeln gebrautes Bier.« Er sah die Herzogin an und verzog die Lippen zu einem schmalen, amüsierten Lächeln. »Sie haben Llewellyn an Bord – einen Arzt, der an der Königlichen Akademie studiert hat. Die Krankheit wird nicht die Gefahr sein, die auf dieser Reise droht, das darf ich Ihnen versichern.«

Tristam war nicht sicher, wer nun stärker verärgert war: die Herzogin, die Herablassung ebenfalls nicht ertragen konnte, der Schiffsarzt als Abgänger der gering geachteten Akademie der Marine, oder die Offiziere, denen die Andeutung, die einzige Gefahr könne durch unsachgemäße Schiffsführung entstehen, überhaupt nicht gefiel. Aus irgendeinem Grund hatte Llewellyn es versäumt, Tristam zu beleidigen. Gleichzeitig war der Arzt sich überhaupt nicht bewusst, dass irgendjemand seine Worte als Kränkung empfinden könnte – schließlich und endlich sagte er nur die Wahrheit.

Ganz offensichtlich war der Arzt ein Gelehrter von einiger Bildung – was er sogleich jedermann wissen ließ –, denn er beherrschte mehrere Fremdsprachen und kannte sich recht gut in der Naturkunde aus. Doch in Tristams Augen wies Llewellyn alle Anzeichen für einen Mann auf, der, obwohl er viel wusste, sehr wenig Lebenserfahrung besaß. Immerhin hatte der Arzt keine fünfzehn Minuten gebraucht, um so gut wie jeden am Tisch vor den Kopf zu stoßen, am härtesten den armen Schiffsarzt. Vor den Augen aller korrigierte Llewellyn den Mann zweimal, als wäre Taine nur ein Lehrjunge. Dann ließ er mehrere spitze Bemerkungen über den Aberglauben fallen, als könnte er damit die Seeleute dazu bewegen, ihn abzulegen.

Tristam hatte auf der Schule Lehrer erlebt, die sich ähnlich verhielten. Unweigerlich waren sie bei den Schülern am unbeliebtesten gewesen – und in der Ausübung ihres Berufes am wenigsten wirksam gewesen.

Selbst die Herzogin hatte Mühe, dem unverwüstlichen

Doktor die Gewalt über den Lauf des Tischgesprächs zu entreißen. Auf Andeutungen ging er nicht ein, auch nicht auf solche der weniger subtilen Art. Im Gegenzug gestattete sie außer Llewellyn jedem am Tisch, sie mit ›Frau Herzogin‹ anzureden, und es dauerte einen Augenblick, bis selbst das zu dem Arzt durchgedrungen war. Endlich aber verfiel er in Schweigen, als er bemerken musste, dass dem niederen Schiffsarzt eine Gunst erwiesen worden war, die ihm verwehrt blieb. Demgegenüber wurde er jedes Mal an seine Stellung als Hofangestellter erinnert, wenn er sie ›Hoheit‹ nennen musste.

»Herr Kapitän Stern«, sagte die Herzogin ein wenig eifrig, denn sie wusste sehr gut, dass der Kommandant in ihrer Gegenwart an gesellschaftlicher Geltung verlor, »ich würde gern einen Trinkspruch ausbringen, doch ich möchte meinem früheren Fehler keinen weiteren hinzufügen. Gibt es auch hier Traditionen, gegen die man nicht verstoßen sollte?«

Tristam glaubte, dass Stern ihre Erkenntnis seiner Lage bemerkte und ihre Bemühung zu schätzen wusste. »Nur wenige Dinge gibt es, vor denen man sich hüten sollte, Frau Herzogin. Man pfeift nicht an Bord eines Schiffes, weil dies nach allgemeiner Ansicht Stürme herbeiruft. Genau aus diesem Grund stoßen wir niemals auf ›guten Wind‹ oder Ähnliches an, denn das kann bewirken, dass man in eine wochenlange Flaute gerät, so glaubt man wenigstens. Es heißt, dass es Unglück bringt, wenn man bestimmte Ängste äußert, indem man zum Beispiel sagt, man hoffe, das Schiff würde nicht sinken. Der gewöhnliche Matrose fürchtet alles Übernatürliche und würde niemals davon sprechen. Es bringt Pech, wenn man am Freitag aus einem Hafen ausläuft.« Er musste plötzlich lachen, als er bemerkte, wie lang seine Liste geworden war. »Beim Aufbruch stoßen wir normalerweise auf den Erfolg der Fahrt an, Frau Herzogin, und zu jeder Mahlzeit trinken wir ein Glas auf die Gesundheit des Königs.«

»Auf den Erfolg der Reise also, meine Herren«, sagte die Herzogin, »und auf die Gesundheit des Königs.«

Tristam sah die Anspannung um ihre Augen. Vielleicht hatte die Herzogin ihren eigenen Aberglauben.

»Ein sehr guter Wein«, sagte Llewellyn, und es war nicht sicher, ob er mit diesem Kompliment um Entschuldigung für sein früheres Verhalten ersuchte oder ob er die Gelegenheit ergreifen wollte, um sich als Weinkenner zu beweisen.

»Er wurde aus der Traube gekeltert, die Erasmus Flattery züchtete«, warf die Herzogin rasch ein, »und dessen Erbe mit uns am Tisch sitzt.«

»Sie sind der Sohn von Erasmus Flattery?«, fragte Stern.

»Er war mein Großonkel, Herr Kapitän.«

»Nun, das sollten Sie für sich behalten, Mr. Flattery«, sagte Stern und verrückte unruhig auf seinem Stuhl. Dann sah er in die Runde. »Wir alle sollten darüber schweigen. Gewiss ist nichts Wahres daran, Mr. Flattery, doch sind die Gerüchte, die Ihren Herrn Onkel in Verbindung zu Lord Eldrich setzen, weit verbreitet. Die gewöhnlichen Jacks, die Männer vor dem Mast, nun, ihnen würde der Schrecken in die Glieder fahren wenn sie wüssten, dass der Erbe von Erasmus Flattery sich an Bord befindet.«

Stern bemühte sich um ein beruhigendes Lächeln, das ihm jedoch nicht gelingen wollte. Tristam fühlte den Zorn in sich aufwallen, und eine leise Furcht. Schon wieder etwas, dem er anscheinend nicht entkommen konnte.

Danach lenkte man das Gespräch in andere Bahnen, aber Tristam hörte kaum zu. Die Herzogin achtete sorgfältig darauf, jeden einzubeziehen, doch konzentrierte sie ihren Charme auf den Steuermann. Und der gute Mr. Hobbes, der unter den Lords der Admiralität gelitten hatte, war ganz offensichtlich willens, die Herzogin von jeder Verbindung zu ihnen freizusprechen. Somit konnte die Dame eine gerissene und kaltblütige Strategie verfolgen. Hobbes wurde von den Jacks verehrt. Sobald es ihr gelänge, den von den Jacks verehrten Steuermann für sich zu gewinnen, hätte sie die Mannschaft auf ihrer Seite.

Tristam nippte an seinem Wein – ein privater, unausgesprochener Toast auf ihr Genie. Stern mochte vielleicht so pflichtergeben sein, dass er sich von der Herzogin nicht beeinflussen ließ, doch Tristam hätte darauf gewettet, dass sonst niemand an Bord ihr ähnlichen Widerstand entgegenbringen könnte. Nein, die *Swallow* wäre das erste Schiff in der farrischen Geschichte, das kapitulierte, ohne dass die Mannschaft überhaupt wusste, wie ihr geschah.

Tristam sah in den Nachthimmel und suchte die Sternbilder heraus, die er kannte, stellte das Fernrohr scharf und schaute auf eine vertraute Stelle nach der anderen, wo duch das Glas noch mehr Sonnen erschienen. Es war Neumond, die beste Zeit, um das Firmament zu betrachten. Tristam fühlte sich, als wäre er nach großer Anstrengung in sein eigenes Element eingetaucht. Das Abendessen war kein Vergnügen gewesen.

Und sein Versuch, aufs Meer zu fliehen, war also Fehlschlag.

Das einfache Leben als Schiffs-Naturforscher, das er sich ersehnt hatte, gestaltete sich nun kompliziert, und den Hofintrigen würde er so wenig entkommen wie der Herzogin.

Zugleich erschien es ihm wie ein Glück, dass er zwei Jahre mit der begehrtesten Frau von Farrland auf dem gleichen Schiff verbringen würde! Und dabei war nicht einmal ein Rivale zu fürchten. Hatte sie nicht ehrlich entzückt gewirkt, als sie ihn wiedersah?

Sie ist ein Dutzend Jahre älter als ich, ermahnte er sich, *gehört zu den allerhöchsten Kreisen Farrlands, ist die Favoritin des Königs und wohlbekannt für ihr Talent zur Manipulation – insbesondere der von Männern.* Jaimy würde ihn für einen ausgemachten Dummkopf halten. Tristam wusste immerhin, was das Wort ›Besessenheit‹ zu bedeuten hatte.

Aber wenn die Herzogin in der Nähe ist, kommt es mir vor, als würde mein Wesen als Ganzes angesprochen – Verstand, Herz und Verlangen. Es ist, als würde ich eben erst erwachen. Anders als in den Tagen mit Jenny.

Sei kein Narr, Tristam Flattery. Die Herzogin von

Morland wird nichts von einem vergleichsweise unvermögenden Naturforscher aus Locfal wissen wollen – jedenfalls nichts, was über seine nützlichen Kenntnisse der Botanik hinausgeht.

Freilich wäre es ihm leichter gefallen, seine Gefühle im Zaum zu halten, hätte er nicht erlebt, wie die Herzogin unter ihm vor Lust schrie – nur war es eben nicht sein Name gewesen, den sie dabei rief!

»Da sind Sie ja, Tristam«, hörte er sie nun aus der Dunkelheit zu ihm sagen. Unwillkürlich schloss er die Augen.

»Ich hatte gehofft, Sie blieben noch ein Weilchen und würden mir Gesellschaft leisten«, fuhr sie fort.

Sie trat neben ihn an die Reling. Ihre Schultern bedeckte ein dunkler Schal, und auf ihrem Haar glänzte das Sternenlicht.

»Gehen Sie mit der Natur zu Rate? Tun Naturforscher so etwas?«, fragte sie neckend, aber mit ruhiger Stimme, als beherzige sie Sterns Warnung über die Privatsphäre auf Schiffen.

»Ich habe über ein Gespräch nachgedacht, das ich mit Averil Kent führte«, log Tristam. »Kennen Sie ihn?«

»Jeder, der in der Gesellschaft Avonels verkehrt, weiß, wer Mr. Kent ist.«

»Er hat mit mir einmal sehr lange über Kunst gesprochen, und über das entonnische Wort *Isollae.* ›Einsamkeit im Angesicht der Schönheit‹, so hat er es übersetzt. Ich frage mich, ob ich so empfinde.«

Die Herzogin antwortete nicht. Schweigend blickten sie auf die See hinaus, auf der schwach das Licht der Sterne schimmerte. Eine Welle rollte wie mit einem langgezogenen Seufzer an ihnen vorbei.

»An Ihnen ist mehr, als zunächst ins Auge fällt, Tristam Flattery«, sagte die Herzogin. »Aber heißt das Wort nicht auch ›isoliert‹? Ich hoffe, Sie fühlen sich nicht so?«

Immer, dachte Tristam. »Selbstverständlich nicht«, sagte er.

Sie fasste ihn an der Schulter, und die Berührung durchströmte ihn. »Hören Sie mir zu, Tristam. Sosehr ich Ihnen in den vergangenen Monaten auch schreiben wollte, ich durfte es nicht. Ich durfte keine Aufmerksamkeit auf Sie, auf uns lenken. Doch nun sind wir gemeinsam hier ...« Sie zögerte und zog ihre Hand fort Tristam spürte, wie angestrengt sie nachdachte. »Erlauben Sie mir, Ihnen eine kleine Information zu geben, Tristam. Danach suchen die Empiristen doch, nicht wahr?« Sie verstummte wieder und zog sich den Schal enger um die Schultern. »Ich habe Ihren Vater gekannt, oder genauer gesagt, habe ich ihn gesehen. Ich hatte immer großes Interesse am Theater, an der Oper, schon als ich noch jung war, und deshalb unterschieden sich die Kreise, in denen wir uns bewegten, nicht, trotz unseres disparaten Alters. Ihr Vater fiel der Welle des Vernunftdenkens zum Opfer, die vor fünfzehn Jahren über die farrische Gesellschaft hereinbrach und die nun zum Glück wieder verebbt ist. Doch ich hatte das Gefühl, dass selbst der Vernunftkult Ihrem Vater noch die Möglichkeit ließ, etwas auszudrücken, was ganz seinem innersten Wesen entsprang. Ich verrate Ihnen nichts Neues, wenn ich Ihnen sage, dass Morton Flattery jedes seiner Gefühle als Extreme empfand. Wenn er sich freute, dann war er verzückt; erfuhr er Leidenschaft, kam er dem Wahnsinn nahe; und als er die Verzweiflung kennen lernte ...« Die Herzogin wandte sich Tristam zu und sah ihm ins Gesicht, bis er den Blick nicht länger abwenden konnte. »Aber Sie sind anders als er, Tristam, Sie sind ganz anders. Sie brauchen nicht zu fürchten, dass Ihr Lebensweg dem seinen folgen könnte. Er folgt ihm nicht. Sie brauchen sich nicht selbst zu verleugnen. Einen kleinen Winkel Ihres Herzens zu öffnen führt Sie nicht in den Untergang. Verstehen Sie, was ich damit sagen will?«

Tristam umklammerte die Reling, als fürchtete er sich, ins nächtliche Meer zu stürzen. Die Herzogin kannte seine Gedanken. Er fand keine Worte, sondern nickte nur und wusste zugleich, dass die Augen, die seinen Blick gefangen nahmen, so viele Geheimnisse enthielten wie der Nachthimmel über ihnen.

Sie wandte sich ab und sah aufs Meer hinaus. »Ich hoffe, dass Sie es verstehen.«

»Solange ich zu zurückdenken kann, ist jeder nur an meinen Verstand herangetreten, Frau Herzogin.« Eine lange Reihe von Lehrern, die nach Pfeifenrauch und geschlossenen Räumen rochen. »Mein Herz hat nie jemand angesprochen.«

Sie fuhr zu ihm herum. »Wenden Sie sich damit bitte nicht an mich, Tristam«, sagte sie leise, fast beschwörend. »Ich bitte Sie inständig. Bei mir ist noch kein Herz sicher gewesen. Das sage ich nur, weil Sie mir etwas bedeuten.« Sie streckte langsam die Hand aus und legte sie auf seinen Arm. »Wir dürfen nicht zulassen, dass die Mannschaft über uns zu reden beginnt. Einen angenehmen Abend wünsche ich Ihnen, Mr. Flattery.«

Er lauschte ihren Schritten nach, die sich auf dem Deck entfernten. Die Nacht war rasch abgekühlt, und der Wind frischte auf. Das Schiff ritt gleichmäßig auf den Wellen; dabei knarrte die Takelage und entsandte lange, seltsame Laute wie animalische Lockrufe.

»*Isollae*«, sagte er sehr leise.

Als Tristam schließlich in seine Kammer ging, lag auf dem Fußboden ein Kuvert, das ihm jemand unter der Tür hindurch geschoben hatte. Er öffnete den Brief und las zuerst einen an den Rand gekritzeltenSatz: *Dies ist der Brief, den ich Ihnen geschrieben hatte und hätte absenden sollen.* Das Schreiben selbst war auf den 13. Juli datiert.

> Lieber Tristam!
> Hoffentlich erreicht Sie dieser Brief, bevor Sie von Roderick Palle hören. Während des vergangenen Monats hat es bei Hofe einen Machtkampf gegeben, wie ich ihn seit Jahren nicht mehr erlebt habe. Am Ende aber hat Seiner Majestät Regierung angeordnet, eine Expedition nach Oceana auszusenden, um dort nach der widersetzlichen Pflanze zu suchen. Ich habe

mich nach Kräften bemüht, Einfluss auf die Zusammenstellung der Expedition auszuüben. Dabei hatte ich nur teilweise Erfolg – aber es ist mir gelungen einzurichten, dass Sie, Tristam, unter den Kandidaten für die Position des Schiffs-Naturforschers an erster Stelle stehen.

Gewiss hegen Sie einige Vorbehalte gegen dieses Abenteuer, und das ist nur verständlich, wenn man bedenkt, was Sie an höfischen Intrigen am eigenen Leibe erfahren haben. Diese Pflanze aber muss gefunden werden, und zwar schnell. In ganz Farrland gibt es niemanden, der sich für diese Stellung besser eignet als Sie, und niemand besitzt eine höhere Chance auf Erfolg. So viel steht dabei auf dem Spiel; ich hoffe, Ihnen eines Tages sagen zu können, wie viel.

Ich bitte Sie inständig, dieses Angebot sehr sorgfältig zu überdenken. Keinen Augenblick der Ruhe werde ich finden, bevor Sie eingewilligt haben. Und wenn Sie zustimmen, werde ich mich dankbarer zeigen, als Sie sich vorzustellen vermögen.

Ich bin mir bewusst, dass diese Expedition nicht ungefährlich ist, und ich werde für die Dauer der Reise Ihre Gesellschaft nicht nur vermissen, sondern mir unablässig Sorgen machen. Niemals würde ich erwägen, Sie fortzuschicken, wenn es nicht so lebenswichtig wäre. Bitte antworten Sie mir schnell und kommen Sie, wenn es sich irgend einrichten lässt, so bald als möglich nach Avonel, damit wir die Angelegenheit persönlich bereden können.

Herzlich,
Elorin

Tristam legte sich in die Hängematte, hörte der See zu, wie sie im Vorüberströmen gegen den Rumpf gurgelte und plätscherte, und glaubte sie beinahe zu verstehen. Er horchte auf einzelne Worte und bemühte sich, die Stimmung der Litanei zu erfassen.

19. Kapitel

Unvermittelt schwankte die Kutsche nach rechts und richtete sich ruckartig wieder auf. Averil Kent packte die lederne Handschlaufe fester, doch als die Straße die nächsten hundert Fuß mehr oder minder eben verlief, ließ er den Griff los und legte die Hand, die in einem feinen Handschuh steckte, wieder auf den Knauf seines Spazierstocks. Obwohl weder Mond noch Sterne zu sehen waren, hoben sich die Äste der Bäume gegen den Himmel ab. Sie wiegten sich ungleichmäßig, als suchten sie den Wind abzuschütteln, der sie niederdrückte.

Fledermäusen gleich umschwirrten die letzten Blätter des Jahres das Fuhrwerk. Manchmal legte sich eins glatt wie ein durchtränktes Papierstück ans Kutschenfenster. Hin und wieder fand der Wind einen Kanal, in dem er durch den Wald blasen konnte, und dann krängte und wankte die ganze Kutsche wie ein Boot auf stürmischer See.

Weit hatte Kent es nicht mehr, doch beim augenblicklichen Tempo würde die Fahrt noch wenigstens eine kostbare halbe Stunde dauern.

»Welch ein Esel ich gewesen bin«, sagte er leise und nicht zum ersten Mal: Schon seit Tagen murmelte er diese Litanei vor sich hin, und er fürchtete, dass es noch eine Weile so gehen würde – wenn seine Selbstvorwürfe überhaupt je ein Ende fänden.

»Ein alter Narr«, flüsterte er verbittert.

Die Kutsche sprang in die Luft, und hastig griff er nach der Lederschlaufe. Der Kutscher bog ab. Sie mussten am Tor angelangt sein.

»Trottel«, schalt er sich, als wollte er noch einen letzten Treffer landen.

Der Kutscher zügelte das Gespann und hielt unter einem überdachten Kutscheingang, der es Kent gestattete, trotz Regen trockenen Fusses auszusteigen. Die Sturmlaternen zu beiden Seiten flackerten und trotzten herausfordernd den Elementen. Ihre Lichtkreise schwankten und schrumpften, wenn der Wind mit einem Stöhnen, als sei er die Stimme einer erkrankten Erde, unter das Vordach fuhr.

In der Eingangshalle, die ganz im ›alten Stil‹ eingerichtet war, loderte ein Feuer im Kamin, und der Maler war nicht ganz sicher, welches von beiden ihm mehr Wärme schenkte. Ein Diener nahm ihm Hut, Mantel und Stock ab – das tat er hier schon, solange Kent zurückdenken konnte –, dann führte er ihn in das vertraute Wohnzimmer. Auch hier brannte ein Feuer, und auf dem Tisch neben dem Sessel am Kamin standen eine Karaffe mit Weinbrand, ein Kognakschwenker aus Kristallglas und ein bereits entzündeter Kognakwärmer. Auf diesem Sessel würde er während des Gesprächs sitzen – ›Audienz‹ war vielleicht eine passendere Benennung.

Er goss sich Weinbrand ein und drehte das Glas langsam über der blauen Flamme des Wärmers, bis der exquisite Geruch des Weinbrands sich entfaltete. Kent schnüffelte genießerisch.

Im ganzen Raum gab es nicht eine einzige Lampe, sodass er nicht erkennen konnte, ob der Raum verändert worden war; es schien jedoch, als wäre dies nicht der Fall. Der Lichtschein des Feuers war zu schwach, um die Schatten aufzuhellen; ein Stück Wand war zu sehen, davor ein von häufigem Gebrauch abgeschabter Sessel und neben diesem ein bemalter Wandschirm.

Eine Tür wurde geöffnet, und unmittelbar darauf folgte das unverkennbare Rascheln eines Gewandes, Geräusche, die wie immer Kents Herz ansprachen.

»Ich freue mich so, Sie zu sehen, Averil.« Auch die Stimme war noch die gleiche. Nicht kühl, aber ausdruckslos, fast ohne jede Betonung.

Die Gräfin nahm auf ihrem Sessel am Wandschirm Platz. Der Schirm war gerade so aufgestellt, dass der Schein des Kaminfeuers nicht auf ihr Gesicht fiel. Wie immer saß sie im Dunklen.

»Und ich bin entzückt, Sie besuchen zu dürfen, Lady Chilton.«

Sie trug ein schwarzblaues Gewand mit weißer Spitze am Hals, so viel stand fest. Die weiße Spitze an den Manschetten bedeckte ihre Hände fast vollständig, und diese hielt sie im Schoß verschränkt. Kent wusste, dass sie diese Hände im Laufe des Abends immer mehr bewegen und schließlich sogar gelegentlich in den trüben Schein des Feuers vorstrecken würde – und das war alles, was er von der Frau zu sehen bekäme, die einmal als die schönste Frau in allen Ländern am Entide-Meer gegolten hatte.

»Es geht Ihnen gut?«

»O ja. Ich hoffe, Lady Chilton kann das gleiche von sich behaupten?«

Sie nickte. Kents Augen gewöhnten sich allmählich an die Finsternis – dazu musste man vermeiden, ins Feuer zu blicken, dann öffneten sich die Pupillen weit. Das Haar musste gefärbt sein. Noch wahrscheinlicher trug die Gräfin eine Perücke, denn Kent sah lange dunkle Zöpfe vor dem tiefen Blau ihres Kleides.

»Ihr Brief erfüllt mich mit großer Sorge, Averil. Wollen wir darüber sprechen?«

»Ja, gewiss.« Kent nahm die Augen nicht von ihren noch ruhig daliegenden Händen. »Ich fürchte, ich habe einen schweren Fehler begangen.«

Wieder nickte sie, und die dunklen Locken bewegten sich ganz sacht.

»Man hat den jungen Flattery auf einem Schiff fortgeschickt, das nach Oceana fährt.«

»Damit haben wir gerechnet.«

»Das schon, aber wir haben nicht erwartet, dass die Herzogin von Morland und ihr Bruder sich ebenfalls einschiffen könnten«, entgegnete Kent so sanft er konnte, als bezöge er sich auf den Tod eines nahestehenden Verwandten.

Die Hände wurden in die Dunkelheit zurückgezogen. Kents Blick folgte der weißen Spitze. Er glaubte, dass die Gräfin sich die Hände vors Gesicht schlug.

»Elorin«, sagte sie leise, und ihr Tonfall deutete ganz schwache Zuneigung an. »Berichten Sie, was Sie erfahren haben, Averil.«

Kent atmete tief durch. »Ich habe – Fehler begangen, fürchte ich.« Er verstummte. Unversehens vergaß er die Worte, die er sich zurechtgelegt hatte. »Ich bin mir nun sehr sicher, dass Professor Dandish die Pflanze bei sich zu Hause kultiviert hat. Das habe ich damals leider nicht erkannt. Ich ... Ich glaubte, er würde sich damit begnügen, die Zuchtversuche im Palast zu überwachen. Dumm von mir. Kaum hatte ich mich vergewissert, dass Dandish nicht mit unseren Freunden unter einer Decke steckte, sprach ich mit ihm. Ich verriet ihm gerade genug, um ihn auf die Gefahren aufmerksam zu machen – das glaubte ich wenigstens. Er schrieb an Valary. Wenigstens diese meine Vorhersage ist eingetreten. Valary antwortete im genau richtigen Ton, und Dandish verbrannte sein Königsblatt unmittelbar nach Erhalt des Briefes. Ich glaube, hier ist kein Schaden angerichtet worden.«

Die Hände kehrten in den Schoß zurück, wo ein Finger einen kleinen Kreis auf dem Satin beschrieb.

»Dandish hat ganz gewiss die Pflanze nicht für sich selbst gezogen?«

»Nein. Ich glaube – ich bin mir recht sicher, dass er sie für die Herzogin von Morland angebaut hat.«

Die Hände fanden einander und verharrten plötzlich reglos. »Das Duell mit Ipsword«, flüsterte die Gräfin.

»Jawohl ... Man bedenke, dass sie Lady Chilton als ihr Vorbild zitiert.« Er zögerte, denn mit einem Mal begriff er, dass er mit diesen Worten die im Schatten sitzende Frau verletzt haben konnte. »Flattery – Tristam Flattery meine ich – ist für sie alle nun von großem Interesse.«

»Ich glaube, sie wirken nun selbstsicherer. Teilen Sie diesen Eindruck?«

Kent nickte. Jawohl. Sie waren sich ihrer sehr viel sicherer. »Ich fürchte nach wie vor, dass Eldrich nicht alle seine Schriften vernichtet hat – oder vernichten konnte. Vielleicht hat Erasmus auch etwas gestohlen, obwohl ich mir eigentlich nicht vorstellen kann, wie. Sie treten selbstsicherer auf, als wären sie im Besitz der groben Übersetzung irgendeines aussagekräftigen Textes. Weiter können sie meiner Ansicht nach auf keinen Fall sein, und keiner von ihnen besitzt Talent, so viel steht fest.«

Wieder bewegten sich in der Dunkelheit die Hände; vielleicht griff die Gräfin sich ans Herz. »Und dieser junge Flattery? Was halten Sie von ihm?«

»Nun, ich habe seine Bekanntschaft gemacht.« Kent dachte an den ernsten jungen Mann, der am Versammlungsabend durch das Haus der Empiristischen Gesellschaft gestreift war. »Ich glaube nicht, dass er zu ihnen gehört, aber ich bin sicher, sie hegen die Hoffnung, ihn auf ihre Seite ziehen zu können. Er hält sich, wie die meisten gebildeten Gentlemen heutzutage, für einen Vernunftmenschen. Ich habe ihn recht gründlich sondiert. Legten wir ihm unsere Befürchtungen dar, so würde er uns auslachen. – Nein, das stimmt nicht ganz. Er ist zu höflich, um jemanden auszulachen, aber er würde uns für geistesgestört oder zumindest ›irrational‹ halten, wie man heute sagt – folglich würde er jedoch genauso reagieren, wenn die anderen sich ihm näherten. Trotz allem würde ich sagen, dass er intelligent ist. Recht gebildet dazu, und das nicht nur auf dem Gebiet des Empirismus. Ich habe gehört, dass er fließend Entonnisch spricht, und er versteht auch etwas von Kunst.«

Die Gräfin wiegte den Kopf leicht hin und her.

»Er ist naiv – schrecklich naiv sogar. Er ahnt nicht einmal ansatzweise, worin er verwickelt ist. Ich würde sagen, von Natur aus ist er ein guter Mensch, wenngleich zu vertrauensselig und außerdem ein wenig ... romantisch.«

»Ich wusste nicht, dass Empiristen romantisch sein können.«

»Nein? Sie müssten einmal ihre Rhapsodien über die perfekte, von Vernunft bestimmte Welt hören ...«

Kent schenkte sich Weinbrand nach.

»Glauben Sie, dass er derjenige ist, nach dem sie suchen?« Die Gräfin verbarg das Grauen, das sie empfand, hinter ihrer tonlosen Stimme. Kent hört es dennoch heraus.

Langsam drehte er den Schwenker über der Flamme und beobachtete, wie sich der Dampf an den kälteren

Stellen des Glases niederschlug. »Ich fürchte, so ist es. Ich habe viel zu lange gewartet. Ich habe Ihnen doch von diesem Münzenwurf und dem Zwischenfall mit dem Gespensterjungen geschrieben?«

Sie nickte.

»Und nun bemerken wir, dass er noch tiefer verstrickt ist. Merton College. Dandishs Lieblingsschüler. Botanik. Trevelyans Sammlung. Wie ein Lachs, der witternd den Fluss hinaufschwimmt. Dann wird er in den Palast gerufen. Königsblatt.« Kent zögerte, einen Augenblick lang bestürzt über seine eigene Liste von ›Zufällen‹. »An dem Abend, an dem Sir Roderick ihn bei der Gesellschaft einführte, war auch Lord Trevelyan zugegen, wenn Sie das glauben können. Noch ein Zufall. Und der Baron versuchte ihn zu warnen! Versuchte Flattery zu warnen! Zum Glück hält ihn jeder für ziemlich verrückt; Sie hätten nicht für möglich gehalten, was der Mann von sich gab. Dann war da dieser entonnische Gelehrte Varese mit seinen Briefen Lucklows. Sie sehen, worauf es hinausläuft? Tristam Flattery ahnt nicht mehr als der arme hirnlose Lachs, was er tut, aber er befindet sich im Fluss. Er spürt die Strömung und folgt ihr zu ihrem Ursprung.« Kent nahm das Glas vom Wärmer und umschloss es mit beiden Händen. Eigentlich war es ihm zu heiß, und trotzdem hielt er es fest – als Bußwerk. »Ich bin ein Dummkopf gewesen, Lady Chilton. Ich hatte nicht bemerkt, wie weit sie schon gekommen waren.«

»Aber Sie sagen, er sei intelligent, Averil. Wie lange wird es dauern, bis er begreift, was ringsum vorgeht? Gewiss kann selbst ein Verstandesmensch nicht all diese Ereignisse auf Dauer als Zufälle rationalisieren.«

»Nein«, gab Kent zu. »Selbst ein Jünger der Vernunft muss irgendwann die Augen öffnen – irgendwann. Was er tun wird, wenn er begriffen hat, das weiß ich nicht. Wenn er aufwacht, befindet er sich in Gesellschaft der Herzogin – der Herzogin und des unbekannten Agenten, den Palle aufs Schiff gebracht hat. Meiner Befürchtung nach hat Flattery die Aufgabe, die er für sie verrichten muss, bereits ausgeführt, wenn er aufwacht. Und dann können sie, selbst wenn er ihr Ansinnen ablehnt, sich jemand anderen mit Talent suchen ... Am Ende werden sie nicht auf Tristam Flattery angewiesen sein.«

»Sind Sie ganz sicher, dass nicht gerade dieser Tristam Flattery das Buch gefunden hat, von dem Sie sagen, sein Onkel habe es gestohlen?«

»*Könnte* es gestohlen haben, Lady Chilton. Könnte. Sie müssten den jungen Mann selbst erleben«, entgegnete Kent. Hier wenigstens war er sicher. »Flattery müsste der beste Schauspieler von ganz Avonel sein, um solche Aufrichtigkeit vorzutäuschen – solche Natürlichkeit. Nein. Tristam ist, wer er zu sein vorgibt, da bin ich sicher. Er ist zu nachdenklich. Er betrachtet sich als Verstandesmensch, doch sein Wesen ist breiter angelegt, als er ahnt.« Kent trank von dem heißen Weinbrand und hustete leicht wegen der Dämpfe. »Habe ich Ihnen noch nicht von dem Vogel berichtet?«

Die Hände öffneten sich.

»Nun habe ich ihn mit eigenen Augen gesehen, und andere haben ihn mehrfach bemerkt. Ein Winterfalke, Lady Chilton.«

»Ich dachte, Sie wüssten, dass ich mich mit Ornithologie nie befasst habe.«

»Verzeihen Sie. Ein großer Falke, dessen natürliche Heimat der Norden ist und der von den Falknern hoch geschätzt wird. Erasmus hat solch einen Vogel besessen, und nun gibt es einen, der dem Neffen folgt. Blut und Flammen, das ist beinahe schon ein Familiar!«

Als die Gräfin schwieg, fragte sich Kent, ob seine Beobachtung weniger wichtig wäre als angenommen; in diesem Fall hätte er sich vor ihren Augen zum Narren gemacht. Sie hob eine Hand an den Mund und schien zu überlegen.

»Das muss nicht notwendigerweise ein schlechtes Vorzeichen sein.« Sie schüttelte den Kopf. »Schwierig zu sagen.« Nach einer Pause fragte sie tonlos: »Was wollen Sie nun tun?«

»Wo soll ich anfangen?« Eine Weile sagte er nichts,

obwohl ihn das Gefühl beschlich, unbedingt reden zu müssen, um hinter den Worten seine Furcht zu verbergen, die sich langsam zur Panik auswuchs. »Wir sind noch nicht stark genug, Lady Chilton. Wir müssen uns sehr langsam bewegen, wie ein Mann, der einer Giftschlange gegenübersteht – solange wir uns nicht regen, bleiben wir unsichtbar. Ein einziges Wort an eine falsche Person, und wir sind verloren. Ich habe es nicht gewagt, den jungen Flattery darauf anzusprechen, obwohl ich so sicher bin ...« *Bestand darin mein Fehler?*, fragte er sich. »Ich habe gewisse Maßnahmen ergriffen, wenngleich hastig und aus dem Stegreif. Außerdem habe ich mit einem Kriegsschiff eine Botschaft nach Farrow entsandt. Wir müssen abwarten und sehen, was wir zur Antwort erhalten.«

»Farrow.« Die Hände ballten sich zu kleinen Fäusten.

»O ja. Wie ich schon sagte, ist er der Lachs im Fluss«, bekräftigte Kent. »Der Jagdhund auf der Fährte.«

Die Gräfin schüttelte den Kopf und hob einen makellos weißen Finger. »Als lebte es, Averil. Sehen Sie das auch? Es will nur leben. Es versucht, wiedergeboren zu werden.« Der Finger verschwand, und weiße Spitzenmanschetten schienen schlaff wie an einer Puppe in der Luft zu hängen. »Gibt es noch mehr, von dem ich wissen sollte?«, fragte sie in einem noch teilnahmsloseren Ton als zuvor.

»Dandish ist nicht so sorgfältig gewesen, wie er dachte. Mehrere Parteien wissen von seinen Zuchtversuchen.«

»Aber die Pflanzen wurden vernichtet?«

»Jawohl. Dennoch wissen sie Bescheid.« Kent zögerte, bevor er weitersprach. »Außerdem gelange ich allmählich zu der Überzeugung, dass das Treiben der entonnischen Agenten in Avonel in keinem Zusammenhang mit dem Vertrag steht, über den gegenwärtig verhandelt wird.« So, nun hatte er es gesagt.

»Palle ist solch ein Dummkopf!«, stieß die Gräfin hervor. Auf einmal belebte der Zorn ihre Stimme.

»Nein«, widersprach Kent sanft. »Er ist kein Dummkopf. Er weiß nur nicht, was er ausgelöst hat. Von der ›entonnischen Drohung‹ ist er besessen, das stimmt. Aber ein

Dummkopf ist er nicht.« Er blickte ins Kaminfeuer, was er ursprünglich hatte vermeiden wollen. »Neugierde. Sie liegt in unserer Natur. Die Suche nach Wissen wird von den Vernunftmenschen im Augenblick fast als oberstes heiliges Prinzip bewahrt. Andere hingegen haben erkannt, dass man nach manchem Wissen niemals streben sollte.«

»Die Vergangenheit«, sagte die Gräfin, und ihre Stimme bebte dabei ganz leicht, »sie lässt uns nicht los.«

Wieder schwiegen sie eine Weile. Kent bemerkte, dass in der Welt draußen noch immer der Sturm tobte, und er freute sich ganz und gar nicht darauf, dieses behagliche Haus bald wieder verlassen zu müssen.

»Sie sind sehr fleißig gewesen, Averil«, sagte die Gräfin. »Mich beeindruckt es immer wieder, dass Sie, der scheinbar unschuldigste aller Männer, so verschlagen sein sollen.«

Kent lachte kurz auf. »Solange ich lebe, lebe ich als Künstler, Lady Chilton, und es geht mir gut. Kein Höfling kann auch nur halb so verschlagen sein wie ein Künstler, das darf ich Ihnen versichern.«

Die Gräfin lachte, und es war, als gelange ungebeten etwas aus ihrer Jugend an die Oberfläche. Kent hatte dieses Lachen nie vergessen. Selbst der Nachhall davon schnitt tief in sein Herz wie ein Peitschenhieb.

Wie konnten wir nur so alt werden?, dachte er und stellte fest, dass er sich die Hand vor die Augen gelegt hatte.

»Averil? Sind Sie wohlauf?«

Er zog die Hand fort und nickte.

»Dann wäre das alles?«

Er stellte das Glas auf dem Tischchen ab und hätte es dabei fast umgeworfen. »Nur noch das«, brachte er hervor und griff in die Rocktasche, aus der er einen kleinen Lederbeutel zog. Er löste den Knoten, mit dem er zugeschnürt war, und holte ein säuberlich zusammengefaltetes Taschentuch heraus. Behutsam entfaltete er es und legte es offen auf den Tisch, sodass die drei Samenkörner sichtbar wurden, von denen eines halb verrottet war. Er beugte sich vor und hielt sie der Frau im Dunklen hin. Dabei blickte er auf den Boden, seinem eigentlichen Wunsch zum Trotze.

Das Leinentuch wurde ihm aus der Hand genommen, und er richtete sich wieder auf. Er konnte sehen, wie die Gräfin in die Falten des Tuches lugte. Kent hörte sie in kurzen, keuchenden Zügen atmen. Unerwartet beugte sie sich ins Licht vor, doch ihr Haar fiel dabei so, dass es ihr Gesicht verbarg.

»Ich habe sie aus den Kästen, in denen Dandish es anpflanzte«, sagte Kent und hoffte, dass seine Enttäuschung sich nicht zeigte.

Die Gräfin lehnte sich zurück und ließ den Kopf auf der Sessellehne ruhen. Fast vermochte Kent ihr Profil auszumachen, weiße Haut, rabenschwarzes Haar. »So vieles wissen wir nicht.« Sie wiegte den Kopf. Dann riss sie sich zusammen und setzte sich wieder gerade hin. Die Samenkörner hielt sie fest mit der Hand umschlossen. »Ich habe eine Vorkehrung für den Fall getroffen, dass etwas Unerwartetes eintritt, Averil. Das Wenige, was ich über diese Zusammenhänge weiß, habe ich zu Papier gebracht. Sorgen Sie sich nicht, es ist gut verborgen. Sie werden dieses Dokument erhalten, falls ... Nun, Sie verstehen. Es steht zu viel auf dem Spiel.«

Kent nickte und hob die Hände, als wollte er dieses Thema beenden, doch dann streckte er den Arm aus und ergriff wieder das Weinbrandglas. Er spähte in die brennenden Scheite. Einige Augenblicke sagte er kein Wort und verirrte sich wieder in das Labyrinth unbeantworteter Fragen, das er in so gut wie jeder wachen Stunde erforschte. Einen winzigen Moment lang empfand er Erregung bei dem Gedanken, dass die Gräfin niemand anderem als ihm das Dokument hinterließ, dann übernahm wieder sein vernünftigerer Part das Regiment. Nein, nein. Besser, man blieb unwissend. Das war viel besser. Und die Gräfin ... der Gedanke an ein Leben ohne sie war ihm unerträglich.

»Sie müssen bei Ihren Bemühungen eine beträchtliche Summe ausgegeben haben, Averil«, sagte sie ohne Betonung, und doch klang es gütig.

Der Kunstmaler blickte auf und senkte sofort wieder den Kopf. Dann nickte er.

»Ich wollte sagen, dass ich sehr stark vermute, Ihnen für das letzte Bild, das ich Ihnen abkaufte, viel zu wenig bezahlt zu haben. Die Arbeit ist außerordentlich gelungen und schenkt mir stets Freude, wenn ich sie ansehe. Sie sind zu Ihren Freunden zu großzügig, Averil. Viel zu großzügig. Wir nutzen Sie aus. Ich muss mich wirklich bessern und Sie entschädigen. Nein. Ich will keinen Einwand hören.«

20. Kapitel

Nach zwei Tagen auf See hatte sich Tristam an die unablässige Bewegung des Schiffes gewöhnt. Nur noch selten brauchte er sich irgendwo festzuhalten, worauf er ein wenig stolz war. Wenn er zwei Jahre auf großer Fahrt verbringen wollte, dann war es am besten, wenn er sich so vollständig wie möglich an die herrschenden Bedingungen gewöhnte.

Mr. Osler, der Leutnant, hatte ihm gestattet, den Großmast hinaufzuklettern, doch Tristam war nicht weiter als bis zur unteren Plattform gekommen, die Großmars genannt wurde. Schon hier war die Bewegung stärker zu spüren als an Deck. Trotzdem saß Tristam gern dort. Wie sich der Mast im Wind wiegte, wirkte auf ihn hypnotisch, und der Blick auf auf das endlose Wasser war beängstigend und fesselnd zugleich.

Unten bemerkte er die Herzogin, die sich die Augen mit der Hand beschattete und zu ihm hochschaute. Sie winkte und lächelte. Tristam hob zur Antwort eine Hand. Er spürte einen Zug, wie den Sog der Schwerkraft, dem er sich widersetzte. *Trotzdem ist es unausweichlich,* dachte er, *dass ich wieder hinuntergehe. Irgendwann erlahmt mein Widerstand.*

Er hatte den größeren Teil einer schlaflosen Nacht über das Gespräch mit der Herzogin von Morland gegrübelt. ›Aber Sie sind anders als er, Tristam, Sie sind ganz anders‹ – dieser Satz war ihm wie eine aufrichtige Anteilnahme erschienen, und er hatte den Eindruck gehabt, die Herzogin meine ehrlich, was sie sagte. Selbst ihre Warnung, seinen Gefühlen ihr gegenüber nicht nachzugeben, schien von ganzem Herzen gekommen zu sein. Eine Warnung, von der er wusste, dass er sie beachten sollte.

Die Widersprüche waren zu stark; deshalb blieb Tristam an der Saling und hoffte, der Wind würde ihm bald einen klaren Kopf schenken, der alle Widersprüche miteinander in Einklang brachte, so wie die Schemen in einem Teleskop sich beim Scharfstellen zu einem Bild vereinigen.

Während er sich in dem einen Moment noch dabei ertappte, wie er seinen früheren Zynismus hinsichtlich der Herzogin infrage stellte, erinnerte er sich im nächsten an einen weiteren Umstand, der seine Abwehr rechtfertigte und vernünftig erscheinen ließ. Der Mord an Ipsword kam ihm wie eine geflüsterte Warnung in den Sinn. Der Viscount führte die Befehle der Herzogin aus – das behauptete zumindest Jaimy, und Tristam hielt es für unwahrscheinlich, dass sein Cousin sich darin irrte. *Ipsword.* Der Name hatte eine ganz eigene Bedeutung angenommen, wie ein historisches Ereignis klang er – ein tragisches. *Ipsword.*

Ach, wie verwirrend. Auch im frischen Wind vermochte er seine Gedanken nicht hinreichend zu ordnen, um sich mit den Beweggründen anderer Menschen zurechtzufinden.

Mehrere Stunden blieb er auf dem Großmars und suchte den Ozean mit seinem Glas ab. Er hoffte, Wale zu entdecken oder einen niedrig fliegenden Albatros, und versuchte, sich von seinen Sorgen abzulenken – und von der Herzogin.

Zwischen den geblähten Segeln zu sitzen und sich vom Wind salben zu lassen hatte etwas Reinigendes. Zwar half es Tristam nicht, die Rätsel dieser Fahrt zu lösen, doch er glaubte, aus der neuen Erfahrung einigen Seelenfrieden zu erlangen.

Schließlich, als der Hunger ihn hinunter auf Deck trieb, empfand er eine gewisse innere Ruhe, denn die Machenschaften der Menschen waren kurzlebig und bedeutungslos gegenüber der zeitlosen Weite des Meeres.

Als er den Niedergang hinunterstieg, erwartete ihn die Gesellschafterin der Herzogin und sprach ihn auf Entonnisch an; vielleicht gefiel es ihr, die eigene Sprache zu hören. Die Herzogin lade ihn zum Tee ein, bestellte sie. Seine Rückkehr in die Wirklichkeit gestaltete sich offenbar recht übergangslos.

Jacel war zierlich, rotblond und auf eine alltägliche Weise hübsch. Sie besaß nicht die Majestät der Herzogin, und ihre Bewegungen wirkten sparsam, beherrscht und darauf bedacht, keinen Unwillen zu erregen, doch Tristam mochte sie darum umso mehr. Wenn Jacel lächelte, zeigten sich Grübchen auf ihren Wangen, und Tristam stellte bald fest, dass er kleine Scherze machte, nur um diese Grübchen hervorzurufen. Sie hatte Tristam gestanden, dass sie an der Seekrankheit leide, und er fand, dass sie ein wenig verlassen wirkte, so als wünschte sie von Herzen, ihre Herrin hätte sich nicht entschlossen, diese schreckliche Reise zu unternehmen.

Tristam eilte in seine Kammer und verstaute das Perspektiv, band sich ein frisches Halstuch um und begab sich zur großen Kajüte. Die Herzogin saß, in einen Wollschal gehüllt, am Tisch und legte eine Patience. Als Tristam eintrat, blickte sie auf und begrüßte ihn auf Doornisch. Es war eine verbreitete Praxis beim farrischen Adel, eine Sprache zu sprechen, die den Dienstboten nicht zugänglich war.

»Was sagen Sie dazu, Tristam, dass ich seit unserem Aufbruch schon einen ganzen Roman gelesen habe? Nun befürchte ich schon, längst nicht genug Bücher mitgenommen zu haben. Ich hoffe, wir können tauschen? Stern und Osler sind beide Leser, wie sich herausstellte, und so können wir nur hoffen, dass ihre Interessen nicht allzu ... seemännischer Natur sind.«

»Ich habe fast ausschließlich die Nachschlagewerke meiner Fachgebiete an Bord gebracht, Frau Herzogin, weil so wenig Platz zur Verfügung steht, und nur eine Handvoll anderer Dinge. Aber wenn Sie über Botanik, Ornithologie, Meeresbiologie oder Geologie lesen wollen, an solchen Texten mangelt es mir nicht, und sie werden für diese Fahrt und länger reichen.«

Die Herzogin lachte und verwandelte sich in ein charmantes, unschuldiges Mädchen. »Ich hätte nicht fragen sollen. Aber ich will keinen Scherz darüber machen. Noch einige Monate, und selbst Geologie wird interessant erscheinen.«

Sie schenkte ihm Tee ein, und Tristam nahm am Tisch Platz.

»Glauben Sie, wir können so unbelauscht sprechen?«, fragte sie und blickte vielsagend zum Deck hinauf.

»Seeleute kommen herum, Frau Herzogin. Doorn wird häufig angelaufen. Wir sollten kein Risiko eingehen.«

»Dann rücken Sie bitte näher, Tristam, denn ich möchte hören, was Sie denken.«

Tristam wurde es leicht unbehaglich, doch er schob seinen Stuhl näher zu ihr und hielt sich an der Tischkante fest. Ihr Knie drückte gegen sein Bein, und als sie es nicht augenblicklich fortnahm, spürte er ein aufwallendes Verlangen.

»Ich möchte mit Ihnen über Professor Dandish reden«, flüsterte sie. »Ich habe sehr viel über ihn nachgedacht.« Sie verstummte und blickte Tristam in die Augen, als wollte sie dadurch abschätzen, ob sie ihm trauen konnte oder nicht. Er war nicht sicher, zu welchem Schluss sie gelangte. »Mir kommt es vor, als hätte der Professor zu früh aufgegeben. Scheint es Ihnen nicht auch so?«

Tristam war plötzlich ärgerlich und zugleich überrascht. Was immer er in den vergangenen Stunden von der Herzogin gedacht hatte, seine Sympathien für sie waren mit einem Mal ausgelöscht. Warum hatte sie den armen Dandish mit hineingezogen?

Sie muss mich für einen kompletten Trottel halten, dachte er. Die angedeutete Intimität sollte ihn verleiten, ihr sein Herz auszuschütten, ihr zu gestehen, was er bislang vor ihr verborgen hatte. Nach der Aufrichtigkeit ihres Gesprächs am vorhergehenden Abend war diese Erkenntnis recht schmerzhaft.

Er bemühte sich, mit unbeteiligter Stimme zu antworten. »Ich weiß nicht, wie lange sich Dandish mit dieser Frage beschäftigt hat, Frau Herzogin, aber meiner Meinung nach muss der Herr Professor gewusst haben, wie angegriffen seine Gesundheit war, und deswegen hat er die Pflanzen in seinem Salon zerstört. Er wollte eine Entdeckung nach seinem Tod verhindern.«

»Das war der Grund, glauben Sie?« Die forschenden Augen gaben ihn nicht frei. Tristam fühlte seinen Zorn bereits schwinden, doch der Schmerz blieb.

»Das scheint mir sehr wahrscheinlich«, antwortete er.

»Besteht nicht die Möglichkeit, dass Professor Dandish das Problem gelöst hat?«

»Nichts ist unmöglich, Frau Herzogin.«

»Vielleicht ist Ihre Erklärung richtig, aber er scheint mir doch übereilt gehandelt zu haben. Dabei neigte er doch gar nicht zu übereilten Entschlüssen, so dachte ich wenigstens, Tristam.«

»Möglich, dass er einen anderen Grund hatte?«, fragte Tristam mit Mühe und nur von seinem Groll getrieben.

»Wie meinen Sie das?«

Was hatte Dandish geschrieben? ›Der alte Dummkopf, für den die Herzogin mich hält, bin ich nun gerade nicht.‹ *Und ich bin kein junger Dummkopf,* dachte Tristam; *das soll sie ruhig wissen.* »Die Vernichtung der Pflanzen, Frau Herzogin, ereignete sich unmittelbar nach dem Tod des Baron Ipsword.« Unwillkürlich hielt er die Luft an.

Ihr Mund verlor alle weiche Schönheit. Sie wandte den Kopf ab und nickte, als wollte sie sagen: ›Nun, das war wohl nur eine Frage der Zeit.‹

Tristam hatte mit einem Wutausbruch gerechnet oder der Behauptung, sie wisse nicht, was er andeuten wolle, doch stattdessen sagte sie sehr leise:

»Tristam, ich habe nie gewollt, dass der Baron verletzt wird.« Sie hielt inne und schloss ganz kurz die Augen. Als sie wieder aufschaute, war eine Träne ihre Wange hinuntergelaufen. »Julian ... er schwört, dass es unbeabsichtigt geschah. Andere ... andere mögen etwas anderes behaupten, das ist mir klar. Ich bin nicht dabei gewesen. Aber ich wollte nicht mehr erreichen, als dass Ipsword den armen Dandish in Frieden lässt. Er hat den alten Mann gequält, das wissen Sie. Dandish konnte sich nicht gegen Ipswords irrationalen Hass verteidigen. Ipsword griff ihn aus purem Neid an und hat Dandish furchtbare Nöte bereitet. Ich habe nur getan, was Sie wahrscheinlich selbst gern getan hätten.« Sie ballte die Faust und sagte, während sie bei jedem Wort auf den Tisch schlug: »Ipsword sollte ihn nur in Frieden lassen. Aber Julian ...« Sie stockte, und dann hatte sie sich wieder in der Gewalt. »Ich schwöre, Tristam, dass dergleichen nie wieder geschehen wird. Ich könnte es nicht ertragen.« Sie drehte sich auf ihrem Stuhl herum und schaute aus dem Heckfenster. »Manche brauchen einen Beschützer«, sagte sie so leise, dass Tristam nicht sicher war, ob er richtig gehört hatte.

Tristam stand an der Reling und starrte in den Sonnenuntergang. Die Meeresluft war kalt. An der gegenüberliegenden Reling stand der Steuermann mit seinem Sextanten und wartete darauf, dass die ersten Sterne aufgingen. Normalerweise hätte sich Tristam für die Positionsbestimmung interessiert. Aber nicht an diesem Abend. Auch der Sonnenuntergang konnte ihn nicht beeindrucken.

Er stellte sich immer wieder dieselben Fragen, und alle hatten sie mit der wahren Natur der Herzogin von Morland und ihrer Beweggründe zu tun – und mit seinem eigenen Charakter. Konnte es wahr sein, dass der Viscount ihren Anweisungen nicht gefolgt war? Tristam wollte nicht glauben, dass die Herzogin befehlen könnte, einen Menschen zu ermorden. Sie war keine Verbrecherin. Er dachte an den Viscount, und ihm lief ein Schauder den Rücken hinunter. Der Mann wirkte wie der liebenswürdigste aller Menschen ...

Ich werde umhergetrieben wie eine Feder im Wind, dachte Tristam. Er fragte sich, ob sein Charakter sich wirklich so sehr von dem seines Vaters unterschied und ob ein Mensch kalt und eigennützig, bis zum Äußersten manipulativ sein und doch ein Herz haben konnte. Es hatte den Anschein, als könnten manche solche Widersprüche in sich vereinigen.

21. Kapitel

Am fünften Tag, nachdem das Land außer Sicht war, traf ein Sturm die *Swallow*. Kein schlimmer Sturm, sagten die erfahrenen Jacks, doch war er stark genug, um die neuen Matrosen und die Passagiere mit Seekrankheit niederzustrecken und in einem Zustand ununterbrochener Todesfurcht zu halten. Auch Tristam litt, obwohl er es über sich brachte, etwas zu essen, und die wenige Nahrung, die er herunterbekam, auch bei sich behielt.

Am zweiten Sturmtag verließ er taumelnd seine Hängematte und zog sich ungelenk das Ölzeug über, das zu kaufen Beacham ihm dringend angeraten hatte. Der Lärm des Wetters hatte sich schon in der Kajüte beängstigend angehört, denn der Donner der Wellen pflanzte sich mit solcher Gewalt durch den Rumpf fort, dass man glaubte, es sei nur eine Frage der Zeit, bis das Schiff zerbrach. An Deck aber packte ihn das Entsetzen. Zu dem Schlagen der Wassermassen erzeugte der Wind in der Takelage einen heulenden, ohrenbetäubenden Chor, der unter Deck viel gedämpfter gewesen war. Das Getöse war höchst nervenaufreibend. Und das Meer erschien Tristam wie ein Monstrum.

Das Deck war nass und glitschig von der Gischt, und immer wieder spülten Brecher über das Vorschiff. Sie schäumten das Leedeck hinunter und sammelten sich vor den Speigatts, sodass das Schanzkleid wie eine niedrige Mauer wirkte, die aus dem aufgewühlten Meer ragte. Tristam stemmte die Füße gegen das Überdach der Luke und packte die Rettungsleine, die bei Einbruch des schlechten Wetters gespannt worden war.

Der Regen hatte nachgelassen, aber die grauen Wolkenmassen zogen tief über das Schiff hinweg und drohten mit einer Sintflut. Die Marssegel peitschten und krachten jedes Mal, wenn das Schiff sich auf den Kamm einer grünen Welle kämpfte und der Wind heulend durch das Rigg fuhr;

mit seinem An- und Abschwellen veränderte sich die Tonhöhe, eine zermürbende Gesangsdarbietung.

Die *Swallow* ›lag bei‹, was nach Beachams Erklärung bedeutete, dass sie mit gerefften Marssegeln fuhr, ohne viel Fahrt voraus zu machen, und so dicht an den Wind gebracht war, dass er weit vorlich einfiel und das Schiff mit etwa einem halben Knoten nach Lee abdriftete. Also trieb die *Swallow* vor dem Wind zur Seite ab. Tristam betrachtete das Spektakel eine ganze Weise, bis ihm das Heben des Schiffes auf jeder Welle eine gewisse Sicherheit einflößte. Kaum spürte er, wie seine Furcht sich legte, als auch schon der Naturforscher in ihm zu beobachten begann, denn bisher hatte er solch schlechtes Wetter nur an Land erlebt. Jedes Mal, wenn das Schiff sich hob und das Wasser abschüttelte, das an Bord gedonnert war, empfand Tristam einen schwachen Triumph. Auf dem Kamm jeder Welle blickte er auf das langgestreckte Rückgrat der Schaumkronen, dann zog die Welle unter ihnen hindurch und schüttelte das Schiff zur Seite ab.

»Ihr erster Sturm auf See, Mr. Flattery?«, brüllte jemand durch das Inferno. Tristam drehte sich um und stellte fest, dass Kapitän Stern ihn vom Achterdeck aus angerufen hatte. Tristam nickte und zwang sich zu einem Lächeln. Hand über Hand hangelte er sich an der Rettungsleine entlang und gelangte zum Kapitän an das Kompasshaus. Hinter dem Kommandanten standen zwei Matrosen am Ruder, der eine steuerte, der andere wachte daneben, um notfalls mit anzupacken.

Stern grinste Tristam an. »Das Schlimmste haben wir überstanden. Ich glaube, bevor es dunkel wird, machen wir schon wieder Fahrt. Der Wind lässt nach. Können Sie es spüren?«

Das konnte Tristam nicht, aber er hielt trotzdem die Hand hoch, wie die Matrosen es taten, und nickte, um dem Kapitän nicht vollkommen tollpatschig zu erscheinen.

»Hat schon einen Strich oder mehr gedreht. Ist auch kein wirklich schlimmer Sturm gewesen, nur gerade genug, um uns zwei Tage zu kosten und die grünen Matrosen zu prüfen. Sie scheinen sich ja recht schnell zu erholen? Ihnen sind wohl schon Seebeine gewachsen, was?«

Tristam nickte und hoffte sehr, dass es sich als wahr erwiese.

»Vielleicht wollen Sie einen Blick auf Doktor Llewellyn werfen, Mr. Flattery. Der arme Mann ist nämlich zu dem sprichwörtlichen Arzt geworden, der sich nicht selbst heilen kann. Mr. Taine wollte sich um ihn kümmern, aber er hat jetzt zwei Matrosen im Krankenrevier, die auf Deck ausgerutscht sind und sich verletzt haben. Fast wären sie über Bord gegangen.« Der Kommandant schüttelte den Kopf, als bereitete ihm allein die Vorstellung Magendrücken.

»Ich sehe sofort nach ihm.«

Tristam stieg den Niedergang hinunter und drang in die finsteren Eingeweide des Schiffes vor, wo man wegen des Wetters alle Luken geschlossen hielt. Unter Deck machte es ihm mehr Mühe, das Gleichgewicht zu halten, weil kein Horizont zu sehen war, an dem er sich orientieren konnte. Er war erleichtert, dass ihm wenigstens nicht auf der Stelle wieder übel wurde.

Schließlich klopfte er an die Kammertür des Arztes. Als er keine Antwort hörte, begann er sich Sorgen zu machen und versuchte die Tür zu öffnen. Sie war nicht verriegelt.

»Doktor Llewellyn?« Die Kammer wirkte noch dunkler und luftloser als der Rest des Schiffes. Doch es regte sich etwas.

»Mr. Taine?«, krächzte es heiser.

»Tristam Flattery, Herr Doktor. Der Kapitän hat mich gebeten, nach Ihrem Befinden zu fragen.«

»Aha, Mr. Flattery«, sagte Llewellyn rau. »Mir ist so elend, wie einem Menschenwesen nur sein kann. Das Schiff schwimmt noch?«

»Sir?« Dann begriff er, was der Doktor meinte. »Aber ja. Der Sturm hat sich verausgabt, und das Schiff ist so sicher wie eine Ente auf dem Teich. Kapitän Stern sagt, dass wir vor Sonnenuntergang wieder Segel setzen können.«

»Farrelle sei Dank dafür«, stöhnte Llewellyn voll Inbrunst. »Wie geht es der Frau Herzogin?«

»Das weiß ich nicht, Herr Doktor; ich habe gerade erst meine Seebeine erlangt, wie man hier sagt. Soll ich an Ihrer Stelle nach ihr sehen?«

»Wären Sie so gut, Mr. Flattery? Ich bin ihr keine große Hilfe gewesen.«

»Es ist mir ein Vergnügen.«

Tristam schloss die Tür hinter sich und überließ den Arzt seinem Elend. Er ertappte sich bei einem schadenfrohen Grinsen und musste sich eingestehen, eine gewisse Genugtuung zu empfinden, dass dieser überhebliche Mann, nun so demutsvoll darniederlag. Und der gute Doktor dankte auch noch ausgerechnet *Farrelle*!

Tristam lachte laut auf. Das war ihm ein schöner ›Vernunftmensch‹!

Im schwachen Licht fand Tristam die Tür der großen Kajüte und klopfte an.

»Ja?«, hörte er die Stimme der Herzogin. Sie klang nicht besonders vom Sturm gezeichnet.

»Ich bin's, Tristam, Frau Herzogin.«

»Kommen Sie herein«, rief die Adlige über den Lärm des Winds und der See.

Tristam öffnete die Tür und sah die Herzogin auf einem niedrigen Hocker in einer Leeecke der Kajüte sitzen. In den Händen hielt sie eine dampfende Tasse und beugte sich über eine Koje mit Leeplanke, einem Brett, das den darin Liegenden auch bei starker Schräglage vor dem Herausrollen bewahrte. Sie trug ihre wärmsten Kleidungsstücke und hatte sich zusätzlich in mehrere Wolldecken gewickelt., wodurch sie ein seltsames Bild abgab, denn sie sah aus wie eine reiche Bettlerin oder eine vagabundierende Herzogin, wenn man das so sagen konnte. Auf der Koje lag zusammengekrümmt eine reglose Gestalt, die sehr leiden musste. Die arme Jacel.

»Freut mich zu sehen, dass wenigstens ein Landmann überlebt hat«, sagte die Herzogin munter, offenbar mit nicht weniger Schwung als sonst.

»Anscheinend habe ich mir Seebeine zugelegt«, erklärte Tristam. An der Matrosensprache war etwas, dem er nur schwer widerstehen konnte, und deshalb benutzte er sie bei jeder Gelegenheit. »Frau Herzogin sind wohlauf?«

»Ja ... es heißt zwar, ich sei ein empfindliches Pflänzchen, Tristam, aber in Wirklichkeit habe ich die Konstitution eines Maulesels. Der armen Jacel geht es längst nicht so gut wie mir.« Sie blickte die reglose Gestalt an und fragte auf Entonnisch: »Nicht wahr, meine Liebe?«, ohne eine Antwort zu erwarten oder zu erhalten.

Die Herzogin trank aus ihrer Tasse. »Ich bin so froh, dass der Koch mir diese Brühe gebracht hat. Ohne wäre ich ein Eisklotz – ich bin völlig durchgefroren, um ehrlich zu sein. Ich hätte nie gedacht, dass ich einmal über ein elendes Getränk wie das hier so froh sein würde.« Sie roch an der Tasse und zog ihre makellose Nase kraus. »Ich habe nicht gewusst, dass die Marine ihre Besatzungen dreimal am Tag vergiftet. Ein Wunder, wie die Leute das überleben.«

Tristam lachte halb erleichtert.

In diesem Augenblick rollte sich Jacel zur Bettkante, und die Herzogin zog sicher und geschickt einen Eimer heran. Tristam nickte ihr zu und zog sich aus dem Raum zurück, wobei er kurz Zeuge einer höchst erstaunlichen Szene wurde: Die Herzogin von Morland hielt ihrer Gesellschafterin einen Eimer vor, in den diese sich erbrach. Und was noch seltsamer war, die Herzogin schien auch darüber amüsiert zu sein.

Tristam schaute sich nach seinem Mentor in Fragen der Seemannschaft um, Jack Beacham, doch als er den Jungen weder in der Zwischendecksmesse noch in der Kammer der Seekadetten fand, ging er wieder auf Deck. Sicher sagen konnte er es nicht, doch der Wind schien nachzulassen, und die Brecher wogten unregelmäßiger heran.

Hobbes stand an der Reling und hielt ein Fernrohr nach steuerbord achtern gerichtet. Stern stand neben ihm und spähte in die gleiche Richtung.

»Die *Raven*, würde ich sagen, Herr Kapitän.«

Stern nickte. »Nash hat sie seit einem Jahr. Sie wird das gleiche Ziel haben wie wir, aber sehen Sie nur, wie sie herbeirast! Wie sie ihr Schiff antreiben!«

Tristam trat näher. Er musterte die Wellen in der Richtung, in die die Offiziere blickten. Schließlich entdeckte er einen dauerhaften weißen Punkt, der nicht auftauchte und wieder verschwand wie die Schaumkronen.

»Aha, Mr. Flattery«, sagte Stern, als er Tristam bemerkte. »Ein Anblick, der Ihr Herz mit Furcht erfüllen soll. Zum Glück steht sie auf unserer Seite.« Er reichte Tristam ein abgegriffenes Fernrohr. »Dort. Ein Kriegsschiff«, sagte er mit bewundernder Stimme. »Da sehen Sie Schönheit.«

Tristam nahm das schwere Marinefernrohr und fand nach kurzem Suchen das Schiff, wobei er nun Dandishs Erbstück noch mehr zu schätzen wusste. Der schwarze Rumpf verspritzte weiße Gischt, wenn er sich in die Wellen stürzte. Nach Sterns Worten fand er den Anblick tatsächlich bedrohlich. »Ja, ich bin froh, dass sie auf unserer Seite ist, Kapitän Stern.«

»Und aus gutem Grund, Mr. Flattery. Die *Raven* würde mit unserer kleinen *Swallow* kurzen Prozess machen. Aber sorgen Sie sich nicht, selbst wenn wir uns irren und das gar nicht die *Raven* ist, gibt es in diesen Gewässern keine feindlichen Schiffe.« Der Kapitän zog eine Uhr aus der Tasche. »Sie überholt uns noch vor Anbruch der Dunkelheit, Mr. Hobbes. Lassen Sie den Signalgast antreten.«

Tristam blieb an der Reling und beobachtete eine Weile das große Kriegsschiff, das sich ungestüm über die dunkle See näherte.

Die zu schwach bemannte und untertakelte *Swallow* musste unter solchem Wetter noch beiliegen, und selbst dann ging es auf ihr noch hart zu. Die große Fregatte hatte nur die Bramsegel gerefft, und die Royalstengen waren eingeholt oder abgerissen worden, was nun, konnte Tristam nicht erkennen.

Auf eine Viertelmeile entfernt kam die *Raven* längsseits, luvte nur die Segel ein wenig und verlangsamte wie ein großes Pferd; schlingernd tanzte sie auf der Stelle. Eine Reihe Signalflaggen wurde gehisst, die bei Stern und seinen Offizieren Bestürzung hervorrief, dafür hielt es Tristam jedenfalls, auch wenn er nicht verstehen konnte, was gesagt wurde. Das war Sache der Marine, und ein Landmann brauchte davon nichts zu wissen.

Stern ließ den Signalgast antworten, dann dippte die *Raven* ihre Flagge, brachte die Segel in Stellung und nahm wieder Fahrt auf. Nach wenigen Augenblicken schleuderte ihr Bug die Gischt schon wieder dreißig Schritt weit. Tristam blickte ihr hinterher. Ihr breites, mit Galerien versehenes Heck tanzte über den Wellen auf und ab.

Nun war es auch für die *Swallow* Zeit, sich wieder auf den Weg zu machen. Die Toppsgasten nahmen die Reffs aus den Marssegeln, und die Royal-Stagsegel wurden gesetzt. Tristam beobachtete den Vorgang, der ›Evolution‹ genannt wurde und bei dem die Männer mit der feuchten Leinwand und der Bewegung des Schiffes zu kämpfen hatten. Die Evolution nahm eine ganze lange Stunde in Anspruch, denn im Vergleich mit einem Kriegsschiff hatte die *Swallow* eine sehr kleine Mannschaft, und der Kommandant ließ nicht alle Mann antreten, solange es nicht unbedingt notwendig war, damit die Freiwachen ihren Schlaf bekamen.

Es dämmerte schon, als die Jacks wieder die Webeleinen herabenterten. Die meisten von ihnen verschwanden gleich zum Abendessen unter Deck, nur wenige blieben zurück, rollten Taue auf und standen den Offizieren zur Verfügung. Tristam bemerkte, dass der Kommandant ebenfalls unter Deck gegangen war, wahrscheinlich, um in der kleinen Seeoffiziersmesse zu Abend zu essen.

Am Himmel brach endlich die Wolkendecke auf. Mittlerweile war wieder zunehmender Mond. Tristam ging an die Reling und blickte in die zunehmende Dunkelheit hinaus. Er glaubte, einen Albatros gesehen zu haben, der tief über den rollenden Wogen davonzog. Einige Zeit stand er auf dem fast verlassenen Deck und spähte ins Dunkle. Geisterhaft war das Brodeln der See unter dem abflauenden Wind zu hören. Erneut erfuhr Tristam das Gefühl von Einsamkeit angesichts der Kraft des weiten Meeres, und er musste an Kent denken.

Plötzlich hörte er vor sich ein flatterndes Geräusch und

sprang zurück, denn er glaubte, ein Tau wäre gerissen. Doch war es ganz anders: Ein weißer Vogel schwebte über ihm in der Luft und schlug mit den Schwingen. Tristam erkannte sofort, dass es ein Falke war.

»Verschwinde!«, rief er und fuhr mit den Händen durch die Luft. *Wir sind Hunderte und Aberhunderte von Meilen vom Land entfernt!* Doch der Falke wich nicht zurück, sondern streckte die Krallen aus, als erwartete er, dass Tristam ihm einen Falknerhandschuh hinstreckte, auf dem er sich niederlassen konnte. Tristam zog einen Belegnagel aus der Nagelbank und stieß damit nach dem Greif. »Verschwinde!«, brüllte er. Doch der Falke gehorchte nicht, sondern packte den Nagel. Tristam sah sich gezwungen, dem Vogel Halt zu geben, während der sich der Bewegung des Schiffes anpasste.

Hinter Tristam ertönte ein Geräusch, und er drehte sich um. Im Niedergang stand ein Jack mit weit aufgerissenen Augen. Er machte ein Schutzzeichen und eilte unter Deck. Tristam hielt den Belegnagel in die Dunkelheit und ließ ihn ins Wasser fallen. Der Falke schlug mit den Flügeln und verschwand.

»Blut und Flammen!«, stieß Tristam leise hervor. »Wir sind Hunderte von Meilen vor der Küste. Das ist doch nicht möglich.«

Tristam hatte ruhig geschlafen, woran er gar nicht gewöhnt war. An die Träume konnte er sich nur schemenhaft erinnern, und als er aufstand, hatte er sie schon ganz vergessen. Während der Nacht hatte die Bewegung des Schiffes spürbar nachgelassen und war am Morgen fast wieder normal. Auch schien die Sonne, was Tristam an der Helligkeit erkannte, die durch das kleine Oberlicht in die Kabine fiel, obwohl er es mit einem Tuch verhängt hatte, um sich ein wenig Abgeschiedenheit zu schaffen. Schritte kamen den Niedergang hinab, der nicht weit von Tristams Kammertür entfernt war. Die Schritte stammten von Ledersohlen, also näherte sich ein Kadett oder Offizier, aber kein barfüßiger

Jack. Der Besitzer der Schuhe war in erheblicher Eile. Seekadett Jack Beacham oder Seekadett Chilsey.

Es klopfte an der Tür.

»Ja?«

»Jack Beacham hier, Mr. Flattery«, antwortete eine unruhige Stimme. »Ich glaube, Sie sollten lieber auf Deck kommen, Sir.«

Tristam streifte sich die Kleidung über und stieg die Leiter hoch. Beacham wartete an den Stufen, die zur Kuhl hinabführten. Am Großmast stand eine Menschenmenge, und Tristam erkannte die graue Gestalt des Steuermanns, der alle anderen überragte.

Beim Näherkommen bemerkte Tristam, dass etwas am Mast die Aufmerksamkeit aller fesselte. Zuerst glaubte er, einen Vogel oder etwas Ähnliches zu erkennen, was für einen Naturforscher von Interesse war, doch das unnatürliche Schweigen berührte ihn seltsam. Als die Jacks ihn sahen, wichen sie alle vor ihm zurück und musterten ihn auf eine Weise, die nichts Gutes verhieß.

»Erkennen Sie das wieder, Mr. Flattery?«, fragte Hobbes und deutete auf das aufgeschlagene Buch, das mit einem Messer an den Mast geheftet war – wie ein toter Schmetterling auf einen Karton. Die Seiten flatterten sogar ein wenig im Wind.

Tristam brachte kein Wort über die Lippen, aber er nickte.

»Nehmen Sie es ab, Mr. Hobbes«, befahl der Kommandant. »Könnte ich Sie bitte sprechen, Mr. Flattery?«

»Ich weiß, wie schwer es Ihnen fällt, derlei Dinge ernst zu nehmen, Mr. Flattery, und doch haben wir es hier mit einem grundlegenden Aberglauben der Jacks zu tun.« Stern wirkte ein wenig krank, fand Tristam. »Ein Messer in den Mast zu bohren, ruft einen ausgewachsenen Orkan herbei – einen Wirbelsturm, wie Sie an Land sagen. Es heißt, dass Seeleute, die wochenlang in der Flaute lagen, aus Verzweiflung ein Messer in den Mast gebohrt haben – was normalerweise tragische Folgen nach sich zieht. Das ist die Wurzel des

Aberglaubens. Aber etwas zu nehmen, was einem Mann gehört, und es mit einem Messer an den Mast zu spießen, bringt Unglück über diesen Mann.«

Stern saß an dem Tisch in der kleinen Offiziersmesse, rechts neben ihm stand Leutnant Osler. Tristam konnte nicht erkennen, ob der Kapitän sich für das Verhalten seiner Mannschaft schämte oder ob seine unheilverkündende Ruhe einen anderen Grund hatte. Nur das Benehmen seines Offiziers gab darauf einen Hinweis, denn Osler stand reglos und steif da und sprach nur, wenn er gefragt wurde, dann aber leise und unterwürfig. Tristam stellte fest, dass er unbewusst das Verhalten des Leutnants übernahm – sie benahmen sich wie zwei Schuljungen, die den Unterricht geschwänzt hatten.

»Nun verraten Sie mir bitte eins, Mr. Flattery: Wir befinden uns siebenhundertfünfzig Seemeilen von der Küste entfernt.« Stern hielt inne und blickte Tristam in die Augen. »Ist es möglich, dass dieser Falke so weit geflogen ist?«

Tristam verbiss sich die erste Antwort, die ihm in den Sinn kam. (›Wie sonst soll er hierher gekommen sein, Herr Kapitän? Durch Zauberei?‹)

Zwar wurden Landvögel manchmal fernab von Land gesichtet – einige Naturforscher vermuteten, dass sie durch Stürme so weit auf See hinausgeweht wurden –, doch Tristam hatte noch nie gehört, dass man einen großen, kräftigen Falken so weit vom Land entfernt über dem Meer gesehen hätte.

»Das weiß ich nicht, Kapitän Stern«, begann er leise. »Es erscheint sehr unwahrscheinlich, aber –«

»Wie erklären Sie es dann?«, fragte Stern nun längst nicht mehr so ruhig und mit anklagendem Unterton, was Tristam überhaupt nicht gefiel.

»Das kann ich nicht, Sir, aber ich vermute, dass es sich um einen ausgebildeten Falken gehandelt hat, denn er wollte offenbar, dass ich ihm den Arm hinhielt, damit er dort landen konnte.«

»Kapitän Stern?« Dr. Llewellyns Gesicht erschien im offenen Eingang. »Darf ich, Sir?« Der Arzt war noch immer blass und wirkte geschwächt, doch kündigte sich die Rückkehr seiner gewohnten Allüren bereits an.

Stern warf Osler einen raschen Blick zu, den der Leutnant nicht erwiderte. Llewellyn hätte sich nicht einmischen dürfen. Dann aber zuckte Stern die Schultern.

»Ja, Herr Doktor?«

»Da ich selbst auf dem Gebiet der Naturkunde bewandert bin, kann ich vielleicht Licht in diese Angelegenheit bringen.« Llewellyn schob die Tür ganz auf, trat ein und nahm sich einen Stuhl, obwohl man ihn nicht zum Sitzen aufgefordert hatte. Ganz offensichtlich hatte der Arzt an der Tür gelauscht.

»Es scheint mir recht wahrscheinlich, dass der Vogel einem Falkner gehört hat, und ohne Zweifel ist er von einem vorbeifahrenden Schiff entflohen. Als er die *Swallow* sah, versuchte er darauf zu landen. In seiner Erschöpfung und Verwirrung, sich über dem Meer wiederzufinden, hielt der Falke auf den ersten Mann zu, den er erblickte, wiewohl er sonst nur seinen Herrn angeflogen hätte. Ich zweifele nicht daran, dass der Vogel auf mich genauso reagiert hätte, oder auf Sie, Sir, wäre einer von uns der Erste gewesen, den er sah. Eine andere Erklärung kann es nicht geben.«

Der Kommandant blickte den Leutnant an, und dieser nickte. »Nun, das hört sich glaubhaft an«, gab er zu, »aber es wird trotzdem viel Beredsamkeit erfordern, um die Jacks davon zu überzeugen. Ihr Aberglaube möge verdammt sein!«

Der Kapitän bedachte Tristam mit einem Blick, unter dem Matrosen wohl zu weichen Quallen zusammenschrumpften. »Ich sage Ihnen ganz ehrlich, hätte ich vorher gewusst, dass Sie der Erbe von Erasmus Flattery sind, dann hätte ich es mir zweimal überlegt, ob ich Sie an Bord lasse.«

Tristams Einschüchterung verschwand, und in ihm wallte der Zorn auf. »Ich bin zwar sein Erbe, Herr Kapitän, aber ich habe den Mann kaum gekannt. Weder bin ich sein direkter Nachfahr noch in irgendeiner Weise je sein Schützling gewesen. Beinah ebenso eng verwandt bin ich mit Admiral Flattery, der bei Kap Lock das Blaue Geschwader kommandierte!« Das stimmte zwar nicht ganz, doch Tristam griff nach allem, woran er sich festhalten konnte und was ihn vor dem Versinken bewahrte.

Der Kommandant sann darüber nach und zupfte sich mit seinen langen Fingern den kurz getrimmten Bart. Seine Stimme wurde eine Spur freundlicher. »Nun, was Sie da sagen, ist zweifellos wahr, Mr. Flattery. Und persönlich glaube ich kein Wort von dieser Magus-Geschichte. Ich muss nur bedenken, was die armen, unwissenden Männer vor dem Mast glauben. So töricht und ungebildet sie auch sind, für den Erfolg der Fahrt sind sie unentbehrlich, und wenn Sie von den Jacks für den Erben eines Nekromanten gehalten werden ... Na ja, sie sind eben ein abergläubischer Haufen, und keiner kann vorhersagen, was sie tun werden.«

»Wollen Sie damit sagen, dass Mr. Flattery in Gefahr schweben könnte, Kapitän Stern?« Llewellyn war eindeutig schockiert.

»Ach, nein, das würde ich so nicht sagen, Doktor Llewellyn. Wirklich nicht. Aber was die Jacks glauben und was sie fürchten, das hat Auswirkungen auf ihre Leistungen. So etwas habe ich schon vorher gesehen. Auf einem Schiff, das ich kommandiere, wird es keinerlei Gewalttätigkeiten gegen irgendjemanden geben, darauf können Sie zählen. Aber die Jacks könnten Mr. Flattery als unwillkommen betrachten, und das ist hart, wenn Sie zwei Jahre lang mit ihnen auf dem gleichen Schiff fahren werden.«

Der Arzt richtete sich auf seinem Stuhl kerzengerade auf. »Ach, dieser Mangel an Begreifen; der Neid des Ungebildeten ist uns allen nicht fremd, Herr Kapitän. Verzagen Sie nicht, Mr. Flattery. Die Anerkennung der Unwissenden ist eine wertlose Münze, glauben Sie mir.«

Tristam wusste nicht, was er darauf antworten sollte. Ihm kam es fast vor, als stünde er vor Gericht, und dabei hatte er sich überhaupt nichts zuschulden kommen lassen. Dass die Marineleute abergläubisch waren, das hatte er zwar gewusst, aber er hätte nie geahnt, dass es solche Ausmaße annehmen könnte.

Der Kommandant wandte sich an den Ersten Offizier. »Wir müssen nun den Schaden eingrenzen, den dieser Zwischenfall verursacht hat, sozusagen ein Lecksegel setzen. Mr. Osler, Sie sorgen dafür, dass sich herumspricht, der Falke sei zahm gewesen – ein Jagdfalke, der von einem passierenden Schiff entkommen ist. Er hat Mr. Flattery auf Deck gefunden, als er nach einem Platz suchte, wo er sich niederlassen konnte. Sprechen Sie mit Mr. Hobbes – Sie wissen, dass die Jacks an seinen Lippen hängen, wenn er nur ein Wort sagt. Wenn er behaupten würde, etwas Ähnliches beobachtet zu haben, während er unter Gregory fuhr ... Na, dann würden die Leute Mr. Flattery berühren wollen, weil er Glück bringt. Aber ich kann mir nicht vorstellen, dass Mr. Hobbes damit einverstanden wäre, Lügen zu erzählen. Doch wenn er nur nicht bekundet, an diesen Magusunsinn zu glauben, hilft uns das schon sehr.« Der Kapitän wandte sich wieder an Tristam und bemühte sich um ein beruhigendes Lächeln. »Machen Sie sich keine allzu großen Sorgen, Mr. Flattery. Das geht vorbei. Machen Sie einfach weiter, als wäre nichts geschehen. Das ist immer der beste Kurs.«

Tristam nickte. »Jawohl, Sir«, sagte er und verließ die Messe. Er kam sich vor, als hätte er sich soeben vor dem Rektor verantworten müssen. Dabei hatte er geglaubt, so etwas lange hinter sich zu haben.

Tristam kam auf Deck und trat in hellen Sonnenschein. Nichts kündete mehr von dem Sturm, der ihr Vorankommen so sehr behindert hatte, und die *Swallow* gondelte von gutem Wind getrieben über blaue See. An der Reling stand untätig Jack Beacham, und als er Tristam sah, trat er augenblicklich zu ihm.

Der junge Mann musterte Tristams Gesicht, als suchte er nach Schrammen. »Auf ein Wort, Mr. Flattery«, sagte er und warf einen besorgten Blick über das Deck. »Ein Matrose namens Kreel. Ein großer Kerl mit einer Narbe über dem rechten Auge. Dunkles Haar, dunkler Teint. Es wäre besser, wenn Sie sich von ihm fernhalten würden, Sir.« Beacham setzte ein breites Grinsen auf, als hätten sie miteinander gescherzt. »Einen angenehmen Tag wünsche ich Ihnen, Mr. Flattery.« Damit ließ ihn der Kadett stehen.

Tristam kannte sich im Kodex der Seefahrer nicht aus, doch war er sich recht sicher, dass Jack Beacham diesen soeben gebrochen hatte – oder vielleicht galt er für Offiziersanwärter noch nicht.

Unvermittelt empfand Tristam den Drang, die Matrosen zur Räson zu bringen, besonders diesen Kreel. Er wusste schließlich, dass Kapitän Stern die Erklärung mit dem zahmen Falken geglaubt hatte, weil sie in sein Weltbild passte. Und die Jacks würden an ihre eigene Erklärung glauben, nämlich, dass Tristam in irgendeiner Weise der Sprössling eines Magus sei, und zwar weil sie sich gut in ihr Weltbild fügte. Was das ihrer Meinung nach außer drohendem Unheil zu bedeuten hatte, das konnte Tristam nicht sagen.

Als er sich umschaute, sah er die Herzogin auf der Bank sitzen, welche der Schiffszimmermann den beiden Frauen gebaut hatte. Sie konnten sich mit dem Rücken an die Reling lehnen und es sich auf dem Achterdeck bequem machen. Die Herzogin las in einem Buch, aber sie wurde auf ihn aufmerksam und sah zu ihm hinüber.

Weil Tristam sich dringend nach Gesellschaft sehnte, die ihn nicht für ein übernatürliches Wesen hielt, ging er zu ihr.

»Tristam! Ich wünsche Ihnen einen angenehmen Tag.« Sie lächelte ihn an, und Tristam bemerkte, dass die Sonne ihren Wangen eine höchst anziehende Röte verliehen hatte.

»Frau Herzogin das gleiche. Ein wunderschöner Tag.«

»Es ist wirklich sehr schön.« Sie zog ihren Rock enger zu sich und bedeutete Tristam, neben ihr Platz zu nehmen.

»Was lesen Sie?«, fragte er, denn er konnte sich nicht durchringen anzuschneiden, was ihn bedrückte. Er bemerkte auf einmal, wie sehr er einen echten Freund vermisste – jemanden wie Jaimy –, dem er bedenkenlos trauen konnte.

Sie hielt ein leinengebundenes Buch hoch, sodass er den Titel lesen konnte: ›Das Handbuch des jungen Seemanns‹ von Bedwell. »Ich bin es herzlich leid, nur die Hälfte von dem zu verstehen, was hier an Bord gesprochen wird – ach was, weit weniger als die Hälfte. Deshalb habe ich mich daran gemacht, meine Taue kennen zu lernen, wie sie sagen. Ich halte das für einen nützlichen Zeitvertreib.«

Die Herzogin von Morland lernte also zu sprechen wie ein Matrose. Tristam konnte nicht anders, er schmunzelte.

»Sie brauchen gar nicht so amüsiert zu sein, Tristam, ich bin ebenso sehr in der Lage, dergleichen zu erlernen, wie ein halbgebildeter Bauernsohn. Also«, sie schwenkte das Buch, »vielleicht können Sie mir das eine oder andere erklären, denn schließlich sind Sie ja selbst schon so gut wie ein Seefahrer. Wo auf dem Schiff wird das Garn gesponnen? Ich höre ständig davon, und trotzdem kann ich in diesem kleinen Buch keinen Hinweis darauf finden.«

»Die Seeleute sagen Garn spinnen, Frau Herzogin, aber sie meinen damit erzählen oder aufschneiden. Davon wird in Ihrem Buch keine Rede sein.«

»Nein, das glaube ich auch nicht.«

»Die Seefahrer haben nicht nur ihre eigene Berufssprache, sondern auch ihren eigenen Jargon.« Tristam deutete auf die Takelage. »Die Stengen und Masten gehören zu den Rundhölzern ...«

»Die Rahen und Spieren auch.«

»Genau. Die Arme und Beine eines Matrosen heißen genauso. Ein Ausholer ist ein Prahlhans, die Epauletten der Offiziere heißen Schwabber wie die Schrubber zum Decksäubern. Bootsmann wird zu Bosun verkürzt, und der Zimmermann ist der Klamphauer.«

»Allmählich verstehe ich.« Die Herzogin wies wieder mit dem Buch. »Und der Mast dort hinten- der kleine – ist das der Kreuzmast?«

»Das ist er allerdings – man sollte jedoch ›achtern‹ sagen, nicht ›hinten‹.«

»Achtern, genau. Der hohe Mast in der Mitte heißt logischerweise Großmast, und der kleine vorn auf dem Vorderdeck ist der Fockmast?«

»In jeder Hinsicht richtig.«

»Nun, vielleicht könnten Sie mir auch mit diesem

Wirrwarr von Segeln helfen. Es scheint so viele verschiedene zu geben ...«

Im Laufe der nächsten Stunden schwanden Tristams Vorbehalte gegen die Herzogin dahin, wie es in ihrer Gegenwart immer geschah, solange sie nicht versuchte, ihn für ihre Zwecke einzuspannen. Eindeutig hatte sie bemerkt, wie sehr ihn der Zwischenfall mit den Jacks verstörte, und verwendete nun ihren gesamten Charme darauf, ihn mit unbeschwerten Worten auf andere Gedanken zu bringen. Tristam kam sich vor wie jemand, der durch kalten Regen eilt und plötzlich auf eine warme trockne Lichtung tritt. Seine Gedanken kehrten sich völlig von seinen Sorgen ab, und es gelang ihm sogar zu lachen.

Außerdem beeindruckte ihn die Geschwindigkeit, mit der sie lernte, und er kam zu dem Schluss, dass es nicht mehr lange dauerte, bis sie Schiffe und Segel mit einer Sicherheit würde benennen können, die wohl das Herz jedes Seeoffiziers erfreute.

Die Wache wechselte, und der Seemann, der das Ruder übernahm, nickte der Herzogin höflich zu, während er Tristam unverhohlen schnitt.

Die Männer, die zum Loggen eingeteilt waren, ignorierten ihn ebenfalls.

Die Herzogin berührte Tristam beim Arm. »Diese Albernheit wegen Ihres Onkels wird immer lästiger, nicht wahr? Glauben die Jacks denn, Sie wollten sie in Kröten verwandeln?«

Tristam schüttelte den Kopf. »Ich verstehe es auch nicht. Fast wünschte ich, ich könnte zaubern. Dann sähe mein Leben anders aus, das steht einmal fest.«

»Tatsächlich habe ich mich bereits gefragt«, entgegnete die Herzogin sehr leise, »ob Sie sich vielleicht einmal in einen entonnischen Musiker verwandelt haben könnten.«

Die Veränderung in Tristams Gesicht musste außerordentlich heftig ausgefallen sein, denn die Herzogin tätschelte ihm die Hand. »Nur ein Scherz, lieber Tristam. Ich möchte Sie doch nur aufheitern. Es war so dunkel, und alle hatten wir viel zu viel von der Erasmustraube gekostet ...«

Sie blickte ihn verschmitzt an. »Passiert Ihnen so etwas häufiger, wenn Sie Erasmuswein getrunken haben?«

»Frau Herzogin, ich bin in dieser Sache vollends Ihrer Gnade ausgeliefert, das wissen Sie. Ich ... ich weiß nicht, wie ich mich für das Vorgefallene entschuldigen soll. Sagen Sie, was ich für Sie tun kann, und es soll freudig geschehen.«

»Welch ein Angebot, Mr. Flattery. Das muss ich mir ganz genau überlegen. Vielleicht - ach nein. Lassen Sie mich eine Weile darüber nachdenken.«

Tristam merkte genau, welch tiefes Vergnügen sie an seiner Verlegenheit empfand.

Die Herzogin war abgelenkt. »Sagen Sie, wozu wirft man das Log? Um die Tiefe des Meeres zu bestimmen? Oder nimmt man dazu das Lot?«

Der Themenwechsel kam so abrupt, dass Tristam fast den Kopf geschüttelt hätte, um seine Sinne zusammenzunehmen. »Man ›lässt das Log zu Wasser‹, und man loggt, um die Geschwindigkeit zu messen, mit der das Schiff die See durchfährt. Diese Geschwindigkeit muss man kennen, um genau navigieren zu können. Man lässt das Logscheit zu Wasser - es bleibt mehr oder weniger an der Stelle, an der man es ausgesetzt hat -, und es hängt an der Logleine. An ihr kann man ablesen, welche Strecke das Schiff in einer bestimmten Zeit zurücklegt. Dazu zählt man die Knoten in der Logleine, und daher kommt auch der nautische Ausdruck ›Knoten‹ für Geschwindigkeit. Wir machen im Moment fünf Knoten.

Das Lot hingegen ist ein Bleigewicht an einer eingeteilten Schnur, das man ins Wasser hängt, um die Tiefe des Meeresbodens zu messen. Beacham hat mich einmal im Hafen von Avonel loten lassen, und ich war erstaunt, dass man es wirklich fühlt, wenn das Gewicht den Boden berührt. Das Gefühl ist ganz unverkennbar.

Unten am Lotkörper befindet sich eine Vertiefung, in die die Matrosen manchmal Fett oder Talg schmieren - die sogenannte Lotspeise. Daran bleibt eine Probe des Meeresbodens kleben, und daraus kann man Rückschlüsse auf die Verhältnisse in den Ozeantiefen ziehen. Recht einfallsreich.«

»Ich verstehe. Loggen für Geschwindigkeit, loten für die Tiefe.«

Mr. Hobbes kam an die Bank und begann ein freundliches Gespräch mit ihnen. Mit Tristam scherzte er auf eine Weise, die auf ein freundschaftliches Verhältnis hindeutete. Obwohl Tristam wusste, dass der alte Deckoffizier sich auf Anweisung des Kommandanten so verhielt, empfand er eine tiefe Dankbarkeit dafür, denn nachdem der Steuermann sich zurückgezogen hatte, um sich seinen Pflichten zu widmen, nickte auch der Rudergänger Tristam grüßend zu.

Die Herzogin meinte schließlich, sich schon zu lange in der Sonne aufgehalten zu haben, und entschuldigte sich. Tristam ging sofort unter Deck in seine Kammer; er fürchtete sich plötzlich, dass ihn der Falke noch einmal anfliegen könnte.

Die *Swallow* war noch sieben Tage vom nächsten Land entfernt, der Insel Farrow, auf der Tristam ein Weingut gehörte. Während dieser Woche bemühte er sich, den Himmel nicht ständig nach weißen Vögeln abzusuchen, und vertiefte sich in seine Aufgaben. Viermal am Tag warf er ein Gazenetz aus, das vom Schiff geschleppt wurde, und verbrachte Stunden damit, seinen Fang unter dem Mikroskop zu beobachten – hauptsächlich war es Plankton. Manchmal ließ sich Llewellyn herab, einen Blick durch das Instrument zu werfen und mit Tristam über das Gefundene zu diskutieren, manchmal kamen Jack Beacham oder die Herzogin, um zu sehen, was ihm ins Netz gegangen war. Der Mikrokosmos übte auf die meisten Menschen eine große Faszination aus, selbst auf jene ohne ein besonderes Interesse an der Naturkunde wie der Smut oder der Zahlmeister, die immer mal wieder durch die Linsen blickten. Jack Beacham wollte so oft ins Mikroskop schauen, dass es Tristam fast lästig wurde, doch andererseits war der Seekadett zu gutmütig, um wirklich eine Plage zu sein.

Währenddessen führte Tristam sorgfältige Aufzeichnungen über alles, was er beobachtete, über Wetter- und

Meeresverhältnisse, Vögel und Wasserleben. Der Steuermann und sein Maat hatten eine Tiefenleine, die lang genug war, um die Tiefsee auszuloten, und führten eine Reihe von Messungen in einem Meeresgebiet aus, das noch nicht kartiert worden war. Tristam untersuchte jede Probe, die sie vom Meeresgrund zutage förderten, und wurde mit zwei neuen *Onuphis*-Arten belohnt, die offenbar in erstaunlicher Tiefe lebten - was ihn wiederum zu der Überlegung bewegte, ob sie nicht doch einer anderen Gattung zuzurechnen waren, die ähnliche Merkmale zeigte. Neben den taxonomischen Schwierigkeiten war es zur Abwechslung einmal ein angenehmes Problem, passende Namen für die ersten von ihm selbst entdeckten Spezies zu finden. Er hätte gern eine nach der Herzogin benannt, doch andererseits fand er einen Meereswurm unpassend.

Jeden Tag verbrachte er einige Zeit mit Elorin von Morland. Sie sprachen oft über Naturkunde, denn ihr Verstand war lebhaft, und sie schien sich für alles zu interessieren. Danach galten Tristams Überlegungen zumeist der Frage, was er nun eigentlich für sie empfand.

Die Herzogin behandelte ihn wie einen jüngeren Lieblingscousin und nicht wie einen potenziellen Liebhaber. Doch wenn Tristam gerade wieder zu der Überzeugung gelangt war, dass ihre Gefühle für ihn unschuldiger Natur seien, tat sie etwas, das ihn wieder zum Grübeln brachte, legte ihm in sehr vertrauter Weise die Hand auf den Arm und blickte ihm ein klein wenig länger in die Augen, als es sich schickte.

Eines Abends, als er sie verließ, lehnte sie sich gegen ihn, dass er die Rundung ihrer Brust spürte, und küsste ihn zärtlich auf den Mundwinkel. Freilich verloren Landleute an Bord eines Schiffes häufig das Gleichgewicht, doch Tristam bezweifelte, dass sich der Zwischenfall dadurch erklären ließ. Wenigstens zog er vor, etwas anderes zu glauben.

In diesen Tagen schwankte Tristam zwischen Glücksgefühlen und völliger Verlorenheit, je nachdem, was zwischen ihm und der Herzogin vorgefallen war – oder genauer gesagt, hing sein Gemütszustand davon ab, wie er das zwischen ihnen Vorgefallene deutete.

Am Morgen ihres sechzehnten Tages auf See sichteten sie die Insel Farrow. Unter einer Säule aus weißen Wolken schien sie am Horizont zu treiben: zwei zierliche rote Hügel über der blauen See.

22. Kapitel

Als die *Swallow* sich Farrow näherte, bemerkte Tristam, dass die Wolken über der Insel nicht nur aus Wasserdampf bestanden.

»So etwas habe ich seit zwanzig Jahren nicht mehr gesehen«, sagte Stern und senkte das Fernrohr.

Tristam hielt sein Perspektiv weiter auf den Krater des Vulkans gerichtet. Von dort stieg dünner Rauch auf.

»Der Forwood tut das hin und wieder seit seiner Entdeckung«, sinnierte der Kommandant. »Ich kann mir keinen Grund denken, weshalb er ausgerechnet jetzt damit aufhören sollte.«

»Ein Segel, Mr. Osler!«, rief es von oben. »Zwei Strich von Backbordbug!«

Tristam schwenkte das Glas nach backbord.

»Das Postschiff, Sir!«, rief der Ausguck.

Bei diesen Worten erhob sich bei der Mannschaft ein enttäuschtes Stöhnen.

»So ein Pech«, erklärte Stern. »Jetzt dauert es zwei Wochen, bevor unsere Briefe abgehen.«

»Sollen wir versuchen, ihr zu signalisieren, Herr Kapitän?«, fragte Hobbes. Der Steuermann beschattete seine Augen mit der Hand und spähte dem fernen Schiff hinterher. Tristam gewann den Eindruck, dass der alte Seefahrer gar kein Fernrohr brauchte, um diese Distanz zu überschauen.

Der Kommandant überlegte kurz; vielleicht maß er die Entfernung. »Sie können uns nicht sehen, sonst hätten sie schon beigedreht und würden unsere Post aufnehmen. Ein Backbordgeschütz soll eine Leuchtkugel feuern. Der Signalgast soll sich bereithalten für den Fall, dass wir ihre Aufmerksamkeit erregen.«

Tristam beobachtete, wie einer der bronzenen Dreipfünder gelöst, schussbereit gemacht und ausgerannt wurde. Das Manöver lief nicht mit der Geschwindigkeit und

Präzision ab, die Tristam erwartet hatte, und einmal mehr wurde deutlich, dass die *Swallow* kein Kriegsschiff war, auf dem man mehrmals in der Woche Geschützübungen durchführte, sondern ein kleines Vermessungsfahrzeug. Seit dem Auslaufen der Bark war dies die erste Gelegenheit, bei der die Persenning von einem Geschütz genommen wurde.

»Es wird eine ungeheure Rauchwolke geben, Frau Herzogin«, sagte Stern, »und einen schrecklich lauten Knall. Wollen Sie lieber unter Deck gehen?«

Aber die Herzogin hatte wie der Schiffsjunge die Vorbereitungen gespannt beobachtet. »Ich habe so viel über die Fähigkeiten der Marineartilleristen gehört, Herr Kapitän, und über die schreckliche Erfindung Lord Skyes. Um nichts auf der Welt möchte ich das verpassen.«

Einen Moment später durchzuckte ein ohrenbetäubender Knall die Luft, und dichter, beißender Rauch hüllte das Schiff ein. Der Wind trieb den Qualm nach Lee ab, und über dem allgemeinen Husten hörte Tristam den Ausguck rufen:

»Sie behält Kurs, Herr Kapitän!«

Stern nickte. »Halten Sie auf den Hafen zu, Mr. Hobbes.«

Vor dem Ankerplatz empfingen ein starker Wind und eine träge Gezeit die *Swallow*. Stern wollte den anderen Schiffen und den Beobachtern an Land ein Lehrstück in Seemannschaft präsentieren: Er beabsichtigte, unter vollen Segeln in den Hafen einzulaufen. »Wir sind vielleicht ein unterbemanntes Vermessungsschiff«, hatte er gesagt, »aber das heißt noch lange nicht, dass wir nichts von unserem Geschäft verstehen. Alle Mann auf Deck.«

Die Pfeife des Bootsmanns schrillte, und als die Jacks auf ihre Stationen eilten, donnerte das Trappeln nackter Füße auf dem Deck wie der Schlag einer großen Trommel durch den Rumpf. So gut wie jeder gesunde Mann an Bord hatte eine Stelle, wo er mit anpacken musste, und Tristam meldete sich freiwillig, dabei zu helfen, die Fockrah zu bedienen.

»Sie gehen ans bittere Ende*, Mr. Flattery«, wies Beacham ihn an. Der Seekadett war röter im Gesicht als gewöhnlich. »Den feinen Fregattenpinkeln wollen wir zeigen, dass wir wissen, was wir tun.«

Schweigen legte sich über das Schiff, und Tristam merkte genau, dass jedem Mann nun daran gelegen war, weder seine Kameraden im Stich zu lassen noch Kommandant und Schiff in Verlegenheit zu bringen. Tristam blickte sich auf Deck um und traute kaum seinen Augen, doch dort auf dem Vordeck stand der Viscount Elsworth in Hemd und Hose; unter den riesigen Vordeckmännern wirkte er in keiner Weise fehl am Platze.

Garvey, der Steuermannsmaat, übernahm das Ruder, denn er galt als der beste Rudergänger an Bord. Der Kapitän stand neben ihm und besprach sich leise mit den Offizieren. Als das Schiff zwischen den beiden Steintürmen hindurchfuhr, die den Hafeneingang bewachten, hisste die *Swallow* ihre Nummer und das Erkennungssignal. Auf den Bastionen wurden die Flaggen gedippt und vier Kanonenschüsse abgefeuert, um die Ankunft eines befreundeten Schiffes zu melden.

Die Landmassen beeinflussten den Wind, und unversehens machte die *Swallow* einen Satz vorwärts über das flache Wasser der Bucht. Auf einen gelassenen Befehl hin wurden die Stagsegel eingeholt, doch das Schiff verlangsamte nur unwesentlich.

»Wir fahren wohl ziemlich schnell«, wagte Tristam anzumerken und versuchte, dabei gelassen zu klingen.

Beacham legte den Finger auf die Lippen und schien erst dann zu begreifen, dass die normale Schiffsdisziplin Tristam nicht einbezog – von allen Jacks wurde erwartet, dass sie während einer Evolution Schweigen bewahrten. »Wir schießen in den Wind auf und backbrassen die Marssegel«, flüsterte Beacham. »Sie werden staunen, wie schnell sie Fahrt verliert.«

Das Schiff setzte seine Eilfahrt in den Hafen fort und pas-

* Damit meinte Mr. Beacham das äußerste Ende der Rah, die Rahnock, an der zum Tode Verurteilte aufgehängt wurden. (Anmerkung des Übersetzers)

sierte das Heck eines vor der Reede geankerten Schiffes, was Tristam den Eindruck noch größerer Geschwindigkeit vermittelte. Er konnte die ankernden Schiffe nicht zählen, doch schien ihre Anzahl für diese kleine Bucht recht groß zu sein. Nun aber hielt er den Mund, denn schließlich wollte er Beacham nicht in Verlegenheit bringen. Nichts war zu hören außer den Wellen, die die *Swallow* im Wasser schlug, und dem Jack, der lotend am Bug stand und die Tiefe aussang.

Auf Befehl des Leutnants legte der Steuermannsmaat das Ruder über. Tristam verpasste den Rest des Manövers, denn Beacham flüsterte: »Holt ein, Jungs.« Und Tristam zog mit aller Kraft an dem rauen Hanfseil, bis es sich spannte und allem Bemühen zu widersetzen schien und doch jedes Mal ein klein wenig nachgab, wenn sie daran zerrten. Als die Rah gebrasst war, sprang Tristam an ein anderes Tau, aber die Jacks dort machten ihm keinen Platz, sodass er nur dabeistehen konnte. Ihm wurde klar, dass die Narretei der Matrosen nicht so schnell vorübergehen würde, wie er gehofft hatte.

»Fallen Anker!«, rief jemand, und Tristam hörte das behäbige Rattern der Kette in der Klüse. Das Schiff ging vor Anker. Tristam trat von den arbeitenden Jacks fort. Ringsum schien eine gewisse Zufriedenheit über den geleisteten Erfolg und die sichere Ankunft aufzukommen, aber Tristam fühlte sich von der Gemeinschaft ausgeschlossen.

»Die Segel bergen, Herr Leutnant«, befahl der Kapitän mit leiser, gelassener Stimme. »Mr. Hobbes – den Kutter aussetzen. Ein Schlückchen für die Männer geht in Ordnung, Mr. Osler.«

»Die Insel Farrow«, sagte die Herzogin neben Tristam. »Und Sie sind noch nie hier gewesen?«

Tristam schüttelte den Kopf und nahm den Blick nicht von der Küste. Die Insel bestand aus zwei Vulkanen, die sich aus dem Meer erhoben, doch handelte es sich um sehr alte Vulkane. Von Layel stammte eine Monografie über die Geologie der Insel, und Tristam erinnerte sich, darin gelesen zu haben, dass die letzte Eruption jedenfalls nicht in diesem Jahrtausend stattgefunden hatte. Vom Hafenbecken aus konnte man nur einen der beiden Bergkegel erkennen, den Forwood, der sich einhundert Meter über dem Meeresspiegel gemächlich zu einer Ebene abflachte, welche dann steil zur Küste hin abfiel.

Die Insel war grün und fruchtbar, und ihr Klima sahen viele als ideal an. Eine warme Meeresströmung sorgte für milde Winter, der fast konstante Wind stellte sicher, dass es im Sommer niemals unerträglich heiß wurde, und es fiel genug Regen, um eine produktive Landwirtschaft zu ermöglichen. Auf den Südosthängen der beiden Vulkane, die vor dem Westwind geschützt waren, wurde Weinbau betrieben, und von der Weinernte bestritten die meisten Inselbewohner ihren Lebensunterhalt.

Rote Ziegeldächer sprenkelten die offene grüne Landschaft, die Straßen, Hecken und Felder.

»Einfach bezaubernd!«, rief die Herzogin plötzlich aus.

Stern salutierte einem Offizier auf einem anderen Schiff und wandte sich ihnen zu. »Wir müssen an Land gehen und dem Gouverneur unsere Aufwartung machen. Ich bin sicher, dass der ehrenwerte Herr auch Ihre Bekanntschaft machen möchte, Frau Herzogin, und die von Lord Elsworth ebenfalls.«

»Ich bin sofort fertig«, antwortete sie fröhlich.

»Und Sie, Mr. Flattery, besitzen hier Land, wenn ich recht verstehe?«

»Das stimmt, obwohl ich mein Weingut nie gesehen habe.« Er musste an sein kleines Haus in Locfal denken. »Ich fürchte, es könnte sich in einem beklagenswerten Zustand befinden.«

»Machen Sie sich keine Gedanken, Sir. Auch Sie sollten mit an Land kommen. Hier wird sie niemand scheel ansehen, denn der Name Flattery wird auf dieser Insel hoch geachtet. Die Erasmustraube hat den Wohlstand der Inselbewohner ganz beträchtlich vermehrt.«

Am Ende schloss auch Dr. Llewellyn sich der an Land gehenden Gruppe an, und dadurch wurde es im Kutter eng. Der Bootsführer und die sechs Ruderer waren einheitlich in weiße Hosen und blaue Jacken gekleidet. Sie trugen geölte Strohhüte mit dem Schiffsnamen am Band, und Tristam fand, dass sie einen hübschen Anblick bieten mussten, während sie das Hafenbecken durchquerten – der Kapitän saß im Heck, die Passagiere im Bug. Der Tag war warm, und der Gegensatz zu den Temperaturen auf See, zu der Kühle, die noch fünf Minuten vor dem Hafen herrschte, etwas krass.

Ich muss während unseres Aufenthalts die Temperatur messen, und dann wieder, wenn wir auslaufen, dachte Tristam.

Anstatt an einen Kai zu fahren, landete der Kutter auf einem Stück Kiesstrand, wo die Männer ausstiegen und das Beiboot ganz an Land zogen.

»Aber was ist denn das?«, fragte die Herzogin, als sie auf festem Boden stand. »Die Insel schwankt ja ebenso sehr wie die *Swallow*. Sie muss von ihrer Muring losgekommen sein, Herr Kapitän.«

Stern lachte. »Das Gefühl wird bald vergehen, Frau Herzogin. Erst muss man sich an die Bewegung des Schiffes gewöhnen, und wenn man das dann geschafft hat, wieder an den Stillstand des Landes. Doch dadurch ist ein freundlicher Hafen nicht weniger willkommen, finde ich.«

Sie gingen die wenigen Schritte bis zum Strand hinauf, wo der Gouverneur und seine Begleitung sie erwarteten.

Sir Stedman Galton war seit zwanzig Jahren oder sogar länger der Gouverneur von Farrow und fast ebenso sehr Farrower wie jemand, der auf der Insel zur Welt kam. Die meisten Beamten des Königs betrachteten das Eiland als einen Posten am Rande des Nichts – der die Karriere genau dorthin führte –, doch Galton schien es hier sehr zu gefallen. Und die Inselbewohner zeigten sich froh, dass er blieb. Er war gerecht und dafür bekannt, dass er nachdrücklich und erfolgreich für die Belange der Insel eintrat.

»Einen angenehmen Tag wünsche ich Ihnen, Exzellenz«,

sagte Stern voll Wärme. »Wir haben uns lange nicht gesehen. Es ist mir ein besonderes Vergnügen, Ihnen die Herzogin von Morland vorzustellen.«

Man machte sich gegenseitig bekannt. Das Entzücken des Gouverneurs über die Gesellschaft, die er erhielt, war ganz offensichtlich. Er war etwa sechzig Jahre alt, und sein Haar zeigte eine Mischung aus Weiß und verblasstem Blond, denn Perücken galten auf Farrow als unmodisch. Sein Leibesumfang war beachtlich, und er wirkte ständig ein wenig außer Atem, was ein Geburtsfehler sein konnte. Sein Gesicht war immerfort gerötet.

»Mr. Flattery.« Der Gouverneur blickte Tristam mit großem Interesse an. »Willkommen auf Farrow. Es hat sich rasch herumgesprochen, dass der Erbe des großen Erasmus Flattery zu Besuch kommt. Sie sind hier willkommener, als Sie es sich vorstellen können. Für die Menschen von Farrow ist Ihr Onkel ein großer Mann.« Er geleitete sie zu einer wartenden Karosse. »Lady Galton bittet mich, sie zu entschuldigen, doch leider ist ihr heute nicht wohl. Ich hoffe, dass sie sich bis zum Ball am Abend erholt hat. Würden Sie gern den Tee mit uns nehmen?«

Und so kamen sie zum Tee in die Residenz des Gouverneurs von Farrow. Das geräumige Haus war im Stil der Insel gebaut. Weiß verputzt und rot gedeckt, mit überdachten Veranden und gefliesten Terrassen, schmiegte es sich zwischen Ölbäume und hohe Zedern und bot eine schöne Aussicht auf den Hafen. Die Besucher saßen im Schatten auf einer Veranda und blickten auf den Grauen Ozean hinaus, der seinem Namen in dieser Region keine Ehre machte und sich in einem tiefen, strahlenden Blau zeigte.

»Kapitän Nash von der Raven hat uns Ihre bevorstehende Ankunft gemeldet. Sir Roderick hatte uns zwar schon vor Wochen darüber unterrichtet, aber wir konnten natürlich nicht wissen, wann Sie tatsächlich eintreffen würden. Kapitän Nash benahm sich, als wäre ein Orkan hinter ihm her. Hat Wasser und Proviant aufgenommen und war schon wieder weg, jeden Fetzen Segeltuch hatte er gesetzt.« Der Gouverneur schüttelte den Kopf.

»Nash ist ein fähiger Kommandant«, sinnierte Stern. »Ein Mann, der es versteht, ein Seegefecht zu führen. Ich hege keinen Zweifel, dass er gute Gründe für seine Eile hatte und sein Ding zu Ende führen wird.«

Selbst Tristam vermochte die Natur von Nashs ›Ding‹, das vor Zivilisten offenbar nicht zur Diskussion stand, zu erraten: Im Archipel machten wieder Korsaren von sich reden. Gewiss war die Raven in Marsch gesetzt worden, um die dortige Marinestation zu verstärken.

»Mit Ihren Angelegenheiten wird es nichts zu tun haben«, versicherte der Gouverneur eilig. Er schenkte der Herzogin ein beruhigendes Lächeln und wandte sich an Stern. »Ich hoffe, Sie bleiben länger unsere Gäste als Kapitän Nash?«

»Mehrere Tage, vielleicht eine Woche. Ich habe nur eine kleine Mannschaft, deshalb müssen wir umtakeln. Wenn nicht wie ein Handelsschiff, so doch in einer Weise, dass wir unser Schiff handhaben können, ohne dass die Mannschaft sich verausgabt. Es ist sehr weit nach Oceana.«

Beacham hatte Tristam bereits erläutert, was hinter dieser Feststellung des Kapitäns steckte, und Tristam war es als eine kaum zu überbietende Dummheit erschienen. Vermessungsschiffe wie die *Swallow* verließen die Marinewerft nach Marinestandard getakelt, besaßen jedoch längst nicht genug Matrosen, um dieses Rigg auch ausnutzen zu können. Obwohl es ein offenes Geheimnis war, dass Vermessungsschiffe bei der ersten sich bietenden Gelegenheit umtakelten, beharrte die Marine auf der Einhaltung der Bestimmungen und stattete alle Vermessungsschiffe weiterhin mit einer ›echten‹ Marinetakelung aus. *Ausufernde Bürokratie gebiert Stupidität*, dachte Tristam.

»Eine Woche«, sagte Galton, vielleicht ein wenig enttäuscht. »Nun – das ist eine gute Neuigkeit. Lady Galton wird sich freuen, es zu hören. Auf unserer Insel gibt es viel zu sehen und zu unternehmen, weit mehr, als ihre Größe glauben macht. Vielleicht haben Sie schon bemerkt, dass der Forwood wieder zu rauchen begonnen hat? Also, Mr. Flattery – und Sie ebenfalls, Doktor Llewellyn –, bedeutende Empiristen wie Sie werden dieses Naturschauspiel doch wohl nicht versäumen wollen? Ein Kutschpfad führt zu mehr als halber Höhe zum Krater hinauf, und von seinem Ende ist es nur ein kurzer Fußmarsch zur Ruine. Danach eine energische Wanderung, und man ist am Gipfel.« Der Gouverneur sprach mit dem Elan eines Mannes, der sich wünscht, dass andere seine Wahlheimat ebenso sehr lieben wie er selbst. Tristam fragte sich, ob sein offenkundiges Respirationsproblem von seiner Neigung herrührte, zu sprechen, ohne Luft zu holen.

»Die Ruine ist bequem zu erreichen, Frau Herzogin, und man sollte sie auf keinen Fall versäumen. Wie Sie vielleicht wissen, steckt sie voller Geheimnisse. Niemand kann sagen, wer sie erbaut hat. Der berühmte Erasmus Flattery hat einige Zeit damit verbracht, sie zu erforschen, doch wenn er etwas herausgefunden hat, so hat er es niemandem anvertraut. Seltsame Schriftzeichen sind in den Stein graviert, und noch niemand vermochte sie zu entziffern. Die erstaunlichste Sache, die man sich vorstellen kann.«

»Nun, Sir Stedman«, erklärte die Herzogin, »Sie machen mir Lust, sofort da hinaufzusteigen. Wir müssen uns unbedingt über einen Ausflug einig werden.«

Tristam stimmte augenblicklich zu, denn er hatte sich gewünscht, genügend Zeit für eine Besichtigung der Ruine zu finden, deren geheimnisvoller Ruf ihn reizte.

»Und die Weinberge ... Auf jeden Fall sollten Sie sich die Weinberge ansehen. Und unsere verrückten Kraniche, die im Kratersee des Sedgel leben, des anderen Vulkans. Sie stoßen Schreie aus, die sich wie eine Kindertrompete anhören, und zeigen nicht die geringste Scheu vor Menschen. Und außerdem geben wir einen Ball. Sie werden sich schon nicht langweilen, das darf ich Ihnen versichern ...«

Der Gouverneur bestand darauf, dass die ganze Gesellschaft während der Umtakelung des Schiffes bei ihm und seiner Frau in der Residenz wohnte. Tristam fühlte sich erleichtert. Eine Woche ohne die abergläubischen Teerjacken würde seiner Stimmung nur förderlich sein.

Kapitän Stern bat um die Erlaubnis, auf der *Swallow* zu bleiben, indem er sich auf seine Pflicht berief, die der Gouverneur nicht infrage stellte. Nach dem Tee zeigte man Tristam sein Zimmer, dann bat man ihn um eine Liste der Gegenstände, die er während seines Aufenthalts benötigen würde, und ließ diese durch Diener von Bord holen. Tristam schrieb auch an den Verwalter vom Weingut seines Onkels – er dachte davon noch immer als dessen Besitz –, und der Gouverneur ließ den Brief überbringen.

Dieses Weingut interessierte Tristam durchaus, und er spürte den Drang, es zu besichtigen, doch zugleich fürchtete er, davon enttäuscht zu werden.

»Völlig absurd«, sagte Tristam laut ins Zimmer. »Nur ein Stück Land und einige Gebäude, nichts weiter. Man könnte glauben, es handle sich um eine Frau.«

Und doch war an diesem Stück Land und einigen Gebäuden mehr, als er zugeben wollte, gestand er sich ein. Obwohl Erasmus Flattery sein ganzes Leben auf Highloft zugebracht hatte und das Haus entsprechend verwohnt aussah, fand sich darin nur sehr wenig von der Persönlichkeit seines Onkels wieder – so gut wie nichts verriet es über den Menschen Erasmus Flattery. Tristams Behauptung, er habe seinen Onkel kaum gekannt, war nicht übertrieben. In all den Jahren nach dem Tod seiner Eltern hatte Tristam nur drei Sommer auf Highloft verbracht, und selbst diese nur teilweise; den Rest der Zeit war er auf dem Internat oder besuchte Verwandte.

Sein Onkel war kein unfreundlicher Mensch gewesen, gleichwohl nicht sehr aufmerksam, und hatte Tristam meistens sich selbst überlassen. Die einzige Ausnahme machte er, nachdem Tristam fast in einem nahen Teich ertrunken wäre. Danach opferte Erasmus mehrere Tage, um seinen Neffen das Schwimmen zu lehren; der Alte schwamm, soweit das Wetter es erlaubte, jeden Morgen. Dies galt als eine exzentrische Angewohnheit, denn kein Farrländer schwamm, Seeleute und Fischer eingeschlossen. Es hieß, Schwimmen sei sehr ungesund, besonders für die Atmung.

Als Erasmus Flattery verstarb – ganz offensichtlich nicht

als Folge seiner Schwimmgewohnheit –, hinterließ er weder Briefe noch Tagebücher. Seine Monografien über diverse Kräuter und andere Pflanzen gingen an die Universität; weitere Schriften aus seiner Hand hatte Tristam nie entdeckt. Nun hoffte er darauf, auf dem hiesigen Gut den Schlüssel zu dem Geheimnis um seinen Großonkel zu finden. Daher rührten also seine widersprüchlichen Gefühle. Wenn er nichts zutage förderte, würde die Frage, wer Erasmus Flattery wirklich gewesen war, wohl nie beantwortet werden, und das war es, was er fürchtete. Farrow war seine erste und letzte Chance.

Tristam trat auf seinen niedrigen Balkon hinaus. »Warum ist das so wichtig?«, fragte er die Bäume und erhielt keine Antwort, von sich selbst am allerwenigsten. Es war wichtig. Mehr wusste er nicht.

Zum Ball erschien die gesamte Gesellschaft von Farrow. Zu sagen, er sei klein im Vergleich zu den Festen in Avonel, wäre geschmeichelt gewesen. Dennoch genoss Tristam den Abend sehr, denn die Inselbewohner waren freundlich, und Anstand schien ihr hervorstechendes Charaktermerkmal zu sein. Das Orchester spielte passabel, und ein Violinist war sogar sehr gut.

Wie eine Königin behandelte man die Herzogin von Morland, und Tristam hörte die Einheimischen sagen, dass Ihrer Hoheit der Herzogin dieses kleine Beisammensein wohl zu gefallen schien, worüber sie nicht wenig stolz waren. Lady Galton verbrachte den Abend zum großen Teil im Gespräch mit Dr. Llewellyn, der sich meist professionell besorgt gab und sich ansonsten über Themen ausließ, die Tristam nur erraten konnte. Diesen Winkel des Saals mied er.

Auf Farrow herrschte an hübschen jungen Frauen offenbar kein Mangel. Doch Tristam bedeuteten ihre Aufmerksamkeiten nur wenig. Stattdessen ertappte er sich dabei, wie er in ihren Gesichtern nach Ähnlichkeiten mit der Herzogin suchte.

Eine Nichte Lady Galtons war aus Farrland zu Besuch und hatte ihrerseits nichts für die vielen jungen auf Freiersfüßen wandelnden Inselbewohner übrig, deshalb ließ sie sich mit Tristam auf ein längeres Gespräch ein. Später sah er sie mit einem jungen Leutnant von einem der Kriegsschiffe tanzen und fühlte sich ein wenig in seinem Stolz verletzt, obwohl er sich überhaupt nicht für sie interessierte.

»Nicht starren, Tristam, das gehört sich nicht.« Die Herzogin war von hinten an ihn herangetreten und sprach ihm leise ins Ohr. Tristam errötete leicht.

»Jede Frau, die so dumm ist, einen Seeoffizier als Ehemann in Betracht zu ziehen, verdient nicht, dass man sich nur einen Moment lang Gedanken um sie macht. Stellen Sie sich vor, einen jungen Mann zu heiraten, der etwa alle zwei Jahre nach Hause kommt, um sie zu schwängern, seinem jüngsten Sprössling den Kopf zu tätscheln und dann auszugehen, um mit Falschspielern zu trinken und zu würfeln. Da kann man auch klügere Frauen finden, nicht wahr? Sie wollen doch eine Frau mit Verstand, oder, mein Lieber?«

»Und mit Herz, Frau Herzogin.«

Die Musik und das Lachen der Gäste hätten ihm nicht lauter in den Ohren klingen können als das Schweigen der Herzogin. »Ich habe verstanden«, entgegnete sie kühl.

Augenblicklich schämte er sich für seine Bemerkung und hätte nicht mehr sagen können, weshalb er sie gemacht hatte. »Bitte – ich habe es nicht so gemeint, Frau Herzogin.«

»Nicht so gemeint, Mr. Flattery? Nun sehen Sie mich erstaunt. Dann wollen Sie lieber eine herzlose Frau? Solche gibt es, doch glaube ich, sie heiraten normalerweise nach Geld und Stand.« Sie zupfte Tristam am Arm. »Hören Sie die Melodie? Endlich etwas, zu dem man tanzen kann. Kommen Sie, Tristam, Sie haben mir heute nicht die Aufmerksamkeit geschenkt, die mir zukommt.«

Sie gingen auf die Tanzfläche, und Tristam spürte, wie seine Bemerkung zwischen ihnen stand. Während des Tanzens sprachen sie eine Weile kein Wort.

»Also, Tristam!«, rief die Herzogin plötzlich und klang gewohnt herzlich. »Sie spielen den Landjunker so überzeugend, dass ich mich oft davon täuschen lasse. Auf jeden Fall sind Sie hier mit Abstand der vorzüglichste Tänzer und würden auch in Avonel zu den Besten zählen. Wo haben Sie das gelernt?«

Tristam hoffte, aus dem Kompliment schließen zu dürfen, dass sie ihm vergeben hatte. »Auf dem Internat. Eine der Kunstfertigkeiten, die den jungen Gentlemen beigebracht werden. Man zwang uns, mit unseren Klassenkameraden zu tanzen, was nur wenige von uns genossen.«

Die Herzogin ließ ihr entzückendes Lachen erklingen, und ihre Jugendlichkeit erschien wie eine Blüte, die sich öffnet. »Nun, ich habe mit vielen Internatsabgängern getanzt, doch keiner beherrschte die Schritte so gut wie Sie.«

»Frau Herzogin sind sehr freundlich und außerdem die beste Tänzerin, mit der ich bisher das Vergnügen hatte.«

»Sogar besser als Ihre Klassenkameraden? Nun, das Schmeicheln müssen Sie erst noch lernen, Tristam Flattery!« Die Herzogin sah ihm schelmisch ins Gesicht. »Obwohl ich fürchte, dass man das Kompliment hier für geistreich halten würde.« Dann lachte sie über Tristams Betroffenheit. »Jetzt habe *ich* das Falsche gesagt.«

Sie gelangten an den Rand der Tanzfläche, und ganz kurz drückte die Herzogin ihn enger an sich als schicklich war. Tristam hätte fast einen falschen Schritt gemacht.

»Sie haben vom Erasmuswein getrunken, nehme ich an?« Seine Antwort wartete sie nicht ab. »Ich habe Sie beobachtet, aber keine Anzeichen entdeckt, dass die Gestaltwandlung einsetzt. Sie sehen etwas röter aus als gewöhnlich, doch das muss nichts heißen. Trotzdem werde ich mir heute Abend jeden Partner sehr genau ansehen.«

Das Musikstück endete, und die Herzogin nahm Tristam beim Arm. »Ich möchte an die frische Luft. Ich glaube, es gehört zu den Kunstfertigkeiten junger Gentlemen, eine Dame auf die Terrasse zu geleiten.«

Der Mond war noch fast voll, und mehr als sein Licht war zur Beleuchtung der Terrasse nicht nötig. Am windabgewandten Ende stand eine Gruppe Männer und rauchte Pfeife. Einige Paare lehnten in leisem Gespräch an der Balustrade, und dorthin führte auch Tristam die Herzogin, freilich ein wenig abseits.

Sie blickte aufs Meer hinaus, in dem sich das Mondlicht spiegelte. »Farrow gefällt mir viel besser, als ich für möglich gehalten hätte, auch wenn es ein wenig verschlafen ist.«

Tristam nickte. Eigentlich wunderte es ihn nicht, dass die Herzogin ihr Urteil so rasch fällte. »Die Insel besitzt ihren Reiz, wie Sie bei unserer Ankunft bemerkten.«

»Wir müssen uns bei Sir Stedman und Lady Galton bedanken. Haben Sie schon mit Lady Galton gesprochen?«

»Nur als wir uns vorgestellt wurden.«

»Nun, das sollten Sie nachholen. Sie ist es, die sich um die Belange der Insel und ihrer Menschen kümmert, und dafür liebt man sie. Lady Galton ist eine Cousine Prinzessin Joelles, wissen Sie.«

»Das wusste ich nicht«, entgegnete Tristam erstaunt. Prinzessin Joelle war die Gattin Kronprinz Kori. »Und trotzdem lebt sie hier?«

»Ja, wegen ihrer Gesundheit, und bei Galton ist es das gleiche. Sie haben bemerkt, wie schwer er atmet? Beide brauchen sie dieses Klima, kommen mir persönlich aber wie sehr glückliche Gefangene vor. Man könnte sagen, dass sie Farrow zu ihrer Sache gemacht haben. Gewiss erinnern Sie sich an die Verabschiedung der Dayeschen Gesetze vor einigen Jahren?«

»Ich fürchte, nein.«

»Tristam, also wirklich!« Sie musterte ihn durchdringend, als wollte sie einen Fall von Hochstapelei aufdecken. »Die Angelegenheit hatte doch Konsequenzen für Ihr Vermögen. Vor der Verabschiedung durften die Weinkeller Farrows ihre Weine nicht in fremde Länder verkaufen, sondern nur an farrische Gesellschaften, die ungefähr zwei Generationen zuvor ein Monopol erhalten hatten. Für die farrischen Firmen war das ein gutes Geschäft, denn Farrower Weine verkaufen sich gut, eine außerordentlich einträgliche Sache also. Erst die Dayeschen Gesetze gestatteten den Farrower

Weingütern, eine eigene Gesellschaft zu gründen, die ihre Weine ins Ausland vertreibt. Diese Gesetze durchzubringen war alles andere als einfach, denn die Männer, deren Geschäfte davon betroffen waren, sind nicht ohne Einfluss; trotzdem hatten die Galtons Erfolg. Sie ist eine fähige Dame, unsere Lady Galton. Es lohnt sich, sie näher kennen zu lernen.«

Tristams Gesicht brannte ein wenig. Er hatte nichts davon gewusst. »Sie sind gut informiert, Frau Herzogin.«

»Nicht wahr? Und Sie sollten sich ebenfalls informiert halten, Tristam. Es gibt mehr im Leben als Kräuter und Vögel oder Bienen und Blumen, wenn Sie wissen, was ich meine.« Sie drehte den Kopf, als das Orchester eine neue Melodie anstimmte. »Das wird der letzte Tanz sein, und der gehört dem Gouverneur.« Die Herzogin blickte rasch um sich und zog Tristam sanft, aber bestimmt hinter eine Säule, wo sie ihn lange und leidenschaftlich küsste. Tristam war völlig überrumpelt und stand am Ende atemlos da. Die Herzogin trat hinter der Säule hervor und knickste steif. »Eine gute Nacht wünsche ich Ihnen, Mr. Flattery. Ich habe unseren Tanz sehr genossen.« Damit raffte sie die Röcke und verschwand zwischen den Gästen.

Der Abend war vorüber, denn auf Farrow endete ein Ball, wenn die Musik nicht mehr spielte.

Als Tristam in sein Zimmer zurückkehrte, drang ein leiser Wind durch die offenen Balkonfenster, den er nach der Hitze im Ballsaal sehr begrüßte. Er zog Gehrock, Halstuch und Schuhe aus und trat in Strümpfen auf den Balkon hinaus. Dort hing eine Hängematte, nicht von der schmalen Sorte, wie sie auf Schiffen üblich ist, sondern eine mit einer hölzernen Saling an jedem Ende. Er schwang sich hinein und starrte in den Garten hinaus. Der Kuss der Herzogin hatte die Erinnerungen an die Nacht in Avonel neu belebt, und das beunruhigte ihn aus zwei völlig unterschiedlichen Gründen.

Sie schien ihn zu ermutigen und wies ihn zugleich ab; davon war er so verwirrt, dass er oft nicht gewusst hatte, ob er sich ihr Kokettieren vielleicht nur einbildete. Bei alldem fühlte er sich auf unbegreifliche Weise zu ihr hingezogen und wusste doch ganz genau, dass sie ihn mit der gleichen Mühelosigkeit lenkte, mit der sie ihr entzückendes Lachen erklingen ließ. Einerseits erboste ihn ihr Verhalten, andererseits war er dankbar, dass sie ihm wenigstens so viel Aufmerksamkeit schenkte. »Erbärmlich«, beurteilte er sich. »Sie ist kaltherzig und manipulativ, und das darf ich nie vergessen.«

Noch eine Weile blieb er in der Hängematte liegen, dann kehrte er ins Zimmer zurück und ging zu Bett. Falls er überhaupt versuchte zu schlafen, so blieb er damit erfolglos. Nach einer Stunde zog Tristam die Laken vom Bett, ergriff ein Kissen und legte sich in die Hängematte.

Der Balkon war niedrig, denn das Zimmer lag im Erdgeschoss. Tristam blickte über den Rasen auf eine Reihe von Zitronenbäumen und entdeckte ein Farrower Reh, eine kleinwüchsige Art, die man bei der Entdeckung der Insel vorgefunden hatte. Vermutlich war sie eingeführt worden, und zwar von dem gleichen Volk, das die Ruine auf dem Forwood hinterlassen hatte.

Tristam schloss die Augen und sank in einen Traum.

Etwas strich ihm über die Schulter. Seine Hängematte wiegte sich sanft in der Bewegung der Wellen. Etwas Weiches liebkoste seine Wange, und er schreckte aus dem Schlaf auf. Seine Hängematte schwang tatsächlich hin und her.

»Pst.«

Er drehte sich um, und da stand die Herzogin neben seinem Kopf und schaukelte sanft die Hängematte. Tristam war so sehr daran gewöhnt zu träumen, er wache auf, dass er einen Augenblick lang nicht wusste, ob dies ein Traum war oder Wirklichkeit. Die Herzogin sah ihn auf eine Weise an, als sei sie ihm aufrichtig zugetan.

»Wie hübsch Sie im Schlaf sind«, flüsterte sie.

Mit den Fingern strich sie ihm durchs Haar. Ihre eigenen Locken fielen ihr frei auf die entblößten Schultern. Sie trug nichts außer einem weißen Nachthemd und kam Tristam noch immer wie eine Geistererscheinung vor – was sie nicht war, wie er nun wusste.

Sie nahm sein Gesicht zwischen beide Hände und beugte sich so nah zu ihm vor, dass ihr Atem ihn umschmeichelte. »Es ist so weit bis Oceana«, hauchte die Herzogin und küsste ihn. In diesem Kuss lag Verlangen, und während Tristam ihn erwiderte, stieg er bereits von der Hängematte.

Die Herzogin nahm ihn bei der Hand und führte ihn nach drinnen. »Ziehen Sie die Vorhänge zu«, wies sie ihn an.

Tristam tat wie geheißen, und der leichte Stoff flatterte im Wind. Als er sich umdrehte, ließ sie ihr Nachthemd zu Boden gleiten und legte sich auf das Bett.

»Welch hübscher Junge Sie sind, Tristam«, flüsterte die Herzogin auf Entonnisch. »Kein Haar auf Ihrer makellosen Brust, die Haut so glatt ist wie die eines Kindes.« Mit ihrer Wange strich sie von seiner Schulter bis zum Bauch und küsste ihn auf den Nabel.

Und Tristam entdeckte, was eine erfahrene Liebhaberin vermag.

Schließlich war der Morgen nicht mehr fern, und Tristam legte sich erschöpft und verwirrter denn je auf den Rücken. Die Herzogin saß neben ihm und betrachtete ihn, während sie sich eine Locke um einen Finger wickelte. Tristam hatte während ihres Liebesspiels eines begriffen: Mehr als alles andere war es seine Jugend, was die Herzogin an ihm erregte. Diesmal, da seine Sinne nicht vom Trinken vernebelt waren, war es für ihn ganz offensichtlich.

»Mein armer Tristam. Sie wirken sehr unwohl.« Sie lächelte traurig. »Zwischen Vernunft und Leidenschaft gefangen ... Welche Wahl werden Sie wohl treffen, frage ich mich? Mir scheint, dass Sie mich ein wenig lieben und ein wenig hassen und dass Sie zugleich ärgerlich auf sich sind, so zwiespältig zu empfinden.« Sie streichelte seine Wange. »Halten Sie mich denn wirklich für eine – kaltherzige Manipulatorin?« Bei seinem betroffenen Gesichtsausdruck lachte sie vergnügt auf.

»Diese Lektion erwartet uns alle. So viele Jahre Ausbildung, und doch geben sie uns so wenig Erfahrung.« Sie nahm die Hand fort und zog die Knie an die Brust wie ein kleines Mädchen.

Dann blickte sie zur Seite. »Sie machen sich keine Vorstellung von dem Leben, das ich führe, Tristam Flattery, nicht die geringste. Meinen Herzog habe ich verloren – schon vor vielen Jahren.« Sie verstummte, und ihrer Miene vermochte Tristam nichts zu entnehmen. »Ich bin nun siebenunddreißig Jahre alt ... und dieses Gesicht, mit dem ich beschenkt bin, ist mir – vielleicht – noch fünf Jahre vergönnt.« Sie nahm seine Hand und führte sie an ihre Brust. »Diese Haut wird runzlig sein und schlaff und ...« Sie blickte ihm in die Augen. »Haben Sie gewusst, dass Lady Galton einmal eine berühmte Schönheit gewesen ist?

Sie halten mich für manipulativ, und ich kann es nicht abstreiten. Wenn Sir Roderick mit einer beiläufigen Handbewegung Ihr Leben auf den Kopf stellt, grollen Sie ihm nicht; auf ihn sind Sie deshalb nicht ärgerlich wie auf mich. Doch er hat seine Macht, und ich habe meine. Männern verübelt man es nicht, stark zu sein, verschlagen zu sein, andere Menschen führen zu wollen. Auch sie sind manipulativ. Der Unterschied ist geringer, als Sie glauben.

Ich verfüge über einen außerordentlichen Verstand, das wissen Sie, aber ich bin eine Frau und kann daher niemals Königsmann werden ... Mein Mann ist tot, mein Gönner sehr alt geworden.

Sie fragen sich, was die verwöhnte Herzogin bewogen hat, sich nach Oceana einzuschiffen? Es sollte doch offensichtlich sein, dass ich nach dem Tod des Königs auf ein Landgut ziehen muss und rasch aus dem Gedächtnis der Menschen verschwinden werde. Das Portrait der Gräfin von Chilton hängt in meiner Halle, um mich immer an meine Zukunftsaussichten zu erinnern. Die sind Grund genug. Deshalb ist Seiner Majestät Gesundheit für mich von solch großer Bedeutung. Für selbstsüchtig halten Sie mich? Für kaltherzig? Jedermann bei Hofe versichert sich bereits jetzt für den Tag, an dem der König stirbt: nicht zuletzt auch Sir Roderick Palle. Er hat sich die Gunst des Thronfolgers verschafft, die mir verwehrt bleiben wird, denn Prinzessin

Joelle verabscheut mich so sehr, wie Sie gerne möchten.« Die Herzogin lachte kurz auf.

»Bin ich kaltherzig?«, fragte sie achselzuckend. »Der König liegt mir am Herzen, auch wenn viele es mir nicht glauben. Und anderes ... Ich habe Ihnen von den Dayeschen Gesetzen erzählt. Ihre durchtriebene Herzogin war es, die den König davon überzeugte, dass sie gerecht seien. Seine Majestät sprach darüber mit Prinz Kori, dessen Frau auf Geheiß ihrer Cousine Druck auf ihn ausübte. Und so unterstützte mich in dieser Angelegenheit Prinzessin Joelle, die gewiss einige Mühen auf sich nehmen würde, um meine Pläne zu durchkreuzen. Doch sie hat von meiner Einmischung nichts gewusst – diesmal. Sir Rodericks Freunde verloren ein lukratives Monopol.«

Sie lachte laut auf. »›Gentlemen, die das Farrische wertschätzen‹ – so nennen sie sich. Lady Galton steht in meiner Schuld. Und Roderick hätte mir am liebsten den Hals umgedreht.«

Sie zuckte mit den Schultern und streichelte Tristams Brust.

»Sie sehen also, wie es geht. Ich tue, was ich tun muss – und ich muss dafür sorgen, dass der König weiterlebt. Seine Majestät benötigt die Arznei. Trotzdem bin ich sicher, dass unser Kapitän Stern von Roderick keineswegs den Befehl erhalten hat, um jeden Preis *Regis* zu finden. Der Kapitän hält es für ein Nebenziel bei einer Expedition, welche der Entdeckung und Vermessung dient. Den wahren Grund seiner Reise kennt er selbst nicht. Nur Sie, ich und Lord Elsworth wissen, was auf dem Spiel steht. Nur wir drei können dem König das Leben erhalten.«

»Aber Frau Herzogin«, flüsterte Tristam, »der König ist doch so alt. Was, wenn ...?« Er vermochte den Satz nicht zu beenden. Man deutete einfach nicht an, dass der König sterben könnte – ganz besonders nicht gegenüber einer Frau, der er etwas bedeutete.

»Der König wird nicht sterben«, sagte sie fest, »es sei denn, wir kehren nicht in zwei Jahren mit fruchtbaren Samenkörnern zurück.« Bekräftigend hob sie ihr makelloses Kinn. »Er wird nicht sterben«, wiederholte sie so leise, als spreche sie nur zu sich.

Die Herzogin verfiel in Schweigen und hörte nicht auf, ihn zu streicheln. Im Halbdunkel suchte sie seinen Blick. »Und so bin ich an Sie geraten«, sagte sie, »meinen Verbündeten, wie ich hoffe.« Sie streckte die Arme nach ihm aus, nahm sein Gesicht in die Hände und blickte ihm tief in die Augen. Dann ließ sie ihn los und strich ihm das Haar aus der Stirn. »Ich nutze Sie aus, nicht wahr, Tristam Flattery? Doch ich versuche auch, mich zu revanchieren.« Bei diesen Wort beugte sie sich vor und nahm ihn in den Mund, was noch keine Frau getan hatte.

Tristam schnappte erstaunt nach Luft und fing dann leise an zu stöhnen. Die warme Weichheit ihres Mundes und die Zärtlichkeit ihrer Hände brachten ihn rasch zum Höhepunkt. Dann glitt sie vom Bett, raffte ihr Nachthemd auf und verschwand durch die wehenden Vorhänge.

Tristam setzte sich aufrecht und blickte ihr nach. Sein Kopf und sein Herz standen in solchem Aufruhr, dass ihm die Tränen aus den Augen schossen und heiß die Wangen hinunterliefen.

23. Kapitel

Die offene Kutsche des Gouverneurs fuhr langsam den Forwood hinauf. In der Karosse saßen die Herzogin von Morland, der Viscount Elsworth, Gouverneur Galton, Tristam, Lady Galtons Nichte und Dr. Llewellyn. Der folgende Wagen war mit Dienern voll besetzt, die lachten und sich ebenso zu amüsieren schienen wie die erlauchte Gesellschaft in der Kutsche.

Der Kutschweg beschrieb einen Vollkreis um den Kegel des alten Vulkans und stieg dabei allmählich an. Fast überall hatte man einen prächtigen Blick auf die Insel, nur an wenigen Stellen war die Sicht durch Bäume versperrt. Der Tag war sonnig, und der Wind - zehn Knoten aus Westnordwest, schätzte Tristam –, wehte frisch, aber nicht kalt. Immer wieder zogen sich Wolken über der Insel zusammen und warfen ihre Schatten auf die Ausflügler, doch bald hatte der Wind sie wieder zerrissen und zum Horizont geweht, und dann kam erneut die Sonne hervor.

Je höher die Kutsche stieg, desto mehr machte sich der Rauch aus dem Krater bemerkbar; seine gelbliche Farbe hob sich immer deutlicher von den schneeweißen Wolken ab. Tristam blickte zum Kraterrand hoch und ihn fröstelte leicht. Allein der Gedanke, dass dieser Schlund einmal flüssige Lava gespuckt hatte! Und die Vorstellung wie sie den Hang hinunter in die schäumende See floss!

»Und diese Straße ist also vom gleichen Volk gebaut worden wie die Ruine, Sir Stedman?«, fragte die Herzogin. Der Klang ihrer Stimme weckte augenblicklich Tristams Aufmerksamkeit.

Bevor der Gouverneur noch Luft geholt hatte, antwortete Dr. Llewellyn. »Die Straße bietet nicht mehr den gleichen Anblick wie früher, doch zur Zeit der Entdeckung war sie bereits vorhanden - vielleicht sollte man lieber von der *Wiederentdeckung* der Insel sprechen.« Llewellyn hatte offensichtlich einiges über die Geschichte Farrows gelesen

– weil er wusste, dass sie auf der Insel Station machen würden. »Nicht weit von hier gibt es meines Wissens einen Straßenabschnitt, Hoheit, wo man den Originalstein, mit dem die Straße einst gepflastert war, noch besichtigen kann.«

»Ich wollte gerade sagen«, brachte Galton hervor und offenbarte damit nur einen winzigen Riss in seiner überwältigend guten Laune, »dass die alten Pflastersteine sich gleich hinter den Bäumen dort befinden.«

Tristam saß schweigend da und gab vor, dem Gespräch zuzuhören, obwohl es ihn kaum interessierte. Er hatte sich schon vor Jahren mit der Geschichte und Geologie der Insel beschäftigt, und bisher war ihm nichts Neues zu Ohren gekommen. Stattdessen dachte er über die Herzogin nach.

Der Ball lag nun zwei Tage zurück, und Tristam hatte mit ihr kaum zwei Worte gewechselt, seit sie durch den wehenden Vorhang verschwunden war. In der folgenden Nacht war sie nicht wieder zu ihm gekommen. Der Gedanke, sie in ihren Gemächern aufzusuchen, ließ ihn nicht mehr los, doch bestand für ihn kein Zweifel, dass allein die Herzogin über Ort und Zeitpunkt ihrer Begegnungen bestimmte. Tristam hielt es durchaus für möglich, dass sie es nie wieder zu Intimitäten mit ihm kommen ließe.

Die Herzogin behandelte ihn nach wie vor wie einen Cousin oder Freund der Familie, und immerhin hatte sie die Schiffsbesatzung glauben gemacht, ihre Beziehung zu ihm sei so beschaffen, mit einiger Zuneigung und Vertrautheit.

Tristam versuchte sich wieder auf die Unterhaltung zu konzentrieren. Auch wollte er nicht dauernd die Herzogin ansehen, ein Vorsatz, dessen Befolgung ihm sehr schwer fiel, denn Elorin von Morland war heute wunderschön. Dass sie außer seiner Reichweite war, schmälerte ihren Reiz nicht im Geringsten.

Sir Stedman hatte mittlerweile das Feld zurückerobert. »Wir wissen nicht, vor wie langer Zeit die ehemaligen Bewohner von Farrow gelebt haben. Wir haben weitere

Ruinen gefunden, die jedoch verschüttet waren und nur durch Zufall entdeckt wurden. Auch auf Mr. Flatterys Land steht eine Ruine, offenbar die Überreste eines größeren Gebäudes. Dagegen ist gerade die ›Ruine von Farrow‹, wie man sie nennt, eigentlich keine Ruine. Wie Sie bald sehen werden, ist sie fast vollständig erhalten.«

»Aber man hat Farrow damals nicht wegen des Vulkans verlassen?«, fragte Lady Galtons Nichte.

»Das ist unwahrscheinlich, weil bei den Ruinen, die wir gefunden haben, nichts darauf hindeutet, dass sie durch Lava zerstört worden sind. Nein, die Alten lebten hier wahrscheinlich erst, nachdem der Vulkan untätig wurde. Aha, hier ist die Stelle, an der man die alte Straße besichtigen kann.«

Alle stiegen aus der Kutsche und besahen sich die alten Pflastersteine, beeindruckend große, zwei Schritt im Geviert messende Blöcke, die von der Zeit glattgeschliffen, aber kaum gebrochen waren. Die Bäume spendeten guten Schatten, und Tristam vermutete eine Quelle in der Nähe, denn in den Fugen wuchs üppiges Moos, sodass der Eindruck entstand, die Blöcke wären in grünen Samt gebettet worden. Durch einige Risse hatten sich ein paar Schösslinge gezwängt.

»Dort sehen Sie auch die Rillen, welche ohne Zweifel Radspuren von Kutschen und Fuhrwerken darstellen«, sagte Llewellyn und deutete auf die glatten Furchen, in denen bei Regen das Wasser abfloss.

»Bisher hat noch niemand einen Beweis gefunden, dass es auf Farrow je Pferde gegeben hat«, wandte Tristam ein, »obwohl eine Reihe anderer Tierarten eingeführt worden ist, bevor wir die Insel entdeckt haben.« Der Mann war Tristam so lästig, dass er manchmal wider besseres Wissen mit ihm zu diskutieren begann.

»Aber das bedeutet nicht, dass es hier niemals Pferde gegeben hat, mein lieber Tristam«, sagte der Arzt, als spräche er mit einem Kind. »Bei weitem nicht. Und selbst wenn Sie Recht hätten, könnten Wagen dennoch von anderen Tieren gezogen worden sein, oder auch von Sklaven.«

Vom Publikum umgeben, stand er strahlend mitten auf einem der Pflastersteine; die Welt war, wie sie sein sollte, zumindest wenn man Dr. Llewellyn fragte, denn sie hörte ihm zu.

Tristam zuckte mit den Schultern und beugte sich vor, um einen Stein näher in Augenschein zu nehmen. Es ärgerte ihn auch, dass der Mediziner ihn ungefragt mit dem Vornamen anredete. Dieser Kerl konnte selbst einen Märtyrer zur Raserei treiben.

»Es ist nicht mehr weit«, kündigte Galton an. »Noch eine Viertelstunde, und wir sind an der Ruine.«

Tristam ließ alle vor sich in die Kutsche steigen und erklärte dann: »Ich möchte mir ein wenig die Beine vertreten. Fahren Sie los, ich komme zu Fuß hinterher.«

»Sind Sie sicher, Mr. Flattery?«, fragte Galton, »der Pfad ist steil, wenigstens für mich.« Er lächelte und winkte Tristam zu. »Aber Ihre jungen Beine bemerken das wohl gar nicht. Wir warten am Ende des Kutschwegs auf Sie.«

Unerwartet streckte die Herzogin die Hand aus und sagte: »Ich werde Sie begleiten, wenn Sie nichts dagegen haben, Tristam, denn auch ich habe lange genug gesessen. Nein, nein, Doktor Llewellyn, leisten Sie bitte dem Gouverneur Gesellschaft.«

Tristam reichte der Herzogin die Hand und half ihr herab. Dann rollten Kutsche und Wagen unter dem Knirschen des Leders und dem Quietschen ihrer Federn davon. Kaum waren sie außer Hörweite, als die Herzogin einen bühnenreifen Seufzer ausstieß.

»Auf mein Wort, eine Kutsche ist viel schlimmer als ein Schiff«, rief sie. »Nirgendwohin kann man entfliehen. Ich hoffe, ich bleibe gesund. Können Sie sich vorstellen, im Siechbett zu liegen und diesem Mann ausgeliefert zu sein? Oder von ihm in irgendeinem Bett gefangen zu sein ... – kein Wunder, dass er unverheiratet ist.« Die Herzogin blickte Tristam unter ihrem Sonnenhut hinweg an und lachte. »Ich bin heute schlimm, nicht wahr?«

Tristam antwortete nicht, denn er wollte nur eins: dem Charme der Herzogin widerstehen. Jeder Versuch schien ihn allerdings nur in Verwirrung zu stürzen und der Verzweiflung näher zu bringen.

»Beschweren Sie sich nicht, Tristam. Wäre ich nicht so schlimm, würden Sie nicht so für mich schwärmen.« Sie lachte wieder und nahm ihn beim Arm. »Haben Sie Ihrem Besitz schon einen Besuch abgestattet?«

»Morgen«, antwortete er und versuchte die sanfte Liebkosung seines Armes durch ihre Hand nicht zu beachten. »So wie es aussieht.«

»Wie es aussieht?« Sie schaute ihn lächelnd an, und in ihren grünen Augen fing sich die Sonne. »Aber Tristam, hat Galton nicht erwähnt, dass auf Ihrem Land eine Ruine steht? Die Alten verlustierten sich vielleicht in Ihrem Garten! Wie unser guter Gouverneur wohl sagen würde: ›Etwas Wundersameres ist nicht vorstellbar.‹«

Tristam musste gegen seinen Willen lachen.

»Schon besser«, sagte die Herzogin, nahm ihren Rock in die freie Hand und ließ ihn im Wind flattern, eine dieser völlig unschuldig wirkenden, kindlichen Gesten, die Tristam so bezaubernd fand. »Ich bin Ihre Freundin, das müssen Sie wissen, trotz allem, was Sie von mir denken. Auf dieser Reise kann ein Freund wichtiger sein als Reichtum oder selbst ein Onkel bei Hofe. Also weisen Sie mich lieber nicht ab.«

»Sie können nicht im Ernst glauben, dass ich Sie abweisen würde.«

»Nun, immer wieder bedenken Sie mich mit den merkwürdigsten Blicken. Man könnte fast glauben, ich hätte Ihnen einen nicht wieder gutzumachenden Schaden zugefügt. Dabei hatten Sie doch vor zwei Nächten ein ungetrübtes Vergnügen mit mir?« Bei dieser Frage sah sie ihm ohne jede Scheu in die Augen.

Tristam hatte noch keine Frau gekannt, die mit solcher Offenheit sprach, und fand sich außerstande zu antworten. Sein Widerstand schmolz dahin. Vielleicht bedeutete er ihr doch mehr, als er glaubte, und vielleicht benahm er sich eher wie ein trotziges Kind, weil sie ihm nicht hinterherlief wie ein liebeskrankes Mädchen. Immerhin war sie die Herzogin von Morland.

»Tristam?«

»Ich – ich weiß nicht, was ich sagen soll. Gewiss habe ich seitdem an kaum etwas anderes gedacht. Denn es war ... nun, es war in jeder Hinsicht perfekt.«

Einen Augenblick lang lehnte sie den Kopf an seine Schulter. »Ich möchte Ihnen sagen, dass auch ich Wonne genossen habe – große Wonne, meine ich. Sie handelten doch wohl aus eigenem Willen ...?«

»Aber gewiss.«

»Gut. Dann besteht hier also kein Missverständnis.« Sie deutete mit der Hand aufs Meer. »Schauen Sie. Wir haben den Kreis geschlossen. Ich glaube, ich kann die *Swallow* im Hafen liegen sehen.«

Tristam fand die Sprünge in den Gesprächen mit ihr immer wieder verblüffend, obwohl es ihn erleichterte, sich wieder auf ungefährlichem Terrain zu bewegen. »Das ist sie«, brachte er hervor. »Manchmal bin ich mehr als erstaunt, mich auf einer Fahrt wie dieser wiederzufinden.« Diese Entgegnung erschien ihm angemessen – ein nicht allzu vertrauliches Eingeständnis.

»Wer sich nicht mehr erstaunen lässt, Tristam, steht mit einem Bein bereits im Grab. Davor sollte man sich hüten.« Sie zog seinen Arm einen Augenblick lang enger an sich. »Ich bin froh, dass Sie mit dabei sind. Ohne Ihre Gesellschaft müsste ich wohl wahnsinnig werden.« Sie lächelte ihn an und hielt einen Moment seinen Blick. Dann achtete sie wieder ganz auf den Weg. »Freilich sind Naturforscher schon häufig auf Entdeckungsfahrt gegangen, während ich wohl die erste Herzogin bin, die an solch einem Unternehmen teilnimmt. Überlegen Sie nur, wie seltsam ich mir vorkommen muss.«

Tristam stellte fest, dass seine Laune sich durch diese winzige Aufmerksamkeit der Herzogin beträchtlich verbessert hatte. »Was Sie sagen, ist zwar richtig, doch vielleicht wird eines Tages gerade das so gebräuchlich sein, wie einen Naturforscher an Bord zu haben. In Zukunft hören wir die Leute vielleicht so reden: ›Wer, glauben Sie, wird die Herzogin auf der nächsten Fahrt ins Unbekannte sein?‹ – ›Die

Herzogin von Armond vielleicht?‹ – ›Ich glaube nicht, dass sie dazu Herzogin genug ist.‹«

Die Herzogin lachte entzückt und küsste ihn auf die Wange. »Sie machen sich über mich lustig, Tristam Flattery«, rief sie und fügte hinzu: »›Schiffsherzogin‹ hat einen Beiklang, über den ich nicht näher nachdenken möchte.«

Während sie weitergingen, sprachen sie nur wenig. Tristam bemerkte einmal mehr, wie rasch sein Groll allein durch ihre Nähe dahinschwand. Ihrem überwältigenden Charme konnte sich kein Zorn widersetzen. So fiel Dandish!, warnte Tristam sich, doch auch das half nicht.

Der Wagen und die Kutsche kamen in Sicht. Die Räder hatte man blockiert, um ein Zurückrollen zu verhindern, und die Pferde ausgeschirrt, damit sie grasen und trinken konnten. Lady Galtons Nichte winkte mit einem Sonnenschirm, und die Herzogin nahm den Hut ab und schwenkte ihn.

»Wir könnten geradezu auf einem Ausflug sein«, sagte Tristam leise, »und nicht im Auftrag des Königs unterwegs.«

Die Herzogin holte ihn wieder ein und blickte ihn belustigt an. »Aber wir befinden uns auf einem Ausflug, Tristam. Amüsieren Sie sich ein wenig. Wissen Sie, dass eins der Dienstmädchen ein Auge auf Sie geworfen hat? Wenn Sie wollen, können Sie es ins Bett bekommen.« Mit diesen Worten ließ die Herzogin seinen Arm los, winkte wieder mit dem Sonnenhut und eilte voraus.

Wie Galton versprochen hatte, war es bis zur Ruine nicht mehr weit; zum Glück, denn weiter hätte der Mann es nicht geschafft. So kurz die Strecke sein mochte, nachdem er sie zurückgelegt hatte, war er schrecklich außer Atem. Am Ende einer Treppe hatten Tristam und der Viscount vor den anderen einen Vorsprung gewonnen und so warteten sie.

»Ziemlich schlichtes Mauerwerk«, stellte Lord Elsworth fest. »Ich dachte, die Baumeister der Alten wären unübertroffen?«

Tristam fuhr mit der Hand über die niedrige Mauer. »Die Treppe ist von unseren Farrowern errichtet worden. Die Ruine besteht aus anderem Stein – ihn findet man nirgendwo sonst auf der ganzen Insel. Er muss aus bislang unentdeckten Steinbrüchen herbeigeschafft worden sein.«

»Ach wirklich?« Der Adlige wusste offenbar nichts über die Ruine, denn die Besonderheit des Steins war allgemein bekannt. »Kein Wunder, dass man die Ruine für so mysteriös hält. Ein verschwundenes Volk, Stein, der über wer weiß wie viele Seemeilen herangeschafft wird. Schrift, die niemand entziffern kann. Solch einen Ort zu besuchen ist die paar Tage schlechtes Wetter und die noch schlechtere Verpflegung wert.« Der Viscount blickte zum Hafen hinunter. »Wie hoch sind wir jetzt, was meinen Sie?«

Tristam bemühte sein vorzügliches Gedächtnis. »Die Ruine befindet sich auf dreitausendfünfhundert Fuß Höhe, der Krater auf viertausendzweihundert, glaube ich.«

»Woher wissen Sie das?«, fragte Elsworth beeindruckter, als Tristam erwartet hätte.

»Ich muss es irgendwo gelesen haben, Lord Elsworth. Vor einigen Jahren sind hier barometrische Höhenmessungen vorgenommen worden.«

»Aha, barometrische Höhenmessungen.« Elsworth nickte. »Das erklärt einiges.« Er blickte kurz zu der sich nähernden Gruppe hinüber und wandte sich plötzlich wieder zu Tristam um. »Würden Sie mich Julian nennen, Tristam?«

»Mit dem größten Vergnügen«, hörte er sich antworten und fragte sich dabei, ob er in den Ohren des Viscounts ebenso falsch klang wie in seinen eigenen. *Und wo wir schon dabei sind,* dachte er, *aus welchem Grund haben Sie eigentlich Ipsword ermordet?* Dieser Lord, begriff Tristam immer deutlicher, war ihm ein völliges Rätsel. Er hatte etwas von einem Tier in der Wildnis an sich – nach außen hin friedlich, aber unberechenbar und potenziell tödlich.

Der Viscount lächelte ihn an. »Sie verfügen über bemerkenswertes Wissen, Tristam, und setzen mich unablässig in Erstaunen. Auch die Herzogin hat von Ihnen die allerbeste Meinung, und sie ist nicht leicht zu beeindrucken.«

»Sehr freundlich von Ihnen.« Tristam beugte knapp das Haupt. »Auf vielen Gebieten, die für das Leben wichtig sind, tappe ich jedoch unsicher umher.«

Der Viscount lachte glucksend und voll Wärme; *wie seine Schwester* dachte Tristam sofort. »Geht es voran?«, rief Elsworth zu den anderen hinunter.

»Wunderbar«, antwortete die Herzogin. »Wartet nicht auf uns.«

Man war stehen geblieben, damit Galton wieder zu Atem kam. Der alte Mann war noch röter im Gesicht als sonst, und zwei Diener mussten ihn stützen. Die Herzogin ging neben ihm und wirkte sehr besorgt, und die Nichte schien nicht zu wissen, was sie tun sollte. Einige Stufen darunter lehnte Dr. Llewellyn matt an der Mauer, und zwei offenbar beunruhigte Dienstmädchen standen bei ihm. Tristam überlegte, welche der beiden wohl an ihm so interessiert war, und schalt sich: *Sei kein Narr; das hat die Herzogin nur gesagt, um dich aus der Fassung zu bringen. So etwas bereitet ihr Vergnügen.*

Angesichts der Nöte, in denen die beiden älteren Herren sich befanden, zögerte Tristam weiterzugehen.

»Nun, machen wir uns auf«, rief Lord Elsworth, den unmissverständlich keine Sorgen plagten, »ich möchte diese Ruine nun sehen.« Augenblicklich ging er los, war aber noch keine vier Schritt gegangen, als er feststellte, dass Tristam ihm nicht folgte. Mit erwartungsvollem Gesicht drehte er sich um. »Sie kommen schon zurecht«, sagte er. »Die Herzogin ist bei ihnen, außerdem eine ganze Schar kräftiger Diener. Wenn es sein muss, können sie die Gentlemen sogar tragen. Uns brauchen sie nicht.«

Tristams Neugierde gewann die Oberhand. In flinkem Tempo erklommen sie die letzte Steigung zur Ruine. Sie befanden sich hier über den Baumwipfeln, und das Gras wurde spärlicher, der Fels trat deutlicher hervor. Dreihundert Fuß über ihnen gediehen Pflanzen nur noch an geschützten Stellen.

Nach ein paar Schritten kam die Spitze der Ruine in Sicht, ein Sturz aus grauem Stein, der die Lücke zwischen einer hellen und einer rosafarbenen Säule überbrückte. Tristam empfand ein seltsames Schwindelgefühl, als wäre er durch ein Portal in die Vorzeit getreten, denn vor ihm breitete sich unvermittelt die ferne Vergangenheit aus. Der Sturz, ein einfacher Steinquader, erschien ihm wie von einer geheimnisvollen Eigenschaft durchdrungen, die er nicht benennen konnte. Schon von anderen Gegenständen war diese Wirkung ausgegangen: Lord Skyes Schreibfeder und Tintenfass, zwei alltägliche Dinge, hatten ihn stärker angerührt, als eine religiöse Reliquie es je vermocht hätte. Mit dieser Feder und der Tinte aus diesem Fässchen hatte Skye seine Axiome der Bewegung niedergeschrieben!

Einige Momente lang enthüllte sich nichts Weiteres, dann erreichten sie die Kuppe der Steigung und standen vor der Ruine von Farrow.

Hinter einem grasbewachsenen Vorplatz ragten auf einer Steinterrasse die Säulen in die Höhe. Zu der Terrasse führten breite Stufen hinauf. Tristam und Elsworth blieben wie angewurzelt stehen. Dieses Bauwerk in der idyllischen Landschaft war ein bemerkenswerter Anblick. Tristam aber empfand noch etwas anderes: Auf einmal wollte er gar nicht mehr weitergehen. Eine Welle des Unbehagen überflutete ihn, und der Schweiß brach ihm aus. Er glaubte sich an einer Stätte, die für die schlimmsten Zwecke bestimmt gewesen war, wie ein Schafott oder eine Folterkammer.

Das ist doch töricht!, sagte er sich und ging weiter. Er konnte nicht genau sagen, was ihn mehr aus der Fassung brachte: sein Unbehagen oder die Verwunderlichkeit dieser Empfindung.

Die sieben Säulen auf der Terrasse bildeten einen Halbkreis, und der dahinterliegende Hügel war behauen worden, sodass der Fels eine Rückwand bildete. Dieser Hintergrund wirkte für die Ruine seltsam unpassend, und da sie keinem bekannten Architekturstil folgte, erschien sie dadurch noch fremdartiger.

Tristam und Elsworth traten gespannt näher, und keiner von ihnen empfand den Drang, etwas zu sagen.

Die Treppe bestand aus weißem Marmor und musste einmal einen großartigen Anblick geboten haben. An ihrem Fuß war sie breiter und krümmte sich zum oberen Ende hin wie auf einer perspektivischen Zeichnung. Dadurch entstand der Eindruck, die Treppe erstrecke sich bis in weite Ferne. Doch das gemeißelte Geländer war geborsten, und etliche Treppenstufen wiesen Sprünge auf und hatten sich verschoben.

Schon die Hand auf das Geländer zu legen kostete Tristam Überwindung; kaum hatte er es jedoch berührt, verschwand seine Anspannung so rasch wie ein Tautropfen unter der Sonne. Was er erwartet hatte, konnte er nicht sagen – das Geländer bestand aus Stein und nichts anderem. Stein, der sich an einem milden Farrower Tag warm anfühlte.

Langsam, fast ehrfürchtig, als wären sie Gläubige, die ihren Tempel betreten, stiegen Tristam und Lord Elsworth die Treppe hinauf. Tristam ertappte sich sogar bei der Frage, ob es sich nicht gehöre, die Schuhe auszuziehen.

Am Ende der Treppe betraten sie eine Terrasse, die etwa vierzig Fuß durchmaß und auf der dem Meer zugewandten Seite von den schlanken, hohen Säulen begrenzt wurde. Der graue Sturzstein überdachte sie, und in ihn waren die von Galton erwähnten Schriftzeichen geschnitten. Ein Stück des Sturzes war herausgebrochen und lag zersprungen auf der Terrasse; dort konnten sie die fremde Schrift genauer betrachten.

Tristam ging zur ersten Säule und fuhr mit der Hand über den Marmor. Der Stein war nicht etwa kanneliert, wie er geglaubt hatte, sondern mit Reliefs verziert. Von den sieben Säulen bestanden die beiden äußersten aus weißem Marmor, die zweitäußersten aus rosa Granit, das nächste Paar aus grünem Marmor, und die einzelne, innerste Säule glänzte schwarz im Sonnenlicht.

Die Terrasse schmückte ein Fächermuster: Von der Basis jeder Säule entsprang eine Linie und lief zu einem kleinen Trinkbrunnen, der in Halbkreisform an die Felswand gebaut war. Gespeist wurde der Brunnen von einem Wasserstrahl, der dem gekrümmten Schnabel eines steinernen Falken entsprang; der Kopf des Raubvogels saß indes auf den Schultern eines Mannes, der dadurch wie maskiert wirkte. Etwa zwölf Fuß darüber sah man ein

Relief: die Gestalt eines Mannes und einer Frau, beide unbekleidet, die eine über ihnen befindliche schmale Plattform auf den Schultern zu tragen schienen. Diesen Sims in der Felswand konnte man über eine schmale Treppe ersteigen, die der Krümmung der Wand folgte. Die Miene der beiden Figuren war nicht zu erkennen, denn sie hatten wie in tiefster Sorge einen Arm vor das Gesicht gehoben.

Tristam ging zu der Felswand und schaute in den leise glucksenden Brunnen, dann betrachtete er das Relief über sich. Obwohl er den Zweck dieses Ortes nicht erriet, schienen ihm die beiden Figuren, die ihre Augen beschirmten, darauf hinzudeuten, dass er nicht völlig unschuldigen Absichten gedient hatte.

Zu beiden Seiten des Brunnens waren flache Tafeln in die Wand gemeißelt, und darauf ein kompliziertes Blumenmuster und ein Text in der fremdartigen Schrift.

Der Treppe gegenüber stand eine niedrige Steinbank, auf die sich Tristam setzte, denn von dort konnte er ungestört die wundersame Atmosphäre des Ortes auf sich einwirken lassen, bis die übrigen Ausflügler kamen.

Nicht lange, und die Stimmen der anderen waren zu hören, dann ihre Schritte auf der Marmortreppe. Als sie die Terrasse erreichten, verstummten Unterhaltung und Gelächter. Tristam beobachtete, wie ihre Mienen umschlugen und die Ausflügler sich in eine ernste Gruppe von frisch Bekehrten verwandelten.

Nur Galton und Llewellyn wirkten nicht weiter beeindruckt, und als sie sich schnaufend auf der Bank niederließen, erhob sich Tristam rasch, damit die Damen einen Platz erhielten. Eine Weile sprach niemand, dann wandte sich die Herzogin an Tristam.

»Kennen Sie die Bedeutung dieser Säulen, Tristam? Sie sind so wunderschön verziert.«

Tristam gefiel es nicht, Galtons Position als Führer beiseite zu drängen, denn der Gouverneur berichtete offenkundig sehr gern über seine Wahlheimat. Andererseits war es gut möglich, dass Llewellyn als Erster wieder zu Atem käme, und Tristam wollte nicht dulden, dass dieser Pfau an einem Ort wie diesem das Zepter an sich riss.

»Gewiss kann Ihnen Sir Stedman weitaus mehr dazu sagen als ich, Frau Herzogin, aber ich habe einiges darüber gelesen und bin bereit weiterzugeben, woran ich mich erinnern kann.« Er schaute sich um und suchte nach einer Stelle, die sich zum Beginn eignete. »Die äußersten Säulen, die weißen, deuten einen astronomischen Zusammenhang an.« Tristam ging dorthin und wies auf verschiedene Zeichen. »Sonne und Mond sind leicht zu erkennen, einige der Sternbilder hingegen nicht, denn wer immer dieses Bauwerk geschaffen hat – zu welchem Zweck, wissen wir nicht –, betrachtete das Firmament mit anderen Augen als wir.« Tristam borgte sich den Wanderstab des Gouverneurs und benutzte ihn als Zeigestock. »Bei diesen Kugeln handelt es sich wohl um Planeten, was darauf hindeutet, dass die Erbauer einiges über unsere nähere kosmische Umgebung gewusst haben. Das Sternbild hier ist meiner Meinung nach die Große Stute, doch sind die einzelnen Sterne anders verbunden als in unserer Sichtweise. Es besteht sogar die Möglichkeit, dass dieses Sternbild als Buchstabe in ihre Schrift eingegangen ist. Wenn Sie sich dies einmal anschauen möchten.« Tristam deutete auf ein Bild, das in einem Kreis einen Mann zeigte, der die Beine gespreizt und die Arme zu beiden Seiten ausgestreckt hatte. Tristam musterte die Runen auf dem Sturzstein, bis er gefunden hatte, was er suchte.

»Hier. Layels brillanter Beitrag zur Lösung des Rätsels war seine Schlussfolgerung, dass der Mann im Kreis und dieser Buchstabe das gleiche sind. Oder vielleicht wäre es genauer zu sagen, dass die Buchstaben auf den menschlichen Posen beruhen, die man hier eingemeißelt findet, nur dass die Buchstaben stärker abstrahiert sind. Schauen Sie, hier ist noch einer.« Diesmal zeigte er auf eine Frau im Profil mit erhobenen Armen und gebeugtem Knie. »Und dort finden wir die Gestalt als Buchstaben wieder. Sehen Sie: Hier die Arme, das gebeugte Knie und so weiter. Obwohl die Buchstaben stilisiert sind und eleganter wirken, erkennt man in ihnen die Sternbilder wieder. Hier vorn sehen wir sogar einen Buchstaben, der den Linien aus dem Sternbild der Großen Stute ähnelt. So könnte man sagen, dass die Erbauer ihre Schrift im Himmel gefunden haben.«

»Ja, ich erkenne die Gemeinsamkeit«, sagte die Herzogin; »der Mann und die Frau zusammen dort über Ihrem Kopf und dieser Buchstabe – der Dritte. Wirklich außerordentlich.«

Tristam schaute näher hin und stellte – wie erwartet – fest, dass die Herzogin Recht hatte. Ihr rascher Verstand beeindruckte ihn immer wieder. »Trotz Layels großartigen Erkenntnissen sind wir heute kaum näher daran, diese Schrift zu lesen, als er. Wir wissen nicht einmal, ob diese Schriftzeichen nur Laute wiedergeben oder ganze Wörter bedeuten. Das können wir einfach nicht sagen. Man vermutet, dass auf den beiden Säulen der Nachthimmel eines bestimmten Tages in der damaligen Zeit abgebildet ist, doch alle Versuche, diese Hypothese zu beweisen, haben leider nichts ergeben. Selbst mit unserem heutigen Wissen ist es schwer zu errechnen, wie der Himmel zu einem bestimmten Zeitpunkt in der fernen Vergangenheit ausgesehen hat.«

Tristam ging zur nächsten Säule. »Wie Sie sehen, gibt es auch hiervon ein Paar – eine auf jeder Seite. Diese blassrosa Granitsäulen scheinen die Geografie zu repräsentieren. Mit annähernder Gewissheit, kann man behaupten, dass es sich hierbei um eine stilisierte Karte handelt, wenngleich von einer ganz anderen Art als die, die wir gewöhnt sind.

Sie erkennen hier eine Insel mit zwei Bergspitzen – die man für Farrow hält. Ist es nicht so, Exzellenz?«

Galton nickte. Das Atmen fiel ihm noch immer furchtbar schwer, und er schaute sehr angestrengt.

Tristam warf einen Seitenblick auf Dr. Llewellyn und begriff, dass er nur noch eine Minute oder zwei hätte, bevor der Arzt versuchen würde, ihm ins Wort zu fallen.

»Hier und hier sind zwei weitere Inseln eingezeichnet, die in der Nähe sein sollten, wie Sie sehen können, doch keine der beiden Inseln existiert. Darüber ist anfänglich sehr viel diskutiert worden, und man zweifelte an der Zuverlässigkeit der Angaben, doch in jüngerer Zeit haben Tiefenmessungen ergeben, dass dort, wo man der Karte zufolge diese beiden Inseln erwarten würde, zwei Gebirge im Meer verlaufen. Viele Naturforscher halten sie nun für Vulkaninseln wie Farrow, deren Vulkane ausbrachen, worauf die Inseln zerstört wurden und unter den Meerspiegel sanken – obwohl sie noch immer vergleichsweise dicht unter der Oberfläche liegen.

Diese geschwungene Linie stellt zweifellos die Küste des Entide-Meeres dar, was beweist, dass das Volk, das hier wohnte, von unserem Land wusste. Der Hafen von Avonel müsste etwa hier liegen.«

»Aber, Tristam ...«, warf der Mediziner ein, obwohl er noch immer um jeden Atemzug kämpfen musste.

»Hören Sie, Doktor Llewellyn«, sagte die Herzogin und tätschelte ihm die Hand, »Sie müssen Luft sparen. Gleich bekommen Sie ja Ihre Chance. Bitte fahren Sie fort, Tristam. Ich bin ganz gebannt.« Sie beugte sich vor, als wollte sie keine Silbe von dem verpassen, was er zu sagen hatte. Damit weckte sie bei dem Arzt großen Neid, und das war ihm deutlich anzusehen.

»Wenn man auf dieser Plattform dort steht«, sagte Tristam und deutete auf den Sims über dem Figurenrelief, »dann blickt man über die Säulen Numero Fünf und Sieben genau auf die Positionen, wo sich die Inseln vermutlich einmal befunden haben. Dadurch können wir in gewisser Hinsicht Rückschlüsse auf den Zweck der Ruine ziehen. Gleichzeitig wissen wir, dass zur Sommersonnenwende die Sonne hinter Säule Eins aufgeht und hinter Säule Sieben versinkt; um Mittag steht sie hinter der mittleren schwarzen Säule. An diesem Punkt kann der Sonnenstand als der Winkel zwischen der Schnittlinie im Muster am Boden und der Höhe der Säule gemessen werden. Also scheint die Ruine auch einem astronomischen Zweck gedient zu haben.

Die grünen Säulen sind am geheimnisvollsten, denn sie

sind nur mit den Schriftzeichen bedeckt und den merkwürdigen Zeichnungen, bei denen es sich offenbar um die Grundlage der Schrift handelt. Vielleicht erfüllten sie einen religiösen Zweck oder dienten als Wegweiser zu wunderbaren Ländern, von denen die Alten wussten. Alle Vermutungen sind hier gleich viel wert, glaube ich. Um Poesie könnte es sich handeln. Oder um Gesetzestexte.« Er hob die Hände.

»Und was ist mit der letzten Säule?«, fragte Lady Galtons Nichte. »Der schwarzen?«

»Ja, Tristam, aus welchem Material besteht sie? Ich glaube, so etwas habe ich noch nie zuvor gesehen.« Nach wie vor schenkte die Herzogin Tristam ihre ungeteilte Aufmerksamkeit und hing förmlich an seinen Lippen. Tristam vermutete, dass sie damit Llewellyn quälen wollte.

»Sie besteht aus Obsidian. Also aus Glas. Diese Säule ist vulkanischen Ursprungs. Obsidian ist vulkanisches Ergussgestein, das zu rasch abgekühlt ist, um eine kristalline Struktur anzunehmen. Gewissermaßen handelt es sich um eine erstarrte Flüssigkeit: ein Glas. Wie sie so makellos geformt wurde, ist uns unbekannt. Ein Naturwunder ohne Beispiel.«

»Es ist also nicht gemeißelt worden?«, fragte der Viscount. »Nicht poliert?«

Tristam zuckte mit den Schultern. »Dass es gemeißelt wurde, ist sehr unwahrscheinlich, Lord Elsworth. Stellen Sie sich vor, Sie sollten Glas meißeln. Es mag sein, dass die Säule poliert wurde, obwohl Obsidian oft so glatt und glänzend vorkommt. Die Plinthe«, Tristam wies auf den Sockel der Säule, »besteht aus poliertem Basalt – zumindest war er vor langer Zeit einmal poliert. Man sieht den Unterschied: ein kristallines Gestein, das ebenfalls aus Vulkanerguss gebildet wurde, aber viel langsamer abgekühlt ist.«

Tristam wandte sich der Felswand zu. »Mit diesem Brunnen nun ist es eine ganz andere Geschichte. Er wird aus einem Teich gespeist, der sich ein Stück weiter oben befindet und dessen Abfluss unterhalb der Terrasse verläuft. Der Stein ist Marmor, weißer, geäderter Marmor, wie

Sie sehen. Der Zweck des Brunnens bleibt unbekannt, wenn er außer der Ästhetik überhaupt noch anderen Zwecken diente. Der vogelköpfige Mann findet sich nirgendwo anders, und deshalb ist seine Bedeutung weiterhin ein Geheimnis. Von dem Wasser sagt man, dass es sehr schmackhaft sei.« Tristam tauchte die Hand ein und probierte es: warm und nicht weiter bemerkenswert.

Tristam dachte, dass er nun genügend doziert hatte. Einen Moment überfiel ihn die Furcht, unwissentlich so zu sein wie Llewellyn, der in den Klang der eigenen Stimme verliebt war.

»Gewiss hat uns Sir Stedman noch mehr zu sagen, denn soweit ich weiß, hat Seine Exzellenz diesen Ort viele Jahre lang studiert und eigene Theorien entwickelt.«

Nachdem Tristam geendet hatte, traten die anderen näher, um das soeben Beschriebene genauer in Augenschein zu nehmen, und jeder schien sich auf einen anderen Aspekt des Bauwerks zu konzentrieren. Galtons Nichte ging an den Brunnen und warf dann einen raschen Blick nach oben auf die nackten Menschengestalten. Als sie bemerkte, dass Tristam sie dabei beobachtete, errötete sie heftig und ging unverzüglich zu einer der Säulen, um sie genau zu inspizieren.

Die Diener verteilten unterdessen Teppiche und Kissen auf der Terrasse und packten die mitgebrachten Speisen aus. Galton und Llewellyn waren wieder zu Atem gekommen, und obwohl der Arzt sich alle Mühe gab, das Gespräch zu dominieren, musste er doch bald vor Galtons tiefgründigerem Wissen kapitulieren.

Der Gouverneur sprach beim Essen und wischte sich ständig den Mund, denn gleichzeitig zu essen, zu reden und zu atmen führte dazu, dass ihm Speichel am Kinn hinunterlief. »Wie Mr. Flattery bereits ausführte, blickt man von dieser Plattform aus tatsächlich auf die versunkenen Inseln. Stellen Sie sich vor, dass dort unter dem Meer ähnliche Ruinen liegen wie diese hier. In die Oberseite des Sturzes sind jedoch weitere Linien eingemeißelt, und wenn man diese zur Plattform verlängert, dem Aussichtsbalkon, wie man ihn auch nennt, dann vereinen sie sich dort im Mittelpunkt. Man spekuliert, dass auch diese Linien auf geografische Orte weisen, die für die Alten von Bedeutung waren. Wir wissen noch nicht genug über die Geografie unseres Globus, um diese Mutmaßung zu bestätigen oder zu verneinen.« Er wischte sich den Mund und das Kinn ab, ohne peinlich berührt zu wirken; vielleicht bemerkte er wirklich nicht, dass alles wegschaute. »Man kann mühelos auf den Balkon klettern. Das habe ich selbst schon oft getan. Die Treppe ist schmal, und der Balkon hat kein Geländer, doch wenn man nicht allzu sehr unter der Höhenangst leidet, dann ist die Aussicht von dort eine willkommene Bereicherung.«

Nach dem Essen beschlossen Tristam und Lord Elsworth, zum Balkon hinaufzuklettern, und Tristam ließ dem Viscount den Vortritt .

»Sei nur vorsichtig«, rief die Herzogin, als ihr Bruder den ersten Fuß auf die Stufen setzte.

Der Viscount stieg sehr flink hinauf, indem er sich mit dem Rücken eng an der Mauer hielt. Der Balkon befand sich auf einer Höhe, dass ein Mann hockend oder kniend über die Kante des Sturzsteines peilen konnte.

»Ich kann die Linien sehen, von denen Sie sprachen, Sir Stedman«, rief Lord Elsworth hinunter. »Sehr deutlich.« Er spähte aufs Meer hinaus und beschattete die Augen mit der Hand. »Wohin sie weisen, kann ich nicht genau sagen, aber ich glaube, die linke schneidet die Bierschenke an der Bucht.«

Die Stimmung der Gesellschaft schien nun gelöster zu sein, und der Scherz rief mehr Gelächter hervor, als er vielleicht verdient hatte.

Tristam kletterte nach Elsworth zum Sims hinauf und besah sich die Linien auf den Sturzsteinen. Er blickte übers Meer und fragte sich, auf welche geheimnisvollen Lande sie wohl zeigten. Die Wolken am Horizont konnten auch schneebedeckte Bergkuppen einer fernen Insel sein, die durch ein optisches Phänomen über den Horizont gespiegelt wurden. Seine eigene Bestimmung schien ihm urplötzlich in unerträglich weiter Ferne zu liegen. Noch Monate entfernt. Tausende von Meilen Hochseefahrt weit.

Bald genug, dachte er.

Als er wieder hinabgelangt war, bestand die Herzogin darauf, die Treppe zu erklimmen – gegen die Einwände des Arztes und des Gouverneurs. Ihr Bruder hingegen sagte nichts – wie weise, dachte Tristam.

»Ganz gewiss bin ich dazu in der Lage, Herr Doktor, Sir Stedman. Ich werde diese Schuhe ausziehen, die sich nicht zum Erklimmen von Klippen eignen, und auf Strümpfen weitergehen. Ich fürchte jedoch, ich muss dazu meine Röcke in höchst undamenhafter Manier raffen. Ich vertraue darauf, dass keiner der Gentlemen meine Lage ausnutzt, denn ich werde meine Fußgelenke entblößen müssen.«

Leichtfüßig und ohne ein Anzeichen von Furcht stieg sie zum Balkon auf. Ihr Bruder folgte ihr am Boden, um sie gegebenenfalls aufzufangen. Tristam fand, dass sie auf dem Balkon wie eine der von den alten Erbauern erschaffene Statuen aussah, denn ihre Schönheit erschien ihm makellos.

Entzückt lachte die Herzogin auf, als sie über die Ruine und die Insel hinausblicken konnte. »Nun, das ist ein eigenartiges Gefühl. Man stelle sich vor, jemand aus dem alten Volk stand hier und beobachtete den Sonnenaufgang am Tag der Wintersonnenwende. Man fühlt sich so schrecklich fehl am Platze. Wenn Sie nicht da unten ständen, hätte ich das Gefühl, ein Zauber hätte mich zurück in frühere Zeiten versetzt.«

Als sie zu jedermanns Erleichterung wohlbehalten unten ankam, war sie von Hochstimmung erfüllt.

Tristam dachte daran, einen Blick in den Krater zu werfen, denn dies war die seltene Gelegenheit, einen rauchenden Vulkan von oben zu betrachten. Der Aufstieg dorthin war weder steil noch schwierig und zudem recht kurz. »Eine einfache Sache«, behauptete Galton – zwei oder drei Stunden hin und zurück. Der Rest der Gruppe schien es zufrieden, diese Zeit bei der Ruine zu verbringen und sich dort umzuschauen, also wurde beschlossen, dass Tristam seinen Abstecher zum Kraterrand ruhig unternehmen solle. Nur Viscount Elsworth äußerte den Wunsch, Tristam zu begleiten.

Mit einiger Ausführlichkeit erklärte Dr. Llewellyn, weshalb er die beiden jungen Herren nicht begleiten könne, und erläuterte dann in allen Einzelheiten, was sie wahrscheinlich vorfinden würden. Die jungen Herren brachen daher so schnell wie möglich auf.

Der Tag war noch wärmer geworden, sodass Jacken und Halstücher zurückbleiben konnten. Tristam nahm seine Segeltuchtasche mit, in der sein Frommesches Perspektiv, ein Notizbuch und andere Utensilien seines Berufes steckten. Oberhalb der Ruine machten sie kurz Halt, um das sich unter ihnen ausbreitende Land zu betrachten und sich auf den günstigsten Weg zu einigen, doch der Hang war an keiner Stelle zu steil. Eine Fahne aus gelblichem Rauch wallte über den Kraterrand und wirbelte in einer Strömung gerade unterhalb der Kante, sodass sie beschlossen, sich südlich dieses Punktes zu halten. Dann begannen sie den Aufstieg. Diagonal überquerten sie den Hang und hatten schon bald eine Gangart gefunden, die ihnen beiden angenehm war.

»Ich muss schon sagen, Tristam, ich bin sehr froh darüber, dass dieser Arzt körperlich längst nicht so rüstig ist wie mit dem Mundwerk. Dadurch kann ich Sie auf Ihrem Abstecher begleiten und dem Kerl wenigstens für eine Weile entkommen. Das heißt, ich hoffe, es ist Ihnen recht.«

»Nichts wäre mir lieber«, log Tristam und fügte nach einigem Zögern hinzu: »Es will mir sehr merkwürdig vorkommen, dass man ausgerechnet ihn für diese Fahrt ausgesucht hat. Wo hat die Herzogin ihn nur aufgetrieben, Julian?«

»Er hat wohl vielmehr die Herzogin gefunden. Als Sir Benjamin Rawdons Frau so schwer krank war, hat Doktor Llewellyn ihn für einige Monate als Leibarzt vertreten. Sagen Sie über den Mann, was Sie wollen, aber er ist ein vorzüglicher Arzt – und nicht nur seiner eigenen Meinung zufolge. Der König persönlich hat darauf bestanden, dass die Herzogin einen verlässlichen Mediziner für die Fahrt engagiert, und Llewellyn hat durch Sir Benjamin davon erfahren. Also hat er sich selbst dafür vorgeschlagen, das können Sie sich wohl vorstellen. Auf dem Papier, wie man sagt, erscheint er als der Mann der Wahl. Keine Familie«, der Viscount grinste, »wahrscheinlich auch keine Freunde. Ein bekannter Arzt – hat den König behandelt. Als Amateur-Naturforscher nicht unbegabt, nehme ich an. Und außerdem Linguist. Llewellyn war sehr darauf erpicht mitzukommen – er will offenbar ein Buch über die Reise schreiben.«

Benjamin Rawdon? Der Mann, von dem Tristam an der Haustür des Barons Trevelyan abgewiesen worden war! Der Mann mit den dunklen Augen und den schrecklichen Manieren. »Er ... entbehrt gewiss nicht einiger Kenntnisse, aber ich bin erstaunt, dass Seine Majestät nicht die ... ungewöhnlichen Umgangsformen des Herrn Doktors erwähnt hat.«

Der Viscount nickte und ging ein paar Schritte, bevor er antwortete. »Nicht dass ich den König kritisieren möchte, aber ich glaube, in Gegenwart Seiner Majestät weiß selbst Doktor Llewellyn seine Zunge im Zaum zu halten.«

Tristam nickte. »Daran kann kein Zweifel bestehen. – Rawdon. Ich glaube, ich bin ihm einmal begegnet, ein Mann mit dunklem Teint ...«

»Jawohl, das wird er gewesen sein. Der zugänglichste Gentleman von ganz Farrland. Das muss er wohl auch sein, wenn er Llewellyn zu seinen Freunden zählt«, sagte der Viscount lachend.

Der Leibarzt hatte Trevelyan gepflegt ... Natürlich war der Baron ein bedeutendes Mitglied der farrischen Gesellschaft, einer der berühmtesten Empiristen im ganzen Land – auch der König musste ihn kennen. Trotzdem ...

Ein stechender Geruch stieg ihnen in die Nase.

»Erkennen Sie diesen eigenartigen Geruch? Schwefel aus dem Vulkanschlot.«

Sie kletterten weiter, mittlerweile über nackten Fels. Die Vegetation beschränkte sich auf Gesimse. Tristam fragte sich erneut, ob der Viscount es gewesen war, der sein Tagebuch und Dandishs Brief aus seinem Zimmer im *Ivy* entwendet hatte. Das erschien ihm als die wahrscheinlichste Hypothese – der Viscount oder jemand, der in seinem Auftrag arbeitete. Trotzdem erstiegen sie nun auf einer Insel mitten im Grauen Ozean Seite an Seite einen Vulkan und unterhielten sich dabei auf höchst angenehme Weise. Jaimy hatte behauptet, der Viscount würde nichts ohne Wissen und Billigung der Herzogin unternehmen.

Blut und Flammen, dachte Tristam, *welch verachtenswerte Situation! Ist denn auf dem ganzen Schiff niemand, dem ich vertrauen könnte?*

»Tristam?«

Er war unwillkürlich stehen geblieben. »Ein auffälliger Vogel – drüben über der Hügelschulter. Jetzt ist er fort.« Tristam beeilte sich, den Viscount einzuholen. Sie kamen an einem kleinen Teich vorbei, den ein dichter Busch beschattete.

Zweihundert Fuß unterhalb des Kraterrandes machten sie eine Pause, sodass Tristam ein Stück Gestein für seine Sammlung abschlagen konnte. Außerdem wollte er dem Viscount Gelegenheit geben, ein wenig zu Atem zu kommen, denn obwohl der Adlige jung und kräftig war, hatte er offenbar nicht wie Tristam seine Jahre damit verbracht, das Land zu durchwandern.

Tristam hielt das Felsstück, das er losgeschlagen hatte, in die Höhe.

»Lava?«, fragte der Viscount. Er wischte sich das Gesicht und den Nacken mit einem Taschentuch trocken.

»Basalt. Lava, die langsam abgekühlt ist und dabei eine kristalline Struktur annehmen konnte. Ähnlich der Plinthe unter der schwarzen Säule.« Tristam wog den Stein in der Hand. »Eines Tages wird alles davon abgetragen sein.«

»Haben Sie das auch gespürt?«, fragte der Viscount plötzlich. Er legte beide Hände auf den flachen Fels, als wollte er sich festhalten. Der Boden hatte ganz sacht gebebt.

»Ich bin mir nicht sicher.« Tristam wagte nicht sich zu bewegen.

Sie verhielten sich einen Augenblick ruhig, lauschten

angestrengt auf jeden Laut und achteten auf jedes Zittern. Doch nichts geschah.

»Werden an der Festung Kanonen abgefeuert?«, überlegte der Viscount.

Tristam sah dort keinen Rauch. »Ich glaube, auf die Entfernung müssten wir sie hören können, finden Sie nicht auch?«

»Sie wollen doch wohl hoffentlich nicht sagen, der Vulkan stünde kurz vor dem Ausbruch?«

Tristam schüttelte den Kopf. »Vulkane, die so lange untätig gewesen sind wie dieser, brechen nur selten ohne Warnung aus.«

Noch einen Augenblick blieben sie still, dann lachten sie erleichtert auf.

Nachdem sie eine Weile gegangen waren, kamen sie in eine Wolke. Der dünne Nebel hüllte sie ein, und der Wind hatte aufgehört. Nur das Scharren ihrer Stiefel war zu hören.

»Bis zum Gipfel kann es nicht mehr weit sein«, begann der Viscount, als glaubte er, Tristam habe eine Ermutigung dringend nötig.

Der Schwefelgeruch war plötzlich sehr stark. Tristam brannten und tränten die Augen, der Viscount bedeckte sich Mund und Nase mit einem Taschentuch.

»Wir sollten ... mehr nach links gehen«, brachte Tristam während eines Hustenanfalls hervor.

Sie beeilten sich fortzukommen, entgingen jedoch nicht wie erhofft dem Rauch; fast schien er sich an sie zu heften und ihnen zu folgen, wohin sie sich wandten. Plötzlich bebte der Hang, und sie blieben stehen.

»Das kann man gar nicht mehr missverstehen!«, rief der Viscount. Dem Mann tränten die Augen so stark, dass er aussah, als wäre er in Tränen ausgebrochen.

Sie warteten einen Augenblick, und als nichts weiter geschah, setzten sie ihren Weg quer über die Böschung fort.

Kein Dutzend Schritte später durchlief ein neuer Stoß die Erde, diesmal heftiger und ohne begleitendes Geräusch.

Sie verloren buchstäblich den Boden unter den Füßen und schlugen hin, dann rollten sie ein gutes Stück den Hang hinab, während unter ihnen der Berg bebte, als wäre er entschlossen, sie abzuschütteln.

Kurz darauf war es vorbei; sie sprangen auf und begannen einen augenblicklichen Rückzug die Hügelflanke hinunter. Nach hundert Schritt gelangten sie in helles Sonnenlicht, fünfzig Fuß tiefer brachen sie auf dem Boden zusammen und husteten heftig.

Tristam erholte sich als erster und richtete sich zum Sitzen auf. Mit dem Hemdsärmel wischte er sich die Augen trocken, denn sein Taschentuch hatte er verloren. Hier erschien der Tag völlig ruhig: Der allgegenwärtige Wind blies, und in der Nähe sang ein Sperling. Nun wirkte die Insel wieder völlig harmlos.

Der Viscount lag auf dem Rücken und hatte einen Arm über die Augen geschlagen, um sie vor dem hellen Sonnenlicht zu schützen. Tristam fühlte sich so sehr an die Figuren über dem Brunnen erinnert, dass er einen Moment lang nichts anderes vermochte als ihn anzustarren.

»Glühende Märtyrer ...«, brachte er schließlich hervor, und als er den Kraftausdruck beendet hatte, wusste er nicht mehr, was er hatte hinzufügen wollen. »Verdammte glühende Märtyrer«, hörte er seine Stimme, als gehörte sie jemand anderem.

Er schüttelte sich, um aus dem tranceartigen Zustand zu erwachen, zog die Wasserflasche aus dem Leinenbeutel und bot seinem Begleiter an. Als Elsworth getrunken hatte, setzte Tristam sich die Flasche an den Hals, und das warme Wasser rann ihm so wohltuend die ausgedörrte Kehle hinab wie ein kostbares Lebenselixier.

Dann gab er die Flasche noch einmal dem Viscount, der sich immerhin auf die Ellbogen erhoben hatte. »Trinken Sie ruhig aus, Julian. Auf unserem Weg liegt ein Quell. Wir sollten unverzüglich zu den anderen zurückkehren, auch wenn ich nicht glaube, dass jemand verletzt worden ist.«

Elsworth nickte und trank die Flasche leer. Noch immer atmete er schwer und wollte nicht sprechen.

Dann machten sie sich auf den Weg, schritten allerdings viel langsamer aus als während des Aufstiegs.

»Ob wir noch in Gefahr schweben? Was glauben Sie?«, fragte der Viscount schließlich mühsam, nachdem er einen Blick über die Schulter auf den Kraterrand geworfen hatte.

»Nein. Ich glaube, der Erdstoß hat nichts mit einem Ausbruch des Vulkans zu tun. Allerdings können auf Erdstöße heftigere Beben folgen.«

Endlich kam die Ruine in Sicht, und Tristam zog sein Perspektiv hervor. »Es sieht nicht so aus, als müssten wir uns wegen der anderen Sorgen machen«, beruhigte er den Viscount, nachdem er die Terrasse gemustert hatte. »Nichts ist umgestürzt, alles scheint intakt zu sein. Ich sehe auch keine panischen Menschen. Ich glaube fast, von dem Erdstoß hat man dort gar nichts bemerkt.«

»Nun, das freut mich zu hören. Wenn ein Beben folgt, Tristam, wann müssten wir damit rechnen?«

Tristam rief sich in Erinnerung, was er zu diesem Thema gelesen hatte. »Ich weiß gar nicht, ob man das mit Bestimmtheit sagen kann. Wir wissen nicht genau, wie diese beiden Phänomene zusammenhängen.«

An der Quelle erfrischten sie sich und legten den restlichen Weg zur Ruine in einer guten Zeit zurück. Als sie auf den Stufen erschienen, zeigte sich niemand um ihre Sicherheit besorgt, und alle staunten beim Anblick ihrer schmutzigen und zerrissenen Kleidungsstücke.

Nur die Herzogin machte ein bestürztes Gesicht; Tristam durchlief ein Gefühl der Wärme. »Was ist denn geschehen?«, fragte sie.

»Sie haben die Erdstöße also nicht bemerkt?«, entgegnete Tristam. »Es gab zum mindesten zwei, vielleicht einen dritten.«

Galton kam herbei; er sorgte sich sehr um das Wohl seiner Gäste. »Wir sind uns nicht sicher. Einige glaubten etwas zu spüren, andere nicht – aber die Pferde brachen jäh in Panik aus, und den Kutschern gelang es kaum, die Tiere wieder zu beruhigen. Ich hoffe sehr, Sie sind beide unverletzt?«

»Uns ist nichts zugestoßen«, versicherte ihm der Viscount. »Kaum ein Kratzer.«

»Auch wir hatten ein höchst denkwürdiges Erlebnis«, sagte der Gouverneur und unterbrach sich, als müsste er nur Atem holen, doch Tristam begriff, dass der Mann völlig aus der Fassung gebracht war und sich bemühte, seine Unruhe zu verbergen. »Nur kurz bevor dieser – Erdstoß geschah, hörten wir die seltsamsten Geräusche, die aus diesem Schnabel dort zu kommen schienen.« Er deutete auf den Trinkbrunnen. »Auf die Gefahr hin, dass Sie mich für irrsinnig halten, es klang wie die Stimme eines Riesen, der aus den untersten Tiefen der Erde spricht. In meinem ganzen Leben habe ich noch nichts gehört, was sich damit vergleichen ließe. Und ich habe auch noch nie von einer ähnlichen Begebenheit erfahren.«

Tristam bemerkte, dass er die vogelköpfige Gestalt über dem Brunnenbecken unverwandt anstarrte. »Ich wünschte, ich hätte es mit eigenen Ohren gehört.«

»Wir haben ebenfalls ein Abenteuer hinter uns«, sagte der Viscount. »Wenigstens kam es mir so vor.« Er stieß sein übliches herzliches Lachen aus, das nach Tristams Ansicht zum Teil der Erleichterung entsprang, zum Teil der ungetrübten Abenteuerlust. »Erst verirrten wir uns in den Wolken, und dann, als wir den Kraterrand fast erreicht hatten, trieb uns ein Rauch zurück, wie man sich ihn übelriechender nicht vorstellen kann. Schließlich begann der ganze Berg zu beben, als wollte er sich unserer entledigen. Wir rutschten uns überschlagend den Fels hinunter.« Wieder lachte er. »Als es aufhörte, türmten Tristam und ich wie die Hasen, bis wir in reine Luft kamen. Fast wären wir erstickt, so kam es uns jedenfalls vor.«

Dr. Llewellyn erkannte seine Gelegenheit, die Situation an sich zu reißen, und bestand darauf, dass die beiden Herren sich setzten, während er sich ihren Atem anhörte, ihren Herzschlag maß und ihnen auf die Brust trommelte. Als er beide für gesund erklärte, nahm man es als Zeichen zum Aufbruch und machte sich auf den Rückweg zu Kutsche und Gesindewagen. Tristam stützte Sir Stedman auf der langen Treppe, obwohl dem alten Gouverneur der Abstieg längst nicht so schwer zu fallen schien wie das Hinaufsteigen. Sie gelangten als Letzte unten an, wo Tristam stehen blieb, um dem Gouverneur eine kurze Pause zu gönnen. Nach einer Weile nickte Galton ihm zu, doch als Tristam sich gerade in Bewegung setzte, hielt der Gouverneur ihn zurück. »Tristam, haben Sie aus dem Brunnen getrunken, bevor Sie den Aufstieg zum Krater begannen?«

»Wieso? Ja, doch, ich glaube schon.«

Galton nickte einmal und ging weiter.

24. Kapitel

Am nächsten Morgen war Tristam mürrisch und hatte am ganzen Leib blaue Flecken. So setzte er sich in die Badewanne und sann über die Ereignisse des Vortags nach, über die Bemerkungen der Herzogin (›Dabei hatten Sie doch vor zwei Nächten ein ungetrübtes Vergnügen mit mir?‹), über seine Reaktion vor der Ruine und schließlich die unheimliche ›Stimme‹, welche die anderen gehört haben wollten.

»Wo soll ich anfangen?«, fragte er sich leise. Die Herzogin ... sie entzog sich jedem Verstehen. ›*Ich bin froh, dass Sie mit dabei sind. Ohne Ihre Gesellschaft müsste ich wohl wahnsinnig werden*‹, hatte sie gesagt, aber sie hatte ihn auch in der vergangenen Nacht nicht besucht. Die Launen der See ließen sich leichter vorhersagen als die Stimmungen und das Verhalten dieser Frau. ›*Einen kleinen Winkel Ihres Herzens zu öffnen führt Sie nicht in den Untergang*‹, hatte sie auch behauptet.

Aber warum fühlte er sich dann an diesem Morgen so elend? Das Leben mochte zwar mehr bieten als das intellektuell Fassbare, doch in der Welt des Herzens bewegte man sich immerfort auf veränderliche Grund. Nicht zu straucheln war fast unmöglich.

Tristam zwang sich, an etwas anderes zu denken. Sein Abscheu beim ersten Anblick der Ruine war eine gradezu körperliche Reaktion gewesen, als hätte sein Leib eine Furcht empfunden, die sein Verstand noch nicht begreifen konnte. Ganz wie wenn man vom Donner aus dem Schlaf gerissen wird – man ist verängstigt, ohne den Grund zu kennen.

Vielleicht, so überlegte Tristam, weckt das Reisen ganz allgemein heftige Gefühle und ungewöhnliche Gedanken, denn schließlich begegnet man viel Unbekanntem und muss es bewältigen. Keinesfalls muss ich deshalb fürchten, den Verstand zu verlieren, sagte er sich.

Diese ›Stimme‹ hingegen ... Als er an die Schilderung

des Gouverneurs dachte, überfiel ihn wieder diese tiefe Unruhe und die vage Vorstellung, die Ruine habe schrecklichen Zwecken gedient. Plötzlich fror er, als wäre das Badewasser stark abgekühlt. Er sprang aus der Wanne und trocknete sich energisch ab, als könnte er auch alle unerwünschten Gefühle von sich abreiben.

Man kann auch zu viel über etwas nachdenken, sagte er sich ohne jede Ironie.

Als Tristam seine Räume verließ, brach der nächste schöne Tag auf Farrow gerade erst an, denn an diesem Morgen war er früher aufgestanden als sonst. Er wollte heute zum Besitz seines Großonkels reiten.

Ein Diener meldete ihm, zum Frühstück sei im Garten gedeckt, und als Tristam dort hinausging, fand er am Tisch Lady Galton, die gerade eine Tasse Kaffee trank. Die Herzogin war nicht zu sehen.

»Einen angenehmen Morgen wünsche ich Ihnen, Tristam«, sagte sie. Sie wirkte geistesabwesend, doch dieser Eindruck verschwand sofort. »Ich hoffe, Sie haben nichts dagegen, wenn ich Sie Tristam nenne?«

»Nicht im Geringsten, Lady Galton«, antwortete Tristam und vollführte einen Kratzfuß. »Und auch Ihnen einen angenehmen Morgen.« Er setzte sich auf den Stuhl, auf den Lady Galton wies, und sie schenkte ihm Kaffee ein. Tristam bemerkte, dass ihre Hände beim Eingießen zitterten.

Lady Galton war der Beweis für das alte Sprichwort, dass Verheiratete sich im Lauf der Jahre immer stärker ähneln, man hätte sie durchaus für Sir Stedmans Schwester halten können. Etwas an ihrem Gesichtsausdruck erinnerte sie an den Gouverneur: Sie sah aus, als liege ihr zu allem eine geistreiche Bemerkung auf der Zunge, die sie gleichwohl niemals aussprach. Außerdem glich sie ihrem Gatten in der Gesichtsfarbe.

Wenn Lady Galton einst eine große Schönheit gewesen war, wie die Herzogin sagte, so zeigte sich dies nur noch in ihren Augen, die groß und sehr lebendig waren. Auch ihre natürliche Anmut hatte das Alter nicht besiegen können, diese Liebenswürdigkeit war zu sehr lebenslange Gewohnheit.

»Unserem Erdstoß scheint doch nicht das schreckliche Beben gefolgt zu sein, das wir befürchtet hatten«, sagte Lady Galton, klang jedoch kein bisschen erleichtert. »Und dafür sollten wir dankbar sein.«

»Das sollten wir wohl«, pflichtete Tristam ihr bei, wie jeder Angehörige seiner Klasse im unverbindlichen Plaudern geübt und willens, mit seiner Gastgeberin eine belanglose Konversation zu führen. »Da der Erdstoß in der Stadt nicht bemerkt wurde, war er wohl zu schwach, um ein Beben auszulösen. Aber wir wissen noch nicht genau, wie das eine das andere beeinflusst. Daher werde ich mir diese Begebenheit als weiteren kleinen Hinweis notieren.«

Lady Galton trank aus ihrer Tasse und blickte Tristam nachdenklich an. Sie öffnete den Mund, um etwas zu sagen, überlegte es sich anders und blieb beim Thema. »Sir Stedman hat während der ganzen Zeit, die wir auf Farrow leben, diese Ruine studiert und auch andere Relikte der Alten. Nach dem Wohlstand der Inselbewohner gilt den Ruinen sein größtes Interesse – fast könnte man es als Besessenheit bezeichnen. Allerdings sind solche Geräusche, wie sie gestern zu hören waren, noch nie aufgetreten. Mein Gatte ist deshalb vor Aufregung ganz außer sich. Ich glaube, er wird dort wieder ein Lager aufschlagen lassen, ganz wie in den alten Tagen.« Ein liebevolles Lächeln huschte über ihr Gesicht. »Wiewohl ich fürchte, dass sich dergleichen in hundert Jahren nicht wiederholen wird.

Stedman ist davon überzeugt, dass diese ›Stimme‹, wie er sie nennt, der Grund gewesen ist, weshalb die Ruine überhaupt dort errichtet wurde – oder wenigstens ein Grund. Seine Theorie, dass Farrow auf einem Schnittpunkt geologischer Spannungslinien liegt – oder vielleicht eher ›Kraftlinien‹ –, hat er nicht aufgegeben, doch diese Stimme hat ihn gewiss dazu bewogen, die Angelegenheit von neuem zu überdenken.«

Tristam bestrich ein Brötchen mit Butter, während er

nachdachte. Als er wieder aufschaute, wandte sie rasch die Augen ab, als hätte etwas ihre Aufmerksamkeit abgelenkt und ihren Blick auf sich gezogen.

Sie will mir etwas mitteilen!, begriff Tristam.

»Weshalb dieses Bauwerk errichtet wurde, ist schwer zu sagen, Lady Galton – was es seinen Erbauern bedeutet hat, meine ich. Vermutlich glaubten sie, dass die Geräusche aus dem Abfluss von einem unterirdischen Wesen stammten – vielleicht sogar von einem Gott –, und das wäre Grund genug, einen Tempel zu bauen. Wenn wir nur das Geheimnis ihrer Schrift enträtseln könnten, dann erhielten wir wohl Antwort auf viele unserer Fragen, wenn nicht gar auf alle.«

Lady Galton nickte, und erneut wurde Tristam auf das leichte Zittern aufmerksam. Sie führte ihre Tasse an ihre Wange, als dächte sie nach, und verbarg es damit. »Auch Ihr Onkel war von der Schrift fasziniert. Stundenlang konnten er und der Gouverneur darüber diskutieren.«

»Wirklich? Ich wusste nicht, dass Sie meinen Onkel gekannt haben.«

»O doch.« Sie lächelte, und ihre Augen wirkten zauberhaft. »Er hat uns oft besucht, und natürlich hatte Stedman damals sein Lager an der Ruine, sodass sie einander gar nicht verfehlen konnten. Sie teilten ein großes Interesse an solchen Dingen. Stedman gab Ihrem Onkel den Anstoß, sich der Önologie zuzuwenden und eine neue Rebsorte zu züchten. Nicht dass wir deshalb irgendwelche Ansprüche geltend machen wollten; die Erasmustraube entsprang allein dem beträchtlichen Genie Ihres Onkels, doch hat der Gouverneur das erste Samenkorn gepflanzt, wenn Sie so wollen.«

Lady Galton blickte sich in der kleinen Laube um. »Ich hatte gehofft, heute Morgen die Herzogin zu sehen. Wir haben so wenig Zeit miteinander verbracht.« Sie sah Tristam eindringlich an. »Die Herzogin ist eine bemerkenswerte Frau, finden Sie nicht?«

»Das glaube ich auch.« Tristam beschäftigte sich eingehend mit dem Zerlegen einer Apfelsine.

»Diese Fahrt weckt meine Neugier, Tristam, wie Sie sich

wohl vorstellen können. Was glauben Sie, wie kommt die Herzogin von Morland plötzlich auf den Gedanken, sich einer Vermessungsexpedition anzuschließen? Gewiss doch hat ganz Farrland von nichts anderem geredet!«

Tristam bemühte sich um einen gleichbleibend beiläufigen Tonfall. »Da bin ich ganz sicher. Ich glaube, die Herzogin war schon immer ein wenig neugierig auf die Welt und hat nun ein naturkundliches Interesse entwickelt. Abenteuerlust kann doch nicht allein Domäne des Mannes sein. Wie Sie selbst sagten, ist die Herzogin eine bemerkenswerte Frau.«

»Ja ...« Lady Galton ließ die Silbe zaghaft verklingen. Tristam spürte ihren lieblichen Blick auf sich. »Ich kenne Elorin nun schon viele Jahre – seit sie ein Mädchen war. Und trotzdem hat sie mich damit überrascht. Im ersten Moment konnte ich gar nicht fassen, dass Seine Majestät ihr die Reise gestattet, denn gewissermaßen ist sie es, die unseren König am Leben erhält. Und nun beschließt sie, für ganze zwei Jahre fortzugehen. Ich kann nicht begreifen, was in sie gefahren ist.«

Tristam gab sein Bestes, um der Frage auszuweichen. »Haben Sie denn schon mit der Herzogin darüber gesprochen, Lady Galton?«

»Kaum zwei Worte haben wir gewechselt«, entgegnete sie, und Tristam konnte nicht erkennen, ob sie deswegen verletzt oder nur enttäuscht war. »Natürlich bin ich zu Anfang nicht bei Kräften gewesen, und die Herzogin möchte sich wohl gewiss nicht aufdrängen.« Sie trank Kaffee, und Tristam glaubte, bei ihr einen Anflug von Bedauern wahrzunehmen. »Oder vielleicht nimmt etwas anderes ihre ganze Aufmerksamkeit in Anspruch.« Bei diesen Worten musterte sie Tristam, und aus ihrem Gesicht sprach die Entschlossenheit, sich selbst keinesfalls etwas anmerken zu lassen.

»Möglich.« Aus der Furcht heraus, er könnte mehr preisgeben als gewollt, ergriff Tristam die Gelegenheit, das Thema zu wechseln. »Ich muss sagen, Lady Galton, dass Sie und Sir Stedman überaus liebenswürdig und gastfreundlich sind. Ich stehe für immer in Ihrer Schuld.« Während er diese Artigkeiten von sich gab, bedachte Tristam, was Lady Galton damit gesagt hatte. Es erschien ihm undenkbar, dass jemand mit dem Taktgefühl der Herzogin bei solch einem Besuch nicht die geziemende Zeit mit der Gastgeberin verbringen würde. Im Grunde stellte ihr Verhalten eine furchtbare Brüskierung Lady Galtons und des Gouverneurs dar.

Sie lächelte knapp. »Uns bereitet Ihr Besuch großes Vergnügen. Wir haben so selten Gäste, und immer seltener sind es Männer wie Sie – wissen Sie eigentlich, dass Sie die Aufmerksamkeit einiger der hervorragendsten Bürger Farrows geweckt haben? Sir Roderick hat Sie beim Gouverneur mit den schmeichelhaftesten Worten angekündigt. Und ich erhielt einen lobenden Brief von Averil Kent, der ebenfalls nur Gutes über Sie zu sagen hatte.« Sie lächelte erneut und blickte ihm fest in die Augen. »Ich hätte gleich gesehen, dass Sie Kent kennen.«

»Ich bin dem Gentleman nur einmal im Sommer begegnet, an einem Abend bei der Empiristischen Gesellschaft. Ich glaube nicht, dass es in ganz Farrland einen freundlicheren Menschen gibt.«

Lady Galton nickte, doch sie wirkte nun besorgt. »Und Sir Roderick Palle?«, fragte sie sehr leise, »was halten Sie von ihm?«

Diese Frage war so merkwürdig, so völlig ohne Zusammenhang zum Vorhergehenden und so ... unverblümt, um nicht zu sagen unhöflich, dass es Tristam einen Augenblick die Sprache verschlug.

»Ich verstehe nicht, worauf Sie hinauswollen, Lady Galton.«

Sie hob den Kopf, und in ihren Augen erwachte etwas zum Leben – *Trotz?*, überlegte Tristam –, als hätte sie soeben beschlossen, alle Vorsicht außer Acht zu lassen, und das als Angehörige einer Gesellschaft, in der die Vorsicht so tief verwurzelt war wie die Sprache im Menschen.

»Das verstehen Sie nicht? Dann will ich versuchen, noch deutlicher zu werden. Ich muss von mir leider sagen, dass ich Sir Roderick Palle nicht mehr trauen kann. Was ist mit Ihnen, Tristam? Was haben Sie mit dem Königsmann zu schaffen?«

»Er ist zu mir sehr freundlich gewesen, Lady Galton«, antwortete Tristam in ruhigem Ton.

»Ja, das ist die höfliche Antwort. Aber ich habe, wie Sie bemerken, die Höflichkeit verworfen. Ich fürchte, dass Palle sich in etwas verstrickt hat, das ... das für jedermann eine Gefahr bedeutet.« Sie zitterte und versuchte nun nicht mehr, es zu verbergen. »Ich halte Sie für einen Mann mit Grundsätzen, Tristam Flattery. Seien Sie vorsichtig bei allem, was man Sie zu tun auffordert. Sie sind ein Mann der Vernunft, das habe ich Sie selbst sagen hören. Warum wollen Sie sich mit jenen einlassen, denen daran gelegen ist, die Segnungen der Vernunft ungeschehen zu machen?«

Von diesem Ausbruch war Tristam so grenzenlos überrascht, dass er vor der Lady zurückwich und tatsächlich mit dem Stuhl abrückte.

»Lady Galton. Ich bin ein Naturforscher auf Expedition im Auftrag Seiner Majestät. Außer meine Pflicht zu erfüllen, so gut ich kann, hege ich keinerlei Absichten. Sir Roderick Palle hat mir diese Position verschafft, das ist richtig, aber ich weiß nichts von irgendwelchen ...« Was sollte er sagen? »Ich weiß nicht, was Sie andeuten möchten. Und was die höfische Politik betrifft, bin ich ein unschuldiges Kind. Sir Roderick erschien mir kaum als die Sorte Mensch, die in etwas ... Schändliches verwickelt ist.«

Lady Galton streckte die Hand aus und legte sie ihm sanft auf den Arm. »Sehen Sie, Tristam, es ist ein Mythus, dass das Übel von schlechten Menschen herrührt. Aber die Wahrheit lautet anders. Das Böse begehen Menschen, die es nur gut meinen oder zumindest nichts Schlechtes beabsichtigen. Befassen Sie sich mit der Geschichte, und Sie sehen es selbst.« Sie schwieg kurz. »Aus guten Absichten, guten Absichten wie den Ihren, Tristam. Deshalb habe ich mich entschlossen, mit Ihnen zu reden: Weil ich glaube, dass Sie tief in Ihrem Herzen den Wunsch hegen, Gutes zu tun.«

Sie nahm die Hand von seinem Arm, lehnte sich etwas zurück und forschte in seinem Gesicht. Tristam fühlte sich, als bildete sie sich über ihn ein Urteil, und wusste nicht, wie er sich verhalten sollte.

»Wenn Sie mit Palle paktieren«, sagte sie unversehens, »dann wird er nun erfahren, dass ich gegen ihn stehe. Aber wenn dem nicht so ist, dann müssen Sie begreifen, dass andere Menschen Pläne verfolgen, von denen Sie nichts wissen oder die Sie nur erahnen können.« Sie beugte sich vor und sagte leise, mit schwach bebender Stimme: »Bringen Sie diese entsetzliche Blüte nicht in unsere Welt zurück. Geben Sie sie nicht in die Hände derer, die ihren Zweck nicht begreifen können.« Dann ließ sie sich schlaff in den Sessel zurücksinken, als hätte diese Warnung ihr die letzte Lebenskraft geraubt. Im Gesicht war sie kreidebleich geworden.

Sie wusste es! Lady Galton wusste vom Königsblatt!

»Wieso?«, hörte Tristam sich fragen. »Warum sollte ich nicht? Was – was könnte diese ... Blüte denn schaden?«

Er glaubte zu sehen, wie ihre Augen sich ganz geringfügig weiteten. »Stehen Sie mit Roderick Palle im Bunde?«, fragte sie daraufhin.

»Ich wiederhole, ich weiß nicht, worauf Sie hinauswollen, Lady Galton. Es ist Sir Roderick gewesen, der mir meine Position verschafft hat, das sagte ich bereits.«

Regungslos betrachtete sie ihn eine Weile, und als sie wieder das Wort ergriff, hatte sie sich ein wenig gefangen. »Ihre Loyalität, Tristam, ist unklar. Deshalb werde ich nichts weiter sagen. So leicht lasse ich mich nicht verleiten zu enthüllen, was ich weiß. Aber denken Sie immer darüber nach, was Sie tatsächlich tun, Tristam. Und wenn Sie wirklich so wenig wissen, wie Sie behaupten, dann glauben Sie mir eins: Womit man Sie betraut hat, ist kein harmloser Botengang.«

Man hörte, wie jemand sich räusperte, und in der entsprechenden Richtung war auf dem Pfad zwischen den Bäumen ein Diener zu sehen. Lady Galton nickte zur Antwort und lächelte Tristam an, bevor sie ihre Tasse zum

Mund hob. Ihr Verhalten änderte sich sogleich grundlegend, und alle Besorgnis war sorgfältig kaschiert.

Einen Augenblick glaubte Tristam, die Herzogin zu erkennen, doch es war Lady Galtons Nichte.

»Wir haben gerade von der Ruine gesprochen, meine Liebe«, sagte Lady Galton, und man ging zu jener höflichen Konversation über, die den gesellschaftlichen Umgang für gewöhnlich bestimmte.

Augenblicklich schweiften Tristams Gedanken ab. Was um alles auf dem Erdball war gerade geschehen? Lady Galton wirkte geistig völlig klar, und doch hatte sie sich soeben ereifert über ... ja, über was?

Das hatte Tristam nicht ganz verstanden, doch eins wusste er sicher: dass Lady Galton fest an ihre Warnung glaubte.

Er bemerkte, dass man ihm eine Frage gestellt hatte. Ging es um die Ruine? »Ja, sehr seltsam, finden Sie nicht?«, versuchte er. Dann fügte er unsicher hinzu: »Ich ... es hat mich sehr erstaunt zu hören, dass auch mein Großonkel sich dafür interessiert hat.« Das zumindest war die Wahrheit. Soweit Tristam wusste, war Erasmus Flattery stets ein Einzelgänger gewesen, und der liebenswürdige Sir Stedman erschien ihm kaum als die Sorte Gefährte, die sein Onkel sich ausgesucht hätte – so jedenfalls hätte Tristam vermutet.

Lady Galton nickte und lächelte vage, was Tristam verriet, dass man ihn ertappt hatte, wie er nicht zuhörte. »Sie sollten wirklich einmal mit Stedman sprechen, Tristam. Er hat sehr viel Zeit mit Erasmus dort oben verbracht. Ich gehe niemals zur Ruine – ich war nur einmal dort, kurz nach meiner Ankunft. Mir behagte das Gefühl nicht, das dieser Ort mir vermittelt. In dieser Hinsicht bin ich wie die gebürtigen Farrower.« Sie zog die Schultern zusammen, als wollte sie ein Schaudern abwehren. »Ein ganz eigenes Gefühl, das einen dort beschleicht. Sind Sie je in einem Haus gewesen, von dem behauptet wird, dass es darin spukt?«

Lady Galtons Nichte offenbar nicht. Tristam lächelte.

»Nein. Allerdings sagte man mir, ich sei in Merton einem Gespenst begegnet.«

Einen Moment lang wirkten die Damen verwirrt, dann lächelte Lady Galton. »Ach ja, der Geisterjunge, nicht wahr?« Sie lachte ein wenig gezwungen. »Nun, sehen Sie. Nicht das gleiche, aber ähnlich. Doch wenn Sie etwas über die Ruine erfahren wollen, dann sollten Sie mit Stedman sprechen. Der Gouverneur arbeitet an einem eigenen Buch zu dem Thema.« Sie lachte leise, und diesmal wirkte es echt. »Leider wird es, wie ich glaube, nie vollendet. Während des letzten Jahrzehnts hat er es immer wieder umgeschrieben und ist der Vollendung doch nicht näher als nach drei Jahren Arbeit. Und nun diese ›Stimme‹ ... das wirft ihn zurück, wer weiß, wie weit.« Aus ihrem Lachen sprach ihre ganze Zuneigung. »Wie in dieser alten Schmunzelgeschichte, wissen Sie, welche ich meine? Über den Mann, der den Lehrplan schrieb, nach dem sein Sohn erzogen werden sollte – doch er hinkte mit dem Schreiben immer hinter der Entwicklung des Jungen hinterher, sodass das Kind von keiner einzigen Lektion profitierte. Ich fürchte, mit Stedmans Buch ist es dasselbe. Obwohl wir seit Jahren nichts Neues mehr über die Ruine erfahren haben, nimmt unser Wissen doch schneller zu, als mein Gatte schreiben kann.«

Tristam lachte ebenfalls, doch sie hatte seine Neugierde geweckt. »Dieses Buch würde ich wirklich gern einmal sehen, Lady Galton, wenn Seine Exzellenz sich dazu überreden ließe.«

»Vielleicht lässt sich das machen. Ich weiß genau, dass er es Doktor Llewellyn gegenüber nicht erwähnt hat. Stedman wird es nicht jedem zeigen – aber er mag Sie, Tristam. Und schließlich sind Sie Erasmus' Erbe. Ich werde ihn fragen.«

Tristam schenkte ihnen allen Kaffee nach. Er hatte es nun eilig aufzubrechen, damit er nachdenken könnte – und aus anderen Gründen. Nun, da er den Entschluss getroffen hatte, das Anwesen seines Onkels zu besuchen, wollte er ihn auch in die Tat umsetzen, aber Lady Galton war seine Gastgeberin ... und er stellte fest, dass seine Neugier ihn an ihren Tisch bannte. Wenn nur die Nichte sich endlich zurückziehen würde, erhielte er vielleicht doch noch einige Antworten – obwohl Lady Galton durchaus gesagt haben mochte, was sie zu sagen bereit war.

»Wissen Sie, ein alter Kult rankt sich um die Ruine, so heißt es jedenfalls hier auf Farrow. Eine Geheimgesellschaft, nehme ich an. Niemand weiß so recht, welche Ziele sie verfolgt, doch von mehreren Inselbewohnern heißt es, sie gehörten ihr an – ebenso Fremde aus allen vier Ländern, nicht nur aus Farrland.« Lady Galton senkte die Stimme, als spräche sie über dunkelste Geheimnisse, doch ihre Augen lachten. »Es heißt weiter, dass die Geheimnisse der Ruine den Kultmitgliedern offenbart würden – in ihren Träumen.« Sie lachte auf. »Das wird erfunden sein. Doch Gerüchten zufolge gehen die Mitglieder in bestimmten Nächten zur Ruine und führen Rituale durch. Halten Sie es für möglich, dass auch Menschen geopfert werden? Ich hoffe sehr, man lässt unsere armen Farrower Jungfrauen in Frieden – sie sind auch so schon sehr rar.«

Bei dieser Bemerkung lief die Nichte rosa an, doch Tristam lachte. »Es war keine Spur von einem Opferaltar zu finden, Lady Galton, sodass Sie sich keine Sorgen um Ihre Jungfrauen zu machen brauchen.«

»Nun, ich will hoffen, dass Sie Recht haben. Sie wollen aufbrechen, um zu Erasmus' Anwesen zu reiten?«

»Jawohl, das stimmt.«

»Oh, Seabright ist sehr hübsch. Sie werden nicht enttäuscht sein. Groß ist es nicht, aber wir sind schließlich auf Farrow, hier gibt es keine ausgedehnten Anwesen. Erasmus' Weingut ist wunderbar, und die edelsten Reben wachsen dort, ganz wie es sein sollte. Es ist wirklich hübsch, Sie werden schon sehen. Und sehr gut gepflegt. Die Familie Borrows verwaltet es, seit Ihr Onkel es erworben hat, und sie behandelt es so sorgsam, als wäre es ihr Eigentum. Sehr gute Leute, möchte ich sagen, ohne einen Moment zu zögern. Nein, Tristam, insgesamt eine gute Besitzung. Ich würde Ihnen gern ein wenig Stachelbeermarmelade für die Borrows mitgeben. Unsere Köchin macht die Beste auf ganz Farrow. Haben Sie schon davon versucht?«

So ritt Tristam mit Stachelbeermarmelade im Gepäck los, und seine Gedanken überschlugen sich wegen des morgendlichen Gesprächs wie die Räder einer dahinrasenden Kutsche. Lady Galton ... von allen Menschen sie. Schwer zu glauben, dass diese sanfte alte Frau in die Hofpolitik verwickelt sein sollte, doch hatte die Herzogin das schon angedeutet. War Lady Galton nicht eine Cousine von Prinzessin Joelle, einer Frau, die im Mittelpunkt farrischer Politik stand?

Aber was wusste Lady Galton vom Königsblatt? ›Diese entsetzliche Blüte‹ hatte sie es genannt. Worauf sonst hätte sie sich beziehen können? Und Palle ... Von Sir Roderick Palle sprach sie, als stünde er im Begriff, durch Unwissenheit eine Katastrophe auszulösen. ›Das Böse begehen Menschen, die es nur gut meinen...‹, hatte sie gesagt.

»Blut und Flammen«, brummte Tristam, »man schickt mich um die halbe Welt, und als einziger begreife ich nicht die Bedeutung meines Auftrags.« *Ich kann das Schiff verlassen*, dachte er, *und die Reise abbrechen. Noch ist es möglich.*

»Damit würde ich mich nur davor drücken, in dieser Angelegenheit eine Entscheidung zu treffen«, beschuldigte er sich. Und was würde dann geschehen? Er würde sein Leben in Locfal wiederaufnehmen, ein Gedanke, der ihn alles andere als fröhlich stimmte. Und draußen in der weiten Welt würde etwas geschehen, worauf er dann in keiner Weise mehr Einfluss nehmen könnte. Außerdem würde er die Herzogin verlassen, müssen, was ihm gar nicht behagte.

»Ich fahre weiter mit«, erklärte Tristam dem Wind. »Aber wenn ich *Regis* finde, dann werde ich nicht eher zustimmen, es nach Farrland zu bringen, als bis die Herzogin mir sämtliche Fragen beantwortet.«

Ihm kam der Gedanke, dass es durchaus einigen Vorteil mit sich brachte, für naiv gehalten zu werden – wenn man in Wirklichkeit nicht naiv war. Roderick besaß eine Fassade, hinter der sich sein wahres Wesen verbarg, die Herzogin ebenfalls. Warum sollte er zu seiner Tarnung nicht das Bild benutzen, das andere sich von ihm gemacht hatten – dass nämlich die Motive seiner Mitmenschen für ihn undurchschaubar blieben?

Tristam lenkte Galtons sanfte kleine Stute auf den Rücken einer Klippe und band sie dort an einem Baum fest, sodass sie grasen konnte, wenn sie wollte. Er blickte eine Weile aufs Meer hinaus, dann zog er sein Notizbuch aus der Tasche und setzte sich ins Gras und begann zu schreiben.

> Erstens: Valarys Brief deutet an, dass es eine Heilpflanze gibt, welche mit den Magi und ihrem hohen Alter zu tun hat. Dandish zerstörte alle seine Königsblattpflanzen und alle wesentlichen Aufzeichnungen seiner Untersuchungen bis auf die eine, die er mich in dem Perspektiv finden ließ. (Hat er nicht geschrieben: »Ob diese Menschen wirklich begreifen, was sie da entdeckt haben? Ich muss davon ausgehen.«?) Dandish hat im Auftrag der Herzogin Königsblatt angebaut.
>
> Zweitens: Roderick hat mir nicht gestattet, das *Regis*-Problem zu lösen (was Dandish offenbar gelungen ist). Wieso nicht? Wieso wollte er keine frischen *Regis*-Kerne, und wieso schickt er mich trotzdem auf die Reise, um gerade diese Pflanze zu beschaffen?
>
> Drittens: Die Herzogin ist bei Hofe Rodericks Gegenspielerin. Lady Galton hat mich soeben vor Roderick gewarnt. Dennoch scheint sie nicht mit der Herzogin im Bunde zu stehen.
>
> Viertens: Wer ist außerdem noch in die Sache verwickelt? Trevelyan? (Oder ist er nur verrückt?) Rawdon, der mich daran gehindert hat, den Baron zu besuchen (und der sowohl der Leibarzt als auch ein Freund von Dr. Llewellyn ist!)? Lady Galton (und damit Prinzessin Joelle)? Prinz Kori? Der König. Kent (Lady Galton hat ihn erwähnt!)?

Über eine Stunde sann Tristam darüber nach. Dann schrieb er unter das Ende:

Magus. Erasmus. *Regis.* Verjüngung. Hofintrigen.

Roderick & Prinz Kori: Farrländer-Partei.

Herzogin & König Wilam: Sympathien für Entonne?

Eine Hypothese, mit der sich arbeiten ließ – und vor dem Frühstück mit Lady Galton hätte er vielleicht sogar daran geglaubt. Das Entsetzen in ihrer Stimme konnte aber nicht durch etwas so Banales hervorgerufen worden sein. Nicht etwa, dass ein drohender Krieg kein Entsetzen hervorrief – besonders bei Menschen, die einen Krieg schon erlebt hatten –, doch Lady Galtons Sorge gründete sich nicht auf etwas derart Geradliniges. Sie hätte nicht gezögert, den Krieg beim Namen zu nennen, da bestand für Tristam kein Zweifel.

Er riss die Seite heraus, verbrannte sie und stieg wieder auf das geborgte Ross. Als er losritt, klangen ihm Lady Galtons Worte im Kopf: ›Das Böse begehen Menschen, die es nur gut meinen...‹

Der Tag kündigte jenes Wetter an, das für die Insel typisch war: acht Knoten Wind aus Nordwesten, vereinzelte kleine Wolken über dem Meer, warme Sonne. Die unvermeidlichen Wolken über den Bergspitzen begossen das Hochland mit Regen, und dieser Niederschlag speiste die zahllosen Bäche und Teiche, die dafür sorgten, dass die Insel grün blieb.

Gelegentlich überholte er große Heuwagen, denn die Farrower brachten die letzte Ernte des Jahres ein. Der Winter, wenn man ihn so nennen wollte, bremste das Wachstum, sodass es sich nicht lohnte, vor dem Frühjahr wieder zu ernten – aber mit etwas Mühe konnte man das ganze Jahr über grüne Weiden haben. Die Inselbewohner, denen Tristam begegnete, wechselten ein paar Worte mit ihm; viele kannten ihn beim Namen, und niemand schien es eilig zu haben.

Wäre Tristam nicht so sehr mit anderem beschäftigt gewesen, hätte er diesen Aspekt des Insellebens durchaus charmant gefunden.

Er hatte sich vorgenommen, auf dem Weg so viel wie möglich von der Insel zu besichtigen und sich Notizen zu machen. Nun zwang er sich, diesen Plan auszuführen, als könnte er damit einen Deich gegen die Flutwelle banger Fragen errichten, die ihn zu überschwemmen drohten.

Nach einer Weile verließ er die Straße und überquerte ein freies Feld, um an der Felsküste entlang zu reiten. Im Frühling brüteten dort mehrere Seevogelarten, und noch immer gab es viele zu beobachten – vor allem war ihm neu, dass auf der Insel auch Tölpel zu finden waren, die eigentlich nur weit in Norden vorkamen.

Nach einer Meile senkte die Klippe sich zum Strand hin ab, und dort hielt Tristam wieder an und ließ die Stute grasen. Er zog die Stiefel aus und watete in den Gezeitentümpeln, wo er die Zeit vergaß, bis der Hunger und die heranrollende Flut ihn auf die Felsen trieben, wo er seine Brotzeit verspeiste. Danach breitete er seine Funde aus, um zu entscheiden, welche er behalten und welche er ins Meer zurückwerfen wollte.

Dabei wandten sich seine Gedanken wie so oft scheinbar von selbst der Herzogin zu. Nach dem Gespräch mit Lady Galton musste die Frage, weshalb die Herzogin an Bord der *Swallow* gegangen war, neu gestellt werden. Die Erklärung, die sie selbst dazu gegeben hatte, erschien ihm nun weit weniger zwingend als in dem Moment, da sie unbekleidet neben ihm auf dem Bett gesessen hatte. Gewiss benötigte der König seine Arznei, doch war Wilam VII. über hundert Jahre alt! Glaubte die Herzogin wirklich, die aus *Regis* gewonnene Arznei könne verhindern, dass der König weiter verfiel? Objektiv betrachtet, war diese Erklärung wenig glaubwürdig. Kein Wunder also, dass die Herzogin Lady Galton mied – den klaren Verstand dieser Frau zu trüben, wäre ihr trotz ihres großen Charmes wohl nicht gelungen.

Außerdem zwangen ihn Lady Galtons Äußerungen,

noch das Wenige, was er über das Königsblatt wusste, infrage zu stellen. Was nur richteten die Kerne ihrer Meinung nach an, dass sie davon unheilverkündend sprach? Ganz offensichtlich konnte es sich nicht um etwas so Unschuldiges wie die Behandlung einer Krankheit handeln!

Tristam schüttelte den Kopf. So ein Schlamassel! Valarys Brief an Dandish. Magus.

Magus ... Mein Onkel ist das Bindeglied, dachte er, und das entsetzte ihn. Sein Onkel, der auf dieser Insel gelebt hatte. Bei diesem Gedanken sammelte er die Proben ein, dann machte er sich resolut auf den Weg zum Haus seines geheimnisvollen Verwandten.

Die Straße nach Seabright verlief durch einen Hohlweg, der von Pappeln gesäumt wurde. Sie gehörten zu einer Art, die sich erst in der Höhe verästelt. In den Blättern raschelte und seufzte der Spätsommerwind. Der Herbst war schon recht nahe, und das milde Sonnenlicht bemalte den Hohlweg mit verwischten hellen und dunklen Streifen. Bei jedem Huftritt stob der rote Sand in kleinen Wolken auf, denn hier, auf den niedriger gelegenen Hängen, hatte es seit mehreren Tagen nicht geregnet.

Parallel zum Weg verlief auf der einen Seite eine niedrige Steinmauer – eine Hochstraße für Eichhörnchen, wie Tristam bemerkte –, auf der anderen bildete eine alte Lorbeerhecke eine grün-gelbe Begrenzung. Hinter einer Biegung zweigte ein Weg von der Straße ab und überquerte auf einer Steinbrücke einen schäumenden Bach. Zu beiden Seiten der Brücke war ein Buchstabe in die Pfeiler gemeißelt – links ein ›E‹ und rechts ein ›F‹. Hier sahTristam zum allerersten Mal ein Zeichen, das sein Onkel auf seinem Weg durch die Welt hinterlassen hatte, denn selbst auf dem Grab hatte er keinen Gedenkstein haben wollen. Tristam zügelte sein Pferd und musterte nachdenklich die beiden einfachen Initialen.

Sollten eines Menschen Taten ihn nicht überleben, welchen Wert hat dann ein Mal in Stein?, hatte Halden gefragt, doch der Ausspruch hätte genauso gut von Tristams Onkel stammen können. Tristam gab der Stute die Sporen und versuchte, die wachsende Anspannung zu ignorieren, die an ihm zerrte.

Na komm schon, Junge, schalt er sich, d*as wird gewiss das zahmste Abenteuer auf dieser Reise sein. Bring es hinter dich.*

Ein rhythmisches Quietschen wurde hörbar und immer lauter, während er den Weg entlang trabte, dann eine Frauenstimme, die eine unbekannte Melodie summte. Als er eine Öffnung in der Hecke durchquerte, verstummten beide Laute augenblicklich. Tristam sah eine große Frau am Brunnen stehen, die mit einer Hand einen vollen Wassereimer heraushob. Mit der anderen Hand hielt sie die Kur-bel, mit der sie den Eimer aus dem Brunnen gewunden hatte.

Tristams Stute schnaubte, und die Frau drehte sich lächelnd um, als hätte sie noch nie unwillkommenen Besuch erhalten. Die weißen Zähne leuchteten in ihrem gebräunten runden Gesicht, und sie musterte Tristam ohne das leiseste Misstrauen. Er stellte fest, dass er sie auf der Stelle mochte.

»Mr. Flattery?«

Tristam zog den Hut, den er aus Schutz vor der Sonne trug. »Tristam Flattery.«

Die Frau knickste und grinste dabei, als käme ihr diese höfische Geste merkwürdig und zugleich amüsant vor. »Willkommen auf Seabright. Ich bin Elizabeth Borrows-Linn. Willis Borrows ist mein Vater. Wir haben Sie schon erwartet, Mr. Flattery, und uns darauf gefreut, denn jeder, der das Vergnügen hatte, Ihre Bekanntschaft zu machen, spricht mit Hochachtung von Ihnen.«

Tristam lächelte. Wie man ihm gesagt hatte, war Farrow sehr klein. Wenn es hier eine Geheimgesellschaft gab, die an der Ruine zusammenkam, dann musste sie alles andere als geheim sein – außer vielleicht für Zugereiste.

»Und ich habe nur das Beste über die Familie Borrows gehört. Es ist mir ein großes Vergnügen, Sie endlich kennen zu lernen.« Tristam stieg vom Pferd.

»Leider ist mein Vater nicht hier, um Sie zu begrüßen, denn sie sind alle zu den Rowes. Wegen der Heuernte, wissen Sie.« Sie goss das Wasser aus dem Brunneneimer in einen anderen, dann hob sie mit jeder Hand einen vollen Wassereimer, als wögen sie nichts, und ging voraus. Tristams Hilfe wies sie ab. Sie war kaum kleiner als er, und dabei nicht wesentlich leichter. Neben dieser Frau wirkte er zierlich.

Elizabeth Borrows-Linn durchschritt ein Gartentor und kehrte fast augenblicklich im Trott zurück, um Tristams Stute beim Zügel zu nehmen. Sie führte das Pferd in einen überdachten Stall, wo es Wasser und Futter bekam. Aus ihren sicheren Handgriffen schloss Tristam, dass sie sich häufig um das Vieh kümmerte.

»Gewiss möchten Sie sich Ihren Besitz anschauen, Mr. Flattery, aber darf ich Ihnen vorher eine Erfrischung anbieten? Oder doch lieber später?«

»Ich habe einen schrecklichen Durst, doch genauso gern würde ich das Anwesen sehen wollen, wenn Sie Zeit haben. Ich brenne sozusagen vor Neugierde.«

»Vater hat mir aufgetragen, Sie herumzuführen, wenn Sie das wünschen sollten. Die anderen kommen wahrscheinlich erst wieder, wenn es schon dunkel ist. Wenn sie heute mit dem Heu fertig werden, wird anschließend noch etwas gefeiert. Vater wird es leid tun, dass er Ihnen den Besitz nicht persönlich zeigen konnte.« Sie grinste, als spielte sie ihrem Vater dadurch einen Streich. »Das Haus, an dem wir gerade vorbeigegangen sind, ist für den Verwalter bestimmt. Dort wohnen wir Borrows und unsere diversen Schwäger. Ein großes altes Haus und nicht unbequem.«

Über die Gartenhecke hinweg sah Tristam nur wenig davon, aber es wirkte durch wahllose Anbauten ein bisschen zusammengewürfelt. Das Dach war deutlich eingesunken und wies auf ein hohes Alter hin. Vermutlich war das Haus nicht lange nach der Entdeckung Farrows gebaut worden, welche vierhundert Jahre zurücklag. In dem milden Klima hielten Steinhäuser mit Ziegeldächern sehr lange.

»Das Haus Ihres Onkels steht in dem Wäldchen dort.« Elizabeth zeigte auf eine lange Reihe Pappeln, an deren Ende zwischen Ambrabuchen und Zedern ein rotbraunes Dach hervorschimmerte. Vom Haus musste man einen fantastischen Blick aufs Meer haben.

»Weil wir wussten, dass Sie kommen würden, haben wir Ihnen etwas Bier hinein gestellt. Möchten Sie Ihre Besichtigung dort beginnen oder lieber auf dem Weingut?«

»Das Haus und das Bier scheinen nach mir zu rufen, Mrs. Borrows-Linn. Wenn Sie nichts dagegen haben?«

»Kein bisschen.« Sie zog die braune Stirn kraus und lächelte. »Aber Sie müssen mich Beth nennen, sonst weiß hier niemand, mit wem Sie da eigentlich reden – am allerwenigsten ich.«

Sie gingen los, und Elizabeth gab ein energisches Tempo vor. Tristam überlegte, wie alt sie sein mochte. Anfang dreißig, vermutete er, und dann wäre sie ein Kind gewesen, als Erasmus Flattery hier lebte.

»Haben Sie eigentlich meinen Onkel noch gekannt?«

»Nun, damals war ich noch klein, deshalb kann ich nicht behaupten, ich hätte ihn gekannt, aber ich bin ihm oft begegnet, und gelegentlich habe ich mit ihm gesprochen. Mir war streng verboten, Mr. Flattery zu belästigen, weil er immer tief nachdachte. Trotzdem war Ihr Onkel sehr freundlich zu mir – zu allen Borrows-Kindern.« Sie lachte auf, als käme ihr etwas Komisches in den Sinn. »Meine älteren Vettern zogen uns damit auf – meine Geschwister und mich –, dass Erasmus Flattery ein Magus wäre. Vor ihm verschlug es allen die Sprache, und wir hatten Angst, er könnte irgendeinen Zauber auf uns legen. Gleichzeitig haben wir immer gehofft, wir bekämen irgendwelche Zauberei zu sehen, aber natürlich kam es nie soweit.« Sie lachte wieder. »Kinder glauben gern an so etwas.«

Ja, dachte Tristam, *Kinder und Seeleute*.

Durch ein Tor gelangten sie in einen überraschend gut gepflegten Garten, in dem trotz des anbrechenden Herbstes vieles blühte.

Das Haus war mindestens so groß wie das in Locfal, und

an den Stellen, wo der Putz abgebröckelt war, zeigte sich der Mauerstein.

»Nach Farrower Maßstäben ein altes Haus«, sagte Elizabeth, die Tristams Blick bemerkte; sie stellte nur die Tatsache fest und entschuldigte sich nicht.

Dann öffnete sie die Eingangstür, die nicht abgeschlossen war und außer einem Vorlegebügel auch keinen Riegel zu besitzen schien. Wie Lady Galton gesagt hatte, war es ein behagliches Heim: Tristam mochte es sofort. Obwohl es von außen ein wenig vernachlässigt wirkte, war es im Innern makellos. Die Wände waren verputzt und in hellen Farben gestrichen, die Zierleisten bestanden aus einem dunklen Holz, das Tristam nicht kannte. Parkett oder Fliesen bedeckten die Fußböden, und wie auf Farrow üblich hatten die meisten Zimmer kleine, überdachte Terrassen, zu denen Doppeltüren mit Fenstern hinausführten. Über Felder hinweg blickte man aufs Meer und auf eine kleine Insel, die keine Viertelmeile vor der Küste lag. Zwischen den Bäumen waren die roten Dächer der Häuser zu sehen, und die Segel der Fischerboote auf dem Meer erinnerten an verstreute Blütenblätter auf einem Teich.

Elizabeth holte das Bier, und sie setzten sich in zwei bequeme Sessel auf der Hauptterrasse. Zur Rechten, wo das Land allmählich abfiel, wuchsen die Weinstöcke; die Reben waren nun zurückgeschnitten, wie es in jedem Herbst erforderlich wurde. Die Stöcke wirkten wie dunkle, absonderliche Buchstaben und riefen Tristam die Schriftzeichen an der Ruine wieder ins Gedächtnis.

»Wir hoffen, dass Sie eine Weile bei uns bleiben, Mr. Flattery. Mein Vater würde gern mit Ihnen über das Anwesen sprechen.« Sie zögerte kurz, und die Fältchen rings um ihre Augen strafften sich. »Um ganz aufrichtig zu sein, sind wir alle neugierig, ob Sie Pläne mit Seabright haben, von denen wir wissen sollten.« Bei diesen Worten betrachtete sie Tristam sehr aufmerksam.

»Nein, Beth, ich hoffe vielmehr, dass Ihre Familie sich auch weiterhin so gut um den Weingut kümmert wie in der Vergangenheit. Ich hoffe zwar, eines Tages mehr von dem

Geschäft zu lernen, aber das muss warten, bis ich eines Tages wiederkehre. Morgen muss ich zurück zum Gouverneur, denn das Schiff wird eher als erwartet auslaufen, und ich habe noch so viel zu erledigen.«

Sie lächelte, und Tristam spürte ihre Erleichterung. »Nun, es tut mir leid zu hören, dass wir Sie so bald wieder verlieren.« Sie schaute über das Weinfeld, und Tristam sah den Besitzerstolz in ihrem Blick.

In diesem Moment hörte man, wie die Haustür aufgestoßen wurde, dann näherten sich trappelnde kleine Füße. Ein Mädchen, von höchstens zwölf Jahren kam angerannt. »Ach, Beth«, rief die Kleine, »komm schnell! Justy hat gerade einen ganzen Löffel runtergeschluckt!«

Beth sprang auf. »Farrelle behüte uns! Würgt er? Hast du ihn den Löffel verschlucken sehen?«

»Nein, aber er ist weg. Ich hab ihm nur ganz kurz den Rücken zugekehrt, und jetzt ist der Löffel weg.« Das Mädchen brach in Tränen aus.

Beth nahm sie bei der Hand. »Na, ich glaube, er kann keinen Löffel schlucken und nicht würgen. Aber wir wollen gehen und nachschauen.« Sie wandte sich Tristam zu. »Bitte entschuldigen Sie, Mr. Flattery.«

Tristam blieb noch eine Weile auf der Terrasse sitzen, bewunderte die Aussicht und dachte über die Unterschiede zwischen dieser Landschaft und der Gegend um Locfal nach. *Ein Maler*, dachte Tristam, *würde sagen, die Palette sei kühler und das Licht wärmer. Ich kann es nicht beschreiben, es ist einfach erstaunlich und wunderschön.*

Wie üblich erfasste ihn schließlich die Neugierde, und er stand auf und ging das Haus erkunden, obwohl er dabei das Gefühl hatte, bei jemand anderem herumzuschnüffeln.

Erasmus Flatterys Wohnstätte war zwar kleiner als der Sitz der Galtons, folgte aber dem gleichen Stil, wie vermutlich alle Häuser auf Farrow. Es war gut eingerichtet und von geschickten Handwerkern ausgebaut worden. Im Erdgeschoss gab es einen kleinen Salon, ein Morgenzimmer, eine Bibliothek, ein geräumiges Gesellschaftszimmer, ein Esszimmer für formelle Besuche und eine Frühstücksecke.

Küche, Spülküche und Vorratskammer hatten hohe Fenster und Steinfußböden und lagen ein halbes Stockwerk tiefer.

Zu Tristams Enttäuschung waren die Bücherregale in der Bibliothek so gut wie leer. Die wenigen vorhandenen Bände beschäftigten sich ausnahmslos mit der Insel Farrow: ihrer Geschichte, Flora, Fauna, Landwirtschaft und sogar Architektur. Drei Bücher behandelten die Ruine von Farrow und ihre Erbauer, aber Tristam hatte sie alle schon einmal gelesen.

Vor einem Fenster mit Seeblick stand ein großer Schreibtisch, und nach einem Moment des Zögerns begann Tristam mit der Durchsuchung der Schubladen. Er fand nichts Ungewöhnliches: ausgetrocknete Tintenflaschen, solide verarbeitete Schreibfedern altmodischer Machart, vergilbte Papiervorräte, Tintenlöscher. Ein kleines, in Leder gebundenes Notizbuch erregte vorübergehend seine Aufmerksamkeit, bis er feststellte, dass die Seiten unbeschrieben waren. Das Buch war indes von der Sorte, wie sie Empiristen als Journale bevorzugten, und Tristam fasste ein wenig Hoffnung. Vielleicht hatte sein Onkel doch ein Tagebuch geführt. Doch was war dann aus den Bänden geworden?

Er schob die letzte Schublade zu und starrte aus dem Fenster. »Na ja«, sagte er schließlich und kämpfte gegen die aufsteigende Enttäuschung an, »das war ja wohl zu erwarten.«

Gedankenverloren ging er in die Diele und stieg die Treppe zum Obergeschoss hinauf.

Sechs Schlafzimmer hatte das Haus – eins davon offenbar ein Kinderzimmer. Zu den beiden größten Schlafräumen gehörte jeweils ein Wohnzimmer und zu einem ein überdachter Balkon, von dem eine Treppe auf die Dachterrasse des Küchenflügels führte. Tristam begriff, dass er sehr zufrieden mit dem Haus gewesen wäre, wenn er darin nicht gleichzeitig nach einem Schlüssel zum Wesen seines Onkels gesucht hätte, denn es war behaglich und einladend. Während er sinnend auf den Garten hinausblickte, beschloss er, irgendwann in Zukunft wiederzukommen und eine Weile auf Farrow zu leben. »Wenigstens kann man hier dem Winter entkommen«, sagte er sich, aber auch diese Vorstellung vermochte ihn im Augenblick nicht recht zu begeistern.

Als er die Stufen zur Terrasse auf der Küche hinabstieg, hörte er jemanden rufen.

»Hallo?«, antwortete er, ohne sagen zu können, woher die Stimme kam.

»Mr. Flattery?«, fragte eine Männerstimme.

»Auf der Terrasse.«

Dann hörte er langsame Schritte und das Klacken eines Gehstocks auf Stein. Ein älterer Mann erschien auf der Treppe, die zum Garten hinunterführte.

»Aha, Mr. Flattery, da sind Sie also.« Der Mann lächelte, und Tristam erkannte sofort, dass es sich nur um Beth' Vater handeln konnte. Dichtes, schneeweißes Haar fiel ihm auf die Schultern, am Scheitel jedoch wurde es dünner, und dort schimmerte sonnengebräunte Haut hindurch; seine Stirn war sommersprossig, die schweren weißen Augenbrauen und ein beeindruckender weißer Schnurrbart mit gewachsten Spitzen bildeten einen scharfen Kontrast zu den dunklen Augen. In diesen Augen erblickte Tristam so viel Humor, dass für ihn eines feststand: Den theatralischen Knebelbart trug der Mann mit einem gewiss schelmischen Vergnügen. »Man hat Sie doch nicht einfach sich allein überlassen, hoffe ich?«, fragte der Mann aufrichtig besorgt.

»Nur für einen Moment. Beth musste wegen eines häuslichen Notfalls fort.«

Der Mann lachte. »Ach, davon haben wir gut zweihundert jeden Tag – jeder einzelne eine Krise. Willis Borrows, Ihr Diener, Sir.«

»Sehr erfreut, Ihre Bekanntschaft zu machen, Mr. Borrows. Seit meiner Ankunft auf dieser Insel habe ich nur Gutes über Sie gehört.«

Darüber schien Borrows sich zu freuen. »Nun, dann werden Sie nur freundliche Menschen getroffen haben. Warten Sie nur ab!«

Tristam lachte.

»Haben Sie sich schon das Haus angesehen?«

»Das habe ich, ganz prächtig. Mehr könnte man sich wohl nicht wünschen.«

Borrows blickte eine efeubedeckte Wand hinauf. »Ihr Onkel hat dieses Gut immer sehr geliebt, ganz besonders den Garten. Wir haben unser Bestes getan, damit er so bleibt, wie er war. Ich glaube, in der Vorratskammer gibt es ganz passables Bier, wenn Sie einen Schluck mögen.«

Tristam folgte dem alten Mann, den ein ernstliches Hinken behinderte, die Treppe hinunter zum Garten. Von dort ging es in die Küche.

»Als ich hörte, dass Sie da sind, habe ich mich sofort auf den Weg gemacht. Eigentlich braucht man mich gar nicht mehr bei der Heuernte.« Er tippte sich mit dem Gehstock gegen das Bein. »Ich lenke ein Fuhrwerk, damit jemand, der flinker auf den Beinen ist als ich, auf dem Feld arbeiten kann. Heutzutage gibt es aber mehr kräftige Leute als genug.«

Die Männer gossen sich Bier ein und kehrten in den Garten zurück. Borrows führte sie zu einer Holzbank unter einer alten Eiche. Während sie ihr Bier tranken, sprachen sie über Farrow im Allgemeinen und Seabright im Besonderen. Erneut staunte Tristam darüber, wie wenig sich die Inselbewohner für Farrland interessierten. Kaum je erkundigten sie sich danach, und wenn doch, so vermittelten sie den Anschein, lediglich aus Höflichkeit zu fragen. Farrow war eine abgeschiedene kleine Welt für sich.

Für Willis Borrows bedeutete es eine große Erleichterung, dass der neue Eigentümer nicht gekommen war, um das Anwesen zu verkaufen oder die Borrows durch einen anderen Verwalter zu ersetzen. Tristam empfand es als ein wenig unangenehm, das Schicksal dieser Familie in Händen zu halten und ihnen nach Gutdünken ihre Zukunft rauben zu können, denn die Borrows hatten Seabright schon vor seiner Geburt bewirtschaftet, und im Grunde fand er, dass ihnen das Gut eher gehörte als ihm.

Dann erhielt Tristam eine Führung durch die Weinberge, und weil er sich als lernwillig und auffassungsfähig erwies, erklärte der alte Borrows ihm die Kunst des Weinbaus und auch die geschäftlichen Vorgänge in allen Einzelheiten. Tristam, der Wissen schon immer wie ein Schwamm in sich aufgesaugt hatte, nahm dieser Vortrag völlig gefangen, und sein ausgezeichnetes Gedächtnis und sein breites Wissen über Gartenbau beeindruckten den alten Mann.

Als Borrows seine Darlegungen beendete, war der Nachmittag schon weit vorgeschritten; mittlerweile hatte er Tristam über die Felder zum Nachbarhof geführt, wo zum Ausklang der Heuernte ein reichhaltiges Abendessen unter den Bäumen aufgebaut worden war. Man hieß Tristam wie einen alten Freund willkommen und band ihn zwanglos in die Gespräche ein, als wäre er auf Farrow geboren und nur eine kurze Weile außer Landes gewesen.

Auf das Essen folgte ein Tanz, bei dem zwei Geiger, ein Pfeifer und ein Trommler aufspielten. Tristam fand sich sehr begehrt als Partner, denn die Gerüchte über seine tänzerische Begabung hatten sich bereits herumgesprochen. So verging der Rest des Tages und ein Teil des Abends, ohne dass Tristam an die Sorgen dachte, die auf ihm lasteten.

Als er schließlich in das Haus seines Onkels zurückkehrte, war es spät, und erfreut stellte er fest, dass jemand in der Halle die Lampen angezündet hatte. Obwohl er sich todmüde fühlte, ging er auf die Terrasse hinaus, ließ sich dort in einen Sessel sinken und blickte aufs Meer. Der Mond stand am Himmel und glitzerte verzerrt auf den Wellen. Ein warmer Wind strich ums Haus.

Nach den vielen Eindrücken des Tages fühlte er sich nun schrecklich niedergeschlagen. Anscheinend war Erasmus Flattery die Flucht in die Vergangenheit so vollständig gelungen wie dem gestrigen Sonnenuntergang. Übrig blieben nur die ungenauen Erinnerungen der wenigen, die den Mann gekannt hatten. Und auch sie wären schon bald verblasst.

Seine Enttäuschung war umso größer, als er sich wirklich Hoffnungen gemacht hatte, dass er hier einen Fingerzeig finden könnte, der zur Lösung seiner Nöte führen würde. Mit dem Brief von Valary hatte diese Hoffnung ihren Anfang genommen. Tristam beschlich immer stärker das durch nichts gerechtfertigte Gefühl, die Zeit, die sein Onkel im Hause von Lord Eldrich verbracht hatte, sei die Ursache dafür, dass er, der Neffe, nun in die Angelegenheit verwickelt war.

»Lächerlich«, sagte Tristam ohne rechte Überzeugung. Trotzdem, dieses Gefühl konnte er nicht abschütteln, und wenn er nun hätte formulieren sollen, was er hier an diesem Ort empfand, dann eben Lächerlichkeit. *Du hast mich in die Sache hineingezogen, Onkel, nun gib mir bitte auch einen Wink, wie ich wieder herausfinde.*

»Lächerlich«, sagte er noch einmal.

Vielleicht liegt es daran, überlegte er, *dass ich das Wissen höher schätze als den Besitz, und obwohl ich für meine materielle Sorglosigkeit dankbar bin, wäre mir das Wissen, das mein Onkel in seinem langen Leben angehäuft hat, viel lieber als sein Reichtum. Nur im materiellen Sinne bin ich sein Erbe, nicht aber im ...* – Tristam suchte nach einem passenden Wort – *im spirituellen. Ich führe sein Werk nicht fort und folge keinem seiner Interessen, es sei denn durch Zufall. Wenn wir uns nie begegnet wären, wüsste ich genauso viel über ihn.* Er dachte an Valarys Brief. In was um alles auf dem Erdball war der Mann involviert?

Bei diesem Gedanken schlief er ein, wo er saß.

Der Traum begann wie viele andere. Tristam kam im Halbdunkel zu sich; ein gedämpftes, unirdisches Licht beleuchtete die Treppenstufen, die er hinaufstieg. Die Stille war so tief, dass er glaubte, taub zu sein. Jede einzelne Stufe strengte ihn fürchterlich an und ließ sich nur langsam erklimmen, als müsse er gegen die Strömung eines unsichtbaren Flusses ankämpfen. Als er endlich auf dem Treppenabsatz anlangte, stand er vor einer Tür, die er nur unter Aufbietung all seiner Kraft öffnen konnte. Hinter der Tür war ein Sommerhaus, und unter den Bäumen, die sommerlich belaubt waren, schneite es so dicht, dass Tristam die Szenerie kaum erkennen konnte.

Erasmus Flattery beugte sich über einen Schreibtisch, und der Schnee bedeckte seine Schultern und sein Haar. Er schrieb mit dem Kiel einer langen weißen Feder, und auch die Tinte war, wie Tristam erkannte, weiß. Anstatt dass mit der Bewegung der Feder Wörter auf der Seite erschienen, verschwanden sie – verschwanden in die geisterhafte Stille. Wenn Erasmus an den unteren Rand einer Seite gelangte, schien sie in weiße Schnipsel zu zerstieben, die wie feine Daunen oder Asche langsam zu Boden sanken. Da bemerkte Tristam, dass ihm der Schnee nun schon bis an die Taille reichte und weiter stieg. Er konnte sich nicht mehr bewegen. Wieder zerstob eine weiße Seite. Der Schnee stand ihm schon bis an die Schultern. Irgendwie strauchelte er, und ein unmögliches Gewicht drückte ihn nach unten – Tristam ertrank.

Ich muss aufwachen, dachte er, *ich muss aufwachen.*

Tristam erwachte mit pochendem Herzen und rang nach Luft. Noch immer saß er auf der Terrasse im Sessel. Er fuhr auf und begann, auf und ab zu gehen. Er war erregt. Er war verängstigt.

»Blut und Flammen!«, rief er aus. »Verdammtes Blut, verdammte Flammen!«

Der Morgen graute schon. Tristams Hals war steif, er konnte den Kopf nur unter Schmerzen drehen. Er versuchte, sich zu beruhigen, damit sein Herz nicht so stark klopfte.

»Blut des Märtyrers!«, keuchte er.

Er begab sich auf einen Fußmarsch ans Meer und bemühte sich, den Albtraum abzuschütteln. *Ob auch andere so sehr von Träumen geplagt werden?*, fragte er sich. Er verfiel ins Traben, als könnte er dem Traum davonlaufen.

Der Strand bestand aus Kies und zerbrochenen Muschelschalen, die befriedigend unter seinen Schuhen knirschten; das Geräusch unterschied sich sehr angenehm von der

Grabesstille in seinem Albtraum. Er blieb stehen und zögerte einen Moment, dann legte er die Kleider ab und stürzte sich in die Wellen des Ozeans. Als er wieder an die Oberfläche kam, atmete er die willkommene Seeluft ein. Zwanzig Minuten später trat er triefend aus dem Wasser und fühlte sich fast wieder in der wachenden Welt.

Als Tristam zum Haus zurückkehrte, wartete Willis Borrows im Garten. Kurz darauf traf auch Beth ein; sie beaufsichtigte zwei jüngere Frauen, die Kaffee und Essen brachten. Tristam war sehr froh über die Gegenwart anderer Menschen.

»Sie schwimmen also morgens, Mr. Flattery«, sagte Borrows. »Genau wie Ihr Onkel.«

Tristam erstarrte mitten im Schritt. Dann nickte er und suchte nach Worten. »Sie haben weder Kind noch Löffel verloren, hoffe ich?«, fragte er schließlich Beth.

»Sir? Oh, nein. Der Löffel lag unter einem Stuhl. So geht es immer aus.« Sie lachte, und um ihre braunen Augen bildeten sich Fältchen, die Tristam höchst apart fand.

Das Frühstück war reichhaltig, eine Mahlzeit für einen Mann, dem ein Tag voll schwerer körperlicher Arbeit bevorstand. Tristam stellte nun erst fest, welch großen Appetit er hatte. Borrows gab sich gutgelaunt. Und als Tristam endlich Zeit fand, auf das Wetter zu achten, versprach der Tag sehr schön zu werden.

Die geschäftlichen Einzelheiten ließen sich schon schwerer verdauen, doch Tristam tat sein Bestes, um zuzuhören und sich zu merken, was der alte Mann sagte, denn das Gut trug zu einem wesentlichen Teil zu seinem Unterhalt bei. Er stimmte allem zu, was Borrows für die kommenden drei Jahre plante, und gestand dem Verwalter einen etwas größeren Anteil am Gewinn zu – was Borrows ohne Zweifel verdient hatte. Nachdem dies erledigt war, überlegte Tristam, was er mit dem restlichen Morgen beginnen wollte; erst nach dem Abendessen brauchte er zum Sitz des Gouverneurs zurückzukehren.

»Sie haben sicher häufig mit meinem Onkel gesprochen?«, wagte er sich vor.

»Ja, das habe ich allerdings.« Borrows zeigte sich augenscheinlich erleichtert, die geschäftlichen Angelegenheiten hinter sich zu haben. »Der gute Mr. Flattery war in den Weinbau vernarrt, das steht einmal fest. Stundenlang konnten wir darüber reden, und Ihr Onkel verstand wirklich viel davon.«

»War er denn nicht oft oben an der Ruine?«

»Vielleicht war er einmal dort, die meisten Fremden besuchen sie. Farrower gehen nicht oft dahin.« Er lachte. »Wahrscheinlich nur ein Aberglaube. Pflanzen hat er gesammelt; Ihr Onkel ist oft Pflanzen sammeln gegangen.«

»Tatsächlich? Sir Stedman sagte, er wäre meinem Onkel oft oben an der Ruine begegnet.«

»Wirklich?« Borrows zuckte mit den Schultern. »Na, der Herr Gouverneur wird schon wissen, was er sagt. Mir hat Ihr Onkel jedenfalls nie etwas davon erzählt. Wein und Reben, das war alles.« Plötzlich hob er den Gehstock und wirbelte ihn wie ein Dozent den Zeigestock durch die Luft. »Das erinnert mich daran, dass ich etwas für Sie habe. Ihr guter Onkel hat mir in dem Jahr, in dem er dahinschied, geschrieben und mich gebeten, es Ihnen zu geben, wenn Sie nach Farrow kommen – und nun sind Sie hier.«

Einen kurzen Moment überkam Tristam das gleiche Gefühl wie im Traum. »Sie haben etwas für mich? Von meinem Onkel?«

»Jawohl, so ist es. Kommen Sie mit zum Gutshaus, dann kann ich es Ihnen überreichen, neben einigem anderen.«

»Aber was ist es denn?«

Der alte Mann erhob sich langsam; sein lahmes Bein machte es ihm nicht leicht. »Nun, wie wir hier auf Farrow sagen, Mr. Flattery, soll man nie fragen, was man geschenkt bekommt – und Sie brauchen auch nicht lange zu warten. Es kostet uns keine fünf Minuten, um zum Sitz zu kommen.«

Zehn Minuten dauerte es, da war sich Tristam sicher. Sie betraten einen der angebauten Schuppen, und darin sah Tristam seine erste verschlossene Tür auf dem Anwesen. Der alte Mann tastete auf dem Türrahmen nach dem

Schlüssel und zog den Riegel zurück, dann fiel ihm ein, dass sie ja noch eine Laterne bräuchten. Tristam bestand darauf, sie selbst zu holen, und eilte davon. Im Garten fand er Beth beim Wäscheaufhängen. Sie hatte es längst nicht so eilig wie er, und Tristam ließ sich von seiner Ungeduld dazu verleiten, Beth trotz ihrer sonnigen Laune unwirsch anzufahren.

Endlich kehrte er in den Schuppen zurück, wo sich Borrows auf die oberste Stufe der schmalen Treppe gesetzt hatte, die hinter der schweren Tür in die Tiefe führte. Wie der alte Mann dort so über seinen Gehstock gebeugt saß und in die Dunkelheit stierte, wirkte er sehr gebrechlich.

»Mr. Borrows?«

»Aha, da sind Sie ja, Sir. Wenn es Ihnen nichts ausmacht, sollten Sie vielleicht mit der Lampe vorangehen. Seien Sie vorsichtig. Die Stiege ist alt und steil und nach links ein wenig abschüssig.«

Tristam begann, die Steinstufen hinunterzusteigen. Spinnweben verfingen sich in seinem Haar. Er ging ganz langsam und hielt die Laterne so, dass ihr Licht nicht nur für ihn, sondern auch für Borrows die Stufen beleuchtete. Dem alten Mann mit seinem steifen Bein fiel der Abstieg sehr schwer, doch beklagte er sich mit keinem Wort.

Die Luft war erfrischend kühl und längst nicht so feucht, wie Tristam es aus den Kellern in Locfal kannte. Ein eigenartiger, nicht unangenehmer Geruch wie von gutem, frisch gepflügtem Ackerboden hing in der Luft. Zu beiden Seiten waren raue Steinwände, die keine Sicht nach links oder rechts gestatteten.

Schließlich gelangten sie in einen Kellerraum, dessen Boden aus gestampfter Erde bestand. Borrows seufzte und stützte sich einen Augenblick an der Wand ab. Tristam hob die Laterne und jagte mit ihrem Lichtschein die Schatten in die Ecken. Vor ihm erstreckte sich ein Weinkeller.

Der alte Mann blickte Tristam an, als wollte er dessen Reaktion prüfen.

»Ein hübscher Anblick, was meinen Sie?«

»Das kann man wohl laut sagen!«, antwortete Tristam.

Wenn Jaimy das sehen könnte, würde er glauben, ins Paradies gekommen zu sein, war sein erster Gedanke.

Borrows nickte höchst zufrieden. »Ja, hier unten gibt es einige vorzügliche Weine. Wir erhalten immer einen Teil unserer Bezahlung in Wein, und das ist ein guter Brauch. Auf ganz Farrow werden Sie nur wenige bessere Weinkeller finden; der des Herrn Gouverneurs ist vielleicht der Allerbeste. Trotzdem, wir müssen uns nicht verstecken. Sehen Sie selbst.«

Tristam hängte die Laterne an einen Haken mitten in der Kellerdecke und begann sich umzusehen. Auf dem Gebiet der feinen Weine besaß er nur bescheidene Kenntnisse, doch selbst sein summarisches Wissen sagte ihm, dass einige recht neidisch wären auf diesen Keller – zum Beispiel die Herzogin von Morland.

Nachdem er die Etiketten von vielleicht dreißig Flaschen studiert hatte, begriff er allmählich, dass sein Gutsverwalter den Wert der Sammlung ganz erheblich untertrieben hatte. »Auf mein Wort, Mr. Borrows, da haben Sie einen Keller, dessen sich kein Herzog zu schämen bräuchte.«

»Aber Mr. Flattery, Sie sind es, der einen Keller besitzt, dessen sich kein Herzog zu schämen bräuchte. Jede einzelne Flasche hier gehört Ihnen.« Der alte Mann konnte sich nicht mehr beherrschen und hinkte zum nächsten Regal. »Sehen Sie hier: ein roter *Delisle Estate*, Jahrgang 35. Davon kann es auf der ganzen Welt keine hundert Flaschen mehr geben. Und hier ein *Five Oaks* von 29. Selbst der König von Farrland kann sich nicht rühmen, diesen Wein zu besitzen! Der ist noch seltener als weiße Krähen.« Für Borrows war nun kein Halten mehr. Während der nächsten Stunde zählte er einen Schatz nach dem anderen auf. Und lange bevor er zu Ende kam, hatte Tristam begriffen, dass Willis Borrows ein Weinliebhaber allerersten Ranges war.

»Das also ist die Überraschung meines Onkels«, sagte Tristam, als er endlich zu Wort kam.

»Ach, das hätte ich fast vergessen.« Der alte Mann kringelte unbewusst seinen Schnurrbart. »So – hier drüben ist er.« Er hinkte in eine Ecke, wohin die Lampe nicht reichte.

Er bückte sich mühsam und holte ein einfaches Holzkistchen aus einem niedrigen Regal. »Ha. Das ist er.« Borrows bettete das Kistchen in die Armbeuge, sodass er weiterhin seinen Gehstock benutzen konnte, und ging an einen kleinen Tisch in der Nähe der Laterne. »Nun, hier haben wir etwas, von dem ich wette, dass Sie dergleichen noch nie zu Gesicht bekommen haben.«

Der Deckel des Kistchens war an Lederstreifen aufgehängt und wurde durch einen grünspanüberzogenen Messingbügel verschlossen. Tristam stellte fest, dass er vor Anspannung ganz steif war.

»Ja-a ...«, sagte der alte Mann gedehnt, als er den Deckel aufklappte. Im Kistchen lag eine Weinflasche aus dunkelgrünem Glas, das fast schwarz erschien. »Die einzige Flasche, die es noch gibt. Unser eigener Wein aus den Tagen, als Seabright noch eine Weinkellerei war, gekeltert aus der ersten Ernte der echten Erasmustraube.« Er nahm die Flasche behutsam aus dem Strohpolster, in dem sie lag, und hob sie ins Licht.

Tristam las das Etikett: ›Seabright, *Regis* 1531‹.

Regis!

Ehrfürchtig hielt Borrows ihm die Flasche entgegen. »Die einzige Flasche, die noch übrig ist, und es hat von Anfang an nur sehr wenige gegeben. Ein Sammler wie Sir Roderick Palle würde ein Vermögen bezahlen für solch einen Schatz.«

Der alte Mann schaute ihn erwartungsvoll an. »Mr. Flattery?«

Tristam riss sich vom Anblick der Flasche los und versuchte zu lächeln. Was sollte er sagen? Sein Verstand half ihm nicht weiter. *Regis*? Im Alt-Farrischen bedeutete das Wort ›des Königs‹ und war bekannt genug, aber dieser Zufall beunruhigte Tristam zutiefst.

Sein Blick fiel wieder auf die Flasche, besonders auf das Etikett. Ein kompliziertes Muster umgab die Schrift, es bestand aus ineinander rankenden Reben und anderen Pflanzen – er kannte es, daran bestand kein Zweifel. Das gleiche Motiv, das in der Ruine den Text an der Wand einschloss. Doch die oberen Ecken des Motivs lenkten sein

Auge auf sich. Beim ersten Hinsehen hatte er geglaubt, sie bestünden aus Trauben und Weinblättern, doch nun bemerkte er, dass es sich anders verhielt. Die Blätter waren zwar nicht mit penibler Genauigkeit gemalt, doch sie besaßen eine bestechende Ähnlichkeit mit den Blättern der *Regis*-Pflanze.

25. Kapitel

Kent fand, dass die Pflicht, die er sich auferlegt hatte, eigentlich für einen jüngeren Mann bestimmt wäre. Zu viele Reisen, zu viele Nächte ohne den erforderlichen Schlaf. Er war ganz wund davon, auf dem Schiff umhergeworfen zu werden, das ihn die Küste entlang gefahren hatte, und nun war er zu allem Überfluss gezwungen, im Regen in der Kälte zu stehen und auf seine Kutsche zu warten.

Und trotzdem stand für ihn fest, dass er sich schon lange nicht mehr so jung gefühlt hatte. Gewiss, er war erschöpft, aber er fühlte sich lebendig! Ihm war, als kämpfe seine Jugend um Wiederkehr – wenn nur sein Leib erwachen und sie wie sein Geist willkommen heißen wollte.

Er schüttelte den Kopf und schleuderte ein paar Regentropfen von der Hutkrempe. *Da haben wir sie, die große Versuchung*, sagte er sich.

Doch seine Jugend hatte er gelebt, und sie war noch dazu sehr befriedigend gewesen. Er war nicht wie einige, die allem nachtrauerten, was sie hätten tun oder was sie hätten werden können. Averil Kent bedauerte so wenig, dass er es an den Fingern einer Hand abzählen konnte. Er hatte vom Leben genug gehabt, fand er.

Schon als Junge hatte er den Drang gespürt, jede Stunde auszuschöpfen, als glaubte er, jung zu sterben und den Augenblick nutzen zu müssen. Doch er war weder jung noch in mittlerem Alter gestorben. Nun allerdings wurde er so langsam wirklich alt.

Dennoch war er in ein Abenteuer verwickelt, und diesmal war kein Ulk dabei, so viel stand fest. Das anzunehmen wäre ein Fehler gewesen, den er nicht beging. Hier ging es um die ernsteste Angelegenheit, mit der er in seinem langen Leben konfrontiert worden war. Todernst war sie, und in zu vielen Nächten fuhr er von kalter Furcht ergriffen aus dem Schlaf. Aber, Blut und Flammen, dafür fühlte er sich lebendig!

Ich weiß, wozu ich es tue, versicherte er sich. Nicht, dass es ihm je an einem Lebenssinn gemangelt hätte, doch diesmal war es anders. So viel hing von ihm ab. Mehr, als die meisten begriffen. Wäre er jünger gewesen, wäre ihm alles leichter gefallen. Diese Reise war das ideale Beispiel. Er musste Valary häufiger aufsuchen – das Debakel mit Varese hätte man vermeiden können. Zum Glück war kein echter Schaden angerichtet worden. Vielmehr hatte die Geschichte sich recht humorig entwickelt. Massenet und Palle – ertappt wie die blutigen Anfänger!

Eine Kutsche bog um die Ecke eines im Dunkeln liegenden Gebäudes und holperte über den rauen Steinkai. Der alte Maler hob winkend den Gehstock. Hoffentlich sah man ihn überhaupt in dieser Finsternis.

In der Kutsche war es zum Glück trocken. Nicht mehr weit, sagte er sich. Wenigstens neigte Valary nicht zu ähnlicher Abgeschiedenheit wie die Gräfin von Chilton. Oder vielleicht war Einsamkeit in diesem Teil Farrlands leichter zu erzielen. Andererseits war Valary niemals in den vier Ländern gefeiert worden, und so bestand für ihn kein realer Grund, sein Privatleben zu schützen. Zwar war er ein Historiker von einiger Bedeutung, aber die Gräfin ... Um nur einen Blick von ihr zu erhaschen, hatten Männer das Entide-Meer überquert – für einen einzigen Blick. Das war keine Übertreibung, Kent wusste es genau, denn er hatte solche Männer persönlich kennen gelernt.

Einen Augenblick befiel ihn die Erinnerung an einen ganz bestimmten Abend vor vielen Jahren. Mit seinem Malergedächtnis beschwor er sich das Bild von ihr herauf, bis sie scheinbar vor ihm stand ... er konnte jede Wimper um ihre wunderschönen Augen vor sich sehen. An diesem Abend hatte sie eine Entscheidung getroffen, an der Averil Kent fast zerbrochen wäre.

Also bedauerte er doch einiges – wenigstens dieses Ereignis, dem auch die Zeit nicht die Schärfe zu nehmen vermochte. Diesen Abend würde er niemals philosophisch sehen können.

Er dachte über die Frau nach, die sich im Schatten des

Wandschirms verbarg. Manchmal empfand er Groll gegen sie. Wie um alles auf dem Erdball konnte sie sich so lange verborgen halten? *Farrelles Flammen,* hätte er fast laut gesagt, *wir anderen stellen uns doch auch! Wir paradieren, verblasst und schwach, wie wir sind, vor der Welt. Was ist dabei?*

Doch diese Überlegung hatte keinen Sinn, und Wut diente keinem Zweck – eine der Lektionen des Alters. Die Gräfin hatte sich entschieden, und in gewisser Weise konnte er sie verstehen. Der Grund war nicht übertriebene Eitelkeit, wie manche glaubten. Die Gräfin war nicht nur eine bezaubernde Frau gewesen, sondern das zum Leben erwachte, wandelnde Schönheitsideal einer Epoche. Gentlemen, denen sie nie begegnet war, duellierten sich ihretwegen mit völlig Fremden. Ein Wahnsinn war es gewesen.

Kent erinnerte sich noch, wie es war, wenn sie einen Raum betrat – wie jeder Mensch, ob jung, ob alt, ob Gentleman, ob Lady, den Atem anhielt. Wie alle Gespräche verstummten. Nicht einmal die Ankunft eines Mitglieds der königlichen Familie übte solche Wirkung aus. Averil Kent lachte laut auf. Nun, all das war vergangen. Vorbei und vergangen. Und seit diesen Tagen hatte sich Kent nicht mehr so schwungvoll gefühlt.

»Lass mich nur so lange leben, bis diese Pflicht erfüllt ist«, sagte er zu keinem Gott im Besonderen.

Valary kochte eine zweite Kanne Kaffee, weil es schon spät war und ihnen noch eine lange Nacht bevorstand. Mit dem Rücken zum Feuer stand Kent vor dem Kamin und nippte aus der zierlichen Tasse, wahrscheinlich ein Familienerbstück, denn die Tasse war sehr alt.

»Stellen Sie sich ein Haus vor, das vor mehreren hundert Jahren niedergerissen wurde«, sagte Valary gerade. Er warf einen Blick auf einige Blatt Papier, die er auf einem großen Tisch ausgebreitet hatte; dieser Tisch war unter Bücherstapeln, Handschriften und noch mehr Papier kaum zu sehen. Das Haar hatte er sich zusammengebunden, aber ein paar Strähnen waren dem Band entkommen und standen wie krause, graue Wolle von einer Kopfseite ab. Dieser komische Aspekt stand im deutlichen Kontrast zu seinem völlig ernsthaften Gebaren. »Stellen Sie sich vor, dass man dieses Haus vollständig beseitigt hat und alles Baumaterial, jeder einzelne Ziegel, jeder Stein und jede Fliese, ja jede Holzlatte über die vier Länder und noch weiter fort verteilt wurden. Einiges davon ist sogar bis Farrow gekommen. Ein Teil des Materials ist für neue Gebäude verwendet worden, während man aus anderem Pflastersteine geschlagen hat, die nun in irgendwelchen Straßen verbaut sind. Vieles ist einfach in die Büsche geworfen worden, um dort zu verrotten, was ganz vorzüglich vonstatten gegangen ist. Anderes wurde in Fundamenten verwendet, die nun unter der Erde liegen; die Dachziegel decken sechs Dutzend Ställe auf tausend Meilen, und weiteres Material ist verloren gegangen, als es übers Meer verschifft werden sollte.« Er sah auf und blickte Kent über seine kleine Lesebrille hinweg an. »Verstehen Sie? Darum ist meine Aufgabe so schwierig. Und ich versuche, dieses Haus wiederaufzubauen, ohne dass mir auch nur ein Grundriss zur Verfügung steht. Oh, ich weiß, an der Stelle, wo es angeblich einmal gestanden hat, findet sich eine Vertiefung im Boden, und doch behaupten manche, hier habe niemals ein Haus gestanden. So ist das Leben des Gelehrten, der sich mit den Magi beschäftigt. Ich habe Gesprächsfetzen zusammengefügt, die vielleicht ungenau niedergeschrieben worden sind; Ausschnitte von Briefen; das Geschreibsel unwissender Dienstboten; habe Halbwahrheiten zusammengetragen aus fünfhundert schlecht geschriebenen Büchern, die angeblich die reine Wahrheit wiedergeben. Deshalb gibt es von uns nur so wenige. Das heißt, so wenige, die strenge Maßstäbe anlegen. Es gibt beliebig viele Menschen, die von sich behaupten, die Geheimnisse der Magi zu kennen.«

Er blickte wieder in seine Aufzeichnungen, offensichtlich suchte er etwas. Der Mann legte eine derartige Zerstreutheit an den Tag, dass Kent sich fragte, wie er sich überhaupt merken konnte, wonach er suchte.

»Ah, da haben wir es.« Valary hielt ein großes Blatt Papier in die Höhe und lächelte. »Im Sommer des Jahres 1407 trafen sich drei Magi auf Burg Locmeade.« Er hob den Kopf. »Drei, von denen man mit Bestimmtheit weiß – doch gibt es anekdotisch überlieferte Hinweise, dass mehr dort gewesen sind. Wenigstens drei mehr. Nun hatte Tenbaum immer eine Schwäche für die Damen, und man darf mit völliger Sicherheit annehmen dass er den Herzog und die Herzogin von Aliss in ihrem Landhaus bei Downe besucht hat. Ein bestimmter Sänger ist derzeit dort zu Gast gewesen. Downe liegt nur sechs Meilen von Burg Locmeade entfernt.« Er warf das Blatt zurück auf den Tisch; offenbar hatte es seinem Gedächtnis genügend nachgeholfen. »Halten Sie davon, was Sie wollen, doch ich habe drei unabhängige Bemerkungen gefunden, zwei in Briefen Tenbaums und eine von Lucklow bei einem Gespräch mit dem Marquis von Reme, die sich alle auf ihr ›großes Vorhaben‹ beziehen.« Er hob die Hände. »Auf jedem anderen Gebiet würde man dies mit Recht als einen sehr schwachen Beweis betrachten, aber wenn man sich mit den Magi befasst – nun, für uns wäre das ein Beitrag, mit dem ein Mann seine Reputation begründen könnte. Das jedenfalls war der Anfang, Kent. Mehr als einhundert Jahre lang – und Medawar schrieb in einem Brief an Lady Henslow, dass er über einhundertundzwanzig Jahre an einem einzigen Vorhaben beteiligt gewesen sei – verfolgten sie ein gemeinsames Ziel. Verstehen Sie? Mehr als ein Jahrhundert lang, stellen Sie sich das vor! Und von einer Ausnahme abgesehen, waren diese sechs die letzten der Magi. Eldrich war eigentlich nicht ihr Zeitgenosse, damals stand er lediglich in den Diensten von Lucklow. Und Eldrich war wirklich der Letzte von ihnen.«

Er ging zu dem Sessel, in den er sich im Laufe der letzten Stunden immer wieder gesetzt hatte, nur um kurz darauf wieder aufzuspringen, und hob seine Kaffeetasse, die er unmittelbar darauf wieder abstellte, ohne einen Schluck genommen zu haben. »Das ›große Vorhaben‹. Und dann – ohne dass wir den Grund dafür wüssten, gaben sie ihr Wissen nicht mehr weiter. Brachen mit Traditionen, die –

nun, wir wissen auch nicht, wie alt sie waren ... Jahrhunderte gewiss. Jedes Quäntchen Wissen verloren. Zerstört, heißt es, und ich glaube, das stimmt. Aber Eldrich – warum nur ließen sie ihn seine Ausbildung beenden?«

Kent zuckte mit den Schultern. Wie oft hatte er sich diese Frage bereits gestellt!

»Er sollte zwar etwas beenden, aber das war nicht das ›große Vorhaben‹. Nein. Eldrich oblag es sicherzustellen, dass er alles Wissen der Magi mit ins Grab nahm. Das war seine Aufgabe, da besteht für mich kein Zweifel. Das hat er Flattery gegenüber angedeutet – hat es beinahe offen ausgesprochen.«

»Doch ist es ihm gelungen?«

Valary erhob sich und spielte mit einem der verbliebenen Knöpfe an seiner verschlissenen Weste. Dann hob er die Hand, nahm die Brille ab und drückte sich die Finger einen Moment auf die Augen. »Bisher hätte ich diese Frage bejaht. Zweifellos ja, hätte ich gesagt. Eldrich war ein gründlicher Mensch.« Er setzte sich die Brille wieder auf. »Doch nun ...«

Der Historiker ließ sich wieder in den Sessel sinken, und als er Kent ansah, zeigte sich seine Erschöpfung als harte Linien im Gesicht.

»Sie haben eine Sprache erwähnt«, sagte Kent leise.

»Ja.« Valary hob die Hand und drohte mit dem Finger wie ein Dozent, was er tatsächlich einmal gewesen war. Dann sprang er wieder auf und begann, lebhaft im Zimmer auf und ab zu schreiten, als habe seine Leidenschaft die Erschöpfung besiegt. »Wie jeder weiß, sind die vier Sprachen der Länder am Entide-Meer miteinander verwandt. Das bedeutet, dass sie alle einer gemeinsamen Sprache entstammen müssen. Das ist so lange her, dass seitdem die einzelne Wurzel mehrere Äste hervorgebracht hat, die sich voneinander unterscheiden wie verschiedene Baumarten. Für den Philologen kann dennoch kein Zweifel bestehen. Ich bin sicher, wir können beide hundert Beispiele nennen, um dies zu beweisen. Trotzdem gibt es andere, ältere Sprachen, und wenn auch sie entfernte Verwandte der Sprachen unserer Zeit wären ... aber wir wissen so wenig über sie, dass wir nichts mit Bestimmtheit sagen können. Aber die Vokalverschiebung! Sehen Sie, die Vokalverschiebung ist oft konsistent. Dieser junge Mann namens Littel. Egar Littel. In einem Anflug größter Brillanz begriff er, dass er bei einer konsistenten oder annähernd konsistenten Vokalverschiebung Wörter postulieren kann, ja nicht nur Wörter, sondern theoretisch ganze Sprachen! Natürlich hält man ihn für einen Scharlatan, aber ich bin sicher, er ist alles andere als das. Ich habe einige seiner Prinzipien angewendet, und die Ergebnisse sind beeindruckend. Schauen Sie. Sehen Sie nur! Ich will es Ihnen zeigen.«

Nun verging eine halbe Stunde, während der Valary Wörter zu den alten Sprachen zurückverfolgte. Kent war in der Tat beeindruckt, denn der Historiker zeigte ihm danach das Fragment eines uralten Gedichts, das er mithilfe der Littelschen Methode in einen sinnvollen Text übersetzt hatte.

»Wie Sie also sehen, sind wir unserem Ziel ein Stück näher gekommen. Was ich getan habe, ist vergleichsweise simpel, und die Sprache unterscheidet sich nicht so sehr vom Alt-Farrischen. Doch es kann kein Zweifel bestehen, dass die Magi eine oder vielleicht auch mehrere verwandte Sprachen benutzten, die uns heute unbekannt sind und vermutlich auch in vergangener Zeit allen Menschen außer den Magi unbekannt waren. Von Dunsenay sagt man, er habe während der Schlacht im Midden-Tal einen Ausruf in unbekannter Sprache getan. Doch auch diese Sprachen sind, wenngleich sehr entfernt, mit unseren Stammsprachen verwandt – verstehen Sie?

Wenn wir also einen Text besitzen würden, der in dieser Magi-Sprache geschrieben ist, und falls sie wirklich – falls, sage ich! – mit der Stammsprache verwandt wäre, dann könnten wir uns vielleicht daran setzen, ihn zu entziffern. Selbstverständlich wird die Magi-Sprache auch eine eigene Schrift besessen haben, aber trotzdem ...«

Kent schritt vor dem breiten Kamin hin und her. Ein jäher Windstoß führte zu einem Luftzug von oben und drückte eine kleine Rauchwolke aus dem Kamin. Kent trat einen Schritt zurück. »Wissen Sie, was ich befürchte?« Er blickte dem Historiker in die Augen. »Wenn wir glauben, dass die Magi eine Kunst praktizierten ... Nun, Valary, wenn man mir versicherte, dass meine Gemälde auf irgendeine Weise eine unfassbare Gefahr in die Welt brächten, nun, beim Lodern der Märtyrer, dann wäre sicher das eine oder andere darunter, das ich nur höchst ungern vernichten würde. Und dabei sprechen wir nur über mein Lebenswerk – nicht über das Lebenswerk der Magi. Würde ich mich denn nicht überreden, dass nur ein einziges kleines Gemälde mit meiner Signatur darauf doch keine Gefahr bedeuten könne? Verdammt noch eins, Valary, sie sind Menschen gewesen, Menschen wie Sie und ich! Könnten Sie es denn ertragen, wenn jedes Wort, dass Sie in Ihrem ganzen Leben je zu Papier gebracht haben, vernichtet werden müsste?«

Valary schien einen Moment lang darüber nachzudenken, dann schüttelte er den Kopf und senkte den Blick auf die Finger einer Hand.

»Ein einziger Artikel«, sagte Kent. »Nur einen. Mehr braucht es nicht. Erasmus Flattery. Ich sage Ihnen ganz ehrlich, ich habe diesen Mann bewundert wie nur wenige, aber wenn er diese Schuld auf sich geladen hat ...«

Jeder versank in Nachdenken. Draußen tobte ein Sturm, und das Haus stand so dicht am Meer, dass es nur wenig geschützt war. Jeder Windstoß schien es bis ins Fundament zu erschüttern. Valary begann das Ritual, eine Pfeife zu stopfen und zu entzünden.

»Mir gefallen die Neuigkeiten über seinen Neffen gar nicht«, sagte der Historiker schließlich. Seine Begeisterung war verflogen.

Kent runzelte die Stirn und schüttelte den Kopf. »Nein. Das ist gar nicht gut. Ich bin mir zwar sicher, dass er ein Mann mit Grundsätzen ist – zumindest ist er kein schlechter Mensch. Nachdem ich den jungen Mann kennen gelernt habe, fällt es mir sehr schwer zu glauben, dass er Talent haben soll.«

»Aber Sie haben eine hohen Meinung von ihm.« Valary

paffte, bis die Pfeife aufglühte, und stieß offensichtlich zufrieden eine lange Rauchwolke aus.

»O ja. Er hat das Zeug zu einem Empiristen von einigem Kaliber. Das steht eigentlich außer Frage. Trotzdem scheint er ... der Welt sehr zugewandt zu sein. An ihm ist nichts Geheimnisvolles.«

»Ich glaube, das ist völlig unbedeutend. Höchstwahrscheinlich könnten wir dieses Talent gar nicht erkennen, wenn wir darauf träfen. Und doch steckt es in manchen Menschen, so wie andere ein Gesangstalent besitzen. Sie können auch nicht am Anblick eines Menschen entscheiden, ob er eine Singstimme hat oder nicht.« Er zog an seiner Pfeife. »Sie müssen sich diese Kraft so vorstellen wie das Öl in einer Lampe. Damit dieses Öl Licht spendet, müssen bestimmte Voraussetzungen erfüllt werden. Ein Docht muss das Öl an die Luft ziehen, und sobald es dort ist, bedarf es eines Funkens, um eine Flamme zu entfachen. Verstehen Sie, was ich meine? Menschen mit Talent sind die Dochte, Averil. Wie der junge Flattery; die Kraft steigt durch ihn auf, und was fehlt, ist der Funke. Der Funke kommt, wie ich glaube, durch ein Ritual, und jedes Ritual hängt von der Sprache ab ... und weiteren Elementen, die wir noch gar nicht begriffen haben. Doch schon in diesem Augenblick zieht Flattery die Kraft hoch. Das hoffen sie zumindest. Und wenn es stimmt, dann geschehen rings um ihn merkwürdige Dinge. So gut wie jeder Magus war mit der Tierwelt verbunden. Dieser Falke. Der war das erste Zeichen.«

»Ich bin ein Trottel gewesen«, sagte Kent bitter.

»Nein, nein. Streuen Sie sich nur keine Asche aufs Haupt, Averil. Das haben Sie nicht wissen können.«

Kent schüttelte den Kopf. Valarys Worte vermochten ihn nicht zu trösten. »Wissen Sie, ich mache mir auch Sorgen um diesen Jungen. Ich weiß, dass er der Brennpunkt dieses blinden Wahnsinns ist, aber er ist kein Teil davon – wenigstens noch nicht. Was soll aus ihm werden? Was genau planen die anderen an Bord des Schiffes?«

»Das bereitet mir Sorge«, antwortete Valary leise. »Überall in unserer Geschichte sehen Sie es: Wer irgendein Zeichen von Talent zeigte, fiel oft der Unwissenheit und dem Aberglauben zum Opfer. Gesteinigt oder auf dem Scheiterhaufen verbrannt wurden sie, bevor ein Magus sie entdeckte oder ihr Talent wirklich Form annehmen konnte. Doch sobald sich die Kraft einmal manifestiert hat, wird sie ihren Träger beschützen – aber nur, um sich selbst zu bewahren, nicht um Tristam Flatterys willen.«

26. Kapitel

Tristam lehnte sich eng an einen Pfosten seines Zimmerbalkons und spähte in den dunklen Garten hinaus. Launisch wehte ein warmer Wind über den Rasen und raschelte erst an diesem, dann an jenem Baum in den Blättern, sprang hinunter, um zwischen den Blumen zu spielen, und fuhr dann in die Gladiolen und den Fingerhut.

Der Mond stand im letzten Viertel hoch über den Bäumen und zeigte die Stunde an – es war später, als Tristam geglaubt hatte. Das Abschiedsdiner hatte länger gedauert als erwartet; der Gouverneur und Lady Galton ließen ihre Gäste eindeutig nur sehr ungern ziehen. Zu den Offizieren und Passagieren der *Swallow* hatten sich die Seeoffiziere der anderen ankernden farrischen Schiffe gesellt, und der Abend war sehr lebhaft verlaufen. Aus so vielen nahezu identischen Galauniformen hatte die Herzogin wie eine einzelne Blume auf einem abgeernteten Feld hervorgeleuchtet, munter und witzig und, wie Tristam fand, mehr als nur ein wenig kokett. Ihr Benehmen hatte Tristam an die Ballnacht erinnert, und er ertappte sich bei der Hoffnung, dass die Ereignisse sich wiederholen würden.

Behände schwang er sich in die Hängematte, sodass er über den Garten blicken konnte, es gelang ihm aber nicht, still liegen zu bleiben. Nach einer Weile ging er auf den Rasen. Er wusste, welches Fenster zum Schlafzimmer der Herzogin gehörte, trotzdem schlich er über das Gras, bis er in den Schutz eines Baumes gelangte, wo er sich umdrehte und hoffte, die vertraute Silhouette zu erblicken.

Nichts.

Mit einigen schnellen Schritten erreichte er eine Bank, von der aus er seinen eigenen Balkon beobachten konnte – er wollte nicht, dass die Herzogin in sein Gemach käme, ohne ihn anzutreffen. Das Verlangen, das er empfand, war stärker, als er jemals zugegeben hätte. *Ich bin verloren*, dachte er. *Die Jacks glauben vielleicht, ich hätte über-*

natürliche Kräfte, aber in Wirklichkeit bin ich selbst das Opfer eines Zaubers. Er ließ den Kopf in die Hände sinken und rieb sich die Augen, als könnte er das Bild der Herzogin beim Diner aus seinem Gedächtnis löschen. Sie hatte sich verhalten wie eine frisch Verliebte – einfach unwiderstehlich, fand Tristam.

Über das Flüstern des Windes drang ein Laut zu ihm – Frauenlachen. Tristam wandte sich um und lauschte. Wieder war es zu hören, weniger deutlich und doch unverkennbar. Augenblicklich fürchtete er das Schlimmste, und ihm sank das Herz.

Weit ist's mit dir gekommen, Tristam Flattery, schalt er sich. Das mussten eine von Galtons Dienstmädchen und ein junger Offizier sein – einer der Männer, über die sich die Herzogin in der Ballnacht so herabsetzend geäußert hatte.

Schon wieder hörte er das Lachen, und diesmal riss es Tristam auf die Beine. Es klang wie damals im Arboretum. Sehr leise bewegte er sich vorwärts, fast gegen seinen Willen, schien es ihm, ganz eindeutig aber wider besseres Wissen. *Eigentlich willst du das gar nicht wissen*, sagte er sich. Trotzdem ging er weiter, setzte einen Fuß vor den anderen.

Er war noch nicht weit in das Wäldchen vorgedrungen, als ein Geräusch ihn innehalten ließ; es war sehr nah gewesen, und nun suchte er die Schatten ab. Dort – auf einem dunklen Rechteck: Bewegung. Tristam wartete, dass seine Augen sich an die Dunkelheit gewöhnten, und langsam wurde ihm die Szene offenbart. Auf jeden Fall hatte er wenigstens teilweise Recht: Auf einer beiseite geworfenen Jacke glänzten Goldknöpfe. Das dunkle Rechteck war eine Decke.

Tristam hörte das scharfe Keuchen der Liebenden und halb unterdrücktes Stöhnen. *Was tue ich da nur?*, fragte sich Tristam; *wenn man mich ertappt, dann ist die Beschämung noch die geringste meiner Sorgen.* So leise, wie er konnte, wich er zurück, einen Schritt, zwei. Das Paar vor ihm rollte sich aus den tiefsten Schatten, und Tristam erkannte den Offizier, der Galtons Nichte den Hof gemacht hatte, während die Herzogin ihren kurzen Vortrag darüber hielt, wie wenig sich Marineoffiziere zum Liebhaber eigneten. Und die in Lust verlorene Frau unter ihm war eindeutig die Herzogin von Morland. Tristam blieb wider Willen stehen.

Und das ist es, was deine Besessenheit von dir immer wieder bescheren wird! Er stand und stierte, als müsste er das Bild in sein Gedächtnis einbrennen und den Schmerz aufzeichnen, so wie ein Kind gezwungen wird, sich die Trümmer anzusehen, die es aus einem Gegenstand gemacht hat. Wenn er lange genug hinschaute, dann half ihm die Erinnerung vielleicht, der Frau zu entfliehen.

Der Mann erschien ihm recht brünstig. Tristam sah die weißen Hinterbacken wie wild hinabzucken. Ihm kam der Gedanke, dass er dort einen Mann beobachtete, dem an nichts anderem gelegen war als an der Befriedigung seiner eigenen Lust. Und dieselbe Frau, die sich ihm gegenüber als zärtliche Liebhaberin gezeigt hatte, war hier ebenso lustversessen wie der junge Bulle, von dem sie sich besteigen ließ.

Tristam riss sich von dem Anblick los, machte leise drei Schritte rückwärts und floh. Am Rand des Wäldchens verlor er das Gleichgewicht und stürzte lang ins taufeuchte Gras. Einen Augenblick blieb er liegen, plötzlich völlig außer Atem. Er versuchte aufzustehen, doch der Boden schien sich unter ihm zu bewegen. Taumelnd kam er auf die Beine und bemerkte, dass er torkelte wie ein Betrunkener. Fast hörte er die Herzogin sagen: ›Bei mir ist noch kein Herz sicher gewesen.‹

27. Kapitel

Lieber Jaimas!
Heute laufen wir von Farrow aus, und ich muss diesen Brief an dich rasch schreiben und mich kurz fassen. Die Pflichten eines Schiffs-Naturforschers scheinen meine bescheidenen Fähigkeiten nicht zu überfordern und sind eine interessante und vielversprechende Arbeit. Ich hätte es schlechter treffen können.

Ich habe das Gut unseres verstorbenen Großonkels besucht; ein kleines Anwesen, wie es für diese Insel typisch ist, und anscheinend nicht ungeeignet für den exzentrischen Junggesellen, zu dem ich mich wahrscheinlich entwickeln werde.

Das Leben an Bord unseres kleinen Schiffes ist recht beengt, wie du dir wohl vorstellen kannst. Andererseits haben wir die Ränke der Herzogin, die uns ein wenig Ablenkung bieten. Ich gebe zusammen mit diesem Brief ein zweites kleines Hochzeitsgeschenk auf den Weg und hoffe, dass es unbeschädigt eintrifft. Grüße alle von mir, vor allem deine errötende zukünftige Braut.

Ganz in Eile der deine, Tristam

Kaum dass die Bergspitzen der Insel Farrow im Dunst verschwunden waren, war auch das Leben an Bord der *Swallow* wieder der offenen See unterworfen.

Nieselregen und kalter Wind hatten Tristam in die Beengtheit seiner Kabine getrieben, die ihm nach dem Zimmer im Haus des Gouverneurs nur noch kleiner erschien, aber wenigstens würde er hier allein sein können. Er hatte behauptet, unter dem Seegang zu leiden, und hoffte nun, dass man ihn in Ruhe ließe. Die Herzogin mied er. Wie das Nachbild einer bereits ausgelöschten Kerzenflamme tanzte vor seinen Augen die Erinnerung, wie sie sich lustvoll unter ihrem Seemann wand, und das verursachte ihm körperliche Schmerzen.

Hat sie dich etwa nicht gewarnt?, sagte er sich. *Sie hat dir nichts versprochen, Tristam Flattery.* Doch hatte die Logik im Moment keine Wirkung auf seine Gefühle. Er fühlte sich auf ganzer Linie und sehr abscheulich verraten. Wäre die Herzogin seine junge, unschuldige Braut gewesen, er hätte nicht schlimmer verletzt sein können. Wie hatte er nur eine Sekunde annehmen können, er würde dieser Frau etwas bedeuten? Ganz offensichtlich liebte sie nur sich selbst.

Kränkend war auch die Erkenntnis, dass sie ihn als Geliebten ganz unzureichend gefunden haben musste.

Warum reagiere ich überhaupt darauf?, fragte er sich. *Glaube ich etwa immer noch, ich sei in die Herzogin verliebt?* Nein. Nein, ganz sicher war es damit vorbei. Ich bin besessen. *Ich bin in einem Wahn gefangen, als wäre ein Zauber auf mich geworfen worden – aber einer, den ich selbst ausgeführt habe.*

Oh, gewiss hatte die Herzogin ihr Teil dazu beigetragen, um den Zustand voranzutreiben, in dem Tristam sich nun befand. Dennoch war der nicht allein auf seine Begierden und Fantasien zurückzuführen, da bestand kein Zweifel. In jener Nacht war schließlich sie zu ihm gekommen und nicht umgekehrt.

›Dabei hatten Sie doch vor zwei Nächten ein ungetrübtes Vergnügen mit mir?‹, hatte sie gefragt. ›Gut. Dann besteht hier also kein Missverständnis.‹

Offenbar lag das Missverständnis ganz auf Tristams Seite. Das behütete Leben eines Gelehrten jedenfalls hatte ihn in keiner Weise auf die Herzogin von Morland vorbereitet, so viel stand fest.

Er begriff nun, weshalb so viele Mertoner Professoren ihr Leben hinter den schützenden Mauern der Universität verbrachten, asketisch und geschlechtslos lebten wie Priester und aller Lust abgeneigt waren, warum sie ein Leben für den Verstand führten – ein Leben, das Tristam als unzulänglich beurteilt hatte.

Nun sehe ich, wohin es führt, dachte er. Im Augenblick

erschien ihm die enge Kammer furchtbar bedrückend – wie ein Spiegelbild seines Lebens. Um dem zu entkommen, hätte er auf Farrow bleiben sollen.

Und warum bin ich nicht dort geblieben?

Über die Gründe war er sich nicht im Klaren, doch er fürchtete, dass er trotz allem, was geschehen war, der Herzogin hinterhereilte, wie ein Magnet vom Eisen angezogen wird.

Ich kann nicht ewig in meiner Kammer bleiben. Ein oder zwei Tage Simulieren erlauben mir vielleicht, so weit zu Verstand zu kommen, dass ich gute Miene zum bösen Spiel machen kann. Zu dumm, dass ich nicht die Kunst meiner Mutter geerbt habe.

Ein Klopfen an der Tür holte Tristam in die Welt zurück. Sein erster Gedanke war, dass die Herzogin vor der Tür stand, um sich nach seinem Zustand zu erkundigen.

»Ja?«

»Flattery? Ich bin's, Osler.«

Der Erste Leutnant hatte ein Jahr in Merton verbracht und sofort die studentische Sitte übernommen, andere mit dem Familiennamen anzureden. Tristam vermutete, dass Osler seiner aus irgendwelchen Gründen gescheiterten Universitätslaufbahn nachtrauerte – obwohl er ein beispielhafter Seeoffizier war – und Tristams Anwesenheit an Bord als Gelegenheit betrachtete, die guten alten Zeiten ein wenig aufleben zu lassen.

Tristam bat ihn herein, und Osler öffnete die Tür. Auf seinem blatternarbigen Gesicht zeigten sich zugleich Belustigung und Besorgnis.

»Das Fieber der Landleute?«, fragte er.

»Das fürchte ich, obwohl es nicht so schlimm ist. Ich bin sicher, es geht bald vorüber.«

»Ganz bestimmt. Merkwürdig, dass Sie keine Beschwerden hatten, als wir von Avonel ausliefen. Doch andererseits ist die Seekrankheit recht launisch. Ich musste sie einmal eine schreckliche Stunde lang erdulden, als ich schon seit drei Jahren zur See fuhr. Ich dachte, das hätte ich hinter mir.« Er grinste.

Tristam stellte fest, dass er Oslers Narben, diese unerfreuliche Hinterlassenschaft der Hafenblattern, gar nicht mehr wahrnahm. Der Leutnant aber vergaß seine Entstellung niemals, das wusste Tristam genau.

»Vielleicht heitert Sie ein wenig auf, was ich Ihnen zu sagen haben. In zwei Wochen erhalten Sie die Gelegenheit, Seevögel zu beobachten. Der Kommandant wird versuchen, die Position der Vogelinsel ein für allemal festzulegen. Gegenwärtig ist sie an drei unterschiedlichen Stellen eingetragen – die überraschenderweise recht weit auseinander liegen. Auf jeden Fall ist diese Insel, wie der Name schon sagt, die Heimat einiger tausend Vögel.«

Damit war Tristams Neugier immerhin geweckt, doch dann kam ihm ein anderer Gedanke.

»Also befinden wir uns nicht auf dem üblichen Kurs zum Archipel?«

Osler schüttelte den Kopf. »Nein. Wir segeln weiter nördlich, aber dieses Gewässer wird so häufig befahren, dass der Felsen eine nicht zu unterschätzende Gefahr darstellt.«

»Aha. Und wie viel Zeit wird uns die Suche kosten, was meinen Sie?«

Osler zuckte mit den Schultern und lehnte sich an den Türrahmen; das Rollen der See beachtete er nicht. »Vielleicht eine Woche, allerhöchstens zwei.«

Tristam nickte. Augenblicklich fragte er sich, ob die Herzogin davon schon wusste, und ganz kurz überlegte er, ihr die Neuigkeit so bald wie möglich zukommen zu lassen, als könnte eine Bedrohung ihres gemeinsamen Anliegens die Vertrautheit neu entfachen – oder war auch sie nur eingebildet? Doch dann entschied er, sich wegen dieser Frau schon zu oft lächerlich gemacht zu haben.

»Weiß die Herzogin davon?«, fragte er den Leutnant.

»Ich glaube kaum«, antwortete Osler und wurde plötzlich hellwach. »Meinen Sie, ich sollte ihr davon erzählen?«

Tristam wusste, dass sowohl Hobbes als auch Osler stets nach einem Vorwand suchten, um mit der Herzogin sprechen zu können.

»Gewiss wäre sie Ihnen dafür dankbar.«

»Ich hoffe, Sie sind bald wieder auf den Beinen«, sagte Osler und hatte es nun eilig, sich zu verabschieden. »Einen angenehmen Tag wünsche ich Ihnen, Flattery.«

Er schloss hinter sich die Tür. Tristam legte sich wieder in die Hängematte und war eifersüchtig. Warum hatte er das getan? Damit sich ein anderer vor der Herzogin zum Narren machte? Jawohl, darum. Tristam war nicht der einzige, auf den die Herzogin wirkte – aber der einzige, der von ihr besessen war.

Einen Augenblick lang schloss er die Augen, doch auf der Stelle schoss ihm das Bild ihrer Untreue ins Gedächtnis, und das war unerträglich.

Wenn er diesen Wahnsinn nicht bald zu bändigen wusste, dann war er verloren. Dann würde die Herzogin ihm immer wieder das gleiche antun.

Kurze Zeit später klopfte es erneut an der Tür. Diesmal klang es sanft und zögernd.

»Entschuldigen Sie, Mr. Flattery. Ich bin's, Jacel.«

Tristam rollte sich aus der Hängematte und öffnete die Tür. Jacel klammerte sich an den Türrahmen. Sie wirkte sehr krank.

Plötzlich kam Tristam sein Simulieren absurd vor. »Sie müssen sich hinlegen«, sagte er.

»Nein, das hilft nichts. Ich muss versuchen, mich abzulenken.« Sie verstummte, atmete tief durch und beherrschte mühsam ihre Übelkeit. »Hätten Sie einen Moment Zeit, um Ihre Hoheit zu sprechen?«

Tristam nickte. Ein kleiner – ein imaginärer – Sieg, denn wenigstens musste die Herzogin ihn rufen lassen. Er hatte nicht nachgegeben, er hatte sich keinen Grund ausgedacht, sie zu sprechen. Nicht, dass es ihm dadurch leichter fiel, ihr gegenüberzutreten.

»Richten Sie Frau Herzogin aus, dass ich sofort zu ihr komme.«

Tristam durchquerte die leere Messe und klopfte an die Kajütentür.

Das kommt davon, wenn man nicht entfliehen kann, sagte er sich, während er darauf wartete, dass man ihm öffnete.

Jacel kam an die Tür. Ihr hübsches Gesicht hatte noch die gleiche ungesunde Farbe. Tristam fiel es schwer zu glauben, dass sie die Fahrt freiwillig fortsetzte, und obwohl er jemanden hatte sagen hören, wie treu sie ihrer Herrin ergeben sei, vermutete er vielmehr, dass nur die törichte Neigung für den Bruder der Herzogin sie wieder zurück an Bord gebracht hatte. Und da glaubte er, nur seine Besessenheit sei mit Unbill beladen.

»Ist das Tristam?«, fragte eine Stimme von drinnen. »Führ ihn bitte herein, Jacel.«

In der hellen Kabine lag die Herzogin gemütlich auf ihrer Koje. Sie hielt ein Buch in der Hand, und eine dicke Wolldecke bedeckte ihre Beine. Als Tristam eintrat, schenkte sie ihm ein strahlendes Lächeln, doch er bemerkte genau, wie sie dabei sein Gesicht musterte, und er war sicher, dass sie darin mühelos lesen konnte.

Sie zog die Beine an und schuf dadurch Platz am Fußende der Koje. »Sie wirken verstimmt, mein lieber Tristam. Setzen Sie sich doch und sagen Sie mir, was Sie bedrückt.«

So, so, dachte Tristam, *mit einem Mal ist sie die Güte in Person. Man könnte glauben, das geringste Unwohlsein meinerseits müsste sie in Verzweiflung stürzen.*

Als sie sein Zögern bemerkte, wandte sie sich an ihre Gesellschafterin: »Jacel? Wärest du so freundlich?«

Die Gesellschafterin beugte leicht das Knie und nickte – größere Artigkeit war ihr an Bord nicht möglich –, dann verließ sie die Kajüte und schloss geräuschlos die Tür.

Die Herzogin legte ihr Buch zur Seite, beugte sich vor und schlang die Arme um die Knie, ganz wie in jener Nacht in seinem Zimmer. Er musste den Blick abwenden. Deshalb sah er nicht, wie sie nickte und sich auf die Lippe biss.

»Tristam? Wir sind ein großes Risiko eingegangen, als wir in Galtons Haus die Nacht miteinander verbrachten.

Das hätte ich Ihnen sagen sollen.« Sie streckte die Hand aus und zupfte ihn am Ärmel, was ihn zwang, sie anzublicken. Sie lächelte ihn an, als wäre diese Mitteilung das Natürlichste auf der Welt. »Ich wollte Sie sehr gern wieder besuchen, aber —« Sie verstummte und blickte ihm in die Augen. Was sie dort las, hätte Tristam gern gewusst.

Doch anstatt etwas zu sagen, zog sie die Decke fort und erhob sich trotz des Seegangs graziös, ging an den Sekretär und schloss eine Schublade auf, der sie ein Kuvert entnahm. »Der Königsmann hat mehr Verbündete, als man glaubt«, sagte sie in doornischer Sprache.

Sie zog einen Brief aus dem Umschlag und reichte Tristam wortlos das Schreiben.

Er entfaltete das Blatt und las:

> Lieber Roderick!
> Morgen (am sechsten Novembertag) brechen die Herzogin und ihr Gefolge wieder auf, aber welch interessanter Besuch liegt hinter uns! Ich erlebte etwas derart Überwältigendes, so völlig Unerwartetes, dass ich mich davon, wie ich fürchte, noch nicht ganz erholt habe.
>
> Ich führte eine Gruppe zur Ruine; die Herzogin war dabei, Lord Elsworth, Tristam Flattery und andere. Nachdem ich ihnen den üblichen Vortrag gehalten hatte, begannen der Viscount Elsworth und Flattery mit dem Aufstieg zum Kraterrand. Als sie ihr Ziel fast erreicht hatten, durchfuhr ein kleinerer Erdstoß den Vulkan, als versuchte der Berg, nach den Worten der Herren, sie ›abzuschütteln‹!
>
> Den Erdstoß spürten wir an der Ruine kaum, doch unter deutlich wahrnehmbarem Ausstoß schwefliger Gase brach ein gespenstischer Laut aus dem Mund des Vogelköpfigen: eine tiefe, grollende Folge von vokalähnlichen Sonanten, die uns in jeder Hinsicht als Versuch der Artikulation erschien. Wir alle waren davon so gebannt, dass ein jeder wie auf dem Fleck angewachsen erstarrte.

Ich glaube, dass einschließlich der Herzogin niemand die Bedeutung dieser Begebenheit auch nur ahnt, denn Sie müssen wissen, dass ich bemerkt hatte, wie der junge Flattery vor seinem Aufbruch zum Gipfel aus dem Brunnen getrunken hatte. Da war er, und er wohnte unter meinem Dach! Ganz gewiss ist er der Kandidat, nach dem wir so lange gesucht haben. Ich versichere Ihnen, Roderick, dass ich von dem jungen Mann in höchstem Maße beeindruckt bin, und das nicht nur wegen dieses unerhörten Zwischenfalls. Wir dürfen nun keinen Fehler begehen. Und ich will ganz offen sagen, dass ich an der Weisheit der Entscheidung zweifle, welche dazu führte, dass man ihn auf die Reise schickte. Ja, ich weiß, was Sie anführen – dennoch sollten wir uns auf kein Risiko einlassen. Wer weiß denn, wie lange es dauert, bis wir wieder jemanden finden wie ihn?

Ich fürchte, die Herzogin lässt ihren Charme auf ihn wirken, aber am Ende spielt auch das vielleicht keine Rolle mehr. Die Zeit wird es erweisen, und ich bin sicher, Sie haben sämtliche Vorsichtsmaßnahmen ergriffen.

Ergebenst,
Stedman Galton

Tristam starrte auf das Blatt und vermochte nicht zu entscheiden, was ihn mehr erschreckte: Galtons Worte oder die säuberlich gemalten Schriftzeichen! Galton hatte diese Zeichen benutzt! Sollte das ein Scherz sein?

»Und dies ist wirklich ein Brief an Sir Roderick?«, fragte Tristam und schämte sich ein wenig für die Ungläubigkeit, die ihm anzuhören war.

»Eine genaue Abschrift, einschließlich der Zeile am Ende. Sie ähnelt offenbar den Schriftzeichen auf der Farrower Ruine.«

Tristam nickte. »Wie um alles auf dem Erdball kommt dieser Brief in Ihre Hände?«

Die Herzogin rührte sich kaum merklich; nur ein angedeutetes Schulterzucken, ein leichtes Drehen des Kopfes. »Ich habe die Bekanntschaft eines Offiziers gemacht, der an Bord des Schiffes dient, das die Regierungsdepeschen befördert«, erklärte sie schlicht.

Tristam musste den Blick abwenden, um seine Reaktion zu verbergen.

»Sehen Sie? Ich ahnte doch, dass meine Privatsphäre nicht die gebührende Achtung erfährt.« Sie war an ihren alten Platz zurückgekehrt; nun beugte sie sich vor und küsste Tristams Ohrläppchen. »Und ganz offensichtlich habe ich meinen Charme nicht genügend auf Sie wirken lassen.« Sie gab ihr melodisches Lachen von sich und holte Tristam in den Augenblick zurück, in dem er sie zum ersten Mal sah.

Sie kann doch nicht wissen, dass ich sie dabei gesehen habe. Ist sie es überhaupt gewesen? Schließlich war es eine dunkle Nacht.

»Sie haben mich schließlich gewarnt, Ihnen nicht mein Herz anzuvertrauen, Frau Herzogin.«

Er hörte sie seufzen, aber er wandte sich ihr nicht zu.

Sie legte ihren Kopf auf seine Schulter und erwiderte: »Dann hätten Sie aber nein sagen müssen. Ich wäre gekränkt gewesen, hätte es aber überlebt. Wissen Sie, ich habe schon Schlimmeres ertragen.« Sie richtete sich auf und zwang ihn, ihr in die Augen zu sehen. »Und Ihnen wird es nicht anders ergehen, Tristam, es sei denn, Sie lernen, die Menschen anders zu handhaben. Das birgt manches Risiko, und gelegentlich richtet man damit sogar Schaden an. Und erleidet selbst noch mehr. Meine Warnung habe ich Ihnen also in guter Absicht erteilt. Sie haben sich entschieden, sie nicht zu beachten – jawohl, Sie haben diese Entscheidung getroffen.« Die Herzogin zögerte. »Sie können sich natürlich jederzeit anders entscheiden. Aber nur einmal. Möchten Sie das?«

Tristam konnte nicht denken, solange diese grünen

Augen seinen Blick nicht freigaben. *Ein Schwindelanfall,* dachte er. Er schüttelte den Kopf.

Das heiterte die Herzogin ein wenig auf, und mit ihrem Ernst schwanden auch die Jahre dahin. »Da bin ich froh.« Sie küsste ihn sanft. Dann legte sie ihre Stirn an seine und kraulte ihm mit den Fingern den Nacken. Ihr Atem ging ein wenig schneller, und das steigerte seinen Pulsschlag.

»Wir dürfen keinesfalls zu Gerüchten Anlass geben«, sagte sie und löste sich von ihm. Tristam sah die zarte Röte, auf ihren Wangen. »Ich muss schließlich an meinen guten Ruf denken,« fügte sie schelmisch hinzu.

Sie nahm ihm das Papier aus der Hand, um es selbst lesen zu können.

»Was kann das nur bedeuten?«, fragte Tristam in der Hoffnung, seinen inneren Aufruhr durch Worte kaschieren zu können.

Die Herzogin bedachte ihn mit einem Blick bar jeden Gefühls. »Ich hatte gehofft, dass Sie dazu einige Ideen hätten, Tristam Flattery. Sie sind es schließlich, den Galton als den Kandidaten bezeichnet, ›nach dem wir so lange gesucht haben‹.«

»Ich habe nicht die leiseste Ahnung.« Da fiel ihm Lady Galton ein, die von Palle recht abschätzig gesprochen hatte – und doch sollte dieser Brief angeblich von ihrem Ehemann an Palle geschrieben worden sein!

»Ich glaube, es wird Zeit, dass wir über Ihren Onkel sprechen, Tristam«, sagte die Herzogin sanft und doch so fest, dass er ihre Entschlossenheit unmöglich übersehen konnte. Sie wartete.

»Ich weiß nicht, was Sie hören wollen.« Tristam spürte plötzlich eine unerklärliche Furcht und wurde zugleich ärgerlich. »Ich habe den Mann so gut wie gar nicht gekannt, auch wenn niemand geneigt ist, mir das zu glauben. Solange ich sein Mündel war, bin ich in Internaten gewesen«, sagte er, und ein wenig Bitterkeit schlich sich in seine Stimme. »Nur drei Sommerferien habe ich im Haus meines Onkels verbracht, und die nicht einmal ganz. Während dieser Besuche bin ich so gut wie gar nicht beachtet worden. Als ich im dritten Jahr auf Merton war, starb er und hinterließ mir seine Habe, doch enthielt dieses Erbe nicht ein einziges geschriebenes Wort. Mehr weiß ich nicht über Erasmus Flattery. Das ist weniger als manch anderer weiß, möchte ich vermuten.« Er schwieg einen Moment. »Was hat mein Onkel damit zu tun?«, fragte er dann und wies auf Galtons Brief.

Wie es ihre enervierende Art war, zuckte die Herzogin mit den Achseln und sah ihn dabei unverwandt an.

Eine lange Weile herrschte Schweigen, und Tristam las sich den Brief noch einmal durch. Er war derart aufgewühlt, dass der ganze Brief in fremder Schrift hätte geschrieben sein können – er brachte keinerlei Sinn hinein.

Plötzlich lächelte die Herzogin und brach dann in lautes Lachen aus. »Sie haben jedes Recht zu diesem Groll, mein lieber Tristam! Sie sind herumgestoßen und belogen worden. Der Königsmann hat Sie auf eine Mission geschickt, von der er hofft, dass sie fehlschlägt oder zumindest nicht rechtzeitig vollendet wird. Ein Wunder, dass Sie nicht explodieren wie eine verstopfte Kanone.« Sie streckte den Arm aus und streichelte seine Schultern. »Sie wissen also nicht, wofür Galton Sie als geeigneten Kandidaten betrachtet?«

»Nein!«

Sie nickte und legte wieder den Kopf an seine Schulter. Einige Minuten blieben sie so. Tristam fühlte sich von der Situation so verwirrt, dass er sich nicht zu bewegen vermochte.

»Man hat Pläne mit Ihnen, Tristam Flattery«, sagte die Herzogin leise und bewirkte damit, dass er sich noch stärker verspannte.

Sein Unwille machte sich in einem plötzlichen Wutanfall Luft. »Solch ein Aberwitz!«, stieß er hervor. »Von welchem Irrsinn diese Männer besessen sind, möchte ich mir gar nicht erst ausmalen.«

Nichts. Die Herzogin antwortete ihm nicht. Verzweifelt wartete Tristam auf ihre Zustimmung.

»Aber Sie begreifen, welch große Bedeutung Galton dieser Stimme beimisst?«

»Blut und Flammen«, knurrte Tristam. »Das ist eins wie das andere absurd, hören Sie? Hinter der Vogelmenschenstatue muss ein Schlotkanal des Vulkans herausführen. Was zu hören war, das war das Entweichen von Gasen!«

»Ein Rülpsen, meinen Sie?«

Tristam hörte sehr wohl ihre Belustigung, doch er nickte ernst, und die Herzogin schwieg einen Moment, dann sagte sie: »Die Antwort eines Empiristen.«

»Und das soll heißen?«

»Nicht mehr, als ich gesagt habe, das versichere ich Ihnen.«

Tristams Gedanken überschlugen sich. »Ob sie die Schrift in der Ruine entziffert haben? Oder soll das nur ein Scherz sein?«

»Roderick hat wenig Sinn für Scherze. Galton? Vielleicht. Doch an unserem guten Gouverneur ist mehr, als seine – Jovialität vermuten lässt. Lassen Sie sich davon nur nicht täuschen.«

Nein, Tristam war es müde, getäuscht zu werden, und glaubte allmählich, dass jeder es nur darauf anlegte: ihn zu täuschen und sich dienstbar zu machen. Ein Kandidat wofür?, fragte er sich immer wieder.

»Ich werde Stern wohl nicht überreden können, die Suche nach seiner verlorenen Insel abzublasen«, fuhr die Herzogin nüchtern fort. »Sie wissen selbst, wie er darauf reagiert, wenn man ihm widerspricht.« Noch immer saß sie gegen Tristams Schulter gelehnt. »Ein paar verlorene Tage sind unerheblich, aber wenn unsere ganze Reise sich so gestaltet ... dann müssen wir etwas unternehmen. Wir können es uns nicht leisten, ganze Wochen zu vergeuden, geschweige denn Monate. Dabei kann ich doch auf Sie bauen, Tristam, richtig?«

Tristam wusste darauf nicht zu antworten, dann hörte er sich flüstern: »Ja.«

Die Herzogin rückte von ihm ab und setzte sich aufrecht hin, als benötigte sie zum Nachdenken einigen Abstand. »Begreifen Sie jetzt das ganze Ausmaß von Sir Rodericks Verschlagenheit? Ich weiß mittlerweile, dass Stern keiner von Rodericks Lakaien ist. Unser guter Kapitän gehört der seltensten aller Arten an: Er ist ein Mann mit Grundsätzen, ein Offizier, der sich in seiner Pflichterfüllung nicht beeinflussen lässt. Und wenn er glaubt, seine Pflicht bestehe in der Vermessung von Oceana oder des Archipels oder der Suche nach verlorenen Inseln im Grauen Ozean, dann wird er sie mit allen ihm zu Gebote stehenden Mitteln erfüllen.« Sie schwang die Beine aus der Koje und schob die Decke fort. »Verstehen Sie? Es ist besser, einen – ehrbaren Mann auszusenden. Jemand, der wirklich als Ehrenmann lebt und sich nicht nur in die entsprechenden Kostüme und Manieren kleidet.« Sie schüttelte den Kopf. »Ein geringerer Gegner als Roderick hätte jemanden betraut, den er in der Hand hat – einen Mann, dem er Titel und Reichtum versprochen hat. Ich würde aber vermuten, dass Stern so gut wie nichts versprochen wurde – vielleicht eine geringe Beförderung, vielleicht noch nicht einmal das.« Sie sah Tristam erwartungsvoll an, aber er sagte nichts dazu.

»Und Sterns übertriebener Ehrauffassung und seiner dickköpfigen Pflichtergebenheit ist viel schwieriger beizukommen als einem ergebenen, aber bestechlichen Gefolgsmann des Feindes.« Sie schüttelte den Kopf, doch Tristam glaubte, dieser Gebärde eine gewisse Anerkennung anzumerken. »Stern ist in einer schrecklichen Lage. Wenn er mit den Samenkörnern von Varua zurückkehrt, wird außer Roderick und wenigen anderen niemand etwas davon erfahren. Und Palle ist gegenüber allen, die nicht zu seinem Zirkel gehören, bekanntermaßen sehr undankbar – was Stern vielleicht weiß, vielleicht aber auch nicht. Innerhalb der Marine könnte sich diese Fahrt sogar als Fallstrick für Stern erweisen. Zurückzukehren, ohne neues Territorium vermessen zu haben, kann den Eindruck erwecken, dass die Expedition durch seine Schuld zum Misserfolg geworden ist. Ohne Gönner innerhalb der Admiralität oder bei Hofe hätte Stern den Zenith seiner Laufbahn überschritten – und ich halte ihn nicht für einen Mann ohne Ehrgeiz.« Tristam vermutete, dass sie nun ihre Überlegungen aussprach, wie sie ihr in den Sinn kamen.

»Ich könnte ihm alles schenken, wonach sein Ehrgeiz verlangt – aber Sie haben selbst gehört, wie er sagte, dass er nur aus eigenem Verdienst aufsteigen will. Vielleicht glaubt er das wirklich – und sehen Sie nur, wie weit es ihn gebracht hat! Wenn er glaubt, dass der König nicht bis zu unserer Rückkehr überleben kann, dann ist für ihn jedes Versprechen der Herzogin von Morland wertlos.« Sie presste verärgert die Lippen zusammen.

Dann drehte sie sich zu Tristam um. »Wir müssen unseren guten Kapitän aufrütteln. Er muss zu Verstand kommen. Leicht wird das nicht.«

»Wenn irgendjemand dazu in der Lage ist, dann wohl Frau Herzogin.«

Sie legte den Kopf ein wenig schräg und schaute ihn an, als fragte sie sich, ob er seinen Spott mit ihr trieb. Augenscheinlich kam sie zu dem Schluss, dass er es ernst meinte. »Sie dürfen mich Elorin nennen, solange wir allein sind. Aber bitte nicht in der Öffentlichkeit, Tristam, denn das könnte nur unpassend wirken.«

Er neigte den Kopf, als hätte er gerade den Ritterschlag erhalten.

Dann küsste sie ihn mit äußerster Zartheit auf die Wange. »Sie sind mir so teuer«, flüsterte sie ihm ins Ohr, umschlang ihn mit den Armen und zog ihn dicht an sich. »Sie müssen nun gehen, bevor es Gerede gibt. Schiffe sind so beengt. Vielleicht können wir eine Nacht an Land miteinander verbringen, wenn wir die Königin-Anne-Station erreicht haben: Das heißt, wenn Sie einer alternden Frau nicht schon überdrüssig sind?«

Tristam kniff die Augen fest zusammen, um das Bild ihres wolllüstigen Verrats zu vertreiben. »Sie sind die begehrenswerteste Frau, die mir je begegnet ist.«

Wieder strichen ihm weiche Lippen über die Wange. »Sie sind süß. Doch nun müssen Sie gehen, oder ich muss Jacel wieder hereinrufen. Nehmen Sie den Brief mit, wenn Sie darüber rätseln möchten, doch was immer Sie damit tun, verwahren Sie ihn gut. Wer weiß, wer an Bord dieses Schiffes für Roderick spioniert.«

Tristam hatte sich in die Behaglichkeit seiner Hängematte zurückgezogen und ließ die Gedanken schweifen, während er reglos dalag. Inwendig aber tobte eine Schlacht – Empörung gegen Verlangen, Misstrauen gegen Zuneigung.

Ja, sie hatte ihn gewarnt, und ja, er hatte sich entschieden, diese Warnung zu ignorieren – obwohl es ihm nicht gerade vorgekommen war, als würde er sich entscheiden, sondern als folgte er einem Drang.

Die Herzogin hatte sich jemand anderem hingegeben, doch andererseits auch nie ein Treueversprechen abgelegt – und das würde sie wohl auch nie tun. Hatte sie unter diesem verdammten Offizier gelegen, damit sie von ihm Galtons Brief erhielt? Tristam wusste nicht, ob diese Vorstellung ihn erleichtern oder abstoßen sollte. Das Bild, das er von ihr hegte, gestattete solch gemeines Handeln nicht. Wie dringend wollte die Herzogin den Königsblattsamen?

Angesichts der weiteren Implikationen von Galtons Brief war Tristam erstaunt, dass es als erstes die Herzogin war, die seine Überlegungen beherrschte. Was in Farrelles Namen hatte Galton gemeint – ein Kandidat? Ein Kandidat wofür? Nahm er Lady Galtons Warnung und den Brief ihres Ehemanns zusammen, so erschien es ihm unwiderlegbar, dass allgemein geglaubt wurde, *Regis* besitze noch ganz andere als heilende Eigenschaften, noch andere Kräfte als die, das Leben über die natürliche Grenze hinaus zu verlängern. Doch damit gelangte er allmählich auf ein Gebiet, dessen schiere Existenz er nicht einzugestehen beabsichtigte. Ihm fiel ein, was er von seinem Onkel geträumt hatte. Ich werde ertränkt in dem, wovon er nicht gesprochen hat.

Tristam wurde klar, dass er seine Gedanken unbedingt auf etwas anderes richten musste, und so holte er die beiden Päckchen hervor, die ihm von den Galtons zum Abschied überreicht worden waren.

Während er die Schnur um das Erste zerschnitt und abwickelte, begriff Tristam, dass das Gespräch mit der Herzogin seine Verzweiflung doch verringert hatte, obwohl sie auf ihr Verhältnis zu dem Offizier nicht weiter eingegangen war.

Die Herzogin hatte wieder Hoffnung in ihm geweckt. *Oder vielleicht mache ich mir wieder Hoffnung, von ganz allein.*

Er wickelte das Paket aus und fand ein Manuskript vor – Sir Stedmans ewig unvollendetes Buch über die Ruine.

»So, so«, sagte Tristam in die Kammer. Auf dem Papierstapel lag ein Brief von Galton, und Tristam nahm ihn zur Hand.

> Lieber Mr. Flattery!
> Ich besitze eine noch aktuellere Abschrift meines Buches, die sich freilich nach Meinung Lady Galtons nur in der Zeichensetzung von dieser Fassung unterscheidet; ich fürchte, ganz falsch liegt sie da nicht. Ich hoffe, Sie finden hierin einiges Interessante, denn auf dem Gebiet der Archäologie bin ich nur ein Dilettant, wie Sie ja wissen. Lassen Sie mich noch einmal versichern, dass es mir ein großes Vergnügen war, Ihre Bekanntschaft zu machen. Ich hoffe, noch einmal in den Genuss Ihrer Gesellschaft zu kommen. Farrow versteht es, den Menschen ins Blut zu gehen: Ich wage zu behaupten, dass es auch Ihnen so ergehen wird. Ich wünsche Ihnen viel Glück auf Ihren Abenteuern.
>
> Ihr Diener,
> Sir Stedman Galton

Tristam begann im Manuskript zu blättern; Sir Stedmans zittrige Handschrift bedeckte alle Seiten. Einige schlichte, aber brauchbare Zeichnungen der Ruine begleiteten den Text, dazu eine komplette Zusammenstellung aller Runen, die in die alten Steine gemeißelt waren.

Tristam wühlte in einer abschließbaren Schublade und holte die Weinflasche hervor, die Borrows ihm übergeben hatte. Galtons Zeichnungen waren nicht so genau, dass Tristam es mit Bestimmtheit behaupten konnte, doch das Ziermuster am Rand des Etiketts schien den Eingrenzungen des Textes auf der Ruine nachempfunden zu sein. Doch zeigten die Darstellungen wirklich *Regis*? Wenn er sicher sein wollte, würde er die Flasche zum Vergleich zur Ruine mitnehmen müssen.

Tristam las hier und da einen Absatz, während er die losen Seiten durchblätterte. Galtons Stil war steif und förmlich, jedoch erschien ihm die Arbeit umfassend und berechtigte zum Stolz.

Tristam ging zur ersten Seite zurück und begann zu lesen, doch dann bemerkte er, dass die Wörter ihm nichts sagten, als ob sie einer Sprache entstammten, die ihm unbekannt war. Die Herzogin trat ihm in verschiedenen Bildern vor Augen, und bei jedem schlugen seine Gefühle abrupt um – Entzücken, Erregung, Verzweiflung, Enttäuschung.

»Ich bin ja ganz aus dem Häuschen«, flüsterte er. Wenigstens war der Mann, der sie bestiegen hatte, kein Offizier der *Swallow*; das wäre ihm unerträglich gewesen.

Er zwang sich, nicht mehr an sie zu denken, was ihn einige Willensanstrengung kostete. Vielleicht enthielt das zweite Päckchen etwas, das seine Aufmerksamkeit stärker fesseln würde. Er zerschnitt die Schnur und wickelte ein dickes, in Leinen gebundenes Buch aus, dessen Titel in entonnischer Sprache lautete: *Eine Geschichte der Magi, von F. T. Valary.* Valarys Buch!

Tristam schlug es mit fliegenden Fingern auf und entdeckte eine Widmung.

Für Tristam:
Kälter als Sternenlicht mittwinternachts,
Dunkel, so dunkel. Meine Gedanken
  verdecken die Sonne.
Die Stille kommt und legt sich über das Herz.
Doch hör nur in der Ferne
  das Rollen der See und flieh.
Lady Galton

Die Zeilen kamen Tristam vage vertraut vor, obwohl ihm der Name des Dichters nicht einfallen wollte – wohl eine Übersetzung, dachte er. Vorsichtig legte er das Buch auf die

Seite, als fürchtete er sich, darin weiterzulesen. An diesem Morgen, als sie zusammen im Garten frühstückten, musste Lady Galton in sein Innerstes geblickt haben. Wusste sie von seiner Verbindung zur Herzogin? Ja, gestand er sich ein, sehr wahrscheinlich wusste sie davon. Ihre bezaubernden Augen hatten nichts von ihrem Scharfblick verloren. Hoffentlich hatte sie Recht mit ihrer Bemerkung über die Heilkraft des Meeres. Valarys Buch!

Das kann kein Zufall sein. Hier zeigt sich doch ein Muster, und ich bin darin verstrickt – viel tiefer verstrickt, als mir lieb ist –, und ich kann nicht so weit zurückweichen, dass ich das Muster als Ganzes erkennen könnte. Über diesem Gedanken grübelte er eine Weile und kam wie gewohnt zu keinem Ergebnis.

Dann wandte sich Tristam wieder Galtons Manuskript zu, zunächst so unkonzentriert wie beim ersten Mal, doch schließlich versank er in dem Geschriebenen. Zwei Stunden später las er die letzte Seite. Er war angenehm überrascht, denn es handelte sich um ein recht verdienstvolles Werk. Soweit Tristam wusste, gab es keine umfassendere Arbeit zu diesem Thema. Galton hatte sehr viel getan, um die Chronologie der Entdeckung dieser Ruine zu klären und Sinn und Zusammenhang in die Geschichten zu bringen, die schon so lange den Blick auf die Wahrheit verstellt hatten. Die Beschreibungen und Illustrationen waren, obschon nicht die kunstvollsten, so doch die vollständigsten, die Tristam bisher gesehen hatte.

Galtons sorgfältige Beobachtungen an den anderen Ruinen auf Farrow und die Messungen, wie tief sie unter der Erde gelegen hatten, waren außerordentlich gut dokumentiert und befassten sich eingehend mit der Frage ihres Alters.

Eindeutig der bedeutendste Originalbeitrag der Monografie war der Abschnitt, der sich mit den Tonscherben befasste, die man überall auf Farrow fand. Nachdem Galton sie jahrelang gesammelt und sorgfältig ausgewertet hatte, erschien es kaum noch zweifelhaft, dass viele dieser Töpferarbeiten mit einer Schrift verziert waren, die sich grundlegend von den Zeichen auf der Ruine unterschied. Das war sehr interessant.

Nur eins vermisste Tristam an Galtons Werk – noch vor einem Tag hätte er es nur als krasse Unterlassungssünde betrachtet, doch nun konnte er diese Lücke nicht mehr so harmlos deuten. Galton erwähnte die Schriftzeichen kaum, und nur ein Abschnitt erklärte, eine Entzifferung sei bislang nicht gelungen.

28. Kapitel

In mancher Hinsicht fehlte Averil Kent die nötige Wesensart für einen Kunstmaler. Dieser Beruf verlangte lange Perioden der Einsamkeit, in denen nichts anderes als die eigene Kunst Aufmerksamkeit erhalten durfte. Averil Kent aber war ein höchst geselliger Mensch. Die Gesellschaft anderer benötigte er so dringend wie Atemluft, und je fröhlicher die Gesellschaft, desto besser. Die Kunst der Konversation schätzte er ebenso hoch wie die Kunst, für die er berühmt war – oder vielleicht sogar noch mehr.

Die Gesellschaft intelligenter Frauen, gutmütiges Geplänkel mit gut aufgelegten Männern, gewichtige Erörterungen höchst bedeutsamer Angelegenheiten, spitzzüngige Spötteleien über Wichtigtuer: Das alles erfreute ihn, wie es das Alleinsein nicht vermochte. Er liebte das Malen, daran konnte kein Zweifel bestehen, und die meiste Zeit seines Lebens war die Malerei seine andere große Leidenschaft gewesen. Aber das Alleinsein schmeckte ihm nicht. Dennoch musste auch ein Kent sich völlig abkapseln, wenn er malen wollte. Anders konnte er nicht mit seiner Muse in Verbindung treten, von der er oft als einer eifersüchtigen Geliebten dachte, die nicht gewillt war, ihn zu teilen.

Daher wechselten sich in seinem Leben Perioden der Einsamkeit und der Geselligkeit ab. Die einen verbrachte er in seinem Landhaus, wo er ständig gegen Mutlosigkeit und Melancholie ankämpfen musste, die anderen verbrachte er auf Reisen oder in seinem Haus in Avonel. Wenn er sich aber dem gesellschaftlichen Leben widmete, nagte an ihm stets der Gedanke, er vergeude seine Zeit – von der ihm nicht mehr allzu viel blieb. Und so trieb ihn dieses Gefühl nach einigen Wochen wieder zurück aufs Land – in die Arme der Melancholie.

Manchmal fand er sich damit ab, dass seine Bedürfnisse für immer miteinander auf Kriegsfuß stehen würden. Selbst die kurze Zeit, während sich die Leinwand auf seiner

Staffelei befand, schenkte ihm kein friedliches Gefühl mehr, denn er glaubte nun schon seit einigen Jahren, dass seine Arbeit immer weniger originell wurde und an Eindringlichkeit einbüßte.

Die wenigen Monate, die er nun schon in diese ... Sache verstrickt war, bedeuteten für Kent einen merkwürdigen Einbruch in den Ablauf seines Lebens. Zum ersten Mal, seit er zurückdenken konnte, empfand er es als völlig gerechtfertigt, die Malerei zu vernachlässigen. Natürlich spürte er gelegentlich einen Stich – das merkwürdige Gefühl, eigentlich vor der Staffelei stehen zu sollen, doch weder war dieses Gefühl überwältigend, noch trat es allzu häufig auf. *Eher eine alte Gewohnheit*, dachte er.

Schließlich befand er sich nicht auf einer Vergnügungsreise. Nein, das konnte man wirklich nicht sagen. Dennoch genoss er nun ein Freiheitsgefühl, das in seinem Leben einzigartig war. »*Die Muse*«, sagte er sich, »*ist als Geliebte ebenso schwierig wie jede andere auf diesem runden weiten Erdball.*«

Heute war er in den Club gekommen, um zu sehen, was sich über die Vorgänge in der Avoneler Gesellschaft und bei Hofe erfahren ließ. Dabei kam er sich immer ein wenig wie ein Insekt vor, das mit den Fühlern die Luft prüft und jederzeit bereit ist, unter ein Blatt zu huschen.

Man kannte ihn hier gut, wie es fast überall in Avonel und darüber hinaus der Fall war, und das Personal behandelte ihn mit großem Respekt und Zuneigung – ›wie einen Lieblingsonkel‹, hatte ein Freund einmal gesagt, und das lag nach Kents Meinung von der Wahrheit nicht allzu weit entfernt.

Den scheinbar unschuldigsten aller Herren hatte die Gräfin ihn genannt. Diesen Spitznamen hätten die meisten Männer wohl nicht begrüßt, Kents Zwecken aber diente er vorzüglich – wenigstens seinem jüngsten Zweck.

Zu dieser Tageszeit war der Brixham-Club nie besonders gut besucht, doch Kent wollte sich an eine Stelle setzen, wo er von anderen bemerkt würde und die trotzdem genügend Abgeschiedenheit bot, um wenn nötig ein Gespräch führen zu können.

Das Knirschen seiner Stiefel begleitete ihn die Marmortreppe hinauf. Im Vorübergehen nickten die Diener ihm höflich zu. Sie bewegten sich mit einer Geschwindigkeit, die nie so eilig erschien, um aufdringlich zu wirken, und die sie trotzdem erstaunlich schnell voranbrachte. Diese Fertigkeit hätte Kent gern gemeistert – niemals in Hast zu wirken und sich dennoch schneller zu bewegen als irgendjemand, ohne sonderlich bemerkt zu werden.

Die polierte Vertäfelung in bestem dunklem Nussbaum aus dem Osten verlieh dem Club eine friedvolle Stille, doch der obere Abschluss der Wände war in hellem Elfenbein gehalten und ließ kein Gefühl der Bedrückung aufkommen, ähnlich wie in seinem Haus in Avonel.

Kent ging in den Saal und trat an das Zeitschriftenregal, wo er sich etwas zu lesen aussuchte. Dann stieg er eine Etage höher und setzte sich an einen freien Tisch in einem Erker. In dem großen offenen Raum war dies der zurückgezogenste Platz und zugleich der sichtbarste.

»Kaffee, Mr. Kent?«, fragte leise ein Diener, den Kent seit über zwanzig Jahren kannte – oder waren es schon dreißig?

»Ich weiß, ich sollte meine Gewohnheit durchbrechen und es mit etwas anderem versuchen ... Aber was würde mir sonst so gut schmecken? Außerdem bin ich alt genug, um alles probiert zu haben. Also ja: Kaffee, haben Sie vielen Dank.«

Während Kent die ersten Seiten des Stadtanzeigers aufschlug, wurde ihm tief im Innern eine leise Aufregung bewusst. Nicht allein seine Aufgabe, auch das Gesellschaftsleben – und dessen Möglichkeiten – verursachten dieses innere Summen.

In der großen Stadt Avonel verfügte Kent über unzählige Informationsquellen. Sein Ruhm, seine Persönlichkeit oder sein Beruf verleiteten die Menschen dazu, ihm höchst brisantes Wissen anzutrauen. Einen Vertrauten brauchte jeder, und wer eignete sich dazu besser als ein Mann, der völlig außerhalb des eigenen Tätigkeitsfeldes stand? Wie beispielweise ein Kunstmaler, der weder in höfische Intrigen verwickelt war, noch am Geschäftsleben teilnahm, ein wirklich Unschuldiger und noch dazu ein angenehmer, aufmerksamer Zuhörer: Jemand, der jederzeit in der Lage war, den Standpunkt des Erzählers zu verstehen und bemerkenswert vernünftige Ratschläge zu erteilen – was angesichts seiner Interessengebiete gewiss erstaunlich war. Gerade dieser Rat war umso wertvoller, wenn er sich auf andere Menschen bezog. Schließlich kannte Kent jeden, und jeder mochte ihn.

Deshalb saß er nun am Fenster des Clubs, warf gelegentlich einen Blick auf die Straße und den Hafen und beobachtete genau, wer das Clubgebäude betrat, während er gleichzeitig das Kommen und Gehen im Gemeinschaftssaal unauffällig im Auge behielt.

Die Saison in Avonel strebte ihrem Höhepunkt entgegen, der jährlichen Krönungsfeier, und wer etwas galt, bewohnte im Augenblick seine Stadtresidenz. Die Theater boten ihre besten Inszenierungen, beinahe jeden Abend spielten die großen Orchester, und die kleinen Kammerensembles waren fast ununterbrochen engagiert. Diese Zeit des Jahres in Avonel zu sein ließ sich Kent niemals entgehen, wenngleich sich seine Gedanken in dieser Saison mit anderem beschäftigten.

Ein kleiner, gutaussehender Mann betrat den Saal und nickte Kent zu. Sein Gesicht zeigte den freundlichsten Ausdruck, und Kent beugte den Kopf zur Antwort: Lord Harrington, der Schatzkanzler, ein enger Vertrauter von Roderick Palle, ein Mann von bemerkenswertem Verstand. Kent war sicher, dass niemand je herausbekommen würde, wie viel Geld Lord Harrington im Lauf der Jahre tatsächlich auf die Seite geschafft hatte. Der Mann musste unvorstellbar reich sein. Der Schatzkanzler setzte sich an einen kleinen Tisch in der Nähe eines Kamins – seinem Stammplatz – und begann, wie Kent Zeitung zu lesen.

Auf der Straße preschte eine große Karosse heran und stoppte abrupt vor dem Eingang. Der entonnische Botschafter, Graf Massenet, stieg aus. Aus der Eile, die der Graf an den Tag legte, folgerte Kent, dass er mit Harrington verabredet war und zu spät kam. Kent wünschte sich, unsichtbar das Gespräch dieser Herren belauschen zu können. Vermutlich hatte es nichts mit dem Thema zu tun, das ihn interessierte, doch gleichzeitig gab es kaum zwei wichtigere Spieler auf dem Parkett der großen Politik. Und beide Männer musste man überaus ernst nehmen! Kent wollte mit keinem von beiden in Konflikt geraten. Ihr Wille war so hart und so scharf wie eine Dolchklinge.

Der Graf betrat den Saal. Ganz kurz hielt er in der Eingangstür inne. Ein großer, gutaussehender Mann war er; *sein Äußeres ist so scharf wie sein Verstand*, dachte Kent. Der dunkle Teint erinnerte ein wenig an Rawdon, den Königlichen Leibarzt, aber Massenet war schlanker und zugleich kräftiger. Seine schwarze Kleidung war nach entonnischer Mode geschnitten und mit Silberfäden bestickt. Eine ebenfalls silberne Schärpe lief von der Schulter zur Hüfte, und auf der rechten Brusthälfte trug er ein juwelenbesetztes Medaillon, das vermutlich mehr Geld gekostet hatte, als Kent in seinem ganzen Leben zu sehen bekäme. Wenn es in Avonel einen Mann gab, dessen Charme keine einzige Dame widerstehen konnte, dann diesen entonnischen Adligen.

Wie erwartet ging der Graf zielstrebig zu Lord Harrington, und obwohl sich Kent außerordentlich dafür interessierte, was die beiden miteinander zu besprechen hatten, wäre es nicht angegangen, wenn er Männer ihres Standes angestarrt hätte.

Widerstrebend wandte er sich seiner Lektüre zu und blickte wie zuvor gelegentlich aus dem Fenster. Über dem Meer zog ein Gewitter auf, und als die Wolken noch einmal aufbrachen, leuchteten weiße Segel vor dem dunklen Violett-Grau der Szene. Die Dramatik bannte Kents Aufmerksamkeit, als ihn jemand mit einem schwachen Aktent ansprach

»Mr. Kent?«

Er drehte sich um und stellte fest, dass der entonnische Botschafter auf den Stufen zum Erker stand. Der Mann hatte die Haltung eines Soldaten, fand Kent, ohne steif oder übermäßig förmlich zu wirken.

Der Kunstmaler erhob sich rasch und vollführte einen Kratzfuß. »Graf Massenet«, begrüßte er ihn auf entonnische Weise; in Farrland wurde ein Earl, der dem ausländischen Grafen an Rang entsprach, als ›Lord‹ angesprochen. »Einen angenehmen Tag wünsche ich Ihnen.«

»Ich Ihnen ebenso, Mr. Kent. Es ist sehr lange her, dass wir zuletzt miteinander gesprochen haben. Ich hoffe, Ihnen geht es gut?«

»Mir geht es gewiss gut, und ich hoffe, Erlaucht kann das gleiche von sich behaupten?«

»Das Leben behandelt mich freundlicher, als ich verdiene, das darf ich Innen versichern. Wenn Sie niemanden erwarten ...?« Er bewegte sich eine Winzigkeit in Richtung des leeren Stuhles.

»Bitte, setzen Sie sich doch. Entschuldigen Sie meine scheußlichen Manieren, ich dachte, Sie wären gekommen, um den Schatzkanzler zu treffen.« Kent sah zum Kamin hinüber und stellte fest, dass der farrische Minister bereits gegangen war.

»Lord Harrington? Oh, nein. Eine zufällige Begegnung, weiter nichts.« Der Graf setzte sich auf den angebotenen Stuhl, und fast geräuschlos trat ein Diener heran. »Ich nehme wie Mr. Kent Kaffee, aber bereiten Sie meinen bitte auf entonnische Art.« Dann wandte er sich wieder Kent zu und lächelte herzlich.

»Sie gönnen sich eine wohlverdiente Arbeitspause, Mr. Kent?«

»Die Saison ... da kann ich nicht widerstehen«, gab Kent zu und stellte zu seiner Überraschung fest, dass er eine leichte Verlegenheit empfand.

Der Graf nickte. »Das verstehe ich durchaus. Waren Sie schon in der Oper? Nein? Einfach überragend! Und das sage ich nicht etwa, weil es eine entonnische Oper ist. Nein, diese Inszenierung ist von einer Güte, wie man sie alle zehn Jahre nur einmal erlebt. Versäumen Sie sie um keinen Preis!«

Der Diener kam mit dem Kaffee, der sicher im gleichen Moment bereitet worden war, als der Graf das Haus betrat.

Offenbar war er wie Kent ein Mann mit festen Gewohnheiten.

»Und was machen Ihre Geschäfte, Erlaucht? Geht es gut voran?«

Der Graf verzog das Gesicht. »Gut genug. Die Vertragsverhandlungen dauern an, anscheinend wollen sie sich in alle Ewigkeit fortsetzen, dabei verliert jeder nur.« Er lächelte ironisch. »Sie wissen, wie so etwas geht. Wir verhandeln nicht mehr, um echte Vorteile zu erzielen, sondern nur um in der Überzeugung vom Tisch aufstehen zu können, etwas gewonnen zu haben. Das nennt man ›Politik‹. In Wahrheit löschen die Handelsverluste, die während der Verhandlungen entstehen, jeden Vorteil aus. Ich muss gestehen, dass ich allmählich Langeweile empfinde. Unsere Interessen sind nicht so widersprüchlich, wie manche glauben.« Er zog die Augenbrauen hoch; ganz eindeutig wollte er sagen, echte Gentlemen wie er und Kent stünden über solcher Dummheit.

Kent stellte fest, dass er mit einem Lächeln antwortete; er empfand es als Ehre, von dem Grafen Massenet auf die gleiche Stufe gehoben zu werden, und sei es nur für einen Augenblick.

In diesem Moment kam ihm in den Sinn, dass der Graf sich in seinem ganzen Leben vermutlich noch nie gelangweilt hatte. Selbst wenn sein Charakter der Langeweile fähig gewesen wäre – was Kent ernsthaft bezweifelte –, verhinderte sein Amt jeden Anflug davon. Männer mit Vorstellungskraft waren nur selten gelangweilt, und der Vertrag war für den Grafen nur eine Pflicht unter vielen.

»Vielleicht liegt es am Alter, Mr. Kent, aber anderes erscheint mir in letzter Zeit wichtiger ...« Er hob den Blick von seinem Kaffee und schaute sein Gegenüber prüfend an.

Kent gab keine Antwort. Ein Mann von Massenets Verstand und Stellung erwählte sich normalerweise keinen Farrländer zum Vertrauten. Wenn er Kent irgendetwas zu sagen hatte, das über geselliges Plaudern hinausging, dann verfolgte er einen anderen Zweck. Unwillkürlich beugte sich Kent ein wenig zu ihm vor.

»Kennen Sie einen jungen Mann namens Flattery? Soweit ich weiß, ist er ein Neffe des großen Herzogs.«

Kent nickte und fühlte sich einen Augenblick, als hätte die Schwerkraft ihn aus ihrem Griff entlassen. Unwillkürlich hielt er sich an der Tischkante fest.

»Mr. Flattery ist ein Bekannter eines meiner teuersten Freunde, eines Musikers und Komponisten. Wie ich höre, bereist er nun den Großen Ozean?«

Dabei handelte es sich kaum um ein Geheimnis der Krone, und doch konnte Kent es erst nach kurzem Zögern bestätigen. »Ich glaube, so ist es.«

»In der Gesellschaft der Herzogin von Morland und ihres wilden Bruders.«

Der Graf gehörte zu den wenigen Männern, bei denen Kent sich vorstellen konnte, dass sie nicht fürchten mussten, den Viscount Elsworth zu beleidigen. Die Geschicklichkeit, die der Graf im Umgang mit der Klinge an den Tag legte, hatte etliche Väter und Ehemänner von einer Forderung absehen lassen.

»Jawohl. Was der gesamten farrischen Gesellschaft nicht entgangen ist.«

Der Graf trank von seinem Kaffee. »Ich habe den Eindruck, dass in Ihrer schönen Stadt einige seltsame Dinge vor sich gehen, Mr. Kent. Die Favoritin des Königs – eine Frau – begibt sich an Bord eines Marineschiffes und geht auf eine Reise ans Ende der Welt. Ein Neffe des großen Erasmus reist zur Ruine von Farrow und fährt mit besagter Herzogin weiter. Manche Höflinge interessieren sich mehr als nur beiläufig für die Taten der Magi.«

Beinahe hätte Kent die Augen geschlossen, um seine Furcht zu verbergen. Was wollte dieser ölige Graf von ihm? Was wollte die entonnische Regierung?

»Das alles ist freilich nichts Neues. Andere haben eine ähnliche Faszination empfunden, auch in Entonne. Dennoch haben wir es hier mit etwas anderem zu tun, wie ich meine.« Nachdem er sich umgeschaut hatte, richtete er seine Aufmerksamkeit ganz auf Kent und beugte sich so weit vor, dass das Medaillon vor seiner Brust frei schwingend hinabhing. »Sie brauchen kein Wort zu sagen, Mr. Kent. Ich werde Sie nicht bitten, etwas zu bestätigen oder zu bestreiten – nur dass Sie mir zuhören.«

Massenet nahm das Ausbleiben einer Antwort Kents als Zustimmung und fuhr fort: »Diese Menschen nähren die Hoffnung, Wissen wiederzuentdecken, das vor langer Zeit verloren ging – verloren zum Besten aller, wie wir beide wissen. Doch diese Personen, die darin verwickelt sind – bei ihnen handelt es sich nicht um exzentrische Gelehrte oder gelangweilte Aristokraten auf der verzweifelten Suche nach Amüsement. Es handelt sich um Männer, die man ernst nehmen muss.« Er lehnte sich zurück und legte die Fingerspitzen aneinander – eine Bewegung, die er so sanft ausführte, dass sie beinahe feminin wirkte. »Wissen Sie, was mich an diesen Gentlemen am meisten besorgt? Nicht, was Sie vielleicht denken. Ich halte sie nicht für schlecht. Sie sind nicht einmal besonders habgierig oder selbstsüchtig – für Männer ihres Rangs. Nein, was mich so besorgt macht, ist die Enge ihrer Sicht, das Problem aller Männer, die der Drang treibt, etwas zu erreichen. Sie blicken nur auf ihre gegenwärtige Aufgabe und schließen alles andere aus – das ist für sie eine grundlegende Notwendigkeit. Sie bereisen eine enge Straße, und weil diese Straße tückisch ist, heben sie nicht den Kopf, um auf die andere Seite oder in die Ferne zu blicken – sie schauen nicht einmal bis zur nächsten Biegung. Vor allem aber wenden sie *niemals* den Blick zurück.« Er schwieg. »›Gentlemen, die das Farrische wertschätzen‹.« Nach einem Schulterzucken blickte er Kent wieder sehr eindringlich an und achtete genau auf jedes Anzeichen, das ihm verriet, welche Wirkung seine Worte hinterlassen hatten. Ohne Zweifel war er noch für das kleinste Zucken im Gesicht empfänglich. »Haben Sie einmal die viel gerühmte Leinenfabrik des Mr. Hogarth besucht? Er ist ein großer Freund Ihres Königsmanns.«

Kent nickte.

»Welch ein Wunder, nicht wahr? So viele ausgeklügelte Maschinen, die unablässig arbeiten und produzieren – nun, die genauen Zahlen erinnere ich nicht, aber es handelt sich jedenfalls um eine beeindruckende Fläche von Tuch der höchsten Qualität. Für alle Beteiligten äußerst profitabel, so sehen das diese Gentlemen ohne Zweifel. Der anderen Seite schenken sie keine Beachtung – nicht einen Moment lang, denn Selbstzweifel helfen einem Mann nicht dabei, die Höhen zu erklimmen, die diese Herren erreicht haben. Verstehen Sie? Anscheinend hat niemand bemerkt, dass der Wye, einst ein hübscher, fischreicher Wasserlauf, nun durch einhundert verschiedene Farbstoffe und Bleichmittel in allen Tönen des Regenbogens schillert. Die Fische gibt es nicht mehr, die Fischer sind mit ihnen verschwunden. Ein großes Rad, das durch die Flussströmung bewegt wird, treibt die Fabrik an, und nur ein Zehntel der Weber von früher werden gebraucht, um das Leinen herzustellen.« Er blickte aus dem Fenster, als müsste er diese Vision des Wye-Tales abschütteln. »Wer die Zukunft in den buntesten Farben ausmalt, ignoriert manches, was nicht ins Bild passt, und in dieser Vision hallt ganz Farrland – nein, alle Länder am Entide-Meer – vom Klappern ihrer kostbaren Maschinen wider. *Etwas zu erreichen.* Allein der Akt des Vollbringens zählt ... Allein das ist diesen Herren wichtig.

Schauen Sie nur, was diese Gentlemen tun, sobald man ihnen ein paar neue mechanische Prinzipien in die Hand gibt. Dann stellen Sie sich einmal vor, was geschehen würde, wenn sie über eine Macht verfügten, die größer ist als alles, was sie sich vorstellen können! Dabei möchte ich gar nicht andeuten, dass die Gentlemen Böses beabsichtigten. Keineswegs, und doch: Die Männer, die ihnen dienen, sind oft nicht sehr weitsichtig, setzen aber alles daran, die Anerkennung ihrer Herren zu ernten und zu mehren. Und diese Herren erlangen vielleicht einen großen Vorteil, wenn sie im entscheidenden Moment den Blick woandershin wenden. Vom großen Gemälde, das die Welt ist, nehmen sie nur eine winzige Ecke war – und selbst diese ist noch sehr sorgfältig ausgewählt. Meiner Meinung nach droht hier eine große Gefahr.«

Der Graf lehnte sich zurück und wiegte bedächtig den Kopf. »Das Krönungsfest ist nicht mehr fern. Mein Herrscher sendet ein sehr großzügiges Geschenk, obwohl nichts dem Geschenk eines langen Lebens auch nur nahe kommen kann. Ein beinah anomal langes Leben, könnte man sagen, jedenfalls in einer Familie, die nicht für Langlebigkeit bekannt ist.«

Kent beherrschte sich, aber er fürchtete sich zu hören, was der Graf als Nächstes sagen würde. Massenet indessen schwieg. Als Kent die Stille unerträglich wurde, ergriff er, selbst das Wort. »Solche Dinge geschehen, Graf Massenet.«

Der Entonnier nickte und studierte seine Miene. »Jawohl. Doch was mag sich ereignen, wenn jenes Wissen wiederentdeckt wird?«

Kent schüttelte den Kopf. »Ich bedaure, doch ich verstehe nicht, worauf Sie hinauswollen.« Er griff in die Tasche und nahm seine Uhr in die Hand.

Der Graf griff ihn an den Arm. »Mr. Kent«, sagte er mit herzlicher und zugleich verwundbarer Stimme wie jemand, der um einen großen Gefallen bittet. »Sie sind ein außerordentlich begabter Mann. In ganz Farrland gibt es keinen zweiten, der so hoch respektiert wird und dem so viele Menschen trauen. Darüber hinaus bin ich über einige Ihrer Betätigungen und Ihrer Bedenken unterrichtet. Das werden Sie entschuldigen«, sagte er, indem er knapp das Haupt neigte, »aber darin besteht meine Aufgabe.« Er schwieg und maß Kents Reaktion auf sein Eingeständnis. »Wie das Schicksal so spielt, unterscheiden sich meine Bedenken nicht sehr von den Ihrigen. Ich glaube, dass wir uns gegenseitig helfen könnten, Mr. Kent, und dadurch den anderen Menschen einen besseren Dienst erweisen würden.«

Kent nickte, doch es war kein Nicken der Zustimmung. *Jawohl, ich verstehe sehr gut.* »Zwischen unseren Ländern herrscht Friede, Graf Massenet«, antwortete er, »aber das kann sich ändern. Solche Wechsel habe ich schon miterlebt, und sie vollzogen sich sehr schnell.«

Massenet nickte. »Ja, das kann ich nicht abstreiten. Ich bitte Sie jedoch gar nicht, einen Bund mit meinem Land gegen das Ihre zu schließen. Diese von uns geteilten Bedenken ... Ich glaube, Sie würden weniger zögern, wenn die

Gentlemen, die darin verwickelt sind, nicht so hohe Positionen bei Hofe innehätten. Schließlich und endlich ist es eine Frage der Sichtweise: Sich solch hochgestellten Gentlemen zu widersetzen könnte als Verrat ausgelegt werden.« Wieder beugte er sich vor. »Aber widersetzen Sie sich ihnen nicht schon in diesem Moment? Immerhin stehen sie nicht hinter der Politik Ihrer Regierung. Wiegt also deren Verrat nicht schwerer?«

Kent riss sich vom Blick des Grafen los und schaute aus dem Fenster. Gefahr! Ein einziges falsches Wort konnte das Scheitern aller Ziele bedeuten, auf die er hinarbeitete. Graf Massenet hingegen zögerte wahrscheinlich nicht, alle nötigen Mittel einzusetzen, um seine Ziele zu erreichen. Auch Nötigung wäre ihm tauglich erschienen.

»Ich weiß, was Sie nun denken, Mr. Kent, oder ich glaube es wenigstens«, sagte der Mann sanft. »Mit einem Diener der entonnischen Regierung zu paktieren ... Nun, Sie sind ein Ehrenmann und Ihrem Vaterland treu ergeben – Eigenschaften, die ich persönlich hoch schätze –, doch wenn diese Herren zu weit gehen, wird meine Regierung keine andere Möglichkeit mehr sehen, als zu intervenieren. Sie erinnern sich doch noch daran, was geschah, als Farrland die Kanone hatte und Entonne nicht? Mr. Kent, Sie könnten mir helfen, ein Desaster abzuwenden.« Er zog die Augenbrauen hoch, als wollte er fragen: ›Verstehen Sie mich?‹

»Gestatten Sie mir, noch eins hinzuzufügen. Ich bin mir nicht sicher, wie viel Sie wissen – eine beträchtliche Menge, vermute ich, sonst hätte ich dieses Risiko niemals auf mich genommen. Ich will Ihnen aber noch eine kleine Auskunft geben, ohne dass ich dafür eine Gegenleistung erwarte. Wie ich hoffe, wird sie meine Aufrichtigkeit beweisen und Sie überzeugen, dass ein ›Austausch‹ zwischen uns ...« Plötzlich lehnte sich der Graf in den Sessel zurück und lachte auf. »In ganz Avonel müssen die Damen Sie für sehr spitzzüngig halten, Mr. Kent!« Er blickte nach links. »Aha, Lord Harrington. Wahrscheinlich kennen Sie Mr. Kent bereits.«

Mr. Kent verhielt sich so geistesgegenwärtig wie möglich und erhob sich, um einen Kratzfuß zu machen. Später stellte er fest, dass er sich an kaum ein Wort der anschließenden Plauderei erinnern konnte. Nettigkeiten in geselliger Runde, nichts weiter, und der Schatzkanzler hatte nicht allzu erstaunt gewirkt, dass Kent sich mit dem Botschafter unterhielt.

Und dann war Kent endlich allein, nachdem die beiden Adligen ihn seinen Geschäften überließen. Eine Weile saß er wie gelähmt da und vermochte keinen klaren Gedanken zu fassen. *Du bist in deinem Club*, flüsterte eine innere Stimme. *Und es geht dir ausgezeichnet.*

Ein Diener kam herbei.

»Ach ja. Ich glaube, ich werde nun zu Abend essen, und ich nehme eine Flasche Wein dazu. Haben Sie noch einen 51er Southern Estate im Keller? Ausgezeichnet! Und den Seebarsch, so wie ich ihn immer nehme. Vielen Dank.«

Kent starrte aufs offene Meer hinaus. Große Wolkenberge ballten sich am Horizont zusammen, blähten sich auf und zerfaserten an der Spitze. Wenn man sich konzentrierte, konnte man beobachten, wie die Wolken ihre Gestalt änderten und sich ausbreiteten. Veränderung. Veränderung, die so subtil und kontinuierlich ablief, dass man sich nicht leisten konnte, den Blick auch nur eine Sekunde abzuwenden. Nicht einmal blinzeln durfte man.

Eine völlige Überraschung war es nicht. Kent vermutete schon seit einiger Zeit, dass die Agenten des Grafen sich noch für andere Dinge interessierten als den Vertrag und die übrigen Manöver der farrischen Regierung. Dafür hatte es Zeichen gegeben. Aber dass man auf ihn aufmerksam geworden war, nachdem er sich solche Mühe gemacht hatte, unbemerkt im Hintergrund zu agieren! Das war mehr als entnervend. Kent durchfuhr eine Woge der Furcht wie ein eisiger Windstoß. Nicht etwa, dass er um sein eigenes Leben fürchtete – jedenfalls nicht nur –, er fürchtete vor allem um die Aufgabe und die anderen, die er mit hineingezogen hatte.

Als der Wein kam, stürzte Kent ein Glas hinunter, ohne

dass es irgendwelche Wirkung zu haben schien. Wer sonst wusste von seinen Bemühungen? Plötzlich kam er sich schrecklich exponiert vor an seinem Fensterplatz, als sollte jemand, der sich mit solchen Angelegenheiten beschäftigte, niemals bei helllichtem Tag auf die Straße gehen. Er riss sich zusammen und aß, ohne sich allzu sehr zu beeilen, und als er den Club verließ, täuschte er so gute Stimmung vor, wie er konnte, obwohl er dabei das Gefühl hatte, nur eine sehr schlechte Imitation von Averil Kent zu geben.

Vor dem Club wartete seine Kutsche am Straßenrand. Kent nickte dem Fahrer zu und stieg ein.

Als der Kutscher die Tür hinter ihm schloss, fiel Kent auf, dass auf dem Sitz ein in silbriges Tuch eingeschlagenes Päckchen lag. In die Falten war eine Visitenkarte gesteckt worden, und als Kent seine Brille hervorzog, konnte er lesen, dass in großen, kräftigen Lettern die Buchstaben ›AK‹ auf die Rückseite geschrieben worden waren. Er nahm sie an sich, und als er sie umdrehte, stellte er wie erwartet fest, dass er die Visitenkarte des entonnischen Botschafters in der Hand hielt.

Die Neugierde – die verdammte Leidenschaft, die ihn erst in diese Angelegenheit verwickelt hatte –, ergriff von ihm Besitz, und er hob das kleine Päckchen an, das kaum länger als seine Hand und zweimal so dick war. Augenblicke später hatte er das Einschlagpapier heruntergerissen. Er fand ein fein gearbeitetes Rosenholzkistchen vor, dessen Deckel an einem Scharnier hing und mit einer Bronzeschließe zugehalten wurde. Kent öffnete es und fand darin einen Brief.

> Sehr geehrter Herr!
> Bitte nehmen Sie dies als ein Zeichen meiner Wertschätzung an. In meinem Land werden nach Künstlern die schönsten Prachtstraßen benannt, und die begehrtesten Frauen verlangt es nach ihrer Aufmerksamkeit; und so gehört es sich. Der beigelegte Brief ist sehr alt und ein Original. Bitte nehmen Sie sich die Zeit und lassen Sie sich seine Echtheit

bestätigen. Vielleicht kennen Sie einen Historiker, der Ihnen dabei helfen kann?

Ich verbleibe als Ihr Diener, Sir.

Eine Unterschrift fehlte. Kent fand in dem Kistchen ein Kuvert und nahm es heraus. Einen Moment hielt er es in der Hand und zögerte, als willigte er schon durch das Öffnen des Umschlags in einen zukünftigen Kurs ein, den er nicht kannte und von dem er auch nicht wusste, ob er ihn gutheißen konnte. Reglos schaute Kent auf die vorbeiziehende Straßenszene, eine gewöhnliche Straße in Avonel, untermalt von den Geräuschen der Kutschen und der schwatzenden Menschen. Eine vertraute Szene, nicht im Mindesten eine seltsam, sondern so, wie er es sein Leben lang gekannt hatte.

Er öffnete den Umschlug und zog den Inhalt hervor: ein Fetzen vergilbtes Papier, das so dünn war wie eine Zwiebelhaut und nahezu durchsichtig. Vorsichtig, um das Dokument nicht zu beschädigen, legte er es auf seinen Handteller. Zu seiner Überraschung las er auf dem Papier kein Entonnisch, sondern Farrisch von etwas antiquierter Diktion. Er las es und bemerkte, dass es sich nur um ein Fragment handelte, um den Ausschnitt eines Textes.

Solchen Schreckens Zeuge ward ich und darf Euch versichern, dass unser Kollege in keiner Weise übertrieb. Mit entsetzlichen Waffen gewappnete Kinder streichen als Briganten über die Straßen und morden Mann und Weib um geringen und oftmals gar keinen Gewinn. Der Himmel erstickt an gelblicher Blässe, die faulig riecht und der Lunge schadet, bei Tag das Blau auslöscht und bei Nacht die Sterne. Die Armen sterben auf den Pflastersteinen, und die Bürger schließen sich in Häuser ein, deren Fenster vernagelt und deren Türen aus Eisen sind. In unseren dunkelsten Zeiten haben wir solche Not nicht gekannt, und in diesem in Nacht gehüllten Land ist jeder Tag genau wie dieser!

Um jeden Preis müssen wir diesen Narrenplan beenden! Auch so schon sind wir befleckt genug.

Anstelle einer Unterschrift fand Kent nur den verschnörkelten Buchstaben ›L‹.

»Lucklow«, flüsterte er. Valary müsste das Dokument auf seine Echtheit prüfen, doch ganz gewiss hatte der Magus so und nicht anders unterschrieben. Er erinnerte sich an den entonnischen Vortragenden während der Sitzung der Gesellschaft. Varese war sein Name. Ein Mann, den Valary kannte. Hatten die Entonnier am Ende doch noch mehr Korrespondenz aufgefunden? Lucklow!

Kent befühlte seine Stirn, als erwartete er Fieber zu haben. Was für ein Tag! Das Kistchen zog wieder seine Aufmerksamkeit an, als hoffte er, dort eine Erklärung zu finden, doch er fand nur einen kleinen Beutel aus Brokatelle, der mit einer silbernen Schnur zusammengebunden war. Ungewiss, welche weitere Enthüllung der Graf für ihn ersonnen haben konnte, nahm Kent den Beutel behutsam auf, er zog die Schnur auf und ließ den Inhalt in seine Hand gleiten. Ein schmales Silberkettchen rutschte heraus, an dem ein farbloser, geschnittener Edelstein in der Größe seines Daumennagels hing. Kent drehte ihn in der Hand herum, prüfte sein Gewicht und betrachtete die Lichtbrechung in den Facetten des Steins, die es in einen Regenbogen aufspalteten. Ganz gewiss ein Diamant, ein Brillant von solcher Größe und Reinheit, dass sein Wert unvorstellbar hoch sein musste. Selbst mit all dem Geld, das Kent noch verdienen konnte, wenn er das Alter des Königs erreichte, war dieser Stein nicht zu bezahlen.

»Flammen«, flüsterte er heftig. Stand er nun im Sold des Entonniers? Glaubten sie etwa, sie hätten Averil Kent gekauft? Er beugte sich über das Juwel und beschattete es ein wenig, als müsste er befürchten, dass jemand ihn damit sah und augenblicklich seine Schuld erkannte. Eine Fassung aus filigranen Zweigen und Blättern hielt den Stein an dem Kettchen.

Wenn das Brieffragment tatsächlich aus Lucklows Hand

stammte, dann konnte er Valary Brief und Juwel getrost nebeneinander vorlegen, und der Historiker würde den Brillanten nicht einmal bemerken.

29. Kapitel

Einen schöneren Tag auf See konnte man sich kaum wünschen. Von seinem Platz auf der oberen Längssaling nahm Tristam den Anblick dieser neuen Welt in sich auf. Schon seit mehreren Tagen blies der Wind beständig aus der gleichen Richtung und erzeugte Wellen, die einander so sehr ähnelten, dass sie wie eine endlose Wiederholung der gleichen erschienen.

Blau war alles ringsum. Der tiefe Ozean dunkelblau, der Horizont ein pastelliges Aquamarin, das den Ton wechselte, je weiter man die Augen hob. Der Übergang des Aquamarins in das harte, strahlende Blau des Himmels über Kopf verlief so allmählich, dass sich nicht sagen ließ, an welcher Stelle die Veränderung stattfand.

Aquamarin, Azur, Türkis, Zyanblau, Ultramarin, Lasurblau, Indigo. Am sich ständig verändernden Himmel erschien während des Tages jeder Farbton einmal für kürzere oder längere Zeit.

Baumwollweiße Wolken zogen langsam durch die Luft, und im Zenith kringelten sich die Windbäume gegen die oberste Wölbung der Himmelskuppel.

Tristam sog mit offenem Mund die Luft ein – sie schmeckte beißend und salzig. *Eine wunderschöne Welt ist das Meer*, dachte er, *es ist so sehr mit Blau gesättigt, dass man zu glauben beginnt, auch die Luft wäre blau. Fast erwartet man, beim Atmen die Farbe zu schmecken.*

Er blickte auf das Deck hinab. Mit den Jacks stand er noch immer nicht gut, obwohl sie ihm nichts weiter taten als ihn zu ignorieren. Allenfalls stellte er gelegentlich fest, dass einer ihn geringschätzig anstarrte. Die wiederhergestellte Vertrautheit mit der Herzogin entschädigte ihn mehr als ausreichend. Tristam zweifelte nicht daran, von jedem Mann an Bord beneidet zu werden – was ihm aber auch keinen besseren Stand bei den Jacks verschaffte. Die Herzogin behandelte Tristam, wie sie ihn immer behandelt hatte.

Weder gab es Anzeichen von Unschicklichkeit, noch war irgendetwas Nennenswertes vorgekommen. Verstohlene Küsse. Das Versprechen, was geschehen würde, wenn sie die Marinestation erreichten – allem Anschein nach ein zivilisierter Ort, eine richtige Stadt.

Tristam wünschte, sie würden diesen verdammten Fels endlich finden und weiterfahren, war sich jedoch bewusst, dass seine im Zaum gehaltene Sehnsucht ihn zusehends reizbarer machte.

Eine undeutliche, dunkle Linie verdeckte im Norden den Horizont. Tristam richtete das Frommesche Glas darauf und legte die Hände um den Mund. »Wetter an Steuerbord, Mr. Hobbes!«, rief er zum Deck hinunter. Der Jack, der als Ausguck auf dem anderen Mast saß, war sicher nicht erfreut. *Farrelle soll ihn holen*, dachte Tristam. Die Matrosen unternahmen nichts, um ihm das Leben zu erleichtern; er wollte verdammt sein, wenn er irgendetwas täte, was ihnen half.

So vergingen die Tage, und Tristam fand es schwer, sich zu langweilen. Lord Elsworth hingegen schritt zeitweise an Deck auf und ab wie ein Raubtier im Käfig und wirkte grimmig über seine erzwungene Untätigkeit. Die übrige Zeit schien er in einen Dämmerzustand zu verfallen, als hielte er Winterschlaf.

Tristam enterte herab, bevor die Jacks in die Wanten stiegen, falls Segel gerefft werden mussten. Er ging in seine Kabine, um sich mit seinem Tagebuch zu beschäftigen.

Wäre die Vogelinsel nicht der einzige Flecken trockenen Landes im Umkreis von siebenhundertfünfzig Seemeilen gewesen, so hätte jedermann sie als einen unbedeutenden Fels betrachtet. Bei Flut lugte die Insel an keiner Stelle mehr als vierzig Fuß aus dem Wasser, und auf ihren vier Hektar Fläche wuchs kein einziger Baum, nicht einmal ein Strauch.

Ohne Quelle oder wenigstens ein Loch mit brackigem Wasser, mit dem ein Mann seinen Durst löschen könnte, war die Vogelinsel für den Seemann so gut wie ohne jeden Wert. Von den Eiern der unzähligen Vögel, die dort ihre Nester bauten, konnte man sich zwar eine Weile ernähren, doch nur selten stieß ein Schiff in diesen Winkel des Ozeans vor, ohne genügend Vorräte an Bord zu haben.

Nur weil das Eiland für ein Schiff gefährlich werden könnte, besaß es überhaupt eine Bedeutung für des Königs Marine, und darum hatte die *Swallow* zwei langwierige Wochen hindurch das Meer nach dem Felsen abgesucht, um seine Position genau zu kartieren.

»Beim Blut des Märtyrers, Herr Leutnant«, wandte sich Tristam an den Ersten Offizier. »Nichts wert? Schauen Sie doch nur! Dort brütet wenigstens ein Dutzend Seevogelarten. Tausende von Vögeln, Sir. Tausende! Das ist geradezu ein Paradies.«

Manchmal staunte Tristam über die geistige Behäbigkeit der Marineleute, die auch bei den Offizieren nicht Halt machte. Er legte den Kopf in den Nacken und beobachtete einen Eissturmvogel, der dicht über der Mastspitze das Schiff überflog. Vor Begeisterung schlug sein Herz schneller – in diesem Augenblick dachte er weder an den König noch an die Arznei, nicht einmal an die Herzogin.

»Anker hält, Sir!«, rief der Steuermann über das Deck.

»Steuerbord Kutter zu Wasser«, befahl Osler. Noch während er sprach, beugte er sich über die Reling und blickte auf die rollenden Wogen. Tristam hörte, dass er etwas murmelte, bevor er sich umdrehte, um das Aussetzen des Kutters zu überwachen.

Viscount Elsworth stand an der Reling und trat von einem Fuß auf den anderen, begierig, etwas zu tun. Handeln! Der Mann erwachte nur dann zum Leben, wenn etwas vor sich ging.

Ein ungewöhnlich ernst wirkender Jack Beacham trat neben Tristam. »Das ist der schlechteste Ankerplatz, den ich je gesehen habe, Mr. Flattery. Unter unserem Kiel ist reiner Steingrund, kein Deut Schutz. Woran der Anker sich verhakt hat, ist jedem Mann an Bord ein Rätsel.«

»Ein Wunder.« Tristam achtete kaum auf die Worte des

Kadetten. Wenn das Brausen der See nachließ, hörte man das Lärmen der Vogelkolonien, ein ständiges Geflatter und schrilles Kreischen – mitten im einsamen Ozean wirkte es geradezu geisterhaft.

»Streich die Taljen! Das Boot zu Wasser!«, kam der Befehl, und der Kutter fiel in die Schaumkrone der Welle, die gerade vorbeirollte.

»Geben Sie auf sich Acht, Mr. Flattery«, sagte Beacham. »Die Dünung ist gemein.« Der Seekadett nahm Tristam die Schultertasche ab und warf sie einem der Jacks im Kutter zu. »Jetzt, Sir.«

Tristam glitt über die Seite und hätte auf dem ansteigenden Kutter landen müssen, doch im gleichen Augenblick, als er losließ, packte ein Brecher den Kutterbug und öffnete eine Lücke zwischen Schiff und Beiboot. Tristam schlug mit den Armen, um noch die Schiffswandung zu packen, doch es gelang ihm nur, sich herumzuwerfen. Er prallte mit dem Hinterkopf auf und hörte den Schlag im Schädel widerhallen, dann sank er in die kalte See. Dunkel ... Dunkelheit umfing ihn, umschlang ihn mit weichen Armen und zog ihn herab, in Sicherheit, daran zweifelte er nicht, zu dem Inselmädchen aus seinem Traum. In die Wärme. Ins Licht.

»Fast hätten wir den jungen Beacham auch noch verloren, weil er ihm hinterhertauchen wollte. Ich weiß nicht, was in den Knaben gefahren ist«, sagte Stern ernst. »Er kann keinen Zug schwimmen.«

Die Herzogin von Morland stand mitten in ihrer Kajüte und hatte die Hände vors Gesicht geschlagen. Stern war sich sicher, dass sie gleich zu weinen anfangen würde, und wusste nicht, was er tun sollte: ihren Bruder rufen oder lieber den Arzt.

»Tristam ertrunken!«, brachte sie hervor. »Das ist doch *unmöglich*. Ich glaube es einfach nicht! Ich ... er kann doch schwimmen. Das hat er mir selbst gesagt.«

»Er ist mit dem Kopf gegen das Dollbord des Kutters

geprallt, Frau Herzogin.« Stern sprach so sanft, wie es ihm überhaupt möglich war, als könnte er damit dem Schicksalsschlag die Härte nehmen. »Ein schreckliches Unglück.«

Er hatte dergleichen schon erlebt – dass Menschen den Tod eines anderen nicht hinnehmen konnten. Die Herzogin war eine alte Freundin der Familie Flattery – sie kannte den jungen Naturforscher seit vielen Jahren. Die arme Frau.

Doch nicht Trauer schien sie übermannt zu haben, im Augenblick beherrschten sie offenbar ganz andere Gefühle. Die Herzogin bedachte ihn mit einem solch harten Blick – ohne Zweifel irrationale Wut. »Das ist unmöglich, wenn ich es Ihnen doch sage! *Unmöglich!* Es ist —« Sie verstummte. Verwirrung überfiel sie. »Wir werden nach ihm suchen«, befahl sie, als hätte sie einen Dienstboten vor sich.

Stern atmete tief durch. »Suchen? Wie stellen Sie sich das vor? Mir geht es mehr zu Herzen, als Sie wohl glauben, denn ich habe Ihren jungen Freund sehr gemocht. Aber das Meer hat ihn davongetragen, Frau Herzogin, und wird ihn nicht mehr zurückgeben.«

Der Kutter, der von der Felsinsel zurückkehrte, schlug mit einem dumpfen Rumms gegen die Wandung. Osler hatte seine Beobachtungen abgeschlossen.

»Holt den Doktor!«, ertönte ein Ruf an Deck. »Holt Doktor Llewellyn! Wir haben ihn gefunden!«

Stern fand sich gewaltsam beiseite gestoßen und musste sich anstrengen, um mit der Herzogin Schritt zu halten, die die Leiter hinaufstürmte. Der Regen peitschte in die See und machte aus dem schwankenden Deck eine trügerische Rutschfläche, doch ohne innezuhalten, trappelte die Herzogin die Treppe zur Kuhl hinunter. Als Stern die Reling erreichte, war der Kutter längsseits gekommen. Die durchnässten Ruderer standen im Boot und blickten auf die Gestalt von Tristam Flattery hinab, der zu einem Häuflein zusammengekrümmt im Bilgenwasser lag, das Gesicht so weiß wie ein Fischbauch.

Mr. Taine, der Schiffsarzt, beugte sich über ihn und tastete nach dem Puls. Er hob den Blick. Sein Gesicht war todernst. »Er lebt«, rief er, und seinem Tonfall war deutlich zu entnehmen, dass er etwas feststellte, was er für unmöglich hielt. »Ich weiß nicht wie, aber er atmet noch.«

»Wir haben ihn an einem Streifen Strand gefunden«, meldete Osler dem Kommandanten. Er klang ähnlich ehrfürchtig wie der Schiffsarzt.

Einer der Jacks im Boot wandte sich an seine Kameraden. »Ich hab in der Dünung was Weißes aufblitzen sehn – grad als er fiel«, sagte er und klang ganz hohl vor Staunen und Furcht. »Wie 'n großer Rochen hat's ausgesehen, und es hat ihn an Land getragen.« Der Mann trat von dem reglosen Tristam zurück, als flöße er ihm Angst ein.

»Genug!«, brüllte Stern. »Das reicht! Tauwerk herbei, macht einen Bootsmannstuhl, dann holen wir ihn zurück an Bord. –

»Da sind Sie ja, Herr Doktor«, sagte er, als Llewellyn sich näherte. »Wir haben Ihren Patienten im Handumdrehen an Bord.«

»Herr Kapitän«, ertönte Beachams Stimme. Der Seekadett klang sehr eindringlich. »An Backbord, Sir.«

»Was denn?« Stern drehte sich um und blickte auf die See hinaus. »*Sturm an Backbord! Segel beisetzen!* Mr. Hobbes, die Trosse kappen! Wir kommen später wieder und holen den Anker. Mr. Osler! Schaffen Sie den Mann an Bord und nehmen Sie den Kutter in Schlepp!«

Wie aus dem Nichts ließ sich der Viscount Elsworth katzenhaft in den krängenden Kutter fallen, warf sich Tristam über die Schulter und enterte einhändig die Leiter. Die anderen schwärmten ihm hinterher.

»Bring ihn in meine Kajüte«, befahl die Herzogin, dann folgten sie und Llewellyn dem Viscount den Niedergang hinab. Hinter ihnen geriet das Deck in Aufruhr, als ›Alle Mann auf Deck‹ gepfiffen wurde.

Tristam erlangte durch den Geruch trocknender Wolle und die Geräusche eines Schiffes auf stürmischer See das Bewusstsein zurück. Die Augen zu öffnen, hielt er für eine schlechte gute Idee, also blieb er reglos wie ein Toter liegen, lauschte und versuchte sich zu erinnern. Morgen war es nicht, da war er sicher. Er hörte eine Stimme, die aus weiter Ferne zu ihm drang.

»Nach dem Reglement der Marine sollte ich Sie auspeitschen lassen, Mr. Beacham. Sie sind von Bord gegangen, Herr Seekadett! Welche Rechtfertigung haben Sie dafür?«

Beacham scheint Ärger zu haben, dachte Tristam. *Wahrscheinlich hat er Kuchen gestohlen.*

»Ich konnte ihn doch nicht ertrinken lassen, Herr Kapitän. Er ist kein Seemann, Sir, sondern ein Landmann, auf den wir Acht geben sollen. Und niemand hat sich gerührt, um ihm zu helfen, Sir!«

»Aber Sie können doch überhaupt nicht schwimmen!«, erwiderte Stern.

»Ich habe nicht richtig darüber nachgedacht, was ich da tat, Sir«, gab Beacham so leise zu, dass Tristam kaum verstand, was er sagte. Die Messe – sie waren in der Messe vor der großen Kajüte, wo Stern solche Befragungen abzuhalten pflegte.

Ein langes Schweigen folgte, und Tristam glaubte allmählich, er sei nur aus einem schweren Traum erwacht.

»Mr. Osler. Berichten Sie, dass Mr. Beacham ausgerutscht und über Bord gegangen ist, als er einen Mann packen wollte, der das Unglück hatte, ins Wasser zu fallen, und von den Männern gerettet wurde, die im Kutter bereitstanden. Nach meiner wohlerwogenen Ansicht ist er weder von Bord gegangen, noch hat er seine Pflicht vernachlässigt.

Geben Sie in Zukunft Acht, dass Sie Ihr törichtes Haupt an Bord behalten, Mr. Beacham. Und nun gehen Sie zurück an die Arbeit.«

Noch immer lag Tristam reglos in Wärme und Weichheit, und nur langsam trieb er an die Oberfläche des Bewusstseins. Eine Hand befühlte seine Stirn, dann wurde ihm die Decke am Hals festgesteckt. Er ließ sich in die Wärme zurücksinken, wo ein kleines Kind über ihn wachte – ein mürrischer Junge, der Angst hatte und sich nicht zeigen wollte.

Gemurmel; flüsternde Stimmen über den Geräuschen der wütenden See.

»Angesichts solch schwacher Beweise kann ich dem keinen Glauben schenken, Frau Herzogin. Mit Gewissheit hat die See den Bug des Kutters ergriffen und herumgerissen; ob die Männer an Bord alles Menschenmögliche getan haben, um ihn zu halten, lässt sich nur schwer sagen. Ich war nicht dabei, ich habe nicht zugesehen. Und Frau Herzogin ebenfalls nicht.«

»Hören Sie, Kapitän Stern. Die Matrosen haben Beacham retten können, aber kein einziger Mann hat versucht, Tristam zu helfen. Mehrere Zeugen sagen das gleiche. Und dieser Kreel hielt die Leine in der Hand. Sie wissen doch, dass er bei diesen Schikanen gegen Tristam der Rädelsführer ist!«

»Das streite ich nicht ab, Frau Herzogin. Ich streite es keineswegs ab. Doch es gibt noch andere Erklärungen für ihr Verhalten. Sie verloren das Gleichgewicht, als das Boot krängte. Sie waren völlig überrascht, und als sie zur Besinnung kamen, war es schon zu spät. Sie sollten sich eines vor Augen halten: Matrosen unterwerfen sich der Disziplin von Vorgesetzten, von denen sie wissen, dass sie fair sind. Aber so ...? Die Admiralität würde auf keinen Fall irgendwelche Strafen bestätigen, die ich auf Grund solch dünner Beweise verhänge. Und die Anklage ist schließlich eine sehr ernste Angelegenheit!«

»Das also ist Ihr letztes Wort? Unter Ihrem Befehl geschieht ein Mordversuch, und Sie unternehmen nichts? Ich sollte Ihnen ins Gedächtnis rufen, dass Tristam der Neffe des Herzogs von Blackwater und des Earls von Tyne ist. Bei mehr als einem Anlass habe ich den König von ihm sprechen hören, Kapitän – und ich würde darauf wetten, dass Seine Majestät den Namen Stern noch nie gehört hat. Und dazu will ich eine Angelegenheit, die wir geheim halten müssen, nicht einmal erwähnen. Ich sage nur, dass wir ohne Tristam nicht in der Lage sein werden, den Auftrag auszuführen. Das kann ich Ihnen versichern.«

»Frau Herzogin, ich habe die höchste Meinung von unserem Naturforscher und weiß, dass er einer guten Familie entstammt. Bevor wir ausliefen, erhielt ich einen Brief von Seiner Herzoglichen Hoheit, in dem er mich ausdrücklich bittet, auf seinen Neffen Acht zu geben. Und ich werde ihn unversehrt nach Hause zurückbringen. Seien Sie dessen versichert. Darauf gebe ich Ihnen mein Wort als Ehrenmann. Solange ich dieses Schiff kommandiere, wird Mr. Flattery nichts zustoßen.«

»Ich hoffe sehr, dass Sie Recht haben, Kapitän Stern. Denn wenn Sie sich irren, wird es auf der ganzen weiten Welt kein Schiff mehr geben, das Sie befehligen können.«

Schweigen setzte ein. Soeben war Kapitän Stern an Bord seines eigenen Schiffes bedroht worden.

»Wenn Frau Herzogin mich nun entschuldigen möchte«, sagte er sehr höflich und kühl.

»Da wäre noch die andere Sache, über die wir bereits gesprochen haben, Herr Kapitän.«

»Und zu der ich nichts weiter zu sagen habe!«, entgegnete er aufbrausend; seine Wut zeigte sich. Dann fügte er ruhiger hinzu: »Ich habe meine Befehle von der Admiralität.«

»Und ohne Zweifel ein Gespräch unter vier Augen mit Roderick Palle.«

»Die Pflicht ruft, Frau Herzogin. Einen angenehmen Abend wünsche ich Ihnen.«

Leise wurde eine Tür geschlossen. Tristam fühlte, wie ihn wieder das kalte Meer umschloss, und er konnte sich nicht rühren, um an die Oberfläche zu gelangen.

Schritte näherten sich durch die Kajüte, ungleichmäßig, denn der Sturm traf das Schiff und schüttelte es wie ein Spielzeug. Er schlug die Augen auf und erblickte die Herzogin, die sich über ihn beugte. Die Kajüte schwankte hin und her.

»Ich glaubte zu hören, wie sich Ihr Atmen veränderte. Ist Ihnen wohl? Soll ich den Arzt rufen?«

»Ich bin wieder ganz bei mir, glaube ich. Allerdings habe

ich nur ganz vage Erinnerungen an das, was geschehen ist.«

Sie lächelte auf ihn herab und verbarg ihre Besorgnis nicht ganz. Auf ihrem Haar glänzte Lampenlicht, und Tristam begriff, dass es Nacht war. »Sie sind über Bord gegangen, als Sie in das Beiboot steigen wollten. Und Sie erinnern sich nicht?«

»Ah. Habe ich mir den Kopf gestoßen? Mir schmerzt jedenfalls der Hinterkopf fürchterlich.«

»Ja, Sie haben sich in der Tat den Kopf gestoßen. Ich werde Doktor Llewellyn wecken.«

»Nein, lassen Sie nur. Ich kann völlig scharf sehen, mir ist nicht übel, und ich glaube, der Schmerz ist nur äußerlich. Jemand hat mich also herausgezogen, nehme ich an. Wer war es?«

Die Herzogin legte ihm sanft eine Hand auf die Schulter. »Ich fürchte, Sie sind einer gnädigen Strömung zu Dank verpflichtet – das glaubt jedenfalls der Kapitän. Gleich nach Ihrem Unglück wurden Sie auf ein schmales Gesims gespült, wo man sie fand. Wie durch ein Wunder ...« Der Ausdruck auf dem Gesicht der Herzogin konnte Tristam nicht davon überzeugen, dass sie ihre eigenen Worte glaubte.

»Ich verstehe.« Tristam schwieg einen Moment. »Und was haben die Jacks dazu zu sagen?«

Die Herzogin zuckte mit den Schultern. »Ich glaube, die arme Crew ist sich nun völlig uneins, denn wie Leutnant Osler mir sagte, gilt ein Mann, dem die See das Leben geschenkt hat, als vom Glück begünstigt. Die Leute vor dem Mast haben nun einiges nachzudenken, bis wieder alles in ihre Vorstellung vom Wirken der Welt hineinpasst!« Sie zwang sich zu einem Lachen. »Ich sollte mir nicht solche Gedanken machen.«

»Ich habe wohl die Vögel versäumt?«

Die Herzogin lachte erneut, und diesmal klang sie aufrichtig erleichtert. »Wie ich sehe, sind Sie schon fast wieder Sie selbst. Aber Tristam, frieren Sie etwa?«

»Plötzlich scheint es mir hier sehr kalt zu sein. Hätten Sie vielleicht noch eine weitere Decke?«

»Eine Decke hilft nicht gegen Fieber«, sagte sie und fühlte zum zweiten Mal seine Stirn. Dann trat sie von der Koje zurück, legte Schal und Gewand ab, und schlüpfte, nur in Unterwäsche, neben ihren Patienten in das schmale Bett. Sie schloss ihn in ihre weichen Arme, und Tristam genoss die Wärme ihres Körpers.

»Sie sind ja ein Eisblock, Tristam. Vielleicht sollte ich doch Llewellyn holen, obwohl ihm bei diesem Seegang selbst nicht sehr gut ist.«

»Warten Sie noch etwas, ich glaube, es geht vorüber.« Und damit fiel er wieder in unruhigen Schlaf.

Irgendwann weckte ihn das Heulen des Sturms in der Takelage. Er fühlte sich weder zu warm noch zu kalt und hoffte, sein Fieber habe nachgelassen. Die Herzogin lag noch bei ihm. Sie atmete schwer. Sanft strich er sich ihr Haar aus dem Gesicht und spürte, wie sie sich regte.

»Mmm.« Sie drängte sich an ihn. »Ich glaube, Sie sind wiederhergestellt«, sagte sie, denn sie spürte sein aufsteigendes Verlangen, und begann, seinen Nacken zu küssen. »Nun ist unsere Geschicklichkeit gefragt«, flüsterte sie, als das Schiff einen Satz machte und sie gegen die Leeplanke und wieder zurück geworfen wurden. »Zum Ausgleich kann ich mich vergessen und schreien, wie ich will, denn niemand wird mich hören.«

Den nächsten Tag verbrachte Tristam zunächst noch in der Kajüte der Herzogin, dann wandte er sich wieder dem normalen Bordleben zu. Der Sturm war am Morgen verebbt, und als Tristam sich am frühen Nachmittag auf Deck wagte, wirkte die See entschieden weniger bedrohlich, obwohl noch immer schwere dunkle Wolken über dem Wasser hingen.

Leutnant Osler nickte ihm zu und lächelte. Im Rigg setzten die Jacks weitere Segel, denn der Steuermann versuchte, so viel wie möglich aus der steifen Brise zu machen;

seit dem Aufbruch von Farrow hatten sie mehr Gegenwind als üblich gehabt.

An der Heckreling standen die Herzogin, Jacel und Dr. Llewellyn. Tristam stieg in die Kuhl hinab. Er wollte sich auf die Ersatzspieren setzen. Wie gewohnt verhielt sich die Herzogin ihm gegenüber völlig undurchsichtig und nötigte Tristam Respekt für ihre Schauspielkunst ab – weshalb er zugleich unweigerlich ihre Zuneigung infrage stellte.

Er ließ sich auf die Spieren nieder und lehnte sich gegen den Bug des Kutters. Vor ihm breitete sich das Panorama der rollenden, leeren See aus. Er schloss die Augen und lehnte den Kopf gegen die Planken. Als er mit der wunden Stelle das harte Holz berührte, zuckte er vor Schmerz zusammen.

Wenn ich mir weiterhin so den Kopf stoße, wird mein Verstand bestimmt geschwächt, und ich habe nicht genug davon, um es mir leisten zu können, davon noch etwas einzubüßen. Wie er hier im Freien saß, fühlte er sich recht ungeschützt. Die Jacks erschienen ihm nicht mehr bloß unwissend und abergläubisch. Aber warum sollten die Matrosen versuchen, ihn zu ertränken? Also glaubten sie, sein Onkel sei ein Magus gewesen ... Na, und? Sollte ihnen das etwa einen Mordversuch wert sein?

Aus einem unbestimmten Grund zweifelte Tristam daran, doch gleichzeitig hörte er die warnende Stimme: ›Du kannst es dir gar nicht leisten, nicht daran zu glauben.‹

Sehr wahrscheinlich war die Tat nicht geplant gewesen, doch als er stürzte, versuchte auch kein Jack, ihn zu retten. Nicht Mord, sondern Untätigkeit.

»Mr. Flattery, Sir?«

Tristam öffnete die Augen und sah Pim vor sich, den jüngsten Jack an Bord. Der Schiffsjunge hielt ihm einen dampfenden Becher hin, der nach Kaffee roch, und wirkte außerordentlich nervös.

»Mit der Empfehlung des Smuts, Sir.«

Tristam fiel auf, dass mehrere Jacks an Deck standen und zusahen. Sie blickten ihn an, nicht etwa feindselig, sondern erwartungsvoll.

Ein Friedensangebot?, fragte er sich. Augenblicklich nahm er den Becher entgegen.

»Ich danke dir, Pim, und dem Smut auch.«

Der Junge verbeugte sich hastig und linkisch; offenbar waren ihm die Worte schon ausgegangen. Die anderen hatten sich wieder ihrer Arbeit zugewandt.

»Mit Ihrer Erlaubnis, Sir«, sagte Pim und guckte, als könnte die Welt einen Satz machen.

Tristam lächelte, und der Junge eilte im Laufschritt davon. Der Kaffee war stark und bitter. Tristam schloss die Augen und trank. Pim war ihm gegenüber nie unfreundlich gewesen.

Nur ein schüchterner Junge, der gefallen will und sich vor uns hochwohlgeborenen Passagieren fürchtet.

»Wie gut, Sie wieder auf den Beinen zu sehen, Mr. Flattery.« Tristam schlug wieder die Augen auf und sah einen glücklich wirkenden Jack Beacham vor sich. »Einen angenehmen Tag wünsche ich Ihnen.«

»Und ich Ihnen, Mr. Beacham. Ich bin ebenfalls froh, Sie gesund zu sehen, denn ich habe gehört, Sie seien zu meiner Rettung ins Meer gesprungen. Obwohl ich Ihrem Mut applaudieren muss, war es doch eine törichte Vorgehensweise für einen Mann, der so gut schwimmt wie ein Stein.«

Beacham lächelte strahlend. »Ich habe nicht darüber nachgedacht, was ich tat, Mr. Flattery, bis ich im kalten Wasser wieder einen klaren Kopf bekam. Ich konnte sie nicht erreichen, aber zu meinem Glück traf mich ein Jack mit einer Lotleine. Ich habe nun einen ungeheuren blauen Fleck am Hintern, aber ich konnte die Leine packen, und deshalb stehe ich hier. Sie sagen, ich wäre die seltsamste Probe, die sie je aus dem Wasser gefischt haben, Sir, und ich fürchte, von jetzt an nennen sie mich den ›Boden-Beacham‹, bis ich wirklich tot bin.«

Tristam lachte. »Nun, ich danke Ihnen, dass Sie diese Gefahr auf sich genommen haben. Wenn die Umstände es erlauben, könnte ich Ihnen ja die große Kunst des Sich-über-Wasser-haltens beibringen, vielleicht sogar, wie man sich im nassen Element vorwärts bewegt. Diese Fertigkeiten könnten Ihnen zupass kommen, wenn solche Heldentaten zu Ihrer Gewohnheit werden sollten.«

»Nichts wäre mir lieber, Sir, denn ich glaube keinen Augenblick, dass das Schwimmen einem die Konstitution raubt. Ich bin schon oft genug im kältesten Regen draußen gewesen und bis auf die Knochen durchnässt worden, sodass meine Haut schrumpelte, und kein einziges Mal bin ich hinterher krank geworden. Ich glaube, es ist ein Irrglaube, und im Übrigen würde ich eher eine schlechtere Gesundheit in Kauf nehmen als zu ertrinken.«

»Nun, was Sie sagen, entbehrt nicht einer gewissen Logik. Dessen bin ich sicher.« Einen unbehaglichen Augenblick sprach keiner von ihnen ein Wort. »Sagen Sie mir die Wahrheit, Jack Beacham – wollen die Jacks mir ans Leben?«

Beacham schaute sich um und wirkte übergangslos ängstlich und angespannt. Er trat einen Schritt näher. »Die Matrosen sind uneins, Sir. Es gibt welche, die meinen, es sei zu weit gegangen. Sie finden, die Matrosen im Kutter hätten versuchen müssen, Sie rauszufischen, Mr. Flattery. Und dann gibt es die unwiderlegbare Tatsache, dass das Meer Ihnen das Leben geschenkt hat – das Vordeck ist schroffer geteilt, als ich je gesehen habe ... und immer weniger stellen sich auf die Seite von ...« Mit einer kaum merklichen Kopfbewegung deutete er auf den Bug.

Tristam nickte und schloss die Augen. Seine Verletzung begann zu pochen. Kreel war ein Vordeckmann.

Plötzlich fröstelte er, so als käme das Fieber zurück. *Blut und Flammen*, dachte er, *die wollten mich wirklich ertrinken sehen!*

»Aber nachdem Sie so viel Glück hatten, Mr. Flattery, brauchen Sie sich keine Sorgen mehr zu machen. Ich habe dergleichen noch nie gehört, und dabei es gibt tausend Geschichten von Männern, die vor dem sicheren Tod im Meer bewahrt wurden.«

Tristam öffnete nicht die Augen. Aus dem Tonfall des Kadetten ging eindeutig hervor, was er dachte.

»Das war Glück, Jack Beacham«, sagte er schwach, »nichts weiter.«

Schweigen. Tristam wusste, dass Beacham nicht antworten würde, weil er ihm sonst widersprechen müsste, aber ganz offensichtlich glaubte er ihm nicht. *So abergläubisch wie die Jacks*, dachte Tristam.

»Nun müssen Sie mir eine ornithologische Frage beantworten, Mr. Flattery«, wechselte Beacham ruhig das Thema. Als Tristam die Augen öffnete, stellte er fest, dass ein Jack in ihrer Nähe zu arbeiten begonnen hatte. »Ich habe eine Beobachtung gemacht, die vielleicht Erwähnung in Ihrem Journal finden sollte.« Der Junge gab sich Mühe, den Ernst des Augenblicks beiseite zu schieben. »Oder vielleicht war es auch gar nichts Wichtiges.« Er lächelte ein wenig verlegen.

Beacham hatte nämlich entdeckt, dass man kein Mitglied der Empiristischen Gesellschaft sein musste, um seinen Namen in den *Annalen* wiederzufinden, wenn man einen Beitrag leisten konnte, und nun hoffte er, dass Tristam ihn für eine bislang unentdeckte Spezies oder ein solches Phänomen erwähnen würde.

»Gestern, kurz bevor wir beide in den Grauen Ozean sprangen, sah ich weit entfernt einen Vogel aus dem Himmel stürzen und einen anderen in der Luft schlagen, Sir. Selbst auf die große Entfernung sah ich Federn fliegen, und der Vogel, der herabgestürzt war, trug den anderen davon. Ich kann nicht sagen wohin, weil so unfasslich viele Vögel in der Luft waren, dass ich ihn aus den Augen verlor. Ich habe nachgeschlagen, aber ich kann mir keinen Reim darauf machen.«

»Habe ich Ihnen schon einmal eine Raubmöwe gezeigt?«

»Als wir Farrow verließen? Dieser Vogel, der den anderen ihre Beute abnahm? Der zu faul war, selber zu fischen?«

»Genau der. Das haben Sie gesehen. Eine Raubmöwe würde zwar keinen anderen Vogel schlagen, also ihn töten, aber auf größere Entfernung kann es durchaus so aussehen.«

»Nun, ich hatte kein Fernrohr zur Hand, aber mir kam es durchaus so vor. Ein weißer Vogel ... er zog die Flügel ein und stürzte wie ein Stein.« Beacham demonstrierte dies mit seinen Armen. »Aber, es war wirklich zu weit weg, um es genau zu sehen. Gewiss habe ich eine Raubmöwe beobachtet, wie Sie sagen, obwohl ich zugeben muss, dass ich gehofft hatte, eine Art entdeckt zu haben, von der man vorher noch nichts wusste.«

»Weiß, sagten Sie? Und sie stürzte sich herab?«

»Ganz genau, Sir. So sah das aus«, und erneut demonstrierte er, wie der Vogel die Flügel anlegte und sich aus dem Himmel stürzte. Eine gute Imitation eines Falken oder eines Habichts, da bestand kein Zweifel.

»Nun, das sieht mir nach keiner Raubmöwe aus, die ich kenne. So weit draußen auf See kann es aber keine Greifvögel mehr geben. Es sei denn, eine größere, bislang unentdeckte Insel wäre in der Nähe. Ich muss Kapitän Stern davon berichten.«

Unmöglich, dachte Tristam bei sich.

30. Kapitel

Als Tristam erwachte, hörte er draußen das Unwetter, und trotzdem glaubte er nicht, dass er davon aus dem Schlaf gerissen worden war. Reglos blieb er in der Dunkelheit liegen, maß im Geist den Bogen, den die Hängematte bei ihrem Schwung beschrieb, und lauschte. Hatte ihn jemand gerufen? Oder an die Tür gepocht? Tristam musste sich anstrengen, um über das Tosen hinweg noch etwas anderes zu hören. Die Wellen donnerten gegen den Bug, und das Tauwerk knirschte unter Spannung – an seiner Tür hörte er nichts.

Ein Traum, dachte er und drehte sich auf die andere Seite in der Hoffnung, wieder einzuschlafen. Nach so langer Zeit auf See lag er bei Unwettern nicht mehr hellwach. Er *regis*trierte sie zwar, doch sie erschienen ihm nicht bedrohlicher als ein Gewitter auf dem Land, bei dem er behaglich in seinem Haus in Locfal säße. Er gelangte zu dem Schluss, doch nicht die richtige Schlafhaltung einzunehmen, und versuchte sich auf die andere Seite zu drehen, wobei er vorsichtig darauf bedacht war, sich nicht am Ende selbst von seinem schwankenden Lager zu schleudern.

Während er den Wind im Rigg seufzen hörte, drängte sich ihm der Sturm ins Gedächtnis, bei dem er die Herzogin geliebt und sich mit der Zügellosigkeit des Unwetters im Einklang gefühlt hatte. Diese Erinnerung indes war nicht dazu geeignet, ihn dem Schlaf näher zu bringen. Auch die stickige Luft war dazu nicht angetan, denn alle Öffnungen des Schiffes waren gegen das Wetter verschlossen.

Tristam wollte dringend frische Luft atmen. Vorsichtig rollte er sich aus der Hängematte und balancierte durch die dunkle Kammer. Sie war eng und aufgeräumt, sodass sich beinah alles in Reichweite befand. Rasch zog er sich das Ölzeug über Hemd und Hose.

Ohne Stiefel schlich er hinaus und gelangte in den trüben Schimmer einer abgeblendeten Laterne. Er stieg den

Niedergang hoch und trat unter den Persenningen aus Segeltuch hervor, die vor dem Wetter schützten.

Auf der Stelle peitschte ihm der kalte Wind entgegen; mitgerissene Gischt spritzte ihm ins Gesicht und hinterließ einen salzigen Geschmack. Tristam war plötzlich zum Lachen zumute. Nur gelegentlich wurde ihm bewusst, wie erstaunlich und absurd dieser Abschnitt seines Lebens war. Überhaupt nicht vergleichbar war es mit seinem beschaulichen Landleben in Locfal.

Der Sturm war noch nicht schlimm. Tristam erkannte das vor allem am Geräusch des Windes in der Takelage und an der Bewegung des Schiffes, denn er konnte keine zwanzig Fuß weit sehen – konnte kaum den Steuermann im Licht des Kompasshauses ausmachen.

Erstaunlich, wie sehr er sich an die See gewöhnt hatte; noch vor wenigen Wochen hätte er sich bei diesem Sturm vor Übelkeit und Todesangst in seine Hängematte gekauert. Heute aber erschienen ihm die schweren Brecher nicht mehr als die schwarzen Monstren von einst.

Das Schiff lag mit gerefften Marssegeln bei und machte keine Fahrt voraus, hielt aber mühelos Position. Bei schlechtem Wetter nutzte Stern oft diese Taktik, denn sie schonte die Mannschaft und gestattete ihm, die Männer frisch zu halten. Die Wachen waren klein und konnten bis auf den Rudergänger und einen Mann im Kompasshaus im Trocknen bleiben, bis man sie auf Deck rief, weil sie anpacken mussten.

Tristam stellte sich mit dem Gesicht zum Wind, obwohl die Gischt unter seine Wettermütze drang und kalte Rinnsale seinen Hals hinabliefen. Ein ferner Blitz erleuchtete die Wolken, und einen Sekundenbruchteil lang sah Tristam den Bug des Schiffes hoch in die Luft ragen, dann wurde es ringsum wieder pechschwarz.

Ein jäher dumpfer Schlag von vorn zog Tristams Aufmerksamkeit auf sich. Dann ein zweiter, zwei hohle Prallgeräusche auf Holz. Irgendetwas musste sich gelöst haben, und Tristam machte sich eilig über schwankende Decksplanken auf den Weg durch die Kuhl. Dank seiner wachsenden Kenntnisse in der Seemannschaft kümmerte er sich immer öfter um dergleichen und genoss jedes Mal die Befriedigung, die man aus der Verrichtung solch einfacher Dinge gewinnt, wie ein loses Tau zu belegen oder die Beschlagzeising an einem flatternden Segel zu straffen.

Er hangelte sich im Dunkeln an der Rettungsleine entlang, während die Brecher über den Bug schlugen und über seine nackten Füße spülten, sodass er manchmal bis zu den Knöcheln im Wasser stand.

Die nächste Woge tauchte das Schiff fast bis zum Schanzkleid ein; Tristam musste am Fleck stehen bleiben, um sich überhaupt auf den Beinen zu halten, und rutschte trotzdem mehrere Schritt leewärts; das Seil straffte sich in seinen Händen und knirschte. Einen schrecklichen Augenblick hielt das Schiff inne, bevor es begann, sich wieder aufzurichten, und Tristam machte sich darauf gefasst, sich in der Takelage festhalten zu müssen, sollte die Rettungsleine reißen, was vielleicht jeden Augenblick geschehen konnte.

Zischend brach sich die Welle, überflutete das Vorderdeck und wusch zurück. Hüfthohes Wasser traf Tristam mit voller Wucht und wollte ihn von dem klammen Tau losreißen, an das er sich unter Aufbietung aller Willenskraft klammerte.

Eine Reihe von Schlägen, keinen Schritt entfernt, warnte ihn davor, dass das, was auch immer sich losgerissen hatte, in seine Richtung gespült wurde, und er versuchte, am schräg stehenden Deck Höhe zu gewinnen.

Ein Mann, nein, zwei Männer wurden weggespült und prallten torkelnd gegen ihn. Tristam ließ mit einer Hand die Rettungsleine los und griff nach ihnen, bekam aber nur ein Stück Hemd zu packen, das prompt abriss. Keine zwei Schritt entfernt hörte er es keuchen und platschen; ringsum lief das Wasser durch die Speigatten ab.

»*Blut und Flammen!*«, rief Tristam aus. »Wo seid ihr?« Er hangelte sich an der Leine entlang und schwenkte dabei einen Arm. Unmittelbar vor sich hörte er das schreckliche Geräusch eines schlaffen Leibes, der auf hartes Holz klatscht.

»*Rudergänger!*«, brüllte Tristam, obwohl er kaum zu hoffen wagte, dass der Mann ihn trotz des Sturmgeheuls hörte.

Ein Blitz zuckte über den Himmel, und Tristam sah, wie jemand über der Gestalt von Kreel kniete und ihm die Hände um die Kehle gelegt hatte. Der riesige Matrose wand sich und versuchte, diese Pranken fortzureißen. Bevor Tristam reagieren konnte, hoben die Hände Kreels Kopf an und schlugen ihn hart auf die Planken. Dann war nichts mehr zu sehen.

»*Wer ruft da?*«, schrie es vom Achterdeck.

Tristam stand wie gebannt auf der Stelle.

»*Lauter, da vorn!*«

Tristam sprang vor. In der Finsternis konnte er nicht genau sagen, ob er sein Ziel finden würde, aber er prallte mit voller Wucht gegen den Mann, der Kreel ans Leben wollte. Ein schwerer Arm wischte herum und schleuderte ihn über das Deck davon. Tristam schlug mit dem Kopf gegen den Schandeckel.

Über dem Tosen der See erklang die Glocke, mit der die Wache auf Deck gerufen wurde. Eine Welle umspülte Tristam, und er sprang panisch auf und hustete Salzwasser heraus.

Es war zu dunkel; er sah nichts, er hörte nur ein Ächzen, dann wurde etwas über die Planken geschleift. Tristam taumelte vor und musste sich an der Reling festhalten, um nicht das Gleichgewicht zu verlieren. Dann stieß er mit jemandem zusammen, den er zum Stolpern brachte, denn das Schiff richtete sich gerade wieder auf. In der Dunkelheit packte Tristam den schlaffen Kreel und fiel von der Reling zurück. Er stürzte aufs Deck, und der schwere Matrose begrub ihn halb unter sich.

Dann hörte er, wie Männer durch das Luk eilten.

»Hier!«, rief Tristam laut. Er rollte den Matrosen von sich herunter, ohne ihn loszulassen, damit er nicht doch noch von Deck gespült wurde. »Steuerbord!«

Ein Blitz tauchte die Näherkommenden in Licht. Hand über Hand hangelten sie sich die Rettungsleine entlang.

»Er ist ohne Bewusstsein.«

»Ruft Mr. Taine!«, befahl jemand. Tristam wurde von starken Händen hochgerissen, andere packten den reglosen Kreel.

»Flammen, was is'n los hier?«, zischte einer der Jacks und blickte dabei Tristam misstrauisch an.

»Ich weiß es nicht ...«, hörte Tristam sich stammeln. »I-Ich kam auf Deck, um Luft zu schnappen, und hörte ein Poltern. Dachte, etwas hätte sich losgerissen. Stattdessen fand ich ihn. Noch ein paar Sekunden, und er wäre glatt über Bord gespült worden.«

Zum Reden fehlte die Zeit. Die Matrosen ergriffen ihren Kameraden und schleppten ihn zum Luk.

An Deck zurückgelassen, klammerte sich Tristam an die Rettungsleine und atmete stoßweise.

Glühende Märtyrer, dachte er, *ich habe einen Mord vereitelt!* Das Gesicht des Täters hatte er zwar nicht erkennen können, doch auf dem ganzen Schiff gab es mit einer Ausnahme keinen Mann, der kräftig genug war, um es mit Kreel aufzunehmen; und diese Ausnahme war Elsworth.

»Glühende Märtyrer«, flüsterte er diesmal. »Ein Mord.«

Stern saß an dem kleinen Tisch, und offen vor ihm lag das Logbuch. Rechts neben ihm saß Osler mit einer Feder in der Hand, vor sich Papier. Links vom Kommandanten stand Hobbes. Die Seeleute blickten sehr ernst. Selbst Osler bot Tristam keine Andeutung eines beruhigenden Lächelns.

»Mr. Flattery«, begann Stern mit müder Stimme, und zugleich ließ er sich einen mühsam bezwungenen Zorn anmerken. »Ich muss Ihnen vorweg sagen, dass die Lage sehr ernst ist. Wir sind hier«, er warf einen Blick auf Osler, »um Ihre Aussage aufzunehmen, und obwohl dies keine Vernehmung im offiziellen Sinne ist und schon gar keine Gerichtsverhandlung, wird alles, was Sie sagen, festgehalten und vorschriftsmäßig der Admiralität und dem Marineamt gemeldet.

Es besteht die Möglichkeit, dass man Sie nach unserer Ankunft in Farrland bittet, Ihre Aussage offiziell zu bestätigen oder sogar weiter auszuführen. Haben Sie verstanden, was ich sage, Sir?«

Tristam nickte. »Das habe ich, Herr Kapitän.«

»Dann beginnen Sie bitte damit, uns Ihre Beobachtung in der vergangenen Nacht zu schildern, und erklären Sie Ihre Anwesenheit auf Deck trotz der späten Stunde und des schlechten Wetters.«

Tristam schluckte, nicht allzu offensichtlich, wie er hoffte. »Ich konnte nicht schlafen, Kapitän Stern. Wie Ihnen fast jeder an Bord bestätigen kann, ist das bei mir nichts Ungewöhnliches. Als ich aber feststellte, nicht schlafen zu können, dachte ich, es hinge mit dem Verschlusszustand des Schiffes zusammen – alles war zu, es gelangte keine frische Luft herein. Ich zog mich an und ging hinaus aufs Achterdeck. Vielleicht hat der Rudergänger mich auf Deck kommen sehen?«

Hobbes nickte knapp.

Tristam sah Stern ins Gesicht, welcher überaus kühl und distanziert die Augen zu dem Stehenden erhob und dessen Blick erwiderte. »Als ich dastand und Atem schöpfte, hörte ich vorn ein Geräusch – ein Poltern. Weil die Wache unter Deck war, beschloss ich, nachzusehen, ob sich vielleicht etwas gelöst hatte, um das ich mich kümmern konnte, ohne jemanden zu stören. Also stieg ich in die Kuhl und folgte der Rettungsleine. Als ich fast am Vorderdeck angelangt war, wurde ich aufgehalten, weil ein schwerer Brecher über die *Swallow* spülte und das Schiff eine Sturzwelle übernahm. Während ich mich noch an die Leine klammerte, schoss etwas an mir vorbei, was ich augenblicklich als einen Mann erkannte, und ich versuchte, ihn zu packen.« Tristam verstummte und schaute vom einen zum anderen. Er fürchtete, seine Worte klangen nicht allzu glaubwürdig. Der Schweiß trat ihm auf die Stirn. Was sollte er jetzt sagen? Sollte er seinen Verdacht melden?

»Es gelang mir nicht, jemanden festzuhalten, dann aber zeigte mir ein Blitz zwei kämpfende Männer, Herr Kapitän. Das Gesicht des einen konnte ich nicht sehen, der andere war Mr. Kreel. Ich rief die Männer am Ruder an, und sie läuteten nach der Wache, die Mr. Kreel unter Deck schafften.« Tristam verstummte und gab sich den Anschein nachzudenken. »Sonst fällt mir nicht Erwähnenswertes mehr ein, Kapitän Stern.«

Der Kommandant senkte kurz den Blick ins Logbuch, als vergliche er Tristams Aussage mit dem, was schon ein anderer zu Protokoll gegeben hatte. »Sonst haben Sie niemanden gesehen? Oder gehört?«

»Keinen Menschen, Sir.« Tristam empfand aufkommende Panik. »Freilich war es sehr dunkel.«

»Und den zweiten Mann konnten Sie nicht erkennen? Denken Sie nach, Mr. Flattery. Irgendetwas? Haarfarbe? Auffällige Bekleidung?«

Tristam schüttelte den Kopf.

Stern wandte den Blick ab. Offensichtlich war er mit der Antwort unzufrieden.

Tristam bemühte sich, ruhig zu atmen.

»Verflixte Sache«, brummte Stern, als spräche er nur zu sich. »Nun, etwas will ich Ihnen sagen, Mr. Flattery – unter der Maßgabe, dass es unter uns bleibt: Letzte Nacht sind noch mehr Leute in der Nähe gewesen. Gewiss in der Dunkelheit verborgen, aber sie waren dort. Einer der Männer am Ruder glaubte, er hätte in einem Blitzleuchten drei Männer gesehen, nur kann der andere es nicht mit Bestimmtheit bestätigen. Eins steht jedenfalls fest: Seine Wunden hat Kreel nicht bei einem Unfall erhalten, wie er es behauptet. Der Mann wäre fast erdrosselt worden, die Abdrücke auf seinem Hals sprechen eine eindeutige Sprache. Ein Wunder, dass er überlebt hat.« Stern ließ die flache Hand auf das Logbuch herabsausen und bremste sie erst im allerletzten Augenblick ab, sodass sie leise aufkam.

»Mr. Kreel behauptet, es wäre ein Unfall gewesen?«, vergewisserte sich Tristam.

»Jawohl; was für eine himmelschreiende Dummheit. Der Kerl wird nichts verraten. Kein Wort. Sie gehören nicht zur Marine, Mr. Flattery, deshalb kennen Sie dergleichen nicht. Ich aber habe erlebt, wie ganze Mannschaften sich in zwei Lager spalteten, die einander nachstellten. Auch zu Mordtaten kam es dabei. Wenn die Offiziere der Sache nicht sehr schnell auf den Grund kommen ...« Diesmal schlug er mit der flachen Hand fest auf das Logbuch, doch nur zur Betonung – er hatte sich völlig in der Gewalt.

»Obwohl Kreel als das Opfer dieses Anschlags erscheint, muss ich den Mann vielleicht auspeitschen und in Eisen legen lassen, weil er uns nicht sagt, wer ihn angegriffen hat. Denn das ist ein eindeutiger Verstoß gegen die Kriegsartikel. Sie müssen wissen, Mr. Flattery, dass die Jacks ihren eigenen Ehrenkodex haben, so beschränkt er auch sein mag. Kreel muss sich selbst darum kümmern, oder er steht bei allen Männern vor dem Mast als Feigling da, als Lolly-Jack. Verdammte Dummheit!« Zum zweiten Mal hatte der Kommandant nun geflucht, und weil Tristam wusste, wie sehr Stern dergleichen verachtete, begriff er, wie schwer dieser Anschlag dem Kapitän zusetzte.

Tristam dachte an den schweren Kreel und an den Viscount und wie der Täter ihn selbst fast mühelos quer übers Deck geschleudert hatte.

»Ich kann mir keinen Mann denken, der es wagen würde, Kreel anzugreifen«, sagte er ruhig.

»Es war nicht ein Mann allein«, entgegnete Stern. »Darauf können Sie wetten. Sie haben Kreel windelweich geschlagen. Er ist ein guter, brauchbarer Seemann, aber manchmal ein übler Tyrann, und meiner Meinung nach gibt es mehr als einen, der genug von ihm hat. Nein, seine eigenen Backsmaaten, wenigstens einige davon, haben ihn im Dunkeln überfallen, obwohl es keinen unter ihnen gibt, der nicht behauptet, ganz woanders gewesen zu sein. Wenn Sie nicht wären, Mr. Flattery, wäre Kreel ersoffen. Dafür schuldet er Ihnen Dank.«

31. Kapitel

In dieser Jahreszeit war der Nordost-Passat unzuverlässig, und die Veränderlichen, eine Reihe von Winden, die zwischen den Westwinden und den Passaten liegen, schienen sich endlos auszudehnen. Wie ihr Name schon andeutet, sind die Veränderlichen weder in ihrer Stärke noch in ihrer Richtung zuverlässig, und so flauten sie von Zeit zu Zeit gänzlich ab und ließen die *Swallow* schlingernd bei Meeresstille zurück.

Tristam hatte sich in seine Hängematte gelegt, dem einzigen Komfort seiner Kammer, und hielt Valarys Buch aufgeschlagen in den Händen, doch mit den Gedanken war er ganz woanders.

In der letzten Woche hatten sie schwachen Wind gesehen und waren nur schlecht vorangekommen. Tristam spürte, wie bei Offizieren und Mannschaft die Niedergeschlagenheit wuchs. Osler und Hobbes achteten darauf, die Matrosen beschäftigt zu halten, denn die Müßigen suchten sich bald eine eigene Betätigung, die nicht immer zum Besten des Schiffes war. Tristam hielt sich bewusst von den Jacks fern, weil er nicht sicher war, wie sie ihm nach dem Angriff auf Kreel begegnen würden, doch die offene Feindseligkeit gehörte wohl der Vergangenheit an. Nach dem Kodex der Matrosen stand Kreel in Tristams Schuld, und das schien der Feindschaft ein Ende gesetzt zu haben. Beacham hatte angedeutet, dass die Mannschaft darüber recht erleichtert sei.

Tristam hatte sich bemüht, den Kadetten zum Reden zu bringen und von ihm die Gerüchte zu erfahren, die vor dem Mast die Runde machten. Laut Beacham sagte Kreel, der vor einigen Tagen aus dem Krankenrevier entlassen worden war, kein Wort und hielt seine Kameraden im Unklaren; niemand schien zu wissen, wer den Anschlag verübt hatte, eine unerhörte Situation.

Nach Beachams Worten hätten aber die Jacks, wenn es

wirklich eine Fehde an Bord gäbe, genau gewusst, wer gegen wen stand.

Doch Kreel wollte nicht aussagen, und Tristam nahm an, dass keiner der Matrosen an Elsworth dachte, schließlich war der Mann ein Lord. Peers beteiligten sich normalerweise nicht an etwas so Gewöhnlichem wie einer Schlägerei.

Jemand hatte gemeint, Tristam könnte verantwortlich sein, und dieser Scherz war einige Tage lang sehr beliebt gewesen: Tristam der Riesentöter!

Der Viscount hatte in keinem Gespräch mit Tristam auch nur eine Andeutung fallen lassen, und miteinander gesprochen hatten sie mehrmals.

»Der Viscount ist der ausgebildete Falke der Herzogin von Morland«, hatte Jaimy ihm gesagt, »und sie trägt ihn auf ihrem Handgelenk spazieren, damit jeder weiß, dass sie ihn hat.«

Die Herzogin hatte seinerzeit beteuert, Julian nie wieder in dieser Weise einsetzen zu wollen, und Tristam hatte ihr geglaubt. Sollte sie dennoch ihren Bruder zu der Tat veranlasst haben? War die Lage ausgeartet?

War der Viscount etwa mordlustig? Solche Männer sollte es geben, hieß es. Tristam fand den Gedanken schauerlich – doch auch Ipsword war völlig kaltblütig getötet worden, auf geradezu monströse Weise, so wenigstens behauptete Jaimy.

Beacham war über den Mordversuch entsetzt gewesen. »Kreel wäre zwar nicht der erste Jack, der von einem seiner Backsmaaten umgebracht wird«, meinte er, »aber so etwas geschieht eher bei einem Kampf, Mr. Flattery. Eigentlich ist es dann ein Unfall, der passiert, während das Blut heiß ist. Aber dieser Anschlag auf Kreel ... – jeder glaubt, dass er eiskalt geplant worden ist.«

Tristam wollte nichts weiter dazu sagen und wandte sich wieder seiner Lektüre zu.

> Die Berichte der Zeitgenossen stehen im Allgemeinen mit den belegten Tatsachen in Einklang, leider aber neigen sie zu einem derart verherrlichenden Stil (ein

Stil, wie er zu dieser Zeit üblich war), dass man sie oft nicht als Quelle heranzieht. Hier als Beispiel den Bericht eines Augenzeugen, eines gewissen Brenton Lace, Schreiber des Earls von Highgate.

Das Heer Farrelles zog unter dem Trompeten der Hörner und dem Wehen der Banner aufs Feld, denn jeder Mann war stolz, und an diesem großen Tage sollte jedes Haus vertreten sein und keines unbemerkt bleiben. Der Prälat Anjou entfachte seinem Gotte ein Feuer, in dem er die Blätter der Heiligen Eiche verbrannte, sodass alle Streiter den gesegneten Rauch einatmen konnten.

Auf dem Middenhügel blickten die versammelten Magi von ihrem Turm herab und der Verzweiflung ins Gesicht, denn auf jeden ihrer Krieger kamen zehn Farrelliten. Lord Dunsenay aber ritt auf seinem grauen Hengst aus dem Turm und galoppierte voll unbekümmerter Dreistigkeit auf der Kuppe des Hügels umher. Seinen Speer schwenkte er gen Himmel und überquerte erst den einen, dann den anderen Weg, wo er jeweils innehielt, um auf seinen Schild zu schlagen, laute, dröhnende Schläge, die dem Feind drunten im Tal den Mut raubten. Und während er ritt, rief er laut Worte in alten Sprachen, Worte, die noch niemand zuvor gehört. Die Farrelliten im Tal verstopften sich die Ohren aus Furcht vor Bestürzung.

Bei Mittag schloss sich das grüne Meereslicht um Dunsenay, hüllte ihn in ein unirdisches grünes Feuer, während er dastand auf der Kuppe des Middenhügels, und darob zogen sich die Truppen des Fürsten von Delgarthy vom Felde zurück.

Eine große Wolke kam da von Westen, so grau wie Dunsenays Hengst, und der Donner schüttelte das Middental.

Vor sein Heer stellte sich der Prälat Anjou und rief Farrelle an, den Turm der Magi mit Blitz und Donner zu treffen. Und wie er so rief, grollte der Donner, und der Blitz fuhr wie eine Himmelslanze mitten unter das Heer Farrelles, sodass es sich umwandte und alle von diesem unheiligen Ort flohen, und in ihrer Angst trampelten sie sich gegenseitig zu Tode.

Obwohl der Mann nicht zu wissen scheint, dass der Donner auf den Blitz folgt und nicht etwa umgekehrt, stimmt sein Bericht in allen wesentlichen Punkten mit der Darstellung eines anderen Beobachters überein – vielmehr eines Teilnehmers an der Schlacht.

Tristam klappte das Buch zu und legte den Kopf in den Nacken. Ammenmärchen.

Seine Hängematte hing beinahe reglos, denn das Schiff bewegte sich nur ganz schwach auf und ab, als ruhte es auf der Brust eines schlafenden Riesen. Es war warm, und weil kein Wind ging, war es schwül in dem kleinen Schiff und roch unangenehm.

Durch die dünne Plankentür hörte er deutlich, wie jemand vor seiner Kammer hastig die Leiter herunterkam. Dann erbebte die Tür unter unsanften Schlägen.

»Mr. Flattery, Sir! Der Kommandant lässt ausrichten, Sie sollen auf Deck kommen, Sir. Beeilen Sie sich, sonst sind sie weg.«

Der Mann eilte davon. Tristam rollte sich aus der Hängematte und nahm sein Perspektiv an sich – er hatte gelernt, auf solche Rufe hin nicht ohne Fernrohr auf Deck zu kommen. In den letzten Tagen waren mehrere Walarten zu sehen gewesen, und die Offiziere riefen Tristam jedes Mal, wenn einer gesichtet wurde.

Ohne Schuhe an den Füßen eilte er die Leiter hinauf und kam im Dauerlauf auf Deck.

»Aha, Mr. Flattery!« An der Heckreling stand der Kommandant mit einigen Offizieren. Er deutete nach Norden, wo eine dunkle Wetterfront zu sehen war, die sich wie ein wandelnder Schatten über das bleigraue Meer bewegte.

Stern hob sein Fernrohr. »Ganz gewiss kommen sie hierher, Mr. Osler. Sehen Sie, Mr. Flattery? Wasserhosen. Eine Naturerscheinung, von der ich glaube, dass sie Ihnen neu sein könnte.« Der Kommandant verfolgte den Horizont mit seinem Glas, und ihm entging nur wenig, vermutete Tristam. »Dort hinter der Wolke gibt es eine gute Brise, Mr. Hobbes. Rufen Sie alle Mann auf Deck. Wir sollten uns bereithalten, Segel zu reffen.«

Tristam suchte den Schatten ab, der sich näherte. Drei, nein vier langgezogene Trichter streckten sich kreiselnd in die dunkle Wolkenmasse.

Hinter ihm verrieten raschelnde Röcke, dass die Herzogin dazutrat, und wie die anderen Gentlemen senkte auch Tristam sein Glas und machte einen Kratzfuß.

Sie hatte eins seiner Ersatzfernrohre mitgebracht und sah hindurch.

»Ja, da sind sie!«, rief sie aus. »Sehen Sie auch drei davon, Tristam? Ich kann sie nicht genau erkennen.«

»Vier sind es, glaube ich.«

»Bald werden sie sehr nahe sein«, erklärte Stern. »Vielleicht näher als uns lieb ist.«

»Sind sie gefährlich, Herr Kapitän?«, fragte die Herzogin, ohne das Glas zu senken. Nur an Bord eines Schiffes konnte man dieses Benehmen nicht als grob unhöflich empfinden.

»Kein Grund zur Sorge, Frau Herzogin, die *Swallow* ist ein robustes Schiff. Aber wenn solch eine Wasserhose an Bord kommt ... nun, sehen Sie sich unsere Segel an. Sie würde sie in kürzester Zeit in Fetzen reißen. Ich habe auch davon gehört, dass in der Nähe von Wasserhosen Spieren heruntergekommen wären, aber entweder sind diese nicht ganz fehlerfrei gewesen, oder das Tauwerk, das sie hielt, war schon etwas morsch. –

Da kommt Wind auf«, sagte Stern und hob die Hand. »Bald machen wir Steuerfahrt und kommen frei.«

Tristam hörte, dass Hobbes dem Rudergänger Befehle erteilte, und spürte, wie sich das Schiff langsam in Bewegung setzte; die Verkabelung des Ruders vibrierte den Achtersteven hinauf und ins Deck.

»Die Spitze eines Wirbelwinds, Euer Gnaden.« Dr. Llewellyn war auf Deck gekommen. »Sie ziehen trichterförmig Wasser von der Meeresoberfläche in die Luft. Es heißt, der

Wasserstrahl breche zusammen, wenn man eine Kanonenkugel hindurchschießt.«

Die Herzogin senkte das schwere Fernrohr. »Ist das wahr, Herr Kapitän?«

Stern sah aus, als hätte er am liebsten das Gesicht verzogen. »So heißt es, Frau Herzogin, allerdings bin ich noch nie Zeuge von dergleichen geworden und ich kenne niemanden, der gesehen hat, wie es geschah – das heißt niemanden, dessen Wort man als verlässlichen Wind bezeichnen könnte.«

Im darauffolgenden Schweigen hob die Herzogin langsam ihr Glas, und Tristam bemühte sich, nicht zu grinsen.

»Da ist eine Walfontäne, glaube ich!«, rief sie und sprang entzückt auf. »Sehen Sie, Tristam, dort! Auf halber Entfernung zur Wetterfront und etwas weiter rechts.?«

»Sie haben wirklich eine gute Beobachtungsgabe, Frau Herzogin. Das sind tatsächlich Wale.«

Dieses Kompliment erfreute sie mehr, als Tristam für möglich gehalten hätte. »Ich habe meinen Beruf verfehlt, scheint es«, meinte sie fröhlich. »Sehen Sie die Wale, Herr Doktor? Der große Leviatan. Welche Varietät wird das sein, Tristam?«

Tristam bemühte sich, sein Glas ruhig zu halten. »Auf diese Entfernung schwer zu sagen, Frau Herzogin. Bartenwale, würde ich sagen, wenngleich ich nicht weiß, welcher Art.«

»Pottwale«, widersprach Llewellyn mit Nachdruck, wie es seine Gewohnheit war. »*Physeter catodon.* Euer Gnaden kann sie leicht an der Form ihrer Fontäne erkennen.«

»Der Wind verweht die Fontänen zu rasch, als dass meine schlechten Augen sie so genau erkennen könnten«, sagte Tristam und fügte hinzu: »Aber natürlich könnte der Herr Doktor Recht haben.« Tristam hatte entschieden, dass eine Auseinandersetzung mit dem Arzt nur eine Verschwendung geistiger Kräfte bedeutete.

Das schlechte Wetter holte die Wale ein, und sie verschwanden scheinbar sorglos in der Finsternis. Tristam überlegte, ob sie nicht sogar Vergnügen dabei empfanden, wenn ihnen der Regen auf den schwarzen Rücken trommelte, so wie andere Tiere in der Sonne dösen.

Obwohl die meisten Segel gerefft waren, nahm die *Swallow* gute Fahrt auf, und das Gurgeln, mit dem ihr Rumpf durchs Wasser schnitt, hob allgemein die Stimmung an Bord. Trotz der Geschwindigkeit des Schiffes näherte sich das Gewitter rasch und brachte Regen mit. Als der Abstand schon sehr gering geworden war, sah er, dass die Wasserhosen wenigstens ein halbes Dutzend zählten.

Eine Bö traf das Schiff und tauchte auf der Leeseite das Schanzkleid ins Wasser ein. Tristam hielt sich an der Reling fest und stützte zugleich die Herzogin, wobei er sein unersetzliches Frommesches Perspektiv beinahe verloren hätte.

Er folgte der Herzogin und dem Arzt unter Deck, doch kaum hatte er das Oberlicht in seiner Kammer verriegelt und das Perspektiv weggeschlossen, eilte er zurück ins Freie. Er trug nur ein Baumwollhandtuch und hatte Seife dabei. Trotz des Getümmels an Deck stellte er sich an die Heckreling und wusch sich im fallenden Frischwasser – eine kostbare Gelegenheit an Bord eines Schiffes, wo zum Waschen nur Salzwasser zur Verfügung steht.

Die *Swallow* lief nun sicher vor dem Wind, und die Wasserhosen waren verschwunden. Knallend löste sich ein Segel, und die Vortoppsgasten wurden hochgeschickt, um es zu bändigen – ein gefährliches Unterfangen, denn ein nasses Segel, das im Wind umherpeitschte, besaß die gleiche Gewalt, als bestünde es aus Eisen.

»Sie machen wohl das Beste draus, Mr. Flattery?«, fragte Stern grinsend unter seiner Wettermütze hinweg. Der Kommandant hatte sich in Ölzeug gehüllt und wirkte nicht wesentlich trockener als Tristam.

Eine heftige Bö warf das Schiff auf die Seite, und Tristam rutschte über das halbe Achterdeck, bevor er sich mit seinen von der Seife schlüpfrigen Händen an der Reling festklammern konnte. Dabei sah er aus den Augenwinkeln einen dunklen Körper von oben herabstürzen.

»Mann über Bord!«, brüllte Stern, und der Schrei verlor sich fast ganz im Wind.

Tristam sah in der schäumenden See etwas Blaues aufblitzen. »Ich hole ihn!«

»Mr. Flattery! *Nicht!*« Doch es war zu spät. Tristam sprang vom Achterdeck kopfüber ins Wasser.

Einen Klafter von dem versinkenden Matrosen entfernt platschte er in den kalten Ozean, und in einer Tiefe von einem Faden konnte er den um sich Schlagenden beim Haar ergreifen. Die Luft war mit Gischt und Regen gesättigt, und als sie wieder an die Oberfläche gelangten, bemerkte Tristam kaum den Unterschied.

»Lassen Sie mich nicht los, Sir. Ich kann nicht schwimmen.«

Es war Pim, den er unter den Armen gepackt hatte – Pim, der Schiffsjunge.

»Ich lasse dich schon nicht los, keine Angst. Aber hör auf zu strampeln! Beruhige dich und trete Wasser.«

»Ach, Farrelle schütze uns, Mr. Flattery! Die *Swallow* ist fort! Die finden uns nie. Ach, Farrelle!« Der Schiffsjunge bebte vor Angst.

Tristam schüttelte ihn und brüllte, um den Wind zu übertönen. »Überleg doch mal, was du da sagst! In zehn Minuten ist das Unwetter an ihr vorbei, und dann werden sie sofort wenden. Wir sind schneller wieder an Bord, als du glaubst. Vorher haben wir nicht einmal genug Zeit, um uns richtig sauber zu waschen. Aber wir müssen unsere Kräfte sparen ...«

Was immer Tristam noch sagen wollte, ging in dem furchteinflößendsten Brüllen unter, das er je gehört hatte. Ohne Zweifel war es vom Wind verursacht, doch Pim standen die Haare zu Berge.

»Glühende Märtyrer!«, stieß Tristam hervor, denn keine dreißig Fuß von ihm entfernt drehte sich eine Wasserhose. Beide waren sie vor Furcht wie erstarrt, und erst als Tristam den Mund voll Salzwasser hatte, dachte er wieder daran, Wasser zu treten.

Brüllend näherte sich der Wirbelwind. Seine schwarze Masse riss das Wasser auf und saugte es in den Mahlstrom. Pim murmelte so hastig ein Gebet, als wolle er es unbedingt noch beenden, bevor der Strudel ihn verschluckte, doch die Wasserhose zog an ihnen vorbei.

»Na«, hörte Tristam sich sagen und wunderte sich über die Gelassenheit seiner Stimme, »da werde ich mich rühmen können, eine Wasserhose aus größerer Nähe beobachtet zu haben als jeder andere – zumindest näher als jeder, der die Begegnung überlebt hat und noch davon berichten kann.« Der verängstigte Schiffsjunge blickte ihn an, als hätte er den Verstand verloren, doch Tristam hatte seine Worte nicht zurückhalten können. Nach der Begegnung mit der Wasserhose war seine Furcht erschöpft. Er fühlte sich erstaunlich ruhig, fast unbeschwert. »Schau nicht niedergeschlagen drein, Pim, das Unwetter geht vorbei, und ich glaube, gleich scheint wieder die Sonne. Dann sind wir leichter zu finden.«

Das schlechte Wetter trieb nach Süden und verbarg jede Sicht auf die *Swallow*. Tristam hoffte, dass das Schiff nicht allzu weit davongetragen würde. Durch Pims Last würde er rascher ermüden.

Unversehens stand über ihnen die Sonne am Himmel. Das Unwetter hinterließ die gleichen Bedingungen, die vor seinem Eintreffen geherrscht hatten: Windstille. Doch die See hatte es stark aufgewühlt, und in den Wellen kostete es Tristam viel Kraft, sich über Wasser zu halten.

»Wir sollten in ihre Richtung schwimmen«, sagte Tristam und bemühte sich darum, entschlossen zu klingen. Er richtete sich nach der Sonne und begann, auf der Seite der *Swallow* nachzuschwimmen, während er mit einer Hand Pim hinter sich her zog. »Tritt mit den Füßen und versuche nicht, deinen Kopf ganz aus dem Wasser zu halten. Damit machst du mich nur müde. Ja, so ist's besser.«

Zum Glück hat er zu viel Angst, um sich zu wehren, dachte Tristam. *Im Augenblick tut er alles, worum ich ihn bitte.*

Durch die kurzen, aber steilen Wellen kamen sie nur langsam voran, doch Tristam hätte es nicht ertragen, an einer Stelle zu bleiben und auf Rettung zu warten. Bald schon würden die Haie zu einer Gefahr werden. Oft war beobachtet worden, dass die Meeresräuber nicht lange auf sich warten ließen, wenn ein Mann über Bord ging. *Welch empfindliche Sinne sie haben müssen!*, dachte Tristam.

Pim wurde ruhiger und trat energischer Wasser. Er bewegte sogar die Arme ein wenig. Dass er ein kräftiger Junge war, daran konnte kein Zweifel bestehen. *Wie schade,* dachte Tristam, *dass wir nicht auf Pims Kraft bauen können, um am Leben zu bleiben.*

Mit einiger Mühe hüpfte er aus dem Wasser, damit er weiter sehen konnte, und glaubte, die *Swallow* zu erkennen, nahe dem Horizont. Das Unwetter hatte sie weit abgetrieben. *Ganz so einfach, wie ich geglaubt habe, wird es also nicht. Sie werden Beiboote aussetzen, aber trotzdem dauert es eine ganze Weile. Und ausgerechnet ich habe Beacham getadelt, dass er mir nachgesprungen ist! Ich habe genauso wenig überlegt wie er. Aber hätte ich den armen Kerl einfach ertrinken lassen können?*

Den Jungen zu ziehen bedeutete bereits eine Anstrengung, und zum ersten Mal regte sich echte Furcht in Tristam. Er wusste genau, dass sie sich noch eine ganze Weile würden über Wasser halten müssen, denn sie konnten nicht damit rechnen, auf der Stelle gefunden zu werden – wenn für sie überhaupt Hoffnung bestand.

Ich werde erst wieder schauen, wenn ich bis drei... – nein, bis fünftausend gezählt habe, beschloss er. Und mit jedem Schwimmzug zählte er eins weiter.

»Mr. Flattery?«

»Eintausendundsechs ... Ja?«

»Es tut mir leid, dass Sie ... ich meine, ich ...«

»Jetzt habe ich mich deinetwegen verzählt.« Er machte einige weitere Schwimmzüge. Sein Gefährte trat nicht mehr so regelmäßig Wasser. »Nur keine Sorge, Pim. Das Meer hat mir mein Leben schon einmal geschenkt. Ich kann nicht glauben, dass es für mich das Ertrinken bereithält: Und deswegen auch nicht für dich. Aber tritt Wasser, Junge! Wenn du mir nicht hilfst, kann ich dich nicht über Wasser halten.«

Pim begann seine Anstrengungen aufs Neue. Tristam fing wieder zu zählen an und verlor bei Zweitausend die

Geduld. Er hüpfte hoch, konnte das Schiff jedoch nicht sehen. Obwohl es sehr anstrengend war, versuchte er es noch einmal. Doch! Da war es! Und wenn er sich nicht irrte, hatte er einen weiteren Punkt auf dem Meer gesehen. Ein Boot, hoffte er.

»Sie haben den Kutter ausgesetzt«, sagte er zu Pim und hoffte, dem Jungen damit Hoffnung einzuflößen.

»Farrelle sei gesegnet. Ich habe die ganze Zeit gebetet, Sir. Gebetet wie noch nie.«

»Das ist gut, Pim, solange du deswegen nicht mit dem Wassertreten nachlässt.«

Rudert, ihr Hunde!, dachte Tristam.

Wenn er wieder bis Zweitausend gezählt hätte, wollte er wieder schauen. Allmählich erschien es ihm unmöglich, den bleischweren Pim noch lange über Wasser zu halten. Der menschliche Körper soll eigentlich fast von selbst treiben, sagte er sich. Man benötigt nur wenige Pfund Auftrieb, um einen normalgroßen Mann an der Oberfläche zu halten. Es sollte nicht so viel Kraft kosten!

Eintausendneunhundertneunundneunzig. Er hüpfte aus dem Wasser.

»Verdammt!«

»Was denn, Sir?«

»Zwei Boote, aber sie fahren in die falsche Richtung. Wir müssen ihnen entgegenschwimmen!« Tristam ging auf einen Kurs, von dem er hoffte, dass er die Sucher damit abfinge. Pim trat wirkungslos Wasser. »Komm schon, verdammt noch mal! Pim, wenn du dich nicht mehr anstrengst, dann werden wir beide ertrinken.«

Der verängstigte Schiffsjunge gab sich neue Mühe, aber Tristam konnte nicht darauf zählen, dass es immer so bleiben würde. Das kalte Wasser saugte ihnen die Kraft aus.

Wieder verzählte er sich. Er hatte zu nichts anderem mehr Kraft, als seine Glieder irgendwie die Bewegungen ausführen zu lassen, die sie ausführen sollten. Nach einer angemessen erscheinenden Zeit sprang er hoch. Da war ein Boot, aber es würde an ihnen vorbeifahren! *Verdammte See!*, dachte er.

Die Schlechtwetterwolke hatte das Meer ungewöhnlich stark aufgewühlt, und der Seegang machte es für die Leute im Boot sehr schwer, die Treibenden zu entdecken, zumal man im Kutter sehr tief saß. Die Sonne verbarg sich hinter einer Wolke, und auch das war keine Hilfe.

»Haben Sie sie denn gesehen, Mr. Flattery?«

»Ja, wir bewegen uns aufeinander zu. Hör nicht auf zu treten.«

Wenn ich das noch zehn Minuten durchhalte, dann nur durch ein wahres Wunder!

Pim erstarrte. »Was war das?«

Eine Turbulenz! In ihrer Nähe bewegte sich etwas im Wasser. Explosionsartig wurde Atem ausgestoßen, gefolgt von einem Einatmen, das in einer großen Brust widerhallte. Es roch nach verdorbenem Fischtran.

»Ein Wal«, sagte Tristam und lachte vor Erleichterung.

Plötzlich spürte er, wie etwas im Wasser an ihm zerrte, wie eine Strömung unter den Wellen, die ihn hinunterzuziehen versuchte. Der Wal hatte direkt unter ihnen Laut gegeben.

Pim geriet in blinde Panik und versuchte, aus dem Wasser zu kommen, indem er auf Tristams Schultern stieg. Tristam ging unter, und das Knie des Jungen traf ihn vor die Stirn. Er ließ sich einige Fuß tief sinken und stieß sich dann fort. Er war sicher, dass der Wal sie nicht absichtlich verletzen würde, aber Pim konnte sie beide in die Tiefe reißen.

Tristam kam fünf Fuß von dem wild um sich schlagenden Jungen an die Oberfläche. Pim war außer sich und vermochte kaum den Mund über Wasser zu halten.

»Ach, Farrelle schütze uns, Mr. Flattery. Jetzt frisst er uns beide!«

»Der will überhaupt nichts Böses, du verdammter Esel! Ich kann dich nicht über Wasser halten, wenn du versuchst, mich zu ersäufen!«

Pim griff nach ihm, doch Tristam hielt sich gerade außer Reichweite. »Ich ertrinke! O Farrelle! Ich sauf ab!«

»Ja, du wirst ertrinken, es sei denn, du beherrschst dich!«

Der Wal tauchte wieder auf. Keine fünfzehn Fuß entfernt brach sein glitzernder Rücken durch die Wasserfläche. Wieder stieß er unmissverständlich den Atem aus. Ein Bartenwal, stellte Tristam erfreut fest, ohne Zähne. Wenigstens konnten sie diesem Riesen nicht essbar erscheinen.

»Mr. Flattery!«

Wider besseres Wissen streckte er den Arm aus und nahm Pims Hand. Zu seiner Erleichterung versuchte der Junge nicht noch einmal, auf seine Schultern zu klettern.

Der Wal blieb nun an der Oberfläche und umschwamm sie langsam. In unregelmäßigen Abständen blies er Wasser ab. Tristam merkte sich genau, was er beobachtete – eine Gewohnheit, die er wohl mit ins Grab nehmen würde. Eine kleine Finne, von weißgetupftem Grau umgeben, auf dem sonst schwarzen Rücken. Länge schwer zu schätzen, merkwürdigerweise wegen der großen Nähe, aber ein großes Tier.

Ein Ruf. Noch einer. Tristam sprang unter Aufbietung seiner letzten Kraft hoch. Die Balgerei mit Pim kam ihn teuer zu stehen.

Der Kutter hielt direkt auf sie zu. Jemand stand im Bug. Der Wal blies noch einmal und gab Laut, dann verschwand er in den geheimnisvollen Tiefen des weiten Ozeans.

Tristam und Pim lagen zu Füßen des Bootsführers auf einem Haufen und waren so erleichtert über ihre Rettung, dass ihnen die Tränen in den Augen standen.

»Lob und Preis, Lob und Preis«, murmelte Pim unablässig, doch ob es sich dabei um ein Gebet oder nur um ein Zeichen handelte, wie verwirrt der Junge war, konnte Tristam nicht mit Bestimmtheit sagen.

Leutnant Osler saß auf dem Dollbord vor ihnen und freute sich fast so sehr wie die Geretteten. Er hatte Tristam seine Uniformjacke gegeben, damit dieser seine Blöße bedecken konnte.

»Mr. Hobbes war es, der Sie gesehen hat, Flattery.« Osler

nickte dem Steuermann zu, der im Bug saß. »Die Fontäne des Wals hat seine Aufmerksamkeit erregt, und dann hat er Sie mit dem Glas entdeckt. Blut und Flammen, war das knapp. Hätte es Hobbes' Leviatan nicht gegeben, dann würden Sie immer noch schwimmen.«

Tristam schüttelte den Kopf. »Ich glaube nicht, dass wir noch eine Minute durchgehalten hätten. Wir waren am Ende.« Mehr brachte er nicht hervor. Noch nie in seinem Leben hatte er sich derart erschöpft gefühlt.

Als Tristam an Bord kam, Oslers Jacke wie einen obskuren Rock um die Hüften geknotet, umringte ihn die versammelte Mannschaft, und man klopfte ihm auf den Rücken.

»Ich muss schon sagen, Mr. Flattery«, sagte der Kommandant, während er Tristams Hand wie einen Pumpenschwengel schüttelte, »ich hatte die Hoffnung aufgegeben, Sie wiederzusehen. Zweifellos eine edle, törichte Heldentat, Sir.« Er winkte die Umstehenden auseinander. »Lasst ihn durch. Der Mann sucht seine Kleidung.«

Die Herzogin stand an der Reling, und die Erleichterung war ihr unmissverständlich anzusehen. Sie legte Tristam eine Hand auf die nackte Schulter, zog sie dann aber sofort wieder weg.

Tristam versuchte ein Lächeln, aber er war so erschöpft, dass er es nicht zustande brachte. Zitternd ging er den Niedergang hinunter und in seine Kammer, wo er auf dem engen Boden zusammenbrach. Einige Minuten später weckte ihn ein Klopfen.

»Tristam? Alles in Ordnung?«, fragte die Herzogin durch die Tür.

»Einen Augenblick.« Es gelang ihm, sich ein Hemd und eine Hose überzustreifen, dann öffnete er.

Die durchgestandene Furcht stand ihr noch im Gesicht. Sie warf einen raschen Blick hinter sich, wo Osler am Ende der Niedergangsleiter stand. Der Leutnant zog sich diskret zurück.

Sie streckte die Arme aus, als wollte sie ihn umarmen,

ergriff ihn beim Hemd und strich ihm das klatschnasse Haar aus der Stirn. »Wie konnten Sie nur so töricht sein?«, verlangte sie zu wissen. »Für das Leben eines Schiffsjungen setzen Sie alles aufs Spiel!«

32. Kapitel

Obgleich Tristam die Prinzipien der Optik durchaus verstanden hatte, ertappte er sich immer wieder bei der Erwartung, seine sechs Fuß große Gestalt in einem Spiegel sehen zu können, der keine fünf Zoll durchmaß. Dann musste er darüber lachen. Mit demonstrativer Ungeduld strich er seinen Gehrock so gut es ging glatt und fuhr sich planlos über die Ärmel und Manschetten. Die Offiziere des Schiffes würden, so viel stand fest, wie gewohnt völlig makellos gekleidet erscheinen – aber sie hatten schließlich Stewards und andere Diener, die sich um ihre Uniformen kümmerten. Tristam hatte indes nur Tristam.

»Und du würdest wirklich einen lausigen Kammerdiener abgeben«, flüsterte er seinem Spiegelbild zu.

Knapp drei Wochen waren seit seiner törichten Heldentat vergangen, aber die *Swallow* hatte noch immer nicht die Straße erreicht, die sie durch das Archipel führen würde.

Jene überaus wackeren, untrüglich beständigen Winde, auf die Jack Beacham solche Lobeshymnen gesungen hatte, die unvergleichlichen Nordostpassate, zeigten sich, wenn überhaupt, nur vorübergehend. Wenige kostbare Tage, an denen ein günstiger Wind ging, wurden immer wieder von langen Flauten abgelöst oder von stürmischem Wind aus Fahrtrichtung, gegen den man kreuzen musste. Gerade wieder war zu hören, wie die Segel schlaff gegen den Mast schlugen, weil der Wind schon nach der Mittagsstunde abgeflaut war – an diesem Tag waren sie erbärmliche fünfundzwanzig Seemeilen weit gekommen.

Das mangelnde Vorankommen war nicht nur für alle an Bord entmutigend, es schien noch dazu aller Gedanken in die falscheste Richtung zu lenken. Die Jacks – und vielleicht auch die Offiziere – hatten mittlerweile erkannt, dass Kreel dem Viscount geflissentlich aus dem Weg ging, als fürchte er sich vor dem Lord – zumindest benahm sich der Mann so. Tristam glaubte, dass Kreel auf diese Weise eine stille Anklage erhob, die für jeden offensichtlich sein musste, der nicht blind war.

Tristam hoffte sehr, dass Julian nicht plante, sein Werk zu vollenden – wenn denn Julian der Täter gewesen war. Auf keinen Fall wollte er an Kreels Tod schuld sein, denn der Viscount konnte den Mordversuch nur aus zwei Gründen unternommen haben: entweder um Tristam zu schützen oder aus Rache. Trotzdem konnte er nichts unternehmen, denn er hatte das Gesicht des Angreifers nicht gesehen.

Ich habe für Kreel schon genug getan, versicherte er sich immer wieder. Ich habe ihm das Leben gerettet. Wenn er damals meinetwegen zu Tode kommen sollte, so habe ich es wenigstens persönlich vereitelt. Das gleicht die Konten aus.

Was aber würden die Jacks tun, wenn sie den Viscount für schuldig hielten, einen Mordanschlag auf ihren Backsmaaten verübt zu haben? Das ließ sich nur schwer sagen. Außerhalb seiner kleinen Schar von Anhängern war Kreel, wie Tristam bemerkt hatte, nicht sonderlich beliebt – man fürchtete ihn, und darüber hinaus mochte man ihn nicht. Eher freute man sich, dass es ihm einer mit gleicher Münze heimgezahlt hatte, und für die meisten Jacks wäre es völlig undenkbar gewesen, den Viscount anzugreifen. Wenn es dazu käme, würde Stern dafür jemanden an die Rahnock hängen müssen – eine andere Wahl bliebe dem Kommandanten nicht, und das mussten die Jacks wissen. Andererseits hatten die Matrosen Tristam schon mehr als einmal durch ihre Unfähigkeit erstaunt, die Folgen ihres Tuns vorherzusehen. In dieser Hinsicht waren einige von ihnen nicht anders als Kinder. Das sollte Julian Burne-Johns lieber nicht außer Acht lassen.

Tristam hatte das Gefühl, dass die Jacks ihn nunmehr akzeptierten. Beacham sagte, die Männer vor dem Mast würden ihn den ›Professor‹ nennen, was sie nicht unfreundlich meinten; das musste ein gutes Zeichen sein.

Er zog den Saum seines Gehrocks herunter, um ihn an den Schultern zu straffen. So, das musste reichen. Als er die

Tür öffnete, ließ ihn ein Krachen in den Segeln innehalten, doch das schlaffe Tuch machte dieses Geräusch, weil das Schiff krängte und nicht etwa, weil Wind aufkam.

Auf der Suche nach günstigem Wind war Stern gezwungen gewesen, weiter nach Süden abzudrehen, als er für ideal hielt. Infolgedessen war die *Swallow* weit vom Kurs abgekommen.

Die Winde, so deutlich sie auf den Karten der Admiralität auch eingezeichnet waren, wechselten ihre Position – nicht nur abhängig von der Jahreszeit, sondern auch von Jahr zu Jahr.

Doch auch ihr Abstecher nach Süden hatte ihnen keinen besseren Wind beschert. Wie es aussah, mussten sie um einiges nach Norden kreuzen, um die Königin-Anne-Straße zu erreichen.

Stern pflegte zu scherzen, dass sie auf diese Weise wenigstens nicht Gefahr liefen, Korsaren zu begegnen. Die Seeräuber machten längs der Straße die Gewässer unsicher, denn dort konnten sie hoffen, eine der saftigen Prisen zu kapern, die mit den Erträgen der farrischen Silberminen beladen in die Heimat fuhren.

Tristam wusste nur wenig über die dortige Lage und fragte sich gelegentlich, weshalb die Admiralität es für nötig befunden hatte, die Raven mit solcher Eile zur Königin-Anne-Station zu entsenden.

Tristam blickte auf seine Taschenuhr. Er durfte die Herzogin nicht warten lassen. Je länger die Reise dauerte, desto weniger appetitanregend waren die Mahlzeiten und desto mehr wurden sie zum bloßen Ritual. In der herzoglichen Kajüte wurden die banalsten Speisen auf Silber und feinem Porzellan serviert, und die Gäste sprachen über diese schreckliche Kost, als handle es sich um die erlesenste Küche von Avonel. Tristam wusste, dass die Herzogin dieses Verhalten sehr amüsant fand, doch er vermutete zugleich, dass die Marineoffiziere dabei keinen Anlass zur Belustigung sahen. Dazu waren sie zu sehr gegen das Leben an Bord abgehärtet; so sehr, dass sie die neuen Konservendosen als ›diätetisch gesund‹ bezeichneten – eine

Ansicht, über die sich die Herzogin insgeheim gern lustig machte.

Tristam durchquerte die winzige Messe zwischen seiner Kammer und der Kajüte, wo er Stern und Osler begegnete, die zur gleichen Zeit eintrafen. An ihren Uniformen glänzten die Messingknöpfe, nicht eine Fussel war zu sehen. Als sie die Kajüte betraten, fanden sie den Arzt und den Viscount vor, die auf den Bänken unter den Galeriefenstern saßen und Portwein tranken. Die Fenster waren geöffnet, um jeden Windhauch einzufangen, der sich eventuell regte. Als Stern und Osler den Viscount begrüßten, zeigten sie mit keiner Regung, dass sie die Stimmung der Matrosen spürten oder wüssten, wen diese verdächtigten, den Mordanschlag auf Kreel verübt zu haben. Soweit es den Viscount anging, zeigte er sich jovial wie immer, vielleicht ein wenig beschwipst, aber froh, sie alle empfangen zu dürfen.

Mit geöffneten Heckfenstern und Oberlicht stellte die geräumige Kajüte eine willkommene Abwechslung zu Tristams stickiger Kammer da. Sogar die Herzogin merkte an, dass der Anlass nicht förmlicher Natur sei, und bat die Herren, doch die Jacken abzulegen, worüber Tristam sehr erleichtert war, denn sie befanden sich nun tief im Süden, und der Winter stellte nur eine vage Erinnerung dar.

Die Herzogin sah nicht aus, als könnte die Hitze sie beeinträchtigen. In ihrem weißen Kleid wirkte sie so frisch, als säße sie in ihrem Garten bei lauer Luft im Schatten. Den Eindruck gesteigerter Aufmerksamkeit, als wäre sie frisch verliebt, konnte sie offenbar hervorrufen, wann immer sie wollte. Tristam empfand ihn als sehr verlockend, und damit war er, wie er wusste, nicht allein. Ihre Ausstrahlung schlecht kaschierter Verliebtheit besaß keinen offensichtlichen Brennpunkt – soweit irgendjemand wusste, hatte sie keinen Geliebten –, und unterbewusst regte vielleicht gerade das jedermanns Fantasie an und verstärkte die Wirkung.

Tristam blickte sich verstohlen unter den Anwesenden um: Wer von ihnen hätte gegen die Schliche dieser Frau auch nur die geringste Chance? Er selbst gewiss nicht. In Abwesenheit der Herzogin gelang es ihm vielleicht, ein wenig Groll gegen sie aufzubauen (immerhin manipulierte sie ihn fürchterlich), aber allmählich wusste selbst er, dass sie solche Empfindungen jederzeit durch wenig mehr als ein Lächeln und ein paar zarte Gesten beseitigen konnte.

Stern einmal ausgenommen, zeigten auch die anderen nicht mehr Widerstand.

Gerade, als das Abendessen serviert wurde, warf der Sonnenuntergang sein großartiges Farbenspiel durch die offenen Fenster – *das perfekte Licht für eine Frau von der Haarfarbe der Herzogin*, sinnierte Tristam.

Das gepökelte Schweinefleisch und die aus Konserven stammenden Bohnen wurden auf silbernen Rechauds serviert. »Vorzüglich«, gurrte die Herzogin und warf Tristam einen verschwörerischen Blick zu. Zum Glück gab es guten Wein dazu, der seiner Karaffe und der Kristallgläser würdig war.

»Es geht das Gerücht, Leutnant Osler«, begann die Herzogin, »dass das Archipel gleich hinter dem Horizont liege und dass wir es vom Großtopp sehen könnten, wenn der Mast nur ein wenig höher wäre.« Sie sprach diese Worte mit völliger Beiläufigkeit; das Vokabular des Seemanns hatte sie in ihre Sprache aufgenommen wie das gesellschaftliche Geplauder der Salons.

Tristam war bereits aufgefallen, dass die Herzogin einen neuen Feldzug begonnen hatte, indem sie ihren Charme auf die Offiziere konzentrierte und gleichzeitig Kapitän Stern spürbar die kalte Schulter zeigte.

Er erriet nicht, was sie damit bezweckte, doch offensichtlich waren ihr die Offiziere mittlerweile so ergeben, als wäre sie ihre Monarchin. Stern bemühte sich, eine Fassade vornehmer Würde zu wahren, doch fürchtete Tristam, dass der Kommandant nicht allzu lange durchhalten konnte. Dieser Mann war es gewöhnt, sowohl das Kommando zu führen als auch den Geist des gesellschaftlichen Lebens zu bestimmen, das er an Bord zuließ. Die Welt außerhalb der Marine kannte Stern nicht, und nun musste er feststellen, dass er seine Stellung innerhalb der ihm vertrauten Welt zu verlieren drohte. Der Mann war hilflos. Mehr und mehr schien es, als stehe er im Dienste der Herzogin, um die sich das Bordleben nun drehte.

»Gewiss sind wir dicht am Archipel, Frau Herzogin«, sagte Osler, den es offenbar erfreute, ihre Aufmerksamkeit zu haben, »doch vielleicht nicht ganz so nahe, wie es die Gerüchte gern sähen. Wenn nur Wind aufkäme, könnten wir das Archipel nach einer guten Tagesreise erreichen.«

Die Herzogin lächelte Osler an, als habe er gerade etwas gesagt, was sie ganz außerordentlich zufrieden stellte. »Nun, ich freue mich schon darauf, es zu sehen. Möglicherweise bekommen wir dort frische Lebensmittel, habe ich gehört.«

»Nun ...« Osler blickte den Kommandanten ein wenig verlegen an. »Wenn Herr Kapitän entscheidet, eine Abteilung an Land zu setzen ... Wir müssen sehr viel Entfernung nach Norden gutmachen, aber wir fänden vielleicht einen Landwind, der uns wieder Fahrt gibt.«

»Was meinen Sie, Herr Kapitän?«, fragte Llewellyn, der wie gewohnt die Untertöne des Gesprächs nicht erfasste.

Stern gab sich erstaunt, dass man ihn tatsächlich nach seiner Meinung fragte. »Ich möchte dem Herrn Leutnant nur ungern widersprechen, Herr Doktor«, sagte er missmutiger, als er wollte, »denn wir haben in der Tat sehr viel Zeit wettzumachen. Doch wir werden sehen. Wenn das Schiff in der Nähe einer möglichen Landungsstelle in eine Flaute gerät, könnten wir tatsächlich eine Abteilung an Land schicken. Zwischen hier und der Königin-Anne-Station ist nur eine einzige geschützte Bucht eingezeichnet – ein tückischer Küstenstreifen –, sodass wir leider nicht darauf zählen können, frische Verpflegung an Bord zu bekommen. Doch unsere Mannschaft ist gesund, und wir sind keineswegs in Not.«

Eine Schauspielerin vom Range der Herzogin vermag mit wenig mehr als einer einzelnen Geste ihrem Publikum klarzumachen, was sie empfindet, und die Adlige zog lächelnd die Brauen hoch, als wollte sie zu den anderen sagen: ›Das hätten wir uns wohl denken können.‹ Ohne ein Wort zu sprechen, ließ sie Stern dastehen, als hätte er eine

Dummheit von sich gegeben – und nicht zum ersten Mal. Tristam empfand Mitleid für den Kommandanten.

Was sie letztendlich dadurch zu erreichen versuchte, dass sie Stern isolierte, konnte er sich nicht ausdenken. Am Tisch herrschte nun unverkennbare Spannung. Benahm sie sich so, weil sie ärgerlich auf den Kommandanten war? Das hielt Tristam für sehr unwahrscheinlich. Die Herzogin war viel zu berechnend.

»Wie lange dauert es denn noch, bis wir diese Insel erreichen – wie hieß sie noch – Varua?« Llewellyn richtete die Frage an die Runde, denn er blickte nicht auf, während er sie stellte. Auf Tristam wirkte der Arzt ein wenig unpässlich, und den Husten, unter dem er seit Farrow litt, schien er nicht loszuwerden.

Nach kurzem Schweigen antwortete der Kommandant: »Wenn der Wind auf dem Jenseitsmeer genauso störrisch ist wie der, den wir bisher hatten, dann möchte ich dazu gar keine Prognose anstellen, Herr Doktor. In dieser Jahreszeit dauert die Überfahrt gewöhnlich etwas mehr als dreißig Tage. Jedoch gibt es auf der Reise wichtige Arbeit zu leisten, denn die Palle-Inselgruppe, die von Pankhurst und unserem Mr. Hobbes entdeckt wurde, ist nie eingehend vermessen worden. Anderthalb Monate dort, vielleicht etwas länger, dürften unser hydrografisches Wissen um einige wertvolle Beiträge ergänzen. Ganz zu schweigen von dem, was sich dort auf dem Gebiet der Botanik und anderen Disziplinen erfahren lässt.« Er nickte Tristam zu.

»Anderthalb Monate?« Nun blickte Llewellyn auf, und auf seinem Gesicht lief eine bemerkenswerte Veränderung ab – wie bei einem Patienten, der die schlimmste aller möglichen Neuigkeiten erfahren hatte. Das Leben an Bord eines Schiffes bekam dem guten Doktor nicht. »Das ... das kommt mir aber lang vor, Herr Kapitän.«

Stern zuckte mit den Schultern. »Darin besteht unsere Aufgabe, Doktor Llewellyn. Doch sobald Sie auf den Palles einmal an Land gegangen sind, werden Sie vieles finden, das Ihr Interesse weckt, denn sie gelten als wunderschöne Inseln von sehr zuträglichem Klima. Sie sind außerdem unbewohnt, obwohl wir vielleicht Hinweise darauf finden, dass es nicht immer so gewesen ist.«

»Wunderschön, aber leider liegen sie nicht auf dem Kurs nach Varua, wie ich hörte«, warf die Herzogin ein und blickte Stern über den Rand ihres Weinglases an.

Sterns Gesichtsfarbe vertiefte sich. Ganz offensichtlich war er nicht dazu geschaffen, in einer Situation wie dieser zu leben. Tristam bereitete sich schon auf einen Wutausbruch vor, doch stattdessen blickte Stern schmeichelnd in die Tischrunde und zwang sich zu einem scherzhaften Tonfall. »Na, na, nun kommen Sie schon. Wir erhalten eine Gelegenheit, wie sie sich nicht einem von hunderttausend Menschen bietet – wir sehen die Neue Welt! Eine Welt, bei deren Erkundung wir erst am Anfang stehen. Wenn wir die Grenzen des erforschten Globus ein wenig tiefer in jene Regionen verrücken können, die heute noch als ›unbekannt‹ beschriftet sind, dann werden wir Teil der Geschichte.« Er wandte sich dem niedergeschlagen wirkenden Llewellyn zu. »Überlegen Sie nur, Herr Doktor: Wenn wir die Praxis der früheren Entdecker übernehmen, und das beabsichtige ich durchaus zu tun, dann wird nach jedem einzelnen an diesem Tisch ein wesentlicher Teil der Weltgeografie benannt sein! Ihr Name wird dann nicht mit einem Stein in Verbindung gebracht, der unter zahllosen anderen verschwindet – er steht dann auf der Weltkarte! Für alle Ewigkeit vor den Augen aller Menschen. Mehr können Sie doch wohl kaum verlangen, Sir.«

Llewellyn rang sich ein schwaches Nicken ab und senkte den Blick – es konnte ihm nicht gut gehen, denn solch eine Aussicht musste einem Mann, der so eitel war, doch überaus reizvoll erscheinen.

»Ja«, sagte die Herzogin, »wäre das nicht wunderbar.«

In der darauffolgenden Stille schlug der Ruf des Ausgucks ein, als hätte jemand eine Ratte auf den Tisch geworfen. »Segel, Mr. Hobbes! An Backbord voraus!«

Die beiden Seeoffiziere sprangen von den Stühlen und eilten zur Tür hinaus. Ihre Stiefeltritte auf dem Niedergang hallten zu den Dinergästen zurück.

»Nun, soviel zum Diner«, sagte die Herzogin und warf ihre Serviette auf den Tisch. Ihr Essen bedachte sie mit einem Blick, der höchste Abscheu verriet. »Wollen wir ebenfalls einen Blick darauf werfen?«

In scheinbar gemessenerem Tempo begab man sich auf Deck. Der Kapitän stand über den Vordersteven gebeugt und hielt sich am Fockstag fest, während er mit dem Glas nach Backbord spähte. Im Abendlicht konnte Tristam dort die Segel eines anderen Schiffes erkennen.

»Mr. Flattery«, sagte Stern, als Tristam aufs Vorderdeck kam, »wären Sie so freundlich, mir Ihr Frommesches Glas zu leihen? Sagen Sie Mr. Hobbes, ein Seekadett soll es mir zum Masttopp heraufbringen.« Der Kommandant wandte sich ab und ging zu den Wanten des Großmastes.

Tristam eilte in seine Kammer hinunter und kehrte mit dem Perspektiv zurück. An Deck zog er sich Schuhe und Strümpfe aus, packte die Webeleinen und enterte zum Kommandanten auf. Er wollte ihm das Glas persönlich überreichen, um auf diese Weise etwas über die Identität des fremden Schiffes zu erfahren. Die Matrosen an Bord zogen ohne Ausnahme sehr grimmige Gesichter, und das gefiel ihm nicht im Geringsten.

Als er sich in die Saling hochzog, entdeckte er Stern und Osler, die rittlings auf der Großmarsrah saßen.

»Aha, sehr freundlich von Ihnen, Mr. Flattery.« Stern richtete das Glas auf das ferne Schiff, während Tristam gespannt auf eine Äußerung wartete und Sterns Gesicht beobachtete. Doch der Kommandant reichte das Glas nur wortlos an seinen Leutnant weiter.

»Das ist die farrische Flagge, so viel steht fest«, sagte Osler, ohne dass seiner Stimme eine Spur von Nervosität anzumerken gewesen wäre.

»Das überrascht mich nicht«, entgegnete Stern. »Geben Sie einmal Mr. Flattery das Glas. Er hat gute Augen.«

Tristam fokussierte das Perspektiv auf das Schiff. Es war sehr weit entfernt, ein dunkler Rumpf unter einer blassen Wolke aus Segeln.

»Zeigt der Bug auf uns, Mr. Flattery?«, fragte Stern.

»Jawohl, Herr Kapitän wenigstens beinahe.«

»Wind in den Segeln?«

»Die Segel flattern, Sir.«

»Man kann es aus diesem Winkel schlecht erkennen, das weiß ich, aber erscheint Ihnen das Heck unnatürlich hoch und breit? Schauen Sie ganz genau hin.«

»Nun, das Licht ist nicht sehr gut, Sir«, sagte Tristam untertreibend, »doch scheint das Schiff mir einen größeren Sprung zu haben als die *Swallow*. Tatsächlich bin ich davon fest überzeugt.«

»Leutnant Osler?«

»Ich fürchte, ich muss Mr. Flattery zustimmen, Sir.«

»So ein Pech«, stellte Stern gelassen fest.

»Aber was suchen sie hier unten, Sir?«

»Vielleicht hat Nash oder ein anderer sie hierher gejagt. Oder sie suchen genauso wie wir nach Wind.« Stern nahm das Glas wieder an sich und warf einen letzten Blick auf das fremde Schiff, bevor sich die Dunkelheit endgültig herabsenkte. Er verbiss sich einen Fluch und gab Tristam das Perspektiv zurück.

»Keine Laternen heute Nacht, Mr. Osler. Wir dunkeln das Schiff ab. Setzen Sie ein Boot aus, lassen Sie unseren Bug nach Norden herumschleppen und die Richtung halten. Wenn Wind aufkommt, müssen wir das Beste daraus machen. Vielleicht sind wir morgen früh schon weit fort von hier ...« – mit dem Kopf wies er auf das ferne Schiff – »und von ihnen. Das können wir nur hoffen.«

»Klar Schiff zum Gefecht, Sir?« Osler stellte diese schreckliche Frage mit völlig unbewegter Stimme.

»Nein. Heute Nacht können sie nicht zu uns aufschließen. Wenn sie morgen noch in Sicht sind, werden wir beim ersten Morgenlicht eine Geschützübung durchführen.« Er wollte bereits herabklettern, dann hielt er inne. »Kein Wort davon zu irgendjemandem, Mr. Flattery.«

An diesem Abend erschien Tristam seine Kammer besonders eng und stickig, und er rollte sich so oft in seiner Hängematte um, dass er schon fürchtete, ein Loch hineinzuscheuern. Er fragte sich, ob die anderen auf gleiche Weise litten. Aus einem gänzlich ungewohnten Grund sehnte er sich nach der Gesellschaft der Herzogin, nach ihrer bloßen Gegenwart: Sie hätten einander Trost geben können.

Korsaren.

Es war schwer zu glauben. Sie waren nur ein schlecht bewaffnetes Vermessungsschiff mit nichts an Bord, das einen echten Wert besaß – außer natürlich der Herzogin von Morland. Zweifellos würde der König jedes Lösegeld zahlen, um sie unversehrt wiederzubekommen, obwohl sich Tristam nicht vorstellen konnte, dass sie im Falle einer Gefangennahme unangetastet bliebe – und es könnte noch viel schlimmer kommen.

Tristam rollte sich wieder herum und schlug sich den Knöchel an einer harten Kante an, was ihn an das Kistchen erinnerte, in dem der Wein seines Onkels verborgen lag. Ein kleines Vermögen sei er wert ... Wie klein genau? Er rollte sich auf die andere Seite, diesmal ohne sich wehzutun.

Stern war ein kluger Offizier und begegnete Korsaren nicht zum ersten Mal. Die Chancen standen gut, dass der Kommandant sie sich vom Leibe halten konnte, bis die Marinestation erreicht wäre. Der Gedanke, mit der *Swallow* in die Sicherheit der Geschütze auf der Königin-Anne-Station einzulaufen, war tröstlich, aber noch nicht die Wirklichkeit. Was, wenn das feindliche Schiff einen Wind fände? Tristam wusste, dass das sehr gut möglich war; er hatte schon oft gesehen, wie eine Brise das Wasser eine Meile entfernt aufrührte, während die *Swallow* weiterhin in toter Flaute dümpelte.

»So geht das nicht«, sagte er laut. Dann erhob er sich so leise wie möglich, zog sich an und ging barfuß auf Deck. Er hatte sich zur Gewohnheit gemacht, auf der Stelle an die Heckreling zu gehen, wenn er das Achterdeck betrat, und nach dem Kielwasser zu schauen. In dieser Nacht hoffte er noch inständiger als sonst auf Zeichen von Bewegung.

Ohne Laternen erhellte nur das Sternenlicht das Deck, denn es war gerade einen Tag nach Neumond. Der *dreizehnte Mond*, hatten die Jacks festgestellt. Ein Jahr mit dreizehn Monden wurde für ein böses Vorzeichen gehalten, und der folgende Vollmond würde die gefürchtetsten Tage des Zyklus bringen. Tristam jedenfalls ließ sich vom Aberglauben der Seeleute nicht anstecken.

Er nickte dem Rudergänger zu, ohne dass einer von ihnen etwas sagte, denn sie befanden sich über der Kajüte der Herzogin. Tristam war erstaunt, an der Heckreling einen Mann vorzufinden, der sich so weit darüber beugte, als wäre ihm schlecht – und das während einer Flaute? Als Tristam näher kam, fuhr der Mann, der wohl nicht mit einer Störung gerechnet hatte, erschrocken herum. Es war Hobbes! Ein Seemann, der in den letzten fünfunddreißig Jahren keinen einzigen Tag Seekrankheit gekannt haben konnte. Und sein Gesicht war wutverzerrt.

Tristam stoppte mitten im Schritt, doch dann veränderte sich Hobbes' Zorn völlig ebenso abrupt in tiefe Verlegenheit oder Bestürzung. Mit einem flüchtigen Nicken ließ er Tristam an der Reling allein und begab sich eilig zum Vorschiff.

Hobbes war normalerweise sehr ausgeglichen, sodass Tristam wie vom Donner gerührt stand und sich fragte, was wohl dieses Verhalten ausgelöst hatte. Und dann vernahm er die Stimme der Herzogin keine drei Fuß weit unter sich. Sie flüsterte auf Entonnisch, doch Tristam verstand jedes Wort deutlich.

»Es bringt mich noch um den Verstand, Julian. Wenn Stern wüsste, welches Wunder uns auf Varua erwartet, würde er dieses Schiff antreiben, wie er noch nie ein Schiff getrieben hat. Da gäbe es kein Gerede mehr von ›Beiträgen zur hydrografischen Erfassung der Sphäre‹, so viel steht einmal fest. Ich würde den Kerl ja ins Vertrauen ziehen, wenn ich nur einen Augenblick lang annehmen könnte, dass er mir glaubt.«

»Er würde dir nicht glauben«, entgegnete Lord Elsworth. »Das treibt einen zum Wahnsinn, da stimme ich dir allerdings zu.«

Schweigen. *Welches Wunder meint sie?*, fragte sich Tristam.

»Wenigstens konnten wir verhindern, dass sie Flattery in die Hände bekommen«, sagte der Viscount, und Tristam spreizte die Hände auf der Reling, als müsste er sich festhalten. »Obwohl ich dir gestehen muss, dass ich mich in seiner Gesellschaft wirklich nicht wohlfühle. Beim Eid Farrelles, bin ich froh, dass ich nicht bei ihm war, als der Wal kam. War das nicht bemerkenswert?«

»Ja.« Nun schüttelte die Herzogin geistesabwesend den Kopf, da war Tristam sicher. »Man kann die Weltsicht eines anderen nicht über Nacht ändern. Zeit. Das braucht Zeit.« Die Herzogin verstummte. Tristam sah vor sich, wie sie zart an ihrer Unterlippe kaute, was sie stets tat, wenn sie angestrengt nachdachte.

Er fühlte ein Entsetzen in sich wachsen wie eine abscheuliche Geschwulst.

»Wir haben keine Wahl, Julian. Wir folgen nun Tristams Kurs – und zwar blind. Du musst dicht bei ihm bleiben, so eng es nur geht.«

»Ja, das weiß ich. Im Augenblick haben wir jedoch dringendere Sorgen.«

Tristam kannte die Herzogin inzwischen so gut, dass er beinahe das innerliche Aufseufzen hörte, das sie mit ihrem Schweigen kaschierte. »Ja.« Noch eine Pause. »Fast hoffe ich, dass es Korsaren sind. Wir sind keine lockende Prise für sie, also sollte es nicht schwer fallen, sie zu entmutigen. Die Alternative wäre schlimmer.«

Ein leises Plätschern im Wasser – ein Meerestier kam an die Oberfläche.

»Vielleicht, aber auch Seeräuber sollte man nicht unterschätzen. Die *Swallow* ist kein Kriegsschiff. Stern hat wenig Leute, noch weniger Geschütze und eine langsame Bark. Du solltest dich nicht allzu sehr auf alte Geschichten verlassen.«

Eine Weile herrschte Schweigen, und Tristam fragte sich beklommen, ob sie etwa sein Lauschen bemerkt hatten.

»Ich muss jetzt schlafen gehen«, sagte der Viscount. »In den nächsten Tagen haben wir einen klaren Verstand bitter nötig.«

Dann entfernten sich Schritte aus der Kajüte. Tristam wandte sich ab und ging langsam nach vorn, ohne den Rudergänger anzublicken, als er an ihm vorbeikam.

Was hatte er gerade gehört? ›Wir folgen nun Tristams Kurs.‹

Tristam stieg in die Kuhl hinunter und ließ sich gegen das Schanzkleid sinken.

Wer sollte ihn nicht in die Hände bekommen?

Die Herzogin hatte von ihm gesprochen, als sei er gesegnet – oder verflucht. Er bedeckte die Augen. Zu hören, dass sie so kühl von ihm sprach, so – objektiv ... »Farrelles Flammen«, brummte er.

Was wollten diese Menschen von ihm? Offenbar waren sie genauso töricht wie die abergläubischen Jacks! Und doch wusste Tristam sehr gut, dass die Herzogin alles andere als eine Närrin war.

33. Kapitel

Aus dem Tagebuch von Tristam Flattery:

Am vierzehnten Dezembertag 1559.
Heute Nacht werde ich keinen Schlaf finden, aber längst nicht nur deshalb, weil Freibeuter uns überrascht haben. Was um alles auf dem Erdball habe ich belauscht? Jedes Mal, wenn ich glaube, die Machenschaften allmählich zu durchschauen, die rings um mich vorgehen, geschieht etwas Neues, Unerwartetes, und ich verliere die Spur – nein, ich stelle vielmehr fest, dass ich die ganze Zeit auf der falschen Fährte gewesen bin! Was, was nur erwarten diese Menschen von mir? Wie kann es sein, dass sie mich als jemand betrachten, der in ihren Plänen eine Rolle zu spielen hat? Mit dieser Vorstellung liegen sie doch so weit neben der Wirklichkeit, dass es mir vorkommt, als folgen sie einem Wahn. Welche Wirkung diese Kerne, die ich beschaffen soll, auch immer ausüben, ich betrachte sie mit wachsendem Grauen. Und immer öfter spiele ich mit dem Gedanken, nicht verlauten zu lassen, wenn ich *Regis* finde – eine Möglichkeit, die Lady Galton vorsichtig angedeutet hat. Ich kann mir nicht erklären, was in diese Leute gefahren ist – und was sie antreibt.

Am Osthimmel zeigte sich die bevorstehende Morgendämmerung noch nicht, und doch stand fast die ganze Besatzung der *Swallow* auf Deck; schweigend starrten die Männer in die Finsternis. Während der Nacht war vom Archipel her ein Wind aufgefrischt, und Stern hatte die Gelegenheit ergriffen, nach Norden zu kreuzen. Der Kommandant hoffte, an den Korsaren vorbeisegeln zu können, welche die *Swallow* von der Königin-Anne-Station abschnitten. Doch die Brise hatte ihre Hoffnung nur für zwei kurze Stunden genährt, dann war sie wieder abgeflaut. Die Frage lautete nun, was der Freibeuter im Schutz der Dunkelheit unternommen hatte, und diese Ungewissheit hatte so viele so früh auf Deck gelockt.

Tristam war als Ausguck in die Rigg gesandt worden und hockte nun mit Leutnant Osler auf der Längssaling des Großmars. Unter ihnen hingen die schlaffen Segel und schlugen nur mit den Bewegungen des Schiffes hin und her, während über ihnen die schwächeren Sterne allmählich verblassten und den Morgen ankündigten. Osler und Tristam suchten das dunkle Meer nach einem Licht oder dem Weiß von Segeln ab.

»Im Westen scheint eine dunkle Linie zu sein«, sagte Tristam mit gedämpfter Stimme, denn die Lage hatte etwas sehr Ernstes an sich.

Der Leutnant hielt sein Glas unbeirrt nach Osten gerichtet. »Das würde mich nicht wundern. Hier gibt es eine merkwürdige Strömung, in der die Schiffe erfahrungsgemäß nach Nordwesten abtreiben. Deshalb sind wir heute Nacht nach Norden gefahren und ein wenig nach Westen gedriftet. Das wird Ihr Archipel sein, Flattery. Warten Sie nur, bis jeder Zweifel ausgeschlossen ist, und dann dürfen Sie ›Land in Sicht‹ rufen. Das hebt bei einigen vielleicht die Stimmung.«

Als sich in jener Richtung kein Schiff zeigte, überwand Tristam seine Neugier in Bezug auf die Inseln und richtete das Fernrohr wieder aufs Meer. Am Osthimmel graute es deutlich.

»Mr. Osler?«

»Sir?«

»Fast genau querab an Steuerbord – vielleicht etwas weiter voraus.« Blass und geisterhaft, weit entfernt auf rollender See.

Osler richtete sein Glas nach Steuerbord und suchte sorgfältig. »Sie haben unsere Korsaren gefunden, Flattery, die Kerle sollen alle erblinden!« Er legte eine Hand als Trichter um den Mund und rief zum Deck herunter: »Segel in

Sicht, Herr Kapitän. Zweieinhalb Strich vom Steuerbordbug.«

Von Deck hörten sie Füßescharren, als sich alles auf einen besseren Aussichtspunkt begab.

»Wir können sie nicht ausmachen, Mr. Osler«, antwortete Stern kurz darauf. »Besteht kein Zweifel?«

»Nein, Sir. Und am westlichen Horizont kommt Land in Sicht.«

Mit zunehmendem Tageslicht wurden die fremden Segel und die Spitzen der fernen Insel für alle sichtbar. In der Morgendämmerung waren die Konturen wenig ausgeprägt, bildeten nur eine unregelmäßige, dunkelrote Linie, die den westlichen Horizont überspannte und Tristam wie eine Zeichnung aus einem Kinderbuch erschien – unwirklich und naiv, alle Einzelheiten fügte die eigene Vorstellungskraft hinzu. So irrational seine Anwandlung auch war, Tristam empfand diese Bilderbuchinseln als sicheren Hafen vor der verstörenden Gegenwart des Seeräuberschiffs im Osten. In Wahrheit aber saß die *Swallow* zwischen den Piraten und einem Labyrinth aus Untiefen und Klippen in der Falle.

Osler starrte das ferne Schiff an, als könnte er es allein mit seinem durchdringenden Blick versenken.

»Also ist es das gleiche Schiff wie gestern Abend?«, fragte Tristam leise.

Osler schien ihn nicht gehört zu haben, doch wie zur Antwort auf Tristams Frage begannen die Matrosen damit, die Persenningen von den Geschützen der *Swallow* zu ziehen und Verkeilungen zu lösen. Vom anderen Schiff konnte Tristam nur wenig erkennen, und doch, auf dem leeren Ozean erschien es ihm als unheildrohender Anblick. Er musste an die Raven denken, die spielend die *Swallow* eingeholt hatte, als sie nach Farrow segelten. Wo die Raven nun sein mochte?

»Ist unser Freund dort draußen ein schnelles Schiff?«, fragte Tristam und hob dabei die Stimme ein wenig.

»Schnell? Das nicht, aber sie hat die längere Wasserlinie, und bei gutem Wind besitzt sie dadurch gegenüber unserer kleinen *Swallow* einen Vorteil. Außerdem kann der Korsarenkapitän mehr Segel setzen – bis hin zu den Royals und den Skysegeln. Das Schiff dort ist ein Raubvogel, wenn ich mir den Begriff aus Ihrer Disziplin borgen darf, und sie hat ihr Auge auf uns gerichtet.

Dieses Schiff ist einmal ein entonnischer Kauffahrer gewesen: Decklänge etwa einhundertdreißig Fuß mit gutem Tiefgang. Entsprechende Rumpfstärkung vorausgesetzt, kann sie zwei Geschützdecks haben – mit Zehn- oder Zwölfpfündern, wir dagegen haben nur ein paar Vier- und Sechspfünder.« Er zögerte, als denke er weiter nach. Tristam war von der kühlen Disziplin des Mannes beeindruckt.

»Aber ganz so finster sieht es für uns auch nicht aus, denn die *Swallow* kann dichter an den Wind gehen, ist manövrierfähiger, und seichtes Wasser ist unser größter Verbündeter. Sie können davon ausgehen, dass Mr. Hobbes in diesem Augenblick die Karten durchforstet. Ein Gebiet mit Riffen oder Untiefen wird uns besser schützen als ein ganzes Deck Zwölfpfünder – besonders bei unserer Mannschaft. Kaum einer davon ist je im Gefecht gewesen, außer dem Steuermann und Kapitän Stern.«

»Sie sind noch nie in der Schlacht gewesen?«, fragte Tristam erstaunt. »Auf mich wirken Sie so verdammt gelassen. Ich wünschte, ich könnte von mir das gleiche behaupten.«

»Kein Flottengefecht, nur ein paar Geplänkel von Schiff zu Schiff habe ich mitgemacht. Ich hatte auch schon einmal mit Korsaren zu tun, vielleicht sogar mit gerade dem, der uns da jagt. Machen Sie sich keine Sorgen, Flattery; die wissen, dass wir kein Silber an Bord haben. Wenn wir es ihnen schwer genug machen, uns zu fangen, dann werden sie uns schon in Ruhe lassen – besonders dann, wenn die Verfolgung sie noch weiter von den üblichen Fahrwegen entfernt. Die wollen ungemünztes Silber und haben's auf keine naturkundliche Sammlung abgesehen.« Während er sprach, lächelte er, ließ aber nicht den Blick von dem fremden Schiff.

»Sehen Sie genau hin, Flattery, und sagen Sie mir eins – scheint unser Seefalke Wind in den Segeln zu haben?«

Tristam richtete sein Glas wieder auf den dunklen Rumpf des anderen Schiffes. Seine Segel schienen nicht zu flattern, und es krängte beständig. »Ich glaube ja. Ich sehe auch, dass es Bugwellen schlägt.« Ihm sank das Herz. »Sie scheinen den Passat gefunden zu haben.«

»Den Passat nicht«, entgegnete Osler. »Sehen Sie, wie ihre Segel stehen: Der Wind kommt aus Südosten, da bin ich sicher. Vielleicht sehen wir den Passat noch heute, aber bis dahin muss uns der Südostwind genügen. Er wird uns schon noch erreichen.«

»Aber dieses schwarze Schiff reitet auf seinen Schwingen.«

»Schneller als der Wind bläst, kann es nicht segeln, nicht einmal genauso schnell. Sie werden näher kommen, ja, aber auch wir machen bald Fahrt.« Ein Ruf von unten. »Wir sollen auf Deck, Mr. Flattery.«

Tristam enterte vorsichtig die Webeleinen hinab, während Jacks an ihm vorbeihasteten, die Segel setzen sollten. Osler rutschte an einer Pardune hinunter und stand nach wenigen Sekunden auf Deck. Tristam nahm sich vor, es bei nächster Gelegenheit auf die gleiche Weise zu versuchen – wenn er nicht in die Gefangenschaft der Korsaren geriet.

Tristam stieg zum Achterdeck hinauf, wo Kapitän Stern allein an der Heckreling stand. Die Herzogin lehnte in der Nähe des Niedergangs am Schanzkleid. Tristam wunderte sich, dass sie weder ein Zeichen von Furcht noch die Spuren einer schlaflosen Nacht zeigte.

»Einen angenehmen Tag wünsche ich Ihnen, Tristam«, begrüßte sie ihn, als würde sie nicht von Männern verfolgt, deren Nähe bei jeder Frau höchste Beunruhigung auslöste.

Tristam starrte sie an – er hatte das belauschte Gespräch noch im Ohr. Nur wegen der Bedrohung durch die Korsaren stellte er keine Fragen.

Eine Brise strich durch ihr Haar, dann blähte ein leichter Wind die Segel. Das Schiff krängte, und das Tauwerk knirschte laut: der Südostwind, den Osler vorhergesagt hatte. Wie aus einem Mund stieß die Besatzung einen erleichterten Seufzer aus.

»Halsen, sobald das Schiff auf Ruder reagiert, Mr. Hobbes«, befahl Stern ruhig. Tristam wusste, dass es zu den Pflichten eines Kommandanten gehörte, unter allen Umständen äußerste Zuversicht an den Tag zu legen, dennoch wirkte Sterns Verhalten auch auf ihn: Er bemerkte, wie seine Beklommenheit nachließ.

Ohne dass die Offiziere sie antreiben mussten, eilten die Matrosen auf ihre Stationen, und das Schiff reagierte wie ein gut ausgebildetes Ross auf das Ruder. Die Rahen wurden gebrasst, die *Swallow* breitete die Schwingen aus und begann ihrem Verfolger davonzufliegen.

Tristam beobachtete Stern, der nach oben sah, dann über die Reling hinweg das schwarze Schiff betrachtete und schließlich luvwärts Ausschau hielt. Der Kommandant wirkte wie ein Spieler, der mit unbewegter Miene sein Blatt mustert und erwägt, ob er den Einsatz erhöhen oder nach neuen Karten fragen soll.

»Darf ich einmal sehen, Tristam?«

Mit dem Kinn wies die Herzogin auf sein Perspektiv, und er reichte es ihr.

»Anscheinend befinden sie sich auf einem anderen Kurs als wir. Sehen Sie? Sie bewegen sich beinahe parallel zu uns.«

Osler stand in der Nähe und beobachtete die letzten Stadien der Evolution. »Obwohl sie luvwärts von uns fahren, Frau Herzogin«, erklärte der Leutnant, »können sie nicht direkt auf uns zu halten, weil wir uns währenddessen ja weiterbewegen. Sie werden sehen, dass wir so hart am Wind segeln wie es nur geht, sie aber segeln mit halbem Winde, das heißt, der Wind kommt von querab – deshalb ist ihr Kurs nicht parallel, wie er uns erscheint. Vielmehr steuert der Pirat einen Kurs, der den unseren schneiden wird, und behält den Windvorteil. So wie wir im Moment fahren, kommt er uns nicht vor Nachmittag nahe.«

»Mr. Osler!«, rief Stern mit Schärfe, was Tristam sehr erstaunte, denn die Vorstellung des Kommandanten von vornehmem Benehmen gestattete es an sich nicht, seine Offiziere ›anzuraunzen‹.

»Sir?« Der Leutnant nahm Habtachtstellung ein.

»Kümmern Sie sich um Ihre Aufgaben, Sir«, sagte Stern ruhiger, vielleicht war er selbst überrascht von seinem Ausbruch. »Wir führen eine Geschützübung durch.«

Osler eilte davon, ohne Tristam und die Herzogin anzusehen.

Garvey, der Steuermannsmaat, kam in dem Moment mit einer zusammengerollten Karte unter dem Arm auf Deck und trat zu Hobbes und dem Kommandanten an die Reling. Fast ohne nachzudenken, traten Tristam und die Herzogin einen Schritt näher, konnten aber trotzdem nicht verstehen, was gesprochen wurde. Tristam glaubte, dass Hobbes sich an diesem Morgen ihm gegenüber ein wenig kühl verhielt, doch unter den Umständen war dies schwer zu beurteilen. Niemand benahm sich wie gewohnt.

Stern fuhr mit dem Finger über die Karte, nickte und stellte gelegentlich eine Frage. Dann blickte der Kommandant über das Deck, wo die Männer die Geschütze vorbereiteten, und bemerkte Tristam und die Herzogin. Anscheinend erfasste ihn ein Mitgefühl, denn er neigte einladend den Kopf, woraufhin die beiden hastig nähertraten.

»Wie Sie sehen, Frau Herzogin, ist unsere Lage nicht aussichtslos. Wir befinden uns nahe genug an der Station, dass die Küste gut vermessen ist. Dafür können wir unserem gnädigen Schicksal danken. Die *Swallow* ist hier, und das Piratenschiff wird etwa dort sein. Sehen Sie dieses Kreuz?« Er wies auf eine Kartenmarkierung. »Wenn wir den gegenwärtigen Wind behalten, werden sich unsere beiden Schiffe dort treffen – später, aber noch bei Tag. Natürlich kann sich bis dahin einiges ändern, und so gut wie jede Veränderung wäre zu unserem Vorteil. Wenn wir in den Passat kommen, liegt die Marinestation in Luv, und wir können besser hart am Wind segeln als der Pirat.« Er warf einen Blick auf das feindliche Schiff.

Die Herzogin wies auf eine Passage zwischen den Inseln. »Können wir denn nicht dort hinein fahren, Kapitän Stern, und hoffen, dass unser Verfolger uns in den vielen Engen verliert?«

Das Gebiet, auf das die Herzogin wies, war, wie Tristam nicht übersehen konnte, von der Meeresküste nur etwa eine Meile weit landeinwärts vermessen. Jenseits davon wurde das Archipel auf der Karte als gewaltige weiße Fläche mit der Anmerkung ›Unerforscht‹ wiedergegeben.

»Viele dieser Engen lassen sich nur schwer befahren, Frau Herzogin, denn die Gezeiten erzeugen darin beträchtliche Strömungen, auch wenn Ebbe und Flut in diesen Breiten nicht mehr sehr stark sind. Hinter solchen Engen liegen immer Gewässer, in denen es für Schiffe sehr gefährlich ist. Außerdem könnten wir in eine Enge ohne Ausfahrt geraten – eine Bucht, wenn Sie so wollen –, und dort säßen wir in der Falle. Ich würde nur dann ins Archipel eindringen, wenn jeder andere Kurs unmöglich wäre.«

»Herr Kapitän.« Osler meldete sich in völlig ungewohntem, zackigem Ton – vermutlich wurmte ihn der Tadel, den der Kommandant ihm erteilt hatte. Tristam hatte noch nie zuvor erlebt, dass Stern einen seiner Offiziere angefahren hätte, und er fragte sich, ob das schwarze Schiff ihm doch größere Sorgen machte, als sich zunächst vermuten ließ, oder ob sich die Folgen des Verhaltens zeigten, das die Herzogin an den Tag legte. »Klar zur Geschützübung, Sir.«

In der Kuhl des Schiffes standen die Geschützmannschaften der Backbordwache an ihren bronzenen Kriegsmaschinen. Auf Tristam wirkten sie nicht sonderlich selbstsicher.

Stern sprach in verbindlicherem Ton zu seinem Leutnant. »Die Jagdgeschütze an Bug und Heck sind noch immer verzurrt, Mr. Osler.«

»Ich kann sie nur bemannen, wenn ich Männer abziehe, die wir zur Führung des Schiffes benötigen, Sir. Soll ich dazu Befehl erteilen?«

»Nein ... nein. Unsere größte Hoffnung besteht in der Flucht. Wir sollten die Manövrierbarkeit des Schiffes nicht vermindern. Teilen Sie jeden verfügbaren Mann ein.« Stern wandte sich Tristam zu. »Mr. Flattery. Ich hoffe, Sie haben nichts dagegen einzuwenden, Ihr Teil zu unserer Verteidigung zu leisten?«

»Ich warte auf Ihren Befehl, Herr Kapitän.«

»Sehr gut. Mr. Osler, fragen Sie Lord Elsworth und holen Sie auch den Zahlmeister und den Zimmermann, solange wir sie entbehren können. Nur der Schiffsarzt und Doktor Llewellyn sollen sich bereit halten, ihren normalen Aufgaben nachzukommen.«

»Ich bin ein erfahrener Schütze, Sir«, erklärte Tristam, der sich fragte, welche Rolle er in einem Gefecht übernehmen könnte.

»Ich hoffe, so weit kommt es gar nicht, dass wir Plänkler brauchen, Mr. Flattery. Mr. Osler, geben Sie Beacham den Befehl über das Backbord-Achterdeckgeschütz. Mr. Beacham hält sich für einen guten Richtschützen. Mr. Flattery, Sie können Beacham helfen, aber ich möchte nicht, dass Sie das Rohr auswischen oder Kartuschen rammen.«

Wenig später fand sich Tristam unter dem Kommando von Jack Beacham wieder, der selbst unter dem wachsamen Auge des Kommandanten agierte. Die ›Jagdgeschütze‹ an Bug und Heck, wie man sie nannte, hatten kleine Rohre und verschossen eine nur vier Pfund schwere Kugel. Ihre Schussweite war nicht sehr hoch, aber auf geringe Entfernung konnten sie von einer erfahrenen Bedienung durchaus zielgenau abgefeuert werden. Einen verstärkten Rumpf vermochten sie nicht zu durchschlagen, doch richteten sie beträchtlichen Schaden an, wenn sie die Takelage trafen – ganz zu schweigen von Menschen.

›Die schreckliche Erfindung Lord Skyes‹ hatte die Herzogin die Kanone genannt, und das war sie. Das Schiffsgeschütz hatte das Blatt eines Krieges gewendet und Farrland ermöglicht, die überlegene entonnische Marine in mehreren großen Seeschlachten zu besiegen; dann gelang es dem Feind, eigene Geschütze zu bauen – nur wie ihm dies gelungen war, blieb bis heute ein großes Rätsel.

In den nächsten beiden Stunden wurden die Handgriffe beim Ausrennen der Geschütze, der Zielauffassung, des Einfahrens, des Reinigen und Auswischens und des Ladens geübt. Als diese Handgriffe endlich saßen, wurden die Geschütze geladen und abgefeuert, ein Vorgang, den Tristam zu seinem Erstaunen als sehr befriedigend empfand. Beacham hatte an Bord eines Kriegsschiffes gedient und verstand, soweit Tristam es beurteilen konnte, sein Handwerk – und das wollte gar nicht zu diesem freundlichen Jungen passen.

Der Zimmermann, Tobias Shuk, ein großer, bärenhafter Mensch, war ebenfalls an das achterne Jagdgeschütz gestellt worden, und obwohl er nicht faul war, gewann Tristam doch rasch den Eindruck, dass dieses Unternehmen den Mann sehr tief erschütterte. Ein Landmann wie Tristam war er, und eigentlich Schiffbauer, nur die Geschichten über Varua hatten ihn an Bord gelockt. Als die Kanone sich entlud und die Kugel in einer Gischtfontäne in die See klatschte, war der Zimmermann den Tränen nahe. Zuerst glaubte Tristam, es liege am schwefligen Rauch, doch dann hörte er, was Shuk leise sagte:

»Lord Skye hat etwas sehr Schlimmes in die Welt gebracht.« Die Stimme des Schiffszimmermanns war belegt vor aufgewühlten Gefühlen. Er beugte sich vor, vertiefte sich in seine Arbeit und verbarg sein Gesicht vor den anderen.

Tristam sah zu dem Piratenschiff hinüber und bemerkte, dass es ebenfalls in eine Rauchwolke gehüllt war. Dann grollte eine gewaltige Explosion über das Meer, und jeder einzelne Mann auf der *Swallow* erstarrte auf dem Fleck.

»Das ist nur ein alter Trick, meine Herren«, brach Sterns Stimme das darauf folgende Schweigen. »Sie versuchen, uns den Mut zu rauben, aber so leicht lassen wir uns doch nicht ins Bockshorn jagen. Weitermachen!«

Und die Männer gehorchten. Die *Swallow* hatte nur knappe Pulver- und Kugelvorräte an Bord, doch die Mannschaft verschoss, was man nach Sterns Ansicht entbehren konnte, und gegen Mittag ähnelten sie allmählich einem Kampfschiff – wenigstens in Tristams unkritischen Augen.

Das schwarze Schiff der Korsaren war mittlerweile viel näher gekommen, und Tristam sah nun auch ohne Fernrohr, dass es erheblich größer war als die *Swallow.* Obwohl es nicht die todbringende Effizienz der Raven zur Schau stellte, strahlte es doch die Bedrohlichkeit eines kampfwilligen großen Mannes aus – der behäbig, eventuell schwerfällig sein mochte, aber zweifellos ungeheuer kräftig.

Als Tristam an der Reling stand und aus einer Flasche trank, die Beacham ihm gereicht hatte, kam die Herzogin und stellte sich neben ihn. Tristam nickte ihr nur zu, denn er war zu müde, um einen Kratzfuß zu machen. Dann erst bemerkte er, dass sie die Uniform eines Offiziers trug.

»Gucken Sie nicht so, Tristam. Stern hat Jacel und mich unter Deck befohlen, weil er nicht will, dass ein Pirat eine Frau an Bord sieht, aber dort konnte ich es einfach nicht aushalten. Leutnant Osler war so gut, mir dieses Kleidungsstück zu leihen, und Stern ließ sich in seiner früheren Entscheidung erweichen.« Sie hob ein Fernrohr und richtete es auf das schwarze Schiff. »Sie haben rasch aufgeholt, meinen Sie nicht auch?« Die Herzogin drehte sich um und schaute nach Lee. »Nun, da haben wir unser Archipel, Tristam. Ich hatte gehofft, bei seinem Anblick größere Freude zu empfinden.«

Eine langgezogene Kette niedriger Hügel war nun zu sehen. Jenseits davon stießen schroffe Bergspitzen in den Himmel. Wie ein entferntes Gebirge zogen sich die Gipfel nach Norden und nach Süden, und eben darum handelte es sich bei dem Archipel: um einen langen Gebirgszug, der zur Hälfte aus dem Meer ragte.

Zur Leeküste wird er, aber noch nicht sehr bald, überlegte Tristam und versuchte, den Winkel ihres Kurses zum weit entfernten Landstreifen zu bestimmen, und kam zu dem Schluss, dass sie noch immer fast parallel dazu fuhren. Dennoch hatten sie sich im Laufe des Vormittags der Küste beträchtlich genähert. Segelschiffe driften immer ein wenig vom gesteuerten Kurs nach Lee, also in Windrichtung ab. Wenn die Küste des Archipels nun einen gleichwie kleinen Bogen nach Osten beschrieb, würde die *Swallow* sich auf ihrem augenblicklichen Kurs nicht von ihr fernhalten können; eine Katastrophe, denn dann wären sie gezwungen, nach Luv zu kreuzen, und würden damit dem Gegner in die Arme laufen.

Tristam lieh sich das Fernrohr der Herzogin aus und verfolgte die Küstenlinie nach Süden. Zu seiner großen Erleichterung schien sie sich nicht nennenswert zu krümmen. Wenn überhaupt, krümmte sie sich ein wenig nach Südwesten.

Die Wache wurde zum Essen gepfiffen, während Tristam und die Herzogin zusahen, wie das große schwarze Schiff langsam, aber beharrlich aufholte.

»Frau Herzogin, Mr. Flattery ...« Stern stieg aus der Kuhl zum Achterdeck hoch. Er gab sich ein betont freundliches Benehmen. »Es wäre besser, wenn Sie sich Beschäftigung suchten. Dieses Schiff zu betrachten wird Ihrem Mut nicht zuträglich sein, das darf ich Ihnen versichern.«

Der Steuermann und die Seekadetten kamen auf Deck, um die mittägliche Positionsbestimmung durchzuführen. Tristam wurde dienstverpflichtet, die Offiziersanwärter beim Rechnen zu unterstützen.

Lange dauerte es nicht, denn die Kadetten hatten von Tristams früheren Lektionen profitiert, und so gab es nur wenig Abweichungen unter den Positionsbestimmungen – genauer gesagt Abweichungen von dem durch Mr. Hobbes erzielten Ergebnis. Ein Kreuz wurde in die Karte gesetzt, und Tristam kam nicht umhin zu bemerken, wie unangenehm dicht es neben dem Kreuz saß, welches den Punkt markierte, wo die beiden Schiffe aufeinander stoßen sollten.

Als Tristam wieder in die Kuhl stieg, fand er den Zimmermann und seinen Maat mit mehreren Matrosen in die Arbeit vertieft, klaffende Löcher in die Backbordwand zu sägen und schwere Eisenringe in die Oberkanten des Tragwerks zu setzen.

»Was wird denn das?«, fragte er Beacham.

»Das weiß ich nicht genau, Sir, aber wenn ich eine Vermutung anstellen müsste, so würde ich sagen, dass die Steuerbordgeschütze zu ihren Kameraden an Backbord herübergeschafft werden, damit unsere Breitseite sozusagen doppeltes Gewicht schießen kann. Beten wir, dass unser Schiff diese Belastung erträgt.«

Tristam ging zurück an die Heckreling, wo der Kommandant gelassen mit Hobbes sprach.

»Es bleibt kaum Platz, um die Geschütze zu bedienen, Sir«, sagte Hobbes gerade.

»Das ist nicht schlimm, denn wir werden nicht lange genug warten, um ein zweites Mal zu feuern, Mr. Hobbes, denn das wäre unser Ende. Sobald der Zimmermann fertig ist, pumpen wir nahezu unsere ganzen Wasservorräte von Bord, und später können notfalls sogar die Kanonen folgen. Wenn wir ihnen den Wind abgewinnen können, dann haben wir eine Chance, aber dazu müssen wir das Schiff so leicht wie möglich machen.« Er blickte zum Horizont. »Auf diesen Wind ist kein Verlass.« Einige Sekunden lang betrachtete Kapitän Stern das feindliche Schiff und schüttelte den Kopf. »Ich weiß, was Sie meinen. Das ist kaum die abgerissene Bande, mit der ich gerechnet hätte.« Er zögerte. »Aber ich kann mir nicht vorstellen, dass während unserer Abwesenheit der Krieg erklärt worden ist.«

Aufmerksam musterten sie die Seeräuber. Tristam gelang es nun, an Deck einzelne Gestalten auszumachen, besonders auf dem Achterdeck, wo weniger Personen standen. Und diese Männer sahen gar nicht so aus, wie man sich Korsaren vorstellte. Was wollte Stern damit sagen? Sollte Krieg über die Völker des Entide-Meeres gekommen sein?

Die beiden Reihen geöffneter Geschützpforten, von denen jede ein klaffendes dunkles Maul umrahmte, drehten Tristam beinahe den Magen um.

»Es wird jedenfalls knapp. Wenn unser Plan fehlschlägt, können wir dann halsen und dicht herangehen?« Stern nahm den Blick nicht von dem Kaperschiff.

»Das können wir, Sir. Wollen wir hoffen, dass dieser Eimer so unhandlich ist wie die anderen seines Typs.«

Der Nachmittag kroch heran. Tristam half, die drei Sechspfünder von Steuerbord an ihre neuen Pforten an Backbord zu schaffen, was viel schwieriger war, als er zunächst glauben wollte, denn das Schiff krängte und stampfte gnadenlos. Wie Mr. Hobbes gesagt hatte, gab es kaum genügend Platz, um die Kanonen zu bedienen, doch ließ sich daran nichts ändern. Tristam erstaunte, als die Hälfte der Geschütze mit langen Kettenenden statt mit Kugeln geladen wurden. Beacham erklärte, dass kleine Kaliber dem Rumpf eines Schiffes nur wenig Schaden zufügen konnten, Ketten jedoch große Verwüstungen in der Takelage anrichteten.

Die Jagdgeschütze an Bug und Heck wurden wieder verzurrt und mit Persenningen bedeckt. Ihre Bedienungen gingen in die Kuhl an die größeren Geschütze. Beacham versicherte Tristam, dass diese Kanonen bis auf die Größe mit der identisch seien, an der sie während des Vormittags geübt hatten. Trotzdem empfand Tristam ein ungutes Gefühl bei dem Gedanken, ein Geschütz abzufeuern, mit dem er keine Erfahrung besaß.

Als die *Swallow* klar war zum Gefecht, tauchte der Sonnenschein die Ostküste des Archipels bereits in Schatten und raubte ihm dadurch jeden Tiefeneindruck, sodass erneut der Eindruck aufkam, ein Kinderbild zu betrachten. Wachsam stand Tristam neben seinem Geschütz. Wie gern er nun sein Perspektiv zur Hand gehabt hätte, doch er hatte es unter Deck gelassen, wo das wertvolle Instrument keinen Schaden nehmen konnte. Ein Nieselregen nässte Tristam den Rücken, und als er aufblickte, sah er Matrosen auf den Fußpferden stehen, die mit Wasser die Segel und das Tauwerk besprengten – eine Vorsichtsmaßnahme gegen Feuer.

Auf einen leisen Befehl des Kommandanten legte der Steuermannsmaat das Ruder über, und die *Swallow* ging zwei Strich landwärts; der Wind kam nun knapp achterlich querab. Blubbern und Brausen am Rumpf zeigten, dass die Geschwindigkeit des Schiffes sich erhöhte. Die Jacks brassten die Rahen und holten wortlos die Segel an; kein Shanty begleitete das Ziehen an den Tauen.

Auch das Piratenschiff begann mit der Wende und legte sich fast genau in Kiellinie hinter die *Swallow*.

»Ich würde zu behaupten wagen, dass unser Kapitän sein Geschäft besser versteht als der Kaper, der dieses verlorene Schiff dort im Wind kommandiert.« Beacham war neben Tristam aufgetaucht. »Sehen Sie? Sie sind hinter uns zurückgefallen, wie wir gehofft haben. Die Ungeduld und ihre vielen Geschütze haben sie voreilig werden lassen.«

»Klar bei Geschützen«, kam der Befehl.

Die Kanone, die von Beacham und Tristam bemannt wurde, stand am weitesten achtern, gleich am Fuße der Stufen zum Achterdeck. Tristam konnte ein paar Worte mithören, was unter den Offizieren gesprochen wurde. Die Herzogin wurde unter Deck geschickt, und Tristam sah noch, wie sie dem Viscount zunickte, der an einem Geschütz weiter vorn stationiert war. Einen Moment lang glaubte er, sie hätte ihn vergessen, doch sie blieb stehen und versuchte, ihn anzulächeln – was ihm mehr bedeutete, als er begriff.

Tristam konnte Lord Elsworth gut sehen, denn Julian Burne-Johns überragte die Matrosen ringsum um Kopfeslänge. Er wirkte, als sei er bereit, seine Pflicht zu tun. Dann verdeckte ein großer Mann die Sicht auf den Viscount. An dem Geschütz daneben war Kreel stationiert.

Ein größerer Abstand zwischen ihnen wäre besser, dachte Tristam, doch wenigstens war Kreel weit von ihm selbst entfernt.

Tristam stellte sich auf die zweite Stufe und konnte von da gerade noch die Masten des Verfolgers ausmachen. Mit jeder Sekunde, so glaubte er, kamen sie näher, und das ließ seine Nerven prickeln.

»An Ihre Station, wenn es beliebt, Mr. Flattery.« Leutnant Osler lächelte ihn an, als wolle er sich dafür entschuldigen, dass er Tristam einen Befehl erteilte.

Stern kam in die Kuhl hinab und sprach zu den Geschützbedienungen. »Nicht feuern, bevor der Befehl gegeben wird. Wir erhalten nur eine Gelegenheit und dürfen sie keinesfalls vergeuden. Wenn wir Glück haben, Männer, dann sind wir binnen einer Stunde dieser Gefahr entronnen. Aber jeder Einzelne von euch muss dazu seine Pflicht tun.«

Die Männer riefen ein dreifaches Hurra, in das Tristam schuldbewusst einfiel. Er jedenfalls fürchtete sich bis ins Mark, und gern hätte er erfahren, ob ihm das anzumerken war, denn er konnte sich zu keinem Lächeln mehr zwingen, und sein Gesicht fühlte sich steif und verspannt an. Noch schlimmer war, dass sein Darm sich in Aufruhr befand und sich gelegentlich lautstark beschwerte.

In der Ferne gab es einen Knall. Entsetzt musste Tristam zusehen, wie eine Kanonenkugel keine hundert Fuß entfernt über die Wellen hüpfte.

»Sie wollen nur den Abstand feststellen«, flüsterte Beacham. »Das war bestimmt ihr Jagdgeschütz im Bug – ein kleiner Sechspfünder.«

Die anderen lachten, und Osler brachte sie mit einem drohenden Blick zum Schweigen. Tristam spürte, wie auf dem ganzen Schiff mit dem Warten die Anspannung zunahm. Im Gegensatz zu den Jacks begriff er nicht richtig, was Stern überhaupt versuchen wollte. Wenn der Kommandant das größere Schiff auf Gefechtsentfernung heranließ, würde doch eine einzige Breitseite die arme *Swallow* vernichten können. Und der Korsar holte zusehends auf. Nun brauchte sich Tristam nicht mehr auf die Stufe zu stellen, um das feindliche Schiff zu sehen.

Ein Matrose deutete mit dem Kinn darauf. »Da kommt sie«, sagte er leise. »Schießt nach Lee wie 'n Scheit Holz.«

Tristam blickte zurück. Der Mann hatte Recht: Der Korsar musste backbrassen und härter an den Wind gehen, sonst ging ihm der Luvvorteil verloren.

Ein zweiter Knall, und Tristam merkte, dass er sich halb geduckt hatte. Nichts geschah, doch dann war von oben ein lautes Reißen zu hören. Tristam schaute die Masten hinauf: Das Kreuzmarssegel in seinen Tauen schlackerte, und ein großes, gezacktes Loch war in die Leinwand gerissen worden.

Beacham folgte seinem Blick. »Nicht schlecht. Beim nächsten Schuss treffen sie gewiss Holz.«

Der Rudergänger begann die *Swallow* dichter an den Wind zu bringen, und die Jacks brassten die Rahen entsprechend. Die Geräusche des Rumpfes, der das Wasser durchschnitt, klangen nun anders, und mit einem Blick in die Takelage stellte Tristam fest, dass ihre Flagge nicht mehr flatterte. Der Wind flaute leicht ab, während die Sonne zu ihrem Sturz auf die fernen Berge ansetzte.

Beacham hielt die Hand hoch und maß den Abstand zwischen der Sonne und dem Horizont. »Eine halbe Stunde noch, mehr nicht«, sagte er. Tristam schöpfte Hoffnung. In der Dunkelheit könnten sie sich verbergen.

»Geschütze ausrennen!«, kam plötzlich der Befehl. Tristam stemmte sich mit den anderen in die Leinen, um die Kanone gegen das Krängen des Schiffes zu bewegen. Mit einem dumpfen Laut schlug die Lafette gegen die Bordwand, und Beacham drückte Tristam die Abzugsleine in die Hand.

»Nicht bevor ich es befehle, Mr. Flattery. Begehen Sie nur keinen Fehler.« Der Seekadett ergriff den Keil und stand bereit, um die Höhenrichtung des Geschützes zu verändern.

Die Männer schwiegen, und jedes Ohr lauschte gespannt auf die Befehle der Offiziere.

»Luven und an sie ran, Mr. Garvey«, hörte Tristam, und die *Swallow* legte sich unversehens mehr an den Wind, sodass ihre Breitseite auf das Vorderdeck des Korsaren zeigte. Tristam hatte nun klare Sicht und sah die gähnenden Stückpforten des Korsaren und die Männer, die dort ebenso gespannt an den Geschützen standen.

Auch deren Rudergänger erhielt den Befehl, das Ruder überzulegen, damit das Schiff seine schwerere Breitseite zum Tragen bringen konnte, aber es reagierte längst nicht so schnell wie die agile *Swallow*.

Beacham stemmte die Kanone sofort hoch.

»Auf der Wellenkrone!«, kam der Befehl.

Die *Swallow* stieg auf eine Welle, und währenddessen korrigierte Beacham ein letztes Mal. »Achtung, Mr. Flattery ...« Er hob die Hand, ohne den Blick vom Feindschiff zu nehmen. »*Feuer!*«

Mit einem gewaltigen Donner entluden sich die Kanonen der *Swallow*, und Tristam wurde von einer dicken, erstickenden Rauchwolke geblendet. Er spürte, wie das Schiff ins Wellental sackte und wieder Fahrt aufnahm. Eine Hand ertastete ihn im Rauch und zog ihn hinab. »Legen Sie sich flach aufs Deck«, riet der Zimmermann, und das musste er Tristam kein zweites Mal sagen.

Das Gesicht fest auf eine raue Planke gepresst, wartete Tristam auf das Antwortgrollen der Korsarenkanonen. Dann vernahm er ein Jubeln. Ringsum sprangen die Männer auf, und er tat es ihnen nach. Durch den sich allmählich verziehenden Qualm sah man, dass der Korsar von der *Swallow* nach Lee zurückfiel.

»Sie haben die Fockmarsstenge verloren!«, übertönte Beacham die Hochrufe. »Sie müssen in den Wind gehen, wenn sie den Mast nicht ganz verlieren wollen.«

Die *Swallow* nahm Fahrt auf und ging dicht an den Wind – die Segelposition, auf der sie überlegen war. Die Männer schlugen sich gegenseitig auf die Schultern und schüttelten einander die Hände. Osler führte die Jacks zu einem Hurra für Kapitän Stern an, bei dem sie sich, da war Tristam sicher, heiser schrien. Doch dann, plötzlich, wurde es an Deck ganz still. Etwas hatte sich verändert. Ratlos, was anders war, blickte Tristam in die Runde, und fragte sich, weshalb die Männer mit einem Mal so grimmig wirkten. Dann traf es ihn mit solcher Macht, dass ihm einen Moment die Luft wegblieb. Der Wind war abgeflaut.

Wie jeder andere an Bord drehte Tristam sich augenblicklich dem Achterdeck zu und starrte den Kommandanten an, der gerade aus der Rauchwolke trat, stehen blieb und so unbeweglich auf das feindliche Schiff starrte, als sei er eine Statue Gregorys. Beide Schiffe büßten rasch an Fahrt ein, doch Tristam wusste, dass ihre Trägheit sie langsam immer weiter auseinander driften ließ – was er sehr begrüßte. Nun wandten die Schiffe einander das Heck zu.

Als der Kommandant Osler ansprach, drang seine gedämpfte Stimme bis nach vorn.

»Nachladen. Und setzen Sie die Boote aus. Wenn es sein muss, schleppen sie uns außer Schussweite.«

Noch bevor der Leutnant ans Geländer getreten und die Befehle gegeben hatte, waren die Jacks schon in eiliger Bewegung. Die Geschütze standen so dicht, dass die Bedienungen einander auf die Füße traten. Tristam, der dazusprang, um an einer Leine zu zerren, prallte gegen einen der Jacks von der Nachbarkanone und stürzte der Länge nach aufs Deck.

Als das Nachladen beendet war, wurde das erste Boot bereits mit dem Ladebaum herabgesenkt. Über all dem Tumult hörte man Hobbes' mit lauter, aber völlig ruhiger Stimme Befehle geben.

Beacham sprang auf die Bordkante und hielt sich am Enternetz fest.

»Die geben sich nun alle Mühe, ihren Fockmast zu stützen, Jungs. Wir aber schießen ihnen die Fockstags entzwei, und auch ein paar von den Wanten, würde ich sagen. Blut und Flammen, wenn wir jetzt schießen könnten, würden wir sie von achtern bis nach vorn zerfetzen! Ich würde Geld darauf setzen, dass wir ihnen das Ruder zu Sägemehl schießen könnten!«

»Der Leutnant«, sagte ein Jack leise.

Beacham sprang wieder an seinen Platz. In dem Moment wurde die Luke unter den Stufen zum Achterdeck geöffnet, und die Stimme der Herzogin von Morland drang hinaus in die einbrechende Dunkelheit.

»Sind Sie das, Tristam? Bitte, sagen Sie uns doch, was geschehen ist. Hier unten werden wir noch verrückt vor Ungewissheit, und man will mich nicht in meine Kajüte lassen, von wo ich einen Ausblick hätte.«

Tristam hockte sich nieder und antwortete. Im Zwielicht unter Deck war ihr Gesicht kaum auszumachen. »Wir haben den Fockmast des Korsaren fast umgeschossen, Frau Herzogin, und wollten gerade glücklich fliehen, als der Wind abflaute. Wir setzen nun Boote aus, die uns außer Schussweite der feindlichen Kanonen schleppen sollen.«

»Ist jemand verletzt? Steht Lord Elsworth noch?«

»Ich weiß nicht, ob es Verletzte gab, Frau Herzogin.« Tristam warf einen Blick durch die Kuhl und sah den Viscount breit grinsend an seiner Kanone stehen. »Julian ist unverletzt – ich glaube sogar, er amüsiert sich.«

Die Herzogin schüttelte den Kopf. »Ganz Julian. Mit dieser Seeschlacht ist für ihn ohne Zweifel ein Traum wahr geworden. Werden wir im Schutze der Dunkelheit entkommen?«

Allein die Frage führte dazu, dass Tristam verzweifelte. »Das ist sehr wahrscheinlich«, sagte er so zuversichtlich er konnte.

»Mr. Flattery«, rief Beacham ihn leise. Tristam kehrte augenblicklich an seinen Platz zurück und hielt sich bereit, das Geschütz abzufeuern. Zu seiner eigenen Überraschung wünschte er sich sehnlich, erneut auf die Korsaren zu schießen. Furcht und Entsetzen hatten ihn verlassen, sie waren der Kampfeslust gewichen.

Das Schiff krängte mit der Breitseite in den Wellen, und der Rudergänger drehte das Rad ohne die geringste Wirkung. »Wir machen nicht mal mehr Steuerfahrt«, sagte jemand.

Das erste Boot krachte gegen die Reling, als es über die Seite schlug, und entlockte dem Steuermann eine Reihe von Flüchen. Kaum war der Kutter über die Bordkante geschrammt, als das zweite Boot schon durch die Luft schwang, und die Jacks hatten es wie das erste kaum in der Gewalt. Die kleine Mannschaft musste sich um zu viele Dinge gleichzeitig kümmern, und es gab nicht genügend Hände, um auch nur eine der anstehenden Aufgaben anständig zu verrichten.

Zimmermann und Zahlmeister wurden fortgerufen, um am Bug die Schlepptrossen anzubringen.

»Die Korsaren haben auch Boote ausgesetzt«, flüsterte ein Mann am nächsten Geschütz. Ganz offensichtlich hatte sich die Neuigkeit die Reihe der Kanonen entlang verbreitet.

»Dakin hat's erwischt«, sagte ein anderer, »er ist im Weg gewesen, als das Stück zurückkam. Hat ihm den Schädel gebrochen. Zum Glück haben wir einen echten Doktor an Bord, jawohl. Hilft nix, 'nem Mann den Kopf abzusägen!«

Damit weckte er hohles Gelächter, und die Bemerkung

wurde entlang der Geschützreihe verbreitet. Dann hörte Tristam das unverkennbare Geräusch, das ein geknoteter Tampen macht, wenn er den Leib eines Mannes trifft, und Stille kehrte unter den Kanonieren ein.

Die Dämmerung senkte sich hastig herab, als wäre das Licht von der abgeflauten Brise ausgelöscht worden. Plötzlich erhob sich wieder Gemurmel in der Kuhl, und Tristam sah, dass die Offiziere sich an der Heckreling versammelten.

»'ne weiße Flagge«, flüsterte jemand. »Ihr Boot hat 'ne weiße Flagge.«

Tristam, der zu sehr an seine Bewegungsfreiheit gewöhnt war, trieb es fast in den Wahnsinn, an seinem Geschütz aushalten zu müssen. Unversehens stand er auf einer Stufe mit den armen Jacks, die keine Stimme besaßen in dem Gespräch, in dem über ihr Schicksal entschieden wurde. Auch die *Swallow* rief eins ihrer Boote herbei, das daraufhin längsseits ging. Stern stieg rasch über die Reling. Niemandem entging es, dass er einen kurzen Fahnenstock und eine weiße Flagge bei sich trug.

»Was für Verhandlungen kann er denn mit Korsaren führen?«, wandte sich Tristam, der das Schweigen nicht aushielt, flüsternd an Beacham, doch der Kadett zuckte nur die Achseln.

Das Fehlen jedes Windes wirkte wie eine Pause in dem Gespräch eines Ehepaares über die bevorstehende Scheidung – eine Stille, die von einer geradezu greifbaren Verzweiflung erfüllt ist. Nur die regelmäßigen Geräusche des Schiffes, das sich mit der Dünung hob und senkte, waren zu hören. Längs der Kuhl blickte Tristam in die angespannten Mienen, aus denen alles Hochgefühl verschwunden war; jeder stellte sich die gleichen Fragen.

Was kann man mit Korsaren aushandeln?, fragte sich Tristam erneut. *Was können wir ihnen denn anbieten?* Nur eine Antwort fiel ihm ein: dass die Korsaren von der Herzogin wussten. Durch einen Spion in Avonel oder auf Farrow – oder noch schlimmer: auf der Königin-Anne-Station – hatten sie erfahren, dass die Herzogin von Morland an Bord der *Swallow* reiste. Tristam zweifelte kaum, dass dies die richtige Antwort war. Die Piraten würden die *Swallow* und ihre Leute ziehen lassen, wenn Stern die Herzogin in ihre Hände gäbe. Lösegeld – Lösegeld für eine Königin –, das wollten die Korsaren, und nur ein kleines Vermessungsschiff stand zwischen ihnen und der lockenden Beute. Welche Torheit von der Herzogin, sich auf der *Swallow* einzuschiffen!

Noch während zwischen den Beibooten unterhandelt wurde, brach die Dunkelheit herein. Tristam sah sie nur kurz, als die *Swallow* sich auf einer Welle ein wenig drehte. Die weißen Rümpfe der beiden Boote weit draußen auf der dunklen, windstillen See, die Ruder, die in das Wasser eintauchten und leicht schlugen, um eine Kabellänge Abstand zu halten.

So langsam verging die halbe Stunde, in der Stern sich nicht an Bord befand, dass Tristam schließlich fest glaubte, die Zeiger der Schiffsuhr wären an Ort und Stelle festgenagelt. Endlich erklang ein Ruf, und das Boot knallte gegen die Bordwand. Tristam konnte Stern gerade noch erkennen, wie er über das Schanzkleid stieg. Unverzüglich stapfte der Kommandant aufs Achterdeck, sprach kurz mit seinen Offizieren und verschwand im Niedergang. Sterns Bewegungen waren so steif und zugleich entschlossen, dass man deutlich seinen Zorn spürte.

»Das ist nicht gut ausgegangen«, flüsterte einer der Jacks.

Osler kam an das obere Ende der Treppe, die zum Achterdeck führte.

»Der Kommandant möchte Sie sprechen, Mr. Flattery«, sagte er leise und begab sich unverzüglich wieder an seine Aufgaben.

Tristam warf Beacham einen Blick zu, doch der Kadett hatte nichts weiter anzubieten als hochgezogene Augenbrauen. Eilig stieg er zum Achterdeck hinauf und unter Deck, wo die halb abgeblendeten Laternen ein düsteres Licht gaben.

Weshalb man ihn gerufen hatte, ahnte er nicht, doch er

hoffte, wenigstens zum Teil zu erfahren, was eigentlich vor sich ging.

Entgegen Tristams Erwartungen saß Stern nicht am Messetisch, sondern schritt vor der Kajütentür auf und ab. Mit einer Hand strich er sich den kurzgeschnittenen Bart, die andere Hand hatte er in die Hüfte gestemmt; der lange Uniformrock war nach hinten geschoben. Als er Tristam erblickte, blieb er stehen und klopfte an die Tür, ohne dem Naturforscher auch nur ein Nicken zu gönnen.

Jacel öffnete die Tür, trat hinaus und knickste vor den Herren. Obwohl sie offensichtlich nicht beabsichtigte, wieder mit hineinzukommen, winkte Stern sie hinterher.

Die Herzogin musste an Sterns Gebaren erkannt haben, dass das Zusammentreffen mit den Korsaren ihn zutiefst bestürzt und verärgert hatte, trotzdem empfing sie alle mit verschränkten Armen. Wenn sie nicht rundweg aufsässig wirkte, so jedenfalls auch nicht eingeschüchtert wie alle anderen an Bord, wenn der Kommandant schlecht gelaunt war.

Kaum hatte Jacel die Tür hinter sich geschlossen, wandte sich Stern Tristam zu. Im Zwielicht war seine Miene unergründlich. »Soeben wurde mir für mein Schiff und seine Besatzung freies Geleit zugesichert unter der Bedingung, dass ich diesen entonnischen Kapern einen meiner Passagiere übergebe.« Obwohl der Kommandant diese Worte sehr gelassen aussprach, war die Leidenschaft, die in ihm brannte, keineswegs zu überhören. Er musterte die Personen, die schweigend vor ihm standen, dann wandte er sich erneut Tristam zu. »Also, Mr. Flattery – was wollen die Entonnier mit Ihnen?«

»*Mit mir!*«, rief Tristam aus und blickte die Herzogin hilfesuchend an. Wegen der mangelnden Beleuchtung vermochte er nicht zu sagen, ob sie sich Überraschung anmerken ließ.

»Jawohl, mit *Ihnen*, Sir!«, erwiderte Stern. Tristams Antwort hatte Öl auf die schwelende Glut seines Zorns gegossen. Der Kommandant schlug mit der Faust auf den Tisch. »Ich werde nun einige Antworten erhalten. Was hat man mir vor unserer Abreise nicht gesagt? Sind Sie für jemanden in Farrland so wertvoll, dass diese Kaper eher für Sie ein Lösegeld erpressen wollen als für die Herzogin von Morland? – Denn sie wissen, dass die Herzogin ebenfalls an Bord ist.«

»Es geht ihnen nicht um ein Lösegeld«, warf die Herzogin ruhig ein. »Sie wollen Tristam ans Leben.«

Der Kommandant hielt nur einen Augenblick inne und fragte: »Und wieso sollten die Entonnier es auf Mr. Flatterys Leben abgesehen haben, Frau Herzogin?«

Die Herzogin senkte die Augen. Vielleicht schüttelte sie ganz leicht den Kopf, das konnte Tristam nicht genau sagen. »Weil sie ebenso töricht und abergläubisch sind wie Ihre Matrosen, fürchte ich.«

»Das ist keine Antwort, die ich verstehen könnte, Frau Herzogin«, entgegnete Stern beherrscht.

Sie hob den Kopf. »Und eine bessere Antwort werden Sie wohl nicht erhalten, Kapitän Stern, denn mehr weiß ich nicht. Mir scheint, dass Roderick Palle Sie sehr im Ungewissen hielt.«

Stern erhob sich mit in die Hüften gestemmten Händen und funkelte die Herzogin finster an, doch sie wich keinen Fingerbreit vor ihm zurück. Man hätte glauben können, dass sie sich über den Zorn des Kommandanten nicht im Klaren sei, anderenfalls musste er ihr völlig gleichgültig sein. Stern kannte es nicht anders, als dass jedermann an Bord seinen Launen gnadenlos ausgeliefert war, und deshalb warf ihn die Unerschütterlichkeit der Herzogin völlig aus dem Gleichgewicht. Der Herzogin von Morland stand er gegenüber – der Favoritin des Königs.

Abrupt wandte sich der Kommandant an Jacel. »Im Hafen von Farrow lagen zwei entonnische Schiffe. Erhielten Sie Gelegenheit zu einem Gespräch mit Landsleuten?«

Tristam sah, wie die arme Gesellschafterin erstarrte. Ihre Lippen arbeiteten, doch sie brachte kein Wort heraus. Die Entonnierin war völlig eingeschüchtert. Sie blickte die Herzogin an, dann wieder Stern. Schließlich gelang ihr ein Nicken, das in der Dunkelheit gerade noch zu erkennen war.

»Und haben Sie von den anderen Passagieren gesprochen – Mr. Flattery oder der Herzogin?«

Erneut nickte sie. Tristam spürte, wie ihre Angst zunahm – ihre Angst und ihr Begreifen. »Aber Kapitän Stern«, sagte sie mit bebender Stimme, »das war doch kein Geheimnis. Ganz Avonel hat schließlich davon gewusst.«

»Gewiss«, entgegnete Stern mit tödlicher Ruhe, »dieses eine war kein Geheimnis.« Er sah die junge Frau durchdringend an und wandte sich dann Tristam zu. »Mein Schiff und jedes einzelne Leben an Bord schwebt Ihretwegen in Gefahr, Mr. Flattery. Wieso? Entweder erhalte ich nun eine Antwort, oder ich werde es ernsthaft in Betracht ziehen müssen, in den Handel des Kaperfahrers einzuwilligen.«

Tristam musste an Lady Galtons Bitte denken: ›Bringen Sie diese entsetzliche Blüte nicht in unsere Welt zurück.‹ – »Ich wünsche mir sehnlich, es selbst zu wissen, Kapitän Stern, aber ich weiß es nicht.« Die Herzogin wusste sicher die Antwort, nach der Stern verlangte.

Stern hob die Faust, als wollte er Tristam drohen.

»Er spricht die Wahrheit«, sagte die Herzogin gelassen. »Mit Drohungen erreichen Sie gar nichts.« Sie blickte ihre Gesellschafterin an. »Das wäre alles, Jacel.«

Die Entonnierin knickste eilig und floh aus der Kajüte.

Die Herzogin kehrte ihnen den Rücken zu, trat ans Galeriefenster und blickte in die dunkle Nacht hinaus. Über dem Horizont standen die Sterne, und kein anderes Schiff war in Sicht.

»Denken Sie nach, Herr Kapitän: Andere Länder verfolgen Ziele und Absichten, von denen wir nichts wissen können.« Sie drehte sich zu den beiden Männern um. »Das Leben unseres Königs hängt vom Erfolg dieser Fahrt ab.« Tristam bemerkte genau, dass sie durch die Dunkelheit starrte und das Gesicht des Kommandanten zu erkennen versuchte. »Ich weiß nicht, was Roderick Palle Ihnen gesagt hat, aber ich fürchte, Sie begreifen nicht, wie wichtig unser Unternehmen wirklich ist. Der Kommandant dieses entonnischen Kriegsschiffs – denn obwohl es sich für einen Kaper ausgibt, haben Sie die Wahrheit gewiss erkannt –, dieser Abgesandte der entonnischen Regierung also kann nichts verlieren, wenn er verhandelt. Denn wenn Sie ihm Tristam übergeben, steht es nahezu fest, dass wir bei dem Versuch versagen, diesen Samen zu finden. Sobald die Entonnier Tristam erst einmal in der Gewalt haben, werden sie mit allen Mitteln versuchen, die *Swallow* zu vernichten. Hier steht der Frieden auf dem Spiel. Entonne kann sich keine Zeugen leisten.«

Stern senkte den Blick auf die Hand, mit der er die Tischkante umklammerte, und ließ los. Dann legte er die Finger beinahe sanft auf die polierte Platte. »Das ist Irrsinn«, sagte er so leise, dass Tristam ihn kaum verstand. Gedankenverloren wandte sich der Kommandant ab. Als er die Herzogin wieder anblickte, war sein Zorn verschwunden – der Erkenntnis gewichen, dass die Intrigen der Minister und Höflinge ihn selbst auf dem weiten Ozean eingeholt hatten. Und er war nur ein einfacher Schiffskommandant ohne den Rang eines Kapitäns zur See, den niemand in die Schachzüge der Regierung eingeweiht hatte. »Die Ruderer behaupten alle, kein Entonnisch zu verstehen«, sagte er gedämpft, »und daher wird vielleicht niemand an Bord von den Forderungen des entonnischen Kommandanten erfahren. Ich habe die Bootsleute zu Schweigen verpflichtet und ihnen mit einer Anklage wegen Hochverrats gedroht, aber trotzdem können wir nur hoffen, dass die Jacks die Wahrheit nicht erraten.«

Er blickte Tristam an. Sein Zorn war verraucht, doch die Fragen waren geblieben. »Vielleicht können wir uns im Schutz der Finsternis von ihnen lösen, obwohl sie vermutlich nicht allein sind. Andere entonnische Schiffe werden im gleichen Auftrag unterwegs sein. Das Meer ist weit.« Dann schüttelte er ein letztes Mal den Kopf und verließ die Kajüte.

Die Herzogin stand reglos da und schaute die geschlossene Tür an.

»Warum sind die Entonnier hinter mir her, Frau Herzogin?«, fragte Tristam leise.

Im grauen Licht glaubte Tristam, dass sie ihn anblickte,

als hätte sie die Frage nicht ganz verstanden, weil sie mit den Gedanken ganz woanders war.

»Warum? Weil man weiß, dass Sie dem König das Leben erhalten werden.«

Nein, das ist eine Lüge, dachte Tristam.

›Wir folgen nun Tristams Kurs.‹

Es gab nichts, was er entgegnen konnte. Die Herzogin würde nichts, gar nichts zugeben.

»Ich muss an mein Geschütz.«

An der Kanone begrüßte Beacham ihn lächelnd, und augenblicklich empfand Tristam ein tiefes, alles durchdringendes Schuldgefühl.

Jeder auf diesem Schiff schwebt nur durch meine Anwesenheit in Gefahr.

Kein Wunder, dass Stern den Ruderern mit einer Anklage gedroht hatte. War es wirklich möglich, dass kein einziger von ihnen Entonnisch sprach? Matrosen kamen weit herum und sahen viele Häfen. Doch die meisten Häfen, in denen Seeleute ihre Heuer ausgaben, passten sich an – die Menschen dort sprachen die Sprache der Jacks. Vielleicht würde das Ansinnen der Entonnier unbekannt bleiben. Obwohl Tristams Name gefallen war, konnte er den Jacks gut entgangen sein, denn das Wort ›Flattery‹ war fast nicht wiederzuerkennen, wenn es mit entonnischem Akzent ausgesprochen wurde.

Es war nun vollständig dunkel geworden, und Tristam konnte seine Geschützkameraden nicht mehr sehen. Das Rascheln und Scharren der Körperbewegungen oder ein unterdrücktes Husten – das war alles, was die Gegenwart der anderen bewies.

Tristam fragte sich, was mit der *Swallow* geschehen würde, wenn kein rettender Wind aufkam. Vermutlich würden die Wellen sie langsam zur Küste tragen, die rund fünf Meilen entfernt war. Vielleicht gab es hier sogar eine Strömung, auch wenn in der Seekarte keine eingezeichnet war.

Tristam wartete. Allmählich verdrängte der Hunger die Aufregung. Aber die alte Beklommenheit kehrte zurück. Jedes Knirschen der Takelage, jedes Plätschern eines Ruders auf den Schleppbooten ließ Tristam auffahren und ängstlich lauschen, ob dieses Geräusch nun den Kapern ihre Position verraten hatte. Er nahm Gerüche ausgeprägter wahr, wie meist, wenn er hungrig war: den beißenden Schwefelgestank, den Schweiß der Geschützmannschaften sowie den allgegenwärtigen Geruch nach Teer und Salz und Verwesung, der für das Meer so typisch war.

Die Furcht vor Entdeckung hielt alle wach, und jeder zuckte beim kleinsten Geräusch zusammen und bildete sich ein, in der Finsternis undeutliche Gestalten zu sehen. Ein Eimer wertvolles Wasser wurde die Reihe entlang getragen, und der Steward des Kommandanten teilte sorgfältig die Rationen aus, denn das Trinkwasser der *Swallow* war zu einem großen Teil von Bord gepumpt worden, um das Schiff zu leichtern.

Von den Ängsten abgesehen, die Tristam mit allen an Bord teilte, kehrte er immer wieder ergebnislos zu der Frage zurück, dass die Kaper es auf ihn abgesehen hatten.

Irgendwann nach Mitternacht brachte eine Brise aus Westen den Wimpel zum Flattern, und die Rahen wurden so leise gebrasst, wie es nur ging. Die *Swallow* nahm Fahrt nach Süden auf, und Stern entschied, die Richtung beizubehalten. Vielleicht wollte er sich nicht allzu weit von der Küste entfernen, da sie nun knapp mit dem Wasser waren, vielleicht glaubte er auch, dass die Fähigkeit seines Schiffes, hart am Wind zu segeln, ihm in der Nähe einer Leeküste einen guten Stand verschaffte. Ein gefährliches Spiel, das wusste Tristam, doch welche Wahl blieb ihnen denn?

Höchstwahrscheinlich nahmen die Entonnier an, die *Swallow* hätte einen nördlichen Kurs eingeschlagen, um so rasch wie möglich die Sicherheit der Marinestation zu erreichen. Dann würden sie die gleiche Brise nutzen, um nach Norden zu kreuzen, und hoffen, ihre Beute käme bei Tagesanbruch wieder in Sicht.

Unter den Jacks breitete sich große Erleichterung aus, als das Schiff endlich wieder Fahrt machte. Osler kam und teilte jede Geschützmannschaft in zwei Hälften, von denen die eine sich auf das Deck legen und schlafen durfte. Tristam zog das Los der zweiten Wache und lehnte sich auf die Bordkante. Die phosphoreszierenden Wirbel, die nach außen trieben, während das Schiff an ihnen vorbeifuhr, schlugen ihn in ihren Bann. Er wusste, dass die Störung durch den vorüberziehenden Rumpf das Phytoplankton zum Leuchten anregte.

»Mr. Flattery?«

Obwohl der Mann nur flüsterte, hätte Tristam seine Stimme jederzeit erkannt: *Kreel!*

Der massige Seemann schob sich vor das Sternenlicht und trat näher. Instinktiv wich Tristam zurück.

»Sagen Sie ihm, dass ich Ihnen nix tue«, bat der Matrose so leise, dass Tristam ihn kaum verstand. »Wir beiden sind quitt, Sie und ich.« Was hörte Tristam da bei Kreel? Furcht? »Dakin hat er im Rauch fertiggemacht, weil er dachte, er wär ich. Sie müssen's ihm sagen.« Er packte Tristam fest bei der Schulter, und es war eindeutig beschwörend, nicht bedrohlich. »Er ist verrückt, wissen Sie, aber auf Sie hört er bestimmt. Sagen Sie's ihm ... Sagen Sie ihm, Sie haben mich gerettet. Deshalb sind wir quitt für immer.« Der Druck der Hand ließ nach, und Kreel machte sich in die Nacht davon.

Beim Blut des Märtyrers, dachte Tristam. *Dakin? Julian hat versucht, Kreel zu töten, und Dakin erwischt?*

Aufgewühlt blieb er an der Reling stehen und fragte sich, was er dem Viscount sagen sollte – wenn er ihn überhaupt fand. Die plötzliche Furcht, unter dem Mantel der Dunkelheit könnte sich Schreckliches abspielen, verursachte Tristam Übelkeit. Hatte Kreel die Wahrheit gesagt? Demnach musste doch die Herzogin wissen, wer in jener stürmischen Nacht versucht hatte, Kreel zu ermorden. Das musste sie doch?

Wenn Kreel nun starb, ganz gleich ob man ihn in der Dunkelheit oder im Kampfgetümmel ermordete, würde er,

Tristam, daran einige Mitschuld tragen. So geräuschlos wie möglich verließ er seinen Platz, stieg zum Achterdeck hinauf und verschwand im finsteren Niedergang. An dessen Fuß sah er den schwachen Schimmer einer abgeblendeten Laterne, doch als er in die Messe trat, fand er sich im Dunkeln wieder.

Leise tastete er sich vor, erreichte endlich die Kajütentür und öffnete sie, ohne anzuklopfen. Heute Nacht lagen zu viele Menschen wach und lauschten.

»Elorin?«, flüsterte er, während er sich ihrer Koje näherte, und hörte eine Bettdecke rascheln.

»Wer ist da?«

»Tristam.« Drei weitere Schritte, dann ließ er sich neben der Koje auf die Knie sinken. »Es geht um Kreel. Er schwört, dass Julian versucht hat, ihn im Rauch zu ermorden. Er sagt, wir seien quitt – Kreel und ich, soll das heißen –, und er werde mir nichts antun. Er hatte große Angst, als er zu mir kam. Ich weiß nicht, ob es stimmt, was er sagt, aber wenn es auch nur im Entferntesten möglich wäre ...« Tristam zögerte.

Eine Hand berührte ihn, und er umklammerte sie fest – aus Furcht.

Die Herzogin zog die Bettdecke beiseite. »Wo ist er?«

»Julian? Am vordersten Geschütz – wenigstens sollte er dort sein.«

Er hörte, wie die Herzogin umhertastete und rasch ihre Kleider ordnete.

»Führen Sie mich zu ihm.«

Sie fasste ihn wieder und drückte ihm einmal fest die Hand, dann ließ sie sich aus der dunklen Kajüte führen.

An Deck, unter dem Sternenlicht, warf das Rigg undeutliche Schatten, die an ein alles umschlingendes Netz erinnerten. An der vorderen Kanone war der Viscount weder unter den Schlafenden noch bei den Wachestehenden zu finden. Tristam hielt einen Augenblick lang bestürzt inne. Sein Herz pochte, und er glaubte, sie wären zu spät gekommen.

Auch Kreel lag nicht neben seinem Geschütz.

Ich hätte nicht zögern dürfen, dachte Tristam.

Jemand schob sich aus dem Schatten. »Mr. Flattery?«, fragte Beacham. »Sie sind auf dem Vordeck.« Und dann verschwand er wieder, ebenso verstohlen, wie er gekommen war.

Die Herzogin eilte bereits voraus, ihre bloßen Füße klatschten auf den Planken.

Da. Zwei Silhouetten auf dem Bugspriet. Tristam sah, wie sich jemand an einem Fockstag festhielt und mit einem Belegnagel drohte. Zwei Schritt davon entfernt duckte sich eine dunkle Gestalt wie zum Sprung.

»*Blut des Märtyrers!*«, zischte Tristam. »*Julian!*«

Er sprang auf das Rundholz und balancierte hastig und unsicher.

»Tristam! Halten Sie sich von ihm fern!«, rief die Herzogin ihm leise nach. »Julian! Das reicht. Lass ihn zufrieden!«

Tristam erkannte gleich vor sich den Viscount, konnte allerdings nicht erkennen, was er in der Hand hielt. Elsworth fuhr herum und änderte die Haltung, als werde er bedroht. Tristam bremste seinen Lauf so abrupt, dass er beinahe über Bord gegangen wäre. Kreel hatte sich ans äußerste Ende des Klüverbaums zurückgezogen und hielt sich dort an einer Stagleine fest. Mit jeder Bewegung des Schiffes schwankte er.

Die Brise war so schwach, dass Tristam den Viscount stoßweise atmen hörte, als wäre dieser kaum Herr über seine Wut.

»Tristam«, sagte die Herzogin. »Kommen Sie zurück.« Sie stieg auf das untere Ende des Bugspriets und kletterte auf Händen und Knien voran. »Julian, das ist Tristam. Überlege genau, was du tust. Beruhige dich.«

Der Viscount bewegte sich ein winziges Stück in Richtung auf das Schiff, und Tristam sprang einen Schritt zurück. Dabei streckte er die Hände aus, als wollte er sich Elsworth vom Leibe halten. *Flammen!*, dachte er. *Irgendwer wird uns beobachten, auch wenn es noch so finster ist.* Es waren einfach zu viele Menschen an Deck, als dass sie ungesehen bleiben könnten.

Nach wie vor konnte Tristam kein Gesicht erkennen, doch er sah, wie der Viscount sich bewegte und dabei den Kopf hin und her drehte, als läge er mit dem Verlangen seines Blutes im Widerstreit. Immer wieder warf er Blicke auf Kreel, als wäre der Matrose ein Beutetier, das ihm in letzter Sekunde durch die Klauen schlüpfte. Tristam spürte es eindringlich: Dieser Mann war ganz und gar unmenschlich.

Der Viscount machte noch einen Schritt zum Schiff.

»Zurück, Tristam!«, befahl die Herzogin scharf.

Er gehorchte. Als er die Herzogin erreichte, hielten sie sich gegenseitig und balancierten vorsichtig das letzte Stück auf dem Rundholz zurück. Elsworth zögerte. Tristam glaubte schon, der Viscount würde sich doch noch auf Kreel stürzen, da aber schüttelte Elsworth den Kopf und sprang an Tristam vorbei. Leichtfüßig landete er auf dem Deck, das Schattennetz fiel über ihn – und schon war er in der Dunkelheit verschwunden.

Tristam stieß einen langgezogenen Seufzer aus, der ihm seltsam in den Ohren klang. Er ließ die Herzogin vom Bugspriet hinabklettern, und nachdem er ihr gefolgt war, drückte sie sich kurz an ihn. Ihre Schultern bebten leicht.

»Ich muss Julian finden«, flüsterte sie ihm ins Ohr. »Sie befassen sich mit Kreel. Er darf niemandem etwas erzählen. Ich garantiere nun für seine Sicherheit, und später – vielleicht für mehr. Bieten Sie ihm Silber. Alles, was er will.« Sie drückte Tristam kurz den Arm und eilte dann ihrem Bruder hinterher.

Einen Augenblick stand Tristam reglos da und versuchte seinen Herzschlag zu dämpfen. Sie setzte einfach voraus, dass er tun würde, um was sie ihn gebeten hatte: ihren mordlustigen Bruder zu schützen.

Kreel war derweil vom Bugspriet geklettert. Noch immer umklammerte er den Belegnagel.

»Ich habe Ihre Hoheit gehört«, sagte der Mann sehr leise und kauerte sich in den Schatten. »Kein Wort von mir. Halten Sie nur dieses Ungeheuer von mir und meinen Backsmaaten fern. Mehr wollen wir nicht.«

Tristam kehrte an sein Geschütz zurück und fand Beacham an seiner Stelle.

»Wie um alles auf dem Erdball wurden Sie darin verwickelt?«, fragte Tristam.

»Ich konnte nicht schlafen. Ich lag wach in der Nähe, als Kreel mit Ihnen sprach, und spürte, dass es Ärger geben würde, Sir.«

»Nun, ein Lob auf Ihren Spürsinn, Jack Beacham«, sagte Tristam leise.

»Die Angelegenheit ist also geordnet?«

Mit dieser Frage erweckte Beacham Eindruck, erheblich mehr zu wissen, als Tristam angenommen hatte. »Doch, das hoffe ich.«

Er sah Beacham nicken. »Ich habe Wache, Sir. Sie sollten sich hinlegen und versuchen zu schlafen.«

Tristam befolgte den Rat, obwohl er unmöglich schlafen konnte. Er fragte sich, wie viele Matrosen mitangehört hatten, was dort vorging. Flammen, das Schiff war ihm plötzlich viel zu klein. Dakin. Tristam hatte den Mann kaum gekannt ... Jedenfalls hatte er sich nichts zuschulden kommen lassen. *Ob ich mich damit lieber an Stern wenden soll? Aber ich habe überhaupt keinen Beweis.* Und Kreel würde gewiss nicht als Zeuge aussagen, so viel stand fest.

Tristam legte sich auf die Seite, das Ohr an die Decksplanken, und hörte auf die leisen Geräusche eines Schiffes, das auf windstiller See schlingert.

34. Kapitel

Am zweiten Tag der Verfolgungsjagd warteten an Deck weniger Männer auf das erste Morgenlicht als am ersten; die meisten waren nach einer Nacht unruhigen Schlafes erschöpft. Die Stimmung an Bord ließ sich nur schlecht benennen, denn Reden war nur erlaubt, wenn es der Schiffsführung diente. Trotzdem gewann Tristam den Eindruck, die Besatzung sei verdrießlich gestimmt und ein wenig ängstlich.

Vorn stand der Viscount an seiner Kanone, Kreel kein Dutzend Fuß entfernt, und beide Männer konzentrierten sich anscheinend ganz auf ihre Arbeit. Wenn einer der Jacks gehört hatte, was in der vergangenen Nacht vor sich gegangen war, so ließ er sich nichts anmerken.

Zu seiner großen Erleichterung wurde Tristam zusammen mit Osler nach oben geschickt, um Ausguck zu halten, eine willkommene Abwechslung vom Geschützdienst, und auch eine Art Flucht – mehr ließ sich an Bord eines Schiffes nicht bewerkstelligen.

»Ich möchte wetten, dass sie mit dem gleichen Wind nach Norden gefahren sind, der uns nach Süden getrieben hat, Flattery.« Heute erschien Osler nicht wie aus dem Ei gepellt. Schlafmangel und die Last der Verantwortung hinterließen schon ihre Spuren. Oslers Augen waren gerötet, sein Lächeln wirkte hölzern.

»Da schlage ich nicht ein, denn ich bin sicher, dass Sie Recht haben«, antwortete Tristam, ohne den Blick vom Meer zu nehmen. »Wenn ich Kapitän Stern wäre, dann hätte ich gewiss nach Norden gesteuert und mich von der Küste entfernt.«

»Ja, und wären mitten in der Nacht gleich auf den Kaper zugefahren. Denn Norden ist nun einmal der nächstliegende Kurs. Welcher Kapitän würde nicht in die Sicherheit der Marinestation entfliehen wollen?«

Gegenseitig versuchten sie sich einzureden, dass alles in

Ordnung wäre und sie es geschafft hätten, das wusste Tristam sehr wohl. Beide musterten sie ihren Teil des Meeres und hofften, in dem langsam heraufdämmernden Morgen nicht das Weiß der feindlichen Segel zu erblicken.

»Haben Sie das gemerkt?«, fragte Osler unversehens. »Das muss unser Passat gewesen sein, der vor der Sonne herweht.«

Ein Wimpel am Masttopp begann einen langsamen Tanz und entrollte sich dann nach Nordwesten – der unzuverlässige Südostwind hatte wieder eingesetzt. Doch die Windrichtung schien der Besatzung gleichgültig zu sein; es war ein Wind, und der Steuermann schickte die Jacks in die Wanten, um ihn auszunutzen.

»Aber in welche Richtung fahren wir?«, fragte Osler, ohne seine Musterung des Meeres zu unterbrechen. Da sie die Position des feindlichen Schiffes nicht kannten, war es sehr gut möglich, dass sie genau darauf zu segelten.

Der dichtere Schatten, der sich in Lee vor dem grauen Himmel abhob, war die Küste. *Wie nah sind wir?*, fragte sich Tristam. Über den Geräuschen des Windes und der geblähten Segel glaubte er, ein leises, rhythmisches Zischen zu hören.

»Hören Sie auch die Brandung, Mr. Osler? Recht weit weg, glaube ich.«

Der Leutnant sprang auf und hielt sich an den Püttingswanten fest, als schärfte das aufrechte Stehen seine Ohren. dabei drehte er den Kopf langsam von einer Seite auf die andere und lauschte angestrengt.

»Farrelle soll verdammt sein! Halten Sie die Augen so gut offen, wie Sie nur können.« Osler hängte sich das Fernrohr um, ergriff die Pardune und schoss daran mit solcher Geschwindigkeit zum Deck hinunter, dass Tristam glaubte, der Leutnant müsste sich dabei die Haut von den Handflächen scheuern.

Er blickte nach Lee und bemühte sich, seine Einbildungskraft zu zügeln, die aus jedem grauen Flecken ein Riff machte. Dann aber war er sicher, etwas Weißes zu sehen, und plötzlich stand seine Beobachtung außer Frage.

Aus dem Zwielicht schob sich eine Brandungslinie, die sich wand wie eine sterbende Schlange. Die Linie war nicht ununterbrochen, auch da war Tristam sicher, jedenfalls so gut wie.

Das Gesicht Chilseys erschien gerade auf Höhe der Längssaling, und unter ihm standen die Männer in senkrechter Reihe auf den Webeleinen bis auf das Deck hinunter.

»Wir haben eine Flüsterkette gebildet, Mr. Flattery, direkt zum Kommandanten. Sagen Sie uns, was Sie sehen.«

»In Lee liegt ein Riff, etwa zwei Meilen entfernt, und es tritt kaum durch die Wasserfläche. Ich kann nicht sehen, wie groß es ist, aber es erstreckt sich nach Norden und Süden.«

Der Seekadett senkte den Kopf und murmelte dem Mann unter sich etwas zu. Rasch warf Tristam einen Blick über den Ozean nach Osten, wo es heller wurde, doch noch immer kam kein Segel in Sicht. Begleitet vom Knirschen und Stöhnen der Takelage legte sich das Schiff plötzlich über. Tristam streckte den Arm aus und hielt sich an einer Webeleine fest.

»Sie seufzt nur, Mr. Flattery«, flüsterte Chilsey ihm zu. »Sie reckt sich wie ein Mann, der gerade aus der Hängematte steigt.«

Osler zog sich wieder auf die Marsstenge. »Wir machen weiter wie bisher, Mr. Flattery. Schauen Sie nach achtern und backbord.«

Unter dem Einfluss der auffrischenden Brise erzeugte die *Swallow* allmählich Kielwasser. Fünf Knoten, schätzte Tristam, und sie legte weiter Fahrt zu. Die Nacht wich nun dem Tag, und der Himmel änderte die Farbe von Schwarz nach Tiefblau.

Für Tristam stand es außer Frage, dass man, wenn man nur lange genug ins Halbdunkel starrte, auch fand, was man suchte. Was das Auge nicht sehen konnte, erzeugte der Verstand. Doch dort war ein Flecken helleres Grau, da war er sicher – fast sicher. Nur noch einen Augenblick zögerte er.

»Leutnant Osler? Blicken Sie bitte einmal nach Luv.« Tristam deutete auf die Stelle. »Etwa vier Meilen, würde ich sagen, und querab, etwas achterlich.«

Osler suchte für einen Moment und ließ das Glas sinken. »Wir brauchen keine Stille mehr zu halten«, sagte er dann, und sein Gesicht gab die Bestürzung preis, die seine Stimme zu verbergen suchte. »Sie stehen nicht in Windrichtung.« Er beugte sich vor und rief hinab. »Segel, Herr Kapitän! Querab, einen halben Strich achtern.«

Die Männer auf Deck stöhnten auf und beeilten sich, einen Blick auf das Schiff zu werfen – alle hofften sie, dass es von der Marinestation stammen möge.

Osler musterte das Riff und dann noch einmal das ferne Schiff. »Er war uns gedanklich voraus, Mr. Flattery. Ein verdammt fähiger Seemann, auch wenn er ein Kaper ist und es verdient hat, mit einer Fadenlänge rostiger Ketten als Halsbinde über Bord geworfen zu werden.« Osler schaute zurück zum Riff und dann nach vorn.

Jon Chilsey kam zum zweiten Mal auf die Mars. Er hatte sich ein Glas umgehängt. »Der Kommandant bittet die Herren, nach unten zu kommen, Mr. Osler.«

»Na gut. Bleiben Sie wach, Chilsey«, antwortete Osler und schwang sich von der Saling in die Wanten. Dann fügte er hinzu: »Und fallen Sie nicht runter. Sie sind auch so schon feucht genug zwischen den Ohren, und wir können von Mr. Flattery nicht verlangen, dass er hinter jedem herspringt, der über Bord geht.«

Er verschwand, bevor dem Kadetten eine Entgegnung einfiel. Tristam folgte dem Offizier, der ihn beeindruckt hatte, weil er unter diesen Umständen noch scherzen konnte.

Auf dem Achterdeck stand auch die Herzogin. Sie trug wieder die Uniform und hörte Stern und dem Steuermann zu. Die Hände hielt sie auf dem Rücken verschränkt und glaubte wohl einen Offizier nachzuahmen. Tristam war sich beinahe sicher, diese Pose schon einmal im Theater gesehen zu haben.

Stern wartete auf Tristam und Osler.

»Konnten Sie ein Ende des Riffs erkennen?«

»Nein, Sir«, meldete der Erste Offizier. »Allerdings scheint es sich nicht ununterbrochen hinzuziehen. In der Brandungslinie sind viele Lücken, einige davon recht breit, Herr Kapitän.«

Der Kommandant sah von Hobbes zu Tristam. »Unsere Karte zeigt hier drei Felsen in einer Reihe – mehr nicht. Und solche Schlamperei nennt man eine Vermessung! Verdammt sei —« Plötzlich versteifte er sich.

Wie um seine Verlegenheit zu überspielen, dass er sich vor der Herzogin hatte hinreißen lassen, richtete Stern sein Glas auf das entonnische Schiff. Schließlich wandte er sich wieder den Offizieren zu.

»Der Kaper wird uns nicht gestatten, ihn ein zweites Mal zum Narren zu halten. Wenn es ihm gelingt, uns gegen dieses infernalische Riff zu treiben, sitzen wir in der Falle. Dann beschießt man uns, bis wir uns ergeben, was nicht lange dauern wird. Wir könnten uns schon glücklich schätzen, nicht auf den Felsen zu scheitern.« Er warf noch einen Blick auf das schwarze Schiff und drehte sich dann um. Seine Unentschlossenheit war verschwunden. »Wir suchen uns die vielversprechendste Lücke in diesem Riff – ich werde selbst auf die Mars entern –, dann drehen wir bei und setzen ein Boot aus, um die Passage zu loten. Leutnant Osler, Sie übernehmen das Kommando über den Kutter. Halten Sie Abstand. Fehler darf es keine geben. Darf ich noch einmal um Ihr Glas bitten, Mr. Flattery?«

Tristam kletterte mit Stern zur Saling hoch, und sie schickten den jungen Chilsey wieder hinunter. Die Sonne schwebte nun losgelöst über dem Horizont, und das Blau des Südhimmels war mit jenen kleinen Wolken befleckt, die man für untrügliche Begleiter des Passats hält. Diese allerdings hatten sich aus ihrem elterlichen Wind gelöst und segelten auf dem Südostwind, der unvermindert wehte. An dieser Stelle konnte das Meer nicht tief sein, denn die Wellen waren hoch und folgten einander dichtauf, sodass die *Swallow* wie wild krängte. Immer wieder tauchte sie fast bis zum Schanzkleid ein. Tristam verkeilte sich mit dem Rücken am Mast, schob die Beine durch die Saling und hakte die Füße in die Püttings. Trotzdem musste er sich immer wieder mit einer Hand an einem Tau festhalten. Auf der Höhe des Mastes fiel jede Bewegung heftiger aus als auf Deck.

Trotz des enormen Krängens wurde Stern und Tristam Kaffee gebracht. Pausenlos beobachteten sie das Riff, an dem die *Swallow* entlang fuhr, und schenkten dort, wo die Brandungslinie Lücken aufwies, der Wasserfarbe besondere Beachtung.

Stern ließ sich davon für keinen Moment und bei keinem Wort ablenken. »Uns bleibt nur wenig Zeit, bevor dieser Entonnier uns stoppt, Mr. Flattery. Wir müssen eine Bresche im Riff finden. Wenn wir durch einen üblen Schicksalsschlag solch eine Lücke nicht finden, werde ich die Herzogin, Lord Elsworth und Sie zusammen mit Leuten in ein Beiboot setzen, die ich dafür geeignet halte - vor allem Mr. Hobbes und auch Beacham. Es ist sehr wahrscheinlich, dass Sie ins Archipel entkommen und sich nach Norden zur Königin-Anne-Station durchschlagen können.« Stern zögerte und beugte sich vor, als könnte er dadurch über den Rand der Klippen schauen.

»Dennoch sind wir noch nicht erledigt. Auf keinen Fall.« Stern strich weiterhin mit seinem Glas über das Riff. »Es ist an der Zeit, dass wir offen miteinander sprechen, Mr. Flattery.« Weiterhin suchte er die rollende See ab.

Tristam wartete, was nun käme. *Um Dakin geht es*, dachte er. *Farrelle schenke ihm Frieden.*

»Ich will Ihnen in aller Offenheit sagen, dass diese Reise die verfluchteste Fahrt ist, die ich je unternommen habe.« Er schüttelte leicht den Kopf und fixierte mehrere Sekunden eine bestimmte Stelle. Das Schiff legte sich noch stärker auf die Seite, und Tristam griff in die Wanten. »Sie müssen wissen, dass die Admiralität mir zu verstehen gab, diese Mission sei gewissermaßen ein nutzloses Unternehmen – allein in die Wege geleitet, um den Palast zu beschwichtigen, aber im Grunde hoffnungslos. Nicht rechtzeitig zu erfüllen. Sie verstehen, was ich meine? Dann besteht die Herzogin darauf, an der Reise teilzunehmen, anscheinend um sicherzustellen, dass wir uns mit der Erledigung beeilen. Ich finde heraus, dass Sie der Neffe von Erasmus Flattery sind – was dazu führen muss, dass es Schwierigkeiten mit den Jacks gibt. Dann fliegt ihnen siebenhundertfünfzig Meilen vor der Küste ein Falke zu. Ich höre Geschichten über Ihren Ausflug zur Ruine – eine ›Stimme‹, die man vor Ihrem Besuch noch nie gehört hat. Niemand weiß, wie es kam, dass Sie unbeschadet auf den Felsen der Vogelinsel landeten. Das Meer selbst scheint Sie gerettet zu haben. Und ein Wal steigt aus dem Wasser und umschwimmt Sie, bis er die Aufmerksamkeit Ihrer Retter auf Sie gelenkt hat. Höchst glückhafte Umstände. Und die Liste geht noch weiter. Die Herzogin ist fest davon überzeugt, dass die Jacks versucht hätten, Sie umzubringen, obwohl sie überhaupt nicht zugegen war, um es bezeugen zu können. Jemand versucht nun, Kreel umzubringen, den Mann, den die Herzogin für Ihren Sturz ins Meer verantwortlich hält. Wohl kaum ein Zufall, wie ich meine. Obwohl ausgerechnet Sie diesen Mordversuch vereitelt haben, nicht wahr?« Schweigen. »Und nun will uns ein entonnischer Kaperfahrer versenken, weil Sie an Bord meines Schiffes sind – und riskiert damit einen Krieg. Vielleicht will man uns auch gar nicht versenken, vielleicht sind Sie dafür zu wichtig ... Und all das hat einen Brennpunkt.« Stern blickte Tristam an. »Sie, Mr. Flattery. Vielleicht hätten Sie die Güte mir zu verraten, woran das liegt?«

Tristam stellte fest, dass er dem Kommandanten nicht in die Augen sehen konnte, und blickte auf das schäumende Riff hinaus.

»Ich warte, Mr. Flattery.«

»Ich wünschte, ich könnte Ihnen eine Antwort geben, Kapitän Stern, aber ich sage die Wahrheit, wenn ich behaupte, ebenso sehr im Dunkeln zu tappen wie Sie.« Tristam schüttelte den Kopf und blickte auf Deck hinab. Seine frühere Erklärung – dass manche Menschen glaubten, mithilfe des Königsblatts ließe sich ihr Leben verlängern – erschien ihm nun töricht und unzureichend. Die Liste, die Stern gerade vorgetragen hatte, schloss vieles nicht ein, was Tristam im Zusammenhang mit dem Königsblatt erlebt hatte: Dandish und alles, was im Haus des Professors geschehen war; Ipsword; den Brief von Galton an Sir Roderick; die Warnung Lady Galtons; vielleicht sogar die Vorfälle während des Abends bei der Empiristischen Gesellschaft. Tristam kniff fest die Augen zusammen.

»Mein Schiff, Mr. Flattery, befindet sich in Gefahr – und ich begreife nicht einmal weshalb. Deshalb meine ich, dass mir eine Erklärung zusteht.«

»Ich bin der gleichen Ansicht, Herr Kapitän, aber ich habe noch keine anzubieten. Ich muss aber betonen, nicht gewusst zu haben, dass meine Anwesenheit – oder mein Auftrag – Ihre Besatzung gefährden könnte. Sir Roderick hat mir nichts Dementsprechendes angedeutet. Ich weiß nicht, was er Ihnen gesagt hat.«

Stern blickte wieder auf das Riff. »Bin dem Mann noch nie begegnet.«

Dabei klang er völlig aufrichtig, und Tristam war sicher, dass der Kommandant nicht log. Die Herzogin hatte sich geirrt.

Stern beugte sich plötzlich vor und legte die Hand um den Mund. »Beidrehen, Mr. Hobbes! Das Boot aussetzen!«

Stern reichte Tristam das Fernrohr. Auf seinem Gesicht stand ein Ausdruck völliger Abwesenheit, und er bemühte sich sichtlich, seine Gedanken zu ordnen. »Ich bringe Sie da durch, Mr. Flattery.« Er schwang sich um die Püttingswanten, und der Wind fing sich in seinem Rock und schüttelte ihn wie ein Segel, das sich mit Wind füllt. »Trotzdem möchte ich herzlich gerne wissen, wofür ich jedes einzelne Menschenleben an Bord meines Schiffes aufs Spiel setze. Zwei Jahre wird unsere Reise dauern, Mr. Flattery. Ich beabsichtige keinesfalls, wie ein Dummkopf weiterzufahren und keine Vorkehrungen treffen zu können, weil man mich im Dunkeln lässt. Sie verfügen über einen bemerkenswerten Verstand, Mr. Flattery. Selbst wenn Sie nicht die Ursachen kennen, haben Sie doch gewiss viele Stunden mit Nachdenken verbracht. Ich möchte hören, was Sie denken, bevor wir noch ein Dutzend Meilen gefahren sind, sonst lasse ich beidrehen und warte auf die Entonnier.« Stern blickte kurz aufs Deck hinunter, dann sah er wieder Tristam an. Seine Entschlossenheit war unmissverständlich. Stern nickte einmal, um die Form zu wahren, dann verschwand er.

Tristam saß eine Weile da und beobachtete den Kommandanten, wie er zum Deck hinunterkletterte, dann nahm er die Blechtasse, die er sich zwischen die Knie geklemmt hatte, und trank seinen kalt gewordenen Kaffee. Ein jähes Stampfen des Schiffes zwang ihn, nach Halt zu greifen, und er blickte der Tasse hinterher, die im Fallen um ihre Achse wirbelte, bis sie verschwunden war; in der aufgewühlten See war kein Aufspritzen zu sehen.

Ganz wie Stern vorhergesagt hatte, ließ sich der Kommandant des schwarzen Schiffes nicht mehr so leicht hinters Licht führen. Kaum drehte die *Swallow* bei, änderte der Entonnier den Kurs, setzte sämtliche möglichen Segel und hielt direkt auf sein Opfer zu. Tristam blieb im Masttopp, den Blick auf das heranstürmende Schiff geheftet. Beim Näherkommen warf der Bug des Kapers die Gischt hoch auf, sodass sich darin das Sonnenlicht brach und in allen Farben schillerte, ein höchst unpassend wirkender Anblick.

Aller Schaden, den die Geschütze der *Swallow* am Vortag angerichtet hatten, schien während der Nacht behoben worden zu sein, denn andernfalls hätte der Kaper kaum solche Geschwindigkeit vorlegen können.

Auf der Leeseite der *Swallow* setzte der Kutter die Segel und schoss auf die Lücke im Riff zu. Gelegentlich fiel ein Wellental besonders tief aus und legte den glänzenden Fels frei, der sich unter der schäumenden Brandung verbarg. Stern ging ein beträchtliches Risiko ein, indem er so nahe am Riff beidrehte. Tristam hatte mittlerweile genug über Schiffsführung gelernt, um zu wissen, dass man nicht so nah an eine offensichtliche Gefahr in Windrichtung hinansegelte – und beidrehen war noch viel riskanter. Der Kommandant verließ sich ganz auf die Handigkeit seines Schiffes und die Geschicklichkeit seiner Besatzung – außerdem war er verzweifelt. Wenn sie hier von einer Bö überrascht würden ... Darüber wollte Tristam am liebsten gar nicht nachdenken.

Tristam beobachtete die Männer des Korsaren durch sein Fernrohr und konnte ihren Bewegungen kein Ergebnis zuordnen, das er zu erkennen vermochte; es schien, als bräche das grundlegende Gesetz von Ursache und Wirkung vor seinen Augen zusammen.

Der Kutter war nur noch durch die Lücken zwischen den Segeln zu erspähen. Ritt er im einen Moment auf den rollenden Brechern und legte sich im auffrischenden Wind auf die Seite, stürzte er schon im nächsten in die schäumende Kluft, stieg auf einer Welle hoch und schoss hervor, bis er hinter dem nächsten Segel verschwand. Wie die Leute an Bord des Beiboots bei dieser Bewegung loten sollten, konnte sich Tristam nicht vorstellen.

Ein weiterer Blick auf das Kaperschiff überzeugte ihn, dass ihre einzige Hoffnung in der Eile bestand. Nun ließ sich die Besatzung des Entonniers gut ausmachen, selbst die Männer auf dem Achterdeck waren zu unterscheiden – Offiziere in Uniform hoben sich hervor und bezeugten, dass sie auf keinem Seeräuberschiff fuhren, sondern auf dem kompetent geführten Kriegsschiff einer großen Nation. Die Stückpforten standen offen, und Tristam sah die Kanonen funkeln; ihre Mäuler klafften und waren bereit, Feuer zu spucken.

Plötzlich segelte die *Swallow* weiter nach Süden und fuhr an der Lücke im Riff vorbei. Tristam erhaschte noch einen Blick auf den Kutter, der auf der anderen Seite des Riffs in die gleiche Richtung segelte wie die *Swallow*.

»Mr. Flattery!«

Es war Hobbes, der ihm durch Winken zu verstehen gab, auf Deck zu kommen. Die Jacks bemannten die Backbordgeschütze. Tristam schob sein Perspektiv zusammen und hängte es sich über die Schulter. Er reckte sich, ergriff die Pardune, zögerte kurz, um seinen Entschluss noch einmal zu überdenken, dann stieß er sich mit den Füßen ab und umarmte das Tau, wie er es bei den Seeleuten gesehen hatte. Mit leicht eckigen Bewegungen rutschte er an der Pardune zur Reling hinab, und als seine Füße das Deck berührten, nickte Beacham ihm anerkennend zu.

»Sie haben noch einen Moment, Mr. Flattery«, sagte der Kadett in ruhigem Ton, doch sein Gesicht strafte seine Stimme Lügen, »um Ihr gutes Glas nach unten zu bringen. Der Kommandant könnte kaum noch ohne es auskommen.«

Tristam hastete zum Achterdeck hinauf und wäre fast in die Luke gestürzt. Er riss die Tür zu seiner Kammer auf, und sie schlug gegen etwas Weiches, Schweres. *Da ist etwas losgekommen*, war Tristams erster Gedanke. In fürchterlicher Eile zog er die Tür zurück und warf sich mit aller Kraft dagegen; was dabei zerbrach, war ihm im Augenblick egal.

Er schob den Kopf durch die schmale Lücke und schlug sich den Schädel an, als er erschrocken zurückzuckte, denn zu seinem Erstaunen hatte er Dr. Llewellyn zwischen Tür und Schrank eingeklemmt. Zuerst wollte er sich entschuldigen, weil er sich sagte, es müsse einen völlig vertretbaren Grund für den Arzt geben, sich in einer fremden Kammer aufzuhalten – immerhin befanden sie sich in einer außerordentlichen Lage –, doch dann bemerkte er, dass Llewellyn einen Briefbogen in der Hand hielt und dass weitere Papiere auf dem kleinen Sekretär lagen.

Tristam schob die Tür weiter auf und quetschte den sich zusammenkauernden Arzt noch mehr ein, dann beugte er sich vor, packte den Mann und zog ihn hoch.

»Tristam ...«, brachte Llewellyn hervor. »Es ... es ist nicht so, wie Sie denken ...« Augenblicklich begann er um Atem zu ringen.

Tristam warf die Tür hinter sich zu. »Sie wollen sagen, ich sehe nicht richtig, Sir? Bei dem, was Sie da in der Hand halten, handelt es sich nicht um meine persönliche Korrespondenz?«

Damit riss er Llewellyn den Brief aus der Hand. »Hinaus mit Ihnen, Sir! Damit werde ich vor den Kommandanten und die Herzogin gehen. Ein Gentleman liest nicht die

Briefe eines anderen! Oder war Ihnen das entfallen?« Tristam öffnete die Tür, fasste den Arzt mit der Hand am Arm und drängte ihn hinaus. Einen Augenblick stand Tristam er mit wirren Gedanken in der Kammer, dann erinnerte sich, weshalb er gekommen war, öffnete ein verschließbares Fach und legte das Perspektiv hinein. Rasch schob er die ausgebreiteten Papiere zusammen und stopfte sie in eine Schublade, doch bevor er sie wieder schloss, erstarrte er mitten in der Bewegung, denn er bemerkte, was Llewellyn gelesen hatte – die Kopie von Galtons Brief an Sir Roderick. *Ein Gentleman liest nicht die Korrespondenz eines anderen.*

Ein Geräusch auf Deck erinnerte ihn an seine Pflicht, und er hastete den Niedergang hinauf.

Als Tristam an seinen Platz kam, erklärte Beacham, dass der Feind beinah auf Schussweite heran sei. »Für die Zwölfpfünder, heißt das«, fügte er hinzu.

Tristam wandte sich nach Lee und hielt nach dem Kutter Ausschau und nach der befahrbaren Lücke, die ihre Rettung bedeutet hätte. Noch immer war die gewundene Linie der Brandung zu sehen, die sich am Riff brach und nun viel näher – zu nahe, wie Tristam fand. Der Kutter hob sich und fiel mit den Seen; auf den Kronen der Brecher legte er sich so weit auf die Seite, dass Tristam seinen Kiel sehen konnte. Die Mannschaft steuerte auf die nächste Unterbrechung des Riffes zu.

»Wenn sie nicht reffen, knallen sie aufs Riff«, stellte einer der Matrosen fest, eine Bemerkung, die Tristam in der gegenwärtigen Situation völlig grotesk erschien.

»Bereithalten«, sagte Beacham. Die Stimme des Kadetten klang nun älter und erbitterter, als Tristam für möglich gehalten hätte. »Sie fallen ab.«

Tatsächlich änderte das schwarze Schiff den Kurs, um parallel zur *Swallow* zu laufen und beide Geschützdecks zur Wirkung zu bringen.

»Nicht feuern«, befahl Stern, der an dem Geländer des Achterdecks stand. »Wenn ihr Rauch an ihren Stücken seht, werft euch flach aufs Deck.«

»Wir ergeben uns«, flüsterte einer der Jacks. »Farrelle schütze uns. Mit uns ist es aus.«

»Damit kaufen wir uns nur Zeit«, zischte Beacham. »Und wir verwirren die Mistkerle.«

Unversehens stieg an der Seite des Korsaren eine Rauchwolke auf, und gleich vielen anderen warf sich Tristam aufs Deck. Dann bemerkte er, dass die meisten erfahrenen Männer stehen geblieben waren, und sprang hastig wieder auf.

»Sie haben uns einen Schuss vor den Bug gesetzt«, erklärte Beacham. »Wenn der Herr Kap'tän nicht stoppt, dann machen sie Ernst.«

»Aber prallen wir denn nicht aufs Riff?«, fragte Tristam.

»Wenn wir getroffen werden, was wahrscheinlich ist.« Beacham schaute Tristam an. »Wie schade, dass Sie keine Gelegenheit mehr erhielten, mir die Kunst über Wasser zu bleiben —«

Alle warfen sich aufs Deck. Die Breitseite des Korsaren raubte Tristam den Mut. Er hörte jemanden wimmern und fragte sich, ob er es selbst gewesen war.

»*O bitte, o bitte*«, flehte jemand fortwährend.

Das Krachen und Splittern von Holz übertönte jedes weitere Geräusch. Etwas traf Tristam in den Rücken, doch er wagte es nicht, sich zu bewegen und zu schauen, was geschehen war. Schweigen folgte, dann von oben ein Reißen.

»Stenge kommt runter!« Irgendwo hinter Tristam krachte es, als der abgeschossene Masttopp auf Deck herunterbrach. Das Schnappen von straff gespannten Tauen, die unter zu großer Belastung zerrissen, durchpeitschte die Luft.

»Auf, Kerle! Schießt, wenn sie abfällt!«

Tristam sprang auf. Rufe und Stöhnen waren ringsum zu hören. Auf den Planken lag verkrümmt ein Jack aus seiner Geschützmannschaft und rührte sich nicht mehr.

Beacham richtete das Rohr ihrer Kanone. Seine Hand war in Blut getaucht. »Klar, Mr. Flattery«, sagte er mit einer Stimme bar jeder Hoffnung.

»*Feuer!*«

Die lumpige Breitseite der *Swallow* dröhnte über die Wellen. Tristam hielt den Atem an und wartete darauf, dass sich der Pulverrauch verzog. Dann schob sich das Kaperschiff daraus hervor – einige seiner Segel flatterten im Wind, sonst wirkte es unbeschädigt.

»*Kartusche laden!*«

Tristam nahm die Pulverladung entgegen, die der Steward des Kommandanten ihm in die Hände drückte, und reichte sie an einen Jack weiter. Dann, als das Geschütz geladen wurde, packte er das Zugseil, mit dem die Geschütze ausgerannt wurden. Zwei Jacks trugen einen Mann mit einer klaffenden Kopfwunde vorbei. Seine Augen waren völlig verdreht.

Die Männer taten ihre Pflicht, doch Tristam merkte deutlich, dass sie den Kampfgeist verloren hatten. Die nächste Breitseite bedeutete das Ende der *Swallow*, und jeder an Bord wusste es. Tristam dagegen fand sich seltsam leer und gefühllos und ohne Furcht.

Während er auf den Befehl wartete, das Geschütz auszurennen, suchte er nach dem Kutter. Das Beiboot versuchte gerade, in eine Lücke des Riffs zu lavieren, und im Bug stand ein Mann bereit zum Loten. Über der Passage sah Tristam einen dichten Schwarm Möwen, die in der Luft kreisten und hinabstießen. Er hörte sie schreien. Und dann stürzte sich plötzlich ein Falke mitten unter sie und versprengte sie wie Federn vor dem Wind – ein Winterfalke. Er jagte nicht etwa seinen Opfern hinterher, sondern schwenkte herum und schwebte im Sonnenlicht auf der Stelle.

»Diese Passage müssen wir nehmen«, hörte Tristam sich murmeln. Ohne einen weiteren Gedanken hastete er die Stufen zum Achterdeck hinauf und eilte zu Stern, der neben dem Rudergänger stand und das Glas auf die Lücke in der Brandung gerichtet hatte.

»Herr Kapitän! Dort müssen wir durch«, rief Tristam.

Stern blickte ihn zornig an. »Mr. Flattery! Auf Ihre Station, Sir!«

»Korsaren haben die Stücke ausgerannt«, meldete jemand.

Tristam packte den Kommandanten beim Arm und blickte ihm in die Augen. Er wusste nicht genau, was er sagen sollte, doch war er bereit, alles zu sagen, was erforderlich war. »Sie haben mich gefragt, weshalb man mich verfolgt ... Mein Onkel war ein Magus. Der Falke. Der Falke, der mir auf See zugeflogen ist.« Er wies auf die Öffnung, aber als er sich umdrehte, war der Vogel verschwunden. Verzweifelt fuhr er wieder zu Stern herum. »Er schwebte über diesem Kanal – das ist ein Zeichen. Wir müssen dort hindurch.«

Die Lücke stand nun beinahe querab. Stern zögerte.

Tristam war überzeugt, dass er sich anhörte wie ein Irrsinniger – als hätte er beim Seegefecht den Verstand verloren und würde nun toben. Der Kommandant schüttelte Tristam Hand ab und drehte sich in den Wind, starrte auf das schwarze Schiff, das sich zum Feuern klarmachte. Gelassen – der Kapitän erschien so gelassen.

»Steuern Sie uns hindurch, Mr. Garvey«, befahl Stern ruhig. »Mr. Hobbes, lassen Sie anbrassen, wir laufen hinein.« Der Kommandant hatte seine Entscheidung getroffen und kehrte Tristam und dem schwarzen Schiff den Rücken zu. Nun konzentrierte er sich ganz auf die Lücke zwischen den Felsen.

Tristam blieb neben dem Ruder stehen und musste sich festhalten, so stark krängte die *Swallow.* Ganz langsam wendete sie. Das schwarze Schiff fuhr an ihr vorbei, der feindliche Kommandant war überrascht worden. Er hatte nicht damit gerechnet, dass Stern in den Kanal einlaufen würde, bevor der Kutter die Tiefe gelotet hatte.

Das Schiff drehte, bis der Wind von Backbord achtern kam und ›raum‹ war, dann erhob sich die *Swallow* mit der Dünung und wurde von der See vorwärtsgetragen, nur um sich in das nächste Wellental zu setzen, als müsste sie sich erholen, bevor sie weitere Anstrengungen unternähme.

Als sie sich wieder hob, feuerte der Entonnier. Obwohl die Männer auf dem Achterdeck dem Beschuss schutzlos ausgeliefert waren, zeigte keiner von ihnen eine stärkere Reaktion als ein Zucken. Niemand ging in Deckung, und

Tristam stand zwischen ihnen und rechnete damit, zerrissen zu werden. Doch der Kaper hatte übereilt gefeuert, während er versuchte, seinem Opfer zu folgen, und die Kugeln klatschten harmlos in die Wellen.

Die Seen erhoben sich vor dem Riff, und ihre Kämme strebten höher und höher, bis sie schließlich zu hoch gewachsen waren und zu Schaum zerfielen. Der Kutter war in die Lücke laviert, und der Matrose mit dem Lot arbeitete verbissen. Dann wurde im Masttopp des Kutters eine schwarze Flagge gehisst, und die Männer in dem Boot drehten sich alle um und starrten auf das Schiff, das ihnen folgte.

»Was liegt an?«, fragte Tristam. »Was heißt das?«

Stern starrte ihn mit unwägbarer Miene an, dann wandte er sich wieder dem Kanal zu. »Dort gibt es nicht genug Tiefe, um die Swallow hindurchzulassen, Mr. Flattery. Halten Sie Kurs, Mr. Garvey, wir haben keine andere Wahl, wir müssen es darauf ankommen lassen.«

Ein neuer Brecher hob sie hoch und trug sie kraftvoll voran. Das Schiff senkte sich wieder aufs Antlitz der See ab, und dann glitt auch diese Welle unter ihnen hindurch und preschte vor, um sich auf den Felsen zu zerschmettern. Das Deck tanzte unter Tristams Füßen, und er hielt sich am Kompasshaus fest.

»Mr. Flattery!«, knurrte ihn der Rudergänger an. »Helfen Sie mir!«

Tristam zögerte nicht und packte die Speichen des Steuerrades.

»Zu mir«, sagte Garvey angestrengt. »Wir drehen in den Wind.«

Tristam rang mit dem Rad und wendete alle Kraft auf, lehnte sich gegen den Widerstand, mit dem die Speichen in seine Hände schnitten, dann gierte die Swallow langsam nach Backbord. Langsam, ganz langsam legten sie das Ruder über, und das Schiff gehorchte.

»Jetzt in die andere Richtung – na los!«, befahl der Steuermannsmaat, und Tristam half ihm, das Ruder zurückzudrehen, kaum dass der Widerstand nachließ.

Erneut überholte sie ein Brecher, erneut kämpften sie

mit dem Ruder, um das Schiff auf Kurs zu halten. Dabei beobachtete Tristam, wie sie in den schmalen Kanal eindrangen, in dem die Wellen so hoch schlugen, dass der Schaum durch die Speigatts hereinströmte. Auf beiden Seiten brachen sich die Wellen in einem einzigen Wirrwarr.

»Mehr Segel setzen!«, brüllte Hobbes. »Festhalten!« Der Steuermann und der Kommandant packten die Webeleinen, und Tristam verkrampfte sich in der Erwartung, dass die Swallow auf den Felsen unter ihr zerbrach.

Ein Brecher rollte heran, hob das Schiff an, und sofort senkte es sich wieder herab, suchte nach dem Wellental. Aber sie waren hindurch, von einem Wellenkamm getragen!

Jeder einzelne Mann an Bord stand wie gebannt an der Stelle, so erstaunt über ihr großes Glück, dass keiner mehr ein Wort sagte.

»Mr. Hobbes, ist es uns möglich beizudrehen?«, fragte Stern, anscheinend völlig unbeeindruckt von der Katastrophe, der sie um Haaresbreite entgangen waren.

Der graue alte Steuermann blickte hoch in die Rigg. »Nicht ohne die Fockmarsstenge, vielleicht sogar alle Marsstengen zu verlieren, Herr Kapitän.«

»Dann können wir nur hoffen, dass unsere Freunde uns nicht folgen können.«

Der Steuermann betrachtete das Kaperschiff, das nun ins Kielwasser der Swallow eintrat. »Wenn wir beidrehen könnten, könnten wir sie von vorn bis achtern beharken, aber ich fürchte, dann verlieren wir die Gewalt über unser Schiff.«

Stern nickte. »Halten Sie Kurs, Mr. Garvey. Wo ist unser Kutter? Kann jemand ihn sehen?«

»Sie sind querab, Sir«, meldete Garvey, »und tun, was sie können.«

»Signal an Mr. Osler, er soll uns folgen. Wir können die anderen erst aufnehmen, wenn wir genau wissen, welchen Kurs unser schwarzer Freund wählt.«

Tristam ging an die Heckreling und stellte sich zu

Hobbes und dem Kommandanten. Die Herzogin kam hinzu, und wenn Stern sie bemerkte, so sagte er nichts.

Das Korsarenschiff lief mit voller Fahrt in den schmalen Durchlass zwischen den Felsen. Tristam sah auf dem Vorderdeck die Männer stehen, die vom Donnern der Wellen betäubt sein mussten und in einen Kanal voll schäumender Strudel blickten.

»Das Schiff muss doch größeren Tiefgang haben als wir«, sagte Tristam.

»Beträchtlich«, antwortete Stern. »Gleich sehen wir, wie ein Kaper am Riff scheitert und dabei viele Menschen ihr Leben verlieren.« In seiner Stimme lag kein Anklang von Mitleid. »Wie lange, bis unser Fockmast gestagt ist, Mr. Hobbes?«

»Die Taue werden gespannt, Sir. In einer halben Stunde können wir beidrehen. In einer Stunde sind wir wieder weitgehend in Ordnung.« Er deutete mit einer Handbewegung auf den Verfolger. »Ich glaube, sie haben den Mut verloren. Sehen Sie nur, wie die Jacks sich beeilen, die Rahen zu brassen.«

»Tristam!«, rief die Herzogin aus. »Sie sind verletzt!« Sie zog ihm das Hemd vom Rücken, wo es festklebte und drückte ihm auf die Muskeln, dass er unwillkürlich zusammenzuckte. »Ich glaube, das überleben Sie. Aber Sie müssen es sich verbinden lassen.«

Tristam nickte, ohne sich umzudrehen.

Er schätzte den Abstand der beiden Schiffe auf nicht mehr als eine halbe Meile. Die Mannschaft des Entonniers stand bereit, die Rahen backzubrassen, aber noch hielt der Kaper den Kurs.

Stern breitete die Arme aus, während er sich an der Reling festhielt, wie ein Mann, der sich tagelange Anspannung aus den Gliedern reckt. »Sie werden nicht durchkommen«, sagte er mit deutlicher Genugtuung. »Wir entgehen ihnen. Legen Sie Kurs nach Norden, Mr. Hobbes. Drehen Sie bei und nehmen Sie den Kutter an Bord, sobald wir dazu in der Lage sind.«

Hobbes wollte sich gerade dem Rudergänger zuwenden,

doch dann hielt er inne. Der Kaper hatte den Kurs nicht geändert, obwohl die Männer auf ihren Stationen standen und nur darauf warteten. Einen Augenblick lang sagte niemand etwas. Ohne Änderung seiner hohen Geschwindigkeit stürzte sich der Kaper in den Kanal.

»Der Kommandant ist ein Narr«, stieß Stern hervor. »Er hat keine Chance.«

Das Korsarenschiff gierte unversehens, und Tristam glaubte schon, es wolle in den Wind drehen, doch dann gewannen seine Rudergänger den Kampf, und das Schiff erhob sich auf einer Welle und schoss in die Lücke des Riffs. Tristam hielt den Atem an, und die Herzogin umfasste seinen Arm.

Das schwere Schiff schien einen Moment in dem Tosen zwischen den Felsen zu schweben, dann glitt es in das Wellental. Einen Augenblick lang sah es aus, als würde es kentern und mit dem Bug eintauchen, dann richtete es sich wieder auf, nahm Fahrt auf und stieß in das klare Wasser hinter der Swallow vor.

Der Kommandant schlug mit beiden Fäusten auf die Reling. »Werden wir den denn niemals los?«, brüllte er, doch sein Ausbruch ging unter den gequälten Rufen der Besatzung unter. »Eine Karte, Mr. Hobbes.«

Der Steuermann eilte davon. Stern wandte sich Tristam zu. »Nun könnten wir einen Zauber wohl brauchen, Mr. Flattery. Das wäre unsere einzige Hoffnung, fürchte ich.«

Tristam gab keine Antwort. Er wusste nicht, ob der Kommandant aus Verzweiflung sprach oder aus grimmigem Humor – oder ob er am Ende ehrliche Hoffnung hegte. *Welcher Wahnsinn hat mich da befallen?*, dachte Tristam. *Aber der Falke – wie kann das ein Zufall gewesen sein?*

Hobbes brachte die Karte. »Ich hatte gehofft, wir wären dazu nicht gezwungen«, sagte Stern leise.

Hobbes tippte mit einem langen Finger auf die ausgebreitete Karte. Sein Gebaren war ähnlich ernst. »Wir könnten uns selbst in einem falschen Kanal oder einer Bucht fangen. Das können wir vorher nicht wissen.«

Stern blickte auf und musterte einmal mehr den Verfolger, dann richtete er die Augen wieder auf die Karte. »Wir nehmen Kurs auf die Engpässe, Mr. Hobbes. Es sieht so aus, als müssten wir darin ein wenig gegen die Gezeiten ankämpfen, aber mit etwas Glück folgt uns der Wind. Signal an Mr. Osler. Sie müssen während der Fahrt an Bord kommen. Den Kutter schleppen wir nach oder geben ihn auf, wenn es sein muss. Jagdgeschütze an Bug und Heck gehen über Bord. Das Schiff leichtern, Mr. Hobbes, das Schiff leichtern. Sobald wir in den Engen sind, richte ich die Breitseite auf die See, und dann erfahren wir, wie dringend der Kaper uns haben will. Er hat dann nur seine Bug-Jagdgeschütze, und wir beharken ihn dreimal, während er näher kommt.« Er schlug Hobbes auf den Arm. »Aber wenn er uns hier draußen erwischt, sind wir alle verloren. So viel steht fest.«

Tristam half dabei, die kleinen Heckgeschütze über Bord zu hieven. Die wenigen Männer, die für die Aufgabe zur Verfügung standen, wären ihr fast nicht gewachsen gewesen. Innerhalb des Riffs war die See ruhiger, aber trotzdem gab es Brandung, das Deck stampfte, hob und senkte sich, und es erforderte enorme Anstrengung, eine Kanone auf einem rollenden Deck zu bewegen.

Trotzdem gingen die Rohre über Bord, ohne dass es zu schwereren Verletzungen gekommen wäre. Tristam ignorierte einen brennenden Durst und packte unverzüglich mit bei den Geitauen an und stellte erstaunt fest, dass er Seite an Seite mit der Herzogin von Morland die Leesegel setzte. Als die Leesegel sich mit Wind gefüllt hatten und die Taue aufgerollt waren, blickte die Herzogin auf und entdeckte, wie Tristam sie anstarrte.

»Wenn Sie es wagen, mich ›Jack‹ zu nennen, belege ich Sie heftig mit diesem Nagel dort«, sagte sie und wies mit einer Kinnbewegung auf die Nagelbank.

»Ich glaube, man sagt da eher: ›ziehe ich Ihnen eins mit dem Belegnagel über‹, Frau Herzogin«, entgegnete er und verbeugte sich.

Sie versuchte zu lächeln, doch dann glitt ihr Blick über

Tristams Schulter hinweg, und er drehte sich um. Der Kaperfahrer hielt noch immer auf sie zu. Jedes Mal, wenn sich der Bug der Swallow aus einer Welle erhob, wurde der Korsar für alle sichtbar, die in der Kuhl standen – und bei jeder dieser Offenbarungen war das schwarze Schiff ein wenig größer geworden.

»Wenn wir nur die Marsstenge noch hätten ...«, sagte ein Jack, aber die Entonnier hatten sie ihnen heruntergeschossen. Deshalb konnte das Großbramsegel nicht gesetzt werden, solange auch nur ein Stagsegel gesetzt war, und darunter litt die Geschwindigkeit des Schiffes.

Tristam sah Osler unter den Offizieren auf dem Achterdeck, die über die Heckreling starrten, dann kam im Kielwasser der Swallow der unbemannte Kutter in Sicht. Er hob sich mit den Brechern und schwankte auf den Wellenkämmen, sein Ruder schwang frei hin und her. Die Besatzung des Kutters musste an Bord gekommen sein, während Tristams Aufmerksamkeit etwas anderem gegolten hatte.

Voraus lag das Archipel. Im dichten Grün der Uferlinie waren schon einzelne Bäume zu unterscheiden, Blaueichen und Zedern; dennoch war die Entfernung größer, als es den Anschein hatte. Der Entonnier würde sie zwar nicht einholen können, bevor sie die Küste erreichten, doch gewiss gelangte er jeden Augenblick auf Schussweite heran. Die Herzogin stieg zum Achterdeck hinauf, und Tristam wollte ihr gerade folgen, als die Geschützmannschaften auf die Stationen gepfiffen wurden.

Beacham musterte seine Leute, die nun einen Kopf weniger zählten.

»Was ist mit Telman?«, fragte der Schiffzimmermann.

»Er hat seine Karten eingepackt, Jungs«, antwortete Beacham, »so sehr es mich betrübt, das zu sagen.«

Einer der Matrosen machte ein Zeichen Farrelles: Er beugte das Haupt und legte eine Hand mit gespreizten Fingern flach auf die Brust.

»Das sind schon zwei«, fuhr Beacham fort, »Dakin und Telman.« Er beugte sich vor, um das Steinschloss zu begutachten, und blies in den Mechanismus. Dann erhob er sich wieder, blickte auf See hinaus und hoch in die Rahen – sein Interesse war geheuchelt, da war Tristam sicher.

Dakin war gestorben – vielleicht irrtümlich ermordet. Tristam konnte sich nicht überwinden, die Männer anzusehen, die ihn umstanden. Beacham hatte gehört, was Kreel gesagt hatte. Jemand anders ebenfalls? Ich schütze einen Mörder, dachte er.

»Sonst keiner, hoffe ich?«, fragte Tristam und erhielt ein Kopfschütteln zur Antwort.

»Sie luven an!«, zischte jemand.

Das stimmte; obwohl der Korsar nicht ganz in den Wind ging, drehte er sich zur See hin, und die Segel erschlafften und klatschten gegen die Masten.

Osler trieb die Herzogin den Niedergang hinunter. Als sich das Heck der Swallow hob, brüllte Hobbes: »Alle Mann runter!«

Tristam gehorchte und war froh über den Aufbau an Deck, der ihm gute Deckung vor der heranjaulenden Breitseite bot. Die Kanonen knallten, und dann schlugen die Kugeln krachend in das Holz der *Swallow*. Knirschend und kreischend schwang die Kreuzmarsrah herum und schlug wild auf die leewärtigen Wanten; das Luv-Ende war nur noch ein gezackter Stumpf, das Segel flatterte leewärts und schüttelte sich so heftig, dass die Takelage vibrierte.

Ringsum erhoben sich die Männer, und auch Tristam sprang auf. Vom Kaperschiff drang Rauch herüber, auch wenn die Wolke nur dünn war. Etwas Schwarzes schoss über das Deck, als die Swallow krängte, und Tristam sah Männer beiseite springen, als es gegen das Schanzkleid donnerte. Zwei Leute warfen sich auf den Gegenstand und hoben ihn triumphierend in die Höhe.

»Ein guter Blick auf eine Zwölfpfundkugel«, lachte Beacham – er lachte wirklich. »Ich habe schon gehört, dass man Geschenke solcher Art sozusagen erwidert.«

»Die Kugel zurückschießen?«, fragte Tristam.

»Direkt zurück zu ihnen, jawohl.« Beacham schlug auf den Verschluss der Kanone. »Unsere sind leider zu klein dafür.«

»Das würde mir gefallen!«, rief einer der Jacks. »Das Geschenk erwidern!« Er lachte auf.

»Ruhe auf Deck!«, brüllte Hobbes. »Wir sind doch auf keinem verdammten Maskenball!«

Die Männer verstummten. Achterlich hatte der Korsar wieder die Verfolgung aufgenommen, denn er konnte nicht nachladen, bevor die Swallow außer Schussweite war. Nicht weit entfernt erkannte Tristam eine Linie aus sich brechenden Wellen und dahinter einen langen, sandigen Strand. Ein Kanal war nicht zu erkennen, aber eine Stelle, an der Erhebungen anscheinend abfielen und zusammenfanden. Am Bug schwang ein Matrose das Lotblei; mit aller Kraft schleuderte er es und verkündete die Tiefe. Oben in der Takelage hatten die Jacks die schwingende Rah an die Wanten angeschlagen und steckten nun ein Tau an das zerschmetterte Ende, das als Brasse dienen sollte.

Plötzlich kam Hobbes vom Achterdeck. »Alle Mann zum Segelreffen! Geschütze einrennen und verzurren!«

»Blut des Märtyrers!« Beacham fuhr herum. »Was ...?«

»Die Leesegel über Bord, Bramsegelfallen und Marssegelfallen lösen!«

Einer der Matrosen deutete nach achtern auf eine Wolkenmasse oder möglicherweise einen wirbelnden Nebel – durchscheinend und von der Sonne hell erleuchtet. An den Kanten lösten sich Wolkenfetzen ab. Die Formation überquerte gerade die Brandungslinie, die das Riff markierte, riss die Kämme von den Wellen und wühlte die See zu Schaum und Gischt auf.

»Eine Sturmbö aus heiterem Himmel«, sagte Beacham und sprang an seine Station, um die Segelfläche zu verkleinern.

Tristam und der Zimmermann wurden zurückgelassen, um das Geschütz an der Reling zu verzurren, und gut, dass Tobias Shuk so kräftig war, denn Tristam bezweifelte sehr, ob er es allein geschafft hätte.

»Sie haben die Bö noch nicht gesehen – die Korsaren«, sagte der Zimmermann keuchend. »Sehen Sie!«

Tristam eilte zum Achterdeck hoch. Shuks Feststellung

konnte durchaus zugetroffen haben, als er sie machte, doch nun nicht mehr. Die Korsaren waren offenbar so sehr auf die Verfolgung ihrer Beute konzentriert gewesen, dass sie nicht nach achtern Ausguck gehalten hatten. Dass die Swallow die Segelfläche verkleinerte, hatte die Kaperfahrer freilich aufgescheucht, und nun überschlugen sie sich in dem Versuch, noch rechtzeitig Segel zu reffen.

Tristam wurde gebraucht, um das Besansegel aufzugeien. Er hielt sich an dem Tuch fest, das ihm in die Hände schnitt. Bevor die Bö herankam, sah er noch, wie das Korsarenschiff von einer Seite auf die andere geworfen wurde, dann verschlang sie ein heulender weißer Nebel ...

Ein Windstoß fing das Besansegel und riss es los. Tristam und Tobias Shuk wurden vom Deck gehoben und wuchtig in die Wanten geschleudert. Beim Fallen entglitt das Segel Tristams Händen, und augenblicklich begann es, so heftig zu schlagen, dass es in Fetzen ging.

Regen setzte ein und nahm ihnen die Sicht. Er wurde von einem kräftigen Wind getrieben, und die Tropfen prasselten wie eine Kartätsche auf sie ein. Als die Bö eintraf, hielt die Swallow Kurs auf den Kanal. Der Wind heulte in der Rigg, auf beiden Seiten donnerten die Wellen, und dann verschwand auch der Kanal im weißen Nebel.

»Den Kurs halten, Mann!«, brüllte Stern, dann stürzte er selbst ans Ruder und entriss es den müden Händen Garveys, der es den ganzen langen Tag geführt hatte.

Tristam packte die Wanten und stellte sich mit dem Rücken zum Wind. Der peitschende Regen machte ihn fast blind. Unversehens wurde er vorwärts geschleudert, und fast wären ihm die Wanten aus den Fingern gerissen worden. Die Swallow schien zu zögern, als stecke sie fest, dann löste sie sich langsam und bewegte sich weiter.

Hierher wird uns kein Korsar folgen, begriff Tristam, *gerade hatten wir Bodenberührung.*

Plötzlich war die See wieder ruhig, und über ihnen brach die Sonne durch den Nebel. Der Wolkenbruch schwächte sich zu einem angenehmen Regen ab; Tristam legte den Kopf in den Nacken und ließ sich das frische Wasser in den

Mund rinnen. Die Bö zog weiter, und aus der Wolke schälte sich eine neue, grüne und erfrischte Welt. Fast war es, als wären sie durch ein Portal getreten und hätten das schwarze Schiff mit seiner Brutalität hinter sich gelassen.

35. Kapitel

Mit einem Mal wurde es Tristam bewusst: Irgendetwas konnte nicht stimmen. Er schlug die Augen auf und blickte rasch um sich. Er lag in seiner Kammer, Tageslicht fiel ein. Doch die herrschende Ruhe kündete auch von fehlender Bewegung. Kein Heben des Schiffes, das seinen Bug in die Brecher stemmt. Kein gurgelndes Wasser, das am Rumpf vorbeiströmt. Kein Windgeräusch, kein krachendes Tauwerk. Die Hängematte regte sich nicht und erinnerte an das Pendel einer stehengebliebenen Uhr.

Wir sind im Archipel, erinnerte sich Tristam, *in Sicherheit.*

Wenn das Schiff nicht weitergefahren war, während er schlief, dann lag die Swallow jetzt in der geschützten Bucht unweit der Mündung eines Süßwasserbachs, die Stern am vorherigen Abend gefunden hatte. Sein Schiff war beschädigt, seine Besatzung litt an Entwässerung und den Belastungen des Gefechts. Außerdem lechzte jedermann nach frischem Essen. Die Entonnier waren ihnen nicht gefolgt. Als ein Beiboot an die Durchfahrt geschickt wurde, hatte es das Kaperschiff nicht sichten können, was beruhigend und zugleich beklemmend war. Wohin waren die Entonnier verschwunden?

Sie waren hinter mir her!, fiel Tristam plötzlich ein.

Er wiegte sich in der Hängematte. Die schreckliche Erkenntnis löste keine Gefühlsreaktion aus, als wäre sein Verstand nicht in der Lage, sie zu erfassen. Doch das stimmte nicht – an diesem Morgen war sein Verstand vielmehr besonders klar, aber er hüllte sich in eine seltsame Ruhe.

Meine Emotionen sind im Gefecht davongefegt worden, dachte Tristam. Und deshalb blieb er in der Hängematte liegen, bemühte sich um Worte, die seinen Zustand beschrieben. *Ausgehöhlt. Gelassen. Still. Reglos.*

In den abgelegensten Ecken seines Bewusstseins suchte

Tristam nach einem Funken Gefühl, den er wie ein glimmendes Scheit zu neuem Feuer entfachen könnte. Er lenkte seine Gedanken absichtlich auf Dinge, von denen er wusste, dass sie ihn tief berührten: die Herzogin, die sich unter ihrem Hengst von Seeoffizier wand – keine Reaktion; die Herzogin, wie sie sich vorbeugte und Tristam zärtlich küsste, die Berührung ihrer Lippen – nichts.

Leer. Unbewegt. Ausgelaugt. In der Flaute.

Wenn er sich in der Vergangenheit nur halb am Leben gefühlt hatte, so fühlte er sich nun noch weniger lebendig.

Vielleicht hätte ich doch in Merton bleiben und ein Professor wie Dandish und Emin werden sollen, dachte er.

Selbst diese Vorstellung verursachte keinerlei Regung.

Tristam kam in den Sinn, dass sein Gemüt nun das genaue Gegenteil zu dem seines Vaters darstellte. Wo Morton Flattery auf alle Ereignisse, auf jedes Thema mit äußerster Gefühlsbeteiligung reagiert hatte, blieb Tristam nun völlig unbewegt. Allem gegenüber gleichgültig – selbst gegenüber dem Verlust aller Regung. Ausgerechnet jetzt schien er zum ersten Mal zu begreifen, wovon das Leben seines Vaters beherrscht worden war.

Vielleicht steckt in jedem von uns ein Schleusentor, das den Fluss der Gefühle bezähmt, überlegte Tristam. Manche Menschen werden mit weit geöffnetem Tor geboren, andere wie ich: Bei mir ist die Schleuse fast geschlossen und lässt nur ein Rinnsal hindurch.

Er versicherte sich, seine gegenwärtige Gemütsverfassung sei nur eine Methode, den Gefühlstaumel zu bewältigen, der während des Gefechts über ihm hereingebrochen war. Das ginge wieder vorüber.

Mit geschlossenen Augen stellte er sich vor, unter der Oberfläche eines kalten, klaren Teichs zu treiben – oder hatte er das geträumt? –, nur von den schwächsten Strömungen und Strudeln gehalten. Kein Geräusch. Nur kristallklare Gedanken, die gewichtslos in seinem Kopf erschienen, unbelastet von jeder emotionalen Schwerkraft.

Keine Ironie, keine Traurigkeit, kein Humor, keine Wärme.

Ich bin ein Automat, dachte Tristam. *Vielleicht fühlt der*

Viscount sich so. Dann aber erinnerte er sich an das Scheusal in der Nacht: An Leidenschaft, so pervertiert sie auch war, schien es dem Lord nicht zu mangeln. Ein emotionaler Kompass, der in die falsche Richtung wies, weil seine Nadel von etwas Dunklerem angezogen wurde.

Und mir ist, als drehe mein eigener Kompass durch, weil es ringsum überhaupt kein Magnetfeld mehr gibt.

In seiner gegenwärtigen Verfassung erschien ihm der Strudel der Ereignisse, der ihn mit sich gerissen hatte, nicht einmal beängstigend, ja, er konnte die Kette der seltsamen Begebenheiten, die ihn hierher an Bord geführt hatten sogar recht unvoreingenommen nachvollziehen. Das entonnische Schiff, das es auf ihn abgesehen hatte. Galtons Brief an Sir Roderick kam ihn in den Sinn. Diese Leute hatten doch einige sehr seltsame Vorstellungen von Tristam Flattery. Anstatt aber sofort abzustreiten, was sich abstreiten ließ, stieß er gedanklich weiter vor: Er dachte an Stern und die Liste, die der Kommandant ihm auf der Saling vorgetragen hatte und der er selbst noch einiges hätte hinzufügen können. Bei nüchterner Betrachtung gar nicht mehr so beunruhigend.

Die Herzogin hatte Recht, denn dieser entonnische Kaperfahrer handelte auf konkrete Anweisung der entonnischen Regierung. Wenn aber Entonne ganz allgemein verhindern wollte, dass Farrland neues Königsblatt erhielt, dann genügte es nicht, ein Vermessungsschiff seines Naturforschers zu berauben. Folglich wollten die Entonnier etwas anderes, nämlich Tristam persönlich daran hindern, Oceana zu erreichen. Sie wollten verhindern, dass gerade er, Tristam, die Königsblatt-Kerne fände.

Wir folgen nun Tristams Kurs.

Diese Worte gingen ihm nicht mehr aus dem Kopf. Zumindest die Herzogin glaubte nicht, dass Tristam ein innerer Kompass fehlte.

Wieder dachte er an Stern auf dem Großmars, an die Entschlossenheit in seiner Stimme. Der Kapitän war es leid, dass man ihn im Unklaren ließ, als wäre er ein Dummkopf. Oh, im Auftrag der Admiralität hätte Stern jederzeit eine

Fahrt begonnen, deren Zweck er nicht kannte, aber dass man sein Schiff und seine Besatzung in Gefahr brachte, ohne ihn gewarnt zu haben – und gleichzeitig zu wissen, dass den Zivilisten, die er befördern musste, diese Gründe bekannt waren –, das war zu viel für den armen Stern. Selbst ein Berufsoffizier musste es irgendwann leid sein, dass man ihn benutzte, ganz besonders aber, wenn seine bedingungslose Treue ihm so gut wie keinerlei Anerkennung einbrachte.

Wie Stern möchte ich nicht enden, dachte Tristam – als pflichtbewusster Diener, der still seinen Groll hinunterschluckt und erbärmlich darauf hofft, dass man ihm seine Opfer eines Tages doch vergelten wird.

Dieser Gedanke weckte offenbar einen Funken Wärme in ihm, das Aufleuchten einer Empfindung, vielleicht Groll. Er fachte die glimmenden Kohlen an und begriff, dass seine Gefühle in ihm langsam dahinschwelen könnten, bis eines Tages nichts anderes mehr übrig bliebe als Leere – so wie es Stern ergehen würde.

Das werde ich nicht zulassen, schwor er sich. Ich will diese Kohlen nutzen, um etwas anderes darauf zu schmieden: eiserne Entschlossenheit. Diese Entschlossenheit sollte sein Kompass werden. Er würde nicht nach Varua gehen, um blind und unwissend den Absichten anderer zu dienen. Er wollte verdammt sein, wenn es so weit kam.

Ein rhythmisches Kratzen legte sich über die Stille. Es durchdrang die Knochen des Schiffes und hallte in der gewaltigen Trommel seines Rumpfes wider. Für Tristam klang es wie der Herzschlag eines riesigen Ungeheuers und erschien ihm wie ein Angriff gegen seinen Gemütszustand. Er fand das Geräusch unerträglich, versuchte, sich die Ohren mit dem Kissen zu verschließen, was aber nur bewirkte, dass es sich dumpfer anhörte.

Es hatte keinen Sinn. Tristam beschloss, sich zu erheben, und schwang sich steif von der Hängematte. Dann wühlte er in den Taschen seines Gehrocks herum, bis er das glatte Metall seiner Taschenuhr ertastete. *Halb zwei!* Er hatte über sechzehn Stunden in der Hängematte gelegen.

Übermüdung, Durst, Erschöpfung und, ja, auch Angst hatten seine Reserven aufgezehrt.

Das Kratzen wurde plötzlich lauter; der Wind trug es durch das geöffnete Oberlicht in seine Kammer wie lästige Insekten, die einflogen und ihm um die Ohren summten. Ein geringelter Hobelspan fiel durch das Oberlicht und blieb ihm im Haar hängen.

Ein sauberes Hemd hatte er nicht, also entschied er sich für ein ›weniger schmutziges‹, was ihm auch herzlich egal war – ihm, Tristam dem Pingeligen.

Als er in den Schränken nach reiner Kleidung suchte, fiel ihm die Begegnung mit Dr. Llewellyn wieder ein, und allein die Vorstellung, den Mann aufzusuchen, damit der sich seine Wunde ansah, erfüllte ihn mit Widerwillen. Ein rasches Tasten mit den Fingern ergab allerdings, dass die Verletzung nicht allzu schlimm sein konnte.

Noch ein Rätsel. Llewellyn. Wonach hatte er gesucht? Er würde sich mit dieser Frage an die Herzogin wenden.

Ich werde nie wieder fremder Leute Briefe aufbewahren, dachte er; *dadurch bekommt man nur Unannehmlichkeiten.*

Auf der Suche nach etwas Essbarem verließ er die Kammer und sperrte hinter sich die Türe ab; eine Vorsichtsmaßnahme, die er in Zukunft durchzuhalten gedachte.

Als er in das helle Tageslicht trat, traf er Tobias Shuk und seinen Maat an, die aus einer der Ersatzspieren eine neue Bramstenge machten. Sie arbeiteten in der Kuhl und benutzten Zugmesser und Breitaxt, um die Spiere zu beiden Enden zu verjüngen.

»Einen angenehmen Tag wünsche ich Ihnen, Flattery.«

Tristam drehte sich um und stand Osler gegenüber, der sich mit der Hand die Augen beschattete und ihn amüsiert anblickte.

»Ihnen ebenfalls, Mr. Osler. Sie sind also unbeschadet davongekommen?«

»Ja, Farrelle sei Dank. Obwohl ich glaube, dass die Müdigkeit mir bis ins Innerste meiner Seele gedrungen ist. Ich

* Knöterichgewächs (Anmerkung des Übersetzers)

fühle mich – seltsam. Als hätte ich mich einen Schritt von der Wirklichkeit entfernt.« Der Leutnant zuckte mit den Schultern.

»Ich dachte schon, es ginge nur mir so«, entgegnete Tristam erleichtert, dass er damit nicht allein war. Er bemerkte die Jolle, die voll besetzt mit Männern die Bucht überquerte, in der Mitte ein weißes Bündel.

»Dakin und Telman, Farrelle gönne ihnen ewige Ruhe. Sie wollen die beiden auf dieser kleinen Insel oberhalb der Hochwasserlinie beerdigen. Wir können keinen Scheiterhaufen entzünden, solange wir nicht wissen, was aus unserem Kaperschiff geworden ist.«

Tristam sah zu, wie die Riemen eintauchten und wieder gehoben wurden, während das Boot über ruhiges Wasser dahinglitt. Das Spiegelbild des weiß gestrichenen Rumpfes auf der Oberfläche folgte ihm wie eine Wolke.

Und in einen Nachen legten sie ihn
Neben Schwert und Helm
Den setzten sie in Brand, und hinaus trieb er aufs Meer
Feuer und See trugen ihren Herrn davon.

Als Tristam und Osler sich umdrehten, war der Zimmermann mit dem Zugmesser in der Hand aufgestanden und schaute dem Boot hinterher. Dann ging Shuk wieder an die Arbeit.

Osler und Tristam tauschten einen Blick. Dann wies Osler mit dem Kopf auf die Heckreling und ging voran; Tristam folgte ihm. Sie gaben vor, dem Begräbnisboot hinterherzuschauen.

»Wissen Sie einen Grund, weshalb der Kommandant und die Herzogin sich streiten sollten, Tristam?«, fragte der Leutnant leise und vertraulich, indem er Tristam mit dem Vornamen ansprach.

Ein Streit? »Nicht dass ich wüsste. Was ist geschehen?«

Osler zuckte mit den Schultern. »Genaues weiß ich nicht. Es geschah an Land, in guter Entfernung von allen anderen. Ich war zufällig mit einem der Boote unterwegs und beobachtete den Streit aus der Ferne. Wenn der Kapitän in Wut gerät, benimmt er sich unverwechselbar, da braucht man seine Stimme nicht zu hören – was ich tatsächlich nicht konnte. Ich habe mich nur gefragt, welchen Anlass dieser Streit hatte. Wir werden zwei Jahre zusammen an Bord sein, wie Sie wissen ...«

Tristam schüttelte den Kopf. »Ich war selber tot für die Welt. Ich hoffe, sie sind zu einer Einigung gekommen.« Hatte Stern Wind vom Mordanschlag des Viscounts auf Kreel bekommen? Und wann? In der vergangenen Nacht? Oder hatten sich Gerüchte über Dakins Tod verbreitet? Tristam nahm sich vor, auch deswegen die Herzogin zu fragen.

Er schob die Gedanken beiseite und betrachtete das Ufer. Hätte er sich nicht in diesem fremden, empfindungslosen Zustand befunden, so wäre er außer sich gewesen vor Aufregung. Die neue Welt.

»Würden Sie gern an Land gehen, Flattery? Wir sind vermutlich ein paar Tage hier. Der Kommandant möchte die Mannschaft ausruhen lassen, dann müssen wir die Wasservorräte ergänzen, Wild jagen und Feuerholz schlagen. Gewiss erhalten Sie Gelegenheit, Ihrem Beruf nachzugehen.«

»Ja. Ja, nichts wäre mir lieber. Aber zuerst muss ich mir mit etwas den Magen füllen. Es kommt mir vor, als hätte ich eine ganze Woche lang nichts gegessen.«

Das Beiboot scharrte über den feinen Kiesstrand, und Tristam setzte den Fuß auf die neue Welt. Der Strand bot eine Szene großer Betriebsamkeit – Stern hatte offenbar seine eigene Vorstellung davon, was es bedeutete, die Mannschaft ausruhen zu lassen. Einige Matrosen trockneten Fisch auf Gestellen aus zusammengebundenen Ästen, andere weideten einen kleinen Hirsch aus. Dahinter war das Wetterzelt des Kapitäns errichtet, was darauf hindeutete, dass sie einige Tage bleiben würden, denn Stern wollte die Genauigkeit seiner Chronometer überprüfen, indem er ihre

Position mithilfe der anderen Methode bestimmte, der Messung des Mondabstandes zu bestimmten Gestirnen – eine schwierige Messung, die einige Zeit erforderte. Längs des Strandes wurden Bäume gefällt und zu Feuerholz verarbeitet, und fassweise wurde das Frischwasser zum Schiff transportiert.

Nicht allzu weit entfernt, auf einer grasbewachsenen Anhöhe, welche die Bucht überschaute, saßen die Herzogin und ihre Gesellschafterin auf Stühlen unter einem Baldachin aus Segeltuch. Tristams empfindungsloser Zustand hatte nicht nachgelassen, und er verspürte kein Interesse an der Gesellschaft anderer Menschen – auch nicht der Herzogin von Morland. Außerdem befürchtete er, dort auch den Viscount anzutreffen und nicht imstande zu sein, ihm wieder zu entkommen – eine schreckliche Vorstellung.

Nein, er wollte allein losziehen und diese Insel durchstreifen, auf der vielleicht noch nie ein Mensch zuvor umhergegangen war.

Das Geräusch einer sanften Brise in den Bäumen wäre nach dem Heulen des Sturms in der Takelage eine willkommene Abwechslung.

Deshalb zog er den Strand entlang. In der Hand trug er seinen entspannten Bogen, über der Schulter eine abgenutzte Segeltuchtasche. Niedrig über den Seetraubenbäumen flog ein Schwalbenweih vorbei, wie Thayer ihn bestimmt hatte, und Tristam nahm sein Perspektiv und richtete es auf den Greifvogel. Die Gabelweihe war ohne Zweifel der anmutigste Greifvogel, den Tristam kannte. Statt auf dem Wind zu reiten und seinen Launen unterworfen zu sein, schien er auf seinen eigenen Luftströmungen zu segeln, wohin er wollte, und musste dazu nur gelegentlich mit den langen Flügeln schlagen. Tristam achtete besonders darauf, wie der stark gepfeilte Schwanz sich spreizte und aufrichtete und unablässig steuerte.

Wie schwerfällig ein Schiff dagegen erscheint, dachte er.

Der Vogel verschwand, und Tristam ging weiter. An dem Bach blieb er stehen, um etwas zu trinken.

»Am nächsten Bach ist auch ein Teich, Mr. Flattery«, sagte einer der Jacks und winkte das Ufer hinunter, »nicht weitab vom Strand.«

Tristam nahm den Mann beim Wort und folgte dem kleinen Bach, den er fand und der nicht breiter war als ein langer Schritt, hügelan in einen Wald. Zwar gab es keinen Pfad, doch war das Unterholz nicht sehr dicht, und Tristam kam gut voran. Ringsum standen Bäume, die er noch nie gesehen hatte und doch aus dem Studium kannte: Seetraube und Blaueiche, Talgholz und ein Baum, von dem Tristam glaubte, dass man ihn Taubenpflaume nannte, obwohl es sich um gar keine Pflaume handelte, sondern um ein Mitglied der Polygonaceae*. Und dort, unter einem Sonnendach aus schwankenden Ästen fand er einen seichten Teich. Das Wasser war völlig klar, als wäre es noch unberührt vom Menschen und seinem Werk.

Nachdem er sich entkleidet hatte, legte er seine Sachen auf einen Moosteppich und ließ sich ins Wasser gleiten Es war kühl genug, um seine Lethargie fortzuspülen, aber nicht so kalt, um ihn auf der Stelle wieder zu vertreiben. Seine morgendliche Vorstellung, unter der Oberfläche zu treiben, kam ihm wieder ins Gedächtnis und brachte eine Sekunde des Unbehagens – vielleicht erwachten seine Gefühle wieder zum Leben, gelangten wieder an die Oberfläche.

Er legte sich auf den Rücken und schaute hinauf in die Bäume, wo es von Vögeln und Eichhörnchen wimmelte. Tristam lauschte der Melodie dieses Ortes – dem zarten Vogelgesang, worin das Murmeln des Baches einfiel und das Seufzen des Windes in den Bäumen.

Hier werde ich bleiben, dachte Tristam plötzlich, *meine törichte Reise aufgeben und ein Haus errichten. Ich werde ein echter Teil der Welt sein, die ich studiere, und davon leben, was mir der Wald und das Meer bieten. Er schloss die Augen und sah den Schwalbenweih durch die Lüfte treiben.*

Der Falke, dachte er. *Ich habe ihn wirklich zwischen den Möwen gesehen ... Tausende Meilen von seinem natürlichen Lebensraum.* Aber wie kann das sein? – Vielleicht, sagte er sich, war es doch nur ein heller Falke der neuen Welt. Gewiss gab es hier sehr viele Arten, die noch kein Mensch zu Gesicht bekommen hatte.

Doch in der Tiefe seines Herzens glaubte Tristam nicht an diese Erklärung. Er wandte sich von dem Thema ab, für das er keine rationale Erklärung finden konnte.

Seife und andere Toilettenartikel befanden sich nicht unter dem Wenigen, was Tristam für die Küstenwanderung mitgenommen hatte, deshalb wusch er sich so gut es ging und kämmte sich mit den Fingern die Haare glatt. Danach streckte er sich auf einem Felsen aus, um sich von Wind und Sonne trocknen zu lassen, und hatte das Glück, einen auffällig gemusterten Käfer zu fangen, der so freundlich war, direkt in seine Handfläche zu krabbeln.

Als Tristam sich anzog, hörte er Bewegung im Buschwerk und hielt inne, um zu lauschen. Zuerst glaubte er, es handle sich um ein großes Tier, der Rhythmus der Bewegung überzeugte ihn jedoch, dass dieses Tier auf zwei Beinen ging – ein Mitglied der Besatzung also oder einer bislang unbekannten Rasse von Eingeborenen. Jähe Furcht überfiel ihn – was, wenn das Männer vom entonnischen Kaperschiff waren?

Ein Ast wurde zur Seite gebogen, und Dr. Llewellyn trat hervor. Er keuchte heftig, und sein Gesicht war puterrot angelaufen. Zum ersten Mal war Tristam erleichtert, den Arzt zu erblicken.

»Tristam. Ah-ha. Wir müssen ...« Er schwankte. »Ich muss mich ... setzen«, brachte er hervor. Er ließ sich halb zu Boden sinken, dann sackte er zusammen, streckte alle Glieder von sich und rang so verzweifelt nach Luft, dass Tristam sich schon versucht fühlte, loszurennen und den Schiffsarzt zu holen.

»Haben Sie Schmerzen, Herr Doktor? Soll ich Hilfe holen?«

Llewellyn hob die Hand. »Nur einen Augenblick ...«

Es brauchte eine Weile, doch mehr und mehr erlangte der Arzt die Gewalt über seine Atmung wieder. Tristam ertappte sich, dass er von dem Keuchenden abrückte, obwohl eindeutig feststand, dass Llewellyns Krankheit nicht ansteckend sein konnte – sonst hätte er schon längst die ganze Mannschaft infiziert.

Llewellyn tastete nach seinem Halstuch, öffnete es und wischte sich dann mit einem Leintuch das Gesicht ab, denn er schwitzte heftig.

»Nun geht es mir wieder besser.«

Tristam setzte sich auf einen Stein und blickte den Arzt von oben an.

»Mr. Flattery, ich bin mir im Klaren, dass ich etwas Unverzeihliches begangen habe, doch wenn ich mich Ihnen erklärt habe, hoffe ich, dass Sie wenigstens begreifen, was mich zu meiner Tat getrieben hat, auch wenn Sie es nicht über sich bringen, sie zu entschuldigen.« Er musterte Tristam und suchte in dessen Gesicht nach einem Hinweis, wie seine Worte entgegengenommen wurden. Wie gewöhnlich klang der Arzt falsch, zu servil und unaufrichtig.

»Ohne Zweifel habe ich erwähnt, dass ich während der Abwesenheit von Sir Benjamin Rawdon kurzzeitig als Leibarzt Seiner Majestät gedient habe. Benjamin und ich studierten zusammen, und er ist mir immer ein Freund gewesen, obwohl Llewellyn vielleicht der unbeliebteste Student in ganz Merton war.« Der Mann unterbrach sich, um mehrere lange Atemzüge zu nehmen.

Rawdon, dachte Tristam, *der Mann, der mich an Baron Trevelyans Haustür abgewiesen hat.*

»Benjamins Frau wurde schwerkrank«, fuhr der Arzt fort, »und er bat mich, sie zur Bestätigung seiner Diagnose zu untersuchen. Lady Rawdon hatte eine Abart des Krebses, Tristam. Ich will nicht in die Einzelheiten gehen, sondern mich mit der Feststellung begnügen, nicht geglaubt zu haben, dass sie das Ende des Jahres noch erleben würde. Ich war völlig untröstlich, sowohl wegen der freundlichen Lady als auch wegen meines Freundes und Kollegen, denn seine innige Zuneigung gegenüber Lady Rawdon war stets unerschütterlich. Als Benjamin mich bat, seine Stelle im Tellaman-Palast zu übernehmen, stimmte ich sofort zu und traf Arrangements für meine eigene Praxis.

Während der nächsten Monate erhielt ich nur zwei kurze Briefe von Benjamin. Im ersten schrieb er, dass Lady Rawdon ›sehr gute Fortschritte‹ mache, im zweiten, dass sie beinah völlig genesen sei. Ich erinnere mich noch, wie ich bei mir für sie beide hoffte, dass er sich keinen Illusionen hingab, zu denen Menschen in solcher Lage neigen; auch Ärzte sind dagegen nicht immun.

Während dieser kurzen Zeit erhielt ich nur zweimal Gelegenheit, dem König zu dienen – unwichtige Beschwerden, von denen sich Seine Majestät außerordentlich schnell erholte. Wie Sie ohne Zweifel wissen, hat sich der König erstaunlich gut gehalten – für einen Mann, der seinen hundertsten Geburtstag mehr als zehn Jahre hinter sich hat. Ich würde fast wagen zu behaupten, dass er sich physiologisch nicht von einem sehr gesunden Spätsechziger unterscheidet, was wirklich bemerkenswert ist.

Meine Besuche bei Seiner Majestät waren sehr kurz, und er sprach mich niemals direkt an, sondern flüsterte einem alten Diener ins Ohr, der mir dann das Wort des Königs übermittelte. Dies erschien mir sehr eigenartig, doch haben andere Herrscher Farrlands weit ausgefallenere Exzentrizitäten an den Tag gelegt.

Während meines zweiten Besuches erhielt ich die Gelegenheit zu einem kleinen Scherz, wie man als Arzt sie eben macht, um den Patienten zu beruhigen, und meine Bemerkung erheiterte Seine Majestät hinreichend, sodass der König lachte. Ich kann Ihnen dieses Lachen nicht beschreiben, aber ich versichere Ihnen, dass es von solch eigenartiger Natur war, dass ich um Erlaubnis bat, mir Seiner Majestät Kehle einmal ansehen zu dürfen. Dies gestattete der König nicht, was mich ein wenig beunruhigte. Später versicherte mir Benjamin, es bestehe kein Anlass zur Sorge. Nun kennen Sie das Wesentliche der Dienste, die mir während meiner Zeit als stellvertretender Leibarzt abverlangt wurden.

Einen Monat später kehrten Sir Benjamin und Lady Rawdon von ihrem Landsitz nach Avonel zurück, und allem Anschein nach war die Lady vollkommen wiederhergestellt. Zwar konnte ich sie nicht ein zweites Mal untersuchen, aber ein Arzt kann viel aus Zeichen schließen, die andere gar nicht bemerken. Genesungen wie diese sind nicht unbekannt, allerdings habe ich noch nie beobachtet, dass auf eine so schwere Erkrankung eine so rasche und so vollständige Rekonvaleszenz erfolgt wäre. Als ich Rawdon bat, mir seine Heilmethode mitzuteilen, antwortete er, die Natur habe bei der Gesundung seiner Frau geholfen; mehr wollte er mir nicht sagen.« Llewellyn blickte fort, als spielten sich die Ereignisse erneut vor seinen Augen ab. »Nun kenne ich Benjamin Rawdon seit über dreißig Jahren; ich glaube, nur sehr wenige Menschen kennen ihn so gut wie ich. An seiner Antwort stimmte etwas nicht, daran bestand für mich nicht der leiseste Zweifel. Nicht etwa, dass er mich belog – Benjamin ist dazu überhaupt nicht in der Lage –, aber er vermied es, mir mehr mitzuteilen als unbedingt erforderlich.

Ich halte mir zugute, meine Pflichten bei Hofe nicht allzu schlecht verrichtet zu haben, denn einige Monate später wurde Llewellyn erneut gebeten, als stellvertretender Leibarzt zu fungieren – Rawdon und seine Frau verreisten zur Hochzeit ihres Zweitältesten nach Uppcounty.« Hier unterbrach er sich und blickte für eine Weile zu Boden.

In seinem ungewohnten Desinteresse erahnte Tristam schon beinahe, wohin die Geschichte führte.

»Ich schäme mich zuzugeben, was als nächstes geschah.« Der Arzt rieb den Stoff seines Jackenärmels zwischen Daumen und Zeigefinger. »Während ich in Diensten Seiner Majestät stand, war ich Zeuge zweier bemerkenswerter Gesundungen geworden, und obwohl die Beschwerde des Königs nicht ernster Natur war, können selbst unbedeutende Krankheiten für sehr alte Menschen lebensgefährlich sein. Trotzdem erholte sich Seine Majestät schneller als ein Mann von nur einem Drittel seiner Jahre. Meine natürliche Neugier – ein Charakterzug, den wir alle teilen, meine ich – war geweckt. Ich besaß Zugang zu Sir Benjamins Büro und gestehe, dass ich es zu durchsuchen begann, auch wenn ich nicht wusste, wonach. Ich fand nichts Offensichtliches, doch anstatt die Angelegenheit nun auf sich beruhen zu lassen, verspürte ich eine starke Faszination, die beinahe zur Besessenheit wurde. Eines Tages verschaffte ich mir Zugang zu Benjamins verschlossenen Schränken und Schubladen.« Der Mann schob die Lippe vor – eine Gebärde des Trotzes, dachte Tristam.

»Ich stieß auf einen Artikel, der sich mit der Genesung Lady Rawdons befasste. Sir Benjamin hatte sie mit einer Naturarznei behandelt, Tristam, und protokollierte in allen Einzelheiten, wie seine gute Frau darauf reagierte. Obwohl man es kaum einen empirischen Beweis nennen durfte – schließlich konnte ihre Genesung auch rein zufälliger Natur sein –, zog Rawdon diese Möglichkeit nicht einmal in Betracht, obwohl er ein sehr umsichtiger Arzt ist. Der Zufall hatte seiner Meinung nach nichts mit ihrer Gesundung zu tun. Lady Rawdon war von einer Erkrankung geheilt worden, die bis dahin als unheilbar und tödlich galt. *Rawdon verfügte also über ein Heilmittel für den Krebs und schrie es nicht in die Welt hinaus!* In seinen Aufzeichnungen fand sich nur ein einziger Satz, der Licht in dieses Rätsel warf: ›Wie furchtbar traurig, wenn man bedenkt, dass das Königsblatt selbst in seinem Herkunftsland Oceana überaus selten ist, sodass es niemals hinreichende Mengen dieser Arznei geben wird, um der Allgemeinheit zu Nutzen zu sein.‹

So lauten Rawdons Worte. Sir Benjamin kehrte nach Avonel zurück, und ein Jahr zog ins Land. Während dieser Monate habe ich viel über die Angelegenheit nachgedacht, Tristam, das kann ich Ihnen sagen. Im Palast weiß jeder von dem abgeschlossenen Arboretum, obwohl niemand, soweit ich sagen kann, dieselben Vermutungen hegt wie ich. Allmählich fragte ich mich nämlich, ob es diese Arznei sein könnte, die den König für diese unnatürliche Lebensspanne bei solch guter Gesundheit gehalten hat. Wie oft werden die Alten dadurch gebrochen, dass eine Krankheit die andere ablöst – unbedeutende Wehwehchen für die Jungen, doch für die Alten ist jedes einzelne wie ein heftiger

Schlag, der sie zurücktaumeln lässt, bis sie schließlich rücklings ins offene Grab fallen. Doch der König ... der König erholt sich von jeder Beschwerde, als wäre er ein vitaler junger Mann – so vermute ich zumindest.

Lange grübelte ich darüber, oft bis spät in die Nacht hinein, denn meine Gedanken raubten mir den Schlaf. Eines Nachts dann bekam ich Fieber und Schweißausbrüche. In der kommenden Nacht ebenfalls. Es wird schon nichts zu bedeuten haben, sagte ich mir, doch die Beschwerden ließen nicht nach, und dann spürte ich mit einem Mal diesen ...« Er legte sich die Hand auf die Brust und rieb daran, als wollte er dadurch einen Schmerz lindern. »Ich leide nicht etwa unter Schwindsucht, wie Sie vielleicht vermutet haben. Ich habe die Schwarze Lunge – eine Abart von Krebs, glaubt man –, der hier in meiner linken Lunge begonnen hat und sich nun auch in die rechte ausbreitet. Ich wusste, dass mich, wenn kein Wunder geschähe, nach wenigen Monaten der Tod ereilen würde – ein schrecklicher, von Siechtum begleiteter Tod; ich habe schon Menschen so sterben sehen. Aber, Tristam, ich wusste ja von einem Wunder.«

Er blickte sich verstohlen um, als falle ihm erst jetzt ein, dass jemand sie belauschen könnte; von der Stille beruhigt fuhr er fort:

»Ich ging also zu Rawdon und bekannte, was ich verbrochen hatte – dass ich seine Aufzeichnungen gelesen hatte. Darüber hinaus teilte ich ihm meinen Verdacht mit, den ich hinsichtlich der Gesundheit Seiner Majestät hegte. Rawdon stritt alles ab und bezeichnete die Genesung seiner Frau als Wunder der Natur.« Für einen Moment legte Llewellyn die Hand über die Augen. »Ich schimpfte ihn Lügner und falschen Freund – ich nannte ihn einen Mörder. Ich bettelte ihn an. Ich weinte. Und unter Tränen antwortete er mir schließlich: ›Llewellyn, ich würde alles für Sie tun. Aber dieses Eine – das kann ich nicht.‹ Er gab zu, eine kleine Menge der Heilpflanze besessen zu haben – sie war ihm vom König für die Heilung seiner Frau geschenkt worden. Nun aber sei alles verbraucht, und auch der König würde schon bald nichts mehr davon besitzen, denn die Pflanze trägt keine Kerne mehr, und allein die Kerne weisen die heilsame Wirkung auf. Ich glaubte ihm, denn ich erkannte, dass er offen und ehrlich mit mir war und dass ihm mein Zustand in tiefste Bestürzung versetzte. Ich willigte ein, ihm Verschwiegenheit zu schwören.«

Er hob den Kopf und sah zu Tristam auf. »Nun begann ich aber, alles zu lesen, was jemals über Oceana geschrieben wurde. Ich lernte die Sprache und reiste weit, um obskure Dokumente und Tagebücher einzusehen. Über die Pflanze, die mich so brennend interessierte, erfuhr ich indes nichts.

Mein Zustand verschlechterte sich, zwar nicht so rasch, wie ich befürchtet hatte, doch andererseits nicht so langsam, dass ich hätte Hoffnung schöpfen können. Ich erwog, eine Streitschrift zu verfassen, in der ich offen legte, was ich erfahren hatte – ganz Farrland sollte wissen, was der König im Palast hortete. Aber diese Gedanken entsprangen dem Trotz und der Wut und hätten nirgendwohin geführt. Außerdem gebe ich zu, obwohl ich damit gewiss Ihren Spott reize, dass ich in der Kirche Farrelles Trost gefunden habe.« Er zuckte mit den Schultern.

»Dann hörte ich von dieser Expedition. Erneut wandte ich mich an meinen Freund Rawdon und flehte ihn an, mir zu einem Posten auf diesem Schiff zu verhelfen, denn die Expedition konnte nur einem einzigen Zweck dienen – noch mehr von der Pflanze zu finden, die diesen wunderkräftigen Samen trägt. Benjamin empfand Mitleid mit mir, und durch seinen Einfluss überzeugte er den König, dass die Herzogin sich nicht ohne echten ärztlichen Beistand auf solch eine Reise begeben sollte – und ich erlangte die Position dieses Arztes. Und so kam ich her, nach großen Prüfungen – ich wage zu sagen, nach größerem Leiden als jeder andere an Bord der Swallow.

Aber ich würde mit Freuden zehnmal mehr durchleiden als bisher, wenn ich nur diese Kerne finden könnte, Tristam. Nicht nur für mich selbst, sondern für die Menschheit! Ein Heilmittel gegen den Krebs und wer weiß, was noch alles!«

Er schenkte Tristam einen merkwürdigen Blick. »Oder vielleicht wissen wir sogar ...

Sie sind der Naturforscher des Schiffes. Ein studierter Botaniker, ein Experte für die oceanische Flora. Ich weiß, dass man Sie damit betraut hat, diese Heilpflanze zu finden. Und deshalb ergriff ich die Gelegenheit, Ihre Kammer zu durchsuchen, Tristam. Ein schimpfliche Tat, aber ich handelte aus Verzweiflung, wie Sie nun wissen. Ich würde sogar so weit gehen zu sagen, dass der bevorstehende Tod die allermeisten Menschen ihre Würde und ihre Ehre vergessen lässt – und Llewellyn stirbt, jeden Tag ein wenig mehr. In meiner Dummheit glaubte ich, bei Ihnen ein wenig von den Kernen zu finden.« Traurig schüttelte er den Kopf. »Und bei dieser Suche fand ich diesen Brief von Galton an Roderick Palle. Wie kommen Sie in den Besitz dieses Schriftstücks, Tristam?«

»Ich sehe keine Notwendigkeit, mein Eigentum gegenüber irgendjemandem nachzuweisen, Herr Doktor.«

»Und damit haben Sie auch Recht«, versicherte ihm Llewellyn hastig. »Ich frage nur wegen der alten Schriftzeichen, verstehen Sie? Ich kann einfach nicht anders. Sind Palle und Galton also in der Lage, sie zu lesen? Haben sie die Schrift entziffert und niemanden davon unterrichtet?«

Tristam starrte den Arzt an und fragte sich dabei, ob ihm seine Empfindungslosigkeit im Gesicht anzusehen wäre. »Ihrer Ansicht nach, Doktor Llewellyn, bietet dieser Kern folglich ein Heilmittel für verschiedene Erkrankungen und schützt seinen Anwender vor dem Tod durch gewöhnliche Beschwerden?«

»Ganz genau so ist es. Auf eine nicht näher bekannte Weise stärkt es die natürliche körpereigene Abwehr gegen Krankheiten – zumindest glaubt Rawdon das.«

»Und warum nimmt dann die Herzogin an dieser Expedition teil?«

»Das kann ich nicht mit Gewissheit sagen.« Llewellyn schüttelte den Kopf und senkte ihn nachdenklich. »Treue zum König. Furcht, dass andere Parteien bei Hofe die Expedition beeinflussen. Der König sieht sehr gut aus – man könnte geradezu annehmen, der Kern übe noch andere Wirkungen aus. Die Herzogin würde vieles dafür geben, ihre Jugend zu erhalten.«

Wir folgen nun Tristams Kurs.

Anscheinend war Llewellyn zu den gleichen Schlussfolgerungen gelangt wie Tristam – bevor er das Gespräch zwischen der Herzogin und ihrem Bruder mit anhören musste.

»Eventuell steht Ihnen eine große Enttäuschung bevor, wenn wir Varua erreichen, Herr Doktor. Sir Roderick Palle hat mich angewiesen, alles Königsblatt, das wir finden, als Eigentum Seiner Majestät mit Beschlag zu belegen.«

»Aber Tristam!«, rief Llewellyn aus. »Ich benötige doch nur eine verschwindend geringe Menge! So wenig, dass niemand sie vermissen würde. Rawdon kurierte seine Frau mit weniger, als man braucht, um ein Weinglas zu füllen. Von all den Königsblattpflanzen in Varua benötige ich so wenig! Würden Sie es wirklich horten und mich sterben sehen wollen?«

Tristam blickte zu dem Arzt hinunter, der sich so elend auf dem Erdboden ausgestreckt hatte, und erkannte, dass er ihn normalerweise bedauert hätte. *Ich konnte auch nicht dabeistehen und zuschauen, wie Pim ertrinkt,* dachte er. Er hatte bereits entschieden, niemandem das Königsblatt auszuhändigen, bevor er dessen Verwendung in allen Einzelheiten begriffen hatte: Er hatte sich bereits zu Hochverrat entschlossen.

»Herr Doktor Llewellyn ... Dieser Kern ist weit seltener als Sie glauben, und das wenige, was von den Eingeborenen gefunden wird, gehört ihrem eigenen König. Es ist durchaus möglich, dass wir mit leeren Händen nach Farrland zurückkehren —«

Llewellyn wartete nicht ab, bis Tristam zu Ende geredet hatte. »Aber ich kann Ihnen doch helfen, Tristam!«, schrie er gequält auf. »Ich beherrsche die Sprache der Insulaner und bin wie Sie ein ausgebildeter Empirist!« Er hob den Kopf, und Tristam sah, dass ihm die Tränen in den Augen standen. »Wir sind doch Brüder in unserem Kampf gegen die Unwissenheit und für die Vernunft. Stellen Sie sich eine Welt vor, aus der Krankheit, Armut und Unwissen verschwunden sind! Eine Welt, in der Sie und ich für das geachtet werden, was wir sind und was wir geleistet haben – und was für eine Leistung wir erbringen könnten, Tristam! Den Krebs zu besiegen und wer weiß welche Geißeln der Menschheit noch. Unsere Namen nehmen den gleichen Rang ein wie die von Skye und Marsfield und Boran. Der Sieg über die Krankheit bedeutet doch auch eine Verlängerung unserer eigenen Lebensspanne. Die empirische Medizin hat unserem Leben bereits ein Jahrzehnt hinzugefügt, und das leisten wir erneut – vielleicht sogar mehr ...«

Tristam fürchtete, dass der Mann jeden Moment zu schluchzen beginnen könnte.

»Eine Handvoll Kerne, Tristam.« Er bettelte nun. »Eine kleine Handvoll. Um mehr bitte ich nicht.«

Tristam hängte sich die Segeltuchtasche wieder über die Schulter, ging zu dem Arzt und reichte ihm die Hand. »Erlauben Sie, Herr Doktor«, sagte er leise. »Ich wollte sagen, dass ich Ihnen helfen werde, soweit ich kann. Aber das mag weniger sein, als Sie erhoffen – die Pflanze ist sehr schwer zu finden.«

Llewellyn blickte ihn erstaunt an. Offenbar wagte er kaum zu glauben, was er gerade gehört hatte, doch dann ergriff er Tristams Hand und zog sich unbeholfen auf die Beine.

»Ich ... ich danke Ihnen von ganzem Herzen, Tristam ...«, stammelte er. Und zum allerersten Mal glaubte Tristam, dass Dr. Llewellyn seine Worte aufrichtig gemeint hatte.

36. Kapitel

Tristam trat unter dem grünen Blätterdach des Waldes hervor und blieb stehen, um den Blick über die kleine Bucht schweifen zu lassen. Eine kleinere Insel schmiegte sich dicht an die größere und bildete die annähernd rechteckige Bucht, die eine Viertelmeile breit und eine Dreiviertelmeile lang war. An beiden Enden gab es eine schmale Einfahrt. Hauptsächlich aus diesem Grund hatte Stern sie als Ankerplatz ausgesucht – wenn die Korsaren in das Archipel vorstießen und die Swallow entdeckten, könnten sie die Farrländer nicht einschließen, denn der vorherrschende Ostwind gestattete ein Entkommen durch beide Einfahrten. Ein besserer Ankerplatz ließ sich schwerlich finden.

Tristam setzte die Umhängetasche mit den Proben behutsam auf dem Sand ab. Den ganzen Nachmittag hatte er mit Sammeln verbracht, ohne aus dem seltsamen Schwebezustand innerer Ruhe zu erwachen, und hatte währendessen nachgedacht. Es war in der Tat eine merkwürdige Erfahrung, wenn die eigenen Gedanken keine einzige Gefühlsregung hervorriefen.

Wenn ich mir füher Sorgen gemacht habe, vielleicht gefühllos zu sein, so wusste ich noch nicht, was das wirklich bedeutet!

Die *Swallow* lag im ruhigen Wasser vor Anker. Ihre Segel waren eingerollt, ihre Flagge flatterte im Wind. Die Besatzung arbeitete in der Takelage. An Backbord klafften dort, wohin die Steuerbordgeschütze verrückt worden waren, noch immer große Löcher in der Bordwand, und die Spuren der gegnerischen Richtkunst waren überall zu begutachten. Trotzdem schwamm die *Swallow* stolz weiter. »Ein schneidiges kleines Schiff«, hatte Stern sie voll Zuneigung genannt, was Tristam für eine sehr treffende Beschreibung hielt.

Man hatte davon gesprochen, die *Swallow* kielzuholen, denn ihr Kupferbeschlag war fast gänzlich überwachsen, und in langen Zotteln wucherte der ›Bart‹ des Tangs an ihrem Rumpf. Die Gezeitenunterschiede waren jedoch so gering, dass sie diesen Vorgang schwierig, wenn nicht gar unmöglich machten. Außerdem stand zu befürchten, dass die Entonnier ausgerechnet dann auftauchten, wenn die *Swallow* auf den Strand gezogen und jede Flucht unmöglich war.

Auf der Erhebung der Landzunge sah Tristam die Herzogin noch unter ihrem Baldachin sitzen, und sie winkte ihm zu.

Es ist Zeit, dachte er.

Er hob zur Antwort einen Arm, schlang sich die Tasche über die Schulter und machte sich auf den Weg. Während er dem Strand folgte, kam er an den arbeitenden Jacks vorbei. Sie nickten ihm zu; es gab nicht mehr die geringste Feindseligkeit.

Am Morgen hatte man den aufgegebenen Kutter gefunden, der nicht allzu weit vom Engpass entfernt auf den Strand gespült worden war und wie durch ein Wunder nur kleinere Reparaturen benötigte. Tobias Shuk hatte sich des Kutters angenommen und ihn auf dem Sand aufbocken lassen. Nun war er damit beschäftigt, einen Teil des Schandeckels und einen gebrochenen Spant zu ersetzen.

»Einen angenehmen Tag wünsche ich Ihnen, Mr. Shuk«, grüßte Tristam den Zimmermann.

»Und ich Ihnen das gleiche, Freund Flattery.« Shuk gehörte zu der Gesellschaft der Freunde: Er war ein Transzendentalist. Der Reise nach Oceana hatte er sich angeschlossen, um das Leben des Menschen im ›unverdorbenen Naturzustand‹ zu beobachten.

Der Schiffszimmermann beugte sich vor, drückte das bärtige Gesicht an die Reling des Kutters und peilte über die Oberkante. »Von Männern gebaut, die ihr Handwerk verstehen«, erklärte er zufrieden. »Sonst hätte das Boot es nie und nimmer überstanden, auf den Strand gespült zu werden.« Er führte ein sorgfältig vorgeformtes Stück Hartholz ein und bog und drückte es, bis es sich passend an Ort und Stelle fügte. Damit stellte er seine große Körperkraft unter Beweis. »Das ist gut genug«, brummte er.

»Ich bin sicher, dass es besser ist als nur gut genug«, sagte Tristam. »Ich kann überhaupt keinen Saum mehr erkennen. Wie machen Sie das nur?«

Der Mann lächelte beinahe schüchtern. »Nun, Freund, ich habe schon Holz zusammengefügt, da war ich noch ein Junge.« Er hielt inne und blickte auf die Planke, auf die er die Hände stützte. »Und ich habe ein Verständnis für das Holz. Aber das bleibt mein Geheimnis – wenn es eins ist. Das Holz ist ein Geschenk der Natur an uns unwürdige Menschen.« Er wies mit einer Kopfbewegung auf die Matrosen, die neben einem großen Haufen Äste Feuerholz machten. Die Blätter an den Zweigen welkten in der Sonne. »Für solche Gaben sollte man dankbar sein, nicht mehr nehmen als nötig und nichts vergeuden.«

Tristam nickte. Er fragte sich, was Shuk wohl von den Proben in seiner Tasche gehalten hätte.

»Wissen Sie, ob der Kapitän plant, mit der Vermessung hier zu beginnen?«, fragte der Schiffszimmermann.

Tristam zuckte mit den Schultern. »Was in Kapitän Stern vorgeht, weiß ich nicht, und gehört habe ich gar nichts.«

Shuk nickte. Er nahm einen kleinen Hobel auf und fuhr mit sanften Streichen über das hochgeschätzte Holz. »Ich wüsste es nur gern, denn ich müsste das Langboot bauen, wenn wir mit der Vermessung beginnen.«

»Sie würden ein Langboot bauen? Hier?« Tristam blickte vom Sandufer zum Wandrand.

Shuk setzte ein nettes Grinsen auf. »Nicht aus dem Wald. Wir führen im Frachtraum ein zerlegtes Langboot mit uns. Es ist ein großes Beiboot, und es wäre unpraktisch, es bei langen Reisen auf Deck zu haben. Deshalb warten wir ab und bauen es erst zusammen, wenn wir unseren Bestimmungsort erreicht haben. Ich hatte gedacht, wir würden damit warten, bis wir in Oceana sind, und es am Ende als Geschenk für den König dort lassen, obwohl die Varuaner ihre eigenen Schiffbauer haben.« Tobias Shuk hob den Kopf und blickte Tristam ins Gesicht. »Wussten Sie, dass in Oceana die Schiffbauer Priester sind – oder etwas Ähnliches? Man hält dort den Bau eines Schiffes für eine spirituelle Handlung, einen schöpferischen Akt wie das Verfassen eines Gedichts, nur noch mehr als das. Die Handwerkskunst des Bootbaus umfasst viele Rituale, denn man glaubt, dass dem Boot dieser Geist des Baumes innewohnt, und der Geist wird für ein bedeutendes Lebewesen gehalten.«

Tristam nickte. »Vielleicht erheben die Varuaner Sie zu einem Gott, Mr. Shuk, wenn sie sehen, wie kenntnisreich Sie als Schiffbauer sind.«

Der Zimmermann wandte sich wieder seiner Arbeit zu. »Ich wiederhole nur, was Doktor Llewellyn mir berichtet hat, Freund Flattery«, entgegnete er ruhig.

»Das sollte ein Scherz sein, Sir«, versicherte Tristam und war ein wenig beschämt, dass er diesen außerordentlich gutmütigen Mann aufgezogen hatte, wenn er auch seltsame Ideen vertrat. »Ich bezweifle nicht, dass die varuanische Praxis nachahmenswert ist. In unserer Welt erhält ein Handwerker nicht die gebührende Anerkennung – und das meine ich aufrichtig.«

Shuk lächelte ihm zurückhaltend zu. »Sehr freundlich von Ihnen, das zu sagen, Freund Flattery.« Er nahm einen abgenutzten Ölstein zur Hand und schärfte daran eine Hobelklinge. »Was halten Sie von dem Herrn Doktor, Mr. Flattery?«, fragte er allzu beiläufig.

Der Schiffszimmermann war gewöhnlich so rundheraus, so ohne Arg und Falsch, dass Tristam die Veränderung in seinem Verhalten augenblicklich auffiel. »Wie genau meinen Sie das?«, entgegnete er.

Der Zimmermann zögerte. »Er ist ein gebildeter Mann, so erscheint er jedenfalls jemandem, der so unwissend ist wie ich. Aber glauben Sie, dass er – von gutem Guss ist, wenn Sie wissen, was ich meine?«

Tristam bekam einen trockenen Mund. »Was hat er Ihnen denn gesagt, Mr. Shuk, dass Sie diese Frage stellen müssen?«

Der Mann zuckte mit den schweren Schultern und wirkte über Tristams plötzlichen Ernst ein wenig beunruhigt. »Wir sprachen viel über Varua und die Insulaner, denn Freund

Llewellyn hat viel über die Inseln gelesen, mehr als jeder andere lebendige Mensch, glaube ich. Ich würde sogar wagen zu behaupten, dass er mehr über Oceana weiß als Hobbes, und unser Steuermann ist bereits dort gewesen.

Der Herr Doktor war so freundlich, mich in der Sprache zu unterweisen, und hat dabei große Geduld bewiesen, möchte ich hinzufügen. Ich bin nie ein guter Schüler gewesen, obwohl ich sagen darf, dass ich so gut und so häufig lese wie die meisten gebildeten Männer. Im Gegenzug habe ich Freund Llewellyn versprochen, ihm zu helfen, einige Kräuter und Büsche zu finden, aus denen die Varuaner Heilmittel gewinnen – er sagte, er möchte ein Buch darüber verfassen.«

Verdammter Narr!, dachte Tristam, aber es war durchaus klug eingefädelt. Der Arzt versicherte sich der Mithilfe des ernsthaftesten und fähigsten Deckoffiziers, der aber keinen Zugang zur Offiziersmesse besaß. »Und daran scheint Ihnen etwas verkehrt zu sein ...?«

»Nun, ganz sicher bin ich mir nicht.« Er montierte den Hobel, ohne hinzusehen. »Ihnen ist gewiss aufgefallen, dass der gute Herr Doktor hustet und kurzatmig ist ... Ich kann mich irren, aber ich glaube, dass er sich auf die Hoffnung versteift hat, auf den Inseln ein Heilmittel für sich zu finden.« Er blickte auf und fügte rasch hinzu: »Nun glaube ich, dass solchen Menschen, die näher an den Geheimnissen der Erde leben als wir, vieles bekannt ist, was wir nicht wissen – denn sie vermochten schon zu heilen, bevor die empirische Medizin erfunden wurde. Trotzdem glaube ich, dass Freund Llewellyn zu hohe Erwartungen stellt, obwohl er versucht, sich nichts anmerken zu lassen. Ebenso wie er versucht, die Schwere seiner Krankheit zu verbergen, Freund Flattery. Diese Krankheit ...« Als Shuk sich nun von seiner Arbeit aufrichtete und Tristam anblickte, war in seinen Augen das tiefe Mitgefühl zu lesen, das er für Llewellyn empfand. »Ich habe den Doktor Blut spucken sehen. Das ist etwas Schreckliches, das weiß ich. Ich habe gesehen, wie die Schwarze Lunge einen Mann – einen guten, kräftigen Mann – dahingerafft hat. Er war wie ich ein Schiffbauer. Er hat kein halbes Jahr mehr gelebt.« Der Zimmermann zögerte, und seine gewöhnlich ernste Art wirkte nun noch gesetzter. »Uns erscheint es grausam, aber das ist der Lauf der Natur.« Er erwiderte Tristams Blick. »Ich fürchte, dass Freund Llewellyn nicht kräftig genug ist, um durchzuhalten, bis wir unser Ziel erreichen – oder dass er bei unserer Ankunft schon so geschwächt ist, dass ihm nichts mehr helfen kann. Und dann liegt es an mir, ein Kraut zu suchen, von dem ich nichts weiß, denn der Herr Doktor glaubt nicht, dass die guten Insulaner Fremden ihre Heilkenntnisse offenbaren, und er kennt sich gut aus mit ihrem Wesen.« Der Zimmermann atmete tief durch und nahm wieder ein Stück Holz auf, als beruhige ihn das Gefühl, es in der Hand zu spüren.

»Ich mache mir große Sorgen, Freund Flattery.« Er blickte Tristam ernst ins Gesicht. »Kennen Sie sich mit diesen Kräutern aus? Werde ich in der Lage sein, unserem guten Doktor zu helfen? Ich empfände es als schrecklich, wenn sein Tod an meinen Händen kleben würde.«

Beinahe hätte Tristam entgegnet: ›Aber das ist der Lauf der Natur.‹ Doch er hielt sich zurück, weil er dem Zimmermann nicht zynisch begegnen wollte. »Auf den Inseln wachsen viele Kräuter, Mr. Shuk, und ich besitze Bücher, die uns viel darüber sagen können. Aber ich befürchte nun, Dr. Llewellyn könnte sich von überzogener Hoffnung zu Verzweiflungstaten treiben lassen.« Er spielte an der Schnalle seiner Tasche. »Vielleicht sollten wir anderen gegenüber nichts davon erwähnen; die Würde des Herrn Doktor ...« Er ließ den Satz unbeendet, doch der Zimmermann nickte.

»Das halte ich ebenfalls für klug. Der Herr Doktor hat von den Händen anderer bereits genügend erdulden müssen, denn er gehört zu den Männern, die in der Gesellschaft ihrer Mitmenschen niemals Behagen empfinden können. Trotzdem glaube ich, dass er sich nicht als schlechterer Mensch erweist als alle anderen, wenn es einem gelingt, ihn näher kennen zu lernen.«

»Ich bin sicher, dass Sie Recht haben.« Tristam umschritt

langsam das Boot, sein Blick war gefangen von Shuks sauberer Arbeit. »Ich freue mich schon darauf zuzuschauen, wenn Sie ein ganzes Boot bauen, Mr. Shuk, denn ich empfinde Ehrfurcht vor solchen Fertigkeiten. Da habe ich etwas mit den Varuanern gemein.«

Als Tristam weiterging, achtete er kaum auf den Weg. Das Gespräch mit dem Zimmermann klang in ihm nach. Llewellyn war ein von der Verzweiflung getriebener Mann. Verzweifelte Männer aber benötigten Aufsicht.

Die Herzogin kam ihm einige Schritte den Hügel hinab entgegen und lächelte ihn breit an. »Wir haben überlebt«, sagte sie, »die meisten jedenfalls. Wie geht es Ihnen, Tristam?« Sie streckte die Arme aus und fasste ihn bei den Händen wie eine Schwester. »Ihre Wunde ist wohl nichts Ernstes.«

»Nicht der Rede wert.« Tristam fand, dass sie ein wenig müde wirkte – welche Überraschung: Auch bei der Herzogin konnte also das eine oder andere Erlebnis Spuren hinterlassen. »Und Frau Herzogin?«

»Oh, ich bin unverletzt.« Sie bemerkte Tristams Tasche. »Sie aber waren sammeln ... Ich bin höchst gespannt zu erfahren, was Sie in der neuen Welt gefunden haben. Haben Sie schon eine große Entdeckung gemacht? Steht Ihrem Ruhm nichts mehr im Wege?« Ihr Necken klang ein wenig gezwungen, sie musste sich Mühe geben, ihr gewohntes Verhalten an den Tag zu legen.

Tristam stellte die Tasche ab und öffnete die Schnalle. Sehr behutsam wickelte er ein kleines Bündel aus, und darin lagen drei identische Blüten von großer Schönheit – exotisch in der Form und von übermütiger Farbe.

»*Orchidaceae Cattleya elorinae*, wenn Sie mir gestatten, sie nach Ihnen zu benennen. Ein Scheinschmarotzer, von dem ich glaube, dass er bislang unbekannt ist.«

»Nein, wie anmaßend von Ihnen«, entgegnete sie ganz offensichtlich erfreut und nahm die Blüte sehr vorsichtig in die Hand. »Ich will es Ihnen dieses eine Mal gestatten.« Sie beugte sich vor, als wolle sie ihn auf die Wange küssen, dann zügelte sie sich. »Angemessen danken werde ich

Ihnen ein andermal. Welche Schätze haben Sie außerdem noch geborgen?«

Tristam hockte sich nieder und holte seine Beute aus der Tasche, ein Stück nach dem anderen: verschiedene Vogelbälge, anderthalb Dutzend Insekten, Gesteinsproben, Fossilien, neun verschiedene Moose, über dreißig Blätter unterschiedlicher Bäume, dazu Samenkapseln und Rinden; schließlich breitete er sein Taschentuch aus, in das er eine tote Schlange eingeschlagen hatte.

Die Herzogin wäre fast einen Schritt zurückgewichen. »Meine Güte, was ist denn das?«

»Eine Otter, wenn ich mich nicht irre. Ich hatte große Mühe, sie zu töten. Ich dachte, sie würde mich beißen, bevor ich sie erledigte. Aber am Ende habe ich sie doch mit meinem Stock am Kopf getroffen.« Er brach in ein breites Grinsen aus. »Sie zuckte, drehte sich auf den Rücken und blieb reglos liegen. Zum Glück hatte ich von dieser List schon gehört und drehte sie mit meinem Stab um. Und was geschah? Sie drehte sich wieder auf den Rücken, denn sie spielte mir die tote Schlange nur vor! Wenn ich sie aufgehoben hätte, dann hätte sie mich gebissen. Doch solche Schlangen glauben, dass sie, um tot zu erscheinen, auf dem Rücken liegen müssen, und deshalb drehen sie sich immer in diese Lage zurück, wenn man sie umwendet.« Tristam lachte auf. »Sie zu töten war sehr mühselig, denn ich wollte diese schöne Haut nicht beschädigen.«

Die Herzogin schlug die Hand vor den Mund. »Sie hätten gebissen werden können.«

»Ach, das glaube ich nicht.« Tristam hob den Kopf der Schlange hoch und öffnete ihr Maul, um die Zähne zu entblößen. Er wollte gerade die Spitzigkeit mit dem Finger prüfen, da riss die Herzogin seine Hand fort, um im nächsten Moment über ihre Reaktion zu lachen.

»Wollen wir sie *Viperidae pallei* nennen, Frau Herzogin?«, fragte er in dem Versuch, ihre Stimmung zu testen.

Sie lachte ein wenig zu laut. »Das wäre wohl wenig weise – wenn auch nicht unpassend.«

Sie fixierte Tristam mit ihrem forschenden Blick, und er

fragte sich, ob sie seinen Gemütszustand spürte. Vielleicht empfand sie ähnlich; auch Osler hatte zugegeben, nicht er selbst zu sein.

»Wollen wir am Strand spazieren gehen?«, fragte die Herzogin. »Ein wenig Bewegung dürfte uns gut tun.«

Sie gingen schweigend nebeneinander herund blieben nur einmal stehen, um durch Tristams Fernrohr einen Schwarm Tümmler zu beobachten.

Als sie sich so weit vom Strand entfernt hatten, dass niemand von einem Gespräch etwas aufschnappen könnte, setzten sie sich auf einen umgestürzten Baumstamm. Ein paar Seeschwalben kreisten über dem ruhigen Wasser, stießen kreischend ins Meer und wieder heraus und flogen weiter.

Die Stille störte Tristam nicht, denn er empfand nichts – von dem, was er sonst in Gegenwart der Herzogin spürte.

Sie brach als erste das Schweigen »Ich weiß, wie bestürzt Sie über Julian sind«, sagte sie offenbar in dem Versuch herauszubringen, was Tristam auf der Seele lag. »Mir geht es nicht anders.« Währenddessen musterte sie aufmerksam sein Gesicht, als wäre sie schon darauf vorbereitet, ihre Worte und die mitschwingenden Emotionen ganz an seine Reaktion anzupassen. »Tristam, Sie sollten wissen, dass ich Julian keine Anweisung gegeben habe, Kreel zu behelligen. Es mir wichtig, dass Sie das glauben. Ich wollte nur dafür sorgen, dass Ihnen nichts geschieht. Auf der Vogelinsel hat der Mann versucht, Sie zu töten; zweifeln Sie nicht daran. Und Julian behauptet, Kreel habe während der Schlacht versucht, ihn umzubringen. Er hat mir eine fürchterliche Schwellung auf seiner Schulter gezeigt – jedem anderen Mann hätte dieser Hieb die Knochen zerschmettert.« Sie nahm ihn mit festem Griff beim Arm. »Wir haben nur das Schlimmste verhindert.«

»Nein«, entgegnete Tristam und war selbst erstaunt, wie tonlos sein Widerspruch klang. »Das Schlimmste ist dennoch eingetreten: Dakin. Kreel schwört, dass Julian unter dem Schutz des Pulverrauchs Dakin erschlagen hat, weil er ihn mit Kreel verwechselte.«

Die Herzogin schlug die Hände vor den Mund. »Wissen wir denn, ob er die Wahrheit sagt?«

Tristam zuckte mit den Schultern. »Nein. Wir haben nur Kreels Wort. Doch Dakins Schädel wurde von einem kräftigen Schlag zerschmettert. Die Jacks glauben, dass er der Kanone in den Weg kam, als sie durch den Rückstoß zurückrollte.« Tristam unterbrach sich kurz. »Wenn ich die Matrosen näher dazu befrage, dann überlegen sie sich, welchen Grund ich dazu haben könnte. Sie mögen ungebildet sein, aber dumm sind sie ganz gewiss nicht. Nicht alle.«

»Sagen Sie nichts, ich bitte Sie«, flüsterte die Herzogin gequält. Sie wandte sich ab und schaute auf die Bucht hinaus. Tristam bezweifelte nicht, dass ihre Furcht aufrichtig war. Und er empfand ein gewisses Mitgefühl.

Mehrere Augenblicke lang saßen sie schweigend da, und Tristam spürte den Abgrund, der sich manchmal zwischen zwei Menschen auftut wie ein gewaltiger Erdriss.

Die Herzogin fasste seine Hand. »Was Sie im Dunkeln sahen ... – er kämpft gegen seine Natur an, Tristam«, flüsterte sie, und es klang flehend. »Kreel muss ihn provoziert haben. Die Wunde an Julians Schulter –« Sie kniff die Augen zusammen. Tristam beobachtete; der merkwürdige Eindruck, von der Welt abgetrennt zu sein, löste sich allmählich auf.

»Gewiss aber geben Sie zu, Elorin, dass er anomal ist?«

»Ja«, antwortete sie nachdrücklich. »Und Sie machen sich keine Vorstellung, welche Qualen ihm das bereitet. Stets ist er von uns getrennt. Er weiß, dass er nicht ist wie wir und dass die Menschen, wenn sie von seiner wahren Natur erführen ... Deshalb hat er sich größte Beherrschung beigebracht. Alles würde er darum geben, so zu sein wie wir. Wie Sie, Tristam. Sie erkennen nun, weshalb er sich diesen Anschein gibt, den Anschein des gutmütigen Dummkopfs. Dadurch bedroht er niemanden, und er kann sich frei bewegen. Er sieht schrecklich gut aus, und die Frauen fühlen sich zu ihm hingezogen. Sie spüren, dass er etwas verbirgt – ein Geheimnis. Das trägt zu der Verlockung bei, die von ihm ausgeht. Wenn eine jedoch herausfindet, was er geheim halten will – dann läuft sie ihm entsetzt davon. Aber auch Julian hat Gefühle, Tristam. Diese Frauen verletzen ihn. Seine Anlage bedeutet endlosen Schmerz. Er geht häufig auf die Jagd, weil er weiß, dass er seine Bedürfnisse dadurch zum größten Teil befriedigen kann.

Er hatte nicht die Absicht, Ipsword zu töten, Tristam. Gewiss, mir ist bekannt, was jeder behauptet. Ipswords Tod war kein Unfall – aber ebenso wenig war er beabsichtigt. Julians Natur ... Sie ist komplex.«

Tristam hätte nie geglaubt, dass er diese Frau einmal so schwach sehen könnte. Ein wenig tat sie ihm leid. Ganz eindeutig gestattete sie Julian einen gelegentlichen ›Lapsus‹ – einen Ausbruch seiner ›wahren Natur‹ –, solange dies sich gegen jemanden wie Ipsword oder Kreel richtete ... oder Dakin. Jemanden von geringer Bedeutung im herzoglichen Plan der Dinge. Hatte sie ihn nicht einen Narren gescholten, weil er sein Leben riskierte, um Pim zu retten? Tristam spürte leichte Übelkeit.

Sie drückte seine Hand.

Ich möchte mich nicht dazu verleiten lassen, die Verantwortung für ihren anomalen Bruder zu übernehmen, erkannte er, denn er hatte sich bereits tief in die Ränke verstrickt, indem er Stern nicht meldete, was Kreel über Dakins Tod zu sagen hatte.

Die Herzogin hielt es offenbar für einen Unfall während eines Gefechts, für den Kreel stärker verantwortlich war als ihr kostbarer Bruder.

Mit einem Mal wirkte sie so zerbrechlich, wie sie sich an seine Hand klammerte, als müsste sie befürchten, von ihm verlassen zu werden – nachdem er nun die Wahrheit erfahren hatte. Er wusste nicht mehr als das, was Kreel gesagt hatte ...

»Während eines Gefechts stirbt meistens jemand«, hörte er sich sagen; sein Mitgefühl für sie gewann offenbar die Oberhand. »Kreel ist kein Heiliger. Er hätte keinen Grund, mir die Wahrheit zu sagen.«

Die Herzogin nickte rasch. Ganz kurz drängte sie sich enger an ihn, legte den Kopf an seine Schulter und streichelte ihm über den Rücken. Dann zog sie sich von ihm fort und blickte sich um, ob sie beobachtet wurden.

Tristam suchte das Thema zu wechseln. »Hat Stern Ihnen heute Morgen Schwierigkeiten gemacht?«

»Das weiß wohl jeder?«

»Mittlerweile vermutlich. Osler hat mir davon erzählt.«

Sie zog die Brauen hoch und zwang sich zu einem Lächeln. »Wir führten mehr oder weniger noch einmal die gleiche Auseinandersetzung wie nach der Unterhandlung mit den Entonniern. Diesmal war der Herr Kapitän nur erheblich unnachgiebiger. Er ist felsenfest entschlossen, das Schiff um keinen Zoll von der Stelle zu bewegen, solange er nicht weiß, weshalb das Kaperschiff es auf Sie abgesehen hat.« Sie blickte Tristam schon wieder mit der gewohnten Lebhaftigkeit an. »Meine Erklärung hat ihn offenbar nicht zufriedengestellt; ich glaube, Stern hält Sie für anomal, Tristam.«

Mit dem gleichen Attribut belegt zu werden wie der Viscount hätte Tristam normalerweise aus der Fassung gebracht, nur nicht heute.

»Aber ich bin doch anomal, wussten Sie das nicht? Mein Großonkel war ein Magus. Gouverneur Galton glaubt, dass ich die Stimme an der Ruine geweckt hätte. Ein Wal entstieg der See und bot mir an, auf seinem Rücken an Land zu reiten. Ein Falke zeigte mir die Lücke im Riff – der gleiche Vogel, der mir auf dem Meer zugeflogen ist. Und die Liste lässt sich noch verlängern. Daran glauben Sie doch auch, Elorin, oder nicht?«

Stern hat sich bereits bemüht, dachte Tristam, *nun werde ich seinen Druck verstärken.* Noch immer kam es ihm vor, als fehle der Welt ringsum der gewohnte emotionale Widerhall. Er konnte Dinge denken und aussprechen, die er normalerweise nicht einmal in Erwägung zu ziehen gewagt hätte.

»Scherze sind im Augenblick völlig fehl am Platze, Tristam«, erwiderte die Herzogin, doch Tristam bemerkte sehr wohl die Veränderung ihrer Miene. Sie schaute ihn ahnungsvoll an.

»›Wir folgen nun Tristams Kurs‹«, zitierte er gelassen und beobachtete ihre Reaktion. Sie dachte nicht einmal nach.

»Haben Sie etwa an meiner Tür gelauscht?«

»Nein. Eines Abends habe ich Hobbes ertappt, wie er sich über die Heckreling beugte. Das war ihm schrecklich peinlich, denn er hatte Ihr Gespräch belauscht. Dann fiel mein Name. Sie wissen, wie es ist, wenn Sie hören, dass andere von Ihnen sprechen.« Er zuckte mit den Schultern.

Die Herzogin stand auf und ging ans Ufer. Den Kopf hielt sie gesenkt. Dann hockte sie sich nieder, schob den Ärmel hoch und fischte eine Muschel aus dem Wasser. Während sie zurückkehrte, schüttelte sie die Tropfen von der Muschel, dann hielt sie sie Tristam hin.

»*Terebra maculata*«, sagte Tristam. »Die Gescheckte Bohrmuschel.«

Die Herzogin drehte die Muschel in den Händen. »Die Natur erzielt gewöhnlich solche Perfektion«, sagte sie leise, dann spähte sie wieder auf die Bucht hinaus.

»Gerade eben sagten Sie noch, mein Bruder sei anomal – und Sie hatten recht. Wenn vor ein paar Jahren jemand etwas Ähnliches angedeutet hätte, und sei es mein liebster Freund, ich hätte ihm ins Gesicht geschlagen. Ich hätte ihn niedergebrüllt. Selbstverständlich hätte ich mich damit ins Unrecht gesetzt, aber ich war damals noch nicht bereit für die Wahrheit.

Trotz der Objektivität, mit der die Empiristen sich brüsten, glaube ich nicht, dass Sie mir zu einem früheren Zeitpunkt als jetzt zugehört hätten.« Sie drehte sich um und schaute, wie Tristam ihre Worte aufnahm. »Ich habe Ihnen Galtons Brief gezeigt. Ich bin nicht ganz sicher, was die Gruppe um Galton und Palle beabsichtigt, doch anscheinend hat man eine weitere Verwendung für *Regis* gefunden – oder glaubt es wenigstens. Dieser weitere Nutzen muss mit Ihrem Großonkel, mit Eldrich und mit der Ruine von Farrow zusammenhängen – so erstaunlich sich das auch anhört. Galton nannte Sie den ›Kandidaten, nach dem wir so lange suchen‹, doch wenn ich richtig verstanden habe, dann hat man noch einen anderen Namen für Sie. Man nennt Sie den ›Magnetstein‹, Tristam, und man hat Sie auf diese Reise geschickt, damit Sie finden, was diese Leute suchen. *Regis* ist nur ein Teil davon. Palles Zirkel glaubt, Sie wären in einer bestimmten Weise ›gesegnet‹, und ich neige mittlerweile dazu, das gleiche zu behaupten. Selbst Stern hegt einen Verdacht.« Sie verstummte und betrachtete Tristam, ohne dass ihre schönen Augen etwas verrieten.

»Warum sind die Entonnier hinter mir her?«

»Weil Sie in meinem Esszimmer eine Rose in Brand gesetzt haben«, antwortete die Herzogin ohne Zögern. »Daran bin ich schuld, Tristam. Ich hätte Bertillon niemals verdächtigt. Doch Massenet hat, wie Sie sehen, überall seine Spione. Wenn ich nur geahnt hätte, was Bertillon vorhatte ...« Sie schüttelte den Kopf. »Er hat Sie geprüft, glaube ich. Haben Sie die Sprache erkannt? Die Sprache dieses angeblichen Kinderreims?«

Tristam schüttelte den Kopf.

»Nun, ich ebenfalls nicht. Ich fürchte, die Entonnier wissen mehr als sogar Palle und sein Zirkel.«

»Flammen«, entfuhr es Tristam.

»Ja. Aber Sie müssen verstehen, Tristam, dass ich mich deswegen genötigt sah, an der Reise teilzunehmen. Für Palle sind Seiner Majestät Bedürfnisse von geringer Bedeutung. Er verfolgt andere Ziele. Ich will ganz ehrlich sein, ich machte mir Ihretwegen Sorgen. Zwar weiß ich nicht, was man von Ihnen erwartet, aber ich befürchte etwas.« Sie blickte sich in der stillen Bucht um, als sei sie nicht der Ort der Zuflucht, als die man sie benannt hatte. »Ich betrachte inzwischen jeden Zufall mit Argwohn, der mit Ihnen in Zusammenhang steht. Selbst den Wind habe ich schon in Verdacht. Ich frage mich, wie die Entonnier uns auf dem weiten Ozean finden konnten. Ich frage mich, weshalb wir ausgerechnet hierher gekommen sind. Wir müssen uns in Acht nehmen. Ich kann nicht sagen, was Roderick von Ihnen erwartet, doch ich fürchte, Sie könnten es vollbringen, ohne dass wir davon etwas ahnen.« Mit deutlicher Besorgnis blickte sie Tristam an. »Behalten Sie den Viscount in Ihrer Nähe, Tristam. Ich bitte Sie darum.«

Seine Abscheu war wohl zu spüren.

»Sie sind vor ihm sicher. Julian würde sein Leben für Sie opfern, Tristam.«

»Wieso sollte er das tun?« Tristam fand allein den Gedanken abscheulich.

»Weil ich ihn gebeten habe, Sie zu beschützen. Und weil er nicht übermäßig am Leben hängt. Außerdem bewundert er Sie, Tristam. Er weiß, dass Sie gut, ehrenhaft und intelligent sind und ein offenes Herz für andere haben. All diese Eigenschaften hätte er sich erwählt – wenn ihm je eine Wahl geblieben wäre.

Durch Ihre Gutmütigkeit haben Sie selbst die abergläubischen Jacks auf Ihre Seite gebracht, die Sie nun für ihren Glücksbringer halten und glauben, dass kein Unglück das Schiff ereilen wird, solange Sie an Bord sind.«

»Weil sie nicht wissen, dass der Kaper uns nur meinetwegen verfolgt hat«, entgegnete Tristam ein wenig bitter.

Die Herzogin zuckte die Achseln. »Selbst wenn sie es wüssten, würden sie es nun wahrscheinlich irgendwie rechtfertigen. Sie würden den Entonniern vorwerfen, ihnen den Glücksbringer abspenstig machen zu wollen oder etwas Ähnliches. Sobald die einfachen Menschen jemanden einmal in ihr Herz geschlossen haben, kann dieser Jemand in ihren Augen keinen Fehler mehr begehen. Denken Sie nur daran, dass auch die schlimmsten Herrscher von ihren Untertanen trotzdem verehrt wurden.«

Ja, dachte Tristam, *und denken Sie nur an Ihre Beziehung zu Ihrem Bruder, Frau Herzogin.*

»Aber was wird mit Stern?«, fragte er statt dessen.

»Da bin ich mir nicht sicher.« Sie verfiel einen Augenblick in Nachdenken. »Er ist noch nicht bereit für die Wahrheit – soweit ich sehe. Ich versuchte ihm von Bertillon und der Rose zu berichten, und er glaubte, ich wollte ihn verspotten. Er weigerte sich, mir weiter zuzuhören.« Sie schüttelte den Kopf, als wolle sie einen Fehler einräumen. »Stern ist nicht alt genug, um im letzten Krieg gekämpft zu haben, aber trotzdem betrachten die Marineleute die Entonnier als ihre Feinde. Der Zwischenfall mit dem Korsaren hat Stern sehr aus der Fassung gebracht. Auf dieser Grundlage wollte ich ihm nahe bringen, dass unsere Reise von größerer Bedeutung ist, als man ihm weisgemacht hat. Ich bin mir nicht ganz sicher, was er tun wird.« Sie blickte zu Tristam hoch. »Obwohl er Offizier ist und für seine Verhältnisse einigermaßen gebildet, hängt er doch dem gleichen Aberglauben an wie die Matrosen. Er spielt mit dem Gedanken, Sie auf der Königin-Anne-Station zurückzulassen, nur um Sie vom Schiff zu haben. Doch gleichzeitig befürchtet er, dass diese Entscheidung ihm Pech bringen könnte.

Ich habe versucht, ihn davon zu überzeugen, dass wir ohne studierten Naturforscher niemals darauf hoffen können, Königsblatt zu finden. Er ist fest überzeugt, dass ich ihm nicht alles sage – obwohl er mir nicht zuhörte, als ich ihm darlegen wollte, was ich weiß. Er ist noch nicht bereit. Ich glaube, er wird den Aufbruch einige Tage hinauszögern und hoffen, dass jemand von uns ihm eine ›Wahrheit‹ berichtet, die er hinnehmen kann. Er weiß, dass er nur hier den Hebel ansetzen kann: Ich möchte, dass die Fahrt so schnell wie möglich weitergeht, und es steht in seiner Macht, sich mir zu widersetzen. Allein aus Groll oder aus dem Gefühl der Machtlosigkeit heraus könnte er zu dieser Maßnahme greifen.«

Welche Erklärung würde Stern wohl glauben?, überlegte Tristam. Der Mann hatte versucht, ihm vor Augen zu führen, er sei ... anomal. Trotzdem weigerte er sich, der Geschichte der Herzogin zu glauben. Wusste Stern am Ende etwas, das Tristam unbekannt war?

Jedenfalls nahm er der Herzogin nicht ab, was sie gerade gesagt hatte – im günstigsten Fall hatte sie ihm soeben die beste Lüge von allen erzählt: die Halbwahrheit. Noch immer behielt sie manches für sich, und nun würde sie nicht noch mehr offenbaren, soviel stand fest.

Einen Moment lang schien die Herzogin aus ihren Gedanken zu erwachen. »Ich bin nicht sicher, was ich wegen Hobbes unternehmen soll.« Sie schüttelte den Kopf, als wollte sie eine Idee zurückweisen, und sagte nicht weiter. Aus der Ferne hörte man den Warnruf eines Jacks und das langgezogene Krachen eines fallenden Baumes, den Aufprall auf den Sand und das Brechen der Zweige.

Der Einbruch des Menschen ins Paradies, dachte Tristam.

»Ich hatte ein merkwürdiges Gespräch mit Llewellyn«, sagte er leise und berichtete, wie er den Arzt in seiner Kammer überrascht hatte und von dem Gespräch im Wald. Die Herzogin drehte die Muschel immer wieder in den Händen, während sie zuhörte, und als er fertig war, schleuderte sie sie zurück ins Wasser.

»Das erklärt einiges«, sagte sie nur. Sie nahm die Orchideen auf, die Tristam ihr geschenkt hatte, und ging damit ans Ufer, kauerte sich auf den nassen Sand nieder und setzte sie behutsam aufs Wasser. Sie benahm sich wie ein Kind. Und als sie nicht sanken, ließ sie sie mit der Strömung davonschwimmen. Dann stand sie auf und schaute ihnen hinterher. Sehr lange blieb sie so stehen und verfolgte die Reise der Orchideenblüten.

»Solche Perfektion«, sagte sie leise, aber ohne Bedauern.

Aus dem Tagebuch von Tristam Flattery:

Am siebzehnten Dezembertag 1559.
Dieser Tag stand unter dem Zeichen denkwürdiger Gespräche und Erfahrungen. Mein gefühlsfreier Gemütszustand scheint sich allmählich zu verflüchtigen, und das Wiederkehren meiner ›Gefühle‹ bedeutete mir eine Erleichterung.

Ich weiß nicht, was mir fremder erscheint – dass die Herzogin mich mit ihrem Bruder vergleicht, oder das Eingeständnis ihrer Vermutung, wir seien nicht durch Zufall in diese Bucht gelangt – oder sonst wohin.

Wenn ich wirklich ein Magnetstein bin, wohin weise ich? Ich würde mich davon abwenden, doch nun fürchte ich, dass jeder Kurs, den ich einschlage, in irgendeiner Weise vorherbestimmt sein könnte. Ich fürchte mich fast, auch nur einen Schritt zu gehen. Mir erscheint dieser Teil des Archipels nicht mehr als die verheißungsvolle, unschuldige neue Welt. Vielmehr hat sie unheilverkündende, bedrohliche, geheimnisvolle Züge erhalten. Ich wünschte, wir wären nicht hierher gekommen. Ich wünschte, ich hätte mich gar nicht erst eingeschifft.

37. Kapitel

Stern machte keine Anstalten, die *Swallow* von Refuge Bay aufbrechen zu lassen, und am dritten Tag sandte er die Boote aus, um mit der Vermessung des Gebietes zu beginnen. Als der Schiffs-Naturforscher fuhr Tristam mit und wurde auf der einen oder anderen Insel ausgesetzt, sodass er Studien der Geologie unternehmen und seinen rasch anwachsenden Aufzeichnungen hinzufügen konnte.

Die herausragenden geographischen Merkmale wurden benannt, sobald man sie auf der Seekarte eintrug, und so gab es bald sowohl eine Insel, die nach Tristam hieß (und zwar Flattery Island), als auch eine Landspitze (Professor's Point); der zweite Name, so glaubte er, würde den Besuchern wohl Anlass zum Rätseln geben, solange er Bestand hätte.

Wann immer Tristam es nicht vermeiden konnte, begleitete ihn auf solchen Vorstößen der Viscount, und er musste sich sehr beherrschen, damit ihm sein Unbehagen nicht anzumerken war. Dabei legte Burne-Johns keineswegs ein ungewohntes Verhalten an den Tag, sondern war gutmütig, immer eifrig bemüht, sich nützlich zu machen, und schleppte klaglos gewaltige Lasten. Tristam stellte bald fest, dass er ohne den Viscount weitaus weniger Arbeit bewältigen würde. Trotzdem konnte er nicht vergessen, was sich in jeder Nacht auf dem Bugspriet abgespielt hatte, und er konnte auch nicht aufhören, sich über Dakins Schicksal Gedanken zu machen.

Am dritten Tag, an dem die *Swallow* vor Anker lag, entdeckten die Matrosen im Ausguck ein Segel auf dem Grauen Ozean. Es befand sich weit im Norden, so fern, dass niemand mit Sicherheit sagen konnte, es handele sich um den Kaper; dennoch vertrat niemand die Meinung, es könne auch ein anderes Schiff sein. Und das wiederum bedeutete, dass Stern nicht nach Norden fahren würde.

Am Abend kehrte Tristam spät zum Schiff zurück, nachdem es ihm am Morgen endlich gelungen war, den Viscount abzuhängen. Während die anderen sich in die Hängematten legten, ging Tristam aufs Achterdeck und breitete dort die Ergebnisse seines Tagewerks unter dem trüben Licht der Schiffslaternen aus. Auch er ordnete eifrig Namen zu und hatte bislang einen besonders schönen Blütenstrauch nach Jaimys Verlobter, einen Vogel nach seinem Onkel (den Blackwater-Finken) und eine neue Weidenart nach Dandish benannt; und das war erst der Anfang. Die Ausbeute des heutigen Tages war besonders reichhaltig. Trotz der schlechten Beleuchtung trug er seine Funde mit Datum, Fundstelle und einer kurzen Beschreibung des Lebensraums in seinem Notizbuch ein.

Unterdessen hielt sein eigenartiger Gemütszustand immer noch an. Das Gefühl der Taubheit bestand fort, während er andererseits Anfälle intensiver Empfindung erlebte – Wut, Freude, Verzweiflung –, die sich vollends seiner Beherrschung entzogen. Sie hielten minutenlang an, manchmal sogar Stunden. Und dann kehrte die emotionale Flaute zurück. Tristam kam es vor, als verhielten sich seine Gefühle wie Ebbe und Flut, doch sie unterlagen weder dem Regiment der Sonne noch des Mondes.

Er versuchte nun, sich ganz auf seine Arbeit zu besinnen und seinen Gemütszustand so gut zu verbergen wie er konnte; er hoffte, eines Tages aufzuwachen und festzustellen, dass sein inneres Gleichgewicht wiedergekehrt war. Mitunter plagte ihn die Erinnerung an Berichte von Männern, die aus dem Krieg zurückkamen und sich über Jahre hinweg seltsam verhielten, manchmal sogar dem Wahnsinn anheim fielen.

Ein schwacher Schatten legte sich über Tristams Notizbuch, während er schrieb, und als er aufblickte, stand der Viscount Elsworthvor ihm.

»Von der Herzogin«, sagte er und reichte Tristam ein zierliches Briefkuvert.

Nachdem er den Umschlag übergeben hatte, machte der Viscount keinerlei Anstalten, sich zurückzuziehen, und daraus ergab sich ein unbehaglicher Augenblick. Das

Lampenlicht tauchte das Gesicht des Lords in flackerndes Orange und verlieh ihm einen grellen Teint; gleichzeitig wirkte seine Miene unstet, ein beängstigender Anblick.

»Ich habe Sie heute Morgen vermisst«, sagte Tristam in dem Bemühen, ausgeglichen zu klingen. »Ich war nicht sicher, wohin Sie gegangen waren.«

Der Viscount nickte, und ein noch längeres Schweigen schloss sich an. »Kennen Sie den wahren Unterschied zwischen Ihnen und mir, Tristam?«, fragte er dann leise. Seine Stimme klang völlig normal.

Tristam merkte, dass er unwillkürlich den Kopf schüttelte, und war nicht sicher, ob er richtig gehört hatte. *Wie bitte?*

»Ich bin mehr Herr dessen, wohin ich gehe und was ich tue. *Sie* sind es nicht, der *meine* Gesellschaft fürchten sollte.« Kaum hatte er das gesagt, trat er nickend aus dem Lampenschein zurück. Dann verschwand er unter Deck.

Tristam erhob sich und starrte dem Viscount hinterher. »Blut und Flammen«, flüsterte er bei sich, »was für ein Unhold.« Er empfand rasch aufwallende Abneigung. *Anomal.*

Farrelle beschütze mich, dachte Tristam, seht nur, mit wem ich mich verbrüdert habe!

Dann erinnerte er sich an den Brief und riss das Kuvert auf, als böte es ihm eine Fluchtmöglichkeit von dem Viscount.

> Lieber Tristam!
> Für die Dauer unseres Aufenthalts bin ich in ein ansprechenderes Quartier umgezogen – in ein Zelt. Obwohl der ernste Kapitän Wachen aufgestellt hat, die mich beschützen sollen, zweifle ich daran, dass sie ihrer Pflicht so sehr ergeben sind, wie man erwarten darf. Gewiss könnte ein Mann, der das Schwimmen beherrscht und sich aus Westen meinem Zelt nähert, von ihnen nicht gesehen werden – was mir große Sorge bereitet. Würden Sie mich recht bald besuchen? Ihre Forschungen sind für mich von großem Interesse.
>
> Die Ihre, Elorin

Tristam zögerte nur eine Sekunde, dann warf er seine Proben rasch in die Umhängetasche. Damit würde er sich auch am Morgen noch befassen können. Nicht lange, und er hatte die Tasche in seiner Kammer deponiert, die Tür verriegelt und stand wieder auf Deck.

An der Ankerwache vorbeizuschleichen war nicht schwer. Tristam kletterte geräuschlos über die Seite und in den Kutter. Dort stoppte er, um auf die spiegelnde Wasserfläche zu blicken, wo der Sternenhimmel ein zweites Mal zu sehen war. Der Gedanke, was in diesem Wasser schwimmen könnte, verursachte Tristam nicht die leiseste Furcht, und geschmeidig wie ein Otter ließ er sich zwischen die Sterne gleiten.

Die Bucht war erstaunlich warm, das Wasser fühlte sich dicht an, ein wenig wie Sirup. So leise er konnte, schwamm er zum Ufer. Die Tiefe unter sich spürte er wie etwas Greifbares, und die Wärme des Wassers wie die Nähe eines anderes Leibes in der Dunkelheit – dort unten gab es viel Leben. Der Gedanke an den Wal, der so nahe an ihn heran geschwommen war, erschreckte ihn plötzlich, und anstatt zu schwimmen, zog er Arme und Beine an sich.

Beinahe wäre er panisch zum Schiff umgedreht. *Warum geschieht das mit mir?*

Unter Aufbietung aller Willenskraft schwamm er weiter. *Demnächst fürchte ich mich auch noch vor der Dunkelheit,* schalt er sich. *Wie soll ich diese Gefühlsschwankungen nur beherrschen?*

Weit konnte das Ufer nicht mehr sein. Ein Kohlefeuer leuchtete am Strand, und der Waldrand verdeckte als gezackter schwarzer Schattenriss die Sterne. Tristam konzentrierte sich auf die dunkle Zone des Hügels und auf den Gedanken, in den Armen der Herzogin zu liegen, was ihn nicht so sehr erregte, wie es sollte.

Wenn jemand meine Gefühle wieder erwecken kann, sagte sich Tristam, *dann die Herzogin.*

Vielleicht hundert Fuß hielt seine Entschlossenheit an, dann spürte er unter sich eine Turbulenz.

»Blut und Flammen!«, rief er laut. Er wälzte sich herum

und suchte die Oberfläche nach Bewegung ab, sah jedoch nichts. Mit eisernem Willen drang er weiter vor; sein Bauch und seine Genitalien erschienen ihm sehr exponiert.

Noch einige Züge, und er hörte Stimmen – von den Jacks am Ufer –, dann ein beruhigendes Lachen.

Dann spürte er erneut die fremde Bewegung, und diesmal wirbelte er herum.

»Blut und —«, stieß Tristam hervor. Begleitet von einem Quietschen, entließ ein Delfin seinen Atem in die Luft. Ein weiterer tauchte wenige Fuß entfernt auf, dann noch einer. Die Luft roch nach Fisch, und ringsum begannen sie zeternd und quietschend mit Luftsprüngen, spritzten ihm Wasser ins Gesicht und zogen so dicht an ihm vorbei, dass er manchmal die Berührung ihrer glatten Leiber spürte. Tristam fühlte ihre Begeisterung, sie umsprangen ihn wie Kinder, die einen Erwachsenen begrüßen, den sie lieben.

Ein Mensch! Ein Mensch bei uns im dunklen Wasser!

Grün phosphoreszierende Spuren zeigten, wo die Delfine schwammen, dann verwirbelten sie zu verwirrenden Mustern und verblassten, doch gleichzeitig erschien hier eine neue, und dort noch eine.

Tristam schöpfte Atem und schwamm weiter. Das Herz pochte ihm gegen die Rippen und kämpfte gegen den Wasserdruck auf seiner Brust an. Die Tiere umschwammen ihn im dunklen Wasser mit solcher Geschwindigkeit, dass er fürchtete, sie würden ihn treffen – was sie erstaunlicherweise immer vermieden.

Nach einigen weiteren Zügen war er dicht genug am Ufer, um stehen zu können. Die Delfine umspielten ihn weiter, umschwärmten seine Beine mit drängenden Bewegungen, und ihre Stimmen klangen nachdrücklicher.

Geh noch nicht! Du bist doch gerade erst gekommen!

Aber ich kann nicht mit euch Delfinen leben, dachte Tristam, blieb kurz stehen und stieg ins seichte Wasser. Die verspielten Meeressäuger blieben hinter ihm zurück. Er hielt inne und drehte sich zu ihnen um, um sie zu beobachten, doch nach einer Sekunde hatten sie ihn anscheinend schon vergessen und waren verschwunden.

Tristam stieg an Land und ließ sich keuchend zu Boden fallen. Er wartete, bis sein Herzschlag sich beruhigt hatte, dann eilte er tropfnass über den Sand. Die Steine und das Moos der Anhöhe fühlten sich unter seinen bloßen Füßen erst rau und spröde an, dann weich und nachgiebig. Das weiße Zelt schälte sich aus der Dunkelheit, seine Umrisse wirkten verschwommen wie eine Geistererscheinung.

Tristam blieb stehen und sah sich nach dem Wachtposten um. Er lauschte auf Geräusche, hörte jedoch nichts. Der Mann stand vermutlich auf der anderen Seite des Hügels, wo sich ein betrunkener Matrose vom Lager her über den Strand nähern mochte. Aus Furcht vor dem Unbekannten würde sich keiner nachts in den Urwald wagen, und schwimmen konnten die Jacks nicht; folglich brauchte nur der Strand bewacht zu werden.

Nachdem Tristam Gewissheit hatte, dass sich niemand rührte, ging er auf den weißen Fleck zu, der auf der Anhöhe zu schweben schien. Er tastete nach der Zeltklappe und zog sie beiseite. Drinnen war es stockfinster. Er lauschte, vernahm jedoch nicht einmal ein Atemgeräusch.

»Freund oder Feind?«, hörte er es flüstern.

»Ich bin's, Tristam.« Sehen konnte er die Herzogin nicht, doch das Rascheln der Bettwäsche leitete ihn.

Er fand ihre ausgestreckten Arme, und als sie seine Haut berührte, kicherte sie. »Sie triefen ja vor Nässe! Sind Sie für mich den grimmigen Sund durchschwommen, Geliebter?«, neckte sie.

Tristam fror, denn er trug nichts weiter als seine klatschnassen Beinkleider. Er wollte die Herzogin gerade um ein Handtuch bitten, als sie sich eng an ihn schmiegte und ihn inbrünstig streichelte. Sie küsste ihn auf die Brust und schälte ihn aus der Hose – dann zog sie ihn tiefer in die Dunkelheit.

Zunächst fürchtete Tristam, er hätte einen schrecklichen Fehler begangen, denn er schien überhaupt nicht auf ihre Aufmerksamkeiten zu reagieren; dann aber erwachte plötzlich etwas in ihm, aber nicht die Gefühle, die er mit seinem Herzen in Verbindung brachte. Er atmete schwerer, und er spürte, wie eine geheimnisvolle Macht ihn umschloss –

Begierde. Verlangen durchfuhr ihn, und er fühlte sich wieder wie der Ertrinkende in der Brandung: in der weichen Umarmung von etwas Überwältigendem. Es hob ihn auf und warf ihn hin und her und raubte ihm jedes Zeitgefühl.

Es war vielleicht schon nach Mitternacht, das wusste Tristam nicht. Neben ihm lag die Herzogin, und sie unterhielten sich flüsternd. Zum ersten Mal kam es Tristam so vor, als wären sie Geliebte, die sich eng aneinander drängten, ihre Gedanken teilten, absurde Scherze austauschten und unterdrückt lachten. Er hoffte, der Morgen ließe noch auf sich warten.

Die Herzogin schmiegte den Kopf an seinen Hals, und ihr Haar kitzelte Tristam im Gesicht. »Ist es schwierig? Zu schwimmen, meine ich.«

»Schwierig ist es nicht. Der menschliche Körper besitzt Auftrieb. Boran schätzte, dass weniger als fünfzehn Pfund Auftriebskraft den durchschnittlichen Menschen am Schwimmen hält. Deshalb erfordert es recht geringe Mühe, sich an der Oberfläche zu halten, und nur wenig mehr, um sich vorwärts zu bewegen. Sobald man die Furcht vor dem Wasser einmal überwunden hat, lässt sich das Schwimmen leicht erlernen. Habe ich schon gesagt, dass ich auf meinem Weg vom Schiff hierher zwischen Delfinen geschwommen bin?«

»Das haben Sie getan!« Sie rückte um eine Winzigkeit von ihm ab, als wollte sie ihn ansehen, doch dazu war es zu dunkel. »Sie wollen mich doch nicht etwa aufziehen?«

»Nichts läge mir ferner. Die Delfine kamen herbei und spielten rings um mich, während ich schwamm, manchmal so dicht, dass sie mich berührten. Sie fürchteten sich nicht im Geringsten, und ihre Haut ist weicher, als Sie sich vorstellen können.«

»Eine weichere Haut als Ihre kann ich mir nicht vorstellen. Es muss ein unvergleichliches Erlebnis gewesen sein.«

»Es war zu dunkel, um viel zu sehen. Ich kann nicht einmal die Spezies benennen, geschweige denn konnte ich gleich welche nützlichen Beobachtungen machen. Allerdings fand ich bemerkenswert, wie schnell sie schwammen und wie nahe sie kamen, ohne dass wir auch nur einmal zusammenstießen. Welche Sehkraft sie dazu haben müssen!« Er wäre ins Grübeln verfallen, wenn nicht die Herzogin seine Gedanken unterbrochen hätte.

»Sie sind ein hoffnungsloser Empirist«, schalt sie ihn. »Solch ein Erlebnis, und Sie machen sich Gedanken über ihre Sinnesorgane! Sind Sie immer so, Tristam? Machen Sie sich geistig Notizen, wenn wir uns lieben? Wollen Sie die Resultate am Ende publizieren? ›Eine Untersuchung der Begattung bei der Spezies Mensch‹ von Tristam Flattery, Esquire.« Sie küsste ihn flüchtig auf die Wange. »Ein Dichter sind Sie jedenfalls nicht, Tristam Flattery, so viel kann ich schon sagen.«

»Sie tun mir Unrecht«, hauchte er ihr ins Ohr. »Ich bin völlig hingerissen, wenn wir uns lieben. Dann hat nichts anderes mehr Platz in meinem Verstand.«

»Ach, Tristam, gelegentlich sagen Sie doch, was eine Frau gerne hört.« Sie küsste ihn zärtlich.

Eine Eule schrie, und in der darauffolgenden Stille hörte er deutlich das Zischen, mit dem ein kleiner Wal in der Bucht abblies. Tristam kam der Gedanke, dass er solche Augenblick mit der Herzogin ohne die Last ihres Bruders nicht haben konnte: Das eine gab es nicht ohne das andere.

»Ich nehme an, Julian hat Ihnen meinen Brief übergeben?«, fragte sie, als hätte sie seine Gedanken gespürt. »Hat er Ihnen von der heutigen Entdeckung berichtet?«

»Nein.«

»Soweit ich verstanden habe, ist man sich uneins – ich glaube, nur Ihr Urteil wird entscheiden können, ob die einen oder die anderen Recht haben –, doch auf jeden Fall hat man auf einer Landzunge etwas gefunden, was wie bearbeiteter Stein aussieht.«

»Bearbeiteter Stein?«

»Jawohl. Osler allerdings hält es für eine natürliche Formation irgendeiner Art – und das wäre schließlich auch am wahrscheinlichsten.«

Tristam überlegte. »Das Archipel ist so gut wie unerforscht, doch in den bekannten Teilen haben wir keinerlei Spuren von Menschen gefunden. Wahrscheinlich vermutet Osler richtig.« Tristam spürte eine leise Beunruhigung. Was hatte ihn nur an diesen Ort geführt? Ein Korsar, ein Falke und ein Sturm aus heiterem Himmel.

»Gewiss haben Sie Recht. Die andere Entdeckung wird Sie mehr interessieren, denn sie ist sicherlich real. In einigen Meilen Entfernung gibt es wohl einen rauchenden Vulkan. Dort könnte man bedeutende Erkenntnisse zur Geologie dieser Inseln erlangen.«

»Nun, das ist allerdings eine Neuigkeit.« Tristam spürte, wie sein Interesse sich entzündete. »Bisher habe ich nichts anderes als Schichtgestein gesehen, das sich aus dem Meer erhebt. Heute habe ich auf dreitausend Fuß Höhe im Stein Fossilien gefunden – Fossilien von Meereslebewesen. Wenn es einen Vulkan gibt, muss ich ihn mir ansehen.«

Die Herzogin begann, seinen Nacken mit Küssen zu bedecken, dann arbeitete sie sich zum Ohr vor. Sie drängte sich an ihn und fuhr mit dem Finger die Linie seines Halses entlang. »Ich dachte immer, dass junge Männer, die Seereisen unternehmen, unersättlich sind, wenn sie endlich an Land kommen ...«

»Das ist unbestreitbar die Wahrheit. Ich zügele mich nur aus Rücksicht auf die Würde der Frau Herzogin und ihre Jahre.«

Sie packte sein Haar dicht am Scheitel und schüttelte sanft seinen Kopf. »Dir zeige ich, in welch fortgeschrittenem Alter ich bin, du unverschämter Lümmel.«

Am zwanzigsten Dezembertag 1559.
Die Inseln offenbaren ihre Geheimnisse eines nach dem anderen: eine neue, edle *Quercus*-Art (ich sah mich gezwungen, sie die Elsworth-Eiche zu nennen: *Quercus elsworthi*). (Wenn ich eine neue Buche finde, dann benenne ich sie nach Beacham – die Beacham-Buche!) Eine neue Wühlmaus, glaube ich (ich muss Expertenmeinungen einholen, um auf gewissen Gebieten eindeutig zu bestimmen. Ach, wie vermisse ich Professor Dandish!). Eine Varietät des Wanderfalken: keine neue Spezies, da bin ich sicher, aber er ist heller in der Farbe und kleiner von Gestalt. Einige überwältigende Schmetterlinge und noch einen Käfer. Nur knapp ist mir eine grellgrüne Schlange entgangen; sie war für mich zu schnell, und ich war vorsichtig, weil ich nicht wissen konnte, ob es sich um eine giftige Art handelte. Alles in allem ein großartiger Tag.

Ich möchte einen Blick auf die Steinformation werfen, die vom Vermessungstrupp gefunden wurde, auch wenn ich glaube, dass es zu nichts führt. Doch sollte sie sich als Menschenwerk erweisen, wäre sie der Fund des Jahrzehnts. Noch immer überfallen mich heftige Gefühlswechsel, nun schon drei Tage lang. Ich hoffe, es hält nicht mehr sehr lange an. Diese Nacht war wie keine andere zuvor. Bis zum Tagesanbruch ist es nicht mehr lange, doch will ich nun nicht mehr schlafen gehen – ich möchte nicht, dass dieses Gefühl sich ohne weiteres verflüchtigt.

38. Kapitel

In ihrem ganzen Leben hatte sich Alissa Somers noch nie derart hin- und hergerissen gefühlt. Vernünftig wie sie war, versicherte sie sich immer wieder, dass sie sich prächtig hielt. Nur jemand, der sie sehr gut kannte, hätte die Wahrheit ahnen können, denn innerlich bebte sie. Sie fühlte sich vollends fehl am Platz. Ein ums andere Mal rief sie sich zu Bewusstsein, dass die Anwesenden auch nur Menschen waren und im Leben erheblich weniger geleistet hatten als die Gäste, die ihr Vater zu empfangen pflegte, doch das nutzte nichts. In der Gesellschaft berühmter Empiristen und Gelehrter bewegte sie sich auf vertrautem Boden – inmitten des Hochadels verdunstete ihre Selbstsicherheit mit dem gleichen Tempo wie vergossener Spiritus. Und das hinterließ in ihr die bange Frage: War ihre Selbstsicherheit schon immer illusorisch gewesen?

Mir sollte es gleichgültig sein, was sie von mir halten, schalt sie sich. Doch handelte es sich nun einmal um Jaimys Verwandtschaft, und so entsetzt ihr Vater auch gewesen wäre, wenn sie es zugegeben hätte, es war Alissa alles andere als gleichgültig, was sie von ihr dachten.

Man hatte sie der Gesellschaft von drei Cousinen Jaimys überlassen, die in ihrem Alter waren – Nichten der Herzogin, Jaimys Mutter. Alissa bezweifelte nicht, dass man es ihr dadurch nur leichter machen wollte – dass sie sich in dieser Gesellschaft ein wenig wohler fühlen sollte –, doch dieser Plan ging nicht auf. Nur mit Mühe gelang es ihr zu glauben, dass diese – *Mädchen* tatsächlich genauso alt sein sollten wie sie. Ganz gewiss war sie selbst niemals so – *mädchenhaft* gewesen, so sehr von Trivialität beherrscht. Es fiel ihr überaus schwer, das Gespräch zu verfolgen, und immer wieder ertappte sie sich dabei, wie sie die Menge absuchte in der Hoffnung, Jaimy kehrte zurück. Plötzlich begann sie zu lächeln.

»Ach, bitte entschuldigen Sie mich. Dort sehe ich einen

alten Freund meines Vaters, den ich begrüßen muss.« Und nach einem tadellosen Knicks fegte sie davon und ließ die ›Mädchen‹ zurück, die ihre Abwesenheit gewiss dazu nutzen würden, um über sie herzuziehen.

»Mr. Kent?«

Der Mann mit der altmodischen Perücke drehte sich um, und sein Gesicht nahm einen Ausdruck höchsten Entzückens an. »Miss Alissa, ich hatte mich schon so sehr darauf gefreut, Ihnen persönlich gratulieren zu dürfen! Meiner Ansicht nach hat dieser junge Lord weitaus mehr Glück, als er verdient. Ob er sich darüber überhaupt irgendwelche Gedanken macht?«

Als Kent ihr die Hand küsste, war Alissa überrascht, wie weich seine Lippen sich anfühlten. Mit offensichtlicher Zuneigung hielt er noch einen Augenblick lang ihre Finger. Kent war tatsächlich ein enger Freund ihres Vaters, und in den vergangenen Jahren hatte er sie oft zu Hause besucht.

»Ich glaube, niemand kann glücklicher sein als ich, Mr. Kent«, entgegnete sie und meinte jedes Wort ernst. »Und nun bin ich sogar noch glücklicher, denn ich habe Sie gefunden und kann ein richtiges Gespräch führen.« Sie warf den klatschenden Nichten einen Blick zu und war erleichtert, einen Anlass gefunden zu haben, sich von ihnen zu trennen.

Der Herzog und die Herzogin von Blackwater, Jaimys Eltern, gaben das jährliche Geburtstagsfest der Herzogin – nicht gerade eine Feier im kleinen Rahmen: Jeder, der beanspruchen konnte, in der farrischen Gesellschaft etwas zu gelten, war eingeladen, einschließlich des Kronprinzenpaares. Prinz Kori und Prinzessin Joelle waren bereits gekommen und wieder gegangen – nicht aus Unhöflichkeit blieben sie nur kurz, sondern weil sie wussten, dass sie als Angehörige des Königshauses bei solchen Feiern einen hemmenden Einfluss ausübten und die Aufmerksamkeit von der Person ablenkten, für die das Fest eigentlich ausgerichtet worden war.

»Sie können in dieser Gesellschaft durchaus ernsthafte Gespräche führen, wenn Sie entschlossen genug sind und wissen, an wen Sie sich wenden müssen.« Kent wedelte mit seiner runzligen Hand auf einen Mann, der an den Fenstern stand. »Der Marquess von Sennet ist einer der vier hervorragendsten Ornithologen von Farrland und zudem ein feiner, interessanter Mann. Fragen Sie ihn nach seinen Untersuchungen der Brutgewohnheiten von *Falconiformes**, und Sie sollen so viel ›richtiges Gespräch‹ bekommen, wie Sie nur bewältigen können.

Und wenn Sie lieber über Staatsangelegenheiten oder Politik reden möchten, so ist eine reichhaltige Auswahl von Gesprächspartnern zugegen, darunter selbstverständlich Sir Roderick Palle und der Schatzkanzler.« Er nickte dem Königsmann zu, der am Kamin stand und mit dem Weinglas gestikulierend auf einen sehr kleinen Mann einredete. »Doch andererseits gilt Ihr besonderes Interesse der Bivalvia, wenn ich mich nicht sehr irre?«

Alissa fragte sich, was er damit wohl meinen könne, dann fiel es ihr ein – die Gesellschaftsversammlung.

Kent fuhr rasch fort: »Ach, sehen Sie mich nicht so besorgt an. Bei mir ist Ihr Geheimnis sicher.« Er senkte die Stimme. »Aber ganz gewiss glauben Sie doch nicht, dass Sie Ihre Reize vor jedem verbergen können? Ich warne Sie, bei solchen Abenteuern in Zukunft vorsichtiger zu sein, Miss Alissa. Ich stimme mit der Position Ihres Vaters – und zweifellos der Ihren – völlig überein; nichts wäre mir lieber, als die Zusammenkünfte der Empiristischen Gesellschaft einem größeren Personenkreis zu öffnen. Dennoch rate ich zur Vorsicht, denn außer den Kunstmalern gibt es noch andere, die auf winzige Details achten. Eine kleine Locke, die unter einer Perücke hervorlugt, wird am Ende doch jemandes Augenmerk auf sich lenken.« Und dann, als wäre ihre Verblüffung für ihn höchst erfreulich, lachte er aus ganzem Herzen auf. Er hatte sie ertappt, und das genoss er mit ehrlicher Heiterkeit. Alissa sah ihn einen Moment groß an, dann lachte sie erleichtert mit.

* Greifvögel im engeren Sinn, also ohne Nachtgreifvögel wie Eulen usw. (Anmerkung des Übersetzers)

»Aha«, sagte Kent und wischte sich eine Träne aus dem Augenwinkel, »nun sehen Sie nicht mehr wie ein ängstliches Kitz aus, sondern mehr wie Sie selbst.« Mit dem Kopf wies er auf den Raum im Allgemeinen und sagte: »Eine beeindruckende Gesellschaft, nicht wahr? Der Earl von Mandbridge und seine Gattin ...« Er richtete sich auf und warf einen Blick um sich. »Und seine Mätresse – die plumpe Frau dort drüben, die mit dem vielen Rouge und dem geschmacklosen Schmuck. Freilich sind sie nun völlig verarmt – sie haben ihr gesamtes Vermögen verprasst. Nur die Largesse seiner Gönner steht noch zwischen dem Earl und der Gosse. Und sie sind nicht die einzigen, die sich in dieser Lage befinden. Sehen Sie diese wunderschöne junge Frau dort drüben? Die sich recht traurig umschaut? Sie sucht nach ihrem Gatten, aber der ist mit der Frau des betrunkenen Gentleman dort am Fenster verschwunden.«

Er beugte sein Haupt ein wenig näher, sodass Alissa das Puder auf seiner Perücke riechen konnte. »Lassen Sie sich niemals von jemandem einschüchtern«, sagte er nachdrücklich, »nur weil diese Person in einem größeren Haus geboren ist als Sie.« Er nickte ihr zu, als wolle er seinen Rat dadurch bekräftigen.

Alissa überkam Zuneigung für den alten Mann. Er hatte gespürt, wie ihr zumute war, und bemühte sich nun nach Kräften, ihr Selbstsicherheit einzuflößen. Allerdings hatte sie seine Kniffe schon vor Jahren durchschaut; der Anschein von Tollpatschigkeit bei dem Versuch, sie zu beruhigen, gehörte zum Plan, war ein Teil des Charmes, den der Maler verströmte. Die Menschen waren häufig gerade durch seine anscheinend einfache und offene Art angerührt. Auch Alissa, die seine Schliche seit langem kannte, empfand große Zuneigung für ihn, denn er beabsichtigte immer nur das Beste.

»Mr. Kent, meiner Ansicht nach sind Sie der freundlichste Gentleman in ganz Farrland«, sagte sie.

»Sie glauben gar nicht, wie entsetzlich es für einen Mann ist, solche Worte von den Lippen einer jungen Dame zu hören. Das wirkt wie ein Urteil: Alt, alt. Und ich höre dergleichen nun schon seit einer beträchtlichen Anzahl von Jahren.« Er senkte traurig den Kopf, doch Alissa sah deutlich, dass er dabei lächelte.

Alissa richtete sich gespielt steif auf. »Aber Mr. Kent, ich bin verlobt und werde heiraten. Ich muss auf meinen guten Ruf achten. Versetzen Sie sich doch einmal in meine Lage, Sir.«

Daraufhin lachte er glucksend, und sie freute sich.

»Wissen Sie, Miss Somers, Sie sind die freundlichste verlobte Dame in ganz Farrland und noch darüber hinaus.« Er ließ den Blick durch den Saal schweifen und behielt den Ausdruck warmen Wohlwollens auf dem Gesicht, den es fast immer trug.

Ein Mann, der mit sich und der Welt in Frieden lebt, dachte sie.

»Doch selbstverständlich verlangte es Sie nach einem richtigen Gespräch, und da sollte ich nicht die Gelegenheit verspielen, indem ich Sie zu jemand anderem schicke.« Er blickte auf sie nieder, und sein Lächeln zog lauter Fältchen um seine Augenwinkel.

Fältchen, die einem Leben voll Freude entspringen, dachte Alissa.

»Ich möchte Ihnen etwas höchst Interessantes erzählen«, begann Kent ernst, und der Wechsel in seiner Miene deutete darauf hin, dass die Zeit der Artigkeiten vorüber war – nun ging es wirklich um etwas Bedeutendes. »Haben Sie Chattertons Tagebücher gelesen?«

Das hatte Alissa nicht, obwohl sie nichts lieber getan hätte. Chatterton war der große Romancier und Verfasser von Streitschriften der älteren Generation – Kents Generation –, und nun, mehr als zehn Jahre nach seinem Tod, publizierte seine Schwester die Briefe und Tagebücher. Ereignisse wie dieses riefen in den gebildeten Schichten Farrlands großes Entzücken hervor, und die Auflagen waren schneller vergriffen, als sich eine neue drucken ließ.

»Nun, ich habe den ersten Band gelesen —« Kent hielt inne und blickte in die Ferne. »... und ich kann Ihnen versichern, dass Chattertons Schriften bereinigt wurden – entschärft.«

»Sie haben ihn gekannt«, sagte Alissa beklommen, ohne einen Scherz zu beabsichtigen. Es gab niemanden, den Kent nicht kannte.

»O ja. Ich kannte ihn sogar gut, wie ich meine. So gut, dass er mir gelegentlich Auszüge aus den Werken vorlas, an denen er arbeitete, und sogar aus seinen Tagebüchern. Was er schrieb, war brillant, respektlos und vernichtend gegenüber jedem Dünkel. Der Mann war wirklich ein Genie.« Kent verstummte und blickte auf seine polierten Schuhe. »Doch seine Schwester, Mrs. Hidde, hat seine Schriften mit ihrer Feder bearbeitet. Das ist ein Verbrechen. Die Früchte eines Lebens – eines um Nachdenklichkeit und Erkenntnis bemühten Lebens – sind dahin.«

Alissa erkannte, dass den Maler aufrichtiger Zorn bewegte. Immer hatte sie geglaubt, dass Kent nicht anders sein könne als freundlich, doch sie verstand seinen Zorn durchaus – was er da sagte, war schrecklich.

»Und die Gedanken dieses großen Mannes wurden ersetzt durch das ... das fade Geschwätz dieser Frau! Können Sie das glauben? Sie hat die Tagebücher ihres Bruders hergenommen und nutzt sie nun als Bühne für ihre eigenen hohlen Ideen. Ein Paradebeispiel für Ketzerei! Dafür gehört sie auf den Scheiterhaufen!«

Nun stieg auch in Alissa der Zorn auf. Ungerechtigkeit konnte ein Somers nicht ertragen. »Was, glauben Sie, ist mit seinen echten Schriften geschehen? Ob Mrs. Hidde sie vernichtet hat?«

»Ich hoffe inständig, dass sie davor zurückgeschreckt ist, doch überraschen würde es mich kaum.« Kent rang um Fassung und kämpfte seine jähe Wut nieder. »Können Sie sich eine schlimmere Schändlichkeit denken?«

Im Augenblick war Alissa dazu nicht fähig. »Ich bin der Überzeugung, dass die Werke der großen Denker allen denkenden Menschen gehören, Mr. Kent. Sie sollten niemals unterdrückt, verändert oder verleugnet werden. Das ist genauso, als würde man jemandem die Zunge herausschneiden, ja noch schlimmer, denn Mr. Chatterton ist tot und kann sich nicht mehr wehren.«

Kent nickte und warf einen Blick in den Saal, als müsste er sich vergewissern, dass seine Kinder keinen Unsinn anstellen. »Und das ist nicht etwa der einzige Fall, nein, bei weitem nicht. Ich weiß noch von anderen. Zu vielen, wenn ich ehrlich bin.«

Der Kunstmaler sah ihr nun sehr aufmerksam ins Gesicht. »Möglicherweise weiß ich sogar von einer ähnlichen Tat vor der eigenen Haustür, wenn ich so sagen darf, und ich frage mich, ob ich Sie dazu rekrutieren könnte, Miss Alissa, diese Ungerechtigkeit ungeschehen zu machen. ›Die Werke der großen Denker gehören allen denkenden Menschen‹, haben Sie gesagt. Hätten Sie den Mut, Ihren Worten Taten folgen zu lassen?«

Alissa stellte fest, dass sie in die Runde schaute und sich plötzlich unbehaglicher fühlte als am ganzen Abend zuvor. Einige Gäste standen so dicht, dass sie sich fragte, ob man sie nicht belauschen konnte. Wie unmittelbar mochte die Nähe sein, von der Kent gesprochen hatte? Und wessen Haustür meinte er?

»Ich muss mehr hören«, sagte sie sehr leise.

Kent blickte sich im Saal um, und der Ausdruck der Wärme in seinem Gesicht kühlte ein wenig ab. »Selbstverständlich würde ich Sie niemals bitten, gegen Ihre Prinzipien zu verstoßen.« Er hatte also den Grund ihres Unbehagens begriffen. Doch dann zögerte er ein wenig zu lange, so als fürchtete er sich davor, seine Bitte auszusprechen. Alissa bekam Angst vor dem, was er verlangen mochte.

»Ich muss Sie darum bitten, dass Sie alles, was ich sage, streng vertraulich behandeln, ob Sie nun zustimmen oder ablehnen.«

Sie strich sich eine Falte auf dem Kleid glatt. »So viel jedenfalls kann ich Ihnen zusagen.«

Kent nickte, nicht etwa zur Bestätigung, sondern aus Anerkennung. »Alles beginnt bei Erasmus Flattery – ich kannte ihn flüchtig.« Der Maler befeuchtete seine Lippen und sprach sehr leise weiter. »Kurz vor seinem Tod vertraute er mir an, dass er an einem Vorhaben größter Bedeutung arbeite, und doch hinterließ Erasmus nach den Worten seines Neffen, des Herzogs, keinerlei Aufzeichnungen oder Schriftstücke außer einigen wenigen Monografien. Meiner Ansicht nach kann der Herzog die Wichtigkeit oder die Bedeutung der Arbeit seines Onkels nicht begriffen haben. Gewiss ist Blackwater ein großartiger Mensch, aber er ist kein Empirist und kein Gelehrter. Viele Familien halten Schriften aus dem Nachlass verborgen, aus unterschiedlichen Gründen – Romane ungeratener Söhne, bedeutende philosophische Werke, die für blasphemisch gehalten werden. So viele Schriften, die von vielen Familien aus den verschiedensten Gründen unterdrückt werden – und zumeist fälschlich.« Er schaute sich noch einmal um und zwang ein Lächeln in sein Gesicht zurück. »Ich halte es für möglich, dass die Schriften des Erasmus Flattery nicht einfach verschwunden sind.« Er zögerte und suchte ihren Blick. Alissa spürte deutlich seine Absicht, doch noch immer äußerte er keinen konkreten Wunsch.

Sie hatte gehofft, er würde sie um etwas weitaus Harmloseres bitten – eine Recherche in der Bibliothek des Merton College vielleicht. Ein Werk, zu dem nur ihr Vater Zugang hätte. Doch tatsächlich sprach er von Jaimys Familie.

Sollte wirklich noch etwas vom Werk des großen Erasmus existieren? Diesen Gedanken hörte sie förmlich in ihrem Kopf – als ob ihre Neugierde sich mit eigener Stimme zu Wort meldete.

Sie begriff, dass Kent dies sehr sorgfältig erwogen hatte, bevor er sie ansprach. Wäre es nicht um Jaimys Familie gegangen ...

»Worum Sie bitten, Mr. Kent ...« Sie schwieg. Sie musste ablehnen. »Das ist mehr als nur ein wenig anmaßend. Ich ...« Alissa empfand Schwindel und Verwirrung. Von ganzem Herzen war sie eine Somers, und das würde sie bleiben, ganz gleich in welche Familie sie einheiratete. »Ich werde darüber nachdenken«, sagte sie rasch. »Mehr kann ich Ihnen nicht versprechen.«

Kent nickte, ohne Enttäuschung zu zeigen. »Aber wir bewahren gegenseitig unsere Geheimnisse?«

»Selbst unter der Folter wird kein Wort über meine Lippen gelangen«, sagte sie mit gespieltem Ernst.

Der alte Mann wirkte plötzlich leicht besorgt. »Ich hoffe, so weit kommt es nicht«, entgegnete er leise.

Kent blickte Alissa hinterher, als sie sich zurückzog. War er ein zu großes Risiko eingegangen? Er kannte Alissa Somers, seit sie ein kleines Mädchen war, und hielt große Stücke auf sie. Und die Bitte, die er geäußert hatte ... Sie fußte auf einer Vermutung und führte wahrscheinlich zu nichts. Weiterhin suchte er sein schlechtes Gewissen dadurch zu beschwichtigen, dass Alissa, obgleich sie nichts davon wusste, ohnehin bereits in die Sache verwickelt war.

Kent starrte die Wände an, die mit überaus schmeichelnden Familienportraits behangen waren: Minister, Admirale, Königsmänner, Schriftstellerinnen, aber kein Erasmus Flattery. Das war bezeichnend.

Sie wird mir helfen, dachte er.

Ein junges Paar grüßte ihn im Vorbeigehen.

Sie wird mir helfen, ohne dass ihr etwas zustößt, da bin ich mir sicher. Allerdings konnte er es sich gar nicht leisten, dass Gefühle, die er Bekannten entgegenbrachte, der Aufgabe in den Weg gerieten, die er zu erledigen hatte. Nicht jetzt.

Sir Roderick zog seinen Blick quer durch den Raum auf sich. Der Königsmann nickte und lächelte mit zusammengepressten Lippen, aber freundlich.

Ich glaube mit ziemlicher Sicherheit zu wissen, welche Absichten du hier verfolgst, dachte Kent, *aber weißt du auch, was ich hier suche?* Mit Worten konnte er gar nicht ausdrücken, wie sehr er wünschte, dass der Königsmann von ihm noch immer als dem ›freundlichsten Gentleman in ganz Farrland‹ dachte – um eine Freundin zu zitieren.

Nun, wo war der junge Lord? Ohne Zweifel nicht allzu weit von seiner Verlobten. Er musste ein Wort mit dem jungen Mann sprechen, bevor Roderick ihn fand.

Der Maler entdeckte Lord Jaimas Flattery, der in ein Gespräch mit dem Marquess von Sennet vertieft war. Die Männer standen in einer Ecke der Bibliothek, wo ein paar bekannte Empiristen und Autoren sich unter ihre Bewunderer gemischt hatten. Es war ein Zeichen der Zeit, dass solche Damen und Herren überhaupt zu diesem Anlass geladen worden waren.

»Mr. Kent«, begrüßte ihn der Marquess, »Sie werden es nicht glauben, wir sprachen gerade über Falken.« Der Adlige strahlte den Maler an. Kent hatte stets die charmante Leichtigkeit geschätzt, mit der der Ornithologe die eigene Besessenheit verspottete.

»Sie kennen gewiss Lord Jaimas.«

»Das tue ich, Lord Sennet, und ich bin hergekommen, um ihm herzlich zu gratulieren, denn Lord Jaimas wird eine junge Dame ehelichen, die ich sehr hoch schätze. Sie ist fast wie eine Nichte für mich.«

Jaimas verbeugte sich leicht, und auf seinem Gesicht breitete sich ein Lächeln aus. Er sah seinem Cousin viel ähnlicher, als Kent in Erinnerung hatte.

»Und ich wäre stolz darauf, Sie Onkel nennen zu dürfen, Mr. Kent, denn jeder, der so gut von Alissa denkt, ist mir so teuer wie ein Angehöriger meiner eigenen Familie.«

Kent fragte sich, wie groß die Ähnlichkeit zwischen diesem jungen Mann und Tristam Flattery wirklich sein mochte. Hatte Sennet nicht gesagt, dass sie über Falken sprachen? Er musste den Marquess später in die Enge treiben und erfahren, was genau gesprochen worden war.

»Und auch ich habe einen Glückwunsch auszusprechen«, sagte der Marquess, indem er die Stimme senkte, »obgleich ich vorwegnehmen muss, dass es noch nicht offiziell ist. Doch hat Sir Roderick mir versichert, dass Seine Majestät Sie in den Adelsstand erheben und den Titel eines Baronets verleihen wird. Und das haben Sie mehr als verdient. *Sir Averil Kent.* Klingt das nicht völlig natürlich, Lord Jaimas?«

Kent war sicher, dass ihm alles Blut aus dem Gesicht gewichen war. Anscheinend hatte er Palles Aufmerksamkeit noch viel mehr erregt als befürchtet.

39. Kapitel

»Nun?«, fragte Osler, der ungeduldig auf das Urteil wartete.

Tristam beugte sich über die Steinformation und kratzte die Flechte herunter. Dabei zuckte er die Achseln in der Hoffnung, sich etwas Bedenkzeit zu verschaffen.

Flammen, dachte er. Man sehe sich das an! Seine Stimmung war erneut umgeschwungen, und die Leere war einer irrationalen, beständig wachsenden Beklommenheit gewichen. Er konnte sich des Eindrucks nicht erwehren, dass die heranströmende Gefühlswelle diesem Steinrätsel entsprang und sich unmittelbar in sein Herz ergoss.

Lächerlich.

Und doch war dieses Gefühl so stark, dass er fürchtete, es könnte schon bald seine Vernunft völlig verdrängen. Was sollte er anderes dagegen unternehmen, als seine Gedanken ganz auf sein Vorhaben zu konzentrieren?

Aber sieh es dir doch an!

»Flattery?« Wieder Osler. Seine Stimme klang merkwürdig.

Tristam stellte fest, dass er in die Hocke gegangen war und sich auf seinen Fersen wiegte, ohne etwas anderes zu tun als vor sich hin zu stieren.

»Ich denke nur nach.« Tristam bewegte sich nicht. »Eins weiß ich bereits, Mr. Osler: Der umgebende Fels ist verwittertes Vulkangestein, und der Marmor ist sehr alt.«

Marmor, einst von Menschen behauen.

Tristam fühlte sich fast bemüßigt zu lügen, ihnen zu sagen, dass es doch eine natürliche Formation sei, damit sie von hier verschwanden. Damit er von hier verschwinden konnte.

Die ganze Zeit über hatte er geglaubt, das Seegefecht und die Nähe des Todes hätten seine Gefühle beeinträchtigt, doch nun begriff er, dass die Leere, die er empfand, von woanders kam: Sie stammte von hier.

Er blickte um sich, kaum auf seine Begleiter achtend, die

ihn anstarrten. Wie das Werk eines großen Künstlers erstreckten sich die anderen Inseln des Archipels am Horizont, und ihre schwungvollen Umrisse und zarten Farben schufen eine Szene großer Schönheit, da war Tristam sicher – nur dass die Szene ihm alles andere als schön erschien. Es lag an diesem Ort ... Wenn er wirklich Palles Magnetstein war, dann befand sich das Eisen, das ihn anzog, irgendwo hier oder ganz in der Nähe vergraben, das spürte er, ohne sagen zu können wie.

Am Morgen waren sie hierher gekommen, nachdem sie das Schiff beim ersten Licht verlassen hatten. Durch die verschlungenen Kanäle des Archipels drangen sie in westlicher Richtung vor und schlüpften zwischen Inseln hindurch, bis der Kegel des Vulkans in Sicht kam. Der dünne Rauchschleier erschien Tristam unheilverkündend, kaum dass er seiner ansichtig geworden war. Dann waren sie auf dieser Landzunge gelandet und zu diesem Haufen Felsbrocken aufgestiegen – zu dieser unnatürlichen Gesteinsformation.

Tristam lief ein kalter Schweiß den Nacken hinab. Als er aufblickte, sah er Osler vorgebeugt neben sich stehen. Der Leutnant berührte schweigend mit dem Finger seine Lippen, als taste er eine wunde Stelle ab – er schaute Tristam nicht an.

Ich benehme mich seltsam, begriff Tristam, *ich beunruhige meine Begleiter.* Er erhob sich mühsam und strich sich das Haar aus dem Gesicht.

»Wer hat den Spaten?«, fragte er, wobei er sich zu einem normalen Ton zwang, der ihm beinah gelang. Doch dieser Ort zermürbte ihn.

Tristam stieß das Blatt der Schaufel sehr vorsichtig in die weiche Erde und hielt augenblicklich inne, als er Widerstand spürte. Nach einer halben Stunde gab er die Arbeit an einen Jack weiter, der genauso behutsam vorging. Tristam trat einen Schritt zurück und ging wieder in die Hocke; während er dem Matrosen beim Graben zuschaute, spürte er, wie sich in ihm die Furcht ausbreitete. Jedes Mal, wenn der Spaten mehr von dem Stein enthüllte, kam es ihm vor, als würde etwas von seiner eigenen Fassade entfernt und etwas Unbekanntes entblößt. Die Kreatur, die es an diesen Ort gezogen hatte, schälte sich immer weiter heraus.

Ich bin ihr Magnetstein. – Doch wohin habe ich mich ziehen lassen?

Der Seemann legte weiteren Marmor frei, und Tristam rutschte unruhig auf der Stelle hin und her. Erneut erhob er sich und kämpfte gegen die Gefühlsflut an. Er kämpfte, um an der Oberfläche zu bleiben. Er hörte sich selbst keuchend atmen.

Mit den Händen begann Tristam, Stein bloßzulegen. Jeder beteiligte sich daran, so gut er konnte, und selbst der ungebildetste Jack empfand Ehrfurcht vor dem Fund, auf den sie möglicherweise stoßen würden. Fast zwei Stunden lang arbeiteten sie schweigend, und für jeden wurde es immer offensichtlicher, dass diese Formation einen regelmäßigen Umriss aufwies.

»Nun, Mr. Osler«, sagte Tristam schließlich, »halten Sie dies noch immer für natürlich?«

Osler stand einen Augenblick mit ernstem Gesicht vor dem Fels und wirkte ergriffen. Er schüttelte den Kopf. »Nein, auch wenn ich nicht einmal erahnen kann, was das einmal gewesen ist.«

Tristam nickte zustimmend. »Was immer es ist, es ist sehr alt, weit älter als unsere ältesten Städte.« Währenddessen wischte er mit einem Baumwolltuch den Schmutz von einer weißen Scherbe, die er aus dem Erdreich gezogen hatte. Mit ausgestreckter Hand hielt er sie hoch und drehte sie im Sonnenlicht. »Sehen Sie das?« Tristam schob die Scherbe näher an Osler. »Das Fragment einer Töpferarbeit. Sehen Sie, wie fein es ist? Die Furchen verraten, dass es auf einer Scheibe gefertigt wurde. Hier hingegen haben die Hände des Töpfers Spuren hinterlassen.« Er schauderte, als wäre er von etwas berührt worden, das seit langem tot war.

Ein Geist.

Tristam blickte in die Runde auf die Gesichter der anwesenden Männer. Still wie Trauernde waren sie, nicht in der Lage, Worte für etwas so Folgenschweres zu finden. Hier waren schon vor ihnen Menschen gewesen.

Doch weshalb bin ich hergeführt worden?, fragte sich Tristam. *Was will Roderick mich finden lassen? Könnte es auf dieser Insel Königsblatt geben? Oder könnte es mit etwas ganz anderem zu tun haben? Mit etwas, wovon selbst Roderick und seine Gefolgschaft nichts ahnen?*

»Wenn wir in Farrland wären«, sagte Jack Beacham leise, »dann würden wir auf dieser Landspitze eine Navigationsbake anbringen.«

Einige Männer lachten stockend, das war alles. Empfanden auch sie die Bedrohlichkeit des Ortes?

Tristam bemühte sich um ein Lächeln, doch es gelang ihm nicht. »Eine Vermutung, die so gut ist wie jede andere, Jack Beacham.«

Er dachte an das eigentümliche Gefühl, das ihn beim ersten Blick auf die Ruine von Farrow befallen hatte. Er wandte sich ab und versuchte, zwischen den Bäumen hindurch zu blicken. Der Kegel des Vulkans war nicht weit entfernt – ganz wie auf Farrow.

Osler legte die Tonscherbe unvermittelt auf dem Stein ab. »Wir müssen unsere Vermessung fortsetzen. Ich kann mir vorstellen, dass Sie gern hier zurückbleiben und weitersuchen möchten. Treffen wir uns hier zwei Stunden vor Sonnenuntergang?«

Hier. Ja, hier. Das Gefühl des Grauens stieg als dunkle Welle in Tristam auf, doch er nickte dem Leutnant zu. »Zwei Stunden vor Sonnenuntergang.«

Es wäre besser, ich ginge mit Osler, dachte er. *Ich sollte fliehen.*

Doch tief in seinem Innern wusste Tristam sicher, dass eine Flucht keinen Sinn hatte. Seine Gegenwart an dieser Stelle trug die Züge des Unausweichlichen. Wenn er zu einer anderen Insel ginge, so wäre diese Insel die Stelle, an die zu gehen ihm bestimmt war.

Tristam begriff plötzlich, dass er sich nicht fürchtete; Angst war es nicht, was in ihm wuchs. Ihm grauste es. Den

Unterschied hatte er bislang nicht erkannt. Furcht konnte einen Mann dazu bringen, sich umzudrehen und zu fliehen oder etwas Begonnenes nicht zu Ende zu führen. Doch sein Grauen, das war ihm jetzt klar, entsprang zu einem beträchtlichen Anteil der Hinnahme. Tiefe Beklommenheit wegen etwas, das stattfinden würde, gekoppelt mit dem Gefühl der Unvermeidlichkeit. Roderick hatte ihn auf die Suche geschickt, und er war zu dieser Landzunge gezogen worden. Zu dieser Insel. Vielleicht war sogar der Tag seiner Ankunft vorherbestimmt. Es gab nichts, was er noch tun konnte.

In vollkommener Stille, als hätten sie eine heilige Stätte freigelegt, sammelten die Jacks die Werkzeuge ein. Vielleicht hielten sie das Schweigen auch um Tristam und seiner Gefährten willen, die zurückbleiben mussten.

Als sie sich auf den Rückweg zum Boot machten, dachte Tristam, dass sie nichts anderem ähnlicher sahen als einem Trupp Leichenbestatter, ausgerüstet mit dem Werkzeug ihres Berufes, die aus Achtung vor den Dahingeschiedenen Ruhe bewahrten.

»Mr. Flattery?«

Tristam drehte sich um und sah sich Beacham gegenüber.

»Ist Ihnen nicht wohl, Sir?«

Tristam winkte ab, bückte sich und hob seine abgewetzte Tasche auf. Er hängte sie sich über die Schulter, dann ging er los, um allen weiteren Fragen zuvorzukommen. Beacham war es gelungen, sich ihm an diesem Tag als Helfer zuteilen zu lassen, sodass ein Junge und ein Mörder ihm als Träger dienten – und er fragte sich, ob auch dies vorherbestimmt sei.

Mein treuer Diener Beacham – und mein dunkler Bruder, beide sind wir anomal.

Tristam mutete es nun an, als unterlägen seine Bewegungen längst nicht mehr seinem Willen, und die Szene schien sich nach festgeschriebenen Vorgaben zu entwickeln. Der Berg, der, undeutlich im Mittelpunkt der Insel sichtbar, seinen Rauch ausstieß, unterstützte diesen Eindruck und warf einen drohenden Schatten, welcher ihnen folgte, wohin sie auch gingen.

Was ist nur mit mir geschehen?, fragte er sich. *Bis vor kurzem war ich noch ein Empirist, der gegen Unwissenheit und Aberglauben kämpfte. Und jetzt ...?*

Verfalle ich dem Wahnsinn? Wie es auch meinem Vater widerfuhr?

»Wir hätten es einfacher, wenn wir am Strand entlang gehen würden, Mr. Flattery«, bemerkte Beacham. »Oder planen Sie einen Marsch landeinwärts?«

»Am Strand entlang«, sagte Tristam in dem Wissen, wie unerheblich seine Antwort war.

Sie kletterten die Felsen der Landspitze hinab zu einem gebogenen Sandstreifen, der eine breite Bucht umgab, und stapften Seite an Seite durch den Sand; Beacham blieb oft stehen, um Muschelschalen und anderes Treibgut am Ufer aufzusammeln, und sie kamen nur langsam voran, denn der Seekadett brachte Tristam jeden seiner Funde wie ein treuer Apportierhund.

Weil Beacham inständig darauf drängte, hielten sie an, um in den Untiefen zu waten und ein Netz auszulegen. Tristam setzte sich in den Schatten eines Baumes und starrte ins Nichts; die Ausübung seines Berufes interessierte ihn nicht. Gelegentlich blickte er zu seinen Begleitern hinüber. Ihre Handlungen erschienen so normal, dass Tristam nicht ganz verstehen konnte, weshalb er sich plötzlich nicht mehr als der Naturforscher eines Expeditionsschiffes vorkam. Ihm war, als hätten diese merkwürdigen Gefühlsänderungen den Kern dessen, was Tristam Flattery ausmachte, hinweggefegt. Doch wer war es, der nun zum Vorschein kam?

Als Beacham und der Viscount mit dem Netz fertig waren, gingen sie zu Tristam und setzten sich ein Weilchen. Sie aßen im Schatten dieses Baumes, dessen Spezies bislang unbekannt gewesen war, dann machten sie sich wieder auf den Weg über den Sand.

Bilder der vergangenen Nacht mit der Herzogin kamen Tristam in den Sinn wie die Bruchstücke eines Traumes oder lange vergessene Erinnerungen. An sie klammerte er sich wie ein Matrose im Sturm an die Wanten. Hatte er die Herzogin erst in der vorigen Nacht geliebt? Ihm kam es vor, als sei es schon ein Weltalter her.

»Wer hat eigentlich diesen schlimmen Husten?«, fragte der Viscount unvermittelt. »Ich dachte, er würde sich die Lungen herauskeuchen, und ich glaube, er hat mich die halbe Nacht hindurch vom Schlafen abgehalten. Wir haben uns hier doch wohl nicht eine Abart der Schwindsucht an Bord geholt?«

Beacham, der seine Pflichten wie immer ernst nahm, hielt die Augen auf die Umgebung gerichtet. »Das war der Arzt, Lord Elsworth. Nun, da wir still im Hafen liegen, ist sein Husten leicht zu hören. Er ist lungenkrank, wie Sie gewiss bemerkt haben. Die Krankheit wirft ihn nieder und weicht erst nach einer Zeit wieder von ihm. So schlimm wie gestern Nacht habe ich es noch nicht erlebt.« Er schwieg einige Sekunden. »Doch meistens sind es die Albträume des Herrn Doktor, durch die ich geweckt werde. Ich habe noch nie einen Mann erlebt, der so häufig unter Albträumen leidet wie Doktor Llewellyn.« Er deutete auf den höchsten Punkt einer Nachbarinsel. »Ist das da ein Schwalbenweih, Mr. Flattery?«

Tristam beobachtete einen Augenblick den Vogel, der nicht viel mehr als ein schwarzer Punkt auf Blassblau war. Ein Greifvogel. Ein Falke?

»Nur eine Möwe, Mr. Beacham.«

Sie gingen weiter. Tristam hielt Abstand von seinen Gefährten, sodass er nicht reden musste.

Vor ihnen stieg das Terrain an, und sie stiegen auf Felsen, gelangten in Buschland und mussten eine niedrige Klippe hinaufklettern. Dabei ließ Tristam seine Begleiter kurz hinter sich zurück, denn er war so überzeugt von der Unausweichlichkeit seiner Bestimmung, dass er nicht glaubte, sich an diesem Tag bei einem Sturz verletzen zu können. Er hatte den Felsen erklommen wie ein Mann, der glaubt, fliegen zu können.

Jenseits der Erhebung fanden sie einen anderen Strand, der eine flache Bucht einschloss. Am Sonnenstand las

Tristam ab, dass sie nun einige Stunden nach Mittag hatten; seine Uhr hatte er an Bord der *Swallow* zurückgelassen. Die Sonne strebte nach Westen, und Schatten legte sich über die nahen Inseln. Nur auf ihre höchsten Punkte fiel noch direktes Sonnenlicht und erzeugte ein kompliziertes Farbenspiel in Grün und Grau. Der Nachmittag war weiter fortgeschritten, als Tristam geglaubt hatte. Die Stunde, zu der sie sich mit Osler treffen sollten, war nicht mehr fern.

Ich werde diesem Ort entfliehen, dachte er plötzlich. *Osler kommt und nimmt uns mit, ohne dass etwas Ungewöhnliches geschehen ist.* Doch selbst der Gedanke vermochte die Gefühle nicht zu lindern, die ihn den ganzen Tag hindurch geplagt hatten.

Der Gesang unbekannter Vögel erfüllte die Luft, und in den Bäumen flüsterte in geheimnisvoller Sprache der Wind. Kleine Wellen, die an das Ufer schlugen, meldeten sich zu Wort.

Längs des Strandes drängten sich die Bäume eng zusammen und breiteten die Äste in einer Weise aus, die zugleich vertraut und fremdartig erschien. Bäume der neuen Welt, die ähnliche Nischen füllten wie jene der Heimat.

Schwarze Weiden, Pimentbäume und eine Spezies, die Tristam nicht kannte, standen nahebei. An mehreren Stellen standen Blaueichen, und an einer Bachmündung wuchs *Planera aquatica**. Tristam zwang sich, sie alle zu benennen, während er an ihnen vorbeischritt, als sage er eine Litanei auf – die Litanei eines Menschen der Vernunft. Doch schienen es nur Wörter zu sein – vielleicht nicht einmal das, sondern nur Laute –, willkürlich und ein wenig absurd. Mit jeder Wiederholung büßten sie an Sinn ein, als ob sie allmählich wie eine alte Magie vergingen.

Sie gelangten an einen Bach. Beacham tauchte den Finger ein, kostete und befand das Wasser offenbar für gut, denn er schöpfte es mit beiden Händen und trank davon.

* Ein tropisches Schiefblattgewächs (Anmerkung des Übersetzers)

Elsworth und Tristam taten das gleiche, denn es war ein warmer Tag.

Dort ließen sie sich ein wenig nieder, und Tristams Blick verfolgte den Weg des fließenden Wassers zurück zwischen die Bäume, wo es über kleine, gleichmäßige Stufen einen Abhang herunterrann. Dort, auf einem Ast, hockte eine kleine Eule und schaute mit großen dunklen, von mehreren Federringen umgebenen Augen zu ihm herab; der innerste Ring war schwarz, der nächste weiß, der folgende hatte eine rotbraune Farbet. Der Leib der Eule war weißlich und rotbraun gesprenkelt. Mit braunen Augen blickte sie Tristam traurig an. Gelegentlich blinzelte der Vogel, als bemühe er sich, Tränen zurückzuhalten.

Beacham folgte Tristams Blick, und als er die Eule sah, erhob er sich rasch, womit er den Vogel aufscheuchte. Die Eule verschwand still zwischen den Bäumen.

Beacham erschauerte. »*Das* haben wir nun wirklich nicht gebraucht.«

»Das war eine unbekannte Art«, entgegnete Tristam in der Hoffnung, sein Gesicht aufleuchten zu sehen.

»Alt oder neu spielt keine Rolle, Sir«, sagte Beacham in ungewohnt ernstem Ton. »Sie bedeutet fürchterliches Unglück. Eulen sind oft die Vorboten des Todes, Mr. Flattery. Ein untrüglicheres Zeichen gibt es nicht.«

»Nicht einmal der Stillstand des Atems?«, fragte der Viscount, doch niemand lachte über die scherzhafte Bemerkung.

Tristam folgte dem Bach und betrachtete die Felsstufen im Wasser aus der Nähe.

»Sehen Sie nur, wie gleichmäßig die Stufen sind, die dieser Wasserfall nimmt«, sagte Beacham plötzlich.

Anomal.

Tristam starrte in den dunklen Urwald und lauschte auf das uralte Lied von Wasser, das über Stein rinnt. Seine Begleiter stellten sich zu ihm, und alle drei blickten sie den Wasserlauf entlang, der über gleichmäßige Stufen hinablief, jede weniger als einen Fuß hoch. Das Bachbett selbst lag zwischen Steinufern, die auf beiden Seiten so dick mit

Moos und Farnkraut bewachsen waren, dass sie wie feste Wände aus Pflanzenmaterial wirkten.

Beacham trat ins Wasser und stieg auf die erste Stufe. Tristam hingegen beobachtete ihn mit wachsendem Entsetzen, das nicht etwa der Furcht entsprang, der Kadett könnte ausrutschen und abstürzen. Der Viscount entfernte sich und untersuchte die Ecke der Klippe, die ebenfalls von Moos und Farn überwuchert war. Er riss einen Klumpen Grün von einem Vorsprung und trat zurück.

»Die Stufen sind zwar glatt«, rief Beacham, »aber man kann sie hochsteigen.«

Tristam wandte sich ab, denn ihm war, als hörte er die herannahende Flut und würde schon bald keine Luft mehr bekommen.

Kann ich mich nicht weigern weiterzugehen?, überlegte er. *Kann ich nicht aufhalten, was sich hier abspielt?*

Der Viscount warf weitere Pflanzen beiseite und riss die anhaftenden Ranken ab. Etliche uralte Wurzeln widersetzten sich ihm, doch nackter Stein trat hervor.

»Was habe ich da gefunden, Tristam?«, fragte Elsworth, und seine Worte drangen Tristam durch Mark und Bein. Krachend brach eine Wurzel ab, und der Viscount taumelte zurück.

Beacham hielt auf einer Stufe inne und blickte zu seinen Gefährten hinunter. »Das hier kann kein Werk der Natur sein«, sagte er.

Tristam hätte sich am liebsten die Ohren zugehalten und wäre nur zu gern ins Meer gesprungen, um von diesem Ort wegzuschwimmen, fort von diesen Menschen, die nicht ahnten, was sie taten. Doch wie an den Fleck gebannt blieb er stehen, ebenso wenig in der Lage, sich abzukehren, wie er nicht in die Lüfte entschwinden konnte.

Beacham kletterte vom Wasserfall hinab, stellte sich neben Tristam und schaute zu. »Nun, Lord Elsworth, Sie bekommen wohl auch noch Ihren Namen in den Geschichtsbüchern zu lesen. Sehen Sie denn nicht? Das ist ein Auge. Und das darüber, das ist die Braue.«

Tristam wich zurück, während die beiden den verhüllenden Bewuchs weiter herunterrissen. Jäh wurde ihm übel, und er setzte sich schwerfällig in den Sand. Er blickte zu den Stufen im Wasser hinauf, denn es war nun klar, worum es sich dabei handelte – um eine Treppe, von Menschenhand in den Fels geschlagen.

Wohin bin ich hier gelenkt worden?

Kaum saß er, kroch die Taubheit wieder in ihn zurück, als tröpfelte das Wasser, das die Treppe hinunterlief, direkt in seine Seele.

Beacham und der Viscount hielten inne, um zu betrachten, was sie ans Licht befördert hatten. »Ist das ein Tier?«, fragte Elsworth.

»Ein Vogel«, antwortete Tristam. Er brauchte nicht einmal hinzusehen. »Ein Falke. *Ein* Greifvogel. Räuber. Plünderer. Und solchen ist auch er begegnet.« Er wies mit der Hand auf den Fels. »Wurde von Menschen zerschmettert.« Er wandte sich ab und sah den Wasserlauf entlang, der in den Schatten des Urwalds verschwand und den Weg in das Herz dieses Geheimnisses wies.

›Wir folgen nun Tristams Kurs.‹

»Wohin führt er?«, fragte Beacham in gedämpftem Ton.

Ins Unausweichliche, dachte Tristam.

»Das weiß ich nicht«, antwortete er leise. »Wir wollen Ihrer Eule folgen und werden es sehen.«

Wie ein uraltes Lied klang das Wasser, das über den Stein lief, und es hatte den Fels schon so sehr geglättet, dass das Lied fast wieder zu seiner ursprünglichsten Melodie zurückgekehrt war. Dennoch zeigte sich noch die Regelmäßigkeit, die diese Stufen gefordert hatten.

Tristam musste an den Traum denken, der ihm im Hause seines Onkels auf Farrow gekommen war – in dem er gegen eine unsichtbare Strömung eine Treppe erstieg.

Langsam nahmen sie die Stufen. Sie sprachen nicht, sondern achteten darauf, wohin sie ihre Füße setzten. Schon bald atmeten sie schwer. Das unaufhörliche Rauschen des Wassers und des Windes in den Bäumen klang wie Flüstern und Seufzen.

Tristam glitt aus, und der Viscount packte ihn beim Arm. Mit seiner unwiderstehlichen Kraft zog er ihn wieder auf die Beine. Vielleicht begleitete ihn der Mann allein zu diesem Zweck.

Stellenweise waren die Stufen so weit erodiert, dass von ihnen kaum etwas übrig war; dort waren die Kletterer gezwungen, sich an Wurzeln und Ranken die Steinwand hochzuziehen.

Ohne dass sich augenscheinlich ihr Neigungswinkel änderte, setzte sich die Treppe schon etwa zweihundertundfünfzig Fuß weit fort, und ein erneutes Ausrutschen hätte nun eine große Gefahr bedeutet. Gelegentlich blieben die drei stehen und betrachteten Wandstücke, die durch den Pflanzenbewuchs zu sehen waren. Früher einmal waren sie mit Ornamenten reich verziert gewesen, doch die Zeit hatte vieles ausgelöscht.

Ein Windstoß bewegte die Äste über ihnen, und die Lichtflecken der Sonne schossen in einem irrwitzigen Muster über den Bach und das Unterholz. Gleichzeitig erhob sich aus dem Wald über ihnen ein geisterhafter Laut wie der tiefe Ton eines schweren Holzblasinstrumentes. Unwillkürlich krümmten sie sich alle drei zusammen, als würde ihnen soeben ein Unheil geweissagt. Dann wurde der Ton immer tiefer und erstarb und hinterließ nur die Geräusche von Wasser und Wind.

»Blut des Märtyrers!«, stieß der Viscount hervor, »der Ton wollte mir gar nicht gefallen.«

Wie angewurzelt blieben sie eine ganze Weile stehen, doch als der Laut sich nicht wiederholte, fassten sie sich und gingen weiter. Beacham stürzte und rutschte mehrere Fuß weit ab, bevor er sich festhalten konnte. Als er wieder zu den anderen kam, war er bis auf die Haut durchnässt, zerschrammt und ein wenig zermürbt. Danach kletterte er langsamer und prüfte jeden Tritt mit Bedacht.

Schließlich gelangten sie an eine Stelle, wo sie keine weiteren Stufen über sich sehen konnten. Tristam hatte das

Gefühl, in seinem Bauch wäre ein kalter Stein herangewachsen.

Als sie aber erreichten, was sie für das obere Ende der Treppe gehalten hatten, erwies es sich als Absatz – eine dreißig Fuß durchmessende Ebene aus Stein, die von Wasser bedeckt war; danach führte die Treppe weiter nach oben und verschwand im Grün des Urwalds.

Wenig höher fanden sie einen natürlichen Bogen aus Fels, der die Treppe überspannte, und darin sahen sie eine Anzahl von Löchern. Ob diese Löcher natürlichen Ursprungs oder von Menschenhand gebohrt waren, ließ sich nicht sagen, doch an ihnen war ein unheimliches, hauchiges Summen zu hören. Eine Weile warteten sie hier, um Atem zu schöpfen, aber sie vernahmen nicht mehr den langgezogenen Ton, den sie zuvor gehört hatten, und setzten den Aufstieg fort.

Keine dreißig Stufen weiter oben kam plötzlich Wind auf, und nach einem Augenblick, in dem nur ein tiefes Dröhnen zu hören war, erklang der unverwechselbare Ton erneut. Die drei Kletterer verharrten auf der Stelle; die Macht des Lautes so dicht an seiner Quelle lähmte sie. Tristam spürte den Widerhall des Tones in der Brust.

»Bei dunkler Nacht möchte ich so was nicht hören«, brummte Beacham. »Da könnte sogar einem Mann das Herz stehen bleiben, der schon dreißig Jahre zur See fährt. Könnte ihm glatt das Salzwasser in den Adern gefrieren lassen.«

Sie stiegen weiter. An einer Stelle war die Felswand eingestürzt und hatte die Treppe unter Trümmern verschüttet, sodass der Bach gezwungen war, rauschend durch einen engen Spalt zu strömen, den er tief eingeschnitten hatte. Um sich dort hindurchzuzwängen, mussten sie auf dem Bauch über die Steine kriechen, und sie befürchteten währenddessen, dass der Fels in Rutschen geraten und der Damm zusammenbrechen könnte.

Während sie sich durch die Engstelle arbeiteten, enthüllte sich ihnen allmählich eine fremde neue Welt. Gewaltige Farne mit einem Umfang von über zwanzig Fuß, die höher aufragten als ein Mensch, streckten Hunderte elegant geschwungener Wedel aus. Auf den Bäumen wucherten unbekannte Rankengewächse und Blumen; sie wanden sich um die Stämme und Äste wie wahnsinnig gewordene Liebende, die darauf aus waren, den Geliebten zu ersticken. Von den Ästen hing verfilzten Bärten gleich das Moos herab und breitete sich wie Teppich über den Boden aus. Die Sonne strahlte in Säulen durch die Lücken im dichten Blätterdach und beleuchtete kleine Flecken des Waldes, als wollte die Natur die Aufmerksamkeit auf sich lenken: *Schau! Siehst du die Makellosigkeit? Erkennst du das Wunder?*

Das Murmeln des Wassers, das die Riesentreppe hinunterfloss, übertönte die meisten anderen Geräusche, sodass der Wind und die Vogelrufe geisterhaft und weit entfernt erschienen.

An einer Stelle scheuchten sie eine Wasserschlange auf, die geräuschlos in einen Wandriss schlüpfte und noch einmal mit dem langen Schwanz schlug, während sie in der Erde verschwand. Danach gingen sie hintereinander und hielten sich in der Mitte der Treppenstufen.

Unter dem Bogen aus Bäumen und Ästen, der sich über die lange Treppe wölbte, erschien ein hellblauer Halbmond: ein Ausschnitt des Himmels, der die Erkunder hoffen ließ.

»Hoffentlich nicht wieder nur ein Rastplatz«, sagte Beacham, der als letzter ging. »Obwohl eine Verschnaufpause mir ganz recht wäre ...«

Tristam hätte eigentlich das gleiche fühlen müssen – seine Beine brannten vor Anstrengung –, doch nun zwang ihn etwas weiterzugehen. Wollte er unbedingt hinter sich bringen, was ihm bevorstand? Er stellte fest, dass er wieder die Führung übernommen hatte.

Als der letzte Baumbogen nur noch wenige Schritt entfernt war, blickte Tristam zurück. Seine Begleiter waren stehen geblieben, beugten sich vornüber und rangen nach Luft. Tristam sah zum blauen Himmel empor, den die Pforte einrahmte.

Er ging nun schon so lange im kalten Wasser, dass die

Kälte auf ihn übergegangen sein musste, denn er fühlte sich seltsam entrückt, als betrachtete er sich selbst mit völliger Gelassenheit und aus sicherer Entfernung.

Andernfalls würde ich womöglich nicht weitergehen, dachte er.

Am besten, ich bringe es hinter mich. Er zwang sich, die letzten Stufen zu ersteigen, als wären es die letzten Schritte eines Wettlaufs.

Ein Windstoß fuhr die Treppe entlang, rührte die Farne und Äste über seinem Kopf auf und trug den langgezogenen, klagenden Ton mit sich. Ein Vogel flatterte zwischen den Zweigen hervor, und Tristam glaubte, undeutlich die Eule wiederzuerkennen – Beachams Eule.

Mit einer letzten Kraftanstrengung trat er auf den obersten Treppenabsatz, und von dort überblickte er ein Gelände mit durcheinandergeworfenen weißen Steinen und hervorwachsendem Dickicht. *Eine Ruine*, kam ihm zu Bewusstsein, *eine vergessene Stadt.*

Jemand wuchtete sich neben ihm auf den Absatz und unterdrückte einen Fluch – der Viscount, und er rückte sofort von Tristam ab, ohne den Blick von ihm abzuwenden und statt dessen das vor ihnen ausgebreitete Wunder zu betrachten. Unfähig, sich der Anklage in Elsworths Augen zu stellen, kehrte Tristam ihm den Rücken zu.

Vor ihnen erstreckte sich ein weiter Platz, der mit Marmorplatten gepflastert und auf allen Seiten von dichtem Wald umgeben war. Am gegenüberliegenden Ende des Platzes strömte das Wasser zwischen zwei Treppen herab, die von einem Rankendickicht und Moos fast erstickt wurden.

Nun gelangte auch Beacham bei ihnen an. »Nun, Sir«, sagte er mit ehrfürchtiger Stimme, »für diese Entdeckung sind wir bis an unser Lebensende berühmt. Ich hätte mir nie träumen lassen ...« Doch er sprach den Satz nicht zu Ende.

Im Traum, dachte Tristam, *stieg ich gegen einen unsichtbaren Strom eine Treppe hinauf und gelangte in ein Sommerhaus, eine Laube ... Ich bin angekommen, Sir Roderick, aber zu welchem Zweck?*

Vor ihm breitete sich die Ruine einer fremden Stadt aus, überwuchert von dem Urwald, der Kolonnen aus Ranken und Wurzeln ausgesandt hatte, um auch die letzte verbliebene Fläche aus nacktem Stein zurückzuerobern. Das Wurzelwerk fing die Erde ein, die Wind und Regen herbeitrugen, und verankerte die Krume mit struppigen Gräsern; geduldig sammelten sie diese Erde, bis sie genügte, um einen Baum wachsen zu lassen - sie erinnerten an Höflinge, die die Rückkehr des exilierten Königs vorbereiten. Doch jenseits dieses winzigen Gebietes war der Wald bis weit hinter die Stadtgrenzen vorgedrungen in seinem beharrlichen Feldzug, sein verlorenes Königreich zurückzuerobern.

Hier gab es keine Geräusche einer Zivilisation, nur das ständige Flüstern der Natur, das von den Menschen so oft als Stille bezeichnet wird. Tristam überlegte, was der Wald wohl zu ihrer Ankunft zu sagen hätte. *Sind die Menschen zurückgekehrt? War all unsere Mühe vergebens?*

Rings um den Platz standen verfallene Häuser, die beinahe zugewachsen waren - nach einiger Zeit würden sie vollends verloren sein. An manchen Stellen aber ließen sich Abschnitte der Steinmauern erkennen - eine Fensteröffnung, durch die ein wildes Rankengewächs wucherte, das mit blutroten Blüten besetzt war. Die Überreste eines hohen Portikus, dessen nach oben hin verjüngte Säulen einen Sturzstein und ein Dach aus gewundenen Ästen stützen. Und in den bleichen Marmor waren die Farben des Urwalds vorgedrungen und hatten ihn mit blassen Flecken in Grün und dunklem Braun gesprenkelt.

Dahinter erhob sich die Stadt auf eine zweite Ebene, und dort ragten die Ruinen wahrlich großer Bauwerke auf, obwohl sie nun so sehr überwuchert waren, dass sie fast wie natürliche Anhöhen wirkten.

Oberhalb der Doppeltreppe war die Spitze eines gewaltigen Gebäudes zu sehen, das etwas weiter entfernt stand. Es ragte höher auf als alle anderen, fast eine Pyramide, jedoch mit abgeplatteter Spitze und gestuft; ein Baum krönte sie, der seine Äste schwenkte wie das Banner eines Eroberers, der Triumph des alten Waldes über die Wohnstätte der Menschen.

Ein weiterer Windstoß drang die Wassertreppe hinauf und trug eigenartige Worte herbei – einen Gesang, der geisterhaft tonal erschien. Die drei Männer entfernten sich unverzüglich vom Treppenabsatz.

Zu beiden Seiten des Baches lag nackter Stein, nach Tristams Mutmaßung deshalb nicht überwuchert, weil die Fläche regelmäßig überflutet und von allen Keimlingen freigespült wurde. Sie waren froh, den warmen Stein unter ihren Füßen zu spüren. Tristam und Elsworth zogen Stiefel aus ihren Umhängetaschen, doch Jack Beacham begnügte sich damit, barfuß weiterzugehen.

Während der Viscount sich die Stiefel anzog, schweifte sein Blick über die zerfallene Stadt. »Was glauben Sie, wie lange sie hier schon so liegt?«, fragte er. »So verlassen?«

Tristam fuhr mit der Hand über die verwitterten Pflastersteine und schätzte die Höhe der Bäume, die zugrunde liegende Humusschicht. »Jahrhunderte? Ich weiß es nicht.«

Hierher? Zu einer alten verlassenen Stadt. Weshalb?

Das Grauen, das er unablässig empfand, schien sich wie eine Welle zu einem Brecher aufzuschaukeln, und dennoch stellte er fest, dass er weiterging; er war sich seiner eigenen Bewegungen kaum bewusst.

Sie folgten dem Bachrand zur Doppeltreppe und zur nächsten Ebene – zu der eigentlichen Stadt. Tristam wählte seinen Weg, ohne sich mit seinen Begleitern abzusprechen, und sie folgten ihm widerspruchslos. Das Geräusch ihrer Stiefeltritte auf dem Stein wurde vom umgebenden Wald verschluckt. Dennoch erschien Tristam jeder Schritt schrecklich fehl am Platze und aufdringlich. Die Stadt wirkte nicht einfach leer und aufgegeben, sondern strahlte eine bedrohliche Verlassenheit aus.

Beacham blieb vor der halb versteckten Skulptur einer Frau stehen, die an einer Hausecke herabhing und nur durch dichte Ranken vor dem Herabstürzen bewahrt wurde. Alle drei betrachteten sie die kopflose Statue, deren verbliebener Arm zwischen den sehnigen Ranken hervorragte wie der Arm eines Ertrinkenden, und die weißen Blüten des Flechtwerks sahen wie Schaumkronen aus.

Die Hand der Skulptur war mustergültig ausgeführt und drückte solch hoffnungsloses Bedürfnis aus, dass Tristam am liebsten den Arm ausgestreckt und die Frau vor dem alles verschlingenden Urwald gerettet hätte. Doch zu spät – sie war schon vor langem ertrunken.

Sie setzten ihren Weg fort.

Breite Straßen, die einst zu beiden Seiten abzweigten, lagen nun erstickt im Wald, und die bleichen Knochen gekrümmter Säulenschäfte zeigten sich hier und da im dichten Geflecht von Ästen und Blättern. Die uralten Straßen bogen in die Dunkelheit des Dschungels wie Kanäle aus Vegetation, die in einen Ozean ungebrochenen Grüns mündeten: Flussläufe, die zu einem Geheimnis strömten, das so alt war und so gut vergraben, dass kein Mensch mehr dahin vordringen konnte. Stellenweise glänzten Steinmauern, wo die Sonne das grüne Dach durchdrang, und in einigen dieser Flächen klafften geborstene Öffnungen, die Tristam so beunruhigten, dass er ihren Anblick kaum ertragen konnte, so als würden sie ihm etwas offenbaren, das er um keinen Preis sehen wollte.

Unter Aufbietung aller Willenskraft wandte er sich wieder den Überresten der ausgedehnten Stadt zu, die einst hier floriert hatte und die vom Wald noch nicht zurückerobert worden waren. Welches Volk hatte hier gelebt? Womit hatte es Handel getrieben, welche Kunstwerke hatte es hervorgebracht, welche wissenschaftlichen Erkenntnisse gewonnen?

Er war hierher geführt worden, hierher, wo er vielleicht das größte Geheimnis fand, das die Menschheit je entdeckt hatte. Er, Tristam Flattery. Aber weshalb?

Nach einer Weile gelangten sie an ein Becken, das gut dreißig Fuß durchmaß und am Fuße der Doppeltreppe lag. Ein Wasserfall, der zwischen den Treppen herabstürzte, speiste dieses Becken, und hier wurde auch endlich das Geheimnis der Wassertreppe gelüftet, denn das Becken war geborsten und mit Steinen, Kies und abgebrochenen Ästen verstopft.

»Das Wasser fiel einmal in das Becken und wurde wahrscheinlich durch einen Kanal unterhalb des Platzes abgeleitet«, erklärte Tristam. »In der Vergangenheit ist unser Treppenaufgang trocken gewesen.« Er wies mit einer ausholenden Gebärde auf das Becken, aus dem das Wasser sich durch Risse im Rand auf den Platz ergoss. »Es sei denn, es wäre zu Zwecken der Verteidigung absichtlich zum Überlaufen gebracht worden.«

Sie blieben noch einen Moment stehen und schauten über die breite Prachtstraße zurück auf den seichten Bach in der Mitte und die verfallenen Häuser unter den grünen Teppichen. Tristam konnte nicht sagen, wie dieser Anblick auf seine Begleiter wirkte, doch er selbst war hin und her gerissen zwischen völliger Ehrfurcht und jenem Gefühl des Grauens, das seine Tentakel in sein Herz senkte, wie der Urwald die Schlingpflanzen in die Stadt geschickt hatte.

Am oberen Absatz der Doppeltreppe lag eine umgestürzte, wuchtige, zur Spitze hin verjüngte Säule aus schwarzem Stein am Boden. Sie war in drei Teile zersprungen. Die Säule durchmaß volle acht Fuß, erhob sich also noch im Liegen zwei Fuß über Tristam, und sie war gute fünfzig Fuß lang. Tristam fuhr mit der Hand über den abgewetzten Stein.

»Sehen Sie?«, fragte er, denn er hatte das Gefühl, er sollte das Schweigen brechen. Er peilte an der Länge der Säule entlang. »Aus einem Stück, schwarzer Marmor. Und einst reich verziert.« Was Tristam sagte, entsprach ohne Zweifel der Wahrheit, doch welches Muster auch immer in diesen Stein gemeißelt gewesen war, es war in der Zeit verloren gegangen.

Auch die Bruchstellen waren von Wind und Regen poliert. Tristam wurde klar, dass die Stadt schon viel länger verlassen dalag, als er zunächst angenommen hatte. Beacham zwängte sich in die Lücke und kletterte behände auf die Säule hinauf, wo er an der Deckschicht aus Gräsern und Schutt schabte.

»Nicht allzu verschieden von den Säulen, die wir in der Ruine von Farrow gesehen haben«, sagte der Viscount, während er sich ebenfalls auf den Marmor hochzog. »Obwohl sie erheblich größer ist.«

»Schon«, entgegnete Tristam, »aber runde Säulen finden wir auch bei unseren eigenen Vorfahren. Die Form tritt zu häufig auf, als dass man damit eine Verbindung zwischen den Ruinen belegen könnte.«

Farrow. Ein Menschenvolk hatte dort Jahrhunderte, wenn nicht gar Jahrtausende vor den ersten Farrowern gelebt. Ihm fiel die Weinflasche ein, die Borrows ihm gegeben hatte. Konnte es sich bei den Pflanzen, die in die Ruine von Farrow gemeißelt waren, um Königsblatt handeln?

Tristam trat vor die ehemalige Basis der Säule. Sie war sechseckig, etwa vier Fuß hoch und dreimal so breit. Auf jeder der sechs Seiten hatte sich ein Reliefbild befunden, das nun verschwunden war, aber nicht nur durch die Erosion im Laufe der Jahre. Für Tristam stand es fest, dass Menschenhand sich die Mühe gemacht hatte, das auszulöschen, was hier eingemeißelt gewesen war.

Auf einer Seite glaubte er, ein Sternbild wiederzuerkennen, auf einer anderen etwas, das an merkwürdig geformte Segel denken ließ, die an ihrer Oberseite zwei Spitzen aufwiesen.

Er drehte sich um und blickte über den Platz. Zu beiden Seiten, fünfzig Schritt voneinander entfernt, lagen die Ruinen mächtiger Gebäude. Vor der einen stand eine Reihe verwitterter Säulen, der Sturz war längst herabgefallen und vom Urwald verzehrt. Keines der beiden Bauwerke erhob sich nun mehr als drei Stockwerke, doch ihre Fundamente waren gewaltig. Hier und dort überragten grüne Hügel die Bäume, wo früher einmal Türme gestanden hatten. Davon abgesehen war es fast unmöglich, auf die ursprünglichen Formen und Stile der Bauwerke zu schließen. Der Wald hatte sie völlig unter sich begraben. Tristam vermutete, dass es jahrelanger Ausgrabungen bedürfen würde, um allein den Stein wieder freizulegen, doch es war denkbar, dass gerade die Überwucherung die Architektur vor dem Verfall durch Erosion bewahrt hatte. Unterhalb der Pflanzenschicht war vielleicht mehr von der Stadt erhalten als an den Stellen, die sich noch darüber erhoben.

Jenseits der Grabhügel aus Stein und Vegetation hatte der Urwald alle weiteren Hinweise auf Bauwerke verschluckt, und doch gewann Tristam den Eindruck, dass die Stadt größer gewesen war. Die Erbauer hatten sich ein Tal zwischen dem Kegel des Vulkans und einem niedrigeren Hügel ausgesucht. Die Stadt konnte sich auf beiden Seiten des Tales in die Höhe erstreckt haben, doch das ließ sich nur durch Erkundungen feststellen.

Genau vor ihnen auf der anderen Seite der Terrasse befand sich eine weitere Doppeltreppe, und Tristam sah dazwischen ebenfalls Wasser herabfließen. Dahinter, auf der nächsten Ebene, erhob sich großartig die zentrale Pyramide über den umgebenden Wald.

»Ich weiß gar nicht, wo wir anfangen sollen«, sagte der Viscount und schaute verwirrt um sich.

Tristam drehte sich im Kreis, wie die Nadel eines Kompasses. Dort. Er deutete auf die Pyramide. »Von da haben wir die beste Aussicht.« *Hinauf*, dachte er; *hinauf in die Lüfte.*

Beacham hatte sich in der Mitte des Platzes niedergekauert und starrte auf die Pflastersteine. Der Wind fuhr ihm ins Haar, dass es flatterte.

»Was ist denn, Mr. Beacham?«, fragte der Viscount. »Haben Sie dort Ihr Abbild gefunden?«

»Das nicht, Sir, aber gefunden habe ich etwas.« Ohne den Blick abzuwenden, erhob sich Beacham und trat langsam zur Seite.

Tristam bemerkte ein Muster auf dem Boden, das aus Marmor und Basalt gebildet wurde. Der dunklere Stein lief in Streifen über den Platz.

»Das wird das Herz des Kapitäns erfreuen«, sagte Tristam, »wenn es das ist, wofür ich es halte.«

»Ich halte es für eine Seekarte, Sir. Obgleich Mr. Hobbes es gewiss eher als Kartenskizze bezeichnen würde. Meiner

Meinung nach stimmt der Maßstab nicht, und ... ich weiß nicht, wie ich es ausdrücken soll, Sir ... Sämtliche Inseln sind – sozusagen abgerundet. Die Schroffheit der Kanten ist verschwunden. Trotzdem ist das hier eine Karte, und zwar eine Karte des Archipels – oder wenigstens eines Teiles davon.«

Die drei Männer beugten sich über den Boden und verfolgten das Muster. Fünf Schritt weiter stapfte Beacham mit dem Fuß auf.

»Und hier sind wir, Gentlemen, oder mein Name soll nicht Jack Beacham sein.« Sein Gesicht überzog ein Grinsen, und es nahm ein dunkleres Rot an, sodass seine Sommersprossen zu wachsen schienen. Er deutete auf ein in den Marmor eingesetztes Basaltstück, das übel zerkratzt und an mehreren Stellen zerbrochen war.

»Sind Sie sicher?«, fragte der Viscount.

»So gut wie sicher, Lord Elsworth. Hier ist die Straße, durch die wir gekommen sind.« Er folgte ihrer Route, als wäre er ein Schiff. »Hier liegt die *Swallow* vor Anker, und hier ist der Engpass, dem wir vom Grauen Ozean ins Archipel gefolgt sind.« Er zögerte und musterte die Karte eingehend. »Der Maßstab stimmt nicht, aber sehen Sie ...« Er eilte nach West. »Hier liegen die verborgenen Kanäle, die zwischen den Inseln hindurchführen. Und jenseits davon der Große Ozean! Wenn der Herr Kapitän das sieht, wird er der glücklichste Mann in der Marine Seiner Majestät sein!«

Auf der Stelle legte der Seekadett einen Kurs durch den Archipel.

»Diese Karte würde uns manche falsche Abzweigung ersparen, Mr. Flattery. Sehen Sie?« Zur Illustration tippte er mit dem Zeh auf eine Fahrrinne, die blind endete.

Der Viscount langweilte sich bereits und schlenderte davon. Als er zwanzig Fuß entfernt war, blieb er wieder stehen und betrachtete ihr Fundstück. »Über welche Fläche erstreckt sich Ihre Karte denn, Beacham?«

Der Seemann eilte in Richtung der gegenüberliegenden Treppe, blieb jedoch ein ganzes Stück von den Stufen entfernt stehen. »Es könnten gut zweihundert Meilen im

Geviert sein, Sir. Gewiss nicht mehr, und ich wäre nicht erstaunt, wenn es weniger wären.«

»Ihr Königreich«, sagte Tristam, »wenn sie Könige hatten.« Er beugte sich vor und blickte auf den kleinen Krater an der Stelle, wo die Stadt sich auf der Karte befunden hätte. »Das ... Es ist von Menschen zerstört worden, nicht von der Natur. Möglicherweise ist diese Stadt nicht verlassen, sondern erobert und zerstört worden.«

Beacham war fünfzehn Fuß entfernt stehen geblieben. »Sehen Sie, Sir? Hier ist noch solch ein Stein fortgenommen worden.«

Tristam ging zu ihm und fand eine kleine Höhlung im Basalt – an deren unterstem Punkt er eine blaue Scherbe erblickte. Er bückte sich und blies den Sand aus dem Loch. »Lapislazuli«, stellte er fest. »Das hat etwas Wichtiges bezeichnet. Womöglich eine andere Stadt.« Er schüttelte den Kopf. »Ich frage mich, was hier wirklich geschehen ist.«

»Es sind keine Befestigungen zu sehen«, sagte der Viscount, der sich auf der Stelle im Kreis drehte. »Es mag sein, dass der Krieg ein Volk ereilt hat, das sich nicht in seinen Künsten übte.« Er zog die Achseln hoch, als wollte er sagen, dass ihm jede Spekulation gegen den Strich ging.

Der Viscount beäugte Tristam nach wie vor seltsam, und obwohl der Lord ihm nicht von der Seite wich, gewann er den Eindruck, als sei Burne-Johns darauf bedacht, stets einige Fuß Abstand zwischen ihnen zu bewahren.

»Wir sollten die Treppe hochsteigen«, schlug der Viscount vor, »und sehen, was sich von oben erkennen lässt.«

Das Becken am Fuß der nächsten Treppe war nicht so schwer beschädigt, aber bis an die Oberkante mit Wasser gefüllt, und auf dem Boden lagen sehr viele Pflanzenreste.

»Der Regen heute Morgen hat es gewiss überlaufen lassen«, sagte Tristam und wies auf den Platz. »Deshalb ist Ihre Karte so sauber, Mr. Beacham.«

Von der nächsten Terrassenstufe, die etwa zwanzig Fuß höher lag, ergoss sich ein Wasserfall in das Becken. Die Verzierungen an diesem Becken waren nicht ganz so arg in Mitleidenschaft gezogen, und das Muster aus Ranken und

Blättern war noch erkennbar. Zu beiden Seiten jeder Treppe hatten Säulen gestanden, die nun auf dem Boden lagen, und von diesen trug jede ein ähnliches Muster. Die linke Treppe war durch Wurzeln, die zwischen den zusammengewürfelten Steinblöcken wie dicke, gekrümmte Finger hervorragten, stark beschädigt worden. Irgendwo aus dem Wald hörten sie eine einsame Eremitendrossel, und ein gedämpftes Echo hallte über die desolaten Straßen.

Während sie die intakte Treppe hinaufstiegen, warf Tristam einen Blick zur Sonne und begriff, dass sie sich beeilen mussten, wenn sie noch am gleichen Tag an den Strand zurückkehren wollten.

Der dritte Platz durchmaß über dreihundert Fuß und reichte bis an die Pyramide, von der die Stadt dominiert wurde. Tristam blieb stehen und überlegte, was dieser Anblick für die Bewohner der Stadt bedeutet haben konnte. Schaute er auf den Regierungssitz? Einen Tempel?

Von der Pyramidenbasis entsprang ein schmaler Kanal, der den Vorplatz überquerte, und zwei lange Treppen, die die Fassade des Bauwerks beherrschten, führten zur Spitze hinauf. Zwischen den Stufen stürzte das Wasser eine steile Klamm hinab und speiste den Kanal. Am rechten und am linken Ende stieg der Platz stufenförmig an, doch der Wald verbarg alles, wohin diese Stufen einmal geführt hatten. Auf beiden Seiten erstreckte sich am Waldrand eine Reihe von Säulen in gleichen Abständen; einige waren umgestürzt, andere hielten sich noch immer aufrecht.

Die drei Männer waren sich ihrer Entschlossenheit plötzlich einig, und anstatt planlos umherzuschlendern, stapften sie zielstrebig auf die Pyramide zu. Tristam blickte dabei in den Kanal, der weniger als einen Schritt tief und nur doppelt so breit war. Die Seiten waren abgenutzt, glatt und von den endlosen Jahren der Erosion gerieft. Im Laufe der Jahrhunderte hatte das Wasser allmählich den Fels weggenagt und die Pflastersteine fast zwei Fuß weit unterspült, ein weiteres Zeichen für das hohe Alter dieses Ortes.

»Was meinen Sie, wie kommt es, dass das Wasser von der Pyramide herunterfließt?«, fragte der Viscount plötzlich.

Tristam staunte, dass er sich diese Frage nicht augenblicklich selbst gestellt hatte. Er musterte die Umgebung. »Woher das Wasser kommt, vermag ich nicht zu sagen, Julian, doch im Grunde muss es aus einem höhergelegenen See oder von einer Quelle stammen.«

Der Viscount nickte. »Wer immer diese Stadt gebaut hat, sie wussten, was sie taten.«

Sie beeilten sich nun, und Beacham rannte fast. Die Hoffnung auf einen Aussichtspunkt, von dem aus alles zu sehen war, trieb sie an. Tristam blickte immer wieder auf das Pflaster des Platzes, denn an einigen Stellen waren die Steine zersprungen, zerbrochen, eingesunken oder durch eine unbekannte Kraft von unterhalb angehoben, und deshalb boten sie einen trügerischen Weg. Ein schwacher Schwefelgeruch zog Tristams Blick auf die Bergspitze. Die Flucht von dem Vulkan auf Farrow fiel ihm ein, und sein ungutes Gefühl kehrte gestärkt zurück.

Vielleicht ist das die Quelle der Beklommenheit, die an mir nagt, überlegte er. *Alles erinnert mich so sehr an unseren Ausflug zur Ruine: geheimnisvolle Bauwerke, über uns ein qualmender Vulkanschlot ... Das reicht doch, um jedem die Ruhe zu rauben.* Das Gehirn, so viel wusste Tristam, behielt seine eigene, primitivere Erinnerung an zurückliegende Erfahrungen.

Er stolperte über eine Kante und fiel nach vorn, fing sich aber und eilte weiter. Als sie am Fuß der langen Treppe ankamen, blieben sie ohne eigentliche Veranlassung stehen und blickten einander an. Sie fragten sich, wer die Führung übernehmen sollte.

Tristams Kurs, dachte der Naturforscher.

Links und rechts der Treppe lagen die zerbrochenen Fragmente abgeschlagener Skulpturen, doch die Stufen selbst schienen nur vom langsamer nagenden Zahn der Zeit betroffen zu sein.

Tristam setzte den Fuß auf die unterste Stufe, als wolle er testen, ob sie sein Gewicht zu tragen vermochte. Er blickte hinauf über das steil ansteigende Linienmuster, das die gerundeten Kanten der Stufen bildeten, rückte die

Umhängetasche auf der Schulter zurecht und begann den Aufstieg.

Die Stufen dieser Treppe waren nicht sehr breit, und Tristam sah dem Abstieg mit Unlust entgegen. Fast wäre es bequemer gewesen, im Zickzack seitwärts zu gehen, denn die Bewohner mussten kleinere Füße gehabt haben als Tristam. Als sie die Höhe der Baumwipfel überschritten, wehte dort ungehemmt der Passatwind, zerrte in den Haaren und blähte ihre Hemden wie schlecht gestellte Segel.

»Oben ist es oft windiger, Sir«, sagte Beacham außer Atem. »Deshalb segeln die Wolken auch schneller als unsere arme *Swallow.*«

Die Pyramide stieg über sieben große Stufen an. Hier waren einige Wandarbeiten der Tragödie entronnen, die über die Stadt hereingebrochen war. Tristam erkannte ein horizontal angeordnetes Motiv – Ranken und Blätter und große Kreise für Bäume. Auf der nächsten Stufe befanden sich stilisierte Fische und Wale, vielleicht auch die Köpfe und Flügel von Vögeln. Auf einer anderen streckte sich eine große Katze, darüber erhob sich ein Berg mit einer Wolke an der Spitze, ohne Zweifel eine Darstellung des rauchenden Kegels über ihnen. Doch Darstellungen von Menschen vermisste man völlig, sodass die Bewohner der Stadt weiterhin ein Mysterium blieben.

Die schmalen Treppenstufen waren zu trügerisch, als dass man sich gestatten konnte, die Gedanken wandern zu lassen, und so nahm sich niemand die Zeit für eine genaue Betrachtung des Bauwerks. Später böten sich noch genug Gelegenheiten, die Meißelarbeiten zu bewundern und über die Bedeutung der Symbole zu rätseln – vielleicht.

Der Viscount ließ sich auf einer Stufe zusammensinken, um Atem zu schöpfen. Tristam blieb stehen, um auf ihn zu warten, und nutzte die Gelegenheit, um über die Stadt hinauszublicken. Einen Moment lang befiel ihn ein Schwindelgefühl, und er ließ sich auf ein Knie nieder. Das eigenartige Musikinstrument auf der Wassertreppe heulte, der Passatwind zerrte an Tristams Kleidern und an der Schultertasche.

Sie waren gerade hoch genug, dass die Umrisse der alten Stadt sich abzuzeichnen begannen – grünbewachsene Türme und Hügel erhoben sich aus dem Urwald: Ein Muster deutete sich an. Eine Wolke trieb vor die Sonne, und ihr Schatten eilte mit überraschender Geschwindigkeit über die Ruinen.

In einer fernen Meerenge zwischen den Inseln machte Tristam ein Beiboot der *Swallow* aus, das im Wind krängte. Der Anblick linderte seine Unruhe, bis ihm bewusst wurde, wie weit das Boot entfernt sein musste. Wie sah diese Stadt von weitem aus? Hatte er hinaufgeblickt und nicht begriffen, was er sah?

Lord Elsworth nickte Tristam zu und erhob sich zum Weitermarsch. Beacham war still geworden, und Tristam warf ihm einen Blick zu, als sie weitergingen. *Jawohl*, dachte er, *wie groß und fremd die Welt sich erweist.*

Erneut kam das Ende einer Treppe in Sicht, die sich einmal mehr als nur das scheinbare Ziel ihres Aufstiegs entpuppen könnte.

Was hatten die Bewohner dieser Stadt in diese Höhe erhoben?

Tristams Beine reagierten noch auf seine Wünsche, waren jedoch längst nicht mehr so willig, und er glaubte abstürzen zu müssen, wenn er sich nicht gleich ausruhte.

Noch etwas höher, und er konnte über den Rand der nächsten großen Stufe auf eine Terrasse blicken. Um eine Stufe erhöht, bildete die Terrasse einen Halbkreis aus glattem Stein zwischen sieben polierten Säulen – die beiden äußersten aus weißem Stein, die nächsten beiden aus rosafarbenem, das innerste Paar grün und ganz in der Mitte eine einzelne Säule, die im Sonnenlicht schwarz glänzte.

Alle drei standen sie da und starrten auf diesen unglaublichen Anblick.

»So«, hörte sich Tristam murmeln. »So.«

Warum bin ich nicht erschüttert? Warum nicht entsetzt? Weil ich mich auf einer Spur bewege, die in die Erde gefurcht ist und mich an ein vorbestimmtes Ziel führt. Bis hierher, vielleicht noch weiter. Eindeutig aber hierher.

»Sie wollten doch die Ruine von Farrow besichtigen, Mr. Beacham?«, meinte Tristam leise. »Nun, hier liegt sie vor Ihnen.«

Der Viscount hatte die Augen fest zusammengekniffen – an seinen Handgelenken standen die Sehnen hervor, und die Hände hatte er zu Klauen verkrampft. Tristam hörte sich keuchend und stoßweise atmen. Er schwankte auf der Stelle hin und her.

Grauen.

Zweimal war er nun zu diesem Bauwerk dirigiert worden, obwohl er seine Bedeutung nicht im Entferntesten begriff. Wie viel wusste Galton? Was hatte sein Großonkel erfahren?

Tristam überlegte, ob Sir Roderick Palle gewusst hatte, dass die Reise ihn hierher bringen würde. Ihren ›Magnetstein‹ nannten sie ihn. Doch wohin hatte er sie geführt?

Der Viscount warf Blicke um sich, als ob er irgendeine Bedrohung vermutete, etwas, wovor man auf der Hut sein musste. Tristam entfernte sich einige Schritte von dem Lord und wandte sich wieder den Säulen zu – den sieben Säulen, auf denen ein grauer Sturz ruhte.

Hatten die Erbauer der Ruine von Farrow in dieser Stadt gelebt?

Im Hintergrund plätscherte Wasser über glatten Marmor in einen kleinen Trinkbrunnen, und darüber ragte eine kleine Plattform hervor, die auf den Ästen eines aus dem Stein gemeißelten Baumes zu ruhen schien.

Tristam ging willenlos und benommen darauf zu und stieg auf die Marmorterrasse. Am Boden bewegte sich etwas mit dem Wind, und als er genauer hinschaute, sah er weiße Federn, die in getrocknetem Blut klebten. Anscheinend hatte ein Raubtier hier geschmaust. Ein Raubvogel, fürchtete Tristam.

Als könnte er sich daran verbrennen, streckte Beacham überaus vorsichtig die Hand aus und berührte eine Säule. »Aus Stein«, sagte er, als habe er damit gerechnet, dass sie sich bei der leisesten Berührung verflüchtigen könnte.

Der Trinkbrunnen zog Tristams Blick auf sich, denn er war aus den steinernen Windungen einer großen Schlange geformt, die hinter dem Becken das Haupt erhob – doch statt des lanzettförmigen Schädels, den Tristam erwartet hätte, saß ein Raubvogelkopf auf dem Schlangenleib. Und aus dem gekrümmten Schnabel floss das klare Wasser.

»Sie sind einander nicht ganz gleich«, sagte er und glaubte, wie ein Dummkopf zu klingen.

In die Längsseite des Sturzes waren Zeichen eingemeißelt, und sie ähnelten denen auf Farrow, ohne damit identisch zu sein. Die Säulen unterschieden sich in den Verzierungen. Es hatte den Anschein, als wäre die Ruine von Farrow von einem etwas anderen Verstand nachgebaut oder nach nicht genau den gleichen Plänen errichtet worden.

Welches aber ist die Kopie?, fragte sich Tristam.

Er folgte Beachams Beispiel und berührte zaghaft eine Säule. Auf einer waren Sonne und Mond zu erkennen, und auch das Sternbild Große Stute, doch auf der gleichen Säule – die in der Ruine von Farrow allein der Darstellung des Himmels gewidmet war – fand sich auch eine filigrane Zeichnung von Ranken, die sich um die Basis wanden und dann aufwärts strebten, um schließlich die Sterne und Planeten zu erreichen.

Aber soll das wirklich Königsblatt sein?, überlegte Tristam. Das ließ sich unmöglich sagen. Vielleicht war es so.

»Keine Zerstörung zu bemerken«, stellte Lord Elsworth fest. Zu Tristams großer Erleichterung klang er völlig ruhig.

»Nur die Elemente und die Zeit sind hier am Werk gewesen«, antwortete Tristam, »und sie scheinen nur geringe Wirkung gehabt zu haben. Als ob alles konserviert worden wäre.« Er blickte zu den Zeichen auf dem Sturz hinauf. »Ich hätte niemals geglaubt, so etwas zu finden ...« Er schüttelte den Kopf. »Das übersteigt alles Vorstellbare.«

Plötzlich empfand er das dringende Bedürfnis, sich zu setzen, trat an den Brunnen und hockte sich auf den Rand. Der Viscount fuhr fort, die Säulen zu untersuchen, und streifte mit den Fingern über die mittlere, schwarze.

»Woraus besteht sie, Tristam? Ganz gewiss ist sie nicht aus dem gleichen Material wie die auf Farrow.«

»Marmor. Schwarzer Marmor, wie die zerbrochene Säule,

die wir unten gefunden haben. Aber Sie haben recht, die mittlere Säule auf Farrow besteht aus Obsidian und hat keine Verzierungen.« Er benötigte die Zeichnungen aus Galtons Buch, um einen Vergleich zu haben, doch dieses Bauwerk war anders – und die schwarze Mittelsäule ... eine Art Hufeisen war darauf eingraviert, wie ein Toreingang, so sah es aus. Ein Torbogen, von Sternen umgeben, und die Stützsäulen waren wie gebogene Hörner geformt; dazwischen ein Tor, in das die gleichen Schriftzeichen eingemeißelt waren, die man weiter oben betrachten konnte.

Ein Tor.

Ich bin gekommen, dachte Tristam, wie um seine Anwesenheit zu verkünden. *Aber ich weiß nicht, was ich hier soll.*

Beacham war zur Balkontreppe gegangen und stieg sie nun sehr vorsichtig hoch, denn sie war noch schmaler als die auf Farrow.

Tristam tauchte den Finger ins Wasser und berührte damit seine Lippen. Kühl und nicht weiter bemerkenswert. Er schöpfte mit beiden Händen, trank und dachte an Galton.

Die Sonne senkte sich immer weiter zum westlichen Horizont herab, und die Säulen warfen lange Schatten auf die Terrasse. Der Tag strebte nun rasch seinem Ende zu. Tristam bezweifelte sehr, dass sie die Wassertreppe noch vor Einbruch der Dunkelheit hinter sich bringen konnten, und der Gedanke, die Nacht in der dunklen Stadt zu verbringen, erfüllte ihn mit Entsetzen.

Wir sind so spät hier angekommen, dachte er, *also sollen wir bleiben.*

»Können Sie sehen, ob es irgendwelche Peillinien gibt, Beacham?«, fragte der Viscount.

»Noch nicht, Sir.«

Obwohl Beacham ohne Zögern bis zu den Mastspitzen hinaufkletterte, hatten die schmale Treppe und die Höhe von zwölf Fuß ihn beträchtlich verlangsamt – die Eigenart dieses Ortes erschütterte seine Selbstsicherheit.

»Mr. Flattery?« Beacham hatte nun den Balkon erreicht, und er klang überrascht.

»Sir?«

»Ich glaube, ich habe gerade einen Mann am Absatz der Wassertreppe stehen sehen«, sagte er ruhig und gelassen, wie manchmal Männer sprechen, die gerade eine schreckliche Verwundung erlitten haben – so als würde es ihnen helfen, wenn sie den Anschein von Normalität aufrecht erhielten: ›Alles ist in Ordnung, sehen Sie? Eigentlich bin ich nicht verletzt.‹

»Es wird Mr. Osler sein, der uns gefolgt ist«, vermutete Tristam.

»Das glaube ich nicht, Sir.«

Tristam und Lord Elsworth gingen zum Treppenabsatz und spähten zur Stadt hinunter. »Sind Sie sicher, Beacham?«, fragte der Viscount. »Ich kann niemanden sehen.«

Beacham kletterte gerade eilends vom Balkon herab. Er glitt aus, und halb sprang, halb fiel er die letzten fünf Fuß. »Das war kein Spiel des Lichtes, Lord Elsworth. Ein Mann, gleich am obersten Treppenabsatz.« Beacham lugte vorsichtig über den Rand, als wolle er es vermeiden, dass man ihn von unten sah.

»Nun, warten wir einen Augenblick, dann werden wir sehen«, schlug Tristam vor.

»Könnten das die Korsaren sein?«, fragte Beacham.

Suchen sie mich schon?, fragte sich Tristam.

Der Viscount trat urplötzlich von der Kante zurück und drehte sich zur Ruine um, als halte er nach etwas Ausschau. »In der Abenddämmerung lässt der Wind oft nach«, sagte er. »Wenn wir uns an die Wand kauern, sind wir halbwegs geschützt. Ich hätte jedenfalls ein erheblich besseres Gefühl, wenn wir erst morgen beim ersten Tageslicht wieder hinunterklettern würden. Hier kann sich kaum jemand an uns heranschleichen, ohne dass einer von uns es bemerkt. Verpflegung haben wir. Wollen wir nun das Abendessen einnehmen?«

Tristam brachte nichts herunter. Er saß mit seinen Gefährten in der Dämmerung, schlang sich die Jacke um die Schultern, denn es kühlte rasch ab, und lauschte dem rasenden Schlag seines Herzens.

Blut des Märtyrers, dachte er. *Weshalb bin ich hierher gekommen?*

Am westlichen Horizont, über den Spitzen des Archipels, tauchte der Sonnenuntergang den Himmel in Gold und Rot und setzte eine lange Wolkenschlange in Brand.

»Unheimlich ist es hier, meinen Sie nicht auch, Mr. Flattery?« Beacham kauerte über seinem Essen. Den Kragen hatte er hochgeschlagen und wirkte nach außen hin wie ein alter Mann. »Wozu haben sie einen Ort wie diesen gebraucht, frage ich mich. Und dieser Schlangenfalke? Lässt mir das Blut in den Adern gefrieren.«

Tristam zuckte mit den Schultern. Er musste sich anstrengen, um nicht die Gewalt über das Atmen zu verlieren. *Was wird mit mir geschehen?*, dachte er. *Was geschieht mit uns allen?*

»Ist es nicht merkwürdig, dass wir an der Ruine von Farrow gewesen sind und uns nun hier wiederfinden? Das will einem doch wie ein Schema vorkommen«, wagte Beacham sich vor.

»Zufall«, entgegnete Tristam automatisch, ohne eine Sekunde daran zu glauben.

»Nun«, antwortete Beacham, als spräche er zu sich selbst, »Mr. Shuk behauptet, dass es etwas wie Zufall auf dieser Welt nicht gibt.«

»Ja«, erwiderte Tristam, »Zimmerleute kennen sich damit am besten aus.« Zu seiner Erleichterung brachte sein Sarkasmus das Gespräch zum Verstummen.

Das Licht schwand rasch, nachdem die Sonne gesunken war, und die Stadt unter ihnen fiel in die Dunkelheit, als würde sich des Nachts der Urwald geräuschlos ausbreiten.

Nach einer Weile kam eine neue Unterhaltung auf, obwohl sie alle sehr leise sprachen. Der Wind erstarb fast ganz, und am Osthimmel stieg der beinahe volle Mond auf und warf das blasseste Licht auf das ferne Wasser. *Der dreizehnte Mond*, fiel Tristam ein. *Flammen!*

Abwechselnd traten sie an die Kante und blickten auf die dunkle Treppe hinab, doch jedes Mal kehrten sie kopfschüttelnd zurück, und dann wurde das Gespräch wieder aufgenommen.

Tristam schwieg meist; er hatte sich im Labyrinth seiner Gedanken verirrt. Ihn plagte das Schuldgefühl, seine Begleiter gefährdet zu haben. Doch wäre ihm eine andere Wahl geblieben?

Vor den Sternen ringelte sich Rauch aus dem Vulkanschlot, von einem orangefarbenen Leuchten getönt, das nach Tristams Überzeugung aus dem Innern der Erde stammte.

Lord Elsworth überraschte ihn dadurch, dass er sich unbefangen und ernsthaft mit Beacham unterhielt, und trotz allem, was der Seekadett über den Viscount wusste, antwortete er im gleichen Ton.

Während die Nacht voranschritt, unterbrachen immer längere Pausen das Gespräch. Obwohl der Wind abgeflaut war, war es sehr kalt, und sie hüllten sich eng in ihre Jacken. Jeder versuchte, eine bequeme Lage zu finden – was im Augenblick unmöglich war.

»Vielleicht erhalten wir hier die Gelegenheit, in einen Vulkanschlot zu blicken«, war das Letzte, was Tristam den Viscount noch sagen hörte, dann begann Elsworth leise zu schnarchen.

»Schlafen Sie, Sir?«, hörte Tristam Beacham flüstern. Vielleicht hatte er geschlafen. Entweder das, oder er war in einer anderen Welt gewesen – einer Welt, in der ein Falke in der Luft gegen eine brennende Schlange kämpfte.

»Was ist denn?«

»Ein Licht, Mr. Flattery. Nun, eigentlich kein richtiges Licht, sondern mehr ein Glühen, glaube ich. Sie sollten kommen und es sich ansehen, Sir.«

Tristam zog seine kalten Hände aus den Ärmeln und erhob sich mit steifen Gliedern. Er schauderte. Der Mond war fort.

»Sind Sie die ganze Zeit wach gewesen, Beacham?«

Der Seekadett nickte. Tristam stellte sich neben ihn und

blickte in die Richtung, in die er zeigte. Einen Moment benötigte Tristam, um sich zu entscheiden, doch dann stimmte er dem Jungen zu – dort war eindeutig ein Leuchten zu sehen.

»An der Wassertreppe«, sagte Tristam. Er konnte die Astbögen der Bäume am Absatz der Treppe erkennen. Und das Leuchten schien ganz leicht zu flackern. »Feuer.«

Beacham nickte.

»Ich hoffe, das sind unsere Leute«, sagte Tristam. »Wecken Sie Lord Elsworth.«

Beacham verschwand und überließ es Tristam, weiter in die Dunkelheit zu starren. Das Leuchten wurde heller, da war er sicher. Äste nahmen Gestalt an, und die Kante des Absatzes ließ sich immer klarer ausmachen.

»Mr. Flattery!«, rief Beacham mit furchterfüllter Stimme. »Er wacht nicht auf ... Sir!?«

Eine einzelne Flamme erschien unter dem Baumbogen, dann eine weitere. Fackeln.

Tristam fluchte und riss sich von dem Anblick los. Er war keine zwei Schritte gegangen, als er hörte, wie der Seekadett aufschrie.

»Flammen! Meine Hand!«

Tristam begann zu rennen. Im Sternenlicht konnte er nur Beacham ausmachen, der neben dem Viscount kniete und sich die Hand vors Gesicht hielt.

»Was —« Tristam vollendete die Frage nicht, denn er spürte einen stechenden Schmerz in Wange und Kiefer. Gelähmt blieb er stehen. Mit der Zunge ertastete er einen Schaft in seinem Mund – dieser hatte seine Wange durchdrungen und steckte im Zahnfleisch. Dann wurde seine Zunge taub.

Er zerrte einen kleinen Pfeil aus seinem Mund und sank dabei auf die Knie. Über sich hörte er ein Geräusch.

»Sir?«, wimmerte Beacham, dann war es still.

Tristam versuchte sich zu erheben und spürte, wie er sich von der Erde löste und davontrieb. Rechts neben ihm Bewegung ... Das leise Zischen einer Schlange in der Dunkelheit.

40. Kapitel

Leutnant Osler und Seekadett Chilsey standen am oberen Ende der Wassertreppe und blickten auf die Ruinen der Stadt. Osler schämte sich ein wenig für die nicht unbeträchtliche Eifersucht, die er sich eingestehen musste: So sehr wünschte er, als erster darauf gestoßen zu sein – obwohl er bestritten hatte, dass es schon früher Menschen auf dem Archipel gegeben haben könnte. Er legte die Hände um den Mund und brüllte nach kurzem Zögern:

»Hal-lo, Mis-ter Flattery! Hal-lo!«

Zuerst herrschte Schweigen, dann antwortete dem Leutnant ein leiser Schrei: die letzte Silbe des Namens, den er gerufen hatte – ein Echo. Osler und Chilsey lauschten angestrengt, ob noch mehr zu hören war. Dann endlich stiegen sie aus dem Wasser und auf das trockene Steinpflaster des unteren Platzes.

Osler sah in den Himmel auf. Mittlerweile ging es auf Mittag zu. Auf die Steintreppe waren sie gestoßen, nachdem sie zuvor den ganzen Morgen nach den Verschollenen gesucht hatten. Da Tristam und seine Begleiter offenbar dieser Treppe gefolgt waren – vermutlich schon am Vortag –, hatte Osler den Kutter zum Schiff geschickt, um dem Kapitän die Nachrichten von ihrem Fund zu übermitteln, und er und Chilsey waren hinaufgeklettert, um die anderen zu suchen – und mit eigenen Augen zu sehen, was sich dort oben befand.

»Ich frage mich, wo sie sind, Sir«, sagte Chilsey. »Aber ich hoffe, sie haben eine Schatzkiste voll Gold und Silber gefunden und wälzen sich in diesem Augenblick darin herum.«

Osler grinste. Der Junge gab vor, einen Scherz zu machen, aber er merkte, dass es ihm mehr als halb ernst damit war. Geschichten um vergessene Städte schlossen gewöhnlich auch ungeahnte Reichtümer mit ein. Ein Gelehrter hoffte vielleicht auf Kunstwerke und versunkenes

Wissen, wenn er an einen Fund wie diesen dachte, doch die Ungebildeten waren sofort auf Gold und Silber aus.

Allmählich sorgte der Leutnant sich ein wenig. Vermutlich bestand dazu kein Grund, sagte er sich, aber die Besorgnis wuchs dennoch mit jedem Augenblick. Der eigenartige Bogen, der stöhnte und schrie, wenn der Passat blies, hatte ihn nervös gemacht, und seitdem wurde er eine unerklärliche Unruhe nicht mehr los. Ohne Zweifel würde er die drei finden, wie sie wie aufgeregte Kinder umherrannten, nicht nur unbeschadet, sondern auch bar jeder Sorge.

Nachdem er sich die Stiefel angezogen hatte, blickte er zur Stadt hinauf. Einst musste hier eine hochstehende Zivilisation gelebt haben. Die Stadt war anscheinend nicht viel kleiner als Avonel. Und diese lange Treppe, die in den Fels gehauen war ... Das musste sie einhundert Jahre Arbeit gekostet haben!

»Was denken Sie, Sir, wo sollen wir beginnen?«, fragte Chilsey.

»Zuerst unter freiem Himmel.«

Der Seekadett bekundete seine Zustimmung zu diesem Plan mit einem raschen Nicken. »Ich hoffe sehr, dass sie nicht im Wald sind, Herr Leutnant«, sagte er. »Haben Sie diese Otter gesehen, die Mr. Flattery erlegt hat?«

»Ja. Sie sah ziemlich gemein aus.« Anscheinend waren sie sich diesbezüglich einig. Wenn irgend möglich, wollten sie sich vom Territorium der Schlangen fernhalten.

Sie machten sich auf den Weg zu einer fernen Treppe an einem seichten Bach, der über den Platz floss.

Die Herzogin von Morland hielt sich am Dollbord fest, als der Kutter krängte. Sie saß gleich vor dem Steuermann und Kapitän Stern gegenüber. Obwohl sie das Ölzeug eines Matrosen trug, wurde sie immer nasser von der Gischt, und ihre Frisur musste einen wahrlich großartigen Anblick bieten! Kaum war die Nachricht eingetroffen, man habe eine Treppe gefunden, hatte Stern ein Boot aussetzen lassen, um das Wunder mit eigenen Augen zu betrachten. Der

Gedanke, dass im Zuge seiner Expedition ein derart bedeutendes Relikt entdeckt worden war, hatte seine Laune beträchtlich verbessert. Dennoch war für die Herzogin offensichtlich, dass er noch immer versuchte, sich vor überzogenen Erwartungen und damit vor der Enttäuschung zu schützen. »Wahrscheinlich ist es gar nichts«, hatte er zu ihr gesagt, »aber ich muss einen Blick darauf werfen. Hätten Frau Herzogin Gefallen daran, mich zu begleiten?«

Nun also waren sie hier, angetrieben vom neuerdings verlässlichen Passat, und näherten sich einem rauchenden Berg. Die Herzogin sorgte sich um die Vermissten – die ganze Nacht hatte sie kein Auge zugetan. *Vermutlich ist es wirklich nichts*, versicherte sie sich. Doch wenn es so war, wieso fühlte sie sich dann wie eine überspannte Uhrfeder?

Eine Welle schlug gegen den Bug, und Wasser klatschte über die Reling. Die Herzogin zog sich unter das Ölzeug zurück und spürte den Aufprall des Wassers wie einen Hieb. Vorsichtig schob sie den Kopf wieder heraus.

Der Bootssteuerer, ein unverschämter junger Mann, grinste breit, und das Wasser rann ihm von der Nasenspitze. »Uns stört es nicht, wenn uns das Wasser trifft, Hoheit, nur die Fische tun weh.«

Stern bedachte den jungen Bootssteuerer mit einem strafenden Blick, woraufhin dieser ein wenig grau im Gesicht wurde und sich eingehend mit dem Bootsteuern befasste.

Der arme Junge, dachte die Herzogin und lächelte trotz Sterns Gegenwart. *Die Fische: ha!*

Sie näherten sich nun einer Insel, und die Herzogin hoffte inständig, dass sie ihr Ziel wäre. Das konnte man niemals sagen, denn Segelboote gingen oft auf den absonderlichsten Kurs relativ zu ihren Zielorten. Die Herzogin prüfte die Windrichtung. Sie waren laviert, nachdem sie die Spitze einer langgestreckten, flachen Insel umrundet hatten. Hier aber musste es sich um die Vulkaninsel handeln, denn sie wies einen rauchenden Schlot auf.

Im Bug lag zusammengekrümmt Dr. Llewellyn. Der Mediziner war bis auf die Haut durchnässt und litt elendig unter der Seekrankheit. Trotzdem hatte er um keinen Preis an Bord der *Swallow* zurückbleiben wollen. Als Empirist musste er unbedingt an dieser Entdeckung teilhaben – er dachte ohne Zweifel an seinen Ruf. Die Herzogin schüttelte den Kopf; wenn diese Treppe, von der die Rede war, mehr als ein Dutzend Stufen hatte, würde Llewellyn sie niemals hinaufsteigen können und hätte völlig unnötig gelitten.

Als sie erfuhr, dass der Arzt Tristams Kammer durchsucht hatte, wollte sie ihn zunächst zur Rede stellen, doch etwas hatte sie davon abgehalten: Es war besser, wenn er sich fragte, wie viel sie wusste, und sie ihn dabei beobachten würde. Noch besser war es, wenn der Mediziner glaubte, Tristam hätte das Geheimnis für sich behalten. Sie musterte den im Bug Kauernden eingehend. Seitdem Llewellyn an Bord der *Swallow* manövriert worden war, hatte sie sich gefragt, wem er diente – obwohl sie sich eigentlich sicher war, dass sie es wusste.

Palle, dachte sie, *wenn du könntest, würdest du mir noch bis ans Ende der Welt folgen.*

Der Kutter hielt nun auf das Ufer zu.

Der Herzogin tat es um jede Sekunde leid, die sie zwischen diesen Inseln vergeudeten – jede Sekunde, die sie nicht weiter in Richtung Varua fuhren –, doch hier Spuren einer Zivilisation zu finden ... Das war der Stoff, aus dem Träume sind.

Avonel war schon einmal zerstört und wieder aufgebaut worden. Wenn der König befohlen hätte, die Stadt an einer anderen Stelle neu zu errichten, dann wären die Ruinen der alten Stadt den Elementen ausgesetzt gewesen und am Ende unter der Erde versunken. Solche Gedanken ließen die eigene Zivilisation als etwas sehr Zerbrechliches erscheinen. Ein Schauder durchfuhr sie, und nicht nur, weil sie durchnässt war und im kalten Wind fror.

Plötzlich wurde das Vorsegel festgemacht, der Kutter fuhr auf das Ufer zu. Ein Windstoß ließ das Segel ein letztes Mal flattern, und aus dem Wald ertönte ein tiefes, resonantes Stöhnen – wie der Stoß eines großen Hornes.

»Was um alles auf dem Erdball war das?«, hörte sie eine Stimme fragen.

Stern sah sie an, und in sein Gesicht stand die gleiche Frage geschrieben.

Der Kutter lief auf den Strand und kam mit einem leisen Knirschen zum Stehen. Die Jacks sprangen heraus und zogen das Boot noch ein paar Fuß höher aufs Land. Die Herzogin bemerkte Llewellyns große Erleichterung. Während der Fahrt hatte er sich zweimal über die Reling beugen müssen und trug noch immer diese schreckliche Verzweiflung im Gesicht, die alle so rasch ereilt, die unter der Seekrankheit leiden. Sie empfand Mitleid für den Arzt.

Der Kommandant und der Steuermann halfen ihr an Land, und sie schälte sich aus dem Ölzeug, denn, wo wenig Wind ging, war es recht warm. Der Strand erschien in keiner Weise bemerkenswert. Das dichte Grün des Urwalds beugte sich über den Sand, als wäre der Wald so dicht bewachsen, dass es die Bäume längs des Randes herausdrängte.

Ein Matrose rief sie vom Waldrand her an, und alles sammelte sich an der Stelle, wo der Bach in das ansteigende Waldland verschwand.

Selbst dem Arzt gelang es, den wenige Fuß breiten Strand zu überqueren, doch als er vor der überfluteten Treppe stand, hörte die Herzogin ihn murmeln: »Welch ein Pech. Ich werde nie in der Lage sein, solch eine Steigung zu erklimmen.«

Die Herzogin überfiel die Angst, als sie hinauf in den Urwald sah. Augenblicklich musste sie an die Ruine von Farrow denken. Tristams Kurs hatte sie hierher geführt. Hierher. Und sie konnte nicht sagen, ob das etwas Gutes oder etwas Schlechtes zu bedeuten hatte.

Osler blickte die steile Treppe der Pyramide entlang nach oben und fragte sich, ob die Vorgehensweise, für die er sich entschieden hatte, die beste wäre. Auf ihre wiederholten Rufe hatte es jedenfalls keine Antwort gegeben. Flattery und seine Begleiter konnten andererseits durchaus in einer der Ruinen stecken und sie nicht hören.

»Von dort hätten wir den besten Ausblick«, sagte Chilsey.

Der Leutnant zögerte nicht lange. »Ich glaube, da haben Sie Recht. Lassen Sie uns hinaufgehen und eine Wache einrichten. Irgendwann müssen sie ja zurückkommen.«

Nacheinander stiegen sie die Stufen hinauf und waren froh über den kühlenden Wind, denn das Klettern erwies sich schon bald als harte Arbeit. Nach einer Weile hielten sie inne, um wieder zu Atem zu kommen, und Osler ließ den Blick über die verfallenen Bauten schweifen. Dies war einmal eine großartige Stadt gewesen, die es mit jeder hätte aufnehmen können, die er in den Ländern am Entide-Meer gesehen hatte. Niemand wusste, wie lange es her war, dass ihre Bewohner sie verlassen hatten. Selbst die stumpfeste Fantasie musste davon doch noch angeregt werden.

Jon Chilsey blickte ihn an und zwang sich zu einem Lächeln. Das Leben an Bord eines Schiffes übte die Lungen nicht, und beide waren sie kurzatmig. An der Stirn des Jungen klebten verschwitzte dunkle Haarsträhnen, und sein Gesicht war unter der Bräune vor Anstrengung rot angelaufen.

»Fertig?«, fragte der Kadett mutig.

»Einen Moment noch«, antwortete Osler, der dem Offiziersanwärter noch Gelegenheit geben wollte, Luft zu schöpfen.

Dann schaute er wieder die Treppe hinauf. Vielleicht die Hälfte hatten sie hinter sich.

Stern ließ den impertinenten Bootssteuerer am Ufer zurück, um sowohl auf den Kutter als auch auf Dr. Llewellyn Acht zu geben. Alle anderen, sechs Matrosen und die Herzogin, begleiteten den Kommandanten die Wassertreppe hinauf.

Aus Gründen des Anstands gegenüber der Herzogin gingen die Seeleute voran, denn sie war gezwungen, ihre Röcke bis zu den Knien zu heben, damit das Wasser sie nicht durchnässte. Stern ging neben ihr, um ihr den Arm zu bieten, und vermied es, auf ihre Beine zu blicken. Die Herzogin musste über sein ehrenwertes Benehmen lächeln, denn Stern nahm es weitaus ernster als manche Lords und Prinzen. Sie hielt ihn für prüde – schlecht für einen Mann, der nach Varua reiste, dessen Mädchen man nachsagte, dass sie sowohl schön anzusehen als auch völlig unbehindert seien von der Moral fortgeschrittener Gesellschaften. Ein Ort, an dem sie hätte zur Welt kommen sollen.

Sie hatten entdeckt, dass das laute Stöhnen von den Löchern in einem Steinbogen über dem Bach erzeugt wurde. Wenn der Passat blies, ertönte dieser tiefe Laut und hallte auf beunruhigende Weise längs der Treppe wider. Er glich dem Geräusch, das der Wind macht, wenn er in einen Flaschenhals bläst.

Die Treppe war lang und unsicher und an einer Stelle fast unpassierbar, aber die Herzogin war nicht bereit, wegen einem bisschen Wasser und Schmutz den Rückzug anzutreten. Wer konnte schon wissen, was vor ihnen lag, und wenn sie schon nicht als Erste dorthin gelangte, so doch wenigstens unmittelbar auf den Fersen der Entdecker – das war auch etwas. Wäre ihre wachsende Unruhe nicht gewesen, hätte sie sich geradezu übermütig gefühlt.

Sie wären am Treppenabsatz zusammengebrochen, hätte Jon Chilsey nicht aufgeschrieen, weil er Jack Beacham entdeckt hatte, der halb hinter einer Säule verborgen auf dem glänzenden Steinboden ausgestreckt lag.

Die beiden Seeleute hasteten mit letzter Kraft auf die Terrasse und fanden auch Tristam Flattery und Lord Elsworth. Alle drei lagen sie am Boden zwischen verstreuten weißen Blüten, nur bei Flattery, der genau längs des zentralen Meridians lag, war ein Häuflein aus weißen und roten Knospen unter die Blätter gemischt.

Ihre Gesichter waren mit einer rotbraunen Farbe bemalt, die Osler plötzlich als Blut erkannte. Er trat zurück und blickte sich unwillkürlich um. Sein Herz arbeitete unregelmäßig.

»Sind sie tot?«, flüsterte Chilsey entsetzt.

Osler überwand sich dazu, näher zu treten und neben

Flattery niederzuknien, und einen Moment lang fürchtete er sich davor, ihn zu berühren. Der Naturforscher war bis an die Taille entblößt, sein Gesicht war mit nunmehr getrocknetem Blut beschmiert und die Augen mit Muscheln bedeckt. Seine linke Hand krallte sich um das Perspektiv, das man ihm auf die Brust gelegt hatte, die rechte Hand drückte er sich aufs Herz. Eine rote Tätowierung ringelte sich um das Handgelenk.

Chilsey kam herbei und stellte sich neben den Ersten Offizier. Er atmete pfeifend. Osler glaubte zu hören, dass der Junge ein Gebet murmelte.

Als der Leutnant seine Hand vor Flatterys Mund und Nase hielt, glaubte er zunächst keinen Atem zu spüren, und er bemerkte auch kein Heben und Senken der Brust. Sanft zog er Flatterys Hand beiseite und entdeckte, dass das Handgelenk aufgeschlitzt worden und rot angeschwollen war, ja die ganze Hand wirkte geschwollen.

»Kalt ist er nicht«, sagte er. Ein jähes Stöhnen von der weit entfernten Wassertreppe ließ ihn zurückfahren, doch dann legte er ein Ohr auf Flatterys Brust. »Sein Herz schlägt noch, glaube ich – schnell, aber schwach.«

Er untersuchte die beiden anderen und stellte fest, dass es ihnen nicht so schlecht ging wie dem Naturforscher. Ihre Leiber zeigten keine Schnittwunden, und ihre Herzen schlugen kräftiger und gleichmäßiger.

Chilsey huschte halb gebückt zwischen ihnen umher und hockte sich schließlich neben seinen Freund Beacham. »Wer hat das getan?«, fragte er. »Flammen und Blut: Mir kommt es vor, als würde mich jemand beobachten. Mein Herz pocht schlimmer als bei jedem Gefecht.« Vorsichtig berührte er Beachams Arm. »Jack«, bat er, »wach doch auf.«

Als Beacham sich nicht rührte, glaubte Osler, der Junge würde jeden Moment zu schluchzen anfangen.

»Was hat man ihnen denn nur angetan!«, rief Chilsey aus. »Sie sind dem Tod so nahe ...« Er verfiel in ängstliches Schweigen.

Osler tat der verängstigte Seekadett leid, aber er wusste nicht, was er sagen sollte. Nichts, was er in des Königs

Marine gelernt hatte, hatte ihn auf eine Situation wie diese vorbereitet. Er schaute sich auf der Terrasse um. Woran sie am meisten erinnerte, stand völlig außer Frage – an die Ruine von Farrow. Das fand er fast so bestürzend wie den Anblick der drei Männer, die so akkurat an den eingemeißelten Meridianen ausgerichtet auf dem Fußboden lagen.

»Haben Sie das auch gehört?«, fragte Stern. Er legte die Hand ans Ohr und drehte den Kopf. Erneut hallte das Geräusch wider – ohne Zweifel ein Ruf, obwohl die Worte unverständlich waren. Auch aus welcher Richtung sie kamen, konnte der Kommandant nicht feststellen.

»Herr Kap'tän!« Einer der Matrosen deutete aufgeregt mit dem Finger. »Da auf dem ... dem großen Steinding, Sir!«

Auf der Spitze der Pyramide winkte jemand mit einem Kleidungsstück.

»Ich glaube, das ist Julian«, sagte die Herzogin, und ihre Erleichterung war nicht zu überhören.

Stern nahm den Hut ab und winkte damit zur Antwort. Er war sicher gewesen, dass kein Anlass zur Sorge bestand. Flattery und seine Begleiter waren lediglich zu spät zum Treffpunkt gekommen und hatten für die Nacht ein Lager aufgeschlagen. Ein wenig verärgerte ihn zwar, dass sie ihm ihren Fund nicht unverzüglich gemeldet hatten, doch das war eigentlich verständlich.

Stern und die Herzogin zogen sich Stiefel an, dann eilten sie den barfüßigen Jacks hinterher, die schweigend, mit aufgerissenen Augen, eng beisammen gingen und beinahe übereinander stolperten, während ihre Blicke von hier nach dort huschten. Nie im Leben hätten sie sich träumen lassen, sich einmal an einem Ort wie diesem wiederzufinden.

Sie hatten bereits die zweite Treppe erstiegen, als sie bemerkten, dass der Mann, der von der Pyramidenspitze signalisierte, Leutnant Osler war, und dass er um Hilfe rief.

Stern schlug ein strammeres Tempo an, musste jedoch feststellen, dass er dadurch die Herzogin in diesem eigenartigen Terrain hinter sich zurückließ, und verlangsamte seinen Schritt. Die Herzogin beeilte sich zwar, aber sie war kaum passend für eine Expedition gekleidet. *So eine Plage*, dachte Stern, *warum konnte sie nicht unten am Strand warten? Oder auf dem Schiff? Am besten in Avonel!*

Als er beiläufig auf den Boden blickte, wäre er fast gestolpert. Er blieb stehen, und einer der Matrosen lief in ihn hinein.

»Was ist -?« Die Herzogin brach die Frage mittendrin ab. »Ist das eine Karte?«

»Ja, etwas in der Art.«

Osler brüllte erneut, und Stern wandte sich von dem Fund am Boden ab. Farrelles Flammen, das war eine Karte des Archipels, zumindest ein Teil davon! Er zwang sich weiterzueilen; dabei war er sich der Umrisse der Inseln und Straßen und Kanäle, die unter seinen Füßen dahinzogen, nur allzu deutlich bewusst.

Als sie an der Pyramide angelangt waren, mussten sich Stern und die Herzogin einen Augenblick setzen, und das Wasser, das in die Rinne hinabfloss, war ihnen höchst willkommen. Der Kommandant befeuchtete sein Taschentuch und reichte es der Herzogin, damit sie sich Gesicht und Nacken abwischen konnte.

Nun konnten sie hören, was Osler ihnen zurief: »Wir brauchen Hilfe, um sie hinunterzutragen!«

»Was ist passiert?«, rief Stern zurück. »Ist jemand verletzt?«

»Sie sind alle bewusstlos, Sir. Sie lassen sich nicht aufwecken. Wir müssen sie runtertragen. Haben Sie ein Seil?«

Ja, sie hatten ein Seil. Stern hatte es vom Kutter mitnehmen lassen, weil er überlegt hatte, damit eine Art Rettungsleine aufzuspannen, falls die Treppe sich als zu glitschig erwies.

Nach einem Augenblick stand die Herzogin auf; sie war bereit weiterzugehen. Zwar wirkte sie nun sehr unruhig, aber wenn sonst auch nichts, musste Stern doch ihren Mut bewundern; nichts schien sie aufhalten zu können.

»Bewusstlos?«, fragte sie. »Was kann er damit meinen?«

Der Aufstieg war mühsam, und es gab auf der ganzen Treppe nichts für die Hände zum Festhalten. Die arme Herzogin musste ihre Röcke raffen, sonst wäre sie darüber gestolpert und in die Tiefe gestürzt. Einmal blickte sie zurück und musste Stern beim Arm packen, sonst hätte sie das Gleichgewicht verloren.

»Schauen Sie niemals nach unten«, sagte er und erteilte ihr damit den Rat, den man neuen Matrosen gab, bevor sie die Wanten enterten.

Der Kommandant spürte ein wachsendes Unbehagen, während sie weiter die Treppe hinaufstiegen. Bewusstlos? Alle drei? Flattery behauptete zwar von sich, nicht von dem Magus abzustammen, aber Stern war sich da gar nicht so sicher. Er fuhr schon viele Jahre zur See und hatte noch nie einen Mann kennen gelernt, in dessen Nähe sich Eigenartiges mit solcher Regelmäßigkeit ereignete.

Als sie das obere Ende der Treppe erreichten, wankte die Herzogin erneut, und erst als Stern sicher war, dass sie nicht abstürzen würde, blickte er nach vorn, und beinahe wäre ihm ebenfalls schwindlig geworden. Vor ihm lag mit geringen Unterschieden die Ruine von Farrow!

Der Anblick ihres Bruders, der reglos auf dem kalten Stein lag, rüttelte die Herzogin auf, und sie stürzte zu ihm.

»Sie leben, aber wir schaffen es nicht, sie zu wecken«, sagte Osler entschuldigend. Stern überraschte das Verhalten des Leutnants ein wenig. So leicht war Osler gewöhnlich nicht zu erschüttern.

»Wir haben niemand anderen gesehen, Herr Kapitän«, fuhr der Erste Offizier fort. »Wir fanden sie genau so liegend vor, aber wir haben keine Spur von dem, der das getan haben könnte.«

Die Herzogin hatte sich neben ihren Bruder gekniet. Stern konnte ihr Gesicht nicht sehen, weil der Wind ihre Haare flattern ließ, doch bewegte sie sich langsam und vorsichtig. Zärtlich wischte sie Elsworth etwas aus dem Gesicht, das aussah wie Blut.

»Wo steckt dieser Narr von einem Arzt, wenn man ihn einmal braucht?«, knurrte sie.

Stern nahm sich die Zeit, um sich zu vergewissern, dass Osler richtig beobachtet hatte. Alle drei waren in eine tiefe Bewusstlosigkeit gefallen, und um Flattery stand es schlimmer als um die beiden anderen. Stern war kein Mediziner und wusste nicht, was für die Betäubten das Beste war, doch der Arzt würde es mit Gewissheit aus eigener Kraft niemals hier herauf schaffen. Trotzdem konnte es unklug sein, die Männer unter diesen Umständen zu bewegen. Der Kommandant wusste es einfach nicht.

Stern blickte zum Himmel und las von ihm die Stunde und die wahrscheinliche Entwicklung des Wetters ab. Zögern, das wusste er aus langer Erfahrung, erwies sich oft als ebenso verhängnisvoll wie jeder beliebige Schritt. Hier oben gab es für die Bewusstlosen keine Hilfe.

»Wir bauen Tragen und bringen sie hinab«, entschied er. Sie waren neun Männer und die Herzogin – es wäre zu schaffen. Der Viscount wog sehr viel, doch Flattery und Beacham waren von mittlerem Gewicht. Es würde zu schaffen sein, auch wenn es sie den Rest des Tages kostete.

»Hören Sie zu, Osler. Wir brauchen einige kräftige Stangen. Unsere Jacken und Hemden werden ebenfalls benötigt. Beeilen Sie sich. Bis wir Hilfe geholt haben, können wir sie bereits am Strand haben – wenn wir uns mit Nachdruck darum bemühen. Mr. Flattery ist ins Meer gesprungen, um einen Mann vor dem Ertrinken zu retten, und wir können uns nun nicht weniger anstrengen. Niemand soll uns nachsagen können, wir hätten uns vor unserer Pflicht gegenüber unseren Schiffskameraden gedrückt.«

Als die erschöpften Jacks mit den Bewusstlosen endlich den Strand erreichten, war es nicht mehr lang bis zur Dämmerung. Die Matrosen stellten die Tragen auf dem Sand ab und brachen zusammen, wo sie standen – starke Männer, und sie waren bis auf die letzten Reserven ausgelaugt. Auch die große Furcht, die über den Seeleuten lastete, während sie die Stadt durchquerten und die Treppen hinunterstiegen, hatte ihren Zoll gefordert, denn sie waren fast sicher gewesen, dass sie im nächsten Moment angegriffen und wie die Männer behandelt werden würden, die sie schleppten. Und für dermaßen abergläubische Männer wie die Jacks war das eine entsetzliche Aussicht.

Welches Ritual in der Stadtruine auch ausgeführt worden war – denn ein solches war es offensichtlich gewesen –, es hatte die einfachen Seeleute verängstigt.

Nur Sterns Willenskraft hatte sie weitergetrieben. Die Herzogin hielt jeden einzelnen von ihnen für einen Helden, denn sie hatten ihre Arbeit ohne Zaudern und Murren verrichtet. Der Kapitän hatte beim Tragen mit angefasst wie alle anderen und sich als viel kräftiger erwiesen, als sie angenommen hatte – stark und resolut war er. Sie selbst hatte geholfen, wo sie konnte, doch dies waren Männer, die an jedem Tag ihres Lebens schwere Arbeit verrichteten und auf eine Weise gestählt waren, die sie niemals richtig begriffen hatte.

Als sie an den Strand gelangten, durchlief Llewellyn einen Wandel, wie sie ihn schon einmal beobachtet hatte; vom kraftlosen kleinen Mann wurde er zum selbstbewussten Mediziner.

Nacheinander untersuchte er eingehend alle drei, aber bei Tristam verweilte er am längsten. Schließlich wandte er sich an Stern und die Herzogin und sagte leise und gelassen:

»Lord Elsworth und der junge Beacham sind außer Gefahr, das steht fest. Jeder von ihnen hat eine Wunde, ein winziges Einstichmal in der Haut. Sie sind von einem Pfeil oder Bolzen getroffen worden, dessen Spitze in eine Substanz getaucht war, die vermutlich aus einer *Strychnos*-Art gewonnen wurde. Meiner Meinung nach werden sie sich vollends erholen.« Er blickte über die Schulter auf die drei am Boden Liegenden. »Doch ich fürchte um das Leben Mr. Flatterys. Seine Speichenschlagader ist angeritzt worden, und er hat sehr viel Blut verloren. Sein Puls ist schwach und schnell, sein Gesicht sehr blass. Der Schnitt hat sich außerdem entzündet. Die Fäulnis wird ihre Krankheitsstoffe in sein Blut übertragen. Bereits jetzt hat er hohes Fieber. Auf der Stelle müssen wir ihn aufs Schiff bringen.«

Die Herzogin sah, dass Stern sich umschaute, wie er es tat, wenn er Wind im Gesicht oder im Nacken spürte. Er schüttelte den Kopf. »Der Passat lässt nach. Es könnte sein, dass wir gezwungen sind, an die Ruder zu gehen.« Er warf einen besorgten Blick auf seine Männer. »Und sie sind auch so schon vollkommen erschöpft.« Erneut schüttelte er den Kopf, dann bemerkte er den Blick der Herzogin. »Ich habe geschworen, dass ich diesen jungen Mann unbeschadet nach Hause zurückbringe, und das werde ich auch tun.« Er ging zum Kutter, hob die Blechkiste mit der Verpflegung heraus und setzte sie auf den Sand, wo seine Leute sich hingestreckt hatten. Dann öffnete er die Kiste und verteilte das Essen.

»Wir haben es noch nicht hinter uns, Männer«, sagte er mit einer Güte in der Stimme, wie sie die Herzogin nie bei ihm erwartet hätte. »Wir müssen den Wind nutzen, deshalb können wir nicht abwarten oder uns auch nur ausruhen. Diese Männer sind schrecklich krank und müssen ohne weitere Verzögerung an Bord unserer *Swallow* gebracht werden.«

Es ging auf den Morgen zu, doch es war noch dunkel, und durch die Fenster der großen Kajüte waren die hellen Sterne zu sehen. Die Geräusche eines ankernden Schiffes – das arbeitende Holz, das Knirschen der Takelage, das gedämpfte Schaben des Ruders, das sich tief unten mit der Strömung bewegt –, all dies war der Herzogin so vertraut geworden wie die Laute eines schlafenden Geliebten.

Llewellyn hatte sich zurückgezogen, um selbst etwas zu ruhen, und die Herzogin hatte die Wache über Tristam übernommen, denn obgleich sie erschöpft war, ließ die Sorge um ihn sie keinen Schlaf finden. Sanft wischte sie ihm die Stirn mit einem feuchten Tuch ab. Sie war davon überzeugt, dass sein Zustand sich verschlechterte. Julian und Beacham genasen rasch und hatten bereits das

Bewusstsein wiedererlangt. Sie konnten noch nicht sprechen, gewannen jedoch allmählich die Gewalt über ihre Gliedmaßen zurück. Tristam aber brannte im Fieber und hatte sich kaum geregt, seit Osler ihn auf dieser Pyramide gefunden hatte. Die Herzogin war vor Furcht um ihn einer Panik nahe.

So leise sie konnte, schritt sie in der Kajüte auf und ab. Das Schiff war so klein und die Wände zwischen den Kabinen so dünn, dass fast jedes Geräusch über einige Entfernung trug – eine Lektion, die sie schon früher hätte lernen sollen.

Sie setzte sich auf die Bank unter einem offenen Galeriefenster und schaute in die Nacht hinaus. Am Ufer schrie eine Eule, und die Laute eines Meeressäuger drangen vom Wasser herauf.

»In meinem Herzen nimmt er größeren Raum ein, als ich dachte«, verriet die Herzogin der Dunkelheit.

Wenn Tristam starb, dann war die Expedition zum Scheitern verurteilt. Sie durfte nicht hoffen, ohne ihn Erfolg zu haben – dies hatte niemand klarer erkannt als sie. Schon allein aus diesem Grund musste er gerettet werden, koste es, was es wolle.

Sie zog die Schnur, mit der sie ihre Gesellschafterin herbeirief. Arme Jacel. Julians Zustand hatte sie in ärgste Pein gestürzt, das arme dumme Mädchen.

Jacel erschien augenblicklich. Offensichtlich hatte auch sie nicht geschlafen, denn sie war vollständig angezogen.

»Hoheit?«, fragte sie leise.

»Llewellyn«, sagte die Herzogin. Die junge Entonnierin knickste und eilte davon.

»Koste es, was es wolle«, flüsterte die Herzogin.

Kurze Zeit darauf kam Llewellyn in die Kajüte. Er rieb sich noch die Augen, und sein Hemd stand am Hals offen.

»Hoheit«, sagte er und ging sofort zu Tristam.

»Sein Zustand ist unverändert, Doktor Llewellyn.«

»Aha?« Der Mann riss sich zusammen und versuchte, sich seine Verärgerung nicht anmerken zu lassen, dass man ihn ohne Grund aus dem Schlaf gerissen hatte.

»Ich muss mit Ihnen über etwas sprechen, Doktor.« Sie glaubte, in seinem Gesicht eine ungute Vorahnung zu erkennen. Er blieb stumm in der Mitte der Kabine stehen, und das Licht der abgeblendeten Lampe warf um ihn herum merkwürdige Schatten.

»Ich habe mich schon oft gefragt«, sagte die Herzogin leise, »weshalb Sir Roderick Palle so entschlossen war, Sie an Bord der *Swallow* unterzubringen.« Als er antworten wollte, sah sie ihn durchdringend an. »Ich zöge es vor, wenn Sie meine Intelligenz nicht mit Leugnen beleidigen würden, Doktor. Ich kenne Ihre Freunde, vielleicht sogar besser als Sie selbst: Wells, Rawdon, Noyes. Sie agieren längst nicht so sehr im Verborgenen, wie sie glauben, und haben ihre Absichten auch nicht sonderlich kunstvoll verschleiert.« Sie ging so dicht an den Mediziner heran, dass ihre Körpergröße zur Geltung kam und ihre Stimme umso stärkere Wirkung entfalten konnte. »Ich bin sicher, dass niemand außer mir den Schauspieler hinter der Bühnenfigur wahrgenommen hat, Doktor, aber ich nehme Ihnen Ihre Rolle nicht mehr ab. Sie sind weder ein Stümper noch ein Tollpatsch.« Sie sah ihm in die Augen. »Was haben Sie außer Galtons Brief in Tristams Kammer gefunden?«

Der Arzt schwieg für einige Sekunden und starrte die Herzogin an, als nehme er eine sorgfältige Abschätzung der Lage vor.

»Ich habe Ihnen eine Frage gestellt, Doktor«, sagte sie mit so kühler Stimme, dass es ihr selbst in der Kehle schmerzte. »Seien Sie versichert, ich werde von Ihnen eine Antwort erhalten. Ich bin findiger, als Sie ahnen.«

Er schüttelte den Kopf. »Nichts als die Schätze eines Naturforschers.«

»Keine *Regis*-Kerne?«

Llewellyn zögerte einen Moment und senkte dann den Blick.

»Also verfügen Sie nur über so viel, wie Rawdon Ihnen gegeben hat?«

Er blickte erstaunt auf, doch dann schüttelte er den Kopf. »Ich weiß nicht, wovon Hoheit sprechen.«

»Mein lieber Doktor, lassen Sie mich Ihnen eines versichern: Ich brauche Sie nicht. Sie sind mehr als lästig, Sie gefährden meine Absichten. Schon zweimal hatte ich beschlossen, mich Ihrer zu entledigen – zuerst auf Farrow und seitdem ein weiteres Mal. Ist Ihnen bekannt, welchen Ruf mein Bruder genießt?«

Llewellyn sagte kein Wort, doch seine Körperhaltung beantwortete ihre Frage.

»Doch beide Male habe ich mich entschieden, abzuwarten, was die Zeit offenbart. Und sehen Sie nur, welchen Gewinn mir das eingebracht hat. Nun finde ich doch noch Verwendung für Sie: Sie werden Mister Flattery das Leben retten. Sie besitzen *Regis*-Kerne. Streiten Sie es nicht ab. Ich habe Sie mehrfach unter der Last Ihrer Krankheit dahinsiechen und sich dann erheben sehen wie ein Märtyrer aus den Flammen, Kraft und Gesundheit wiederhergestellt. Von den Wirkungen der Arznei weiß ich mehr aus unmittelbarer Beobachtung als jeder andere Mensch in ganz Farrland – mit einer Ausnahme. Sie werden die Arznei nutzen, um Tristam zu retten, Doktor Llewellyn, oder Sie werden keinerlei Verwendung mehr dafür haben.«

Llewellyn rieb sich mit der Hand über die Wange, als hätte sie ihn dorthin geschlagen. Eine lange Weile sagte er gar nichts. Stumm bittend blickte er zu ihr hoch und brachte schließlich hervor: »Aber Hoheit verstehen nicht. Ohne diese Kerne muss ich sterben. Welche Wahl bieten Sie mir denn? An der Schwarzen Lunge zu sterben oder durch – Ertrinken? Mir kommt's vor, als würde Llewellyn in beiden Fällen untergehen ... und die Matrosen behaupten, dass das Ertrinken völlig schmerzlos vonstatten gehe.« Er zuckte mit den Achseln.

Die Herzogin schritt langsam durch die Kajüte und überlegte. Dass Llewellyn kein Dummkopf war, hatte sie gewusst, aber sie hatte ihn für einen Feigling gehalten. Als die Korsaren sie verfolgten, hatte sie es gesehen – er war mehr als verängstigt gewesen. Sanft legte sie die Hand auf Tristams Stirn. Sie brannte heiß wie Feuer.

»Was wollen Sie, Doktor?«

»Ich bescheide mich bereits mit dem grundlegendsten aller animalischen Instinkte, Hoheit. Ich möchte weiterleben.«

Das Licht der Lampe glänzte auf Tristams hübschem jungem Gesicht, das rot leuchtete, als glühe es von dem Feuer, das in seinen Adern loderte.

»Sie wollen mir also sagen, dass Sie nicht genügend Kerne besitzen, um Tristam zu retten und sich selbst am Leben zu halten, bis wir Oceana erreicht haben.«

Eine weitere lange Pause folgte, dann flüsterte der Arzt heiser: »Wir wissen nicht, wie lange es dauern wird, bis wir Königsblatt finden, Hoheit, ja wir wissen nicht einmal, wann wir auf Varua ankommen. Ich fürchte, ich sterbe, bevor wir diese Insel wiedergefunden haben.« Ein Zögern. »Es besteht sogar die Möglichkeit, Hoheit, dass die Kerne gar nicht die Arznei liefern, die Tristam benötigt.«

»Ja«, hörte sie sich unbewegt flüsternd antworten, »das weiß ich.« Sie wischte Tristams Gesicht trocken, hielt ihm kurz die Hand aufs Herz, dann ging sie zur Klingelschnur und rief ihre Gesellschafterin.

»Wenn ich keinen Kaffee bekomme, muss ich vergehen. Möchten Sie auch eine Tasse, Herr Doktor?«

Llewellyn blickte erstaunt auf, dann schüttelte er den Kopf.

»*Kapitän Stern*«, flüsterte die Herzogin Jacel ins Ohr und schickte sie hinaus, indem sie ihr eine Hand auf den Arm legte.

»Er wird also nicht überleben?«, fragte sie, als die Gesellschafterin die Tür hinter sich geschlossen hatte.

Llewellyn sah zu Tristam hinüber, und die Herzogin glaubte, ein wenig Mitgefühl in seinem Blick zu erkennen, doch eben nur ein wenig: Llewellyn scherte sich kaum um seine Mitmenschen. Geistesabwesend schüttelte er den Kopf; er war mit seiner eigenen Lage beschäftigt.

Die Herzogin streckte die Hand nach Tristam aus. Sie glaubte, ihr müsse das Herz brechen – zum ersten Mal seit so vielen Jahren. »Was haben sie ihm angetan?«, fragte sie sehr leise.

»Man hat ihn zur Ader gelassen«, antwortete Llewellyn mit belegter Stimme. »Das Blut stammt von ihm.«

Und die Herzogin kniff die Augen zusammen, so fest, dass keine Träne entkommen konnte.

Stern trat ein. Sein Blick flog von der Herzogin zum Arzt. Dann blieb er mitten im Schritt stehen – er schwankte. »Wir haben ihn also verloren«, stellte er mit echtem Bedauern in der Stimme fest. »Mein Beileid, Frau Herzogin.«

»Noch ist er am Leben, Herr Kapitän, auch wenn er nicht mehr lange durchhalten kann. Tristams Heilung liegt indes allein in der Hand von Doktor Llewellyn, denn er hat Sir Benjamin Rawdon einiges von den Königsblatt-Kernen gestohlen, die unserem König die Gesundheit erhalten.«

Sterns mitfühlender Ausdruck schlug augenblicklich in Skepsis um, gewöhnlich seine erste Reaktion auf Behauptungen der Herzogin. »Doktor Llewellyn?«, fragte er.

Llewellyn hatte Angst, das sah die Herzogin deutlich. Sein Gesicht war grau wie Asche. Sie sah auch, dass er sich gleich würde setzen müssen, denn er schwankte auf dem Fleck, an dem er stand, hin und her.

Koste es, was es wolle, rief sie sich ins Gedächtnis.

»Ich versichere Ihnen, dass eine Durchsuchung seiner Kammer meine Behauptung beweisen wird, Herr Kapitän.«

»Was haben Sie dazu zu sagen, Doktor Llewellyn?«

Der Mediziner ließ sich umständlich auf einen Stuhl sinken. Eine Weile sprach er kein Wort, und die Herzogin sah ihm an, wie sein Verstand sich auf der Suche nach einem Weg aus diesem Dilemma überschlug. Schließlich blickte er mit einem flehenden Gesichtsausdruck auf. »Aber was ist mit meinem Leben?«, krächzte er. »Nur der Kern erhält mich am Leben.« Er wies mit dem Kopf auf die Herzogin. »Sie würde mich sterben lassen, Herr Kapitän. Ich würde alles tun, um diesem jungen Mann zu retten, aber man kann doch nicht von mir verlangen, dass ich mein Leben für ihn gebe.«

»Llewellyn leidet unter der Schwarzen Lunge, Herr Kapitän. Er besitzt genügend Königsblatt-Kerne, um sich am Leben zu erhalten, bis wir Varua erreicht haben – mindestens. Er hofft, nach unserer Ankunft dort mehr Königsblatt zu finden, genug, um seine Krankheit endgültig zu heilen. Fragen Sie ihn selbst. Sie könnten ihn auch fragen, ob Seine Majestät der König noch leben wird, wenn wir von unserer Expedition zurückkehren, denn der gute Herr Doktor weiß weitaus mehr darüber, als Sie annehmen würden.«

Stern äußerte sich dazu nicht, blickte jedoch dem Mediziner ins Gesicht, der sich auf den Tisch stützen musste, obwohl er bereits saß.

Llewellyn hatte die Augen fest geschlossen und wiegte den Kopf von einer Seite zur anderen. »Es gibt nicht genug für uns beide. Es reicht nicht, wenn ich es Ihnen doch sage.«

»Wie sind Sie an diese Kerne gekommen, Herr Doktor?«, fragte Stern.

Voll Wut funkelte Llewellyn die Herzogin an. »Ich bin kein Dieb, Herr Kapitän. Der Kern wurde mir freiwillig zur Verfügung gestellt. Was ich sage, ist die reine Wahrheit.«

»Von Sir Benjamin?«

Der kleine Arzt schüttelte den Kopf. »Das darf ich nicht sagen, Herr Kapitän.«

»Doktor Llewellyn«, sagte Stern mit erhobener Stimme; sein Zorn brach sich Bahn, »an Bord dieses Schiffes bin ich des Königs Anwalt, Geschworener und Richter in einem. Sie werden mir alle meine Fragen beantworten, Sir.«

Der Ausdruck im Gesicht des Arztes schien zu sagen: ›*Da geschieht es schon wieder – verfolgt, gedemütigt, beraubt.*‹ »Sir Benjamin Rawdon erbarmte sich meiner, Kapitän Stern«, krächzte er.

»Seine Majestät der König weiß davon?« Stern hob den Arm und ergriff einen Deckenbalken, als benötigte er Halt.

Llewellyn zögerte einen Moment und schüttelte den Kopf.

Stern warf der Herzogin einen Blick zu.

»Dann sind diese Kerne in Ihrem Besitz das Eigentum des Königs von Farrland?«

»Herr Kapitän«, warf die Herzogin unruhig ein, »gestatten Sie mir den Hinweis, dass wir ohne Mr. Flattery kaum in der

Lage sein werden, unseren Auftrag zu erfüllen. Doktor Llewellyn ist gewiss außerstande, selbst nach der Pflanze zu suchen, sodass wir von der Großzügigkeit des varuanischen Königs abhängig wären. Sie haben nun Ihre versunkene Stadt gefunden und dazu noch eine Passage durch das Archipel – das ist doch Errungenschaft genug für eine Reise. Kehren Sie jedoch ohne diese Kerne nach Farrland zurück, wird Seine Majestät sterben. Llewellyn kann Ihnen die Wahrheit dieser Behauptung bestätigen. Was immer auch Ihre Order behauptet, unser oberstes Gebot heißt Geschwindigkeit. Denn sollten wir zu spät zurückkehren, zahlen Sie persönlich den Preis für den Tod des Königs, ob wir die Kerne mitbringen oder nicht. Darauf können Sie zählen. Wie Sie sehr wohl wissen, wird innerhalb der Admiralität niemand die Verantwortung auf sich nehmen.«

Stern schwankte innerlich. Er traute ihr nicht über den Weg, das wusste die Herzogin genau, aber er war trotzdem kein Dummkopf – und die Tücken der Admiralität waren ihm nur allzu vertraut. »Wollen Sie denn, dass ich Doktor Llewellyn zum Tode verurteile, Frau Herzogin?« Stern fixierte sie mit einem Blick, der offene Anklage signalisierte.

Gegen ihren Willen stieg in ihr die Wut auf, und sie antwortete in sehr beherrschtem Ton:

»Und wenn wir Varua erreicht haben, werden Sie ihm dann Kerne zur Verfügung stellen, welche, wie Sie selbst eben erst bestätigt haben, Eigentum Seiner Majestät sind? Werden Sie Ihre Befehle missachten, um ihm das Leben zu retten? Oder bringen Sie jedes einzelne Samenkorn nach Hause und sehen zu, wie Doktor Llewellyn verreckt?«

Stern starrte die Herzogin drohend an, doch sie erwiderte den Blick, ohne vor ihm zurückzuweichen. Sie würde sich doch nicht einschüchtern lassen, als wäre sie irgend so ein Seekadett!

Schließlich fragte er leise: »Und was sollte ich Ihrer Meinung nach unternehmen?«

»Es besteht eine Möglichkeit, sie beide zu retten. Lassen Sie Tristam mit der *Regis*-Arznei behandeln und segeln Sie in höchster Eile nach Oceana. Überqueren Sie das Jenseitsmeer mit gepressten Segeln. Die Zeit ist es, die Doktor Llewellyn ans Leben will. Er benötigt die Arznei, und Tristam ebenso. Aber Tristam braucht sie unverzüglich.« Sie wandte sich Llewellyn zu. »Sie sind ein Arzt und haben geschworen, Leben zu erhalten. Wollen Sie dieses Risiko etwa nicht auf sich nehmen, Herr Doktor? Denn ich sage Ihnen die reine Wahrheit, wenn ich schwöre, dass Sie ohne Tristam auf Varua keine Heilung finden werden.«

Llewellyn und Stern verfielen in Schweigen und Unschlüssigkeit. Dieser Augenblick hing in der Schwebe wie ein auf der Tischkante abgestellter Kelch: Griff sie nun danach, brächte sie ihn vielleicht gerade dadurch zum Umfallen, doch wenn sie zögerte, konnte alles zu spät sein.

»Was sagen Sie, Llewellyn?«, fragte der Kommandant.

Der Mediziner schloss die Augen, und die Herzogin konnte beinahe hören, was er dachte: *verfolgt, ausgenutzt, beraubt – es ist immer das gleiche.* Sie war nun sicher, dass er sein Leben höher schätzte als alles andere: mehr als Ehre, Persönlichkeit und Liebe ... Mehr als die Achtung seiner Mitmenschen. Sein Leben war das Einzige, was ihm überhaupt etwas bedeutete. *Erkennt er denn nicht, dass ohne Tristam auch für ihn alle Hoffnung verloren ist?*

Unversehens nickte er. »Ich werde meine wenigen Kerne benutzen, um Mr. Flattery zu behandeln, wenn der Herr Kapitän einwilligt, mich mit aller Eile nach Varua zu bringen.« Er zögerte, als müsste er all seinen Mut zusammennehmen. »Und mir so viel Kerne zubilligt, um meine Heilung zu ermöglichen.«

Stern wandte sich ab und blickte aus den großen Fenstern der Kajüte: der Kajüte des Kommandanten. Der Himmel über der Bucht war nicht mehr schwarz und warf nun graue Schemen hinein. »Sie bitten um sehr viel.« Er blickte sie beide an. »Ich habe noch nie gegen die Befehle der Admiralität verstoßen. Noch nie habe ich es versäumt, meine Pflicht zu tun.«

Die Herzogin konnte nicht mehr an sich halten. »Lassen Sie mich einmal raten, Kapitän Stern. Ihre Befehle weisen

Sie an, nach Varua zu fahren und mit fruchtbaren Kernen zurückzukehren. Mehr wird nicht zu Papier gebracht worden sein. Was man Ihnen gesagt hat, mag sich davon unterscheiden. Vermessungsarbeit während der Reise, Eile sei nicht vonnöten. Doch wenn Sie zu spät zurückkommen – dann wird nur das, was auf dem Papier steht, beachtet werden, als Beweis Ihrer Unfähigkeit. Und wenn Sie zulassen, dass der einzige Naturforscher an Bord stirbt, dann werden Sie vermutlich nicht einmal diese Kerne finden.« Sie blickte zu Llewellyn und dann wieder zu Stern. »Hat einer von Ihnen die Pflanze, nach der wir suchen, je zu Gesicht bekommen?«

Beide Männer senkten den Kopf. Die Herzogin trat zu Tristam und befühlte seine Stirn. Einen Augenblick fürchtete sie, er hätte aufgehört zu atmen, doch dann spürte sie an seiner Brust ein ganz flaches Heben und Senken.

»Wenn Sie noch lange überlegen, dann wird Ihnen die Entscheidung abgenommen!«, rief sie ärgerlich.

»Herr Doktor«, sagte Stern. Seine Selbstsicherheit war eindeutig erschüttert, das stand außer Frage. »Sie haben den König versorgt. Wird Seine Majestät bis zu unserer Rückkehr überleben? Liegt das im Rahmen des Möglichen?«

Llewellyn blickte mit verwirrter Miene auf. Die Herzogin begriff plötzlich, dass er die Wahrheit eventuell gar nicht kannte. Besaß er genügend Verstand, um zu erkennen, dass es hier nur eine mögliche Antwort gab?

»Alles ist, wie Ihre Hoheit sagt«, brachte der Mediziner hervor.

Stern schüttelte den Kopf. »Dann setzen Sie all Ihre Kunst daran, unseren Naturforscher zu retten. Ich werde ohne weitere Verzögerung Kurs auf Varua nehmen lassen, und wenn wir tatsächlich das Kraut finden, das wir suchen, dann werde ich Ihnen geben, was ich Ihnen guten Gewissens geben kann. Mehr verspreche ich nicht.«

Llewellyn blickte die Herzogin an, und auf seinem Gesicht stand tiefste Erleichterung.

»Ihr Patient, Herr Doktor«, sagte sie.

Llewellyn fühlte Tristam den Puls, dann eilte er aus der Kajüte.

Die Herzogin und Stern blickten einander für einen Moment in die Augen. Sie hatten noch viele tausend Meilen zusammen zu fahren, ermahnte sie sich.

»Ich danke Ihnen, Herr Kapitän. Ich zweifle nicht, dass Sie in einer schwierigen Lage die weiseste Entscheidung getroffen haben.«

Er nickte, als wäre jedes Kompliment aus dem Munde der Herzogin von zweifelhaftem Wert. »Da ist etwas, Frau Herzogin, um das ich Sie bitten möchte, nachdem Sie Ihr Ziel nun erreicht haben.«

»Sir?«

Die nächsten Worte auszusprechen fiel ihm sichtlich schwer. »Ich hätte gern meine Offiziere zurück.«

Fast hätte sie gelächelt und sah sich gezwungen, ihr Gesicht zu verbergen, indem sie sich spöttisch verbeugte. »Kapitän Stern«, sagte sie mit aller Würde, die sie aufzubringen vermochte, »sie gehören Ihnen.«

41. Kapitel

Nach langem Kampf erwachte Tristam von den Geräuschen eines Schiffes auf See. *Habe ich denn doch den Rückweg gefunden?*

Ein schwacher Luftzug wehte auf ihn herab und kühlte sein Gesicht. Trotzdem war ihm warm, denn er lag in dicke Decken gewickelt auf einer Koje.

Träume ich, überlegte Tristam, *oder bin ich in einer anderen Welt zu mir gekommen?*

Der Geisterjunge ... er war dem Geisterjungen gefolgt und wäre beinahe selbst zum Gespenst geworden. Die Gedanken und Gefühle so flüchtig, dass sie davontrieben wie Rauch vor dem Wind. Ein endloses dunkles Labyrinth aus Gassen und Tunneln und uralten, zerfallenen Treppenfluchten. Wo war er gewesen?

Nirgendwo. Verloren.

Und in dieser endlosen Nacht hatte er sich immerfort an das Bewusstsein seiner Selbst geklammert, sonst wäre es zusammen mit den Gedanken davongeschwebt. *Ich bin Tristam,* hatte er sich vorgesungen. *Tristam.* Und als es am schlimmsten war: *Ich bin ich. Ich bin ich. Ich bin ich.*

Er war dem Jungen gefolgt, der still durch eine stille Welt schlich und sich durch Löcher drängte, die so eng waren, dass Tristam fürchtete, er könnte ihm niemals folgen. Und über ihm focht die Viper eine Schlacht gegen den weißen Vogel.

Diese Schlacht hallte in Tristam wider, als wäre sein Herz eine hohle Trommel, deren Schlag einem äußeren Willen gehorchte. Ein Gedanke durcheilte ihn unablässig: *Mein Blut steht in Flammen, und diese Schlacht soll sie löschen.*

Dem Gespensterkind folgen und verstohlen eine verfinsterte, tote Straße entlang huschen. Ängstlich, immer ängstlich. Nach Quellen suchen, um den Durst zu stillen – nur wenige Tropfen schwärzliches Wasser wie Blut, das aus einer Wunde rinnt.

Und dann – Licht und hochfliegende Kraft. Immer wieder erhob sich Tristam dann auf ausgebreiteten Schwingen, streckte sich in den Himmel und hielt Ausschau – suchte nach der Viper, und die Schlacht unter den Wolken begann.

Schließlich stieß er hinab, wand sich, von der zubeißenden Schlange umschlungen, und schlug auf die Erde nieder, wo ein kleiner Junge wartete und Tristam vom Feuer fortbrachte.

Ein Mann, der dümmlich lachte – wie eine wiederkehrende Erinnerung. *Ich bin ein Naturforscher auf einer Entdeckungsreise.* Oder war auch das nur ein Traum?

Über ihm knarrten die Deckplanken, als jemand dort entlang ging. An seinem Ohr gurgelte das Wasser. Ein Schiff auf See.

Ich bin in einer anderen Welt erwacht, dachte er. *Ich lebe in dieser Welt voll Licht und Luft und Männern und Frauen. Und ich bin Tristam. Ich habe eine endlose Treppe erklommen und bin durch das Tor getreten ... Und nun bin ich zurückgekehrt. Von einem kleinen Jungen geführt.*

Wasser. Ich brauche Wasser.

Als er die Augen aufschlug, blendete ihn das strahlende Licht, das die weißen Balken über ihm zurückwarfen, und er kniff die Lider wieder zusammen. Wasser. Er fühlte sich, als nähme die Trockenheit ihren Anfang in seinem Mund und breitete sich von dort in jeden Winkel seines Seins aus – als hätte ihm der Biss der Schlange alle Lebensflüssigkeiten ausgesaugt; so wie es Spinnen mit ihrer Beute taten.

Der Versuch, sich zu bewegen, führte zu einer Welle des Schwindels, und fast versank er wieder in Schwärze.

»Tristam?«

Ja ... ich bin Tristam.

Eine Stimme voll Wärme – eine, die er kannte oder vor langer Zeit einmal gekannt hatte. Eine Hand berührte ihn an der Stirn.

»Sind Sie wach?«

Sein Mund war zu trocken, als dass er sprechen konnte, aber er nickte, was erneut ein Schwindelgefühl weckte.

Die Hand wurde auf seine Brust gelegt, und auf der Stirn

spürte er einen sanften Kuss. »Vielleicht beginne ich doch noch an die Götter zu glauben«, sagte die Stimme, und Tristam bemerkte eine Veränderung des Timbres, als wäre die Kehle, der sie entstammte, zugeschnürt.

»Frau Herzogin?«, gelang ihm zu sagen. Eine Erinnerung aus der Welt des Lichts.

»Elorin.«

»Ich muss trinken.«

»Ja, natürlich.«

Einen Moment später stützte eine Hand ihn im Nacken, hob den Kopf, und der feuchte Rand einer Tasse berührte seine Lippen. *Herrliches Wasser.* Er spürte, wie es ihm kühl die Kehle hinabrann. Er fühlte, wie es in seinem Bauch anlangte.

»Fürs Erste genügt das. Ich fürchte, zu viel auf einmal wäre nicht gut für Sie. Ach, Tristam, Sie glauben gar nicht, wie erleichtert ich bin. Ich habe mich beinahe zu Tode geängstigt. Doch nun geht es Ihnen besser, nicht wahr? Ihr Fieber ist fort?« Sie schüttelte ihn sanft. »Wie ich um Sie gefürchtet habe! Sie haben gerast und vor sich hingemurmelt und sind ins Delirium versunken!«

»Versunken ... o ja. Wie bin ich hierher gekommen? Jede Nacht habe ich gegen die Vogel-Viper gekämpft. Ich begreife nicht, wie ich überlebt habe.«

Er öffnete die Augen einen Spalt weit und erduldete den Schmerz, sich wieder an Tageslicht zu gewöhnen.

Die Herzogin beugte sich über ihn und fuhr mit der Hand sanft durch sein verfilztes Haar. »Llewellyn«, sagte sie so leise, dass sie fast flüsterte. »Er hatte einige *Regis*-Kerne. Damit hat er Ihnen das Leben gerettet, so viel steht fest. Schreckliche Albträume gehören zu den übleren Nebenwirkungen der Arznei. Doch nun sind Sie außer Gefahr.«

Tristam schloss die Augen. *Außer Gefahr? Regis*! Sie hatten ihm *Regis* gegeben. Er hatte das Wasser getrunken, das so dunkel war wie Blut, und stieg ins Licht auf. *Ich hätte diese Regis-Arznei niemals nehmen dürfen*, begriff er. *Niemals.*

Er fühlte sich, als wäre etwas in seinen Leib eingedrungen – als wäre er zu einem Wirt geworden wie ein Körper, in dem sich Parasiten tummeln. Er fühlte sich krank und leer und beschmutzt. Und noch etwas: Er empfand ein Verlangen, dessen Stärke alle Vorstellung übertraf. *Regis* ... Dandish musste der Sucht verfallen sein.

»Sie hätten mich sterben lassen sollen«, flüsterte er.

»Tristam?« Bestürzung über seine Worte. Verwirrung.

»Ich hätte niemals diese Kerne zu mir nehmen dürfen. Nicht ich.« Entsetzen. Verzweiflung. Aber wieso? Wieso wusste er das?

Schweigen. Nachdenklichkeit. Ein scharfer Verstand schwebte über ihm. Eine Hand fasste sanft die seine. Ihre Weiche, ihre Wärme brachte Tristam den Tränen nahe. Er wusste nicht wieso.

»Tristam ...« Sein Name, mit solcher Zartheit ausgesprochen. »Was ist dort oben geschehen?«

Dort oben? Er versuchte seine Gedanken zu ordnen. Die Stadt. Er war nach oben in die verlassene Stadt gegangen, zusammen mit ...

»Die anderen?«

»Sie sind gesund, Tristam, machen Sie sich keine Sorgen. Sie haben nicht die gleichen Verletzungen erlitten wie Sie.«

Verletzungen? Eine Erinnerung kam ihm, so schrecklich war sie, dass sein Geist sich abwandte. »Sie haben mich aufgeschlitzt ...«, sagte er mit trockenem Mund. »Farrelle schütze mich, Elorin. Sie ließen meinen Geist herausrinnen und versuchten ihn zu zwingen, eine andere Gestalt anzunehmen ... Doch ich bin in die Lüfte entflohen. Und das Kind hat mich geführt. Durch die Straßen der versunkenen Stadt und durch die Stadt, die darunter liegt.«

Eine Hand auf seiner Stirn. Finger wischten ihm eine Träne von der Wange.

»Sie hatten schreckliche Träume, Tristam«, sagte die Herzogin, und ihre Stimme schwankte. »Das Fieber durch die Wunde an Ihrem Handgelenk. Und die Arznei.«

Sie zog seine rechte Hand unter den Decken hervor und berührte ihn so sanft sie konnte am Handgelenk. Ihre

Finger fühlten sich kühl an. »Ich will Ihnen ganz ehrlich sagen, dass wir fürchteten, Sie würden Ihre Hand verlieren, denn die Fäule war schrecklich weit fortgeschritten.«

Tristam öffnete die Augen und sah, dass eine Tätowierung sein Handgelenk umlief; sie wand sich aus einer hässlichen Wunde hervor, die rot und druckempfindlich war, aber bereits verheilte.

»Dort hat mich die Schlange – der Vogel gebissen«, sagte er.

»In Ihrem Traum.«

Traum?

Die Herzogin schüttelte den Kopf, und das Sonnenlicht fing sich in ihren Locken. »Auch der König muss schreckliche Albträume erdulden«, flüsterte sie. »So stark sind sie, dass sie ihm wirklicher erscheinen als ... als die Wirklichkeit. Aber es sind nur Träume, mehr nicht.«

Tristam bewegte seine Finger, und die tätowierte Schlange schien sich zu winden. Er spürte aufsteigende Übelkeit und schloss die Augen.

»Sie können sich nicht daran erinnern, was man Ihnen angetan hat, Tristam? Welchen Sinn soll das haben?« Sie berührte seine Wunde.

»Ich glaube, ich kann die Träume nicht von der Erinnerung trennen. Aber verstehen Sie, es war die Vogel-Viper von der Quelle auf der Pyramide. Dort steht ein Bauwerk, es sieht aus wie die Ruine auf Farrow ...« Als er bemerkte, dass sie davon wusste, schloss er die Augen und verstummte. »Sie haben es gesehen?«

Die Herzogin nickte. »Ja, als wir Sie herunterbrachten. Seitdem halte ich mehr von unserem Kapitän Stern. Er hat sich mit den Jacks abgewechselt, Sie die überflutete Treppe hinunterzutragen. Sie sind ein rauer Haufen, die Männer vor dem Mast, aber sie haben ein gutes Herz. Ohne die Matrosen wären Sie nicht hier.«

Sie strich ihm über Brust und Schultern. »Ich habe Anweisung, Sie nicht anzustrengen, wenn Sie erwachen, Tristam. Trinken Sie noch etwas, und dann will ich sehen, ob ich Ihnen eine klare Brühe beschaffen kann, die Sie nicht gleich in Lebensgefahr bringt.«

Also trank er noch etwas. Der Schlaf rief nach ihm, aber er fürchtete sich, wieder in die Unterwelt hinabzusinken. Diese Welt hier war so warm und so licht. »Sagen Sie mir noch, wo wir sind.«

Ein Lächeln erblühte auf dem Gesicht der Herzogin. »Können Sie Ihren Kopf schon eine Winzigkeit drehen?«

Mit ihrer Hilfe gelang es Tristam, aus dem Heckfenster zu schauen, und am Horizont erblickte er Bergspitzen, die strahlend weiß in der Sonne glitzerten. »Fahren wir zurück nach Farrland?«

»Nein, Tristam, wir sind auf dem Großen Jenseitsmeer. Wir haben das Archipel auf einer neuen Route durchquert, und unser Bug zeigt nun nach Westen. Sie können es nicht sehen, aber wir segeln in Gesellschaft kleiner Wolken, einer ganzen Flotte von ihnen, die sich auf dem blauen Himmel verteilt, und sie reisen wie wir nach Oceana. Der westliche Horizont scheint so fern zu sein, als könnten wir tausend Meilen weit sehen, und alles ist blau und leer. Das Meer scheint in den Himmel zu fließen.«

Tristam legte sich zurück aufs Kissen und schloss die Augen aus eigenem Wollen. Er spürte einen Kuss auf der Stirn – so sanft und voller Zärtlichkeit. Dann noch einen auf der Wange und einen weiteren, noch sanfteren auf den Lippen. Wie drei Wörter.

Tristam merkte, wie er wieder davontrieb, doch diesmal nicht in Angst und Finsternis, sondern in einen warmen Traum, in dem er auf dem Meer schaukelte und von einer sachten Brise umarmt wurde, der Liebe der Frau namens Elorin.

Draußen vor dem Heckfenster schrie ein Vogel, und Tristam ließ sich ganz treiben, glitt in einen schönen Traum: Ein weißer Vogel segelte dem Schiff hinterher und blickte aus einem leeren Himmel auf ihn hinab.

ENDE

Liebe Leserin, lieber Leser,

die spannende Geschichte um Tristam wird fortgesetzt in dem Band 20 410

MEER OHNE UFER

Lesen Sie im Folgenden einen Auszug:

In seiner sacht schaukelnden Hängematte lauscht Tristam Flattery auf den Puls des Ozeans, der am Rumpf der *Swallow* entlang streicht – genauso musste es sich angehört haben, als er noch im Mutterleib lag. Mit geschlossenen Augen lässt er die längst vertraut gewordene Bewegung des Schiffes auf sich wirken und prüft, wie weit seine Genesung fortgeschritten ist.

Zwar hatte Llewellyns *Regis* die Entzündung rasch heilen lassen, doch dauerte es noch lange Zeit, bis das geraubte Blut ersetzt war. Infolgedessen litt Tristam fortgesetzt unter Müdigkeit, Schwindelanfällen und Schwäche. Hinzu kamen die Entzugserscheinungen des Pflanzenheilmittels: Übelkeit, Stechen in allen Gelenken, Zittern und Kopfschmerzen, von unbeschreiblicher Heftigkeit.

Und als wäre das noch nicht genug, musste er Träume erdulden – grausige Albträume. Oft dachte er daran, dass der König sie mit ›reißenden Wölfen‹ verglichen hatte. Immer wieder träumte er von einer gewaltigen Schlacht, auf finsterem Feld türmten sich die Leichen der Gefallenen.

Tristam fühlte sich besudelt. Ihm war, als hätte das Vordringen von *Regis* in sein Blut ihn unwiderruflich verändert.

Er blinzelte. Das offene Oberlicht ließ eine kleine Linse aus Sonnenschein einfallen, die unbändig durch die Kammer flitzte und mit der gleichen hektischen Verzweiflung etwas zu suchen schien, mit der Tristams Körper nach der *Regis*-Arznei verlangte. Die Gier war ärger als jeder

Hunger, und für Tristam bestand kein Zweifel, dass ein Verschmachtender weniger litt.

Selbst wenn man sie mir anbietet, ich nehme sie nicht, schwor er sich. Das lehne ich ab. Er kniff die Augen zu und kämpfte die Bilder zurück, die in seinem Verstand Gestalt annehmen wollten. Eine Dosis *Regis*-Arznei hätte seine Albträume umgehend vertrieben, auch die Beklommenheit und die Melancholie. Er hätte seine Vitalität zurückerlangt und seinen gewohnten Optimismus obendrein. So wirkte die *Regis*-Arznei – vorübergehend.

Zeit, dachte er so intensiv, dass er das Wort beinahe geflüstert hätte. *Die Zeit wird mich heilen. Ich werde nicht zum Sklaven der Saat wie Llewellyn ...*

Den Kommandanten hatte der Arzt vielleicht davon überzeugen können, dass er nur eine kleine Handvoll *Regis*-Kerne für sich benötigte, Tristam aber wusste es besser. Wenn Llewellyns Willensstärke nicht die Standhaftigkeit jedes anderen Menschen übertraf, würde der Mediziner kaum von der Arznei lassen können. Nicht, nachdem er ihr schon so viele Monate verfallen war.

Wer noch war von der Saat abhängig? Benjamin Rawdons Frau, oder hatte Llewellyn diese Geschichte frei erfunden? Trevelyan – da war sich Tristam nun völlig sicher. Zumindest war der Baron einmal süchtig gewesen. Vielleicht war er nun frei, aber er war geistig zerrüttet. Keine beruhigende Vorstellung.

Tristam fühlte sich elend. Zwei Wochen lag er nun schon in diesem Zustand danieder und genas so langsam, dass man vom einen Tag auf den nächsten keine Besserung beobachteten konnte. Auch sein Verstand war gehemmt, er vermochte sich kaum zu konzentrieren oder einen Gedankengang bis zu Ende zu verfolgen, und sein eigentlich ausgezeichnetes Gedächtnis ließ ihn häufig im Stich.

Dazu kamen weitere Veränderungen, die zumindest ebenso beunruhigend waren. *Von allen Menschen auf der Welt hätte gerade ich diese Arznei nicht einnehmen dürfen,* dachte er. Ihm war aufgefallen, dass er Sachverhalte erfasste und Menschen durchschaute, ohne über das dazu erforderliche Wissen zu verfügen – jedenfalls bildete er sich ein, manches mühelos zu erkennen. Zum Beispiel erschien ihmTrevelyans *Regis*-Abhängigkeit nun ganz selbstverständlich (wie hatte er sie vorher nur übersehen können?). Llewellyns Unfähigkeit, sich von der Sucht zu lösen, trat nun ganz augenfällig zutage. Außerdem wusste er, dass Llewellyn nicht war, wer zu sein er behauptete; mit solch unumstößlicher Gewissheit wusste Tristam darüber Bescheid, als hätte der Mediziner es ihm gestanden.

Zum tausendsten Male fragte er sich, ob er den Verstand verlor.

Seine neue Erkenntnisfähigkeit offenbarte ihm, dass sogar bei Seekadett Beacham der äußere Anschein trog, so erstaunlich das auch sein mochte. Allein die Herzogin widerstand seiner Wahrnehmung; sie wahrte ihre Geheimnisse, und Tristam fragte sich, wie ihr das gelang. Sie musste selbst ein gewisses Talent besitzen, auch wenn sie es fest entschlossen verbarg. An jenem Abend in ihrem Haus hatte sie zu vermeiden gewusst, Bertillons Verdacht zu wecken, im Gegensatz zu Tristam, der sich wie ein Narr offenbart und dadurch letztendlich den entonnischen Kaperfahrer ins Kielwasser der *Swallow* gelockt hatte.

Zu viel Wissen, dachte Tristam. *Keine zwei Minuten kann ich bei einem Thema bleiben. Darf ich diesen Einblicken überhaupt trauen? Doch andererseits ließ ihre Wahrheit sich kaum bestreiten. Vielleicht empfindet der Verblendete es immer so.*

Seine erschreckendsten Erkenntnisse aber betrafen ihn selbst. Tristam wusste nun, dass zum Magus zu werden nicht etwa bedeutete, eine schwierige Kunst zu meistern – wenngleich das dazu gehörte –, sondern mehr als alles andere eine Umwandlung war. Eine Umwandlung, die schon eingesetzt hatte. Vielleicht hatte sie begonnen, als er erstmals eine *Regis*-Pflanze berührte, doch mit Sicherheit, als er aus dem Brunnen der Ruine von Farrow trank und den Berg hinaufkletterte, um einen Blick in den Vulkanschlot zu werfen. Danach hatte die Umwandlung ihn zur Vergessenen Stadt und ihren überlebenden Bewohnern geführt, die alte, geheimnisvolle Riten zelebrierten. Doch zu welchem Zweck?

Um verlorene Macht zurückzuerlangen.

Dieser Gedanke schien sich auf nichts zu gründen, was Tristam wusste. Er kam wie eine Einflüsterung.

Was hatten die Unbekannten von ihm gewollt? Das konnte er nicht sagen und wollte es auch gar nicht wissen. Auf sein Blut waren sie ausgewesen – genau davor aber hatte Lord Trevelyan ihn gewarnt; so viel wusste Tristam, und das genügte ihm.

Er dachte an die endlose Wanderung mit dem Geisterjungen, den es auf gleiche Weise zu Tristam zog, wie Tristam den ihm vorbestimmten Pfad folgen musste. Der Gedanke an den Jungen brachte ihn augenblicklich dem merkwürdigen Traumzustand näher, den die *Regis*-Arznei auslöste.

Selbst schlug er die Augen auf und sah erleichtert, dass die Lichtlinse noch immer seine Kammer absuchte. Plötzlich hatte er das Gefühl, er könnte sie einfangen, indem er nur eine Schublade öffnete, die auf ihrem Weg lag, und sie rasch wieder schlösse.

Die Wirkungen der Arznei verloren sich – nicht alle, und nicht alle gemeinsam –, doch Tristam empfand eine merkliche Veränderung.

Vielleicht komme ich nie wieder frei, dachte er, *aber ich werde so frei sein wie nur irgend möglich. Ich werde so weit zu mir selbst zurückfinden, wie ich kann. Ich bin Tristam. Tristam.*

»Seine Genesung schreitet ganz nach meinen Erwartungen voran, Hoheit. Es besteht kein Anlass zu Besorgnis. Der Körper kann solch einen großen Blutverlust nicht über Nacht ausgleichen. Aber in einem Monat wird Tristam wieder ganz er selbst sein, und einige Wochen später wieder völlig bei Kräften. Er ist jung und gesund. In zwei Monaten wird ihm keiner mehr ansehen, dass er jemals krank war.«

Die Herzogin thronte auf dem Sims des Heckfensters

und musterte Dr. Llewellyn, der vor ihr saß und sich an den Tisch lehnte.

Der Arzt belog sie, nicht über Tristams Gesundheit, da sprach er ohne Zweifel die Wahrheit, aber in anderer Hinsicht. Eine schwierige Situation.

»Sagen Sie, Doktor Llewellyn, weshalb wurde er Ihrer Meinung nach in dieser Weise behandelt? Sie scheinen ja recht sicher zu sein, dass die Täter es auf sein Blut abgesehen hatten.«

Llewellyn zupfte sich an der Hemdmanschette und wollte schon antworten, dann überlegte er es sich anders und bekräftigte seinen Entschluss mit einem Kopfnicken. »Das geht meiner Meinung nach aus der Art seiner Wunden hervor. Die Speichenschlagader ist mit chirurgischer Präzision aufgetrennt worden. Wer immer es getan hat, wollte Tristam so viel Blut wie möglich entnehmen – das nehme ich zumindest an. Warum fragen Hoheit? Sie wissen so viel wie ich. Tristam ...«, er blickte aus dem Heckfenster, »steht im Brennpunkt merkwürdiger Vorkommnisse. Daran kann kein Zweifel bestehen.«

»Aber wieso ist er der Brennpunkt, was meinen Sie?«

Llewellyn zuckte mit den Schultern. »Ich weiß nicht —«

Die Herzogin durchbohrte ihn mit ihrem schneidendsten Blick. »Ich glaube, Sie wissen sehr genau Bescheid, Doktor Llewellyn. Davon bin ich sogar fest überzeugt. Andernfalls hätte Roderick Sie nicht auf dieses Schiff geschickt.«

Der Arzt bewegte sich auf seinem Stuhl, als wolle er aufstehen, ihr den Rücken zukehren und die Kajüte verlassen. Aber das wagte er nicht. Die Herzogin war seine Dienstherrin. So blickte er ihr in die Augen, was er normalerweise nicht über sich brachte.

»Ich möchte Hoheit darauf hinweisen« – sein Groll trat offen zutage –, »dass Sie mich brauchen, um den jungen Mann am Leben zu erhalten. Vielleicht wähnen Sie, selbst genügend über *Regis* und seine Wirkung zu wissen, doch da irren Sie sich. Ohne mich wird Tristam Flattery nicht überleben, was ihm bevorsteht. Ich rate Ihnen, dies zu berücksichtigen, wenn Sie das nächste Mal erwägen, mich von Ihrem werten Bruder beseitigen zu lassen.« Nun erhob sich Llewellyn tatsächlich. Lang unterdrückter Zorn machte seine Bewegungen eckig. »Hoheit wird mich entschuldigen, ich habe mich um einen Patienten zu kümmern.« Er verbeugte sich knapp und ging hinaus; die Herzogin blieb mit ihrem Erstaunen allein zurück.

»Sieh an«, sagte sie. Wenigstens hatte der Arzt ihr einmal die Wahrheit gesagt – zumindest hielt er es für wahr, daran konnte kein Zweifel bestehen.

»Kommen Sie herein, Herr Doktor.«

Llewellyn schob sich durch die schmale Tür. »Wie geht es Ihnen heute, Tristam?«, fragte er in geschäftlich nüchternem Ton.

»Ganz gut.«

Llewellyn nickte und lächelte, wie um die Genesung anzuspornen, doch konzentrierte er sich ganz auf Tristams Puls.

»Ist Ihnen beim Aufstehen noch schwindlig? Haben Sie Kopfschmerzen?«

Tristam nickte.

»Es dauert seine Zeit.« Llewellyn drehte Tristams Hand herum, als wolle er die Farbe begutachten, doch sein Augenmerk galt, wie Tristam genau wusste, der verblassenden Tätowierung. »Und die schrecklichen Albträume?«

»Sie lassen ganz allmählich nach. Was machen die Ihren, Doktor Llewellyn?«

Llewellyn ließ Tristams Hand sinken. »Um Sie mache ich mir Sorgen, Tristam.« Er zögerte. »Und Sie verspüren kein – Bedürfnis nach der Arznei?« Während er diese Frage stellte, fuhr er sich zaghaft mit der Zunge über die Lippen.

Tristam zog die Hand fort, versteckte sie gar ein wenig. »Das Bedürfnis empfinde ich durchaus, Herr Doktor, aber es wird schwächer. Je kräftiger ich werde, desto mehr nimmt das Verlangen ab.«

Llewellyn antwortete nichts.

»Was haben Sie befürchtet, Doktor? Dass ich dem Wahnsinn verfalle wie der arme Trevelyan?«

Ohne hinzusehen tastete Llewellyn hinter sich nach dem Türknauf, doch Tristam wollte den Arzt noch bei sich behalten.

»Ich weiß, dass Sie Stern belogen haben, Doktor. Die geringe Menge Saat, die Sie benötigen, um Ihre ›Krankheit‹ zu kurieren, wird Ihnen nicht genügen. Für Sie wird es niemals genug *Regis* geben, habe ich Recht? Stern könnte Ihnen gar nicht so viel zugestehen, wie Sie brauchen. Hat Ihnen etwa Sir Roderick versprochen, für Ihren Bedarf einzustehen? Oder besitzen Sie bereits so viel davon, dass es für Sie ohne Belang ist, was man Ihnen zubilligen würde?«

Llewellyn drehte den Knauf, öffnete die Tür indes noch nicht. »Eine der traurigen Nebenwirkungen dieser Arznei besteht darin, dass man sich verfolgt und im Mittelpunkt schändlicher Pläne glaubt. Sie sollten sich dagegen wappnen, Tristam. Ich bin Ihr Arzt. Ich meine es gut mit Ihnen. Ihr Wohlbefinden ist meine oberste Sorge.« Er brachte ein gepresstes Lächeln zustande und bemühte sich um Haltung, als er die Kammer verließ.

Nachdenklich legte sich Tristam zurück und betrachtete den Lichtfleck, der durch die Kammer schweifte. Dann besah er sich seine rechte Hand. Die Schlange schien vom Kopf zum Schwanz hin blasser zu werden, als zöge sie sich in die Wunde am Handgelenk zurück – als schlüpfte sie in die Ader.

Langsam senkte er die Hand und legte sie auf sein Herz, das leise, aber regelmäßig schlug.

Das Hohe Haus, Abendsee, das seine Giebeldächer zwischen den großen Hügeln erhebt, die eine Landschaft voller Efeu, Rotdorn und Brombeersträuchern überragt, mit Früchten so süß und klein wie die Fingerspitzen eines Kindes, das Hohe Haus haben normale Sterbliche nur selten gesehen. Jene, die es besuchen, gelangen nicht durch Zufall dorthin, und jene, die in ihm leben, verweilen lange in seinen dunklen Hallen; nur selten wagen sie sich auf die gewundene Straße, die zu den Siedlungen der Menschen führt. Von allen die dort leben, war nur einer dort geboren worden und aufgewachsen — der Mann mit Namen Carter Anderson. Erst in der Zeit der Not hat das Haus ihn wieder zurückgerufen. Über sein Leben und die großen Taten, die er während des Großen Krieges des Hohen Hauses vollbracht hat, berichtet Das Graue Buch von Abendsee, doch diese Geschichte erzählt von einer Zeit lange vor diesen Heldentaten.

ISBN 3-404-20381-X

BASTEI
LÜBBE

Abgeschieden von der übrigen Welt, umschlossen von Meer und Bergen, liegt Elderland, die Heimat des friedfertigen Ffolks. Das Ffolk ist stolz auf seine Geschichte und hortet im großen Museum zu Aldswick viele seltsame und kuriose Dinge aus der Vergangenheit. Doch als die düsteren Schatten dieser Vergangenheit sich auf das Land legen und eine Gefahr heraufzieht, die alle schon längst gebannt geglaubt, treten Geheimnisse zutage, von denen niemand etwas ahnte. Nun muß sich das Ffolk bewähren. Das Schicksal des ganzen Imperiums lastet auf einer kleinen Gruppe treuer Freunde, die zu einer abenteuerlichen Reise aufbrechen, welche sie an die Grenzen der Welt führen wird, zum Anfang und zum Ende der Zeit ...

ISBN 3 404-20333-7

BASTEI LÜBBE